사볼타 사건의 진실

La verdad sobre el caso Savolta

LA VERDAD SOBRE EL CASO SAVOLTA
by Eduardo Mendoza

세계문학전집 264

사볼타 사건의 진실

La verdad sobre el caso Savolta

에두아르도 멘도사

권미선 옮김

민음사

작가의 말

나는 평화와 질서가 지배하고, 거의 모든 일이 예측 가능한 나라에서 태어나 자라고 교육받았다. 물론 이 평온함이 전대미문의 폭력 위에 자리 잡고 있고, 그것의 기원이 복잡하고 머나먼 과거까지 거슬러 올라간다는 것을 잘 알고 있다. 하지만 거리에는 이러한 과거가 신중함이란 장막에 덮여 있고, 역사책에는 차가운 학술적 자료만이 기록되어 있을 뿐이다. 내가 말하고 싶은 것은 우리는 이러한 과거를 서술적으로 생생하게 재구성할 수 없고, 그러므로 그 과거에서는 우리를 찾아볼 수 없다는 것이다. 물론 나는 『사볼타 사건의 진실』을 쓰기 시작하면서 이런 부족한 부분을 채우려고 했던 것은 아니다. 내 야망은 그렇게 크지 않았고, 의도 역시 그렇게 확실한 것이 아니었다. 단지 문학적 충동에 이끌려 글을 썼을 뿐이다. 나는 『사볼타 사건의 진실』 이전에 단편소설 두어 편을 포함해 여러 작품을 썼다. 그리고 내 기억이 잘못된 게 아니라면 그 작품들은

5

그다지 탄탄한 글들은 아니었다. 그러나 내가 지금 묘사하고 있는 이 방대한 작업에 임한 순간에는 훨씬 편안한 기분이 들었다. 물론 마음은 편했지만 확신은 없었다. 런던에서 오랜 세월 지내면서 편리하게 도서실을 이용하고, 귀한 자료들을 쉽게 접할 수 있도록 도와준 너그러운 분들 덕분에 이 소설의 기초 작업에 필요한 자료들을 넉넉히 모을 수 있었다. 나머지는 몇 년간 꾸준하게 작업해 조금씩 거둔 성과이다. 나는 커다란 퍼즐을 짜 맞추듯이 주변부터 시작했다. 그 후 나는 일 때문에, 그리고 앞에서 언급한 평화로운 나라에서 도망치겠다는 일념 하나로 네덜란드에 오게 되었다. 그렇게 나는 네덜란드에서 이 소설에 시동을 걸 수 있는 이야기를 쓸 수 있었다. 그러나 훗날 수없이 교정을 거듭한 후에 원래의 이야기는 자취도 없이 완전히 사라져 버렸다. 그때부터는 무슨 틀이나 선별된 척도보다는 순간순간의 영감에 따라 별다른 확신 없이 조금씩 모자이크를 만들어 가기 시작했다. 그리고 내 의도와 부합한다는 생각이 들었을 때 둘째 단계로 접어들었다. 얽히고 설킨 이야기들의 미로 속에서 마지막 결과물이 묻히지 않도록 자료들을 정리해 준비하는 훨씬 고된 작업이었다. 마지막에는 거의 A4 용지 1000장에 이르는 방대한 분량이 되었고, 그때 나는 그 원고들을 어떻게, 왜 썼는지도 모르겠다는 찜찜한 기분이 들었다. 그런데도 나는 뻔뻔하게(당시 스물다섯이었다.) 그 원고를 친구들에게 읽히고 출판사에도 보냈다. 나는 그들의 충고를 받아들여 몇 달 동안 천천히 심사숙고를 거듭하며 소설의 많은 부분을 교정했다. 특히 복잡한 인상을 주려고 했다가 괜히 뒤죽박죽 엉켜 버린 소설의 전체 구조를 많이 손봤다. 그리고 구성을 늘어지고 혼란스럽게 하는 사소한 에피소드와 비중이 크지 않은 인물은 상당 부분 제외했다.

1973년에 나는 분위기를 바꿔 보고 싶다는 주체할 수 없는 욕망에 시달렸고, 그때 운 좋게 유엔에서 일하게 되었다. 그 일을 계기로 『사볼타 사건의 진실』의 주인공처럼 나도 뉴욕에 갈 수 있었다. 내가 주인공에게 뉴욕행을 결정하면서도 전혀 생각지 못했던 일이었다. 어찌 됐든 나는 미국으로 떠나기 전에 세익스 바랄 출판사에서 오랫동안 근무하던 절친한 친구 페레 짐페레르에게 원고를 가져갔다. 고맙게도 그 친구는 기록적일 정도로 짧은 시간에 원고를 검토한 후 출판을 권했다. 그렇게 나는 그해 연말에 사인한 계약서를 트렁크에 담고 뉴욕으로 출발할 수 있었다.

나에게는 천만다행으로 『사볼타 사건의 진실』은 한참 시간이 흘러 '책의 날'을 기념하는 1975년 4월 23일이 되어서야 출판되었다. 당시 스페인은 엄청난 격변기를 거치고 있었다. 절대 요지부동일 것 같았던 체제가 확연하게 무너져 내리면서 불확실하게 느껴졌던 변화까지도 급물살을 탔다. 그런 상황에서 국민은 정치적인 사건뿐만 아니라 모든 사건에 촉각을 곤두세웠고, 여론은 무르익을 대로 무르익어 있었다. 그래서 옛날과 달리 사람들은 촉각을 곤두세우고 신문과 잡지들을 주의 깊게 읽었다. 그렇게 『사볼타 사건의 진실』은 좋은 평을 얻었고, 때를 잘 만나 다른 때 출간되었으면 절대 생각도 못 했을 엄청난 반응도 얻었다.

이제 오랜 세월이 흘러 내가 이 작품을 제대로 평가하기란 쉬운 일이 아니다. 여러 이유들이 있겠지만 내가 이 책을 다시

읽지 않아서이기도 하다. 물론 나를 문학계에서 존중받는 위치로 격상시켜 주었고, 내가 아직도 그 덕으로 살아가기 때문에 이 작품에 커다란 애정을 품고 있다. 하지만 이 작품을 쓰던 시절이 내 문학 생애에서 가장 의미가 깊었던 시절이라 더욱 각별한 애정이 있다. 경험이 부족한 내가 꿈 하나만으로 부단히 노력하며 과감한 결단을 내려 놀라운 결과를 얻은 시기였다. 그때 나는 내 모든 것을 이 작품에 걸었고, 제대로 이해가 되지 않는 두 문장 때문에 애간장을 끓이기도 했다.

사람들이 얘기하듯 『사볼타 사건의 진실』이 스페인 소설의 새로운 지평을 열었는지는 잘 모르겠다. 만일 그랬다면 나로서는 만족스럽다. 하지만 이 작품의 내적인 가치보다는 출판 시기를 잘 만나 그렇게 되었다고 보기 때문에 교만해지고 싶지는 않다. 이 작품의 독창성은 (글쓰기보다는) 새로운 글 읽기의 출현에 있다. 글 읽기 방법이 특별히 새로울 것은 없지만, 기존 작품들보다 훨씬 환상적이면서 역동적이라 할 수 있다. 나는 서사를 새롭게 이해하는 이 방식이 기존 서사에 대한 반발은 절대 아니라고 생각한다. 형식주의 작가들의 경험이 없었다면 『사볼타 사건의 진실』의 서사 기법은 순전히 시대착오적인 것이 될 수도 있었다. 사실 나의 서사 방법은 그다지 새로운 것도 아니다. 당시 스페인 문학은 스토리의 회복이 이뤄지지 않았거나, 아니면 패러다임이 제대로 이뤄지지 않은 상황이었다.(물론 내 스타일과 비슷한 경우를 예로 들자면, 후안 마르세의 아이러니 가득 찬 실생활 묘사 소설들과 마누엘 바스케스 몬탈반의 추리소설들이 있다.) 그러나 라틴아메리카의 새로운 서사 기법들은 이미 깊이 자리 잡고 있었다. 내가 잘한 게 있다

면, 그 당시 서로 충돌하며 무수히 쏟아져 나왔던 새로운 기
법들을 지나친 반발 없이 무의식적으로 흡수해 받아들였다는
점 같다.

나는 이 소설의 몇몇 부분에서(특히 신문 기사, 편지, 서류 등
에서) 다음과 같은 책들의 일부를 적절하게 변용해 인용했다.

P. Foix, 『기업적 테러리즘에 관한 문서들(*Los archivos del
terrorismo blanco*)』.

I. Bo y Singla, 『몬주익, 역사적 사실과 기억들(*Montjuich, notas
y recuerdos históricos*)』.

M. Casal, 『총잡이의 유래와 활동(*Origen y actuación de los
pistoleros*)』.

G. Núñez de Prado, 『아나키즘에 대한 드라마(*Los dramas del
anarquismo*)』.

F. de P. Calderón, 『테러리즘에 관한 진실(*La verdad sobre el
terrorismo*)』.

그 외 등장인물과 사건, 정황 등은 모두 나의 상상력에 기인
한 것이다.

에두아르도 멘도사

디에고 메디나에게

자신이 속한 계급의
악덕을 비난할 수 있었던
시대는 끝났다.
그 계급의 미덕을 기억하는 이들은
이제 그와 같은 외로운 생존자들뿐이다.
—W. H. 오든

괜히 두려워할 것까지는 없다.
눈에 보이지는 않지만 네가 더듬고 있는
이 다리와 발 들은 이 근처 나무에서 교수형을 당한
악당이나 도적 떼의 것일 게 분명하다.
이 근방에서는 악당이나 도적 떼가 붙잡히면
이삼십 명씩 떼거리로 처형당하거든.
그러고 보니 이제 바르셀로나에 거의 다 온 것 같구나.
—세르반테스, 「돈키호테 데 라 만차」 중에서

차례

작가의 말   5

1부   19
2부   243

작품 해설   585
작가 연보   591

1부

1

바르셀로나 신문《정의의 목소리》1917년 10월 6일 자에 실린
도밍고 파하리토 데 소토의 기사 복사본.

증빙서류 1번
(법정 통역사 구스만 에르난데스 데 펜윅의 영문 번역 첨부)

　이 기사는 물론, 앞으로 게재할 기사들에서 나는 노동자나
문맹자들을 위해 글을 쓰고자 한다. 노동자나 문맹자들은 자
신이 가장 큰 피해자이면서도 그런 사실은 전혀 모르기 때문
에 나는 사건들을 비교적 명확하고 쉽게 설명하고자 한다. 이
런 사건들은 대부분 수학적인 내막이 아닌 확실한 진실을 알
고 싶어 하는 독자보다는 잘난 지식인이나 이해할 수 있는 장
황한 숫자와 그럴싸한 수사학적 말장난에 가려 애매하고도 난
해하게 포장되어 있다. 진실이 빛을 발하고 까막눈까지 그러한

진실을 알게 될 때, 더 나아가 헌법의 보장과 언론의 자유, 보통선거가 이뤄질 때 비로소 우리 스페인도 선진국의 대열에 동참할 수 있을 것이다. 올바른 의식을 지닌 자들이 시민들을 절망과 공포, 수치심으로 몰아넣는 지저분하고, 부당하고, 범죄적인 방법들을 더 이상 묵과하지 않을 때만이 사랑하는 우리나라가 중세의 어두운 안개에서 벗어나 근대화라는 험준한 정상을 향해 오를 수 있고, 요즘 그런 분위기가 한껏 무르익었다 할 수 있다. 그렇기 때문에 나는 객관적이고도 냉철하게, 하지만 확고한 증거를 갖고 우리나라 산업계에서 자행되는 말도 안 되는 지저분한 만행을 고발할 수 있는 기회를 그냥 놓치지 않을 것이다. 특히 국제적 명성을 지닌 특정 기업에 대한 고발을 서슴지 않을 것이다. 그 기업은 노동과 질서, 정의에 기초해 미래를 다지며 새로운 도약을 위한 발판을 만든다는 미명 아래 조직폭력배와 파벌 경영 체제를 양산하는 온상지에 불과하다. 그들은 가장 비인간적이고 치졸한 방법으로 노동자들을 착취했고, 그것도 모자라 노동자들의 자존심마저 짓밟았으며, 노동자들을 난폭한 업주들의 죽 끓는 변덕에 힘없이 장단 맞춰야 하는 겁에 질린 꼭두각시로 전락시켰다. 나는 아직도 그런 사실을 깨닫지 못한 사람들을 위해 최근 사볼타 공장에서 암암리에 벌어지고 있는 일들을 밝히고자 한다……

1927년 1월 10일 뉴욕 주 법정의 F. W. 데이비드슨 판사가 주재한 하비에르 미란다 루가르테의 1차 증언 과정을 속기한 문서 복사본. 법정 통역사 구스만 에르난데스 데 펜윅의 통역에 기초함.

(증언 서류 21쪽부터)

데이비드슨 판사 본인의 이름과 직업을 말하시오.

미란다 하비에르 미란다. 증권사 영업 직원입니다.

판사 국적은?

미란다 미국입니다.

판사 언제부터 미국 시민이 되었습니까?

미란다 1922년 3월 8일입니다.

판사 이전 국적은 어디였습니까?

미란다 스페인입니다.

판사 언제, 어디서 출생했습니까?

미란다 1891년 5월 9일, 스페인 바야돌리드에서 출생했습
니다.

판사 1917년부터 1919년까지 어디에서 활동했습니까?

미란다 스페인의 바르셀로나에 있었습니다.

판사 그러니까 바야돌리드에 거주하면서, 거기서 직장이
있는 바르셀로나까지 매일 출퇴근했다는 겁니까?

미란다 아닙니다.

판사 아니라니요?

미란다 바야돌리드는 바르셀로나에서 700킬로미터 이상
떨어진 곳입니다.

판사 그 부분을 보다 명확하게 밝혀 주십시오.

미란다 그러니까 거의 400마일 정도 떨어져 있습니다. 거
의 이틀 걸리는 거리입니다.

판사 그래서 바르셀로나로 이주했다는 뜻입니까?

미란다 네.

판사 왜 이사했지요?

미란다 바야돌리드에서는 직장을 구할 수 없었습니다.

판사 왜 직장을 구할 수 없었지요? 당신을 고용하려는
사람이 아무도 없었습니까?

미란다 그건 아닙니다. 전반적으로 일자리가 많이 부족했습
니다.

판사 그렇다면 바르셀로나는요?

미란다 기회가 훨씬 더 많았습니다.

판사 어떤 종류의 기회지요?

미란다 월급도 훨씬 많았고, 승진도 쉽게 할 수 있었습니다.

판사 당신은 직장을 구해서 바르셀로나로 간 겁니까?

미란다 아닙니다.

판사 그렇다면 어떻게 더 많은 기회가 주어졌다는 거지요?

미란다 모두 그렇게 알고 있었습니다.

판사 구체적으로 말씀해 보십시오.

미란다 당시 바르셀로나는 상공업이 광범위하게 발전한 도
시였습니다. 그 때문에 전국 방방곡곡에서 많은 사
람들이 매일 일자리를 찾아 몰려들었습니다. 뉴욕
과 비슷합니다.

판사 뉴욕이 어떤데요?

미란다 예를 들어, 누군가 일자리를 찾아 버몬트에서 뉴욕
으로 이주했다고 해도 그걸 이상하게 여길 사람은
아무도 없습니다.

판사 왜 버몬트지요?

미란다 그냥 예를 들기 위해 말씀드렸을 뿐입니다.

판사 그렇다면 버몬트와 바야돌리드의 상황이 비슷하다는 의미로 받아들여도 좋습니까?

미란다 모르겠습니다. 나는 버몬트에는 가 보지도 못했습니다. 어쩌면 내가 예를 잘못 들었을 수도 있습니다.

판사 그렇다면 왜 버몬트를 언급한 겁니까?

미란다 그냥 맨 먼저 떠올랐을 뿐입니다. 어쩌면 오늘 아침 신문 기사에서 그 지명을 봤을 수도…….

판사 어떤 신문이지요?

미란다 그냥 무심코…….

판사 내가 보기에는 아무 연관성도 없습니다.

미란다 내가 예를 잘못 들었다고 말씀드리지 않았습니까?

판사 그렇다면 버몬트라는 이름이 당신의 증언 내용에서 빠져도 괜찮습니까?

미란다 네, 상관없습니다.

"아이, 안 오시는 줄 알았어요."

사볼타 부인이 방금 도착한 남자에게 악수를 건네고, 그의 아내의 양 뺨에 입을 맞추며 얘기했다.

"네우스가 쓸데없이 고집을 피우는 바람에 늦었습니다." 클라우데데우가 아내를 가리키며 말했다. "사실 한 시간 전에 도착할 수 있었는데, 네우스가 좀 늦게 출발해야 맨 먼저 도착하지 않는다며 고집을 피워서요. 그게 촌스럽다나, 뭐라나?"

"사실, 오시지 않을 거라는 생각이 조금씩 들기 시작했어요."

사볼타 부인이 대답했다.

"그래도 만찬은 아직 시작하지 않았겠죠?"

클라우데데우 부인이 물었다.

"시작요?" 사볼타 부인이 큰 소리로 말했다. "벌써 아까 끝났는걸요. 두 분 다 굶으셔야겠어요."

"농담도 잘하시지! 이럴 줄 알았으면 샌드위치라도 몇 개 싸오는 건데."

클라우데데우가 웃으며 대답했다.

"샌드위치라니요! 세상에! 별말씀을 다 하시네요!"

사볼타 부인이 소리 높여 말했다.

"이 양반이 좀 엉뚱해요."

클라우데데우 부인이 시선을 아래로 내리며 말했다.

"벌써 만찬이 끝났다는 말은 사실이 아니겠죠? 그렇죠?"

클라우데데우가 물었다.

"사실이에요. 당연히 끝났지요. 거짓말인 줄 아셨어요? 우리는 배가 고팠고, 당신네가 오지 않을 거라 생각해서……."

사볼타 부인은 안타까운 듯 호들갑을 떨었지만 이내 웃음이 터져 나와 끝까지 말을 맺지 못했다.

"혹 모르지요. 우리가 맨 먼저 도착했을지."

클라우데데우 부인이 덧붙였다.

"네우스, 그런 걱정은 하지 마요." 사볼타 부인이 클라우데데우 부인을 안심시켰다. "적어도 200명 정도는 와 있으니까요. 들어설 자리도 없어요. 진짜예요. 시끄럽게 떠드는 소리 안 들려요?"

정말이지, 살롱으로 연결되는 현관문을 통해 사람들의 목소리와 바이올린 음악 소리가 들려왔다. 하지만 현관은 살롱 안쪽과 달리 어둠에 잠겨 조용했고 아무도 없었다. 제복을 차려 입은 하인 한 명만이 정원으로 나가는 문 옆에 서 있었다. 하인은 옆에서 수다를 떨고 있는 세 사람이 보이지도 않는 듯 무표정한 얼굴로 심각하면서도 무뚝뚝하게 서 있었다. 하인은 보이지 않는 상관의 시선에만 신경을 쓰는 듯했다. 그는 화려하게 조각된 천장을 바라보며 자기만의 생각에 몰두해 있었다. 아니면 안 듣는 척하면서 그들의 대화를 엿듣고 있는지도 몰랐다. 하녀 한 명이 허둥지둥 달려와 방금 도착한 손님들의 외투를 받았다. 하녀는 신사가 보내는 장난기 가득한 짓궂은 시선을 애써 피하며 신사의 모자와 지팡이를 받아 들었다. 오히려 그녀는 안주인의 시선에 더욱 신경을 썼다. 안주인은 겉으로는 무관심한 듯하면서도 사실은 신경을 잔뜩 곤두세우고 있었다.

"우리 때문에 만찬이 늦어진 건 아니겠죠?"

클라우데오 부인이 말했다.

"아이, 네우스." 사볼타 부인이 말했다. "당신은 지나치게 예의가 깍듯해요."

살롱 문이 열리면서 문틈 사이로 사볼타가 모습을 드러냈다. 후광이 났으며, 그 순간 안쪽의 시끌벅적한 소리도 함께 들려왔다.

"아이고! 이게 누구야!" 사볼타가 탄성에 이어 원망조로 내뱉었다. "난 자네가 안 오는 줄 알았네!"

"자네 부인도 방금 그렇게 말하더군." 클라우데오가 말했다. "게다가 자네 부인이 우리를 깜짝 놀라게 했네. 안 그렇습니까?"

"모두들 자네가 왜 안 왔느냐고 난리라네. 클라우데데우 없는 파티는 와인이 빠진 식사와 같다나."

이어 사볼타가 클라우데데우 부인 쪽으로 향했다.

"네우스, 요즘 어떻게 지내십니까?"

그러고는 그녀의 손등에 공손하게 입을 맞췄다.

"다들 우리 남편의 광대 짓이 그리웠나 보네요."

클라우데데우 부인이 말했다.

"제발 불쌍한 니콜라스를 너무 몰아세우지 마십시오."

사볼타가 클라우데데우 부인에게 대답한 후 클라우데데우를 향해 말했다.

"아주 따끈따끈한 소식이 있네. 자네가 들으면 웃다가 요절복통 할 걸세. 숙녀 앞에서 죄송합니다." 사볼타는 여자들에게 양해를 구했다. "허락하신다면 제가 이 양반을 잠시 빌려 가겠습니다."

사볼타가 친구의 팔짱을 끼었고, 두 사람은 함께 살롱 문 뒤로 모습을 감췄다. 두 여자는 복도에서 조금 더 있었다.

"마리아 로사는 어때요?"

클라우데데우 부인이 물었다.

"오! 잘 있어요. 하지만 오늘은 별로 신나 보이지 않네요. 오히려 이 난리 법석 통에 약간 얼이 빠진 것 같아요."

사볼타 부인이 대답했다.

"그건 당연해요. 아주 당연하지요. 갑자기 환경이 많이 바뀌면 그럴 수도 있어요."

"어쩌면 당신 말이 옳아요. 하지만 이제는 슬슬 바뀔 때도 되었어요. 내년이면 공부도 끝나는데, 이제 천천히 미래도 생각해야죠."

"그만해요! 하여간 앞서 가기는! 마리아 로사는 걱정할 필요 없어요. 지금이나 나중이나, 절대 걱정할 필요가 없어요. 무남독녀에 집안도 좋고……. 걱정 마요. 그냥 그대로 내버려 두세요. 바뀔 때가 되면 어련히 알아서 바뀔 거예요."

"아니에요. 다정하고 조용한 그 아이의 성격이 나쁘지는 않아요. 하지만 조금은 무료하다고나 할까? 아주 조금은…… 어떻게 표현해야 좋을까? 약간 수녀 분위기를 풍긴다고 할까? 내 말 이해하겠어요?"

"그게 걱정이군요? 그렇죠? 아이, 무슨 말을 하려는지 이제 알 것 같아요."

"내가 무슨 말을 하려는 건데요?"

"당신은 지금 머릿속에 꽉 들어차 있는 생각을 나한테 감추고 있지요? 아니라고는 말하지 마요."

"생각이라뇨?"

"로사, 가슴에 손을 얹고 진실을 얘기해 봐요. 그 아이를 결혼시킬 생각이죠?"

"마리아 로사를 결혼시킨다고요? 아휴, 네우스! 어쩜 생각하는 거 하고는!"

"그게 다가 아니에요. 후보자도 이미 점찍어 두었을 거예요. 아니면 아니라고 어디 얘기해 봐요."

사볼타 부인은 얼굴을 붉힌 채 낮고 긴 웃음으로 당혹스러움을 애써 감춰 보려고 했다.

"아이, 네우스. 후보자라니, 대체 무슨 말을 하는 거예요? 후보자라니! 세상에, 말도 안 돼……."

데이비드슨 판사　당신은 바르셀로나에서 일자리를 찾았습
　　　니까?

미란다　네.

판사　어떻게 찾았습니까?

미란다　추천장을 몇 장 가지고 있었습니다.

판사　추천장은 누가 써 주었나요?

미란다　돌아가신 아버지의 친구분들입니다.

판사　추천장은 누구에게 보냈지요?

미란다　주로 상인과 변호사들입니다. 그리고 의사 한 명도
　　　있었고요.

판사　그럼 추천장을 받은 사람들 중에서 한 사람이 당신
　　　을 고용했나요?

미란다　네, 그랬습니다.

판사　구체적으로 누구였습니까?

미란다　변호사인 코르타바네스입니다.

판사　이름의 철자를 불러 보시겠습니까?

미란다　세, 오, 에레, 테, 아, 베, 아, 에네, 이그리에가, 에, 에
　　　세. 코르타바네스.

판사　그 변호사는 왜 당신을 고용했습니까?

미란다　바야돌리드에서 법대를 이 년 다녔습니다. 그래서
　　　고용된 것 같습니다…….

판사　당신은 코르타바네스를 위해 어떤 일을 했습니까?

미란다　그분의 보조였습니다.

판사　구체적으로 말씀해 보십시오.

미란다　법원이나 행정재판소에 심부름을 다니고, 증인들을

동행하기도 하고, 공중 사무실에 서류를 갖다 주기
도 하고, 재무부에 가서 간단한 업무를 보기도 했
습니다. 그리고 사건 문서들을 정리해 보관하고, 필
요한 자료들을 찾아 책을 뒤지기도 했습니다.

판사　어떤 자료들을 찾았습니까?

미란다　인용할 만한 격언이나 교리, 법률이나 경제 분야의
전문가들 의견을 찾았습니다. 또 가끔은 신문이나
잡지 기사들도 찾았습니다.

판사　잘 찾았습니까?

미란다　제법 잘 찾는 편이었습니다.

판사　그 일로 월급을 받았습니까?

미란다　물론이지요.

판사　당신이 일한 양에 비례해서 월급을 받았습니까? 아
니면 일의 결과에 따라서 받았습니까?

미란다　정해진 월급을 받았습니다.

판사　보너스는 없었습니까?

미란다　크리스마스 때 한 번 있었습니다.

판사　그것도 일정하게 정해진 건가요?

미란다　아니요, 자주 바뀌는 편이었습니다.

판사　어떤 의미에서요?

미란다　사무실에 일이 많은 해에는 액수가 조금 더 올라갔
습니다.

판사　사무실에 일은 많은 편이었나요?

미란다　아닙니다.

코르타바네스는 쉴 새 없이 헐떡거렸다. 몸집은 심하게 비대했고 머리는 돌산처럼 반들거리는 대머리였다. 양쪽 눈두덩은 시커멓고 코는 메주콩 같았으며, 두껍고 축 처진 아랫입술은 우표 뒷장을 갖다 대면 딱 달라붙기라도 할 듯 축축했다. 아래턱은 조끼 끝에 닿을 정도로 축 늘어졌고, 손은 솜을 채워 넣은 듯 포동포동했고, 손가락은 붉은빛이 도는 원통 세 개를 뭉뚱그려 놓은 것 같았다. 손톱은 제법 가느다란 편으로 늘 반들거렸고, 손가락뼈 사이에 푹 파묻혀 있었다. 그는 어린아이가 가짜 젖꼭지를 꽉 쥐는 것처럼 다섯 손가락을 모아 펜이나 연필을 꽉 쥐고 있었다. 말을 할 때면 침이 거품 쏟아지듯 사방으로 튀기 일쑤였다. 그는 게으르고, 느리고, 부주의한 편이었다.

코르타바네스의 사무실은 카스페 거리 일 층에 있었다. 그 건물에서 그는 대기실 한 칸과 서재 겸 사무실 한 칸, 방 한 칸, 창고 한 칸과 화장실 한 칸만을 사용했다. 나머지는 손해배상 명목으로 이웃 사람에게 양도했기 때문이다. 사무실이 비좁아 가구 구입비와 청소비를 아낄 수 있었다. 대기실에는 암홍색 비로드 의자들과 자그마한 검은색 탁자 한 개, 먼지가 쌓인 잡지책들이 놓여 있었다. 사무실에는 빙 둘러싼 책장들과 문 세 개가 있었다. 그리고 사다리 옆쪽 빈 공간에 장식장 한 개가 놓여 있고, 거리 쪽으로 나 있는 한 쪽짜리 창문에는 의자와 같은 천의 비로드 커튼이 쳐져 있었다. 코르타바네스의 방은 서재 유리문을 지나 들어갈 수 있었다. 그곳에는 투구와 화승총, 검이 조각된 짙은 색 나무 책상이 놓여 있었고, 책상 뒤에는 왕좌와 비슷한 큼지막한 의자 한 개와 가죽 안락의자 두 개가 있었다. 창고에는 문서 보관함들과 위아래로 오르내리는 블라인드가 쳐진 벽장들이 잔뜩 있었다. 블라인드는 벼락같은 소리를 내고서야 움직였다. 창고에는 하얗고 자그마한 나무 탁자 한 개와 스프링 쿠션 의자 한 개가 있었고, 그곳에서 세라 마드릴레스가 견습생으로 일했다. 서재 겸 사무실에는 기다란 탁자 한 개가 놓여 있었고, 그 주변으로 커버를 씌운 의자들이 빙 둘려 있었다. 그곳은 본래 회의실 용도였지만 회의가 열린 적은 거의 없었다. 나와 돌로레타스가 그곳에서 근무했다.

햇살이 화창했고, 카페 테라스는 그늘을 찾는 사람들로 북적였다. 람블라스 거리는 화려했다. 거만한 금융인들과 위엄 가득한 군인들, 빳빳하게 풀 먹인 하얀 옷을 입고 고급 유모차를 끌고 가는 유모들, 형형색색 아름다운 꽃을 파는 꽃 장수들, 수업을 빼먹고 나와 자기들끼리 농담을 주고받으며 낄낄거리다가 괜히 지나가는 사람들에게 시비를 거는 학생들, 뭐라 딱 정의 내릴 수 없는 사람들, 막 배에서 내린 선원들로 북적였다. 테레사는 환하게 미소 지으며 거리를 활보하다가 이내 심각한 표정을 지었다.

"사람들이 많아 정신이 없긴 하지만 텅 빈 거리도 견딜 수 없을 것 같아요. 도시란 역시 많은 사람들을 위한 거죠, 안 그래요?"

"당신은 도시를 좋아하지 않는 것 같군요."

내가 테레사에게 말했다.

"나는 도시를 증오해요. 당신은 아닌가요?"

"오히려 그 반대입니다. 다른 데 가서는 못 살 것 같아요. 당신도 곧 익숙해지면 나처럼 생각할 겁니다. 마음먹기 나름이에요. 억지로 거부하지 말고 그냥 물 흐르는 대로 자신을 맡겨 보세요."

유명한 메종 도레 식당 바로 앞 카탈루냐 광장에 이동 관람석이 세워져 있었다. 관람석 앞쪽은 카탈루냐 깃발로 뒤덮여 있었다. 관람석 위에서 연사 한 명이 연설을 했고, 많은 사람들이 조용히 그의 얘기를 경청하고 있었다.

"다른 데로 가지요."

내가 말했다.

하지만 테레사는 원치 않았다.

"나는 집회를 한 번도 본 적이 없어요. 가까이 가서 봐요."

"그러다가 난동이라도 일어나면?"

"아무 일도 없을 거예요."

테레사가 말했다.

우리는 가까이 다가갔다. 거리에서는 연사의 말소리도 제대로 들리지 않았지만, 연사가 눈에 잘 띄는 관람석에 있어서 한창 열변을 토하고 있는 그의 몸짓은 알아볼 수 있었다. '문화 전통과 민주주의 전통', '중앙으로부터, 중앙에 의한 조직적이고 자의적인 나태'라는 카탈루냐어를 대충은 이해할 수 있었다. 이따금 몇 마디는 알아들을 수 있었다. 연설이 끝나자 박수갈채가 쏟아졌고, 그 박수갈채 뒤로 사람들이 웅성거리며 평하는 소리가 이어졌다. 그러고는 카탈루냐어로 "좋아! 좋아!"라고 외치는 함성이 들리면서 선동자들이 여기저기서 천천히 움직이기 시작했다. 그와 동시에 폰타넬라 거리 쪽에서 어깨에 장총을 한 자루씩 맨 전경들이 두 명씩 짝을 지어 진입했다. 전경들은 건물을 등진 채 인도에 한 줄로 정렬한 후 쉬어 자세를 취했다.

"상황이 험악해지는군요."

내가 말했다.

"괜히 겁먹지 마요."

테레사가 말했다.

노래가 이어졌고 선동적인 구호들이 들려왔다. 한 젊은이가 사람들 틈에서 빠져나와 돌멩이를 집어 들더니, 성난 표정을 지으며 마사회 건물 유리창을 향해 세차게 던졌다. 그 순간 그의 모자가 떨어졌다.

"카스티야 놈들은 물러가라!"

이제 사람들이 따라서 외쳤다.

하얀 턱수염을 기르고 새처럼 생긴, 검은 옷을 입은 남자가 창가 쪽에 모습을 드러냈다. 그가 양팔을 들어 "카탈루냐!"라고 외쳤다. 하지만 모습을 드러낸 순간 돌멩이 세례와 야유를 퍼붓는 휘파람 소리가 빗발치자 그는 이내 뒤로 물러났다.

"누구예요?"

테레사가 물었다.

"잘못 봤어요." 내가 대답했다. "내가 보기에는 카탈루냐 민족주의자 캄보* 같은데."

---

* Francesc Cambó i Batlle(1876~1947), 카탈루냐 민족주의 계열의 보수적 성향이 강한 정치가. 1901년부터 정치에 참여해 카탈루냐 자치 정부 수립을 위해 노력했다. 1918년 마우라 정부 출범시 카탈루냐 지역 대표로 노동부 장관을 역임했고, 1921년에서 1922년 사이에는 재무부 장관을 역임했다. 그 후 아르헨티나의 부에노스아이레스로 망명을 떠나 그곳에서 사망했다.

한편 전경들은 권총을 뽑아 든 지휘관의 명령이 떨어지길 기다리며 꼼짝 않고 가만히 서 있었다. 그때 람블라 데 카탈루냐 거리에서는 사람들이 그룹을 지어 각목을 높이 치켜들고 '스페인 공화국'을 외치며 달려 나왔다. 내가 보기에 그들은 보수파인 레룩스*가 고용한 정치 깡패들 같았다. 분리주의자들이 정치 깡패들에게 돌멩이를 던지자, 권총을 들고 있던 지휘관의 신호가 떨어지는 동시에 나팔 소리가 울려 퍼졌다. 시위자들이 전경들에게도 돌멩이를 던지자, 다시 나팔 소리가 울려 퍼지면서 전경들이 그들에게 총을 겨누었다. 정치 깡패들이 분리주의자들에게 각목을 휘두르자 분리주의자들도 돌멩이를 던지고, 주먹을 휘두르고, 발길질을 해 대며 각목에 대응했다. 분리주의자들의 숫자가 훨씬 많았지만, 그들 중에는 싸움판에서는 아무 쓸모도 없는 여자와 노인 들이 다수 포함되어 있었다. 몇몇 사람들은 피범벅이 되어 땅바닥으로 쓰러졌다. 전경들은 난동을 부린 자들에게 총을 겨누고 양다리를 벌린 채 꿋꿋하게 서 있었다. 그들은 가끔씩 날아드는 돌도 묵묵히 참아 냈다. 펠라요 거리로 기병대가 모습을 드러냈다. 기병대는 검을 빼 들고 '살롱 카탈루냐' 건물 앞에 정렬해 있다가 부채꼴 모양으로 퍼지면서 전진했다. 처음에는 총총걸음으로 전진하는 듯했지만, 조금씩 보폭을 빨리해 달려가다가 막판에는 태풍처럼 질주했다. 기병대는 지면에 딱딱한 말발굽 소리를 울리고 먼지바람을 일으켜 야자수들 사이를 휘저으며 벤치와 화단 위를 마구 짓밟고 지나갔다. 그러자 서로 뒤엉켜 몸싸움을 벌이

---

* Alejandro Lerroux y Garcia(1864~1949), 스페인 공화국의 대표 정치가로, 공화파에서 가장 전투적인 리더로 두각을 드러냈다.

던 사람들을 제외하고는 모두 도망치기 시작했다. 사람들은 람블라 데 카탈루냐로, 산 페드로 광장으로, 푸에르타 델 앙헬 쪽으로 뿔뿔이 흩어졌다. 연사도 자취를 감추었고 정치 깡패들은 카탈루냐 깃발을 갈가리 찢었다. 기병대는 칼등으로 도망자들의 머리를 후려쳤다. 쓰러진 사람들은 싸움에 휘말리지 않기 위해 가만히 엎드려 양손으로 머리를 감싼 채 말들이 지나갈 때까지 기다렸다. 아래에 있던 전경들은 푸에르타 델 앙헬 쪽 퇴각로를 차단한 후 원을 그리며 허공에 총을 발포했다. 기병대와 전경들에게 붙잡힌 몇몇 사람들이 항복의 표시로 양손을 들었다.

우리는 처음에는 람블라스 거리까지 뛰어가 보행자들과 뒤섞였다. 잠시 후 전경들이 수갑을 채운 세 사람을 가운데 놓고 끌며 지나갔다. 끌려가던 사람들이 길 가는 사람들을 바라보며 외쳤다.

"여러분도 보셨지요? 우리는 날마다 이렇게 혹독한 대가를 치르고 있습니다."

길 가던 사람들은 못 본 척 그들을 외면했다. 우리는 손을 잡은 채 계속 뛰어갔다. 그 시절은 무책임이 팽배하고, 행복은 만져지지 않던 시절이었다.

바르셀로나 신문 《정의의 목소리》 1917년 10월 6일 자에 실린 도밍고 파하리토 데 소토의 기사 복사본.(계속)

증빙서류 1번

(법정 통역사 구스만 에르난데스 데 펜윅의 영문 번역 첨부)

……사볼타 회사는 악취가 진동하는 썩은 고기에 빌붙어 살찐 파리처럼, 유럽을 휩쓴 잔인한 전쟁의 후광으로 지난 몇 년간 믿어지지 않을 정도로 급성장을 이뤄 냈다. 이미 잘 알려진 대로 이 회사는 협소한 국내 시장이나 지역 시장을 상대로 하는 조그만 산업체에서 시작했다. 그러나 곧 전시 상황을 잘 이용해 엄청난 부와 이익을 거머쥐면서 지난 몇 년 만에 여러 국가에 무기를 공급하는 대기업으로 급성장했다. 그러나 아무리 세월이 흘러도 올바른 의식을 지닌 시민들은 사볼타 사(社)의 성격과 특성상, 그 회사가 어떠한 압력과 권력 남용을 행사했는지 잘 알 것이다. 그 어느 것도 그냥 간과해서는 안 될 것이다. 그렇기 때문에 추문이나 혹독한 비난 또한 면할 수 없을 것이다. 그리고 그러한 괄목할 만한 성장을 이루기 위해 물심양면으로 노력한 사람들의 이름 또한 널리 알려졌다. 창립자이자 최대 주주로 사볼타 회사를 이끄는 사볼타 사장과 이름만 들어도 프롤레타리아 계급 전체가 두려움과 분노를 느끼는, '쇠꼬챙이 손'이라는 별명으로 잘 알려진 악명 높은 노사 담당자, 그리고 마지막으로 미꾸라지처럼 요리조리 잘 빠져나가는 부도덕한 르프랭스가 바로 그들이다……

쌀쌀했던 11월의 그날 오후, 긴장해서 의자 끝에 엉거주춤 걸터앉아 있던 파하리토 데 소토의 모습이 기억난다. 그는 체크무늬 모자를 무릎 위에 올려놓고, 서재 겸 사무실에 있는 회의용 탁자 끝만 멍하니 바라보고 있었다. 발밑으로 미끄러져 조용히 똬리를 튼 목도리는 거의 발에 밟히기 일보 직전이었다. 돌로레타스는 외투와 천 가방, 가짜 은 손잡이에 붉은색과 초록색 가짜 보석이 박힌 우산을 서둘러 챙겨 들었고, 세라마드릴레스는 제대로 말을 듣지 않는 서류함과 타자기, 스프링 쿠션 의자가 있는 골방에서 계속해서 무슨 소리인가를 내고 있었다. 그리고 코르타바네스는 자기 방에서 나오지 않았다. 코르타바네스가 만남의 충격을 줄여 줄 수 있는 유일한 사람이었지만, 어쩌면 그래서 그는 귀머거리에 장님처럼 가만히 있었는지도 모르겠다. 코르타바네스는 틀림없이 문 뒤에서 애기를 엿들었거나, 아니면 열쇠 구멍으로 밖을 내다보았을 것이다. 하지만 지금 생각해 보면 그건 둘 다 실현 가능성이 없어 보인다. 파하리토 데 소토는 그런 만남 자체를 느닷없이 터진 플래시처럼 당혹스러워했다. 그는 자기가 아는 사실마저 인정하기 어려운 듯 두 눈을 감고 있었다. 물론 그는 내가 이미 암시를 준 데다가 구체적으로 이야기까지 들려주었기 때문에 자기에게 미소를 띠며 꼬치꼬치 캐묻는 남자가 늘 우아하고, 신중하고, 세련된 용모에 호탕하기까지 한 르프랭스라는 사실을 잘 알고 있었다.

데이비드슨 판사 당신은 직업상의 이유로 르프랭스를 알게
            되었습니까? 아니면 다른 이유로 알게 되었습니까?
미란다 일을 통해 알게 되었습니다.
판사   르프랭스가 코르타바네스의 고객이었습니까?

미란다　아닙니다.

판사　　말이 앞뒤가 맞지 않는 것 같은데요.

미란다　그렇지는 않습니다.

판사　　왜 그렇지 않다는 거지요?

미란다　르프랭스는 코르타바녜스의 고객은 아니었지만 그
　　　　에게 일을 의뢰하기 위해 왔습니다.

판사　　나는 그런 경우를 고객이라고 생각합니다.

미란다　나는 아닙니다.

판사　　왜 아니지요?

미란다　평소에 지정 변호사에게만 일을 맡기는 사람을 고
　　　　객이라고 생각하니까요.

판사　　르프랭스의 경우는 그렇지 않았다는 겁니까?

미란다　그렇지 않았습니다.

판사　　그럼 그 경우를 설명해 보십시오.

르프랭스가 자동차 발판 밑에 있던 조그만 상자를 열어 권
총 두 자루를 꺼냈다.

"무기를 다룰 줄 아나?"

"그게 필요한가요?"

"앞일은 아무도 모르거든."

"나는 무기를 다뤄 본 적이 없습니다."

"어렵지 않네. 보이지? 장전되어 있지만 발사는 되지 않네.
이게 안전장치일세. 이걸 올리면 방아쇠를 당길 수 있지. 물론
지금은 방아쇠를 당기지 않을 거야. 괜한 짓이니 말이네. 그냥

어떻게 사용하는지 보여 주는 걸로 충분하지. 어찌 됐든 허리에 찬 권총이 제멋대로 발사되어 바짓가랑이 사이로 총알이 날아가지 않도록 안전장치를 채우라는 거야. 이해가 됐나? 쉽지? 안 그래? 그리고 여기 노리쇠를 당겨 원통 부위를 돌리면 총알이 장전되지. 발사된 탄피를 빼낼 때는 여기 원통 부위를 돌리면 되고. 물론 그 전에 이미 다 준비되어 있어야 하네. 어찌 됐든, 가장 중요한 것은 발사 위치로 노리쇠를 움직이기 전에는 방아쇠를 당기지 말아야 한다는 거네. 보이지? 이렇게 내가 하는 식으로 말이야. 그러고 나서 방아쇠를 당기면 끝이네. 하지만 제대로 조준해서 해야지. 실재 위험이 도사리고 있다는 확신이 없으면 절대 총을 발사해서는 안 되네, 알았나?"

르프랭스!

"문명은 중세 농사꾼들이 신을 믿었던 것과 비슷한 믿음을 우리 인간에게 요구하지. 오늘날의 노동자들은 중세 농사꾼들이 계절이나 구름, 태양에 대해 품었던 믿음과 비슷한 것을 현대의 사회규범에서 찾을 수 있다고 믿어. 나는 노동자들의 권리 회복 운동을 보면 중세의 기우제가 연상된다네……. 방금 뭐라고 했지? ……코냑 한 잔 더 하겠나? ……아! 혁명이라……."

미꾸라지처럼 요리조리 잘 빠져나가는 부도덕한 르프랭스에 대해서는, 그가 1914년에 스페인으로 건너온 프랑스 청년이라는 사실을 제외하고는 거의 알려진 바가 없다. 자신의 고국에 수많은 눈물과 죽음을 안겨 주었고, 지금도 여전히 안겨 주고 있는 끔찍한 전쟁 초반에 르프랭스는 스페인으로 건너왔다. 그는 바르셀로나 귀족들의 사교 모임과 재계에 금세 얼굴이 알려지기 시작했다. 상류층이라는 사회적 신분뿐만 아니라, 영리한 머리와 깍듯한 매너, 거침없는 씀씀이로 모든 사람들에게 존경과 감탄의 대상이 되었다. 그렇게 스페인에 막 도착한 르프랭스는 거들먹거리며 삶에 만족하는 모습으로 수면 위에 떠올라 이웃 공화국의 돈이란 돈은 모조리 가지고 있는 것처럼 행동했다. 그는 폴 앙드레 르프랭스라는 이름으로 최고급 호텔에 묵으면서 곧 상류층으로부터 달콤한 러브콜을 받는 환대의 대상이 되었다. 우리는 그가 어떤 러브콜을 받았는지는 절대 알지 못할 것이다. 하지만 그가 모습을 드러낸 지 채 일 년도 지나지 않아 당시 바르셀로나에서 가장 잘나가는 유명 회사의 고위 간부직을 맡았다는 사실만큼은 확실했다. 바로 사볼타 회사에서 근무하게 되었다……

살롱에서는 비로드를 휘감은 단상 위에서 오케스트라가 왈츠와 마주르카를 연주하고 있었다. 대화를 나누는 사람들이 남겨 놓은 넓지 않은 빈 공간에서 몇몇 커플들이 춤추고 있었다. 저녁 만찬이 끝났으며, 손님들은 자정이 되어 신년이 밝아오길 간절히 기다렸다. 젊은 르프랭스는 나이가 제법 지긋한 부인과 대화를 나누고 있었다.

"당신 얘기는 많이 들었어요. 그런데도 이제야 당신을 직접 만나다니, 이게 어디 말이나 되는 소리예요? 우리 늙은이들이 얼마나 소외당하고 사는지 정말 끔찍해요…… 정말 끔찍해……."

"그렇게 말씀하지 마십시오, 부인." 젊은 르프랭스가 미소를 띠며 대답했다. "오히려 부인께서 조용한 삶을 택했다는 게 더 말이 되지 않을까요?"

"아휴, 그렇지 않아요. 지금은 고인이 된 내 남편이 살아 있을 때만 해도 달랐어요. 하루도 빠지지 않고 외출하거나 초대를 받았는데…… 하지만 지금은 그렇게 다닐 수도 없어요. 이제 나한테는 이런 모임이 힘드네요. 엄청 피곤해요. 해가 지기도 전에 얼른 집으로 돌아가 눕고 싶은 마음뿐이에요. 우리 늙은이들은 추억으로 살아간답니다, 젊은이. 파티를 즐긴다는 것은 이제 우리하고는 아무 상관 없어요."

젊은 르프랭스는 애써 하품을 감췄다.

"그러니까 당신은 프랑스 사람이지요, 그렇죠?"

부인이 계속 물고 늘어졌다.

"그렇습니다. 파리 출신입니다."

"당신이 말하는 걸 들으면 아무도 믿지 않을 거예요. 당신의 스페인어 실력은 완벽해요. 스페인어는 어디서 배웠나요?"

"제 어머니가 스페인 분이셨습니다. 어머니께서 늘 스페인어로 말씀하셨지요. 그래서 저는 갓난아이 때부터 스페인어를 배웠다고 말씀드릴 수 있습니다. 심지어 프랑스어보다 먼저 배웠습니다."

"정말요? 나는 외국인들이 좋아요. 아주 흥미롭거든요. 외국인들은 우리가 매일 듣는 것과는 다른 새로운 얘깃거리를 갖고 있어요. 우리는 만날 똑같은 얘기만 하는데. 하긴 그게 당연한 거 아니겠어요? 안 그래요? 우리는 늘 똑같은 곳에 살면서 늘 똑같은 사람들을 만나고, 똑같은 신문을 읽으니까요. 그래서 별다른 얘깃거리가 없다 보니 늘 똑같은 논쟁만 벌이지요. 하지만 외국인들하고는 논쟁을 벌일 필요가 없어요. 외국인들은 자기네 얘기를 하고 우리는 우리 얘기를 하니까요. 나는 여기 사람들보다는 외국인들하고 더 잘 지내는 편이에요."

"부인은 어떤 사람들과도 잘 지내실 거란 확신이 드는군요."

"아이, 안 그래요, 젊은이. 내가 얼마나 으르렁대는데요. 나이가 들면서 성격도 점점 고약해져요. 모두 다 나빠지지요. 외국인 얘기가 나온 김에 한 가지만 물어볼게요. 혹 엔지니어였던 피어슨 씨를 아세요?"

"프레드 스타크 피어슨 씨 말씀입니까? 그분 얘기는 많이 들었지만 직접 뵙지는 못했습니다."

"정말 대단한 사람이었지요. 정말이에요! 죽은 내 남편하고는 아주 절친한 사이였어요. 불쌍한 후안이, 후안은 내 남편이에요. 그분을 아세요? 불쌍한 후안이 죽었을 때 맨 먼저 우리 집으로 달려온 사람이 피어슨이었어요. 생각해 보세요. 그 유명 인사가 말이에요. 그의 발명품으로 바르셀로나 전체가 환해졌지요. 그래요. 그가 맨 먼저 달려왔어요. 너무 놀란 나머지 그의 입에서는 영어밖에 나오지 않았어요. 나는 영어를 못해요. 그렇지만 부드럽고 그윽한 그분의 목소리를 들으면서 나는 그분이 죽은 내 남편을 얼마나 아끼고 존중했는지 느낄 수 있었어요. 그래서 그 어느 조문객이 찾아와 위로해 줄 때보다 더 많이 울었지요. 그리고 몇 년 후에는 그 불쌍한 양반도 안타깝게 세상을 떠나고 말았어요."

"예, 알고 있습니다."

데이비드슨 판사   르프랭스와는 어떤 관계였습니까?

미란다   그를 위해 일했습니다.

판사   어떤 종류의 일이었습니까?

미란다   내 직업에 걸맞은 여러 종류의 일이었습니다.

판사   어떤 직업이었습니까?

미란다   법률과 관계된 직업이었습니다.

판사   요전에는 당신이 변호사가 아니라고 진술했습니다.

미란다   그러니까…… 법과 관련된 일을 변호사와 함께 했습니다.

판사   코르타바네스의 위임을 받아 르프랭스를 위해 일했다는 겁니까?

미란다   그렇기도 하고, 아니기도 합니다.

판사   그렇기도 하고 아니기도 하다니요?

미란다   처음에는 그랬습니다.

우리가 처음으로 만난 날짜는 정확하게 기억나지 않는다. 1917년 초가을이었던 것 같다. 끔찍했던 8월이 끝나 갈 무렵이었다. 노조가 해체되고, 지도부는 투옥되기도 하고 석방되기도 했다. 다시 말해, 사보리트, 앙기아노, 베스테이로, 라르고 카바

예로는 여전히 감옥에 남았고, 레룩스와 마시아는 석방과 동시에 추방당했다. 거리는 한산한 편이었다. 비를 맞아 너덜너덜해진 벽보들이 담벼락에 붙어 있었다. 르프랭스는 오후 늦은 시간에 나타나 코르타바녜스를 만나고 싶다고 했다. 그는 코르타바녜스의 방으로 안내되어 삼십 분 동안 얘기를 나누었다. 그러고는 코르타바녜스가 나를 불러 르프랭스를 소개한 후 나에게 저녁 약속이 있는지 물었다. 나는 약속이 없다고 사실대로 대답했다. 그러자 코르타바녜스는 나에게 프랑스인을 따라가 도와주라고 지시했다. 하룻밤 동안 그의 '개인 비서'가 되어 주라는 거였다. 코르타바녜스가 말하는 동안 르프랭스는 미소를 머금은 채 손가락 끝을 모으고 바닥만 뚫어져라 바라보고 있었다. 그러다가 가끔은 변호사의 말에 동의한다는 듯 건성으로 고개를 끄덕였다. 잠시 후 우리는 거리로 나왔다. 르프랭스가 나를 자기 차로 안내했다. 빨간색 차체에 검은색 덮개와 금색 테두리를 두른 피아트 이인승 컨버터블이었다. 르프랭스가 차가 무서우냐고 물었고, 나는 아니라고 대답했다. 우리는 그가 아는 고급 식당으로 저녁 식사를 하러 갔다. 거리로 나서면서 르프랭스가 자동차 발판 아래에 있는 조그만 상자를 열어 권총 두 자루를 꺼냈다.

"무기를 다룰 줄 아나?"

그가 나에게 물었다.

"그게 필요한가요?"

내가 그에게 물었다.

데이비드슨 판사 그 당시 당신은 도밍고 파하리토 데 소토
        도 알고 있었습니까?

미란다 네.

판사   본 법정에 1번 증빙서류로 제출된 기사들이 도밍고
        파하리토 데 소토가 작성한 기사라는 것을 확신할
        수 있습니까?

미란다 네.

판사   당신은 도밍고 파하리토 데 소토를 개인적으로 알
        고 지냈습니까?

미란다 네.

판사   친한 사이였습니까?

미란다 네.

판사   당신이 생각하기에 도밍고 파하리토 데 소토는 무정
        부주의 정당이나 그 비슷한 정당의 소속이었습니까?

미란다 아닙니다.

판사   확신합니까?

미란다 네.

판사   자신이 그런 정당에 소속되어 있지 않다고 당신에
        게 분명하게 말했습니까?

미란다 아닙니다.

판사   그렇다면 그렇게 확신하는 이유는 뭡니까?

페핀 마타크리오스 주점은 아비뇨 거리가 시작되는 골목길
에 위치했다. 나는 그 골목길의 이름은 한 번도 제대로 외워

본 적이 없지만, 그곳이 여전히 있다면 눈을 감고도 찾아갈 수 있을 것 같다. 그 주점에는 시위 주모자나 예술가들이 수시로 드나들었다. 그리고 밤늦은 시간에는 갈리시아 지방에서 바르셀로나로 이주해 정착한 외지인들과 작업복이나 제복을 입은 사람들이 몰려들었다. 야간 순찰원, 전차 매표원, 야간 경비원, 공원 관리인, 소방관, 청소부, 수위, 마부, 지게꾼, 연극 공연장과 영화관의 안내원, 경찰 등이 그곳을 자주 드나드는 단골들이었다. 아코디언 연주가가 빠지지 않고 늘 있었고, 때로는 장님이 나와 쩌렁쩌렁한 목소리로 자음을 뺀 집시 민요를 불렀다. "에-우 에-우-오 우-에-아-이-오-오-오." 주점의 주인인 페핀 마타크리오스는 작은 키에 비쩍 마른 체구의 사내였다. 왜소한 몸집에 비해 비정상적으로 큰 머리통은 양 끝이 위로 바짝 치켜 올라간 숱 많은 카이젤 수염 외에는 털 하나 없는 대머리였으며, 안색은 늘 잿빛이었다. 페핀은 그 당시 주점에서 모이던 지역 마피아의 한 사람으로, 바의 스탠드 뒤에서 그들을 통제했다.

"나는 노골적으로 도덕관을 반대하지는 않네." 우리가 두 번째 병을 마시는 동안 파하리토 데 소토가 말했다. "그런 의미에서 나는 전통적인 도덕관뿐만 아니라, 오늘날 이른바 의식 있는 사람들이 염두에 두는 혁명적이고 새로운 사상도 받아들이는 편이지. 자세히 보면 둘 다 똑같은 얘기거든. 한 사회에서 인간의 행동을 선도하고 그 행위에 의미를 부여하자는 거니까. 둘 사이에는 공통점이 있네. 이 점에 주목하게. 만장일치에 대한 사명감. 새로운 도덕관은 전통적인 도덕관을 대체하지만 그 어느 쪽도 공존 가능성을 제시하지 않을 뿐만 아니라, 양쪽 모두 개인에게 선택권을 주지 않는다는 거야. 그리고 어느 측면에서 보면 이것은 귀족들이 민주주의를 꺼리는 것을 정당화하기도 하지. '민주주의자들은 민주주의를 거부하는 사람들한테까지 민주주의를 강요한다.' 자네도 이 말은 수천 번도 더 들어 봤을 걸세, 그렇지? 그런데 다분히 악의적인 의도와는 별개로 이러한 자가당착 때문에 크나큰 진실 한 가지가 드러나게 되지. 즉 정치, 도덕, 종교 사상들까지 스스로 권위적인 속성을 지니게 되고, 그러다 보니 모든 사상들은 인간 세계처럼 거칠고 넌덜머리 나는 논리의 세계에서 살아남기 위해, 우위를 차지하기 위해 자신의 적들과 끊임없이 싸움을 벌인다는 거야. 그게 바로 커다란 딜레마라네. 그렇기 때문에 공동체의 일원 중 한 사람이라도 그 사상을 존중하지 않거나 도덕을 준수하지 않으면 사상과 도덕은 해체되어 무용지물이 되어 버리지. 그리고 그러한 사상과 도덕을 추종한 사람들은 강해지기는커녕 약해져서 적들의 손에 넘어가는 거야."

그리고 또 어떤 때는 거의 새벽녘까지 항구를 거닐면서 이런 대화를 나누기도 했다.

"자네에게 고백하는데, 사실 나는 사회보다는 개인에 대한 염려가 더 크고, 노동자들의 삶의 조건보다는 노동자들의 비인간화가 더욱 안타깝네."

"나는 자네가 무슨 말을 하는지 잘 모르겠군. 그 둘은 긴밀하게 연관되어 있는 것 아닌가?"

"어떤 의미에서는 그렇다고도 볼 수 있지. 농사꾼은 자연과 직접적인 관계 속에서 살아가네. 하지만 산업 노동자는 태양이나 별, 산천초목과 직접 접하지 않지. 물질적 빈곤이라는 점에서는 그들의 삶이 똑같다 해도, 노동자의 정신적 빈곤만큼은 농사꾼의 그것보다 훨씬 더 심각하지."

"내가 보기에는 자네가 지나치게 단순화하는 것 같네. 정말 그렇다면 지금처럼 모두 도시로 이주하려고 하지 않을 걸세."

내가 자동차에 대해 긍정론을 펼치던 날에도 그는 무거운 표정으로 고개를 가로저었다.

"말[馬]은 곧 기계에 밀려 사라질 걸세. 그러면 앞으로는 서커스나 군대 행렬, 투우 경기에서나 볼 수 있을 거야."

"말이 진보에 밀려 사라질까 봐 걱정인가?"

내가 그에게 물었다.

"가끔 진보는 한 손으로 줬던 것을 다른 손으로 뺏어 버리지. 오늘은 말이겠지만 내일은 우리 자신이 될 수도 있네."

1926년 11월 21일 전직 경찰관 알레한드로 바스케스 리오스가 바르셀로나 주재 미국 영사에게 제출한 진술서.

증빙서류 2번
(법정 통역사 구스만 에르난데스 데 펜윅의 영문 번역 첨부)

본인 알레한드로 바스케스 리오스는 다음과 같은 진술이 사실임을 맹세한다.

나는 1872년 2월 1일 안테케라(말라가)에서 출생해 1891년 4월에 경찰에 들어온 이후 바야돌리드에서 경찰직을 수행했다.

1907년 승진해 사라고사로 전임했고, 1910년에 승진해 바르셀로나로 전임해 현재까지 바르셀로나에 거주하고 있다. 1920년 경찰직을 이임한 후 식품 회사 사업부에서 근무하고 있다. 나는 경찰직을 수행하는 동안 오늘날 '사볼타 사건'으로 알려진 사건을 가까이에서 접할 기회가 있었다. 앞에서 언급한 사건 수사를 맡기 전, 나는 다분히 정략적이고 선동적, 파괴적인 노동자 신문《정의의 목소리》에 실린 몇몇 기사들을 통해 도밍고 파하리토 데 소토라는 인물의 존재를 알고 있었다. 언급한 자의 가족 관계는 알려진 바가 거의 없었다. 갈리시아 출신으로 주소와 직장이 불분명하며, 동거녀와의 사이에 아들 한 명이 있다는 것만 알려졌다. 물론, 그들의 관계가 가톨릭교회에서 인정하는 합법적인 관계였는지는 명확하지 않다. 그자는 로버트 오언, 미하일 바쿠닌, 엔리케 말라테스타, 안셀모 로렌소, 카를 마르크스, 에밀 졸라, 페르민 살보체스, 프란시스코 페레르 이 과르디아, 페데리코 우랄레스, 프란시스코 히네르 데 로스 리오스의 작품을 읽었다. 또한 그자는 앙헬 페스타냐와 후안 가르시아 올리베르, 살바도르 세기, 안드레스 닌의 글을 탐독했으며, 《하얀 잡지》,《노동의 목소리》,《처형자》 같은 잡지들은 물론, 자신이 참여하는, 위에서 언급한《정의의 목소리》도 구독했다. 한편 그자는 앞에서 언급한 안드레스 닌(첨부 파일 참조)과 접촉한 것 같았으며, 어떤 루트를 통해서인지는 확실하지 않지만 성향이 비슷한 지도층과의 접촉도 이뤄진 것처럼 보였다.

데이비드슨 판사 르프랭스를 언제 처음으로 만났습니까?

미란다 언제 만났는지 정확한 날짜는 기억나지 않습니다. 다만 1917년 초가을이었다는 것만 기억납니다. 불 같이 달아올랐던 8월 사태들이 진정되었을 무렵입니다.

판사 그때의 만남을 간단하게 진술해 보십시오.

미란다 르프랭스가 코르타바네스의 사무실을 찾아왔습니다. 코르타바네스는 그와 얘기를 나눈 후 나에게 그의 보좌를 지시했습니다. 르프랭스는 자기 자동차에 나를 태우고 저녁 식사를 하러 데려갔습니다. 그러고 나서 카바레로 향했습니다.

판사 어디를 갔다고요?

미란다 카바레에 갔습니다. 야간 업소인데…….

판사 카바레가 어떤 곳인지는 나도 잘 압니다. 그게 어떤 곳인지 몰라서가 아니라, 놀라서 물었던 것입니다. 계속 하시지요.

직사각형 모양의 무대 주변으로 탁자가 열 개 남짓 배치된 그다지 크지 않은 카바레였다. 무대 한쪽에는 피아노 한 대와 의자 두 개가 놓여 있었고, 의자에는 색소폰 연주자와 첼로 연주자가 앉아 있었다. 피아노 앞에는 제법 짙은 화장에 허리 아랫부분이 트이고 발끝까지 내려오며 몸에 꼭 끼는 긴 드레스를 입은 여자가 앉아 있었다. 여자는 밤의 리듬에 맞춰 폴카를 연주하다가 우리가 들어서자 연주를 멈췄다.

"손님들이 없지는 않을 거라고 확신했지."

여자는 수수께끼와 같은 말을 하고는 자리에서 일어나 미소를 머금은 채 우리 쪽으로 다가왔다. 여자가 강가에서 물의 온도를 재듯 다리를 길게 뻗으며 다가오자, 반짝이 드레스의 트인 옷자락 사이로 다리가 훤하게 드러났다. 르프랭스가 여자의 양쪽 뺨에 키스했고, 나는 그녀에게 손을 내밀었다. 여자가 내 손을 잡으며 물었다.

"오케스트라와 가까운 제일 좋은 자리로 모실까요?"

"마담, 되도록 멀찍이 떨어진 자리로 안내해 줘."

그때까지만 해도 손님이라곤 수염이 덥수룩하고 체구가 건장한 선원이 유일했기 때문에 그 말은 약간 어처구니가 없었다. 선원은 먼지 가득한 실내 공기를 마실 때만 잠시 고개를 치켜들었을 뿐 진이 담긴 술통에 아예 얼굴을 파묻고 있었다. 잠시 후, 얼굴에 영양 크림을 잔뜩 바르고 머리를 싸구려 금발로 염색한, 한껏 멋을 낸 노인이 들어왔다. 그는 쇼를 구경하면서 술잔을 홀짝거렸다. 그러고는 두꺼운 안경테를 끼고 한눈에 봐도 가난한 사무원 티가 나는 소심한 사내가 들어왔다. 그는 마실 것을 주문하기 전에 일일이 가격을 물었고, 여자들마다 붙잡고 팁을 흥정하며 동석을 제안했지만 번번이 거절당했다. 거의 벌거벗다시피 한 여자 넷이 손님들 사이를 돌아다녔다. 통통하게 살이 오른 데다가 제대로 제모를 하지 않은 여자들은 가끔 번개에 맞아 온몸이 마비된 듯 잠시 동작을 멈추기도 했고, 사방에 부딪히며 탁자 사이를 돌아다니기도 했다. 그중 우리 탁자 쪽으로 가장 많이 온 여자는 '무르시아 늑대'라는 레메디오스였다. 우리는 선원처럼 진을 술통째로 주문하고 기다렸다.

"독일 놈들이 내가 타고 있던 배에 폭격을 해 댔지. 젠장, 여객선인데도 말이네. 사실 나는 그때까지는 독일 놈들을 좋게 봤거든. 알겠나? 독일 놈들을 호전적이면서도 고상한 민족이라고 생각했거든. 하지만 폭격을 당한 후에는 그놈들이 패전하기를 진심으로 바라고 있다네."

"당연한 말씀입니다."

르프랭스는 대답한 후 공손하게 인사를 건네며 좌중에서 물러났다. 웨이터가 쟁반을 내밀자 르프랭스가 샴페인 잔을 집어 들었다. 그는 자리를 옮기는 동안 샴페인이 흘러내리지 않도록 미리 몇 모금 마셨다. 그러다가 자기를 주시하며 바라보고 있던 사볼타 부인과 클라우데데우 부인과 눈길이 마주쳤다. 그는 부인들에게 미소를 머금으며 고개를 살짝 숙였다. 그때 부인들 옆으로 젊은 여자의 모습이 눈에 띄었다. 르프랭스는 그녀가 마리아 로사 사볼타일 거라 추측했다. 그녀는 긴 금발 머리의 앳된 소녀였다. 회색 실크 드레스를 입었고, 조끼 모양으로 주름 잡힌 보드라운 백색 실크 튜닉에는 검은색 실크로 만든 천일홍 모양의 코사지가 달려 있었다. 르프랭스가 그녀의 창백한 얼굴 위로 유난히 돋보이는, 커다랗고 반짝이는 눈을 응시하며 부인들에게 보냈던 미소보다 훨씬 밝고 환한 미소를 보냈지만, 그녀는 애써 그의 시선을 피했다. 바로 그때 땅딸막한 체구에 대머리가 반짝이는 남자가 그에게 다가왔다.

"반갑습니다, 무슈 르프랭스. 즐거운 시간을 보내고 계신지요?"

"그럼요, 즐거운 시간이지요?"

르프랭스는 그렇게 대답했지만, 막상 상대방이 누군지는 기억나지 않았다.

"물론 저도 재밌게 즐기고 있습니다. 하지만 제가 당신을 찾은 건 다른 일 때문입니다."

"다른 일이라뇨?"

"예, 지난번 만났을 때의 불미스러웠던 일을 사과하고 싶어서요."

그제야 르프랭스는 그 남자를 더욱 주시해서 살펴보았다. 남자는 촌스러운 시골뜨기 차림에 연신 땀을 흘리고 있었다. 프로이센 장교의 콧수염을 연상케 하는 두툼한 눈썹과 그 아래로 도사린 차가운 잿빛 눈이 거슬리는 남자였다. 르프랭스는 그의 얼굴이 기억나지 않았지만, 그날 밤은 자기가 평소와 달리 눈빛을 통해 사람들의 마음까지 꿰뚫어 보고 있다는 생각이 들었다. 무슨 일이 일어날지 조짐까지 느껴졌다.

"죄송합니다……. 전에 어디서 뵈었는지 기억이 나질 않아서요……."

"투룰. 부동산 중개업자 조셉 투룰입니다. 얼마 전에 뵈었는데……."

"아, 이제 기억이 나는군요. 그래요……. 투루울 씨였던가요?"

"투룰, '에레(r)'가 한 개만 들어갑니다."

르프랭스는 낯선 중개업자와 악수를 나눈 후 보석과 실크, 향수로 범벅이 된 부인들 사이를 지나 살롱을 벗어났다. 남자들은 여자들의 향수 냄새에 멀미가 날 정도였다. 살롱 옆 서재에서는 씁쓸한 시가 연기가 피어오르고, 한 지인의 최근 소문을 나지막하게 수군거리는 소리와 낄낄대며 웃는 소리, 호탕하게 웃는 너털웃음 소리가 한데 뒤섞였다.

"그 사람한테 토마토와 썩은 계란을 던졌다는 건가?"

"돌멩이. 돌멩이 세례가 비처럼 쏟아졌다니까. 물론 그 사람을 맞히지는 못했지만, 돌멩이를 던졌다는 행위 자체가 중요한 것 아니겠나?"

"마사회 건물 창가에서 카탈루냐 만세를 외칠 수는 없지, 안 그런가?"

"한 친구의 얘기를 하고 있었네……."

르프랭스가 미소를 머금었다.

"저도 누구 말씀하시는지 압니다. 그 이야기를 들었거든요."

"어찌 됐든, 그자는 악마 못지않게 영악한 인물이네. 마드리드 사람들과 카탈루냐 사람들에다, 그것도 모자라 불만에 가득 찬 사람들을 데리고 그 장난을 치는 걸 보면 말이네."

"하마터면 몬주익으로 끌려갈 뻔했지."

"그래 봤자 스물네 시간 만에 대중의 열띤 환호를 받으며 나올지도 모르지. 페레르*의 면류관을 쓴 마우라**."

"그렇게 시니컬하게 굴 것까지는 없지 않은가."

"그자를 인간적으로 변론하는 게 아닐세. 그런 정치가들이 다섯 명만 있으면 나라가 바뀔 걸세."

"어떻게 바뀔지 주목해야겠군. 내가 보기에는 레룩스나 별

---

* San Vicente Ferrer(1350?~1419), 중세에 죽은 자를 살리고, 맹인과 귀머거리, 벙어리 같은 불구자를 정상으로 회복시키고, 지진과 홍수, 전염병과 같은 재난에서 백성을 구하고, 모든 분쟁에 중재자로 나선 기적의 성자이다.
** Antonio Maura y Montaner(1853~1925), 대통령을 다섯 번 역임한 스페인 정치가. 변호사로 활동하다가 1881년 국회의원에 선출되면서 정치계에 입문, 정치가로서 화려한 경력을 남겼다.

차이가 없던데 말이야."

"클라우데오우, 우리 너무 과장하지 말자고."

사볼타가 말했다.

클라우데오우의 얼굴이 시뻘겋게 달아올랐다.

"모두 똑같아. 개인적인 이익 앞에서는 누구나 스페인을 위한답시고 카탈루냐를 배반할 테고, 또 카탈루냐를 위한답시고 스페인을 배반할 테니까."

"누구든 그렇지 않겠습니까?"

르프랭스가 지적했다.

"조용히 하게." 사볼타가 그들의 말을 가로막았다. "저기 오니까."

그들의 시선이 살롱 쪽으로 쏠렸다. 그들이 얘기하던 주인공이 눈썹을 찡그린 채 어색한 미소를 지은 얼굴로 사람들과 인사를 나누며 서재를 향해 걸어오고 있었다.

우리가 카바레로 들어선 지 한참이 지나 쇼가 시작되었다. 색소폰과 첼로를 맡은 남자 연주자가 무대에 등장하자 선원이 딸꾹질로 그를 맞아 주었다. 먼저 피아노와 화음을 이룬 첼로의 애절한 선율이 흐르고, 뒤이어 피아니스트가 일어나 환영 인사를 건넸다. 그사이 선원이 비닐 봉투에서 고약한 냄새가 나는 샌드위치를 꺼내 탁자 위로 빵가루를 흘리며 되새김질하듯 어기적어기적 먹었다. 두툼한 안경을 쓴 궁상맞은 사무원은 신발을 벗었고, 노인은 우리에게 윙크를 보냈다. 피아니스트가 중국인 리왕을 소개했다.

"그가 여러분의 손을 잡고 환상의 왕국으로 이끌 것입니다."

허벅지를 무겁게 짓누르는 권총 때문에 신경이 곤두서 있던 내가 가만히 중얼거렸다.

"저자의 마술 탓에 우리가 무기를 소지한 사실이 발각되지 않기를 바랍니다."

"끔찍한 마술을 구경하겠군."

프랑스인이 확신했다.

중국인 마술사가 소형 삼각 깃발들을 들썩이자 그곳에서 비둘기 한 마리가 모습을 드러냈다. 비둘기는 무대 위를 날아가 선원의 탁자로 내려앉더니 빵 부스러기를 쪼아 먹었다. 선원이 십자 모양의 연장으로 비둘기의 목을 부러뜨린 다음 털을 뽑기 시작했다.

"오! 인간의 잔인성이여."

중국인 마술사가 말했다.

인상이 좋지 않은 사무원이 손에 구두를 들고 선원에게 다가가 욕지거리를 퍼부었다.

"이 자식아, 그 짐승을 당장 주인에게 돌려주지 못해!"

선원이 비둘기의 머리를 잡고 사무원의 눈앞에서 흔들었다.

"네놈이 근시인 게 천만다행인 줄 알아. 아니면 당장……."

사무원이 안경을 벗자 선원이 비둘기로 냅다 그의 얼굴을 후려쳤다. 구두가 바닥에 떨어졌고 사무원은 넘어지지 않기 위해 탁자 끝을 꽉 붙잡았다.

"나는 교육받은 사람이야." 사무원이 소리 질렀다. "하지만 그놈의 불행이 나를 어느 지경까지 몰고 갔는지를 똑똑히 보라고."

"도대체 뭐가 자네의 불행이란 말인가?"

노인이 신발을 주운 다음, 사무원을 인자하게 부축하며 물었다.

"나에게는 아내와 자식이 둘이나 딸려 있습니다. 하지만 지금 이 꼴을 보십시오. 내가 어디에 있는지 보란 말입니다!"

모두 사무원을 쳐다보았다. 그사이에도 중국인 마술사는 아무도 보지 않는데도 혼자 색 리본들로 마술을 펼치고 있었다. '무르시아 늑대' 레메디오스가 나지막이 속삭였다.

"지난주에는 여기서 손님 한 분이 자살했어요."

"사창가에는 언제나 진실이 흘러넘치지."

르프랭스가 결론 내렸다.

……허영에 가득 차 멋만 내는 르프랭스가 합류해 그렇게 된 것인가? 아니면 "강물이 혼탁하면 어부들만 득을 본다."는 속담처럼 좋지 않은 상황들 때문에 그렇게 된 것인가?(내가 보기에는 양심 없는 어부들 같다.) 물론 나의 목적은 이러한 수수께끼를 풀자는 게 아니다. 진실은 오로지 하나였다. 번쩍번쩍한 프랑스인을 '획득'한 이후 회사의 이익이 두 배, 세 배, 기하급수적으로 불어났다는 사실이다. "그거 잘됐군. 자포자기했던 불쌍한 노동자들이 덕분에 많은 혜택을 보았겠어."라고 말하는 사람들이 없지 않을 것이다. 그리고 그렇게 많은 이익을 얻기 위해서는 노동자들이 생산량을 늘려야 하고, 그러기 위해서는 하루에 두세 시간씩 더 일해야 하고, 더 일하고 더 빨리 만들기 위해서는 노동자의 안전이나 휴식 같은 가장 근본

적인 대책을 포기해야 한다고 말하는 사람들도 없지 않을 것이다. 미사에 대한, 그 본질에 대한 속성을 절반도 깨닫지 못하는 독자들은 모든 게 잘된 거라고 생각할 것이다. 지금 내가 생지옥인 노동계의 현실을 미사와 비교한 것에 대해서는 종교 관계자들에게 용서를 구한다…….

"우리 업무가 쉬운 일은 아닙니다."

바스케스 반장이 말했다.

르프랭스가 시가 상자를 열어 내밀자 반장이 한 개비를 손으로 집어 들었다.

"아주 좋은 시가군요. 여기는 좀 덥네요, 안 그렇습니까?"

반장이 땀을 흘리며 말했다.

"웃옷을 벗으시지요. 내 집이라 생각하시고."

반장이 웃옷을 벗어 의자 뒤에 걸쳐 놓았다. 그는 요란한 소리를 내며 시가에 불을 붙인 후 연기를 길게 한 모금 내뿜으며 흐뭇한 표정을 지었다.

"좋은 시가라고 말씀드렸지요? 정말 좋네요."

르프랭스가 재떨이에 버려진 셀로판지 시가 포장지를 가리켰다. 그는 불을 붙이기 위해 시가 끝을 살짝 비틀었다.

"괜찮으시다면 이제 우리 얘기를 해 볼까요?"

르프랭스가 말했다.

"오, 물론이지요, 무슈 르프랭스. 물론입니다."

나는 처음에는 바스케스 반장의 인상이 좋지 않았던 걸로 기억한다. 바스케스 반장은 차가운 눈초리에 아이러니가 가득 담긴 미소를 머금고, 형사답게 말을 질질 끌며 굼뜨게 행동했다. 그와 대화를 나누다 보면 불안하고 초조해져 뭐라도 털어놓지 않으면 안 될 것 같은 기분이 들었다. 빈틈없는 자세가 생쥐에게 최면을 거는 뱀을 연상케 했다. 그를 처음 보았을 때, 나는 그가 유치할 정도로, 거의 처절할 정도로 자신을 내세우는 사람이라 생각했다. 그렇지만 그와 있다 보면 곧 불안하고 초조해졌다. 결국 나는 그의 그런 사무적인 태도에 어떤 일이 있더라도 진실을 밝혀내고 말겠다는 투철한 직업적 소신과 끈질긴 고집이 도사리고 있음을 깨달았다. 그는 지칠 줄을 모르고, 인내심이 강하고, 눈치가 기막히게 빠른 사람이었다. 그는 1920년, 그러니까 내 기억에 따르면 수사가 종료된 시점에 경찰을 그만두었다. 그 사건에는 분명 수수께끼 같은 뭔가가 있었다. 그러나 불과 몇 달 전 그가 그 사건과 관련된 누군가에게 살해를 당했기 때문에 이제 그건 알 수 없다. 놀랄 만한 일도 아니었다. 그 뒤숭숭했던 시절 많은 사람들이 목숨을 잃었고, 바스케스 반장 역시 마지막은 아니더라도 그렇게 죽은 자들 중 한 명이었다.

"모든 도덕은 도덕이 아니라 결핍을 정당화하는 명분일 뿐이지. 결핍을 현실에서 가장 크게 드러나는 것으로 이해하자면 말이야. 결핍은 노력을 많이 하면 할수록 절실해지기 때문에 현실에서 인간을 더욱 비참하게 만들지. 따라서 끊임없이 이어지는 궁핍이 우리 인간 정신의 도덕관을 형성해."

어느 날 오후 해 질 무렵, 퇴근길에 카스페 거리와 그란 비아로 산보를 나갔다가 도밍고 파하리토 데 소토가 나에게 이렇게 말했다. 우리는 레이나 빅토리아 에우헤니아 공원의 돌 벤치에 앉아 있었다. 찬바람이 불어 황량한 날씨였다. 파하리토 데 소토가 입을 다문 후, 우리는 잠시 분수만 쳐다보며 가만히 있었다.

"자유란 각각의 상황과 경우에 따라, 각 개인의 구체적인 현실에 따라 이뤄진 도덕관에 맞춰 살아가기 위한 일종의 가능성이라 할 수 있지. 거기서 다양하고 상대적인, 뭐라 정의를 내릴 수 없는 자유의 특성이 나오는 거야. 이런 측면에서 보면, 나 역시 무정부주의자인 셈이지. 하지만 나는 자유가 생존을 위한 거라면, 그럴수록 규범에 복종하고 자신의 의무를 철저하게 이행해야 한다고 믿네. 물론 같은 맥락에서 볼 때 무정부주의자들도 일리가 있어. 그들의 생각은 실재적인 필요에서 나온 거니까. 하지만 그들은 이론에 사로잡혀 현실을 고려하지 않았기 때문에 결국에는 그 필요성을 배신할 수밖에."

"사실 나는 자네의 논리에 동의하거나 반박할 수 있을 정도로 무정부주의에 대해 깊이 알지 못하네."

내가 대답했다.

"무정부주의에 관심이 있나?"

"그야 물론이지."

나는 솔직하다기보다는 그의 기분을 맞춰 주기 위해 그렇게 대답했다.

"그렇다면 자네도 같이 가지. 아주 흥미로운 곳으로 안내할 테니까."

"위험하지 않나?"

내가 깜짝 놀란 나머지 거의 큰 소리로 반문했다.

"두려워하지 말게. 자, 어서 가지."

그가 나에게 말했다.

그날 오후 테레사와 나는 도시의 상부 구역에 위치한 그라시아 빌라 근처의 댄스 클럽에 갔다. '봄의 여왕'이라는 곳이었다. 입장한 사람들이 정원을 넘어선 바람에 클럽은 상당히 북적거렸지만 분위기는 즐겁고 유쾌했다. 색유리 가스등에서 몽롱한 불빛이 흘러나와 춤추는 커플들을 내리비췄다. 탁자마다 땀범벅인 사람들로 가득 붐볐고, 오케스트라는 신나는 음악을 연주했고, 웨이트리스들은 분주히 오갔고, 그곳의 질서를 유지하는 문지기들은 무대를 돌아다니며 곤봉을 들고 후미진 곳들을 살펴보았다. 풍선들이 자욱한 담배 연기를 가르며 가장자리가 떨어져 나간 천장까지 떠올랐다가 그곳의 화환과 소형 깃발들에 부딪혀 블루스 음악에 맞춰 춤을 추는 커플들의 머리 위로 사뿐히 내려앉았다. 우리가 한참을 재미있게 즐기고 있는데 테레사가 느닷없이 말했다.

"나는 발밑에 흙이 없는, 가지가 꺾인 꽃이에요. 갑자기 덥네요. 우리 나가요."

나는 내 가슴에 안겨 춤을 추고 있던 그녀의 얼굴을 가까이에서 바라보았다. 탄력 있는 피부 위로 창백한 기미와 희미한 실핏줄이 살짝 드러났고, 눈과 입가에는 주름이 잡히기 시작했다. 나는 살포시 감긴 그녀의 눈꺼풀 뒤로 강변에서 피어나는 여린 풀포기와 흐르는 강물 소리, 숲에서부터 나무 이파리를 흔들며 불어오는 산들바람과 비밀스러운 언어로 무엇인가를 고백하던 어린 시절을 떠올리고 있었다. 나는 절대 테레사를 잊지 못할 것이다.

데이비드슨 판사　르프랭스가 카바레를 자주 다녔습니까?

미란다　아닙니다.

판사　술은 마셨습니까?

미란다　적당히 마셨습니다.

판사　그가 취한 모습을 본 적이 있습니까?

미란다　취했다기보다는 기분이 좋아졌다고 말할 수 있겠지요.

판사　그가 기분이 좋은 모습을 보았습니까?

미란다　몇 번 보았습니다. 사람은 누구나…….

판사　절제를 못 한 적이 있습니까?

미란다　없습니다.

판사　상황이 요구하면 정신을 차렸습니까?

미란다　네.

판사　그가 유해 성분을 복용했다고 생각합니까?

미란다　아닙니다.

판사　당신은 그가 미쳤거나 이상하다고 생각한 적이 있습니까?

미란다　없습니다.

판사　요약하면, 당신은 르프랭스가 완벽하게 정상이라고 생각합니까?

미란다 그렇습니다.

특권 지배층은 온갖 비리와 시민의 희생을 바탕으로 자신들의 특권을 유지하는 데 급급했고 세상의 모든 흐름을 자신들의 사리사욕에 짜 맞추었다. 그런데도 그들이, 위선으로 무장한 그들이 작금의 사태 앞에서 경악을 금치 못하며 호들갑을 떨고 있다. 갖가지 비리의 온상인 재벌들, 즉 고리대금업자, 밀매업자, 매점매석업자, 상품위조업자들의 이익 창출은 물가 상승만을 부추겼을 뿐 가져온 것이 아무것도 없다. 그들이 물가 상승을 억제하기 위해 무엇을 했단 말인가? 그러한 물가 상승은 미리 예견된 것이라도 늘 좋게 받아들여진 것은 아니다. 게다가 그러한 물가 상승이 정당하고 적절한 봉급 인상으로 보상된 것도 아니다. 이러한 불공평은 기억조차 하기 힘든 먼 옛날부터 존재했으며, 지금까지도 존재하고 있다. 부자는 더 부자가 되었고, 가난한 사람은 더 가난하고 비참해졌다. 그러니, 무산자나 힘없는 사람들, 비인간적이고 둔감한 사회계층의 가난한 사람들이 딱 하나밖에 없는 길을 택했다고 해서, 그들 처지에서 택할 수 있는 단 한 가지 방법을 택했다고 해서 누가 그들을 비난할 수 있단 말인가? 그럴 수는 없다. 그런데도 몰상식하고, 어리석고, 눈먼 사람들은 그런 행동을 뭐라 비난할 것이다. 사볼타 회사에서는, 이제 내 글과 사회 현실에서 가장 어둡고 힘든 부분을 짚고 넘어갈 때가 되었다고 여러분에게 밝혀야 할 것이다, 그러니까 사볼타 회사에서는 그런 노동자들만이 유일하게 계획하고, 생각하고, 시도할 수 있는 방법을 생각하고, 계획하고, 시도했다. 그렇다, 바로 파업이다. 하지만 아무 곳도 의지할 데 없는 노동자들에게는 풍부한 자금력으로 무장한, 이른바 머리가 셋 달린 추악한 자가 없었다.(그냥 그자의 이름을 공개해 버릴까?) 그자는 떠올리는 순간 모든 프롤레타리아 계층이 벌벌 떨게 되는 섬뜩한 그림자와 같은 존재이다.

"쇠꼬챙이 손'이 보냈소." 르프랭스가 말했다. "그 이름을 들어 본 적은 있습니까?"

"못 들어 본 사람이 어디 있겠습니까? 바르셀로나 전체가……."

"그럼 본론으로 들어가겠소."

르프랭스가 말했다.

계약이 이뤄진 실내는 그다지 넓지 않은, 겨우 다섯 사람 정도 들어가 얘기할 수 있는 공간이었다. 벽지가 너덜너덜하게 붙어 있는 실내에는 하나같이 낡고 좀이 슨 탁자들과 의자 두 개, 소파 한 개만이 덩그렇게 놓여 있었다. 천장에는 깜빡거리는 석유등이 달려 있었고, 창문이나 환기창도 하나 없었다. 두 남자는 의자에 앉아 있었다. 즉 르프랭스와 나는 소파에 앉았고, 구슬 달린 망토를 뒤집어쓴 여자는 다리를 십자 모양으로 꼰 웅크린 자세로 탁자 위에 앉아 있었다.

나는 마리아 코랄을 처음 본 순간에 나의 뇌리에 깊이 각인된 그녀의 인상을 지금도 생생하게 기억한다. 등까지 내려오는 숱이 많은 새까만 머리카락은 마치 검은 파도가 넘실거리는 듯했으며, 새까맣고 큼지막한 눈과 조그만 입, 도톰한 입술, 오뚝한 콧매, 둥근 얼굴이 조화를 이뤘다. 그녀는 지나칠 정도로 화장이 짙은 얼굴에 공연 뒤에 걸쳤던, 가짜 보석이 달린 비로드 망토 차림이었다. 나는 가슴을 조이며 그녀의 공중 곡예를 지켜보았다. 우둔하고 미련하고 거칠게만 여겨지는 건장한 사내 둘이 종자소처럼 거들먹거리며 그녀를 허공으로 내던졌다가 다시 받아 냈다. 그녀가 허공에서 회전하며 재주를 넘을 때마다 나는 그녀가 지옥과 같은 지저분한 카바레 바닥으로 내동댕이쳐져 산산조각이 날까 봐 안절부절못했다. 그때마다 내 목구멍에서는 신음이 터져 나왔고, 그런 지저분한 곳에서 곡예사라는 위험하고 소외된 직업을 택해야 했던 그녀의 기구한 팔자를 원망했다. 그곳은 이 세상에서 가장 비천하고 나쁜 것으로 타락한 음탕한 곳이었다. 어쩌면 나는 그때 이미 훗날의 고통을 예견했는지도 모르겠다. 당시 나는 얼굴조차 모르는 '쇠꼬챙이 손'을 증오했으며, 어린 소녀의 운명도 증오했던 것으로 기억난다. 그녀의 삶은 범죄로 점철되어 빠져나갈 출구 하나 없는 밑바닥 인생으로, 독거미의 거미줄에 걸린 듯 역경이 미로처럼 얽히고설켜 있었다. 나는 가난을 증오했고, 나 자신을 증오했고, 그 계약에 나를 참여시킨 코르타바네스를 증오했고, 사볼타 회사와 특히 그녀를 증오했다.

1926년 11월 21일 전직 경찰관 알레한드로 바스케스 리오스가 바르셀로나 주재 미국 영사에게 제출한 진술서.(계속)

증빙서류 2번

(법정 통역사 구스만 에르난데스 데 펜윅의 영문 번역 첨부)

……나중에 나는 마리아 코랄이라는 여자의 존재를 알게
되었다. 젊고 미모가 뛰어난 그녀는 곡예사라는 직업을 지녔지
만 본 진술서에서 언급되는 여러 사건들과 연루된 복잡한 인
물이기도 하다. 마리아 코랄이라는 여자의 성(姓)이나 고향에
대해서는 확실하게 알려진 바 없고, 집시 혈통을 이어받은 것
으로 추정될 뿐이다.(그녀의 외모와 피부 색깔로 미뤄 짐작한 것
이다.) 마리아 코랄은 1917년 9월 혹은 10월쯤에 신원 미상인
건달 두 명과 함께 바르셀로나에 도착해, 이 도시에서도 가장
수준이 낮은 카바레에서 그들과 함께 곡예사로 일했다. 그들
이 그전에 공연을 벌였던 몇몇 카바레에서 습득한 정보에 따르
면, 건달 두 명은 곡예사로 활동하면서 뒤로는 돈 받고 지저분
한 일을 도맡아 하는 해결사 노릇까지 겸했다. 이렇게 그들이
한꺼번에 두 가지 일을 할 수 있었던 것은 곡예사로서의 끊임
없는 연습과 체력 관리, 그리고 한곳에 오래 머물지 못하고 떠
돌아다니는, 심지어 외국까지 가게 되는 직업적 특성 덕분이었
다. 나의 추측에 따르면, 물론 입증할 수는 없지만, 위에서 언
급한 마리아 코랄은 바르셀로나에서 건달들과 헤어진 것으로
추정된다. 그녀는 계속 바르셀로나에 남고 건달들은 떠났던 것
같다. 이런 이별은(추측에 불과하다.) 그녀를 은밀한 애인으로
삼은 어느 권력가의 출현(르프랭스? 사볼타? 쇠꼬챙이 손?)에서
비롯된 것 같다. 그러다가 얼마 후에는 그녀 또한 흔적도 없이
자취를 감췄다. 그리고 그녀는 1919년, 이상한 상황에서 다시
모습을 드러냈다……

"아이, 로사." 클라우데데우 부인이 말했다. "나는 후보자가 누구인지 알 것 같아요."

"네우스, 이제 제발 그만하세요. 글쎄 우리 아이는 그런 생각을 하기에는 아직 너무 어려요."

사볼타 부인이 나무라듯 말했다.

마리아 로사 사볼타는 음료수를 가지러 잠시 엄마 곁을 떠났다가 돌아오는 길에 대화의 끝 부분을 들었다.

"무슨 말씀이세요?"

"아무것도 아니다, 얘야. 부인이 괜히 짓궂게 그러시는구나."

"무슨, 네 얘기를 하고 있었단다."

클라우데데우 부인이 정정해서 말했다.

"제 얘기라니요?……."

"그야 당연하지. 이 파티에서 가장 중요한 사람은 너 아니니. 나는 네가 태어날 때부터 봐 왔기 때문에 편하게 말하는 거다. 너도 이제 어엿한 숙녀에 빼어난 미모까지 갖추지 않았니. 물론, 내가 네 기분을 맞춰 주려고 이런 말을 하는 건 아니다. 너도 잘 알지? 내가 본래 없는 말은 못 한다는 거?……."

어린 마리아 로사 사볼타는 얼굴이 빨개져, 두 손으로 받치고 있던 컵만 뚫어지게 쳐다보았다.

"네 엄마에게 이제는 너의 미래를 생각할 때가 되었다고 말했다. 기숙학교를 졸업한 뒤에 어떻게 할 것인지 말이다. 지금 내가 무슨 말을 하는지 알지?"

"아이, 부인. 전 아니에요."

마리아 로사 사볼타가 대답했다.

"얘야, 나한테 부인이라고 하지 말고, 그냥 편하게 이름을 불러 다오. 네가 얌전하게 내숭 떤다고 해서 내 호기심이 절대 사라지지 않는다는 거 명심하고."

"오, 아니에요, 네우스. 그런 게 아니라……."

"나도 안다, 다 알아. 나라고 젊은 시절이 없었던 줄 아니? 내가 너의 내숭을 모를까 봐? 이런, 순진하긴. 그러지 말고 내가 친구가 되어 줄 테니 솔직히 털어놓으렴. 너 요즘 사랑에 빠졌지?"

"제가요? 무슨 말씀이세요, 네우스……. 하루 종일 기숙사에 처박혀 지내는 제가 누구와 사랑에 빠지겠어요?"

"그거야 나도 모르지. 그것은 타고나는 거란다. 남자를 보지 못해도 상상하고, 꿈도 꾸지……. 우리 여자들이 얼마나 천부적인데! 그것도 네 나이에는 더더욱 그렇단다."

파렐스 부인이 끼어들어 어린 마리아 로사 사볼타를 곤경에서 구해 주었다.

"내가 방금 무슨 얘기 들었는지 모르지요?"

파렐스 부인이 그들의 그룹에 합류하며 말했다.

"당연히 모르지요. 그런데 들을 만한 가치는 있는 거예요?"

"그건 내 얘기를 다 듣고 난 다음에 물어봐요. 마리아 로사, 너는 산보라도 가지 그러니?"

"얘야, 조신하게 처신해야 한다."

클라우데데우 부인이 마리아 로사 사볼타에게 말했다.

"마리아 로사, 서재로 가서 남자 분들한테 인사를 드려라. 틀림없이 넌 아직 아무한테도 인사드리지 않았을 거다."

그녀의 엄마인 사볼타 부인이 말했다.

"서재는 싫어요, 엄마."

마리아 로사 사볼타가 애원했다.

"말대답하지 말고 시키는 대로 해. 넌 그 촌스러운 수줍음부터 훌훌 털어 내야 한다. 자, 얼른 가거라."

노인이 손으로 바닥을 더듬거리며 안경을 찾고 있는 사무원의 얼굴에 느닷없이 키스 세례를 퍼부었다. 선원은 비둘기의 털을 모두 뽑은 후 주머니에 집어넣었다.

"이건 나의 아침 식사야!"

선원이 그렁그렁한 목소리로 말했다.

"별 변태 같은 자식이 다 있구먼!"

노인이 소리 질렀다.

사람들이 부축해서 제자리에 앉히자, 사무원은 말없이 회한에 잠긴 채 노인의 가슴에 안겨 흐느꼈다. 중국인 마술사는 사라지고 없었다.

"그 손님은 어떻게 자살한 거지?"

내가 레메디오스에게 물었다.

"권총으로요. 그 경솔한 인간이 쇼맨십을 발휘하는 바람에 우리만 완전히 망했지요. 이제 우리 가게가 다시 문을 여느냐 마느냐는 경찰의 판단에 달려 있어요."

"문을 닫으면, 뭘 할 거지?"

"뭘 하긴. 길거리로 나앉아야죠. 당신이 추천해 줄 만한 거라도 있어요? 우리는 이제 팔팔한 영계도 아니라 받아 주는 데도 없어요. 내가 몇 살이나 된 것 같아요?"

그때 마농 레스코처럼 차려입은 펑퍼짐한 오십 대 여자가

중국인 마술사의 자리를 차지했다. 그녀는 중저음의 목소리로
이중적인 의미를 지닌 속요를 부르기 시작했다.

"서른 살도 채 안 들어 보이는데."

르프랭스가 아이러니하게 얼굴을 찡그리며 대답했다.

"괜히 장난치지 마요. 벌써 마흔일곱이나 됐는걸."

"그래도 꽤 잘 가꿨는데, 뭐."

"자, 자, 두려워하지 말고 만져 봐요."

선원이 먹고 있던 샌드위치를 가수에게 집어던져 버렸고,
사무원은 노인의 가슴에 안겨 큰 소리로 엉엉 울기 시작했다.
가수는 분노로 얼굴이 시뻘게져 옷에서 빵 조각을 털어 내고
있었다.

"별 인간 말종들을 다 보겠군! 빌어먹을."

그녀가 허스키한 목소리로 소리 질렀다.

"노래를 부르는 거라면 나 혼자로도 충분해."

선원은 그렇게 말하고는 거친 목소리로 민요를 뽑기 시작했
다. 해적과 럼주에 대한 내용이 담긴 노래였다.

"개자식들! 어디 그렇게 불러서 오페라에서 노래할 수 있나
두고 보자고!"

여가수가 소리 질렀다.

"나는 당신이 노래하는 걸 보고 싶은데."

노인이 사무원을 밀쳐 낸 후 일어나 손짓을 하며 말했다.

"빌어먹을! 나는 오페라에서 노래하고도 남아!"

"좀 얌전하게 굴지!"

노인이 맞받아쳤다.

"이거 왜 이래! 이래 봬도 무수한 여자들이 나한테는 남아

도는 걸 갖고 싶어서 안달이 났다고!"

여가수가 소리를 지르고는 항아리만 한 젖가슴을 가슴이 파인 옷 위로 드러냈다. 그러자 노인이 그 말을 비웃듯 바지 앞을 열어 오줌을 갈기기 시작했다. 여가수는 박수갈채도 기다리지 않고 휭 하니 돌아서 의기양양하게 몸을 흔들며 퇴장했다. 그러고는 피아노 뒤 커튼이 쳐진 곳에 이르자 갑자기 뒤를 돌아보며 소리쳤다. "똥오줌도 못 가리는 추악한 호모 같은 자식!"

노인이 사무원을 돌아보며 나지막하게 중얼거렸다.

"달링, 신경 쓰지 마."

레메디오스가 내 의자에 앉았다. 그녀가 거대한 팔로 나를 꼭 붙잡아 주지 않았더라면 나는 그냥 바닥으로 나동그라질 뻔했다.

"지금은 이곳이 오물통과 다름없지만 예전에는 정말 좋았는데."

레메디오스가 말했다.

나는 거의 숨이 막힐 것 같아 르프랭스에게 눈짓으로 도움을 청했다. 그러나 술을 통째로 마셔 버린 르프랭스는 생선처럼 입을 헤벌린 채 유리같이 맑은 눈동자로 멍하니 나만 쳐다보았다.

"이곳은 특별한 곳이었어요. 정말이에요. 지금이야 별별 지저분한 것들이 다 몰려드는 곳으로 변했지만요. 당신은 믿지 못하겠지만, 몇 년 전만 해도, 지금처럼 전쟁이 사기를 치지 않은 삼사 년 전만 해도 여긴 정말 특별한 곳이었어요."

꽉 끼는 드레스 사이로 한쪽 다리가 드러난 피아니스트가 정직하게 벌어먹고 사는 예술가들과 편안하게 쇼를 즐기고 싶어 하는 손님들을 위해 제발 조용히 해 달라고 부탁했다. 그러자 사무원이 눈에 눈물이 그렁그렁한 채 무대 가운데까지 나갔다.

"모든 게 내 잘못입니다, 마담. 내가 이 소동의 원인이에요. 그러니 나를 엄하게 꾸짖어 주십시오."

"그렇게 자책감에 빠져들 것까지는 없어요, 젊은이. 얼른 제자리로 돌아가 다른 사람들처럼 편하게 즐기세요."

피아니스트가 말했다.

"세계 각국의 스파이와 밀매업자들이 여기를 찾아왔지요." 레메디오스가 말했다. "그들은 전쟁을 잊고 유쾌하게 즐기고 싶은 마음으로 찾아왔어요. 자기네 나라 정부에서는 비밀 임무를 위해 그들을 파견했겠지만 그들은 일할 생각조차 하지 않았지요."

사무원이 무대에서 팔짱을 끼며 무릎을 꿇었다.

"사람들에게 공개적으로 내가 지은 죄를 죄다 털어놓기 전에는 들어가지 않겠습니다."

피아니스트는 업소에 치명적일 수 있는 또 다른 비극이 일어날까 봐 전전긍긍하며 불안한 기색을 보였다.

"그들은 떼거리로 몰려와 온갖 농담과 음담패설을 섞어 가며 전쟁 얘기와 자기네 나라 얘기를 늘어놓았어요. 그때마다 마담이 그들을 알아보고는 우리에게 이렇게 말했답니다. '얘들아, 스파이들이니 조심해야 해.' 우리는 금세 그들의 취향을 파악했어요. 국적이 다르고, 심지어 서로가 적이기도 했지만 취향은 같았어요. 정말이지 변덕이 죽 끓듯 하는 취향은 똑같았어요!"

"조금 즐긴다고 해서 나쁠 건 없어요. 우린 모두 좋은 사람들이에요, 안 그래요? 우리가 가끔 못된 짓을 한다고 그게 뭐 그리 잘못인가요?"

피아니스트가 달래듯이 말했다.

"마담, 나는 가끔이 아니었어요. 거의 일주일에 한 번꼴이었어요."

사무원이 말했다.

"저 커튼 뒤에서 많은 남자들이 무지하게 섹스를 해 댔어요. 그러니까, 스파이들 말이에요."

레메디오스가 나에게 말했다. 그때 갑자기 모든 게 바뀌었다.

"그만해! 웃기는 짓거리는 이제 그만하고. 자! 파티나 계속하시지!"

버럭 소리를 지른 사람은 바로 다름 아닌 르프랭스였다. 나는 깜짝 놀랐다. 레메디오스가 양팔로 나를 붙잡아 주지 않았더라면 그냥 나동그라졌을 것이다. 프랑스 남자는 얼굴이 시뻘겋게 달아올라 일어났으며, 머리도 죄다 헝클어졌다. 와이셔츠도 반쯤 풀어 헤쳐졌고 눈에서는 불똥이 튀었다.

"내 말 안 들려? 파티나 계속하라고 했잖아! 그리고 너!" 르프랭스가 사무원을 돌아보았다. "얼른 네 자리로 돌아가. 괜히 훌쩍거리며 분위기 망치지 말고! 그리고 너!" 이번에는 피아니스트를 쳐다보았다. "당장 피아노 쳐. 그러라고 돈 받는 거 아냐? 뭐야, 내 말 안 들려?"

르프랭스는 사무원의 허름한 옷깃을 움켜잡고 질질 끌다시피 해 홀을 지나 노인의 무릎 위에 앉혔다. 그러고 나서, 제대로 호흡도 가누지 못한 채 선원의 의자를 발로 걷어찼다. 선원이 버럭 화를 내며 깨어났다.

"무슨 일이야?"

선원이 으르렁거렸다.

"난 네놈 소리가 듣기 싫어. 그리고 네놈 코 고는 소리는 특히 더 싫고. 알아듣겠어?"

"아주 뒈지려고 환장을 했군."

선원이 십자 모양의 연장을 치켜들며 말했다. 하지만 르프랭스가 권총으로 자기를 겨눈 것을 보고는 연장을 떨어뜨렸다.

"정 원한다면 네놈의 양미간에 한 방 쏴 주지."

선원이 놀라서 멋쩍은 미소를 머금었다.

"홍콩에서 겪은 일이 떠오르는군." 선원은 그렇게 말하면서 자신의 바지를 걷어 의족을 보여 주었다. "안 좋게 끝났지."

피아니스트가 다시 피아노를 연주하자, 그때까지 덤덤하게 소동을 지켜보고 있던 첼로 연주자가 색소폰을 들어 가벼운 곡을 연주했다. 그때 커튼이 열리면서 상당히 건장한 남자 두 명과 가짜 보석이 주렁주렁 달린 검정 망토를 뒤집어쓴 젊은 집시 여자가 등장했다.

······불쌍한 노동자들은 합의점에 도달했다. 모두 용기를 내어 한마음으로 단결한 것이다. 거칠 대로 거칠어진 그들의 머릿속에는 오로지 한 가지 생각밖에 없었다. 파업! 노동자들은 며칠 동안, 어쩌면 몇 시간 동안 불행한 자기네가 승리를 거두었다며 좋아서 흥분했다. 마치 끔찍한 악몽이 고유의 세계인

밤의 세계로 돌아가 영원히 사라지기라도 한 듯 그들의 불행도 끝이 났다며 기뻐 날뛰었다. 노동자들은 힘이 들어서가 아니라, 불안해서 땀을 흘리는 존재이다. 거칠게 단련된 노동자들은 아무리 무더운 여름날에도 땀을 흘리지 않고, 피곤도 느끼지 않고, 지치지도 않는다. 아! 그러나 그들은 잔혹한 '쇠꼬챙이 손'의 의지와 카리스마를, 미심쩍은 르프랭스의 냉혹하고 계산적인 두뇌를 지니지 않았다…….

"나는 르프랭스요. '쇠꼬챙이 손'이 보냈소."

나는 순간 도밍고 파하리토 데 소토의 안색이 창백해지는 걸 보았다. 그는 도끼를 쳐드는 망나니를 바라보듯 나를 바라보았다. 나는 그에게 너무 염려하지 말라는 눈짓을 보냈다.

"《정의의 목소리》에 실린 당신 글을 보았소. 기지가 번뜩이더군. 뭐랄까? 상당히 격정적이라고 할까? 젊은이에게 열정이 있다는 건 좋은 일이오. 그건 부정하지 않겠소. 그렇지만 당신도 당신 글이 너무 지나치다고 생각하지 않소? 그렇게 확신하며 적은 글들을 당신이 직접 증명할 수 있겠소? 못 할 거요. 당연히 못 하고말고. 당신은 그저 소문이나 편파적인 의견들만 인용했소. 악의는 없겠지만, 이해 당사자들의 관점에만 치우쳐 지나치게 과장되고 왜곡된 의견들만 제시했소. 소토 씨, 말해 보시오. 당신은 내 이야기에 만족할 수 있소? 아니, 절대 그러지 못할 거요, 안 그렇소? 그거야 당연하지. 암, 당연하고말고."

데이비드슨 판사 카바레에는 즐기려고 간 겁니까?

미란다 오! 아닙니다.

판사 왜 "오! 아닙니다."라고 대답합니까?

미란다 그곳은 엄밀히 말해 카바레는 아니었습니다.

판사 무슨 말이지요?

미란다 지저분하고 오물통 같은 곳이었습니다.

판사 그렇다면 그런 곳에는 왜 간 겁니까?

미란다 르프랭스가 누군가와 만나기로 했습니다.

판사 그곳에서요?

미란다 네.

판사 왜 그랬지요?

미란다 만나기로 한 사람들이 그곳에서 일하고 있었습니다.

판사 무슨 일을 했지요?

미란다 재주를 넘는 곡예사들이었습니다. 쇼의 일부였지요.

판사 르프랭스는 왜 그들을 만나려고 했습니까?

미란다 그들을 고용하기 위해서였습니다.

판사 르프랭스가 서커스에도 관심이 있었습니까?

미란다 아닙니다.

판사 구체적으로 말해 보시오.

미란다 곡예사들은 공연이 없을 때는 해결사 일을 했습니다.

판사 그러니까 르프랭스와 당신은 해결사를 고용하러 그 곳에 간 거군요?

미란다 그렇습니다.

"내가 어떤 루트를 통해 당신들을 알게 되었는지, 그건 생략해도 되겠지?"

르프랭스가 먼저 말문을 열었다.

해결사들은 서로의 얼굴을 쳐다보았다.

"당연하지." 그들 중 한 명이 대답했다. "그야 우리가 꽤 유명하니까."

"당신들에게 어떤 제안을 할지 시시콜콜하게 설명하지 않아도 되겠지?"

"제안이라니? 무슨 제안요?"

다른 해결사가 물었다.

프랑스 남자가 잠시 곤란한 표정을 짓다가 곧 반격을 가했다.

"당신들이 나를 위해, 그러니까 우리를 위해 할 일이 하나 있소……. 나는 당신들이 그런 일을 한다고 들었소……. 예술 활동 과외로."

"예술? 아! 그래요. 우리 재주가 곧 예술 활동이지. 그런데 오늘은 괜찮았나요?"

먼저 얘기했던 해결사가 말했다.

"썩 괜찮았소. 아주 좋았소."

르프랭스가 대답했다.

"다른 재주들도 더 있는데. 아주 많아요. 다 마음에 들 겁니다. 이 친구가 늘 새로운 곡예를 고안하고, 나 역시 그래요. 우리 둘이 같이 고안하니까 꽤 다양한 곡예가 나오지요. 아시겠어요?"

"그런 것 같군." 르프랭스가 말을 가로막았다. "하지만 우선 다른 얘기부터 하는 게 좋을 것 같은데. 내가 당신들에게 제안하려는 일 말이오."

"당신이 그 일에 관심을 두는 것도 당연하지요."

첫째 해결사가 말했다.

"이 친구와 나는 관객들이 지겨워하지 않도록 늘 새로운 곡예를 고안해 내려고 노력합니다. 당신이 본 곡예는 옛날 겁니다. 우리가 이 도시에서 활동한 지 얼마 되지 않아서지요. 우리는 새로운 곳에 가면 옛날 곡예부터 선보입니다. 우리 곡예를 다른 곳에서 보지 않았다면 아무도 모르기 때문이지요. 그래서 도시가 바뀌면…… 그러니까 다른 도시로 가면 옛날 곡예를 선보인다는 겁니다, 아시겠어요? 아무도 그것을 알아보지 못하기 때문이지요."

해결사들이 새로운 곡예에 대해 말씨름을 벌이는 틈을 타서, 프랑스 남자가 내 쪽을 돌아보았다.

"자네가 나서지."

르프랭스가 속삭였다.

"새로운 곡예들에 대해 듣는다면 저로서도 영광이겠습니다." 내가 해결사들에게 말했다. "하지만 먼저 이분하고 얘기부터 끝낸 다음 새로운 곡예에 대해 차분하게 얘기하면 어떻겠습니까?"

두 해결사가 깜짝 놀라 나를 돌아보았다.

"하지만 우린 벌써 새로운 곡예를 말하고 있었는데!"

갑작스러운 침묵이 감돌자 마리아 코랄의 목소리가 울려 퍼졌다.

"좋아요, 손볼 사람이 누구죠?"

르프랭스가 얼굴을 붉혔다.

"그게…… 그러니까……."

르프랭스가 더듬거렸다.

"확실하게 해 두는 게 좋아요. 중요 인물인가요?"

"아니, 그다지 중요한 인물은 아니오."

"평소에 무기를 갖고 다닙니까?"

"그건 절대 아니오……."

"위험하면 액수가 올라가거든요."

"이번 경우에 위험은 없소. 그렇다고 가격을 흥정할 생각도 없소."

"자, 요점만 정리하시지요."

잠시 여인이 끼어들었다.

"나는 한 회사의 고위 간부인데, 윗분들의 이름은 거론하지 않아도 되겠지?"

르프랭스가 말했다.

"물론이지요."

"최근 노동자 쪽에서 회사의 안정을 어지럽히는 움직임이…… 감지되었소. 그래서 믿을 만한 사람들을 통해 그들이 누군지 알아냈는데…… 지금 내가 무슨 말을 하는지 알겠소?"

"물론."

마리아 코랄이 대답했다.

"우리의 의도는, 물론 우리 경영진의 의도는…… 시끄러운 인물들을 조용히 설득하는 거요. 아직은 회사 내에서 그다지 위험인물들은 아니지만, 상황이 악화하면 자칫 그 불씨가 전체 노동자들에게 옮겨붙을 수가 있소. 그래서 모두를 위해 안 좋은 것은 미연에 뿌리부터 뽑는 게 낫다고 판단했소. 물론,

우리도 처음에는 이런 설득 방법이 썩 내키지는 않았소."

"우리가 그들의 위치까지 파악해 추적해야 하는 겁니까? 아니면 당신들이 정보는 모두 제공하는 겁니까?"

"그건 우리가…… 구체적으로 내 비서가." 르프랭스가 나를 가리켰다. "문제 인물들의 명단을 넘겨줄 거요. 그리고 우리가 판단해 그 일을 실행할 장소와 시기도 알려 주겠소. 우리가 구체적으로 내리는 지시 이외에, 당신들이 임의로 판단해 행동하면 자칫 우리에게 얼마나 큰 피해를 입힐 수 있을지, 그건 굳이 얘기하지 않아도……."

"우리 일은 우리가 잘 알고 있어요, 미스터……."

"마리아 코랄, 내 이름은 굳이 밝히고 싶지 않은데."

집시 여자가 호탕하게 웃었다.

"지불 방법은……."

그녀가 말했다.

"내 비서가 조금 전에 언급한 명단과 우리가 정한 액수의 선금을 가지고 며칠 안에 다시 이곳에 들를 거요. 잔금은 첫 번째 일이 끝나면 그때 지불하겠소. 그러고 나서 바로 두 번째 일에 착수하시오, 알겠소?"

마리아 코랄이 곰곰이 생각하더니 마침내 고개를 끄덕였다.

"당신 비서는 이 돼지우리 같은 곳에…… 다시 오지 않아도 돼요. 우리는 주로 이 근처 선술집에서 저녁을 먹거든요. '알폰소의 집'이라는 곳이에요. 나가는 길에 있어요. 9시에서 9시 30분 사이에 오면 그곳에서 우리를 만날 수 있을 거예요. 언제쯤 오시겠어요?"

"곧. 다른 사람의 일은 받지 마시오. 더 할 얘기 있소?"

"나는……."

집시 여자가 도발적인 포즈를 취했다.

"가능하다면." 르프랭스가 확연히 당혹스러워하며 말했다. "우리 관계는 단순한 업무상의 관계이고, 모든 접촉은 내 비서를 통해서만 이뤄질 거요. 혹시 복잡한 문제가 생겨 경찰의 수사망에 걸려들어도 내 이름은 물론, 내 상관들의 이름도 절대 언급해서는 안 된다는 점 명심하시오. 과거에도 그랬겠지만, 일이 끝나는 즉시 도시를 떠나시오."

"얘기할 게 더 남았나요?"

마리아 코랄이 물었다.

"그렇소. 미리 경고하는데, 내 뒤통수를 칠 생각은 꿈에도 하지 마시오."

집시 여자가 다시 미소를 머금었다. 우리가 거리로 나왔을 때는 어느새 날이 밝아 오고 있었고, 얼음장같이 차가운 바람이 불고 있었다. 우리는 웃옷 옷깃을 여미고 차가 있는 데까지 한참을 걸었다. 자동차의 부동액이 얼었는지 시동을 거는 데 한참이 걸렸다. 차가 황량한 도시를 지나 우리 집 앞에 도착했다. 르프랭스가 우리 집 앞에 차를 세웠다. 하지만 시동까지 완전히 끈 것은 아니었다.

"끝내주는 여자지? 안 그런가?"

르프랭스가 물었다.

"집시 여자요? 네, 그렇더군요."

"신비스러운 분위기가 느껴졌어. 세상에 한 번도 노출되지 않은 파라오의 무덤 같은 분위기 말이야. 아마도 그 속에는 엄청난 비밀과 아름다움이 숨겨져 있을 것 같아. 그러나 죽음과 파멸, 그리고 몇 세기 동안 이어져 내려온 저주도 들어 있겠지. 내가 좀 문학적이었나? 내 말에 신경 쓰지 말게. 나 역시 존경받는 사업가들과 마찬가지로 지루하게 살아와서 그런지, 오늘 모험이 마음에 드는걸. 날이 샐 때까지 밤새 즐기지 못한 게 벌써 몇 년째인지! 우와! 정말이지 화끈한 시간이었어! 이봐, 그새 잠들었나?"

"아닙니다. 그럴 리가요. 잠들지 않았습니다. 피곤해서 잠시 눈을 감았을 뿐, 자지는 않았습니다."

"자, 어서 들어가 잠을 청하게. 벌써 많이 늦었군. 아침에 일찍 일어나야 할 텐데. 푹 쉬게."

"명단과 돈은 어떻게 하지요?"

내가 물었다.

"자네는 아무 걱정 하지 말게. 곧 내 전갈을 받을 테니. 지금은 들어가 푹 쉬게나."

"조심해서 가십시오."

"푹 쉬게나."

나는 차에서 내렸다. 내가 집 안으로 들어가 문을 안으로 걸어 잠글 때까지도 르프랭스가 차에 시동을 걸지 않았다는 걸 나는 비몽사몽간에 깨달았다.

여자 넷 중에서 제일 젊은 여자가 자리를 뜨자, 나머지 여자 셋은 머리를 맞대듯이 가까이 다가섰다. 주근깨가 많고 목에 주름이 쭈글쭈글한 데다가 뼈만 앙상하게 솟은 코가 유독 두드러져 보이는 마른 체구의 파렐스 부인이 먼저 입을 열었다.

"몰랐어요? 일주일 전에 경찰이 로카그로사 부인과 영국 선원이 같이 있는 싸구려 호텔을 덮쳤다지 뭐예요."

"맙소사!"

클라우데데우 부인이 소리 질렀다.

"그럴 리가."

사볼타 부인이 부인했다.

"확실해요. 경찰이 불량배인지, 무정부주의자인지, 아무튼 그런 인간들을 색출한답시고 호텔 방을 죄다 뒤졌나 봐요. 전부 경찰서로 끌고 갔는데, 로카그로사 부인이 신분을 밝히면서 남편과의 전화 통화를 요구했다는 거예요."

"세상에! 뻔뻔하기는! 거짓말 같아요! 그래서 남편이 뭐라고 했대요?"

클라우데데우 부인이 물었다.

"아무 말도 하지 않았지요. 내 말 좀 들어 보세요. 로카그로사 부인이 워낙 영악해 남편한테 전화를 걸지 않고 코르타바네스에게 건 거예요. 그래서 아무 일 없이 빠져나왔지요."

"그런데 당신은 그 사실을 어떻게 안 거예요? 코르타바네스가 당신에게 얘기해 준 거예요?"

사볼타 부인이 물었다.

"아니요. 그는 절대 그런 얘기를 하면 안 되지요. 직업상 비밀을 지켜야 하니까요. 나는 그 이야기를 다른 경로로 들었지만 그건 확실한 사실이에요."

파렐스 부인이 확언했다.

"한마디로 엄청난 추문이군요."

클라우데데우 부인이 말했다.

"그럼 영국 남자는 어떻게 됐어요?"

사볼타 부인이 물었다.

"그건 몰라요. 영국 남자도 풀려나 자기 배로 돌아갔겠지요. 된통 학을 뗀 고양이처럼 다시는 그런 모험에 뛰어들지 않겠지요. 별 볼 일 없는 위인이래요. 불을 지피는 화부(火夫)라나 뭐 그런 자래요."

"그 여자가 왜 그런 짓을 했을까요?"

사볼타 부인이 생각에 잠겨 물었다.

"살다 보면 그럴 수도 있어요. 아직 젊은 나이에 절반은 외국인이잖아요. 우리랑은 생각하는 것부터 달라요."

클라우데데우 부인이 말했다.

"두 분도 아시는지 모르지만, 남편한테도 문제가 있잖아요."

파렐스 부인이 덧붙였다.

"로카그로사 씨에게요? 루이스 로카그로사한테? 그에게 무슨 문제가 있다는 거예요?"

"세상에! 몰랐어요? 사람들 얘기로는…… 그가…… 남자들을 좋아한대요……"

"세상에, 맙소사! 당신은 늘 하루에 한 가지씩은 새로운 소식을 전해 주는군요."

클라우데데우 부인이 말했다.

"나도 어쩔 수 없어요. 내가 맨 먼저 알게 되니."

"두 분이야 좋아하는지 모르겠지만 나는 그런 지저분한 얘기를 들으면 속이 메스꺼워져요. 나도 어쩔 수가 없네요."

사볼타 부인이 말했다.

"나도 좋아하지 않아요, 로사." 파렐스 부인이 항의했다. "난 단지 들은 이야기를 전한 것뿐이지, 좋아해서 그런 건 아니라고요."

"세상일이 갈수록 가관이에요."

클라우데데우 부인이 말했다.

……나는 지금 떨리는 손을 진정시키고 끓어오르는 분노를 삭이면서, 동시에 개인적인 감정을 배제하면서 최대한 객관적인 시선으로 그 사건의 전모를 밝히고자 한다. 그 사건은 우리 노동자들이 절대적으로 필요하고 정당하다고 믿었던, 그래서 모두가 손꼽아 기다리던 파업을 실행하기로 한 날을 불과 며칠 앞두고 일어났다.

희생자는 이번 파업에서 가장 두드러지게 부각되던 비센테 푸엔테가르시아 가르시아라는 노동자였다. 그는 뜻이 곧은 인물이자, 명석한 두뇌에 고상한 성품, 그리고 진지하면서도 힘찬 에너지를 발산하는 인물이었다. 게다가 그는 모든 사람들에게 성실성까지 인정받았다. 9월 27일 오전 1시경, 비센테는 산 마르틴 구역의 인데펜덴시아 거리에 위치한 자신의 집으로 귀가하던 중이었다. 그는 몇 분 후에 자신이 무지막지한 테러의 표적이 되리라는 사실도 모른 채 무방비 상태에서 길을 걷고 있었다. 화사하고 온화한 밤이었다. 맑고, 깨끗하고, 온화하고, 푸른빛이 감도는 하늘에는 별들이 수줍게 반짝거렸고, 인데펜덴시아 거리는 외로이 차분하고 조용했다. 그곳의 쾌적한 고요와 조용한 침묵은 이따금 야간 순찰을 도는 경찰 앙헬 페세이라의 힘찬 발자국 소리에만 깨질 뿐이었다. 하지만 그날 밤의 신비스러운 적막 속에서 철저한 음모로 진행되고 있던 비극의 전조는 그 누구도 상상조차 하지 못했다.

잠시 후, 얼굴선이 뾰족하고, 고집스럽고, 힘세고, 건장한 젊은 노동자가 모습을 드러냈다. 그는 삶과 꿈을 열렬히 사랑하는 젊은이로, 바로 비센테 푸엔테가르시아 가르시아였다. 파업자들의 집회에 참석했다가 자신감에 가득 차 홀가분한 마음으로 집에 돌아가던 길이었다. 그는 위에서 언급한 거리와 마요르카 거리가 교차하는 곳에 이르렀고, 그곳에서 야간 순찰을 돌던 경찰을 만나 담배 한 대를 피우며 얘기를 나눴다. 그러고는 잠시 후 경찰과 다정한 작별 인사를 나누며 헤어졌다.

그의 집 대문에서 불과 몇 미터도 떨어지지 않은 곳에서 눈초리가 매섭고 건장한 남자 두 명이 어둠에서 나와 그에게 다가왔다. 비센테는 맨손으로 두 남자와 맞섰다. 그는 차분하고 조용했다.

"거기 서!"

두 남자 중에서 좀 더 서열이 높아 보이는, 험악하고 불량스럽게 생긴 남자가 윽박지르듯 말했다.

노동자가 발걸음을 멈췄다. 그사이 다른 남자는 비열한 행위를 뒤에서 비겁하게 조종했을 인간들이 제공한 명단을 들여다보고 있었다.

"당신이 비센테 푸엔테가르시아 가르시아요?"

"그렇소."

비센테가 대답했다.

"우리를 따라오시오."

수사관처럼 보이는 그들이 비센테에게 말했다. 그들은 쇠처럼 단단한 손으로 비센테의 손목을 움켜쥐고 한적하고 어두운 구석으로 끌고 갔다.

"왜들 이러시오? 나는 범죄자가 아니라, 힘없는 노동자란 말입니다!"

비센테가 소리 질렀다.

하지만 그때는 수사관처럼 보이는 두 남자 중 한 명이 이미 불쌍한 남자의 얼굴을 강하게 갈긴 후였다. 비센테의 얼굴이 끔찍한 고통으로 흉측하게 일그러졌다.

"더 세게 쳐!" 고참으로 보이는 사내가 소리 질렀다. "그래야 본때를 보이지!"

불쌍한 남자는 눈물로 범벅이 된 눈으로 애원했지만 끔찍한 고문은 그치지 않았다. 주먹질이 비처럼 쏟아졌고, 비센테는 엄청난 주먹세례의 희생양이 되어 정신없이 비틀거리다가 피범벅이 되어 의식을 잃은 채 땅바닥으로 쓰러졌다. 그가 땅바닥에 쓰러졌어도 두 살인마는 계속 그를 걷어찼다. 불운한 비센테는 악당들의 발밑에 쓰러져 있는 자신을 보며 경련이 이는 듯한 강렬한 전율을 느꼈다. 그리고 사방에서 원을 그리며 쏟아지는 듯한 번쩍이는 불빛을 보았다.

그의 불쌍한 아내는 남편의 귀가가 늦어지자 불안한 마음에 발코니로 나왔다가, 요란한 소리를 듣고는 미친 여자처럼 거리로 뛰쳐나왔다. 그녀는 불길한 슬픔에 휩싸여 눈물로 범벅이 된 채 하늘을 가르는 고통 가득한 절규를 쏟아 내며 거리로 뛰쳐나왔다. 비겁한 놈들은 그녀가 달려오자 얼른 도망쳤다. 사람 좋은 순찰 경관 역시 고함 소리를 듣고 그곳으로 달려왔다. 두 사람은 피범벅이 된 노동자를 침대로 옮겼다. 그는 끈끈하고 축축하고 검붉은 피 웅덩이에서 온몸을 비틀며 욕설 섞인 말들을 간신히 뱉어 냈다. 흉악한 놈들! 비겁한 놈들!

평소 시간을 엄수하고, 책임감이 강하고, 흠잡을 데 없는 비센테는 다음 날 출근하지 못했다. 상태가 워낙 중태라, 자기네들 앞에 도사리고 있는 위험에 대해 동료들에게 알릴 겨를조차 없었다. 그렇게 테러는 날마다 계속되었다. 노동자들인 세히스문도 달마우 마르티, 미겔 가이파 리우스, 마리아노 로페스 오르테가, 호세 시모 로비라, 호세 올리바레스 카스트로, 아구스틴 가르시아 과르디아, 파트리시오 리베스 에스쿠데르, J. 몬포르트, 사투르니노 몽헤 오가사가 밤마다 차례로 습격당했다. 경찰이 테러 신고를 받고 수사에 착수했지만, 용의자들은 이미 연기처럼 사라진 뒤였다. 그리고 피해자들의 진술로는 그들의 신원조차 파악하지 못했다. 물론, 이 끔찍하고 비열한 꼭두각시놀음을 뒤에서 조종하는 자가 누군지는 모두 알고 있었지만, 그들을 모두 묶어 넣을 증거는 아무것도 없었다. 결국 파업은 무산되었다. 그렇게 사랑하는 우리 도시의 역사에서 가장 부끄럽고 혐오스러운 장(章) 하나가 마감되었다.

단조롭고 후텁지근했던 그해 9월 한 달 동안, 나는 봉투 한 개를 든 채 안개가 자욱한 항구 근처를 헤매고 돌아다녔다. 먼젓번에는 자동차로 오느라 길을 제대로 눈여겨보지 않아 처음에는 그 선술집을 찾는 일이 쉽지 않았다. 막 저녁 식사를 끝내 가던 두 해결사와 집시 여자가 나를 반갑게 맞았다. 음침한 카바레 분위기와 멀리 떨어져, 화장도 하지 않은 민낯에 평범한 옷을 입은 마리아 코랄은 며칠 밤 나의 가슴을 설레게 했던 카리스마와는 거리가 멀어 보였다. 하지만 집시 여자의 미소와 말투는 그대로 느껴졌다. 그녀의 미소와 말투에는 나를 당혹스럽게 하는 거침없으면서도 뻔뻔하기까지 한 뭔가가 있었다.

"그거 알아요? 그날 밤 당신이 내 맘에 들었던 것."

마리아 코랄이 나에게 말했다.

나는 업무를 수행하기 위해 그곳에 갔기 때문에 집시 여자의 손에 봉투를 건네주었다.

"당신 주인은 이번에는 안 오나요?"

그녀가 딴전을 피우며 물었다.

"안 오십니다. 내 기억이 틀린 게 아니라면, 그렇게 약속하지 않았던가요?"

"그래요. 그래도 그 사람도 왔으면 해서 하는 말이에요. 내일 그에게 전하세요, 아시겠죠?"

"알겠습니다."

'알폰소의 집'에 두 번째 찾아갔을 때는 봉투를 하나가 아니라 두 개 들고 갔다. 마리아 코랄은 웃기만 할 뿐 그것에 대해서는 아무 언급도 하지 않았다.

"당신 주인에게 절대 실망하지 않을 거라고 전하세요."

헤어지는 순간 마리아 코랄이 말했다.

마리아 코랄이 문 앞에서 나에게 키스를 보내는 바람에 그곳에 있던 손님들이 모두 한마디씩 거들었다. 세 번째 갔을 때는 해결사 두 명만 게걸스럽게 식사하고 있었고, 마리아 코랄은 보이지 않았다.

"배은망덕한 년이 혼자 내뺐소. 이틀 전에 우리를 버렸단 말이오."

해결사 한 명이 말했다.

"제 손해지, 뭐. 우리도 없이 혼자 어떻게 곡예할지 두고 보자고."

다른 해결사가 동료를 위로했다.

"우리는 개의치 않소, 아시겠소? 우리는 계속해 나갈 수 있으니까. 손님들이야 우리를 보러 오지. 단지, 우리가 저한테 얼마나 잘해 줬는데 그렇게 내빼 버려 화가 날 뿐이라오."

그들이 나에게 말했다.

"우리가 저를 얼마나 도와주고, 해 달라는 대로 다 해 줬는데."

다른 해결사가 말했다.

"우리가 전에 공연을 벌였던 마을에서 그년을 처음으로 봤을 때는 거의 굶어 죽기 일보 직전이었소, 아시겠소? 불쌍해서 데려왔더니."

"다시 돌아오면 본때를 보여 주겠어."

"우리와 함께 공연하지 못하게 할 거야."

"절대 안 되지."

"그녀는…… 당신들과 어떤 관계였습니까?"

내가 물었다.

"그야 배신을 때린 관계지."

해결사 한 명이 말했다.

"우리가 저를 얼마나 위해 줬는데 우리를 뻥 차 버린, 그런 관계지."

다른 해결사가 결론지었다.

나는 집시 여자에 대해 더 물어보려다가 그만두었다. 그리고 그들의 일로, 카바레의 일이 아닌, 르프랭스가 의뢰한 일로 화제를 돌렸다.

"그야 모든 게 잘되어 가고 있소. 명단에 올라온 놈들을 찾아가 묵사발을 만든 다음에 놈들이 쭉 뻗으면 '괜히 시키지도 않은 일 하지 말라고 한 수 가르쳐 주는 거야.'라고 말했소. '괜히 시키지도 않은 일'은 마리아 코랄이 말하라고 가르쳐 준 거요. 그러고는 경찰이 오든 안 오든 잽싸게 튀었소."

"마지막에는 거의 붙잡힐 뻔했지. 우리는 더 이상 달릴 수 없을 때까지 한참을 달리다가, 겨우 숨 좀 돌리려고 맥주 두어 잔 마시기 위해 선술집에 들어갔소. 아, 그런데 세상에 악연도 그런 악연이 또 있을까. 아, 글쎄, 예전에 우리가 손을 본 작자가 그 술집에 있는 거요. 그놈은 우리를 보자 놀라서 입을 떡 벌리더군. 이 사람이 부러뜨려 놓은 이 두 개가 빠져 있더라고. 우리는 '괜히 시키지도 않은 일 하지 말라고 한 수 가르쳐 준 거야.'라고 그 작자에게 냅다 소리 질렀지. 그러자 그 작자가 그냥 줄행랑을 치더라고. 그래도 혹시 몰라 우리도 잽싸게 그곳을 빠져나왔지."

그날이 내가 '알폰소의 집'으로 봉투를 가지고 간 마지막 날이었다.

"잘 생각하니, 자네의 이론은 어쩔 수 없이 숙명론으로 귀결되는 것 같아. 그리고 자네가 말하는 자유란, 앞서 일어난 일

런의 사건들에 대한 결과의 한계들을 모아 놓은 것 같아."

내가 말했다.

"지금 자네가 무슨 말을 하려는지 알 것 같군." 도밍고 파하리토 데 소토가 말했다. "하지만 자네 생각은 잘못되었네. 자유가 인간의 육체적 한계를 넘어서 훨훨 날아다니는 자유처럼 현실이라는 울타리 밖에 존재하는 게 아니라면, 그나마 그러한 한계 안에서라도 완벽해야 하네. 그리고 그 자유를 어떻게 사용하느냐에 따라 그에 따른 조건도 이뤄져야 하고. 오늘날 발발하는 노동자들의 항의를 예로 들어 보자고. 자네는 이게 상황에 따른 조건에서 발생하는 것이 아니라고 말할 셈인가? 아니네. 그보다 더 명확한 것은 없네. 요컨대, 물가와 월급의 불균형, 근무 조건 같은 상황은 이러한 반발 이외에는 아무것도 불러올 수가 없네. 자, 그렇다면 그 결과는 어떻게 될까? 그건 아무도 몰라. 과연 노동자 계층이 자기들의 요구를 관철할 수 있을까? 그것 역시 아무도 예측하지 못해. 왜냐고? 왜냐면 실패나 승리는 어떤 방법을 '선택'하느냐에 달려 있으니까. 결국 내가 말하고자 하는 결론은, 우리 각자가 뜬구름을 잡는 듯한 자유나 진보를 위한 투쟁에 매달릴 게 아니라, 확실하고 드넓은 지평이 펼쳐진 세상에서 인류에게 보다 나은 삶을 허락하는 미래의 환경을 만들자는, 바로 그런 것이지."

1926년 11월 21일 전직 경찰관 알레한드로 바스케스 리오스가 바르셀로나 주재 미국 영사에게 제출한 진술서.(계속)

증빙서류 2번
(법정 통역사 구스만 에르난데스 데 펜윅의 영문 번역 첨부)

······오늘날 '사볼타 사건'으로 불리는 사건에 개인적이고 직접적으로 관여하기 전부터, 나는 이미 사볼타 회사의 노동자 열 명에게 가해진 흉악한 테러를 인지하고 있었다. 언급한 테러(하나같이 손을 봐 준 정도에 불과하고, 끔찍한 결과로 이어진 사람은 아무도 없었다.)는 회사의 고위 간부가 예고된 파업의 싹을 자르기 위해 고용한 해결사들에 의해 자행되었다는 소문이 파다했다. 테러를 수사한 바에 따르면(나는 그 수사에는 관여하지 않았다.) 회사가 개입되었다는 증거는 어디서도 찾을 수 없었다. 테러가 노동자들 사이에서 일어났다는 의혹도 제기되었다. 즉 비센테 푸엔테가르시아 가르시아와 J. 몬포르트 사이에서 리더 자리를 차지하기 위한 내분이 일어났을 가능성이 농후하다는 것이었다. 비센테 푸엔테가르시아 가르시아는 안달루시아 출신의 유명한 무정부주의자이고, J. 몬포르트는 위험한 카탈루냐 공산주의자로 호아킨 마우린과 절친한 사이였다.(첨부된 서류 참조.) 그래서 관계 당국은 테러를 당한 자들 중 한 명(시모라는 노동자로 기억된다.)의 증언과 위에서 언급한 가능성을 바탕으로 구속 수사에 나섰다. 구속된 인물들 중에는 이미 언급한 비센테 푸엔테가르시아 가르시아와 J. 몬포르트, 사투르니노 몽헤 오가사(공산주의자), 호세 올리베로스 카스트로(무정부주의자-노조), 미겔 가이파 리우스(무정부주의자-노조), 호세 시모 로비라(사회주의자) 등이 포함되었다. 방금 언급한 대부분의 사람들은 이내 석방되었으며, 내가 '사볼

타 사건'을 맡았을 때는 그들 중 감옥에 수감되어 있는 사람
은 아무도 없었다.

2

1927년 1월 11일 뉴욕 주 법정의 F. W. 데이비드슨 판사가 주재한 하비에르 미란다 루가르테의 2차 증언 과정을 속기한 문서 복사본. 법정 통역사 구스만 에르난데스 데 펜윅의 통역에 기초함.

(증언 서류 70쪽부터)

데이비드슨 판사 도밍고 파하리토 데 소토를 어떻게 알게
　　　　　　　되었는지 자세하게 말씀하십시오.
미란다 르프랭스가 코르타바녜스의 사무실로 찾아왔던 날
　　　　입니다…….
판사 정확하게 언제입니까?
미란다 정확한 날짜는 기억나지 않습니다. 아마 1917년 10
　　　　월 중순이었을 겁니다.
판사 그러니까 르프랭스가 사무실을 처음으로 찾아왔던

날입니까?

미란다 아닙니다. 내 기억으로 그때는 두 번째였습니다.

판사 첫 방문은 언제였습니까?

미란다 약 일 개월 전쯤이었습니다.

판사 첫 방문에 대해 말씀해 보십시오.

미란다 어제 증언에서 말씀드렸듯이, 첫 방문 때 나는 르프
랭스와 카바레에 동행했습니다.

판사 좋습니다. 두 번째 방문에 대해 말씀해 보시오.

미란다 르프랭스가 파일을 하나 가져와서 코르타바네스의
방으로 들어가더니 한참 얘기를 나누더군요. 그리
고 잠시 후 나를 방으로 불렀습니다.

판사 그 방에 당신 말고 누가 더 있었습니까?

미란다 르프랭스와 코르타바네스입니다.

판사 계속하십시오.

미란다 르프랭스가 파일의 내용물을 탁자 위에 펼쳐 놓았
습니다.

판사 자세히 묘사해 보십시오.

미란다 그것은 《정의의 목소리》라는 신문 세 부였습니다.
나는 잘 모르는 신문입니다만, 간헐적으로 소량을
찍어 내는 소책자 비슷한 신문인데, 그중 한 부가 탁
자 위에 활짝 펼쳐져 있었습니다. 기사 한 개가 빨간
색연필로 동그라미 쳐져 있었고, 기사를 쓴 사람의
서명도 빨간 색연필로 동그라미 쳐져 있었습니다.

판사 누구의 서명이었습니까?

미란다 도밍고 파하리토 데 소토라는 사람의 서명이었습

니다.

판사 1a, 1b, 1c 증빙서류에 첨부된 기사들입니까?

미란다 그렇습니다.

판사 계속하십시오.

미란다 코르타바네스가 나에게 기사 쓴 사람을 찾아오라
고 명했습니다.

판사 왜 그랬지요?

미란다 그때는 나도 그 이유를 몰랐습니다.

판사 당신은 그 지시를 따랐습니까?

미란다 처음에는 따르지 않았습니다.

판사 왜 그랬지요?

미란다 노동자들이 테러를 당한다는 소문을 들었기 때문
에 괜히 연루되고 싶지 않아서…….

판사 당신은 그 이유를 르프랭스에게 설명했습니까?

미란다 네.

판사 똑같은 표현이었나요?

미란다 아닙니다.

판사 정확히 어떤 표현이었습니까?

미란다 잘 기억나지 않습니다.

판사 기억을 잘 더듬어 보시지요.

미란다 내가 르프랭스에게 물었습니다……. 우리가 먼젓번
에 한 일과 비슷한 거냐고…….

판사 르프랭스가 당신의 질문을 이해했습니까?

미란다 네.

판사 당신이 그걸 어떻게 압니까?

미란다　르프랭스가 호탕하게 웃으며 아무 걱정 말라고 했
　　　　습니다. 앞으로는 자기가 모든 일을 체크할 것이고,
　　　　나에게 좋지 않은 기미가 보이면 언제든지, 어떤 식
　　　　으로든지 개입할 거라고 했습니다.
판사　　그래서 지시에 따랐습니까?
미란다　네.
판사　　파하리토 데 소토는 쉽게 찾아냈습니까?
미란다　찾기는 했지만 쉽지는 않았습니다.
판사　　어떻게 찾아냈는지 얘기해 보십시오.

　무엇을 위해서? 며칠 동안 나는 지친 몸으로 돌아다니면서
불편한 대화를 나누고, 불필요한 뇌물을 먹이고, 지칠 때까지
기다리고, 쓸데없이 쫓아다니다가, 마침내 쓸 만한 단서를 찾
아냈다. 코르타바녜스에게 잘 보이기 위해서, 나아가 르프랭스
의 마음에 들기 위해서 나는 무슨 일이 있어도 그 일은 기필
코 성사시켜야 한다고 마음먹었다. 르프랭스가 내게 관심만 기
울여 준다면 불투명한 나의 미래가 활짝 열릴 수 있었다. 그는
뜻밖의 희망을 안겨 줄 수 있는 인물이었다. 나는 르프랭스에
게서 코르타바녜스의 무기력한 사무실에서 벗어날 수 있는 탈
출구를 보았다. 코르타바녜스의 사무실에서는 따분하고 길게
만 느껴지는 비생산적인 오후와 가난하고 불투명한 미래만이
기다리고 있었다. 사무실 동료인 세라마드릴레스는 내가 기분
이 가라앉았거나, 낙담하거나, 무력감에 빠질 때마다 격려와 충
고를 아끼지 않았다. 그는 르프랭스가 '우리의 복권'이며, 비위

를 맞추고 만족감을 안겨 줘야 할 확실한 고객이라고 말했다. 그가 귀찮아할 정도로 잘 챙겨 주고, 그에게 싹싹하게 굴고, 무슨 수를 쓰든지 유능하게 보이고, 이익을 위해서라면 충성을 다해야 한다고 충고했다. 나이가 들수록 성질만 고약해지고, 될 대로 되라는 식인 코르타바네스의 그늘에 있으면 어둡고 암울한 미래밖에 없지만, 바르셀로나 금융계와 재계의 고위층에 속하는 큰 인물인 르프랭스의 밑에 있으면 휘황찬란한 파노라마가 펼쳐진다는 것이었다. 또한 르프랭스가 파티와 여행을 즐기고, 최고급 정장을 입고, 요정처럼 아름다운 여자들을 거느릴 뿐만 아니라, 번쩍이고 휘황찬란한 돈다발로 손톱을 날카롭게 세운 야수들과 다름없는 카탈루냐의 소수 특권층까지 좌지우지할 수 있는 인물이라고 치켜세웠다. 아무 소득도 없이 시간만 까먹으며 지칠 대로 지쳐 있던 나는 이러한 희망의 끈을 움켜쥐고 마침내 파하리토 데 소토를 찾아냈다. 10월 중순, 혹은 하순에 가까운 어느 날 밤이었다. 도밍고 파하리토 데 소토는 우니온 거리에 위치한 다 쓰러져 가는 집의 방 하나에 세 들어 살고 있었다. 처음에는 무작정 문을 두드렸다가 욕설만 들었다. 그래서 그곳에 신문기자가 사느냐고 물었을 때, 나는 지칠 대로 지쳐 목까지 잠겨 있었다. 미소가 아름다운 젊은 여자가 나에게 대답해 주었다. 그때만 해도 나는 그 여자의 이름이 테레사이고, 시간이 흘러 그 여자가 나의 첫사랑이 될 줄은 상상조차 못 했다. 지금 이 순간 나의 뇌리에는 해변으로 밀려오는 파도에 난파선의 잔해도 함께 떠밀려 오듯 문을 열고 들어섰을 때 보았던 광경이 선명하게 다가오고 있다. 소토가 사는 곳은 직사각형 모양의 제법 커다란 방이었다. 그곳은 필요에 따라(계속 반복되는 필요 이론) 배치된 잡다한 가구들이 미로처럼 얽혀 있어 칸막이가 없어도 방이 여러 개가 갖춰진 느낌을 주었다. 한쪽 구석에는 다 망가진 부부 침대와 사이드 테이블 두 개, 긴 램프, 어린 사내아이가 잠들어 있는 요람 한 개가 놓여 있었다. 맞은편 구석에는 타원형 탁자와 크고 작은 의자들이 놓여 있었다. 그리고 천이 찢겨 나가고 스프링도 튀어나온 일인용 소파 두 개가 아무렇게나 놓여 있었다. 한쪽 벽에는 뒤틀린 선반들로 만든 서재가 갖춰져 있고, 그 옆에는 문이 제대로 닫히지 않는 옷장과 다리 높이가 맞지 않는 콘솔, 가운데가 불뚝 튀어나온 화장대가 놓여 있었다. 그리고 방에는 책과 신문들이 가구마다 수북이 쌓여 어지럽게 널려 있었고, '어린애가 감기 들지 않도록' 따뜻한 열기를 전해 주는 배불뚝이 난로가 놓여 있었다. 파하리토 데 소토는 일인용 천 소파에 앉은 채 잠들어 있었다. 그가 원체 키가 작기도 했지만, 그 자세는 그를 더욱 작아 보이게 했다. 두상이 크고 침울한 인상으로, 머리카락은 방금 따라 낸 먹물처럼 새까맣게 윤이 흘렀다. 작은 손과 몸집에 비해서도 지나치게 짧은 팔, 툭 튀어나온 눈, 두툼하고 커다란 입, 납작코에 짧은 목 때문인지 전체적으로 개구리 같은 인상이었다. 그는 나를 보자 깜짝 놀랐다. 내가 《정의의 목소리》에 실린 그의 기사를 읽었고, 이름을 밝힐 수는 없지만 높은 사람들이 관심을 보인다고 하자 그는 더 많이 놀랐다. 그는 처음에는 높은 사람들이 신문사의 고위층이나 정당의 당원일 거라 생각했다. 그가 지나치게 순진하고 환상에 사로잡혀 있어서, 결국 나는 그에게 어느 정도 비밀을 밝혀 주었다. 그는 로맨틱한 야심에 눈이 멀어 이해하지 못했다.

나는 쌀쌀했던 11월의 그날 오후를 기억한다. 서재 겸 사무실의 회의용 탁자 앞에 놓인 의자에 엉거주춤 걸터앉은 파하리토 데 소토는 뻣뻣하게 굳은 채 어찌할 바를 모르는 표정을 짓고 있었다. 반면 르프랭스는 위엄을 잃지 않으면서도 친절하게 처신했다. 르프랭스는 파하리토 데 소토의 '간결한 문체'와 용기를 칭찬하고 상황에 대한 그의 견해를 비판한 다음, 놀랄 만한 일을 제안했다. 사볼타 회사의 근무 조건이나 생산량, 월급, 갈등, 파업과 같은 사안을 노동자의 관점에서 파악해 완벽한 보고서를 작성하라는 내용이었다. 르프랭스는 파하리토 데 소토에게 공장과 회사의 모든 부서를 자유롭게 드나들 수 있도록 해 주겠다고 약속했다. 그리고 정보와 필요한 도움도 모두 제공하겠다고 했다. 그는 몸소 사볼타 사장을 맞이하듯 모든 편의를 제공하겠다고 했다. 또한 모든 사안에 대한 면책권과 함께, 그가 조사한 내용을 모두 자유롭게 출판할 수 있는 권리도 약속해 주었다. 하지만 회사 간부들에게 '잘못을 시정할 수 있는 기회'를 줄 때까지는 자료를 외부에 유출하지 않는다는 조건을 달았다. 보고서가 작성되면 주주와 노동자들이 함께하는 집회나 총회를 소집해 '파하리토 데 소토가 보는 앞에서' 상황의 변화에 따른 모든 문제점들을 함께 토의하겠다고 얘기했다. 그리고 파하리토 데 소토가 수고한 대가로 '사십 두로'를 지불하겠다고 약속했다. 결과적으로 르프랭스의 제안은 파하리토 데 소토가 기대한 것 이상이었기 때문에 그는 기꺼이 그 제안을 수락했다. 솔직히 말해서 처음에 나는 파하리토 데 소토가 걱정되었다. 그러나 그런 일을 억지로 강요하지 않겠다고 수차례나 다짐하는 르프랭스의 말을 믿었기 때문에 나중에는 그들의 거래를 반대하지 않았다. 또한 파하리토 데 소토 역시 내가 어떤 경고를 하더라도 받아들일 마음이 없어 보였기 때문이다. 자주 만나 대화도 나누고 산책도 하면서 우리 사이에 우정이 싹텄을 무렵, 나는 양극단 사이에 놓인 그의 입장이 위험할 수도 있음을 상기시켜 주었다. 한편으로는 순수한 우정 때문이기도 했고, 다른 한편으로는 남편의 신변을 걱정하는 테레사의 두려움을 상쇄하기 위한 배려이기도 했다. 그러나 파하리토 데 소토는 내 말을 듣지 않았다. 그는 긍정적이었고 정직하게 일하고 싶어 했다. 그런 그의 영혼과 의도는 지극히 단순 명료했다. 그는 자신의 아들을 위해 보다 나은 미래를 원했고, 일과 부와 영광으로 가득한 새로운 지평을 안겨 주고 싶어 했다. 우리는 개인적인 계획은 물론이고 거창하고 장기적인 계획까지 함께 세우거나 함께 허물며 시간을 보냈다. 때로는 사소한 문제를 두고 새벽까지 논쟁을 벌였고, 때로는 신비스러운 맥박이 요동치는 잠든 도시를 구석구석 돌아다니기도 했다. 우리는 지나가다가 문이 열려 있는 건물을 발견하면 성냥불로 어둠을 밝히며 시커먼 현관문을 지나 계단을 따라 옥상까지 올라가, 그곳에서 우리 발밑으로 펼쳐진 바르셀로나를 내려다보았다. 도밍고 파하리토 데 소토는 자기 자신이 '20세기의 절름발이 악마*'라고 느꼈으며, 그가 받은 느낌은 많이 틀리지 않았다. 그는 지붕들 위로 손가락을 뻗어 부자 동네와 집들이 다닥다닥 붙어 있는 가난한 동네, 상인과 소매상인, 수공업자

---

* 루이스 벨레스 데 게바라(Luis Vélez de Guevara)의 소설 『절름발이 악마(Diablo Cojuelo)』를 연상하게 만든다. 이 작품에서 작가는 주인공의 인생 역경을 통해 부패와 사치에 물든 17세기 스페인의 위기를 신랄하게 풍자하고 있다.

인 중산층이 몰려 사는 점잖고 평화로운 동네를 가리켰다. 우리는 밤에는 활력을 주지만 깨어날 때는 뒤끝이 좋지 않은 싸구려 포도주도 수없이 함께 비웠고, 정치 모임에도 함께 참석했으며, 신념보다는 우정으로 서로 다른 이데올로기를 감싸 주었다. 나에게 있어 파하리토 데 소토는 그 이전이나 이후에도 다시는 만나지 못할 유일한 친구였다. 테레사에 대해서는, 그녀가 나의 위대한 사랑이었다고 이미 말했을 것이다. 나는 그녀를 만나기 위해 매일 핑곗거리를 만들어 두어 시간 동안 사무실 자리를 비웠다. 처음에 그녀는 친구로서 나를 찾았고, 나역시 그녀를 친구로 대했다. 아이는 마음씨 좋은 옆집 여자에게 맡겼다. 테레사는 자기 집에서 가까운 우유 가게에서 만나자고 했다. 좁고 긴 공간에 가운데가 나무 칸막이로 분리된 곳이었다. 칸막이 앞쪽에는 가장자리가 떨어져 나간 대리석 계산대가 있었는데, 거기서 누런 고무 앞치마를 두른 뚱뚱한 여자가 우유, 치즈, 버터나 그 밖의 잡다한 물건들을 팔았다. 칸막이 뒤쪽 벽에는 탁자 네 개와 벽을 따라 길게 이어지는 의자가 있었는데, 그곳을 차지한 손님들은 학생이나 직공, 점원, 사무원, 웨이트리스, 하녀, 타자원, 간호사, 전화 교환원 등 주로 젊은 커플들이었다. 그들은 희미한 불빛 아래 서로를 원하는 마음으로 부둥켜안고 속삭이거나 키스하면서 호기심에 이끌려 몸을 더듬고 애무했다. 테레사는 나와 일정한 거리를 두고 마주 앉자마자, 미안한 표정을 지으며 아이를 맡겨 두었기 때문에 하는 수 없이 그곳까지 불러냈다며 조심스럽게 변명했다. 마음씨 좋은 옆집 아주머니에게 멀리 가지 않겠다고 약속했는데, 그곳이 그녀의 집에서 제일 가까운 곳이라 어쩔 수 없었다고 얘기했다. 우리는 그곳에서 한 시간 이상 대화를 나누었다. 테레사는 남편이 하는 일이 두려운 데다가 남편이 고집을 부리며 자신의 충고를 들으려 하지 않아 걱정이라고 말했다. 나는 그가 큰 잘못을 저지르지 않는 한 걱정할 일은 없다고 말했다. 그녀는 내 말을 듣고 적이 안심하는 눈치였고, 곧 우리는 좀 더 일반적인 얘기로 화제를 돌렸다. 미래를 위해 아무리 노력해도 모두 허사로 돌아가는 도시의 고달픈 삶과 자식에 대한 책임감, 우리 사회의 암울한 미래에 대한 내용이었다. 얘기가 끝난 후 테레사는 자기를 따라 나오지 말라고 당부했다. 내가 먼저 우유 가게를 나가 밖에서 기다리거나 따라오지 말라고 당부했다. 내가 시킨 대로 하겠다고 대답하며 손을 내밀어 악수를 청하자, 테레사는 가만히 얼굴을 가까이 해서 나의 입술에 입을 맞췄다. 외로운 사람들끼리 꿈속에서 애정 없이 주고받는 그런 키스였다. 우리의 만남은 그렇게 시작되었다. 아이를 봐주는 마음씨 좋은 옆집 여자의 배려와 코르타바녜스 사무실의 헐렁한 근무 분위기, 그리고 무엇보다도 일과 공장과 자기만의 세계에 빠진 파하리토 데 소토의 장시간에 걸친 방치 덕분에 우리의 만남은 꽤 오래 지속되었다. 테레사는 남편을 진심으로 사랑하면서도 자신이 처한 상황에 지칠 대로 지쳐 있었다. 파하리토 데 소토는 좋은 사내였지만 변덕이 심하고 신경이 예민한 데다 무책임했다. 그는 생각에만 잠겨 항의니, 고발이니, 권리 회복만을 주장하면서 자신의 개혁 사상과 관계없는 일은 아예 거들떠보려고도 하지 않았다. 그는 에너지가 흘러넘쳐 기고만장하다가도, 갑자기 기분이 가라앉아 침묵으로 일관하기도 했다. 테레사는 남편이 느닷없이 난폭해질까 봐 두려워 그러한 방치 상태를 아무 말 없이 견뎌 냈다. 그렇게 그녀는 버림받은 기분으로 불안한 나날을 보냈다. 그리고 나 역시 고통받았다. 나는 여자를 사랑해 본 경험이 전무했다. 이따금 적막한 밤에 은밀한 상상을 하며 혼자만의 죄를 짓거나 장시간 열띤 상상에 빠졌을 뿐이었다. 한번은 파하리토 데 소토의 무심함을 이해하려고 노력하면서 말로는 설명하기 힘든 사랑의 어려움과 남자의 우유부단함, 말을 하면서도 자신의 뜻을 정확하게 전달하지 못하는 표현의 어려움에 대해 얘기했다. 그러나 사실 그것은 나 자신에 대한 고백이기도 했다. 삶에 대한 나의 당혹스러움이자, 세상이라는 커다란 갈림길에 놓일 때마다 망설이고 절망하는 나에 대한 이야기였다. 그렇게 힘든 고통을 겪으면서, 동시에 결코 잊지 못할 만남이 이어지면서 몇 주가 흘러갔다. 나는 낮에는 테레사와 함께 거리를 산보하고, 춤을 추러 가고, 처음 만난 우유 가게에 들렀으며, 밤에는 페핀 마타크리오스 선술집에서 파하리토 데 소토를 만나 대화를 나누거나 술을 마셨다. 그 몇 주 동안 테레사와 나의 관계는 절대 불륜이 아니었음을 확실하게 밝혀 두고 싶다. 사랑하는 마음은 있었지만 절대 밖으로 드러내지는 못했다. 우리는 누군가가 곁에 있었으면 하는 각자의 필요에 이끌려 만난 외로운 영혼들이었다. 우리가 연인처럼 행동하거나 입을 맞추었다면, 그것은 단지 꿈에서나 가능한 사랑이 있는 허구적 세상을 만들어 내기 위해서였다. 종이 모자를 쓰고 의자 손잡이에 살짝 걸터앉아, 빗자루 손잡이를 높이 쳐든 채 모험에 나선 어린 꼬마 아이의 허구적 세상을 만들어 내기 위해서였다. 파하리토 데 소토와 테레사, 나, 우리 세 사람이 모두 함께 모인 적은 몇 번 되지 않았지만 그때마다 죄책감으로 괴로워하지는 않았다. 물론 나는 우리의 비밀이 탄로 날까 봐 느닷없이 걱정되어 얼굴을 붉히기도 했다. 그래서 일부러 테레사를 무뚝뚝하게 대하며 거리를 두기도 했다. 그러면 아이러니하게도 오히려 파하리토 데 소토가 그런 우리 사이를 걱정했다. 그는 아내와 나의 사이가 소원한 것을 안타까워했을 뿐만 아니라, 만에 하나 자기에게 좋지 않은 일이 생기면, 내가 테레사와 아이를 책임져야 한다며 몇 번이고 맹세를 강요하기도 했다. 그러면 테레사는 웃으면서 다분히 악의가 담긴 대담함으로 우리를 놀렸다. 그러나 테레사와 나는 양심의 가책을 느끼지 않았다. 한가로이 체스를 두다가 끔찍한 천재지변을 당했을 때처럼 극적으로 대단원의 막이 내릴 때까지는 양심의 가책을 느끼지 않았다. 그 일은 크리스마스를 불과 며칠 앞두고 일어났다. 사무실에서 일을 하며 전날 밤의 피곤으로 쏟아지는 졸음을 겨우 참고 있는데 전화벨이 울렸다. 나는 세라마드릴레스가 건네주는 수화기를 받으면서 왠지 불길한 예감에 사로잡혔다. 테레사였다. 그녀는 일언반구 없이 당장 자기 집으로 와 달라고 했다. 아무 설명도 없이 무작정 애원하기만 했다. 나는 서둘러 그녀의 집으로 향했다. 이미 그때는 우니온 거리의 가로등과 건물, 길을 내 집처럼 훤하게 꿰뚫고 있었다. 문을 두드리자 안에서 들어오라는 목소리가 들려왔다. 방은 어둠에 잠겨 있었다. 석탄 난로의 희미한 불빛만이 있을 뿐이었다. 나의 눈이 어두움에 익숙해지기도 전에 테레사가 나의 팔을 확 끌어당기며 키스와 애무를 퍼부었다. 그녀는 뜨겁고 격정적인 말을 마구 토해 내며 내 옷을 벗긴 후 자신의 옷도 벗었다. 놀라서 마구

요동치던 우리의 가슴이 드디어 맨살을 드러냈다. 우리는 아무 말 없이 침대로 향했다. 아이는 요람에서 잠들어 있었다. 우리는 즉시 어둠 속으로 깊이 빨려 들어갔다. 우리는 태초에 우주의 근본이었을 거침없는 소용돌이치는 불길처럼 정신없이 서로에게 탐닉하며 고통을 누가 주는지, 누가 받는지 알지 못했다. 세상 끝에서 땅바닥을 가르는 듯한, 눈에 보이지 않는 어마어마한 손이 강력한 힘으로 우리를 갈라놓을 때까지 우리는 서로를 탐닉했다. 그러다가 지쳐서 마침내 침대 위로 쓰러졌다. 그때까지도 다리는 서로 뒤엉켜 있었지만 이제 우리는 잃어버린 호흡과 이성의 끈을 찾아, 양심이라는 해안을 찾아 헤엄치기 시작했다. 나는 어렴풋이 누군가의 음성을 들었다. 테레사의 음성이었다. 하지만 새로운 테레사였다. 그녀는 나를 사랑한다며 자기를 그 집으로부터 멀리, 바르셀로나로부터 멀리 데려가 달라고 했다. 나를 위해서라면 남편과 자식도 버릴 수 있다며 나의 노예가 되겠다고 했다. 나는 몸의 안팎이 바늘에 찔린 기분이었다. 그때 처음으로 들킬지도 모른다는 두려움을 경험했다. 두려움이 들자 땀도 나지 않고, 살갗도 바짝 마르고 까칠해졌다. 테레사는 남편이 몇 시간 내로는 들어오지 않을 거라고 확언했다. 그때도 늦은 시간이라 나는 그가 왜 늦는지 물었다. 테레사는 그가 일하는 회사에서, 즉 사볼타 회사에서 르프랭스가 오늘 그 유명한 집회인지 총회인지를 7시에 소집했다고 대답했다. 그 얘기를 듣는 순간, 나는 나 자신이 파하리토 데 소토를 얼마나 크게 배신했는지 깨달았다. 이중으로 배신당한 친구의 참담한 얼굴이 아른거렸다. 나는 서둘러 옷을 입은 뒤, 테레사의 외침과 간청을 뿌리치며 마차를 불렀다. 벌써 늦은 밤이었고 시계는 8시 30분을 가리키고 있었다. 나는 마차를 타고 기차역으로 가서, 기차가 출발할 때까지 이십 분을 기다렸다. 기차역을 떠난 지 얼마 되지 않아 기차는 곧 속력을 내더니, 도시 외곽에 위치한 오스피탈레트 공장 지역으로 들어섰다. 나는 몸을 가르는 바람을 피해 텅 빈 객차 끝에 쭈그리고 앉아 불안한 마음으로 바깥 풍경을 바라보았다. 김이 서려 뿌예진 창문으로 아무것도 보이지 않으면 손으로 창을 닦았다. 바깥 날씨가 매섭게 추운 게 분명했다. 매연과 뒤섞인 수증기가 지저분하고 질퍽한 커튼과도 같았다. 나는 생각을 정리해 보려고 기를 썼지만 아무 소용이 없었다. 기차가 통과하는 외곽 지역을 가 본 적이 없어서 그런지 오히려 기분만 쭉 가라앉았다. 기름으로 잔뜩 오염된 먼지가 일고 있는 철로 변 뒤로는 나무 한 그루 찾아볼 수 없는 황량한 땅이 펼쳐져 있었다. 그곳에는 불빛 한 줄기 새어 나오지 않는 움막집들이 다닥다닥 붙어 있었다. 그 움막집들에는 전국 각지에서 바르셀로나로 무작정 몰려든 이주민들이 살고 있었다. 그들은 도시에는 입성조차 하지 못했다. 그들은 자기네에게 유혹의 손길을 뻗친 번영을 목전에 둔 채 공장 지대에서 일하며 황야에 삶의 터전을 꾸렸다. 그들은 담벼락에 들러붙은 덩굴처럼 바르셀로나에 들러붙어 배고픔에 시달리며 포악해진 채 아무 말 없이 기다리고 있었다. 그 여행에서는 이 장면이 기억난다. 나는 목적지에 도착해 바람이 휘몰아치는 차가운 플랫폼에 내려, 사볼타 공장으로 나를 데려다 줄 덜커덩거리는 마차 한 대를 빌렸다. 저승에서 튀어나온 것 같은 서글픈 마차는 고약한 악취가 진동하는 진흙탕 길에 빠져 허우적거리며 변함없이 느린 속도로 깜깜한 대로를 지나갔다. 유해가스로 오염된 공기 때문인지 목구멍이 따끔거렸다. 내가 무슨 생각을 했는지, 얼마나 오랫동안 마차를 타고 갔는지는 기억나지 않는다. 단지 철골 구조물로 세운 서커스 천막 같은 거대한 건물 앞에 도착했다는 것만 알 수 있었다. 마차가 떠난 후, 나는 입구를 찾아 건물을 한 바퀴 빙 돌았다. 나는 입구 옆에 세워 둔 르프랭스의 빨간 승용차를 보고 안으로 들어갔다. 석유램프로 불을 밝힌 복도를 지나자, 야간 경비원이 나를 보고 밖으로 나와 내신분과 용무를 물었다. 그가 나를 안내한 곳은 뾰족하게 튀어나온 물건들이 텐트 천에 덮인 채 여기저기 흩어져 침묵에 잠겨 있는 커다란 공장 내부였다. 텐트에 가려진 물건들이 무기일 거라 생각하며 작은 문을 지나자, 발밑으로 두툼한 양탄자가 깔려 있었다. 그곳에서 경비원은 인사를 한 후 모습을 감추었다. 나는 양탄자가 깔린 복도를 따라 큼지막한 나무 문이 나올 때까지 조금 더 걸었다. 문을 밀고 들어선 순간, 환한 조명 때문에 아무것도 보이지 않았다. 조명이 환하게 밝혀진 벽에는 그림들이 걸려 있었고, 한복판에는 긴 탁자가 놓여 있었다. 돌로레타스와 내가 사무를 보는 회의용 탁자보다 훨씬 긴 탁자였다. 그리고 그 탁자 주변에는 서른 명 남짓한 사람들이 앉아 있었는데, 그중 절반은 노동자들, 나머지 절반은 임원들처럼 보였다. 내가 아는 사람은 임원들 중에는 르프랭스, 노동자들 중에는 파하리토 데 소토가 유일했다. 내가 실내로 들어섰을 때는 이미 회의가 끝난 뒤였다. 다들 흥분한 상태였다. 사장 옆자리에 앉아 있는 비대한 남자가 손이 쇠로 된 듯 둔탁한 소리를 내며 한 손으로 탁자를 내리쳤다. 그래서 나는 그가 누군지 알 수 있었다. 사장 자리에 앉아 있는 사람은 사볼타인 게 분명했다. 다들 소리를 지르며 한마디씩 거들었는데, 그중에서도 파하리토 데 소토의 목소리가 가장 두드러졌다. 그는 임원들과 회사를 몰아세우며 고성과 욕설을 퍼부었다. 나는 테레사가 남편이 있는 곳을 말했을 때 짐작한, 아니, 이미 짐작하고 있었던 사실을 그때에야 확연히 깨달았다. 한마디로 모든 게 사기극이었다. 르프랭스가 분명치 않은 어떤 이유로 파하리토 데 소토에게 장난을 쳤고, 막판에 그 사실을 깨달은 파하리토 데 소토가 치를 떨며 테레사가 그토록 두려워했던 극단적인 언행을 표출했던 것이다. 내가 처음부터 그곳에 있었더라면 그런 막다른 상황까지는 가지 않았을지도 모른다. 하지만 결과적으로 나는 친구를 완벽하게 배신했고, 그것은 어떤 식으로든 돌이킬 수 없는 일이 되고 말았다. 나는 그들이 떠들어 대는 소리를 하나도 이해할 수 없었다. 내가 도착했을 때는 논쟁 단계가 이미 끝난 뒤였다. 노동자 쪽에서 누군가가 파하리토 데 소토를 제지하면서 그들에게 '충분히 골칫거리만 안겨 주었으니', 이제 더 이상 일을 복잡하게 만들지 말고 그들 스스로 모든 문제를 해결할 수 있도록 가만히 있어 달라고 소리쳤다. 임원진과 노동자 양쪽이 비난을 퍼붓자 파하리토 데 소토는 회의실을 박차고 나갔다. 나는 그를 쫓아 복도를 지나 작업장까지 달려갔다. 목청껏 그의 이름을 불러 보았지만, 아무 소용이 없었다. 그러다가 거대한 작업장에서 길을 잃은 나는 텐트 천으로 덮어씌운 물건들 옆에 주저앉아 울음을 터트렸다. 르프랭스가 나의 어깨를 만지는 순간에 나는 현실로 돌아왔다. 르프랭스는 시간이 늦었다며, 회의가 다음으로 미뤄졌다고 말했다.

그의 차를 타고 집으로 돌아온 나는 이튿날 사무실에 나가지 않았고, 그다음 날은 일요일이라서 식사하러 나가지도 않은 채 집 안에만 틀어박혀 지냈다. 나는 월요일에 출근해서 그 일의 자초지종을 따지기로 결심했다. 그러나 파하리토 데 소토는 토요일 새벽에 취해서 집으로 돌아가는 길에 교통사고를 당해 사망했다. 토요일 자정 무렵 누군가가 바바리로 몸을 감싼 남자 두 명을 보고 지나가던 순찰 경관에게 말했다는 얘기도 있었고, 파하리토 데 소토가 수수께끼의 편지 한 통을 우체통에 집어넣었다는 얘기도 있었고, 파하리토 데 소토의 아내와 아들이 흔적이나 메모도 없이 서둘러 도망쳤다는 얘기도 있었다. 나는 경찰의 심문을 받았지만, 아무것도 모르며, 그런 일이 일어날 줄은 상상조차 하지 못했다고 진술했다. 그 혼란스러운 와중에도, 나는 괜한 얘기를 꺼내 봤자 아무 소용도 없을 거라는 걸 알았다. 그리고 르프랭스가 그 죽음의 책임자라고 확신할 수도 없었다. 그런 진술에 앞서 나 스스로 조사를 해야 했다. 물론 나는 테레사를 찾을 생각조차 하지 않았다. 나를 영영 만나고 싶어 하지 않을 테레사의 마음을 충분히 이해할 것 같았다. 그리고 만에 하나 내가 테레사를 찾고 테레사가 나를 용서해서, 둘이 함께 그날 있었던 일을 기억에서 영원히 지운다 해도 내가 그녀를 위해 뭘 해 줄 수 있단 말인가? 나라는 인간은 살아남기 위해 르프랭스를 유일한 희망으로 삼은 가난한 봉급쟁이에 불과했다.

3

마리아 로사 사볼타는 멍한 시선으로 허공을 바라보며 서재 문 앞에서 망설이고 있었다. 그녀의 옆에서는 얼굴에 윤기가 번들거리는 남자와 수염이 하얀 노인이 한창 열띤 논쟁을 벌이고 있었다.

"투룰, 늘 하는 말이지만, 가격이 오르면 소비는 줄어드네." 수염이 하얀 노인이 말했다. "그리고 소비가 줄어들면 판매도 줄어들고, 판매가 줄어들면 가격이 오르고. 당신 같으면 이런 상황을 뭐라고 하겠는가?"

"대학살이라고 할밖에요."

투룰이란 남자가 대답했다.

"일 년 안에 모두 가난에 허덕일 걸세." 수염이 하얀 노인이 계속 말을 이었다. "그렇지 않다면 제때…… 마드리드에서는 뭐라고 하는지 아는가?"

"어르신이 말씀해 보시지요. 시쳇말로 나도 속이 타들어 가는 중입니다."

노인이 목소리를 낮추었다.

"봄이 오기 전에 가르시아 프리에토 각료가 끝장난다는군."

"아, 네…… 알겠습니다. 그러니까 가르시아 프리에토가 개각을 한다는 거군요. 그렇습니까?"

"개각한 지 불과 두 달밖에 되지 않았다네."

"세상에! 도대체 그 가르시아 프리에토란 자가 누굽니까?"

"자네는 신문도 안 읽나?"

강력한 팔이 마리아 로사 사볼타의 양쪽 겨드랑이를 꽉 붙잡더니 번쩍 들어 올렸다. 그녀는 자지러지게 놀랐다.

"세상에! 이거 누가 우리를 찾아 주셨나?"

장난친 사람이 소리 질렀다. 마리아 로사 사볼타는 목소리를 듣고 니콜라스 클라우데우임을 알았다.

"이제는 나도 기억 안 나지?"

"당연히 기억하지요, 아저씨."

"아이고! 몇 년 전만 해도 너를 내 무릎 위에 앉혔는데. 그리고 한 시간 내내 말도 태워 주고. 그런데 지금은 세상에! 그런 니콜라스 아저씨를 이렇게 냉랭하게 대하다니!"

"그런 말씀 마세요, 아저씨. 아저씨 생각 자주 했어요."

"정말이지 늙으면 죽어야 한다니까. 네가 평소 무슨 생각을 하는지 난 잘 알지, 요 얄미운 것아. 이렇게 예쁜 얼굴과 봉긋 솟은 가슴에."

"아이, 그러지 마세요, 아저씨……."

마리아 로사가 간청했다.

모두 미소를 머금은 채 그들의 모습을 바라보았다. 우아한 청년만 제외하고는 모두 미소를 머금고 있었다. 몇 분 전 그 청년과 눈길이 마주친 마리아 로사는 깜짝 놀라 얼굴을 붉히며 가볍게 고개를 숙였다. 우아한 청년은 잔을 손에 들고 서재 입구에 기댄 채 아무 말 없이 생각에 잠겨 있었다. 그의 모습이 서재와 살롱을 압도했다.

코르타바네스의 집무실 문이 열리자, 나와 돌로레타스는 열심히 일하는 척했다. 우리는 일에 열중하느라 그가 나온 것도 모르는 척했기 때문에 그는 몇 번이나 우리를 불러야 했다. 코르타바네스는 세라마드릴레스도 부르도록 지시했다. 세라마드릴레스 역시 창고 문 뒤쪽에서 우리 이야기를 들었을 게 뻔했지만, 한참 만에야 대답했다. 우리 세 사람은 선 채로 상관의 말이 떨어지길 기다렸다.

"내일이 크리스마스입니다."

코르타바네스가 입을 열었지만 곧 헉헉거리며 말을 중단했다.

"내일이 크리스마스입니다." 그가 계속 말을 이어갔다. "나는…… 여러분에게 고마움과…… 애정을 표시하지 않은 채…… 그냥 지나치고 싶지는 않습니다. 여러분은 충실하고…… 유능한 동료들입니다……. 여러분이 없었다면 이 사무실도…… 제대로 운영되지 않았을 겁니다……."

코르타바네스는 잠시 말을 멈추더니, 아이러니한 시선으로 우리를 한 명씩 천천히 쳐다보았다.

"그렇지만 좋은 해는 아니었습니다……. 물론, 그렇다고 해서 여러분을 실망시킬 수도 없는 노릇입니다……. 기회란 언제든지 저 문을 넘어 들어올 수 있으니 말입니다."

코르타바녜스가 문을 가리켜 우리 모두 문을 향해 고개를 돌렸다.

"틀림없이 내년에는 더욱 좋아지리라 믿습니다……. 우선은…… 일과 이익 창출이 먼저입니다. 운은 그다음에, 그러니까 그다음에…… 오는 거지요. 그러니까, 여러분 이거 압니까? 나는 벌써 말하는 데 지쳤습니다. 자, 봉투나 하나씩 받으십시오."

코르타바녜스가 호주머니에서 우리의 이름이 적힌 봉투 세 개를 꺼내, 하나는 세라마드릴레스에게, 하나는 돌로레타스에게, 또 다른 하나는 나에게 건네주었다. 우리는 웃으며 고마움을 표하면서도 봉투를 열지는 않았다. 나는 집무실로 들어가는 코르타바녜스를 불렀다.

"코르타바녜스 씨, 잠시 시간을 내 주십시오. 급한 일입니다."

그가 놀란 듯 잠시 나를 쳐다보더니 양쪽 어깨를 으쓱했다.

"좋아, 들어오게."

우리는 코르타바녜스의 집무실로 들어갔다. 그는 자리에 앉자마자 탁자 앞에 서 있는 나를 위아래로 훑어보았다. 나는 양손을 탁자 위에 얹고 몸을 앞으로 숙였다.

"코르타바녜스 씨, 누가 도밍고 파하리토 데 소토를 죽였습니까?"

1927년 1월 12일 뉴욕 주 법정의 F. W. 데이비드슨 판사가 주재한 하비에르 미란다 루가르테의 3차 증언 과정을 속기한 문서 복사본. 법정 통역사 구스만 에르난데스 데 펜윅의 통역에 기초함.

(증언 서류 92쪽부터)

데이비드슨 판사   도밍고 파하리토 데 소토의 죽음과 관련
                된 보고서에는 편지가 존재한다고 언급되어 있습니
                다. 그 사실을 압니까?

미란다   네.

판사   당시 그 편지에 대해 알고 있었습니까?

미란다   네.

판사   파하리토 데 소토가 죽기 전 당신에게 편지에 대해
       말했나요?

미란다   아닙니다.

판사   그렇다면, 그런 편지가 있다는 사실은 어떻게 알았
       습니까?

미란다   바스케스 반장이 말해 주었습니다.

판사   나는 바스케스 반장도 사망한 걸로 알고 있습니다.

미란다   네.

판사   피살당했나요?

미란다   그렇다고 생각합니다.

판사   그렇게 생각만 하는 겁니까?

미란다   반장의 죽음은 내가 스페인을 떠난 이후에 일어났
        습니다. 따라서 나는 들은 얘기와 추측만으로 말씀
        드릴 수밖에 없습니다.

판사　당신의 추측에…… 따르면, 바스케스 반장의 죽음
　　　이 그가 수사한 사건이자 본 재판의 대상이 된 사
　　　건과 관련이 있는 겁니까?

미란다　그건 모르겠습니다.

판사　확신합니까?

미란다　바스케스 반장의 죽음에 대해서는 아무것도 모릅
　　　니다. 신문에서 부고를 접했을 뿐입니다.

판사　당신이 뭔가를 알고 있다고 생각하는데…….

미란다　아닙니다.

판사　당신은…… 본 재판이 요구하는 진실을 숨기고 있
　　　는 것 같습니다.

미란다　아닙니다.

판사　미란다 씨, 당신은 질문에 대한 답변을 거부할 수
　　　있습니다. 하지만 답변을 한다면, 맹세를 한 이상 진
　　　실만을, 오로지 진실과 관련된 것만을 얘기해야 합
　　　니다.

미란다　나는 그 누구보다도 이 사건의 진실을 밝혀내고 싶
　　　은 사람입니다.

판사　당신은 바스케스 반장의 죽음에 대해선 일체 아는
　　　바가 없다는 겁니까?

미란다　그렇습니다.

　나는 도밍고 파하리토 데 소토의 죽음이 발생한 당시 그
의 죽음에 대해서는 알고 있었지만 그 수사에 직접 참여하지

는 않았다. 그 사건의 담당 형사는 사망자가 머리를 보도블록 가장자리에 부딪히면서 자연사한 것으로 보고 수사를 종료했다. 시신의 여러 부위에서 보이는 타박의 흔적은 아직 밝혀내지 못한 뺑소니 자동차에 받힐 때 입은 충격으로 추정됐다. 앞에서 언급한 도밍고 파하리토 데 소토의 죽음에는 아무런 고의성도 밝혀지지 않았다. 사라진 것으로 짐작되는 편지에 대해서도 알려진 바가 없었다. 고인과 가까운 사람들을 대상으로 진행한 심문과 증언을 통해서도 아무것도 밝혀내지 못했으며, 그 밖에 담당 형사의 의견을 뒤집을 만한 단서도 찾아내지 못했다. 또한 사망자의 동거녀가 사라졌는데, 그녀의 거취 역시 알아내지 못했다. 나는 나중에 그 사건을 직접 재수사하는 기회를 얻었다…….

"그 사건을 자네 혼자 조사한다는 건…… 미친 짓이네…….." 코르타바녜스가 말했다. "경찰도 할 만큼은 했네……. 그렇게 생각하지 않나? 그런데 자네가…… 자네가……. 물론 나는 단지 자네를 위해서 하는 말이네……. 괜히 시간만…… 낭비할 걸세. 그리고 그게…… 다가 아니네……. 젊은이들이야 시간에…… 인색할 필요가 없겠지만…… 걱정되는 것은 자네가 괜한…… 골칫거리에 휘말릴 뿐 아무것도 알아내지…… 못할 거라는 걸세. 사람들은 누가 남의 일에…… 참견하는 걸 좋아하지 않거든. 그리고 그건 당연한 일이야. 각자…… 자기 멋대로, 자기 방식대로 살아가는 거니까…… 어느 누가 되었든…… 자기 뒤를 캐고 다니는 사람을…… 좋아하지 않아. 물론 나는 자네를 설득할 수 없다는 걸…… 잘 아네. 내가 누군가를 설득하지 못한 게…… 벌써 몇 년째니 말이야. 나는 지금 자네에게 설교를 하는 게 아닐세……. 정 때문에 그러는 거지……. 자네가 아들 같아서 하는 말이야."

코르타바네스는 얘기 도중에 갑자기 숨이 막혀 죽을까 봐 걱정되는 사람처럼 짤막하게 말을 끊어서 했다.

"나도 젊었을 때는 꽤나 고지식했지……. 나는 세상이 싫었네. 자네처럼 말이야……. 하지만 세상을 바꾸려고도 하지 않았네……. 자네나…… 다른 사람들처럼 세상에 적응하려고도 하지 않았지. 나는 늙은 변호사의…… 견습생으로 시작했지……. 그 변호사는 나에게…… 나에게 거의 일을 맡기지 않았네……. 그러니 돈도 제대로 받지 못했고…… 경험도 전무할 수밖에……. 그러다가…… 유이사를 알게 되었지……. 그 여자는 나중에 내 아내가 되었어……. 우리는…… 우리는…… 결혼했네. 불쌍한 유이사는 나를…… 나를 존경했지. 나에게 사랑과 믿음…… 하늘이 정당한 이유로 나에게는 거부한 그 믿음을…… 주었어. 그래서 나는 그녀 때문에 자립했지……. 정말 신나는 모험…… 모험이었네. 일생일대의 유일한 모험이었어……. 우리는 중고 가구들을 사들이고…… 문 앞에…… 간판을…… 간판을…… 걸었지. 하지만 아무도 오지 않았네……. 아무도 오지 않았지……. 유이사가 그러더군. 조급해하지 말라고……. 곧 손님이 올 테고, 그러고 나면…… 줄줄이 이어질 거라고. 하지만 첫 손님이 왔는데…… 나는 재판에서 졌네. 그래서 손님은 나에게 수임료를 지불하지 않았고……. 그러더니 그다음부터는 아무도 오지 않더군……. 세상만사가

다 그런 거네…… 모든 손님이 항상 첫 손님 같은데…… 그 손님 뒤로 사람들이 물밀 듯이 들이닥칠 것 같은데…… 그게 아니야……. 우리 사이에는 자식도 없었고, 유이사는 그렇게 세상을 떠났네."

"코르타바네스는 정말 대단한 사람이지." 언젠가 르프랭스가 말했다. "하지만 치명적인 단점이 있는데, 자기 자신에게 연민을 느낀다는 거야. 그리고 그 연민 때문에 지나칠 정도로 소심해져 결국은 자신을 포함한 세상 모두를 비웃고 말지. 그의 유머 감각이란 것도 무지 살벌해. 사람들을 끌어안지 못하고 오히려 쫓아낸다니까. 그는 절대 믿음을 주지 못해. 그러니 사람들이 그에게서는 애정을 거의 느끼지 못하지. 살면서 모든 것을 해 볼 수는 있지만 울보만큼은 절대 되어서는 안 되는데 말이야."

"코르타바네스 씨를 어떻게 그렇게 잘 아시죠?"

내가 르프랭스에게 물었다.

"내가 아는 것은 그 사람이 아니라, 그 사람의 가면이야. 자연은 수없이 많은 유형의 인간들을 만들어 내지만, 애초부터 인간이 만들어 낸 가면은 기껏해야 대여섯 종류밖에 안 되거든."

람블라 데 카탈루냐 거리의 가로수에는 크리스마스 장식으로 리본과 왕관, 별 모양의 색색가지 등이 달려 있었다. 사람들은 식구들끼리 모여 크리스마스이브를 축하하기 위해 일찌감치 집으로 돌아갔고, 귀가 차량들도 거의 없었다. 코르타바네스가 르프랭스의 집 주소를 가르쳐 주지 않았거나 내 일을 방해하려고 했다면 나도 그냥 단념했을 것이다. 나는 날이 날이니만큼 르프랭스가 손님들을 초대했거나, 아니면 초대받아 외출했을 거라고는 생각도 하지 못했다. 하얀 구레나룻을 기르고 제복을 입은 수위가 현관 앞에서 나를 제지했다. 그는 내가 르프랭스를 찾아왔다고 말하자, 용건을 물었다.

"르프랭스 씨의 친구입니다."

내가 대답했다.

수위가 엘리베이터 문을 열어 줄을 잡아당기자 엘리베이터가 작동했다. 엘리베이터가 뒤뚱거리며 올라가는 동안 수위가 금속관에 입을 대고 누군가와 얘기를 나누었다. 엘리베이터가 사 층에 가서 멈춰 섰을 때 엘리베이터 쇠창살 앞에 하인 한명이 나와 기다리고 있었던 걸로 봐서 수위가 미리 알린 게 분명했다. 장식이 수수하게 느껴지는 현관으로 하인이 나를 안내했다. 집 안에는 따뜻하고 평온한 온기가 느껴졌고 르프랭스의 향수 냄새가 사방에 은은하게 배어 있었다. 하인이 잠시만 기다려 달라고 부탁했다. 따뜻하고 검소한 현관 앞에서 혼자 있자니 괜히 왔다는 후회도 들었다. 잠시 후 발자국 소리가 들리면서 르프랭스가 모습을 드러냈다. 그는 검은색 톤의 우아한 옷차림을 했지만, 외출복은 아니었다. 보아하니 외출할 생각도 없는 것 같았다. 그는 놀라는 기색조차 없이 나에게 다정하게 인사를 건넨 후 어떻게 이렇게 갑자기 찾아왔느냐며 방문이유를 물었다.

"오늘 같은 날, 이렇게 불쑥 찾아와 죄송합니다."

내가 르프랭스에게 말했다.

"오히려 그 반대라네."

르프랭스가 대답했다.

"나는 항상 친구들이 찾아오는 걸 좋아하네. 거기에 그렇게 서 있지만 말고 어서 들어오지그래. 혹시 급한 일이라도 있나? 그래도 나와 술 한잔할 시간은 있겠지?"

르프랭스가 복도를 따라 나를 작은 응접실로 안내했다. 한쪽 구석에 있는 벽난로에서는 장작이 타오르고, 그 위에는 그림이 걸려 있었다. 르프랭스가 모네의 그림을 썩 훌륭하게 모사한 복제품이라고 귀띔해 주었다. 천변 양쪽의 울창한 숲을 연결하는 조그만 목교 아래를 수련이 흐드러지게 핀 실개천이 흐르고 있는 풍경을 담은 그림이었다. 르프랭스가 여러 술병과 술잔들이 놓인 쇠와 크리스털로 된 수레를 가리켰다. 나는 코냑 한 잔과 담배 한 대를 받아 들었다. 벽난로의 장작불 앞에서 황홀하게 술잔을 기울이며 담배를 태우다 보니 피곤이 밀려들어 졸리기까지 했다.

"르프랭스 씨, 누가 도밍고 파하리토 데 소토를 죽였습니까?"

내가 말하는 소리가 들려왔다.

데이비드슨 판사 도밍고 파하리토 데 소토의 사망 당시 당신이 경찰에 증언한 내용이 여기 있습니다. 알아보시겠습니까?

미란다 네.

판사 생략되거나 덧붙여진 것은 없습니까?

미란다   없는 것 같습니다.

판사   단지 없는 것 같습니까?

미란다   없습니다. 확실합니다.

판사   당신에게 먼저 한 구절을 읽어 드리겠습니다. "증인
       은 앞에서 언급한 파하리토 데 소토의 죽음이 타살
       일 수도 있느냐는 질문에 그런 의심은 품지 않는다
       고 대답했다……." 이 문장이 맞습니까?

미란다   네.

판사   그런데 그랬던 당신이 친구의 죽음을 밝히고자 혼
       자서 조사를 시작했습니다.

미란다   네.

판사   당신은 '타살일 수도 있느냐.'라는 질문에 대해 경
       찰에게 거짓 증언을 했습니까?

미란다   나는 거짓 증언은 하지 않았습니다.

판사   그게 아니라면, 보다 구체적으로 말씀해 보십시오.

미란다   나에게는 파하리토 데 소토의 죽음이 의도적이었
       다는 증거가 없었습니다. 그래서 거기 적힌 대로 증
       언했던 겁니다.

판사   그렇지만 당신은 별도로 조사를 시작했습니다. 왜
       그랬지요?

미란다   그 죽음을 둘러싼 정황을 알고 싶었습니다.

판사   다시 묻겠습니다. 왜 그랬지요?

미란다   의심을 하는 것과 의혹을 품는 것은 다릅니다.

판사   당신이 파하리토 데 소토의 죽음이 사고였다는 것
       에 대해 의혹을 품었다는 뜻입니까?

미란다 그렇습니다.

"사람들은…… 겉으로 중요한 사람처럼 보여야 한다고들
말하지……. 나는 버텨 보려고 했네……. 하지만 나는 살면
서…… 실패만 거듭했네……. 불쌍한 유이사에게 실망만 안겨
주었던 거야……. 나도 결국 그런 인간이었어…… 아무런 결
과도 구하지 못한……. 시늉만 한 거지……. 우스꽝스러운 연
극…… 그로테스크한 연극……. 나는 무척이나 바쁜 척하면
서…… 손님들을…… 대기실에서…… 몇 시간씩 기다리게 했
네……. 하지만 손님들은 단 몇 분도 기다리지 않았어……. 나
도 모르겠네. 왜 손님들이…… 중요해 보이는 그 미끼에 걸려
들지 않았는지…… 나도 모르겠네……. 다른 사람들은…… 그
렇게 해서 꽤 성공을 거뒀는데 말이네……. 나는 불쌍한 유이
사가…… 떠난 이후로 아무 목적도 없이…… 여러 속임수들
을 써 보았네……. 하지만 결과는 마찬가지였어……. 나는 유
이사의 믿음이…… 유이사의 믿음이 옳았다는 걸…… 보여 주
고 싶었는데…… 유이사가 살아 있다면 그녀가 원하는 건 뭐
든지…… 해 줬을 텐데……. 하지만 인생이란…… 인생이란 빙
글빙글 돌아가는…… 회전목마라네. 현기증이 날 때까지 쉬
지 않고 돌기만 하는……. 자네를 높이 들어 올렸다가 제자리
에 그대로 내려놓는 회전목마 말이야……. 나는 최근 몇 년 동
안……."

바스케스 반장은 말을 시작하기에 앞서 시가를 두어 모금 더 빨았다. 그리고 말을 시작했을 때는 반복적이고 교훈적인 어투였다. 중요한 문장이나 자료가 될 만한 내용이 나오면, 특히 비극적인 문장의 끝부분에 이르면 검지를 치켜들어 그 부분을 강조하면서 약간의 몸짓을 취하기도 했다. 무정부주의에 대해서, 그는 구체적인 날짜나 이름, 숫자보다는 일반적인 내용의 해박한 지식을 지녔다.

"19세기 후반에 유럽을 들끓게 만들었던 무정부주의 사상이 스페인에도 유입되었습니다. 그리고 마른 나뭇잎에 불이 붙듯 순식간에 번졌지요. 왜 그랬는지 곧 그 이유를 말씀드리지요. 그 사상이 가장 극성을 부린 곳은 안달루시아 농촌 지역과 바르셀로나 두 곳이었습니다. 그리고 안달루시아 농촌 지역에는 원시적으로 전파되었습니다. 신중하기보다는 미쳤다고 볼 수밖에 없는 가짜 성직자들이 마을과 농장을 돌아다니면서 치명적인 사상을 설파하자, 무식한 농사꾼들은 그들에게 숙소를 제공하고 옷과 음식까지 내주었습니다. 많은 사람들이 가짜 성직자들의 약장수 같은 현란한 말솜씨에 얼이 빠진 채 헤어나지 못했던 겁니다. 그들에게 그것은 새로운 종교였습니다. 아니, 배운 사람답게 달리 표현하자면, 새로운 미신이었습니다. 하지만 바르셀로나에서는 정반대였습니다. 연설은 정치적인 색채를 띠었고 처음부터 노골적으로 선동적이었습니다."

"반장님, 그건 우리 모두 이미 잘 아는 사실입니다."

르프랭스가 끼어들었다.

"그럴 수도 있지요." 바스케스 반장이 대답했다. "하지만 나는 본격적인 이야기에 앞서 이런 기본적인 배경을 확실하게 짚고 넘어가야 한다고 생각합니다."

바스케스 반장은 기침을 하며 시가를 재떨이 끝에 얹어 놓았다. 그리고 눈을 절반쯤 감으면서 다시 자신의 이야기에 집중했다.

"이제는 확실하게 구분 지어야 합니다. 다시 말해, 카탈루냐 지방에는 모든 것이 뒤섞여 있고 우리가 그것을 착각해서는 안 된다는 겁니다. 한편으로는 광신적이라 할 수 있는 이론적 무정부주의자가 있습니다. 그들은 확실한 동기를 갖고 파괴적으로 활동하는데, 우리는 그들을 토종이라 부르지요."

바스케스 반장이 반쯤 지그시 감은 눈으로 우리를 바라보았다. 마치 자기의 이론에 동의하는지 우리에게 묻는 것 같기도 했고, 자기 자신에게 묻는 것 같기도 했다.

"그들 중에 파울리노 파야스, 산티아고 살바도르, 라몬 셈파우, 프란시스코 페레르 과르디아가 유명하며, 요즘에는 앙헬 페스타냐, 살바도르 세기, 안드레스 닌을 필두로 상상하기도 힘들 만큼 많은 인물들이 있습니다.

그리고 또 한 부류가 있는데, 대중입니다……. 지금 내가 무슨 말을 하려는지 이해하시겠습니까? 다른 지방에서 유입된 이주민들이 구성원 대부분을 이루고 있는 대중 말입니다. 여러분은 오늘날 그들이 어떻게 대도시로 밀려드는지 알고 계시지요? 그들은 고향에서 잘 지내고 있다가, 어느 날 느닷없이 농기구를 내던지고 곧바로 기차에 무임승차해 바르셀로나에 오는 겁니다. 돈도 없이, 번듯한 일자리도 없이, 아는 사람 하나 없이 무작정 오는 겁니다. 그래서 그들은 쉽게 사기꾼들의 표적이 됩니다. 그렇게 그들은 며칠 만에 굶어 죽거나 절망의 늪에 빠져 허우적거릴 수밖에 없습니다. 그들은 바르셀로나에 오면 모든 일이 마술처럼 잘 풀릴 거라 믿었습니다. 하지만 막상 현실이 꿈꿨던 것처럼 되지 않으면 그들은 다른 사람들을, 자기를 제외한 다른 사람들을 모두 원망하게 됩니다. 심지어 스스로 노력해 자수성가한 사람들까지 부당하다고 여깁니다. 그들은 돈 몇 푼에, 빵 한 조각에, 심지어 공짜로도 무슨 짓이든 서슴지 않을 위인들입니다. 어느 정도 나이가 들고 처자식이 딸린 사람들은 그나마 사려 깊고 융통성 있게 처신합니다. 좀더 심사숙고하고 차분하게 일을 받아들이니까요. 내 말 이해하시겠습니까? 하지만 젊은이들 대부분은 반사회적이고 폭력적인 수단을 취합니다. 그들은 똑같은 상황에 처해 있거나 똑같은 성향을 지닌 사람들과 어울려 싸구려 방이나 야외에서 모임을 열고 열띤 토론을 벌이며 흥분합니다. 그런데 문제는 범죄 집단이 자신들의 목적을 위해 그들을 이용한다는 겁니다. 범죄 집단은 그들을 속이고, 당혹스럽게 만들고, 그들의 마음에 헛된 희망의 씨앗을 심어 줍니다. 그러다가 그들은 어느 날 범행을 저지르게 됩니다. 희생자들은 그들과 아무 상관도 없는 사람들입니다. 그리고 많은 경우에는 얼굴조차도 모르는 사람들입니다. 그들은 배후에 숨어서 조종하는 사람들의 지시에만 따를 뿐입니다. 그래서 우리에게 체포되어도 아무 도움도 받을 수가 없지요. 그들은 자신들이 어느 집단 소속인지, 어디서 일했는지조차 모릅니다. 입을 연다고 해도 그들은 자기네가 무슨 짓을 누구에게, 왜 저질렀는지, 그들에게 일을 시킨 사람들이 누구인지 모릅니다. 르프랭스 씨, 물론 당신도 요즘은 모든 게 이런 식이라는 걸 잘 아실 겁니다……."

나는 그날 오후를 기억한다. 그날 퇴근 무렵, 파하리토 데 소토가 사무실 앞에서 나를 기다리고 있었다. 돌로레타스와 세라마드릴레스는 멀리서 우리에게 인사를 건네고 전차를 타러 발걸음을 재촉했다. 체크무늬 모자에 가느다란 술이 달린 회색 목도리를 두른 파하리토 데 소토는 양손을 호주머니에 집어넣은 채 바들바들 떨고 있었다. 외투를 걸치지 않은 것은 외투가 없기 때문이었다. 내가 테레사를 집까지 바래다준 지 채 두 시간도 지나지 않아서였다. 코르타바녜스가 얘기한 것처럼 인생은 제멋대로 미쳐 날뛰는 회전목마였다. 우리는 이런저런 얘기를 나누며 그란 비아 거리를 지나, 레이나 빅토리아 에우헤니아 공원에 도착해 자리를 잡고 앉았다. 파하리토 데 소토가 무정부주의자들에 대해 얘기했고, 나는 그들에 대해 전혀 아는 바가 없다고 말했다.

"그 주제에 대해 알고 싶나?"

"그야 당연히 알고 싶지."

나는 솔직한 마음보다는 그의 기분을 맞춰 주기 위해 그렇게 대답했다.

"그럼 가지. 아주 흥미로운 곳으로 자네를 안내할 테니."

"이보게, 위험하지 않을까?"

내가 깜짝 놀라 소리치듯 말했다.

"걱정하지 말게. 자, 가지."

우리는 일어나서 그란 비아 거리를 지나 아리바우 거리로 올라갔다. 파하리토 데 소토가 나를 데려간 곳은 어느 서점이었다. 서점에는 계산대 뒤에서 책을 읽고 있는 젊은 여점원 외에는 아무도 없었다. 우리는 인사도 건네지 않은 채 점원 옆을 지나 뒤쪽, 책장 두 개 사이에 난 빈 공간으로 들어갔다. 그곳에는 표지가 벗겨져 누렇게 뜬 옛날 책들이 선반마다 가득 쌓여 있었다. 서점보다 더 많은 책들이 들어차 있었다. 가운데에는 긴 안락의자 주변으로 의자들이 둥그렇게 모여 있었다. 안락의자에는 하얀 수염을 길게 늘어뜨린 노인이 앉아 무슨 연설을 한창 하고 있었다. 그의 옷차림은 검고 남루했으며, 무릎과 팔꿈치가 닳을 대로 닳은 데다가 기름때까지 묻어 심하게 번들거렸다. 둥그렇게 둘러싼 의자들에는 가난에 찌들어 보이는 여러 연령층의 남자들과 하얀 얼굴에 주근깨가 잔뜩 내려앉은 빨간 머리의 중년 여자가 앉아 있었다. 파하리토 데 소토와 나는 그 의자들 뒤에 서서 노인의 말에 귀를 기울였다.

"나는 그제 여기서 토의한 내용이 이곳은 물론이고 밖에서까지 엄청난 논쟁과 반론을 불러일으킬 줄은 몰랐고, 그 점에 있어 내 잘못을 인정하는 바입니다. 그날의 이야기는 당의 구성원을 대상으로 한 게 아니라, 사석에서, 가족적인 분위기에서 우리에게 관심을 품고 가까이에서 우리의 입장을 지지해 주는, 그리고 언젠가는 당이 지향하는 일을 함께할 사람들에게 가볍게 밝힌 내용에 불과합니다. 하지만 여러분들은, 혹은 다른 곳에 있는 어떤 이들은 내가 가볍게 언급한 몇 가지 흥미로운 사례를 그 자체로 받아들이지 않고, 그것들을 검증해서 나의 잘못을 지적할지도 모릅니다. 그렇습니다. 내가 한 이야기에 무수한 오류가 있음을 인정합니다. 그러나 그것을 인정하면서도 자신 있게 말하고 싶습니다. 내가 이렇게 자신 있게 말하는 것은, 무정부주의에 대한 근원적인 주제를 밖으로 끄집어내 빛을 보게 만드는 것이 그 과정에서 무모한 단정을 짓

는 잘못을 저지르는 것보다는 결과적으로 나은 혜택을 가져다
줄 거라 확신하기 때문입니다."

르프랭스는 서재 문 옆에 등을 기댄 채 한 손에 잔을 들고
아무 말 없이 사람들을 바라보고 있었다. 그의 모습이 서재와
살롱을 압도했다. 손님들은 거대한 살롱의 크기에 놀라 탄성을
연발했고, 복도 쪽에서는 웃음소리와 떠드는 소리가 들려왔다.
살롱 두 개를 연결하는 나무 블라인드를 터서 하나처럼 넓게
만든 것이다. 복도에는 환한 불빛이 쏟아져 내렸다.
"적어도 200명은 온 것 같군, 안 그런가?"
르프랭스가 물었다.
"그렇네요. 적어도 200명은 되는 것 같습니다."
내가 대답했다.
"'선택적 지각'이라는 예술 분야가 있지. 사실 과학에 들어
갈 수도 있지만. 무슨 말인지 알겠나?"
"모르겠는데요."
"여러 사물들 중에서 자신이 관심 있는 것만 보인다는 거
지. 이해하겠나?"
"자기 마음대로요?"
"의식적이든 본능적이든 마찬가지야. 물론 나라면, 그것을
'애매모호한 지각 감각'이라고 부르겠지만 말이야. 예를 들어,
자네가 이곳을 한 번 획 둘러보고 누가 제일 먼저 눈에 띄는
지 얘기해 보게. 맨 먼저 눈에 띄는 사람을 얘기해 봐."
"클라우데데우 씨입니다."

"봤나? 똑같은 상황에서 그 사람이 맨 먼저 보인 걸세. 왜 그랬을까? 그의 키 때문이지. 시각이 작용한 거야. 하지만 단지 그것 때문일까? 아니, 뭔가 더 있네. 자네가 오래전부터 클라우데데우의 뒤를 쫓아다녔기 때문이지, 안 그런가?"

"그렇기도 하네요."

내가 대답했다.

"자네, 그 전설을 믿는 것은 아니겠지?"

"'쇠꼬챙이 손'에 대한 전설 말인가요?"

"그 별명이 전설의 일부지."

"어쩌면 행동이 전설을 만들 수도 있지요. 그리고 그 경우에는……."

"지각 실험이나 계속하지."

르프랭스가 화제를 돌렸다.

데이비드슨 판사 어제 증언에서 당신은 별도로 조사를 시
          작했다고 말했습니다. 맞습니까?

미란다 맞습니다.

판사 그 조사가 어떻게 진행되었는지 얘기해 보십시오.

미란다 나는 르프랭스를 만나러 갔습니다…….

판사 집으로 갔습니까?

미란다 그렇습니다.

판사 르프랭스는 어디에 살고 있었습니까?

미란다 람블라 데 카탈루냐 거리 2번지 4층입니다.

판사 대략 언제쯤 그를 찾아갔습니까?

미란다 1917년 12월 24일입니다.

판사 날짜를 정확하게 기억하는 이유라도 있습니까?

미란다 크리스마스 전날이었으니까요.

판사 르프랭스가 당신을 맞았습니까?

미란다 네.

판사 그러고 나서 뭘 했습니까?

미란다 나는 파하리토 데 소토를 죽인 자가 누구냐고 물었습니다.

판사 대답하던가요?

미란다 아닙니다.

판사 당신은 무엇인가를 알아냈습니까?

미란다 구체적인 것은 아무것도 알아내지 못했습니다.

판사 르프랭스가 당신은 모르고 있던, 이 재판에 도움이 될 만한 단서를 얘기하던가요?

미란다 아니요……. 아니, 얘기해 줬을 수도 있습니다.

판사 그게 무슨 말입니까?

미란다 또 다른 일이 있었습니다.

판사 그게 뭐지요?

미란다 나는 르프랭스가 마리아 코랄의 애인이라는 사실을 모르고 있었습니다.

"부드럽고, 연약하고, 섹시한 게 마치 고양이 같아. 변덕도 심하고, 이기적이고, 제멋대로야. 그런데 어떡하다가 그렇게 됐는지 나도 모르겠네. 내가 무슨 마음을 먹고 말도 안 되는 짓을 저질렀는지. 그때 그 카바레에서, 기억나나? 그녀를 처음 본 순간 마치 덫에 걸려든 기분이었네. 내 의지대로 할 수 없더군. 내 눈길은 그 여자가 움직이는 대로 쫓아다녔네. 그 여자가 앉는 곳으로, 걸어 다니는 곳으로. 그때마다 나는 그 여자의 모습만 바라보았어. 내 뜻대로 움직일 수가 없었네. 그 여자의 손길이 나에게 닿는 순간, 나는 그 여자가 원하는 것을 다 해 줄 수도 있을 것 같았어. 그 여자는 그것을 알고선 나를 이용했지. 물론 나에게 넘어올 때까지는 한참이 걸렸지만. 무슨 말인지 이해하겠나? 그런데 나한테 넘어왔을 때는 최악이었어. 방금 전에 자네에게 말했듯이 그 여자는 쥐를 데리고 장난치는 고양이 같았어. 그녀는 절대로 완벽하게 자신을 넘겨주지 않았어. 무슨 일이 생겨서 영영 내 곁을 떠날 것 같은 느낌이었지……."

"그리고 그렇게 하지 않았습니까, 안 그렇습니까?"

"아니네. 내가 그녀에게 떠나라고 했네. 내가 그녀를 쫓아냈어. 나는 그 여자가 무서웠네……. 내가 제대로 표현하고 있는지 모르겠군. 나 같은 지위에, 나 같은 남자가……."

"그 여자가 이 집에서 살았습니까?"

"거의 산 거나 다름없었지. 나는 그 여자에게 함께 공연하는 두 해결사를 떠나라고 지시한 다음 호텔에 투숙시켰지. 하지만 그 여자는 이곳으로 오고 싶어 하더군. 그 여자가 내 주소를 어떻게 알아냈는지는 모르겠네. 생각지도 않았는데, 그 여자가 뜻밖으로 나타난 거네. 중요한 손님들을 집으로 초대해서 손님들 때문에 한창 정신이 없었을 때인데 난리가 났지. 자네도 한번 상상해 보게. 그 여자는 하루 종일 앉아만 있더군……. 아니지. 지금 내가 무슨 말을 하는 거야? 그 여자

는 몇 날 며칠을, 지금 자네가 앉아 있는 그 소파에 앉아 있었
네. 담배도 피우고, 잠도 자고, 잡지도 보고, 쉬지 않고 먹어 댔
지. 그러면서도 막상 내가 그 여자를 필요로 하면, 운동을 해
야 한다며 밖으로 나갔네. 그러고는 이틀이 돼도, 사흘이 돼
도, 나흘이 돼도 돌아오지 않았어. 한편으로 나는 그녀가 다시
는 돌아오지 않을까 봐 두려우면서도 다른 한편으로는 돌아오
지 않기를 바랐지. 정말 이러지도 저러지도 못한 채 마음고생
만 심했네. 마침내 나는 마음을 결정했지. 그리고 지난주에 용
기를 내서 그 여자를 자기가 왔던 곳으로 돌려보냈네. 거리로
말이네."

"그 결정을 후회하십니까?"

"아니네. 하지만 그 여자를 떠나보낸 뒤로는 외롭고 우울해.
오늘 집에 있었던 것도 그 때문이지. 오늘 밤에는 어떤 초대에
도 응하고 싶지 않았고, 아무도 만나고 싶지 않았네."

"그렇다면 나도 그냥 돌아가는 게 낫겠군요."

"아니, 그러지 말게. 자네는 달라. 자네가 와서 반갑네. 어찌
됐든 나에게는 자네 역시 그녀와 같은 세계에 속해 있어. 자네
와 그 여자는 내 기억 속에 함께 들어 있다고. 자네가 우리 사
이에 중매인 역할을 했네. 언젠가 자네가 봉투를 하나가 아니
라 두 개 가져간 적이 있었지. 기억나나? 봉투 하나에는 그녀가
보고 싶으니 몇 시에 어디로 나와 달라는 편지가 들어 있었네."

"기억납니다. 봉투가 두 개라서 이상하다고 생각했는데, 그
여자가 내용물을 확인하더니 약간 미묘한 반응을 보이더군요."

르프랭스는 응접실의 따뜻한 공기 위로 내뿜은 짙은 담배
연기를 뚫어져라 바라보며 침묵을 지켰다.

"저녁 식사나 하고 가게. 그럴 수 있지? 난 지금 친구가 필요해."

그가 거의 속삭이듯 말했다.

데이비드슨 판사　친구의 죽음을 조사한다는 사람이 살인
　　　　　　자일지도 모르는 자의 초대에 응한다는 게 어색하
　　　　　　지 않았나요?

미란다　사람이 살면서 일어나는 일들을 설명하는 것은 쉽
　　　　지 않습니다.

판사　　구체적으로 설명해 보십시오.

미란다　파하리토 데 소토는 애정이 느껴지는 사람입니다.
　　　　그리고 르프랭스는…… 뭐랄까…… 말씀드리기가
　　　　막연하군요…….

판사　　존경심인가요?

미란다　모르겠습니다……. 모르겠어요.

판사　　혹, 질투심?

미란다　황홀함이라고 말씀드릴 수 있겠군요.

판사　　르프랭스의 경제적 부가 황홀한 느낌을 주던가요?

미란다　단지 그것만은 아닙니다.

판사　　사회적 지위?

미란다　그것도 있고요…….

판사　　우아함? 깍듯한 매너?

미란다　대체적으로 성격 때문입니다. 그의 교양과 취향, 언
　　　　어, 언변.

판사   그렇지만 이전의 증언들에서 당신은 그가 경솔하고,
      욕심 많고, 자기 사업과 관련된 게 아니면 냉담하다
      고 말하지 않았던가요? 게다가 지나칠 정도로 이기
      적이고.

미란다 처음에는 그렇게 생각했습니다.

판사   그 생각이 언제 바뀌었습니까?

미란다 그날 밤 그와 대화를 나누던 도중이었습니다.

판사   어떤 얘기를 나눴나요?

미란다 여러 이야기를 나눴습니다.

판사   기억해 보고, 구체적으로 말씀해 보십시오.

　　차가운 이성을 지닌 귀가 아닌, 다른 귀로 내 말을 들어 줄
수 있는 사람은 아무도 없는 것인가? 나는 안다. 나는 안다. 나
도 알고 있다. 자존심 때문에라도 파하리토 데 소토의 죽음과
직간접적으로 연관된 자들의 달콤한 말을 무시해야 한다는 것
을 잘 알고 있지만, 나에게는 그런 값비싼 자존심을 지켜 낼
만한 능력이 없다는 것을. 살벌하고 각박한 도시에서 친구도
없고 친구가 생길 일도 없다 보면, 가난 앞에서 자신의 그림자
만 붙잡고 질리도록 얘기하고 늘 불안에 떨며 살다 보면, 말없
이 빵 부스러기를 돌돌 말며 오 분 만에 후다닥 식사를 끝내
고 마지막으로 넘긴 음식이 채 소화되기도 전에 식당 문을 나
서다 보면, 한시바삐 일요일이 지나가고 직장으로 돌아가 아는
얼굴이라도 만나고 싶은 마음이 간절하다 보면, 물건을 사는
사람들에게 미소를 띠며 마음에도 없는 말을 건네다 보면, 싸

구려 콩 요리 한 접시를 얻어먹자고 반 시간 동안이나 상대방을 붙들고 얘기하다 보면 자존심 따위는 챙기고 말고 할 겨를조차 없었다. 카탈루냐 사람들은 텃세가 심하고 바르셀로나는 폐쇄된 집단이었다. 그런데 그곳에서 르프랑스와 나는 이방인이고, 둘 다 젊었다. 무엇보다도 르프랑스와 함께 있으면 마음이 든든했다. 그는 명석하고, 경험도 풍부하고, 돈이 많고, 지위가 있었다. 물론 우리 사이에 친구 같은 감정은 없었다. 그럴만한 사이도 못 되었다. 내가 그런 그를 어렵게 대하지 않게 된 것은 몇 해가 지난 뒤였다. 그가 나에게 편하게 대하라고 했기 때문에 가능한 일이었으며, 그것은 나중에 알게 되었지만 그럴 수밖에 없는 상황이었기 때문에 가능한 일이었다. 르프랑스와는 만난 지 얼마 되지 않아 내가 파하리토 데 소토와 그랬듯이 열띤 논쟁도 벌이지 못했다. 지금 생각하면 그때의 열띤 논쟁들이 갈수록 소중하게 느껴지며, 바르셀로나에서 살았던 내 삶의 그리운 상징이 되었다. 르프랑스와의 대화는 차분하고 사적이었다. 열띤 논쟁이 아니라, 차분한 의견 교환이었다. 르프랑스는 주로 이야기를 듣고 이해해 주는 쪽이었는데, 나는 그런 그의 장점을 특히 높이 샀다. 남의 얘기를 듣고 이해해 줄 줄 아는 사람을 만나기란 그리 쉬운 일이 아니다. 가장 이상적인 동료라 할 수 있는 세라마드릴레스도 지나치게 단순하고, 지나치게 머리가 텅 비어 있었다. 요란하게 떠들고 왁자지껄하게 놀기에는 좋은 친구였지만 진지한 대화 상대는 아니었다. 한번은 노동자 문제에 대해 얘기하다가 세라마드릴레스가 이렇게 잘라 말했다.

"노동자들이 할 줄 아는 것은 시끄러운 파업뿐이라고! 그러고도 자기들이 옳다는 거야!"

그때 이후로 나는 세라마드릴레스 앞에서는 절대 내 의견을 입 밖에 내지 않았다. 그러나 르프랭스는 세라마드릴레스보다 훨씬 더 미묘한 입장에 처해 있으면서도 생각하는 건 훨씬 더 융통성이 있었다. 한번은 똑같은 주제에 대해 얘기하다가 이렇게 말한 적이 있었다.

"파업은 우리 인간의 기본권인 노동을 테러하는 거나 마찬가지지. 사회에 큰 해를 입히거든. 그런데도 많은 사람들이 파업을 진보를 위한 무슨 투쟁처럼 생각하고 있네."

그러고는 덧붙였다.

"인간과 사물의 관계에서는 어떤 이상한 요소들이 개입될 수 있는 걸까?"

물론 르프랭스는 프롤레타리아의 움직임이나 파괴적인 성향의 노동 이론을 좋은 눈으로 보지 않았지만, 개혁적인 측면에만큼은 같은 계층에 속한 여느 사람들보다 훨씬 폭넓은 이해와 관심을 보였다.

"오늘날의 현대사회에서는 직업이나 예술, 주거, 심지어 전쟁을 포함한 모든 인간 활동이 대중화되어 있기 때문에 개개인은 거대한 체제의 일부인 셈이네. 물론 우리는 그 체제가 어떻게 작동하는지도 모르고 있지. 그러니 그런 세상에서 행동 규범을 논한다는 게 무슨 의미가 있겠나?"

르프랭스는 100퍼센트 개인주의 신봉자였다. 하지만 다른 사람들 역시 개인주의자이며, 모두가 최대의 이익을 얻기 위해 최선을 다한다는 점을 인정할 줄 알았다. 그는 자신의 앞길을 방해하는 사람을 절대 묵인하지 않았지만 무턱대고 상대방을 무시하거나 악의 화신으로 여기지 않았으며, 자신의 행동을 정당화하기 위해 신성한 법령이나 절대적인 법을 들이대는 짓도 하지 않았다.

한번은 파하리토 데 소토의 보고서를 유야무야하게 처리한 당사자가 자신이라는 사실을 자연스럽게 인정했다.

"나중에 가서 그를 속일 생각이었으면, 왜 그를 고용한 겁니까?"

내가 물었다.

"그건 흔히 있는 일이네. 나는 처음부터 파하리토 데 소토를 속일 생각은 없었네. 이 세상에 보고서를 위조하거나 보고서를 쓴 사람의 분노를 사기 위해 돈을 지불하는 사람이 어디 있겠나. 나는 그 보고서가 우리에게 필요할지도 모른다고 생각했네. 그런데 나중에 보니 그게 아니더군. 그래서 생각을 바꾼 거네. 일단 돈을 지불한 이상 그 보고서는 내 것이고, 내 것이 된 이상 내 마음대로 사용할 수 있는 거 아닌가? 세상은 늘 그런 식으로 돌아가게 되어 있네. 자네 친구는 자기 자신을 예술가로 생각했겠지만, 따지고 보면 그 친구 역시 돈을 받고 일을 한 하수인에 불과했지. 이 기회에 자네에게 솔직하게 말하는데, 나는 소설에 등장하는, 그다지 명석하지 않아도 의욕만큼은 확실한 인물들에게 호감이 가고, 가끔은 소설 속 인물들이 부럽다고 생각하는 사람이네. 그들이 현실에서의 우리보다 더 멋지게 사는 것 같거든."

이어 그는 내 친구의 죽음에 대해 이렇게 얘기했다.

"물론, 나는 아닐세. 그리고 사볼타나 클라우데데우도 아니라고 봐. 사볼타는 그런 일을 하기에는 너무 늙었네. 그는 일이 복잡하게 꼬이는 걸 원치 않고, 실무에는…… 그래, 워낙 거물이라 실무에는 거의 관여하지 않네. 그리고 클라우데데우는 나름 전설까지 얻긴 했지만 알고 보면 좋은 사람이네. 생각이나 행동이 약간 거칠기는 하지만 현실 감각이 없는 건 아니거든. 게다가 파하리토 데 소토의 죽음은 우리에게는 아무 득도 되지 않네. 노동자들에게 한 방 먹일 수 있다는 점이 없지 않지만, 그것보다는 오히려 성가시고 귀찮기만 할 뿐이지. 실제로 우리가 파하리토 데 소토를 혼내 주려고 했다면, 모욕적인 기사를 문제 삼아 법적 소송을 제기할 수도 있었네. 만일 그랬다면 그는 변호사 비용을 감당하지 못해 바로 감방으로 갔겠지."

하루는 르프랭스와 이런저런 얘기를 나누던 중에 내가 불쑥 이런 질문을 던졌다.

"클라우데데우는 어쩌다가 손을 잃었습니까?"

그러자 르프랭스가 한바탕 웃고 나서 대답했다.

"산티아고 살바도르가 오페라하우스에 폭탄을 던졌을 때 그곳에 있었네. 기관총 난사에 손목이 무슨 진흙 인형처럼 통째로 잘려 나갔지. 그가 왜 그렇게 무정부주의자들을 혐오하는지 알겠지? 클라우데데우한테 가서 얘기해 달라고 해 보게. 아주 좋아할 걸세. 아니지. 얘기해 달라는 말을 하지 않아도 해줄 걸세. 그 끔찍했던 날 이후로는 그의 아내가 오페라하우스에는 발길도 돌리려 하지 않아. 그는 그걸로 자기 손을 잃은 보상을 받았다고 말할 걸세. 그는 오페라라면 끔찍하기 때문에 멀쩡한 팔도 통째로 내줄 수 있다고 할 걸세."

르프랭스는 스페인의 정치 상황에 대해서도 분명한 견해를 지니고 있었다.

"외국인 입장에서 할 말은 아니지만, 이 나라는 구제 불능 상태라네. 이 나라는 전형적인 의미에서 크게 보수당과 자유당으로 나눌 수는 있어도, 양쪽 다 입헌군주제를 채택하고서 일정한 간격을 두고 번갈아 가며 권력을 차지하고 있지. 어느 쪽도 확실한 정책이 없고, 두루뭉술한 일반적 특성만을 지니고 있다고 할 수 있어. 그나마 해골 같은 이념을 지탱하고 있는 그 몇 가지 두루뭉술함도 상황이나 기회에 따라 바뀌기 일쑤지. 게다가 그들은 어떤 문제가 생기면 해결책을 제시하긴 하는데, 해결책이 아니라 숨구멍만 틀어막는 꼴이 되는 바람에 몇 달이나 몇 년이 지나면 오래된 문제들이 곪아 터져 위기를 불러일으키고, 그때마다 다른 당이 들어서면서 정권만 바뀔 뿐이야. 내가 볼 때 이 나라에는 심각한 문제를 제대로 해결하는 정권이 하나도 없었으며, 그 뿐만 아니라 그들은 자기들이 물러나더라도 그다지 걱정을 하지 않았지. 왜냐하면 그들은 집권당 역시 곧 물러나리라는 것을 잘 알고 있거든.

정치가들에 대해 말하자면, 카노바스 델 카스티요*와 사가스타**가 물러난 이후, 이 나라에는 그들을 따라갈 만한 정치가

---

* Antonio Cánovas del Castillo(1828~1897), 스페인의 진보파 정치가. 이사벨 2세 시절에 내무부 장관(1864)과 식민성 장관(1865)을 지냈다. 제1공화국 시절에는 이사벨 여왕의 아들 알폰소 12세의 왕권 복귀를 위해 노력했다. 알폰소 12세가 서거하자 권력에서 물러나고 사가스타가 그의 뒤를 이었다. 1897년 이탈리아 무정부주의자의 손에 암살당했다.
** Práxedes Mateo Sagasta(1825~1903), 스페인의 진보파 정치가. 이사벨 2세의 입헌군주제에 반대하여 포르투갈로 망명하고, 사형선고까지 받았다. 이사벨 2세의 체제 이후, 세라노 임시정부에서 내무부 장관을 역임했다. 파비아 장군의 쿠데타(1874)로 제1공화국이 막을 내리자, 알폰소 12세의 왕권 복귀에 주력했다.

가 나오지 않았지. 보수주의자들 중에서 당을 이끌고, 최소한 감정적인 여론을 조장할 수 있는 인물은 똑똑하고 인간적인 카리스마를 지닌 마우라가 유일할 걸세. 하지만 워낙 자존심이 강하고 고집불통이라 시간이 흐르면 내분을 조장해 국민들의 분노를 사고 말 거야. 다토는 당의 이인자지만 에너지가 부족하고, 적대적인 마우라 파가 붙여 준 '바셀린'이라는 별명이 딱 들어맞는 위인이지.

반면에 자유주의자들 중에는 아무도 없네. 카날레하스는 축하 인사만 건네고 망했지. 모두에게 실망만 안겨 주다가, 결국에는 서점 앞에서 무정부주의자의 손에 암살당했어. 요약하자면, 자유주의자들은 성직자의 횡포에 반대한다는 명분 하나만으로 간신히 버티기는 하는데, 명분이란 것도 일시적인 대중적 효과를 거둘지는 모르지만 오래 버틸 만한 힘은 없네. 그리고 그 반대로 보수주의자들은 겉으로는 성자나 성직자인 것처럼 행세하지. 그렇게 양쪽 다 대중의 값싼 취향만 맞춰 줄 뿐이네. 보수주의자들은 감성적인 가톨릭의 유약함에, 자유주의자들은 무정부주의적 방종에 비위를 맞추고 있을 뿐이야.

당내에서도 규율이란 건 존재하지 않네. 모두에게 상처만 주고 덕 보는 사람은 아무도 없는 권력에 놀아나는 정치판에서는, 당원들끼리 서로 싸우고, 시비 걸고, 깎아내리려고만 하지.

두 정당은 대중적 기반도 없고 온건한 중산층의 지지도 받지 못하니 실패할 수밖에 없고, 그러니 결국에는 나라가 망할 수밖에……."

나는 르프랭스에게 나의 고독한 삶과 포부, 희망에 대해 얘기했다.

내가 파하리토 데 소토에게 신호를 보낸 후, 우리 두 사람은 서점 한쪽 구석으로 향했다.

"누구지?"

내가 나지막하게 물었다.

"학교 교사인 로카 선생님이네. 지리와 역사, 프랑스어를 가르치시는데, 독신으로 살면서 사상을 체계화하기 위해 일생을 바치셨지. 학교가 끝나는 대로 곧장 이곳으로 와서 무정부주의와 무정부주의자에 대해 말씀하시고, 9시 정각에 집으로 돌아가 손수 저녁을 차려 드신 다음에 잠을 청하시는 분이야."

"참 불쌍한 삶이군!"

나는 온몸에 소름이 돋았다.

"사도 같은 분이지. 이곳에는 그런 분들이 많아. 자, 가까이가 보세."

로카 선생은 1919년의 폭동 사태 이전에 내가 직접 만난 몇 명 안 되는 무정부주의자들 중 한 사람이었다. 무정부주의와 무정부주의자 사이에는 상당한 괴리가 있었다. 우리는 무정부주의에 심취해 살면서도 무정부주의자들과는 아무런 접촉도 없었다. 그 시절에는 그랬으며, 그 후 몇 년 동안도 그랬다. 그 시절 나는 무정부주의자들이 어딘가 다른 점이 있을 거라고 생각했다. 그들은 긴 턱수염과 일자로 붙은 짙은 눈썹에 근엄한 표정을 짓거나, 헐렁한 남방셔츠에 멜빵을 두르고 모자를 쓰고 다닐 것 같았다. 망가진 가구들로 만든 바리케이드 뒤에, 몬주익 성(城)의 쇠창살 뒤에, 지저분한 거리나 어두운 뒷골목에, 혼자 기거하는 누추한 방에 숨어 있을 것 같았다. 자신들이 꿈꾸는 순간만을 기다리면서 온몸을 움츠린 채 거인처럼 거대한 냉혈 박쥐의 흐물흐물한 날개가 도시를 스치고 지나가기를 기다렸다가 그동안 참고 참았던 분노를 한꺼번에 폭발시킨 다음, 이른 새벽녘에 처형당할 것 같은 인물들이 내가 상상하는 무정부주의자들이었다.

본 사건과 직간접적 관련이 있는 것으로 추정되는 스페인의 테러리스트 '안드레스 닌 페레스'에 대한 경찰 보고서 파일.

증빙서류 3i
(법정 통역사 구스만 에르난데스 데 펜웍의 영문 번역 첨부)

본 파일의 상단 좌측과 우측에는 용의자의 사진 두 장이 게재되어 있다. 두 사진은 용의자가 정면에 서 있는 모습을 찍은 것으로, 거의 동일하다. 좌측 사진 속 용의자는 모자를 착용하지 않은 반면, 우측 사진에서는 챙이 넓은 모자를 착용하고 있다. 넥타이와 와이셔츠가 비슷하고 표정과 음영도 비슷해, 모자가 사진관에서 그린 것이라는 생각이 들 정도로 동일한 사진으로 느껴진다. 보다 자세히 살펴보면, 둘째 사진(우측 사진) 속 용의자가 착용한 외투는 첫째 사진(좌측 사진) 속 용의자가 입고 있는 웃옷과 분간하기 힘들 정도로 비슷하다. 옷 색깔이나 깃(두 사진에서 유일하게 판별되는 부분) 역시 거의 흡사하다. 따라서 두 사진은 같은 날 같은 장소에서(틀림없이 경찰서에서) 찍은 것으로 추정되며, 그 경우 길거리에서 용의자를 쉽게 알아볼 수 있는 겉옷(모자와 외투)을 입힌 것으로 볼 수 있다. 용의자는 몸이 야윈 젊은 청년이다. 얼굴은 길고, 턱은 각이 진 데다 아래턱이 돌출되고, 코는 매부리코 형태이고, 타원형의 무테안경을 걸친 반쯤 감긴 눈(근시로 추정됨.)은 눈동자가 까맣고, 머리카락은 검고 부스스하다.

(워싱턴 D. C. 연방 조사국 사진 분석 팀 자료)

첨부 파일에는 다음과 같은 사실이 기재되어 있다.

안드레스 닌 페레스.
위험인물이자 선동가.
학교 교사.
1890년 타라고나 출생.

- 바르셀로나의 청년 사회주의 소속. 그 후 그 단체에서 탈퇴해, 안토니오 아마도르 오본과 '자유직업유일노조(SUPL)'의 조직원들로 구성된 노동조합운동에 가입.

- 1919년 12월 마드리드에서 개최된 제2차 노조운동가회의에 대표로 참석.

- 1920년 1월 12일 페우 데 라 크레우 거리에 위치한 카탈루냐 공화국 센터에서 열린, 총파업을 위한 집행 위원회 대표들의 비밀 집회에 참석했다가 체포되어 몬주익 성으로 압송.

- 1920년 6월 29일 석방.

- 1921년 3월 에벨리오 보알 로페스가 구금되면서 국가노동연맹의 총무국장직을 맡음. 바르셀로나 경찰의 추적을 피해 베를린으로 도주했다가 그곳에서 같은 해 10월에 독일 경찰에게

체포.

"지각 실험이나 계속하지."

르프랭스가 화제를 돌렸다.

사볼타 부부의 저택에서 매년 열리는 송년 파티에 르프랭스가 나를 초대한 것이다. 그곳은 부촌인 사리아에 위치한 탑처럼 우뚝 솟은 거대한 저택이었다.

그날, 나는 그곳에 가기 전에 르프랭스의 집에 들렀다. 막 외출 준비를 마친 그를 본 순간, 코르타바네스가 부자들은 다른 세상 사람들이며 우리는 절대 그들과 비슷해질 수도, 그들을 이해할 수도, 그들을 흉내 낼 수도 없다고 한 말을 비로소 이해할 수 있었다.

르프랭스는 사볼타 회사의 전체 임원진이 파티에 참석할 거라고 알려 주었다.

"파하리토 데 소토의 죽음을 얘기하며 그들을 쫓아다닐 생각은 아예 하지도 말게."

그가 농담조로 나에게 주의를 주었다.

나는 현명하게 처신하겠다고 르프랭스에게 약속했다. 나는 르프랭스와 함께 그의 차를 타고 사볼타의 저택으로 향했다. 그곳에서 르프랭스가 나를 사볼타에게 소개했다. 나는 파하리토 데 소토를 찾아 공장에 갔던 날 밤에 그를 본 적이 있기 때문에 그의 얼굴을 알고 있었다. 나이는 들어 보였지만 늙은 편은 아니었다. 그렇지만 눈자위 주위가 꺼칠해 보이고 손과 목소리가 떨리는 게 지병을 앓고 있는 것 같았다. 반면에 클라우데데우는 활기가 넘쳐흘렀다. 여기저기에서 그의 걸걸한 음성이 들리거나, 동화책에서나 나올 듯한 거인 같은 몸집이 자주 눈에 띄었다. 그는 호탕한 너털웃음으로 다른 사람까지 기분 좋게 만드는 재주를 지녔다. 나는 장갑 낀 그의 손이 물건에 닿을 때마다 들리는 금속성 소리에 주목했다. 그 순간 파하리토 데 소토에게 욕설을 퍼부으며 회의용 탁자를 내리치던 성난 클라우데데우의 모습이 떠올랐다. 나는 끔찍했던 그날 밤 사볼타 근처에 앉아 있던 파렐스도 알아보았다. 파렐스는 독특한 눈매뿐만 아니라, 나이가 지긋한 얼굴 표정 하나하나에 깃든 지적인 분위기가 상당히 인상적인 인물이었다. 르프랭스에 따르면, 그는 회사의 재정과 회계 업무를 담당하고 있었다. 그는 부친이 전쟁 중에 레리다에서 보수파인 카를로스파에게 총살당한 탓인지, 자신이 돌아가신 부친의 피를 물려받은 자유사상가이며 무신론자라고 떠벌렸다. 하지만 '결혼과 함께 아내는 남편의 보호를 받을 사회적 권리가 있기 때문에' 일요일이면 아내와 동행해서 미사에 참석하는 인물이었다. 그날 밤, 나의 눈에는 그곳에 참석한 귀부인들이 일정한 유형으로 잘라 낸 듯 똑같은 모습으로 보였고, 그래서인지 그녀들의 손등에 키스하는 순간 이름과 얼굴이 모두 뒤죽박죽 혼동되었다.

파티의 전반부는 아는 사람들끼리 삼삼오오 모여 대화를 나누는 가운데 화기애애한 분위기였다. 남자들은 서재에 모여 담배를 피우면서 이따금씩 웃음을 섞어 가며 뼈 있는 말을 건넸는데, 그 말들 속에는 그들만의 의미나 악의가 짙게 배어 있기도 했다. 반면에 살롱에 모인 여자들은 남자들과 달리 웃지도 않고 심각한 표정을 지은 채 조심스럽게 이야기를 주고받는 모습이었다. 그녀들의 대화는 마치 서로 독백을 나누는 듯한, 상대방이 얘기할 때 가만히 고개를 끄덕이고 있다가 그 말을 반복하거나 덧붙이는 식이었다. 여자들 주변에 몇몇 젊은 남자들이 자리를 지키고 있었으나, 그들 역시 주변 분위기에 따라 아무 말 없이 수긍하거나 동의한다는 표정만 지었다.

나는 한쪽 구석에서 예쁘장한 소녀 한 명을 발견했다. 그 파티에서 유일하게 젊은 여자로, 코르타바녜스와 얘기를 나누고 있었다. 나중에 소개받고 보니 사볼타의 딸로, 기숙학교 재학 중에 부모님과 크리스마스를 보내기 위해 바르셀로나에 온 것이었다. 그녀는 상당히 어색해 보였으며, 사랑하는 수녀님들 곁으로 얼른 돌아가고 싶다고 나에게 살짝 고백했다. 그녀가 내 직업이 뭐냐고 묻자 코르타바녜스가 대답했다.

"젊고 유능한 청년이지."

"이분과 함께 일하세요?"

마리아 로사 사볼타가 나의 상관을 가리키며 물었다.

"정확히 말하자면 이분의 지시를 따르지요."

내가 대답했다.

"운이 좋으시네요. 코르타바녜스 아저씨만큼 좋은 분도 없잖아요, 안 그래요?"

"그렇지요."

나는 짐짓 심드렁하게 대답했다.

"그런데 아까 당신하고 말씀을 나누던 분은 누구세요?"

"르프랭스 씨요? 아직 소개를 못 받았나요? 따라오세요. 당신 아버님과 함께 일하시는 분이에요."

"그렇게 젊은 분이요?"

마리아 로사가 얼굴에 홍조를 띠며 반문했다.

나는 마리아 로사가 르프랑스를 알고 싶어 하는 것 같아 그를 소개해 주었다. 둘이 서로 인사말을 주고받기 시작하자마자 나는 얼른 자리를 비켜 주었다. 어쩐 일인지 사장의 여식이 그에게 호감을 드러내는 것도 속상했고, 꼭두각시 노릇을 하는 것도 신물이 났던 것이다.

데이비드슨 판사 사볼타의 저택을 간략하게 묘사해 주십시오.

미란다 사리아 구역의 주택가에서도 눈에 띄는 집이었습니다. 바르셀로나 시내와 바다가 한눈에 내려다보이는 산등성이에 위치했거든요. 그곳의 저택들은 '타워'로 불리는데, 대부분 정원으로 둘러싸인 일층집이나 이층집 들입니다.

판사 파티는 어디에서 열렸습니까?

미란다 일 층입니다.

판사 일 층에 있는 방들은 전부 외부와 연결됩니까?

미란다 내가 본 방들은 그랬습니다.

판사 정원과 연결됩니까? 아니면 거리와 연결됩니까?

미란다 정원으로 연결됩니다. 정원 한가운데에 저택이 있고, 정원을 한참 지나야 대문에 다다를 수 있습니다.

판사 현관에서 곧바로 살롱으로 갈 수 있습니까?

미란다 갈 수도 있고, 가지 못할 수도 있습니다. 현관문은 현관홀로 이어지며, 그곳에는 위층으로 연결되는 계

단이 하나 있습니다. 현관홀과 살롱은 나무 블라인
드를 젖히면 이어집니다.

판사　나무 블라인드가 젖혀져 있었습니까?

미란다　네, 더 많은 손님들이 들어갈 수 있도록 자정 조금
전에 열어 두었습니다.

판사　이제 서재를 묘사해 주십시오.

미란다　서재는 독립된 방입니다. 살롱을 통하도록 되어 있
고, 현관홀에서는 들어갈 수 없습니다.

판사　서재에서 현관홀에 있는 계단까지의 거리는 얼마나
됩니까?

미란다　대략 십이 미터…… 약 사십 피트 정도입니다.

판사　총성이 들렸을 때 당신은 어디 있었습니까?

미란다　서재 문 옆에 있었습니다.

판사　문 안쪽인가요, 바깥쪽인가요?

미란다　바깥쪽, 그러니까 살롱 쪽입니다.

판사　르프랭스는 당신과 함께 있었습니까?

미란다　아닙니다.

판사　하지만 당신이 있던 곳에서 그가 보이지 않았나요?

미란다　보이지 않았습니다. 르프랭스는 바로 내 뒤에 있었
습니다.

판사　서재 안인가요?

미란다　그렇습니다.

르프랭스와 사장 딸인 마리아 로사가 대화를 시작한 지 삼

십 분 정도 지나고 있었다. 나는 마리아 로사가 그만 자리를 비켜 주고 우리끼리 얘기하고 싶었지만, 쉬지 않고 말하는 로봇처럼 환한 미소를 흘리면서 얘기를 거는 르프랭스와 역시 황홀한 표정으로 미소를 머금은 채 그의 얘기를 듣고 있는 마리아 로사를 지켜보면서 내심 조바심이 났다. 그날 포도알이 담긴 접시와 샴페인 잔을 든 채 서로를 바라보며 미소를 머금은 두 사람의 모습은 마치 사진을 찍기 위해 포즈를 취하는 것 같았다.

내가 개인적으로 파티에 참석한 게 아니었다고 치자. 사건이 일어난 직후, 즉 삼십 분쯤 뒤에 사볼타의 저택으로 갔다고 치는 거야. 사건 현장에 있던 목격자들의 증언에 따르면, 사건이 발생한 직후에 저격수로 추정되는 한 명 혹은 여러 명을 제외하면 저택을 떠난 사람은 아무도 없었다. 저격수는 정원에서 장총을 겨냥했으며, 발사된 총알이 살롱의 유리창을 뚫고 안으로 날아들었다. 탄흔으로 보아 총알은 입구에서 서재 방향으로 발사되었다…….

데이비드슨 판사 총성이 났던 곳이 서재가 아닌 정원이라는
　　　　　　　사실을 확신합니까?
미란다 네.
판사 그렇지만 당신은 두 지점에서 똑같이 멀리 떨어져
　　　있었습니다.

미란다   그렇습니다.

판사   발사된 위치를 등지고 있었고요.

미란다   그렇습니다.

판사   그 저택을 다시 묘사해 주십시오.

미란다   이미 묘사했습니다. 속기된 서류를 읽어 보시면 될
       겁니다.

판사   속기된 서류를 읽으면 된다는 것은 나도 알고 있습
       니다. 하지만 당신이 상반된 증언을 할 수도 있기
       때문에 다시 확인하려는 겁니다.

미란다   저택은 사리아 주택가에 정원으로 둘러싸여 있습니
       다. 정원을 한참 가로질러 가야…….

  자정이 임박할 무렵, 사볼타가 현관홀에 있는 계단을 따라
위층으로 올라가더니 파티 참석자들에게 조용히 해 달라고 부
탁했다. 동시에 모든 불빛이 희미하게 약해지면서 한 줄기 조
명이 그에게 집중되고, 모든 사람들의 시선 역시 그를 향했다.
  "경애하는 친구 여러분, 여러분의 집과 다름없는 우리 집에
서 다시 모이게 되어 영광으로 생각하는 바입니다. 이제 몇 분
후면 1917년이 흘러가고 새해가 밝아 옵니다. 나는 이 소중한
순간에 여러분과 함께 있게 되어……."
  그 순간, 아니면 잠시 후였을까, 갑자기 총성이 들려오기 시
작했다. 해가 바뀌면 모두가 합심해서 함께 다리를 건너자는
이야기를 할 때였다.

처음에는 딱 한 발의 굉음이었다.

처음에는 딱 한 발의 굉음이었다. 동시에 유리창 깨지는 소리가 들리면서 사람들의 비명 소리와 총성이 이어졌다. 머리 위로 총알들이 핑핑 날아다녔지만, 나는 너무 놀란 나머지 온몸이 마비된 채 꼼짝할 수도 없었다. 몇몇 사람들이 웅크린 채 바닥에 엎드리거나 피신처를 찾아 가까스로 몸을 움직이고 있었다. 모두 순식간에 벌어진 일이었다. 첫 두 발의 총성이 울린 다음 몇 발의 총성이 더 울렸는지는 기억나지 않지만 총소리가 계속된 것만큼은 분명했다. 나는 바닥에 엎드린 르프랭스와 마리아 로사 사볼타를 보고 그들이 죽었다고 생각했다. 그리고 불을 끄고 모두 몸을 낮추라고 지시하는 클라우데데우를 보았다. 누군가 "불! 불!" 하고 소리 지르는 사람이 있었다. 그리고 어떤 사람들은 부상당하기라도 한 듯 비명을 질렀다. 총성은 곧 멈췄다.

그야말로 순식간의 일이었다.

그야말로 순식간의 일이었다. 그러나 비명 소리와 어두움은 한동안 계속되었다. 마침내 더 이상 총성이 들리지 않자, 한 웨이터가 스위치를 올렸다. 다시 불이 들어오는 순간, 우리는 모두 장님이 되었다. 내 주변에는 온통 울음소리와 히스테리를 일으키는 소리만 있었다. 어떤 사람들은 당장 경찰을 불러야 한다고 말했고, 어떤 사람들은 문과 창문을 닫고 아무도 움직이지 말라고 소리쳤다. 대부분은 바닥에 계속 엎드려 있었지만, 놀란 눈을 뜬 채 사방을 두리번거리는 것으로 봐서 다친 사람은 많지 않은 것처럼 보였다. 그런데 바로 그때, 내 뒤에서 날카로운 비명 소리가 들려왔다. 마리아 로사 사볼타가 "아빠!" 하며 자기 아버지를 애타게 부르자, 우리 모두 죽은 사장을 바라보았다. 계단 손잡이는 모두 산산조각이 났고, 양탄자는 온통 먼지로 뒤덮였고, 대리석 계단들은 모래처럼 뭉개져 너덜거렸다.

로카 선생은 목소리를 가다듬고, 떨리는 목소리로 천천히 말했다.

"여러분이 기억하시듯, 어쩌면 나는 결과를 예측하지 못한 채 '무정부주의의 죽음과 유물'이라는 말을 해서 무정부주의를 신봉하는 이들에게 분란을 일으켰고, 나 역시 개인적으로 많은 비난을 받았습니다. 하지만 나는 그 비난을 두려워하지 않습니다. 그 비난에는 살기등등한 독설가의 분노보다 무정부주의 사상에 대한 믿음이 더 많이 들어 있기 때문입니다. 물론 그들의 관심이나 논쟁은 우리가 논의했던 주제인 '죽음' 혹은 '삶'과는 전혀 별개의 문제입니다. 15세기 이탈리아에서 그리스와 로마의 고전 문화에 관한 뜨거운 관심과 무수한 논쟁이 벌어졌을 때, 그들이 보여 주었던 관심과 논쟁이 그리스 문화와 로마 문화를 부활시켰습니까? 말씀해 보십시오. 그들이 소위 '살아 있는' 관심을 보였기 때문에 문화가 살았다고, 죽은 것은 단지 문화의 원천이었다고 반박할 수도 있을 것입니다. 하지만 문제는 우리 인간이 '죽음'이라는 낱말의 진정한 의미를, 더 나아가 죽음 자체의 근간이 되는 본질적 행위를 이해하지 못한 다는 데 있습니다.

여러분은 내가 겸허하게 말할 수 있도록 허락해 주십시오. 이 말에 자만은 없지만 신념은 있습니다. 무정부주의는 씨가 썩어서 없어지듯 죽었습니다. 물론, 그 씨가 척박한 땅에서 타 죽었는지, 아니면 성서에서 비유하듯 꽃으로, 열매로, 나무로, 새로운 씨앗으로 다시 태어났는지 알아야 합니다. 내가 지나 치게 단정적인 점, 여러분께 용서를 구합니다. 하지만 살롱에 서 짐짓 점잔을 빼며 나누는 공허한 대화가 되지 않도록 단정 적으로 얘기하는 것도 필요하다고 생각합니다. 나는 모든 정치 적, 사회적, 철학적 사상이란 세상에 나오자마자 사라지는 것 인 동시에, 껍질을 벗고 나오는 애벌레처럼 변모하는 것이라고 확언합니다. 그렇습니다. 바로 그것이 모든 사상이 지닌 본연의 임무입니다. 모든 것을 풀어헤치는 것, 서로를 변모시키는 것, 그리하여 어지럽게 뒤얽힌 생각의 공허한 영역을 구체적이고 물질적인 영역으로 변화시키는 것, 그것이 사상의 임무이며, 바로 거기서 사상의 위대한 힘이 나오는 것입니다. 이 세상에 서 오용의 극치를 보여 주는 아름다운 책 성경에 나오는 '생각 이 태산을 움직인다.'라는 구절처럼 말입니다. 이렇듯 사상이 하나의 행위에서 비롯되고, 그 행위들이 역사의 과정을 바꾸 는 것이라면, 모든 사상들은 반드시 죽어서 다시 태어나야 할 뿐만 아니라, 아름다운 장식물이나 박물관의 석상처럼 석화된 형태로 보존되어서는 안 되며, 고상하고 상상력 풍부한 비평가 나 학자의 빛나는 자료로만 사용되어서도 안 될 것입니다.

이것이 진실입니다. 나는 겸허하게 말씀드립니다. 그리고 진실은 추문을 일으킵니다. 어둠에 익숙한 눈동자를 시리도록 눈부시게 하는 빛처럼 말입니다. 친구 여러분, 이것이 나의 메시지입니다. 여러분은 이곳에서 나갈 때는 사상이 아니라 행동을 생각하십시오. 한계도 없고, 미루는 것도 없고, 목표도 없는 무한대의 행동 말입니다. 사상은 과거이지만, 행동은 미래입니다. 행동은 새로운 것이고, 다가오는 것이고, 희망이고, 행복입니다."

4

그 시절의 기억들은 세월과 함께 하나로 합쳐져 한 점의 그림처럼 되어 버렸다. 순간의 충격이 사라지고, 새로운 고통을 사포로 문질러 거칠었던 면이 부드러워지면 행복했던 기억과 처참했던 기억이 서로 뒤섞여 밋밋해졌다. 그 시절의 기억들은 이제 나의 뇌리에서 뿌옇게 변해 성스러운 오로라로 남아 있다. 고풍스럽고 목가적인 어느 살롱의 거울에 비치는 흐느적거리는 춤처럼 되어 버렸다.

사볼타의 저택은 출입이 금지되었다. 현관문 앞에서는 관리인이 사람들의 왕래를 철저히 통제하고 있었다. 우리가 정원에서 문이 열리기를 기다리는 동안, 저택 안은 창문을 통해 보이는 사람들의 그림자만 움직일 뿐 침묵에 잠겨 있었으며, 거리에 맞닿은 담장 밖에서는 사볼타 사장에게 마지막 작별 인사를 고하기 위해 모여든 사람들로 인산인해를 이뤘다. 혹한과 맑게 빛나는 공기 탓인지 멀리서 울려 퍼지는 종소리가 깨끗하게 들려왔다. 곧이어 히힝거리는 말 울음소리와 보도에 부딪히는 말발굽 소리가 들려왔다. 이윽고 현관문이 열리면서 관리인이 뒤로 물러나자, 한 수사신부가 모습을 나타냈다. 이어 미사를 거드는 아이 두 명이 뛰어나와 한 줄로 늘어섰다. 한 아이는 끝에 철 십자가가 달린 긴 막대기를 들고 있었고, 다른 아이는 짙은 연기를 내뿜는 향로를 좌우로 흔들어 댔다. 신부가 미사 기도문을 읊자, 집 안에서도 슬픔에 잠긴 사람들이 기도문을 외는 소리가 들려오면서 장례 행렬이 출발했다. 수사신부 뒤로 두 줄로 늘어선 신부 네 명과 중세 복장에 가발을 쓴 채 실꾸리 모양의 금빛 곤봉을 든 '마세로'들이 차례로 뒤를 따랐으며, 그 뒤로 르프랭스와 클라우데데우, 파렐스를 포함한 남자들 여섯 명이 사볼타의 시신이 안치된, 꽃 장식과 화려한 금실로 뒤덮인 관을 들고 나왔다. 그사이 이 층 발코니에서는 상복을 입은 사볼타 부인과 마리아 로사, 그리고 귀부인들이 손수건으로 연신 흐르는 눈물을 닦아 내고 있었다.

관 뒤로 검은색 긴 외투를 입은 낯선 남자가 따라 나왔다. 그는 같은 색상의 실크해트를 쓰고 있었는데, 모자 아래로 은빛이 감도는 금발이 보였다. 그는 양손을 호주머니에 꽂은 채 밀랍처럼 하얀 피부 탓에 더욱 돋보이는 푸른 눈으로 장례식에 참석한 사람들 하나하나를 뚫어져라 바라보고 있었다.

바스케스 반장이 사무실로 들어서자, 사환이 읽고 있던 신문을 책상 위에 놓인 서류로 후다닥 덮었다.

"누가 그렇게 깍듯하게 행동하라고 했나?" 바스케스 반장이 으르렁거렸다. "괜히 어리석게 굴지 말고 신문이나 계속 보게."

"세베리아노라는 분이 전화했습니다. 볼일이 있어 자리를 비우셨다고 하자, 다시 전화한다고 했습니다."

"바르셀로나에서 온 건가?"

"아닙니다. 이름은 밝히지 않았지만, 아가씨인지 아주머니인지, 하여간 한 여자가 교환양이라며 전화를 했습니다. 하지만 그곳의 이름은 제대로 듣지 못했습니다. 제대로 들리지 않았어요."

바스케스 반장은 때에 전 옷걸이에 외투를 걸고 지저분한 회전의자에 앉았다.

"담배 한 대만 주게. 다른 소식은 없었고?"

"반장님을 뵙고 싶어 하는 사람이 있습니다. 평범해 보이지는 않더군요."

"무슨 일로? 누군데?"

"반장님과 꼭 얘기해야 한다고 했고, 그 외에는 아무 말도 하지 않았습니다. 네메시오 카브라 고메스라는 사람입니다."

"좋아, 조금 기다리게 하지. 얘깃거리를 정리해야 할 테니까. 한데, 담배는 안 줄 건가?"

사환이 자리에서 일어났다.

"통째로 가지세요. 저는 외투 주머니에 또 한 갑이 있거든요. 게다가 기관지염 때문에 담배를 많이 피우는 것도 좋지 않아요."

장례 행렬이 시작되자 거리와 인도는 물론이고 나무와 가로등과 이웃집 울타리까지 가득하게 늘어선 사람들이 무거운 탄식을 토해 냈다. 말을 탄 채 칼을 빼 들고 질서를 유지하는 기마경찰들의 모습이 여기저기 눈에 띄는 가운데, 고급 실크해트에 검은 상복 차림의 상류층 인사들, 의전용 군복 차림의 군인들, 단순히 구경거리를 보기 위해 몰려든 일반인들, 고용주에게 이승에서의 마지막 작별 인사를 하기 위해 모여든 노동자들로 인산인해를 이루었다. 근위대와 연미복 차림의 마부가 깃털과 쇠붙이로 장식한 준마 여섯 마리에 매달린 마차를 이끌고, 짧은 승마복 차림의 마부들이 마차를 호위했다. 관을 실은 마차가 천천히 움직이기 시작하자 시 음악대가 쇼팽의 '장송곡'을 연주했고, 사람들은 슬픔에 잠긴 채 성호를 그었다. 마차 뒤로 시 당국 관계자들이 선두에 서고, 그 뒤로 고인의 동업자와 친구와 친척들이 따랐다. 그들 사이에는 못 보던 사람들도 끼어 있었는데, 그중 한 사람은 긴 외투에 검은색 실크해트를 쓴 낯선 남자였고, 다른 한 사람은 회색 옷차림의 사내였다. 잠시 후, 그들 사이에서 여러 사람에게 무슨 얘기를 하던 회색 옷차림의 사내가 고개를 끄덕이더니 행렬에서 벗어났는데, 그가 바로 사건을 맡은 바스케스 반장이었다.

"네메시오 카브라 고메스라…… 어떻게 생겼지?"

바스케스 반장이 물었다.

사환이 얼굴을 찡그렸다.

"키가 작고 마른 편에 피부가 까무잡잡합니다. 행색이 지저분한 데다가 면도까지 하지 않아……."

"실직한 노동자겠군."

반장이 말했다.

"그런 것 같습니다."

바스케스 반장은 신문을 대충 훑어보았다. 그리고 전날 밤에 발생한 사건에 대한 기사가 없는 것을 확인하고 나서야 찾아온 사람을 들여보내라고 지시했다.

"용건이 뭐지?"

"반장님, 반장님께서 관심을 보이실 만한 일을 알려 드리려고 왔습니다."

"나는 밀고자들에게 돈을 지불하지 않아. 괜히 귀찮게만 하고 쓸 만한 정보도 주지 않거든."

바스케스 반장이 주의를 주었다.

"경찰에 협조하는 건 나쁜 일이 아니잖습니까."

"돈을 벌 만한 일도 아니지."

반장이 덧붙였다.

"구 개월 동안 놀고 있습니다."

"먹을 것은 누가 주지?"

반장이 물었다.

네메시오 카브라 고메스가 계면쩍은 미소를 흘렸다. 그러고는 혼잣말로 중얼거리며 어깨를 으쓱 추켜올렸다. 그러자 바스케스 반장이 고개를 돌려 사환을 찾았다.

"우리가 이 실업자에게 빵 한 조각과 밀크 커피 한 잔 제공할 수 있을까?"

"커피는 남은 게 없는데요."

"내려가서 가져오게."

바스케스 반장이 말했다.

사환이 시큰둥한 표정을 지으며 밖으로 나갔다.

"할 말이 뭐야?"

반장이 물었다.

"누가 그를 죽였는지 알고 있습니다."

네메시오 카브라 고메스가 대답했다.

"사볼타를?"

네메시오 카브라 고메스가 이가 빠진 입을 헤벌렸다.

"사볼타가 죽었습니까?"

"오늘 석간에 나올 걸세."

"몰랐습니다……. 몰랐어요. 이런, 맙소사!"

1월의 햇살 아래로 신부들과 마차, 그 뒤를 이은 많은 사람들의 행렬이 더디게 지나갔다. 우리 모두 그곳에 있는 사람들 중 한 명이 범인일 거라 확신했기 때문에 깊은 전율이 느껴졌다. 성당은 발 디딜 틈이 없었고, 거리도 사람들로 인산인해를 이루었다. 맨 앞줄에는 먼저 도착한 여자들이 앉아 있었다. 여자들은 하염없이 울면서 기도하느라 거의 탈진 상태였다. 성당 안은 조용히 침묵을 지키는 예의 바른 조문객들로 가득 찼다. 하지만 거리는 시끌벅적했다. 바르셀로나의 금융인들이 모두 모이다 보니, 그들 사이에서 논쟁과 말다툼, 흥정, 저울질, 제안이 끊이지 않았던 것이다. 그 와중에도 비서들은 계속 뭔가를 기록하고 팔꿈치로 사람들을 밀치며 사방으로 심부름을 다녔다. 다른 누구보다 먼저 협상을 마치기 위해 모두 혈안이 되어 있었다.

나는 성당을 나서다가 르프랭스와 마주쳤다.

"거기서는 뭐라고들 얘기하지?"

르프랭스가 물었다.

"거기라뇨? 어디요?"

"그러니까, 거기…… 신문이나 거리 말이네. 코르타바네스는 아무 말 없었나? 나는 꼬박 이틀 동안 상가를 지켰잖아. 샤워하고, 요기하고, 옷 갈아입을 시간밖에 없었네."

"온통 사볼타 사장의 죽음에 관한 얘기뿐이지요. 하지만 밝혀진 건 아무것도 없습니다. 혹 그걸 물어보신 거라면 말입니다."

"당연히 그걸 물은 거지. 그런데 누구를 의심하는 것 같았나?"

"테러는 바깥에서 이뤄진 것으로 보고 있습니다. 파티에 참석한 사람들 중 한 명일 거라는 가능성은 아예 배제되었습니다."

"내가 경찰이라면 한 사람도 배제하지 않았을 걸세. 물론 사적인 문제로 발생한 사건이 아니라는 점에는 나도 같은 생각이지만 말이야."

"따로 생각하시는 게 있나요?"

"당연하지. 나도 자네 생각과 마찬가지라고."

클라우데데우가 우리 쪽으로 다가왔다. 그는 어린아이처럼 울고 있었다.

"믿을 수가 없네……. 그토록 오랜 세월을 함께했는데, 이제와서……. 믿을 수가 없어."

클라우데데우가 다른 곳으로 가자, 르프랭스가 나에게 말했다.

"한가하게 이러고 있을 시간이 없네. 내일 우리 집으로 오게. 8시 이후에. 알겠나?"

"알겠습니다."

내가 대답했다.

데이비드슨 판사 내가 보기에 특별히 중요하다고 생각되는
　　　　　부분을 얘기할까 합니다. 당신은 사볼타 회사의 내
　　　　　막을 어느 정도 알고 있었습니까?

미란다 들어서 알고 있었습니다.

판사 누가 최대 주주입니까?

미란다 물론 사볼타입니다.

판사 '물론'이라는 표현은 사볼타가 그 회사의 주식을 전
　　　부 가지고 있었다는 뜻입니까?

미란다 그가 거의 대부분의 주식을 소유하고 있었습니다.

판사 몇 퍼센트나 되었습니까?

미란다 전체 주식의 70퍼센트가 그의 소유였습니다.

판사 나머지 30퍼센트는 누구 소유였습니까?

미란다 파렐스와 클라우데데우를 포함해 회사 관계자들이
　　　　20퍼센트 정도를 소유하고 있었습니다. 그리고 나
　　　　머지 10퍼센트는 일반인들이 소유하고 있었습니다.

판사 주식 지분 구조가 항상 그랬습니까?

미란다 아닙니다.

판사 회사의 역사에 대해 간단하게 얘기해 주십시오.

"사볼타 회사는, 내 기억이 잘못된 게 아니라면, 후고 반 데어 비흐라는 네덜란드 사람이 1860년엔가, 1865년엔가에 창립했지." 코르타바녜스가 말했다. "나는 당시 내 주변에서 어떤 일들이 벌어지고 있는지 제대로 파악조차 못 했다네. 그 바람에 한몫 단단히 챙길 수 있는 기회도 놓쳐 버렸지만 말이네. 회사 설립은 바르셀로나에서 이루어졌네. 당시만 해도 사볼타가 스페인에서 반 데어 비흐의 충복이었기 때문에 회사의 이름도 그의 이름을 따서 사볼타 회사라고 했지. 그리고 회사의 설립 목적은 다름 아닌 회계 조작이었지."

코르타바녜스는 두려움에 시달렸다. 송년 파티 이후로 그는 계속 오한을 느꼈으며, 잠시도 쉬지 않고 이빨을 덜덜 떨었다. 그러더니 나를 불러서, 무거운 짐이라도 덜고 싶은지 회사의 역사를 들려주었다. 마치, 뭔가 커다란 비밀을 털어놓기 위한 서곡과도 같았다.

"세월이 흐르면서 반 데어 비흐의 정신이 오락가락하자, 회사 업무는 사볼타가 모두 맡게 되었지. 사볼타는 그 기회를 이용해, 반 데어 비흐가 비극적으로 삶을 마감할 때까지 그의 주식들을 조금씩 자기 몫으로 빼돌렸어. 불 보듯 뻔한 일이었지."

나는 어렸을 때 로맨틱한 이야기를 읽은 적이 있다. 후고 반 데어 비흐는 울창한 숲으로 둘러싸인 성에서 사는 네덜란드 귀족이었다. 그는 미쳐서 자주 곰으로 변장해, 네 발로 기어 자기 영토를 돌아다니면서 농사꾼과 목동의 아내들을 덮쳤다. 그렇게 곰에 대한 흉흉한 소문이 퍼지면서 곰 잡는 수색대가 조직되었는데, 그때 서른 마리가 넘는 곰과 사냥꾼 여섯 명이 목숨을 잃었다. 사살된 곰들 중에는 반 데어 비흐도 끼어 있었다.

"반 데어 비흐에게는 아들과 딸이 하나씩 있었지." 코르타 바녜스가 계속 이야기를 이어 갔다. "그들은 계속 그 성에서 살았고, 사람들은 그 성에 귀신이 산다고 수군거렸어. 밤마다 반 데어 비흐의 영혼이 돌아다니면서 자기 아들과 딸 이외에 눈에 보이는 것은 죄다 발톱으로 덮친다거나, 그의 자식들이 아버지를 위해 성벽 위에다 꿀과 죽은 쥐들을 갖다 놓는다는 그런 얘기들 말이야. 한편, 그의 아들과 딸은 근친상간을 범하며 살았네. 그들이 지나치게 안일하게 살자 결국에는 당국이 개입하게 되었는데, 알고 보니 둘 다 정신이상자였어. 그 일로 아들인 베른하르트는 네덜란드에 있는 정신병원에 들어갔고, 딸 엠마는 스위스의 요양원에 들어갔지. 그러고는 1914년에 전쟁이 발발하자 정신병원에서 도망친 베른하르트는 독일 군대에 입대해서 대장까지 진급했다네.

베른하르트는 스위스 국경과 근접 지역인 프랑스 영토에서 군사작전 중에 사망했네. 적십자가 중상을 입은 그를 제네바로 데리고 갔지. 국경을 넘을 때 그의 동생이 소리를 질렀다는군. '베른하르트! 베른하르트! 어디로 가는 거야?' 하고 말이야. 그 이후로 두 남매는 다시는 만나지 못했네. 베른하르트는 그날 밤 수술실에서 사망했고, 엠마는 다음 날 동이 틀 무렵에 죽었다네. 물론 이 이야기는 어느 돈 많은 괴짜 집안에 얽힌 전설일 수도 있네. 부자들이란 보통 인간들하고는 다르니, 어처구니없는 헛소문이나 말도 안 되는 헛소리가 늘 따라다니는 것도 이상할 건 없지."

미란다 반 데어 비흐 남매가 죽었을 때, 회사의 모든 주식
　　　　은 이미 사볼타와 그의 일당의 손에 넘어간 뒤였습
　　　　니다. 엠마 반 데어 비흐의 이름으로 스위스 은행에
　　　　예치된 얼마 안 되는 액수를 제외하고는 말입니다.

데이비드슨 판사 반 데어 비흐 가문의 상속자들은 없었습
　　　　니까?

미란다 내가 알기로는 없었습니다.

판사 회사는 비교적 높은 수익을 창출했나요?

미란다 네.

판사 항상 그랬던가요?

미란다 특히 전쟁 이전과 전쟁 중에 많은 수익을 보았습니다.

판사 그 기간 외에는 아니었다는 뜻입니까?

미란다 그렇습니다.

판사 왜 그런 거지요?

미란다 미국이 전쟁에 개입하면서 외국의 고객을 잃었습니다.

판사 그게 가능합니까? 말해 보십시오. 사볼타 회사가 생
　　　　산한 것은 어떤 품목이었습니까?

미란다 무기였습니다.

갑자기 네메시오 카브라 고메스의 안색이 새하얗게 변했다.
사환이 큼지막한 밀가루 빵과 희뿌연 밀크 커피를 가지고 돌
아와 책상 위에 내려놓았다. 사환이 이해할 수 없다는 표정을
지으며 자기 자리로 돌아가자, 네메시오 카브라 고메스는 빵을
잘게 잘라서 밀크 커피에 적신 후 형체도 알 수 없는 모양으로

만들어 게걸스럽게 먹어 치웠다.

"사볼타 얘기도 아니면서 여긴 무슨 이유로 왔지?"

바스케스 반장이 물었다.

"나는 누가 그를 죽였는지 알고 있습니다."

밀고자가 입안의 내용물을 그대로 드러내 보이며 말했다.

"도대체 누가 누구를 죽였다는 거야?"

"파하리토 데 소토요."

바스케스 반장이 잠시 생각에 잠겼다.

"난 관심 없어."

"이건 살인 사건입니다. 그리고 경찰이면 응당 살인 사건에 관심을 두어야 하지 않나요?"

"그 수사는 며칠 전에 종료했네. 자네가 늦었어."

"그러면 재수사를 해야죠. 내가 그 편지에 대해 잘 알고 있습니다."

"편지? 그러니까 파하리토 데 소토가 썼다는 편지 말인가?"

네메시오 카브라 고메스가 먹다가 멈췄다.

"그건 관심이 있나요?"

"아니."

바스케스 반장이 말했다.

그날 오후, 약속한 대로 나는 르프랭스의 집으로 향했다. 전에도 몇 번 드나들었기 때문에 수위도 이제는 나와 안면이 있었다. 수위는 상복 차림의 나를 보자 자기도 나름 사볼타의 죽음에 애도를 표해야 한다고 생각하는 것 같았다.

"정부가 제대로 조치를 취하지 못하면, 어진 사람들은 편하게 살 수 없을 겁니다. 나쁜 놈들은 죄다 총살시켜야 한다니까요."

나는 층계 난간에서 깜짝 놀랐다. 사장의 장례식 때 본, 긴 외투에 검은색 실크해트를 쓴 얼굴이 하얀 낯선 사내가 현관 문 앞에 서 있다가 나를 가로막았다.

"외투 단추를 풀어 보시오."

그가 외국 억양이 역력한 발음으로 윽박지르듯 말했다.

내가 시키는 대로 하자, 그는 내 옷을 일일이 더듬기 시작했다.

"무기는 소지하지 않았습니다."

내가 웃으면서 말했다.

"이름은?"

그가 내 말을 잘랐다.

"하비에르 미란다."

"기다리시오."

그가 손가락을 튕기자 집사가 나타났다. 그런데 집사 역시 나를 처음 보는 사람처럼 대했다.

"하비에르 미란다요. 들여보낼 거요, 말 거요?"

실크해트를 쓴 남자가 물었다.

잠시 안쪽으로 사라졌던 집사가 다시 나타나더니, 르프랭스가 나를 기다리는 중이라고 말했다. 나는 뒤통수에 낯선 사내의 따가운 눈총을 느끼면서 안으로 들어갔다. 우리가 늘 만나던 살롱에는 르프랭스 혼자 있었다.

"누굽니까?"

내가 문 쪽을 가리키며 물었다.

"막스. 내 경호원이지. 탈영한 독일군인데, 내가 전적으로 신임하는 사람이네. 아무튼 번거롭게 했다면 미안하네. 상황이 워낙 민감해 신변을 위해서 예의 따위는 무시하기로 했지."

"몸수색까지 하더군요."

"아직 자네를 몰라서 그래. 그는 자기 그림자도 믿지 않는 사람이네. 대단한 프로지. 다음부터는 자네를 귀찮게 하지 않도록 조처하지."

바로 그때, 복도에서 고함 소리가 들렸다. 우리는 왜 그러는지 보러 나갔다. 경호원이 권총으로 한 남자를 겨누고 있었고, 그 남자 역시 경호원에게 총을 겨누고 있었다.

"르프랭스 씨, 뭘 어쩌자는 겁니까?"

방금 도착한 남자가 경호원에게서 눈길도 떼지 않은 채 소리 질렀다.

르프랭스는 어처구니없는 상황을 보고 나지막하게 웃었다.

"막스, 들어오시게 해. 그분은 바스케스 반장님이야."

"권총을 소지한 채로요?"

막스가 반문했다.

"당연하지. 이 짐승이 감히 내 총을 뺏으려 들었습니다."

바스케스 반장이 으르렁거렸다.

"그래, 막스. 그냥 들어오시게 해."

르프랭스가 결론 내렸다.

"설명해 주실 수 있습니까?"

반장이 분을 삭이지 못해 씩씩거리며 말했다.

"죄송합니다. 그가 아무도 몰라서요."

"당신의 경호원을 두고 하는 말입니까?"

"그렇습니다. 내가 보기에는 괜찮은 것 같은데."

"그러니까 경찰을 신뢰하시지 못하는군요?"

"당연히 신뢰합니다, 반장님. 반장님은 내가 유난을 떤다고 생각하시겠지만, 그래도 만일의 경우를 대비하는 게 백번 낫지 않겠습니까? 처음 며칠은 좀 번거롭기도 하겠지요. 하지만 이렇게라도 해야 안전한 미래를 보장할 수 있을 겁니다. 나의 미래뿐만 아니라, 여러분의 미래까지도 말입니다."

"나는 경호원들을 보면 영 떨떠름해요. 그들도 총잡이입니다. 싸움을 좋아하고 돈 보고 일합니다. 결국 돈에 넘어가지 않는 인간은 단 한 명도 보지 못했습니다. 대체적으로 어떤 일을 막기보다는 오히려 사고를 치는 편이더군요."

"이번 경우는 다릅니다, 반장님. 그러니 나를 믿으시죠. 자, 담배 태우시겠습니까?"

"하루 종일 잠자는 일 이외에 특별하게 하는 일이 없는 사람들은 다들 잠이 든 한밤중에도 뜬눈으로 지새웁니다. 반장님, 이 도시는 입을 헤벌린 채 잠이 들어도 모든 것을 알고 있습니다. 무슨 일이 일어났고 무슨 일이 일어날지, 무슨 말을 했고 무슨 말을 안 했는지 다 안다 이겁니다. 물론 요즘같이 힘든 시기에는 입을 다물 일이 더 많지만 말입니다. 반장님, 나는 질서를 사랑하는 사람입니다. 돌아가신 부모님을 두고 맹세합니다만, 아니, 이 맹세로 충분하지 않다면 하느님이 증명해주실 겁니다만, 나는 살던 고향이 하도 시끄러워 고향을 등진 사람입니다. 반장님, 오늘날은 하느님의 뜻조차 존중되지 않는 세상입니다. 하지만 그렇다고 해서 우리가 질서를 사랑하는 의로운 사람들을 구하지 않는다면 하느님이 우리에게 크나큰 벌을 내리실 겁니다."

바스케스 반장이 담배에 불을 붙이며 자리에서 일어났다.

"나는 볼일이 있어 나가겠네. 자네는 여기서 기다리든 말든 알아서 하게. 자네의 아름다운 이야기는 다시 돌아와서 듣기로 하지."

네메시오 카브라 고메스가 벌떡 몸을 일으켰다.

"반장님! 내가 아는 사실에 대해 정말 관심이 없는 겁니까?"

"지금은 없어. 더 중요한 일들이 많이 있거든."

바스케스 반장이 문가에서 사환에게 눈짓을 보내며 나지막하게 말했다.

"잠깐 나갔다 올 테니, 그동안 저 종달새 녀석을 잘 감시해. 못 가게 해. 아! 그리고 자네 담배는 돌려주지. 나는 나가는 길에 살 테니까."

나는 상부의 지시에 따라 1918년 1월 1일 자로 사볼타 암살에 관한 사건, 즉 '사볼타 사건'을 맡게 되었다. 피해자인 엔리케 사볼타 이 가이보스는 나이 육십일 세에 기혼이며, 바르셀로나 지방의 그라노예르스 출신 사업가였다. 그는 무기와 다이너마이트와 같은 폭발물의 생산과 판매에 주력하는, 그의 이름을 딴 사볼타 회사의 주식 칠십 퍼센트를 소유한 사장이었으며, 그의 회사는 바르셀로나 지방의 오스피탈레트 공장 지대에 위치해 있었다. 여러 정황으로 보아, 피해자에게 가해진 테러는 '저항 단체'로 불리는 노조가 열흘 혹은 보름 전에 발생한 도밍고 파하리토 데 소토라는 신문기자의 죽음에 대해 보복한 것이며, 바르셀로나에서 소요 사태를 일으킨 단체의 조직원 중 한 명 또는 여러 명이 개입된 것으로 추정되었다. 그 사건의 수사는 몇몇 사람들을 체포하면서……

1월이 지나고, 2월도 지나갔다. 그사이 나는 르프랭스를 자주 만나지 못했다. 두어 번 찾아갔지만 그를 만나기 위해서는 여러 장애물을 거쳐야 했다. 예전에는 친절하고 지나칠 정도로 수다스럽던 수위는 문 앞에 나를 세워 놓은 채 이름을 묻거나 인터폰을 통해 지시를 기다렸다. 그리고 층계참에는 경호원 막스가 나를 기다리고 있었다. 이제는 몸수색을 하지 않았지만 외투 주머니에서 손을 빼지 않았다. 그의 지시대로 현관홀에서 기다리고 있으면, 이번에는 집사가 나타나 마치 전혀 모르는 사람처럼 내 이름을 묻고는 다시 기다리게 했다. 그리고 르프랭스와의 만남 역시 짜증이 날 정도로 수시로 방해받았다. 뜻밖의 전화가 걸려 오거나, 하녀가 살짝 들어와 글씨를 갈겨 쓴 종이쪽지를 전하거나, 우둔해 보이는 비서가 들어와 의문나는 일을 계속 묻기도 했다. 특히 막스는 노크도 없이 불쑥 들어와 바퀴벌레를 찾기라도 하듯 구석구석 뒤지고 다녔다.

그래도 나는 람블라 데 카탈루냐에 있는 르프랭스의 집을 자주 드나들면서 바스케스 반장과 마주치기도 했다. 반장은 느닷없이 나타나 막스와 잠깐 실랑이를 벌이다가 살롱으로 들어왔다. 르프랭스는 그에게 늘 뭔가를 대접했다. 담배 한 대나 비스킷을 곁들인 커피 한 잔, 리큐어 한 잔을 대접했다. 그러면 반장은 한숨을 내쉬며 기지개를 켠 후 편한 자세를 취하고 사건 해결에 있어 어려운 점들을 하나씩 얘기하기 시작했다. 그러던 어느 날 반장은 사볼타 사건의 용의자들이 몬주익 성으로 송치되었다고 말했다. 모두 네 명이었다. 젊은이 두 명과 노인 두 명으로, 모두 무정부주의자들이었다. 그중 세 명은 남부 지방 출신의 이주민이고, 나머지 한 명은 카탈루냐 사람이었다. 반장의 이야기를 듣는 동안, 나는 그들을 찾기 위해 얼마나 많은 무고한 사람들에게 죄를 뒤집어씌웠을까 하는 생각이 들었다.

사실, 바스케스 반장이 용의자들의 체포와 투옥에 대해 얘기하기 몇 주 전, 나는 할 일이 없어 따분해하다가 로카 선생의 얘기나 들으면서 몇 시간 때울 생각으로 아리바우 거리에 있는 서점에 들른 적이 있었다. 하지만 빨강 머리 여자가 계산대 앞에서 자리를 지키고 있을 뿐 서점에는 아무도 없었다. 내가 가게 뒤쪽으로 가려고 하자 그녀가 가로막았다.

"무슨 책을 찾으세요?"

"로카 선생님은 이제 이곳에 들르시지 않나요?"

내가 물었다.

"아니요, 이젠 안 오세요."

"설마 어디 편찮으신 건 아니겠지요?"

여점원이 사방을 두리번거리더니, 입을 내 귀에 바짝 대고 속삭이듯 말했다.

"몬주익으로 끌려갔어요."

"왜요? 무슨 나쁜 짓을 했나요?"

"사볼타 사건 때문이에요. 지금 내가 무슨 말을 하는지 알겠죠? 그다음 날부터 탄압이 시작되었어요."

로카 선생은 비교적 일찍 석방된 편이었다. 고령이라 몬주익에 있는 동안 병이 들었던 것이다. 그러나 그는 다시 서점에 나타나지 않았고, 나는 그 이후로 그의 소식을 듣지 못했다.

"나한테 이러시면 안 됩니다, 반장님. 나는 질서를 존중하는 사람입니다. 나는 반장님을 도와드리려는 것뿐인데, 왜 내 이야기를 들어 주지 않는 겁니까?"

네메시오 카브라 고메스가 초조해진 나머지 손가락 마디를 꺾어 가며 말했다.

"인내심을 갖게. 곧 자네 얘기를 들어 줄 테니."

바스케스 반장이 말했다.

"내가 여기서 몇 시간째 이러고 있는지 아십니까?"

"오래 있었지, 아마."

네메시오 카브라 고메스가 책상 위로 몸을 날렸다. 반장이 깜짝 놀라 신문으로 몸을 가렸고, 사환도 벌떡 일어나 문 쪽으로 달려 나갈 태세였다.

"반장님, 나는 몇 시간 동안 많은 생각을 했습니다. 반장님은 나를 저버리면 안 됩니다. 나는 누가 파하리토 데 소토와 사볼타를 죽였는지 알고 있습니다. 그리고 다음 희생자는 누가 될지도 알고 있습니다. 관심 있습니까, 없습니까?"

그 무렵 마지막으로 람블라 데 카탈루냐 거리에 있는 르프랜스의 집을 찾아갔던 때가 기억난다. 르프랭스에게 점심 식사를 초대받은 날이었다.

나는 여느 때처럼 일련의 검문 과정을 통과했고, 작은 살롱에서 르프랭스와 셰리를 한 잔 마셨다. 바깥은 성큼 찾아온 봄기운에 온 세상에 찬란한 색상이 가득하고 온화한 빛이 드리웠지만, 벽난로에서는 장작이 타고 있었다. 잠시 후, 식당으로 자리를 옮겨 차분한 가운데 일상적인 대화를 나누며 식사를 했다. 그런데 디저트를 먹을 때, 르프랭스가 전혀 뜻밖으로 결혼할 거라는 얘기를 꺼냈다. 결혼 자체가 놀라운 게 아니라, 그때까지 그들의 관계를 비밀에 부쳤다는 사실이 놀라웠다. 신부는 굳이 물어볼 필요도 없었다. 바로 마리아 로사 사볼타였다. 나는 르프랭스에게 축하의 인사말을 건넨 다음, 지나가는 말로 신부가 아직은 너무 어린 거 아니냐고 했다.

"이제 거의 스무 살이네." 르프랭스가 입가에 달콤한 미소를 흘리며 대답했다.(나는 그녀가 이제 막 열여덟 살이 되었다는 사실을 알고 있었다.) "훌륭한 교육을 받은 데다 세련된 교양을 지녔기 때문에 나머지는 시간이 해결해 줄 걸세. 사실 경험이라는 것은 그다지 유쾌하지 못하고 좌절이나 씁쓸한 기억으로 남는 게 더 많잖나? 남자의 인생은 그 자체가 싸움이니 경험이 필요하겠지만, 아내가 될 여자는 그럴 필요가 없겠지. 나는 내 아내에게 인생의 쓰디쓴 경험까지는 원하지 않는다고 하느님께 기원하겠네. 모든 불행을 면할 수 있도록 해 달라고 말이야."

나는 르프랭스의 말과 고상한 인품을 칭송했다. 그리고 우리 두 사람은 깊은 침묵으로 빠져들었다. 집사가 식당으로 들어와 방해해서 미안하다며 바스케스 반장이 찾아왔다고 알렸다. 르프랭스는 반장을 들어오게 한 후 나에게 함께 있으라고 말했다.

"반장님, 식당으로 모시게 해서 죄송합니다." 르프랭스는 바스케스 반장이 채 모습을 드러내기도 전에 서둘러 인사치레를 했다. "이곳으로 모시는 게 반장님을 기다리게 하거나, 맛있는 점심 식사의 마지막 부분을 잃는 것보다는 낫다고 판단했기 때문입니다. 반장님, 함께 드시겠습니까?"

"감사합니다만, 나는 이미 식사했습니다."

"그래도 비스킷과 사향 포도주 한 잔 정도는 사양하지 않으시겠지요?"

"좋습니다."

르프랭스가 그에 필요한 지시를 내렸다.

"나는 여러분의 상황과…… 관련된 내용을 죄다 알려 드리는 게 내 임무라고 생각해서 찾아왔습니다."

나는 반장이 말한 '여러분'이 르프랭스와 그의 동업자들을 가리키는 거라고 생각했다. 반장은 나에게 인사조차 건네지 않았다. 사실 그는 첫날부터 나를 무시했고, 나는 그것 때문에 마음에 상처를 입기도 했지만, 따지고 보면 반장의 태도는 당연한 것이었다. 그는 직업상 남에 대한 배려나 예의를 따질 겨를이 없었으며, 자신의 일에 방해가 되는 사람들은 모두(친구나 비서, 조수, 경호원) 거들떠보지도 않고 무시했다.

"용의자들에 대한 겁니까?" 르프랭스가 물었다. "아니면 불쌍한 사볼타 씨의 죽음과 관련된 새로운 소식이라도 있는 건가요?"

"정확하게 맞히셨습니다."

"그럼 말씀하시지요, 친애하는 반장님."

반장은 식초병을 관심 있게 들여다본 후, 포도주 병의 상표를 소리 내어 읽으면서 잠시 머뭇거렸다. 내가 보기에도 그의 무례함이 도를 넘어선 것 같았으니, 르프랭스의 입장에서는 더욱 그랬을 것이다.

"간접적이고 비공식적으로 경찰에 협조하는 사람들을……통해 알아본 바에 따르면, '장님' 루카스가 바르셀로나에 들어왔더군요."

바스케스 반장이 말했다.

"무슨 루카스요?"

르프랭스가 물었다.

"'장님'요."

바스케스 반장이 대답했다.

"그 특이한 작자가 대체 누굽니까?"

"발렌시아 출신의 총잡이입니다. 빌바오와 마드리드에서 활동했다는데, 불확실한 부분이 없지는 않습니다. 아시다시피 그런 인물들은 본래의 모습보다 부풀려지지 않던가요? 그것도 모르고 사람들은 도둑을 영웅으로 만들어 하느님처럼 떠받들길 좋아하지요."

그때 하녀가 들어와 반장 앞에 접시와 식사 도구, 냅킨을 내려놓았다.

"그런데 왜 '장님'이라고 부릅니까?"

르프랭스가 물었다.

"눈을 지그시 감은 채 사람을 쳐다본다고 해서 그런 별명이 붙었다고들 하더군요. 또 그자의 부친이 장님으로 우에르타 마을들을 돌아다니면서 연애시를 읊었다는 이야기도 있습니다만, 나는 그저 허황된 소문일 뿐이라고 생각합니다."

"그렇더라도 그자의 시력은 아주 예리한 것 같군요."

"날카로운 철사처럼 말입니다."

"그 루카스라는 사람이 사볼타를 죽였습니까?"

바스케스 반장이 비스킷 두어 개를 집어 먹으면서 르프랭스에게 의미심장한 눈길을 보냈다.

"그건 모르지요. 르프랭스 씨, 그걸 누가 알겠습니까?"

"그자에 대한 얘기나 계속해 보시지요. 자, 그리고 어서 드세요, 어서요. 아주 달콤하고 맛있습니다."

"르프랭스 씨, 지금 내가 무척 심각하게 얘기하고 있다는 것을 눈치채셨는지 모르겠습니다. 그 총잡이는 아주 위험한 인물입니다. 그자는 당신들을 노리고 있습니다."

"나를 노리고 있다는 말입니까, 반장님?"

"나는 구체적으로 얘기하지 않고 그냥 당신들이라고 말했습니다. 그자가 당신을 노리고 있다면, 당신을 노리고 있다고 말했을 겁니다. 나는 오늘 아침 일찍 클라우데우 씨에게도 똑같은 경고를 했습니다."

"그만큼 위험인물인가요?"

르프랭스가 물었다.

반장이 호주머니에 손을 집어넣어 사절지 종이 몇 장을 꺼내 르프랭스에게 건넸다.

"여기 메모한 게 몇 장 있습니다. 내가 직접 서류 보관함에서 베낀 것입니다. 한번 보십시오. 내 글씨를 알아볼지 모르겠습니다만."

"아, 완벽하게 알아보겠습니다. 네 건의 암살에 대해 적혀 있
군요."

"정확히 말하자면, 두 건의 암살 사건입니다. 다른 두 명은
마드리드에서 총격전 끝에 사망한 경찰들이니까요."

"쿠엔카 교도소에서 탈옥했군요."

"네. 당시 경찰은 산을 구석구석 수색한 끝에, 여러 정황으
로 미뤄 그가 사망한 것으로 결론을 내렸지요. 그런데 그로부
터 한 달 후에 그가 빌바오에 다시 나타난 겁니다."

"일은 혼자 합니까?"

내가 끼어들었다.

"상황에 따라 다릅니다. 마드리드 보고서에 따르면, 그자가
조직의 우두머리이지만, 조직원이 몇 명인지는 정확한 언급이
없습니다. 다른 보고서에서는 그자를 외로운 늑대라고 묘사했
던데, 극도로 광신적이고 잔인한 그자의 성격에 잘 어울리는
것 같더군요. 만일 그자가 다른 자들과 함께 일했다면, 적어도
일이 끝날 때까지는 그랬을 겁니다."

바스케스 반장이 촉촉한 카스텔라 한 조각을 잘라 천천히
음미했다.

"정말 달콤하고 맛있군요."

그가 탄성을 질렀다.

"그럼 나는 어떻게 해야 합니까, 반장님?"

르프랭스가 물었다.

바스케스 반장은 카스텔라를 목으로 넘길 때까지 대답을
미뤘다.

"충고라…… 우선은 당신 주변을 철저하게 감시할 수 있도록 당신의 일거수일투족을 우리에게 보고하십시오. '장님' 루카스가 일을 벌일 틈을 주지 않도록 하나도 놓치지 않고 일일이 보고해야 합니다. '장님' 루카스 같은 유형은 인내심이 부족해서, 우리가 미끼를 던지면 곧바로 걸려들 겁니다."

그때 하녀가 다시 들어와서 살롱에 커피와 리큐어를 준비해 두었다고 알렸다. 르프랭스가 먼저 일어나 안내를 하려 했지만, 바스케스 반장은 바쁘다면서 집을 나섰다.

"내가 경호원을 따로 두고 있는 게 못마땅한 거야." 반장이 가자 르프랭스가 말했다. "자기 일에 방해를 받는다고 생각하거든."

"반장의 시각에서 보면 그럴 수도 있지요."

"그의 시각에서는 그렇지. 하지만 나는 스페인 경찰을 다 보내 준다고 해도, 막스와 있는 게 더 든든해."

"그렇다면 어쩔 수 없는 일이지만, 나는 경찰의 능력도 뛰어나다고 생각합니다."

"그렇기만 하다면 두 배로 든든하겠지. 하지만 이것은 투우가 아니라, 내 목숨이 걸린 문제야. 내 목숨을 걸고서 누가 좋고 누가 나쁜지를 따지고 싶은 마음은 추호도 없어."

플로르스 박사가 연필로 턱수염을 긁적거렸다.

"반장님, 반장님은 무모한 요구를 하고 계십니다. 환자가 이제 겨우 일시적인 안정을 되찾았는데, 반장님을 보는 즉시 동요할 수도 있습니다."

"환자가 동요하면 어떻게 됩니까?"

"길길이 날뛸 테죠. 그러면 차가운 물로 냉수마찰을 시켜야 합니다."

"박사님, 그 정도면 과히 나쁘지는 않군요. 자, 나와 얘기하게 해 주십시오."

"그럴 수는 없습니다. 제발 내 말을 믿어 주세요. 나는 환자들의 건강을 책임지고 있습니다."

"나는 많은 사람들의 목숨을 책임지고 있습니다. 박사님, 이건 나를 위해 허락해 달라는 게 아니라, 내가 대신하고 있는 치안을 위해서입니다. 아주 중요한 일입니다."

플로르스 박사는 썩 내키지 않는 표정을 지으며 끝이 보이지 않는 긴 복도를 따라 반장을 안내했다. 복도 좌우의 벽과 드문드문 보이는 문은 초록색이었고, 각 복도의 좌우측 끝에는 직사각형의 정원으로 연결되는 유리문이 있었다. 정원 한복판에는 장미꽃으로 에워싸인 분수가 있었고, 그 주위에는 숱이 무성하고 시커먼 수염을 기른 남자 간호사가 지켜보는 가운데 머리를 빡빡 민 환자들이 긴 줄무늬 가운 차림으로 돌아다니고 있었다. 반장은 복도를 돌 때마다 나타나는 유리문과 정원 때문에 똑같은 곳을 맴돌고 있는 듯한 기분이 들었다.

"성 요셉 성상은 방금 전에도 보지 않았던가요?"

반장이 벽감 위에서 축복을 내리고 있는 성상을 가리키며 박사에게 물었다.

"아닙니다. 그건 성 니콜라스 데 바리였습니다. 그 성상은 여자 수용소 쪽에 있었습니다."

"죄송합니다. 하나같이 비슷해서……."

"착각하는 게 당연합니다. 이 병원은 미로 같거든요. 각 건물의 독립성을 극대화하기 위해 이렇게 지은 건데, 정원은 마음에 드십니까?"

"예."

"면회가 끝나면 정원을 구경시켜 드리지요. 정원은 환자들이 직접 가꾸고 손질합니다."

"저 사람은 뭘 하는 중입니까?"

바스케스 반장이 물었다.

"해충들을 박멸하고 있군요. 해충이 사는 둥지를 찾아 밀랍이나 진흙으로 덮는데, 밀랍이 훨씬 효과적입니다. 진흙은 곤충들이 쉽게 구멍을 뚫고 나와 며칠 있으면 다시 우글거리거든요. 반장님은 정원을 가꾸는 데 관심이 많으십니까?"

"어렸을 때 우리 집에 조그마한 밭이 하나 있었는데, 어머니가 꽃을 길렀지요. 이젠 다 아득한 옛날 이야기지만 말입니다."

그들은 건물의 다른 쪽보다 훨씬 어두운 복도들이 있는 곳으로 들어섰다. 그곳의 복도 양쪽에는 문짝이 두꺼운 문들이 나란히 배열되어 있고, 각각의 문에는 쇠창살이 달린 조그만 감시창이 나 있었다. 감시창 사이로 지옥에서나 들을 수 있을 것 같은 신음 소리가 흘러나오며 복도 전체로 울려 퍼졌다. 반장이 본능적으로 발걸음을 멈추는 순간, 플로르스 박사가 이제 다 왔다고 말했다.

4월이 되자 소낙비가 자주 쏟아지면서 날씨가 변덕을 부렸다. 어느 날 오후, 니콜라스 클라우데데우가 회의를 마치고 나오는데 비가 내리기 시작했다. 때마침 마차가 다가와, 클라우데데우는 그 마차를 불러 세웠다. 마차가 멈춰 섰고, 클라우데데우는 안으로 들어갔다. 마차 안에는 다른 사내가 타고 있었다. 클라우데데우가 놀란 표정을 짓기도 전에 사내가 그의 양미간에 방아쇠를 당겼다. 마부가 말들에게 채찍을 가하자, 마차는 클라우데데우를 지키고 있던 경찰들과 길 가던 사람들이 놀라서 지켜보는 가운데 전속력으로 질주해 자취를 감췄다. '쇠 꼬챙이 손'의 시신은 그 이튿날 하수구에서 발견되었다. 수사는 더욱 강화되었지만, 용의자로 추정되는 '장님' 루카스는 잡히지 않았다. 심문은 며칠씩 계속되었고, 용의자들의 명단은 무려 여섯 묶음으로 늘어났으며, 밀고자와 신고자들도 계속 늘어났다. 그렇게 수사 대상은 무정부주의자뿐만 아니라 노동 운동 전반으로 확대되었다.

니콜라스 클라우데데우의 집에서 사망 며칠 전의 날짜로 발견된 서신들.

증빙서류 8번
(법정 통역사 구스만 에르난데스 데 펜윅의 영문 번역 첨부)

클라우데데우 씨에게

당신이 보고서를 읽고 관심을 보였던 인물에 대해 알려 드립니다. 프란시스코 글라스카는 콘술라도 거리에서 폭발물을 터트리기 전에 '행동파'라는 단체 소속이었습니다. 그자는 폭력 혐의로 여러 번 체포되었고, 현재는 후원자 격인 파리골라의 집에서 기거하는 문제의 노조 임원이기도 합니다. 보고서에 따르면, 그자는 한 여자와 동거 중이며, 그들 사이에는 '평등, 자유, 우애'라는 이름의 딸이 하나 있습니다. 그자의 주소는 당신이 보낸 명단에 있습니다. 당신이 말한 바에 따르면, 그 명단의 복사본은 당신이 갖고 계십니다.

　　　　　　　　　　　1918년 3월 27일, 바르셀로나

그리고 간단한 메모처럼 보이는 쪽지에 이런 내용이 적혀 있었다.

　최대한 신중하게 일을 진행하도록 하시오. 나중에 가서 어쩔 수 없을 때, 나중에 가서 정말 어쩔 수 없을 때에만 우리 친구인 V. H.와 C. R.을 찾아가시오. 그리고 《에스파르타코》 마드리드 신문을 보내 줘서 고맙소. 그 소문들은 반드시 뿌리부터 뽑아야 하오. 세기는 어떻게 되었소? 상황이 복잡하니 신중하게 처신하시오.

　　　　　　　　　　　　　　N. 클라우데데우

　클라우데데우 씨에게

　'행동파'가 글라스카의 일을 개인적인 공격으로 받아들인 것처럼 보입니다. 그들이 감히 당신에게 맞설 수 없다고 생각하면서도, 한편으로는 보복이 두렵기도 합니다. 나는 내일 반드시 마드리드로 떠나 A. F.를 만날 생각입니다. 당신은 A. F.가 호베르의 일로 우리를 달갑지 않게 여긴다는 것을 잘 아실 겁니다. 지난번에 A. F.를 찾아갔을 때, 그는 페스타냐와 세기가 마드리드로 간 것이 총파업과 관련되어 있으며, 우리와 다른 임원들이 선수를 치는 바람에 자기 일이 방해받았다고 하더군요. 정부 측이 어떻게 나올지는 생각하고 싶지도 않습니다.

1918년 4월 2일, 바르셀로나

플로르스 박사가 문을 열어 바스케스 반장을 안으로 들여보냈다. 반장은 문지방을 넘는 순간 온몸에 소름이 돋는 느낌을 받았다. 방은 흡사 사각형의 과자 상자 같았다. 천장은 높고, 벽과 바닥에는 쿠션 같은 천이 널려 있었다. 문 위쪽에 달린 감시창을 제외하고는 창문이나 틈새 하나 없었고, 그 감시창을 통해 미세한 빛이 들어오고 있었다. 가구도 전혀 없었다. 환자는 벽에 등을 기댄 채 쭈그리고 앉아 있었다. 옷이 갈기갈기 찢겨 거의 벌거벗은 것이나 다름없는 몰골에, 몇 주째 면도를 하지 않은 얼굴과 머리카락이 듬성듬성 빠져 있는 덥수룩한 산발이 더욱 비참하게 보였다. 코를 찌르는 듯한 악취와 무거운 공기가 방 안에서 진동했다. 반장이 안으로 들어서는 순간 박사가 열쇠로 문을 잠가, 반장과 환자는 서로 얼굴을 마주한 채 단둘만 남게 되었다. 바스케스 반장은 권총을 소지하지 않은 게 내심 후회스러웠다. 그가 다시 문 쪽으로 다가가서 감시창을 열자, 박사의 얼굴이 나타났다.

"어떡해야 합니까?"

반장이 물었다.

"목소리를 높이지 말고 천천히 말을 거세요."

"생각보다 떨리는군요, 박사님."

"두려워하지 마십시오. 만일을 대비해 내가 여기 대기하고 있으니까요. 지금은 환자가 차분해진 상태인 것 같으니, 흥분시키지 않도록 주의하시고요."

"나를 멍하니 쳐다보고만 있는데요?"

"그야 당연하죠. 미친 사람이니까요. 괜히 환자의 심사를 건드리지 않도록 주의하세요."

반장이 다시 환자 쪽으로 다가갔다.

"네메시오, 네메시오, 나를 알아보겠나?"

네메시오가 반장을 뚫어져라 쳐다보았지만, 누구인지 몰라보는 눈치였다.

"네메시오, 나를 기억하겠나? 자네가 나를 만나러 몇 번 경찰서에 왔지? 자네가 올 때마다 우리가 밀크 커피와 빵을 줬잖아."

그 말에 환자가 침을 흘리며 천천히 입을 오물거리기 시작했다. 그러나 무슨 말을 하는지 도무지 알아들을 수 없었다.

"무슨 말인지 한마디도 못 알아듣겠군요."

반장이 플로르스 박사에게 말했다.

"조금 더 가까이 다가가십시오."

박사가 충고했다.

"내키지 않는데요."

"그러면 밖으로 나오십시오."

"좋아요, 박사님. 가까이 가 보겠습니다. 하지만 나를 지켜보고 있어야 합니다, 아시겠어요?"

"걱정 마십시오."

"박사님, 밖에는 내 부하가 두 명이나 와 있습니다. 만일 내가 이곳에서 별 탈 없이 무사하게 나가지 못하면, 부하들이 박사님에게 책임을 물을 겁니다. 내 말뜻 아시겠지요?"

"환자를 만나고 싶어 한 사람은 반장님이고, 나는 그러지 말라고 충고한 사람입니다. 그런데 이제 와서 그런 말씀을 하시면 안 되잖습니까."

반장이 다시 네메시오 카브라 고메스에게 가까이 다가갔다.

"네메시오, 나라네. 바스케스 반장. 나를 알아보겠나?"

환자의 입에서 그렁그렁하면서도 나지막한 소리가 새어 나왔다. 반장은 몸을 더 깊숙이 숙이고야 간신히 그 소리를 알아들을 수 있었다.

"반장님…… 반장님……."

토토르노 경사가 특별관람석의 문을 열고 들어와 조심스럽게 기침을 했다. 그러나 그곳에 있던 두 사람이 뒤도 돌아보지 않자 그는 르프랭스의 어깨를 가만히 만졌다.

"죄송합니다, 르프랭스 씨."

"무슨 일입니까?"

"이상이 있는지 아래층 관람석을 한번 둘러보고 오겠습니다."

"좋습니다."

"나간 김에 좀 쉬었다가 오겠습니다. 나는 연극에는 영……."

"가 보십시오, 경사님."

그때 옆 관람석에서 조용히 하라는 나지막한 소리가 들려왔다. 토토르노 경사가 검으로 의자들을 치며 밖으로 빠져나가자, 막스가 망원경으로 관람석 위층을 살펴보기 시작했다.

"아마추어들 같으니."

막스가 경사를 가리키며 중얼거렸다.

"그래도 그들 나름대로 최선을 다하는 거야."

르프랭스가 말했다.

"쳇."

막이 내리면서 박수 소리가 울려 퍼지고 조명이 켜졌다. 막스가 먼저 관람석 바깥쪽으로 나갔고, 이어 르프랭스가 일어나 밖으로 나가기 전에 담배에 불을 붙였다. 그가 복도 쪽으로 연결된 문을 열자 정복 차림의 경찰이 그를 막아섰다.

"바에 가려고 하는데요."

"절대 자리를 떠날 수 없다는 바스케스 반장님의 지시가 있었습니다."

"목이 마르니, 바스케스 반장을 오라고 하시오."

"반장님은 지금 안 계십니다."

"그러면 나가게 해 주시오."

"죄송합니다, 르프랭스 씨."

"정 그렇다면 부탁 하나 들어주겠습니까?"

"말씀하십시오."

"웨이터를 찾아 레모네이드 한 잔 갖다 달라고 하시오. 계산은 여기서 할 테니까."

르프랭스는 관람석으로 돌아갔다. 더웠다. 막스가 셔츠 차림으로 카드 패를 만지고 있었다.

"괜찮다면 저는 여기에 있겠습니다."

"패를 뗄 건가?"

르프랭스가 물었다.

"네."

"마음대로 하게. 작품에는 관심이 없나 보지?"

"마지막 부분에는 들어가서 어떻게 끝나는지 보겠습니다."

"막스, 자네는 불륜을 어떻게 생각하나?"

"생각해 보지 않았습니다."

"불륜을 비난하나?"

"한 번도 생각해 본 적이 없습니다. 섹스에는 영……."

"좋아, 패를 떼도록 하게."

르프랭스가 말했다.

"고맙습니다."

르프랭스는 다시 자기 자리로 돌아왔다. 3막의 시작을 알리는 벨 소리가 울려 퍼졌다. 다시 벨 소리가 울리고 조명이 어두워지면서 초 심지에서 나오는 연기가 짙게 깔렸다. 막이 올라가는 동안 사람들이 콜록대며 쿵쿵거렸다. 그때 관람석 문을 두드리는 소리가 들려 막스가 문을 열었다. 경찰이 레모네이드 병과 잔이 놓인 쟁반을 건넸다.

"내가 직접 다녀왔습니다."

"고맙소. 자, 돈이오. 잔돈은 가지시오."

"그럴 수 없습니다."

"르프랭스 씨의 명이오."

"그렇다면……."

막스가 신호를 보내자 르프랭스가 관람석 밖으로 나와 레모네이드를 마셨다.

"반장님, 제 전화는 받았나요?"

"그래. 받았으니까 여기 이렇게 있지."

"제 친구가 반장님을 만나러 갔지요? 아닌가요?"

"자네 친구라…… 그렇지."

"예수그리스도 말입니다. 아시죠?"

바스케스 반장이 감시창 쪽으로 물러났다.

"헛소리를 하는 것 같습니다."

반장이 플로르스 박사에게 속삭였다.

"그래서 말씀드렸잖습니까……."

"반장님, 거기 계신가요?"

"여기 있네, 네메시오. 무슨 말을 하고 싶은가?"

"반장님, 편지요. 편지를 찾으세요."

반장이 다시 환자에게 가까이 다가갔다.

"네메시오, 편지라니?"

"편지에…… 그 편지에 모두 적혀 있어요. 편지를 찾으세요. 파하리토 데 소토*를 누가 죽였는지 다 적혀 있어요. 반장님,

---

* 원문에는 페레 파렐스(Pere Parells)로 나와 있는데, 이는 작가나 편집자의 실수로 판단된다. 바스케스 반장이 정신병원에 있는 네메시오 카브라 고메스를 찾아간 시기는 대략 1918년 5월이고, 페레 파렐스가 피살당한 시기는 1919년이다. 따라서 바스케스 반장이 정신병원에 면회 간 시점에서 네메시오가 '페레 파렐스'의 죽음을 언급할 수는 없기 때문에 파하리토 데 소토로 수정한다.

이건 내 말이 아니에요. 예수그리스도가 내 입을 빌려 말하는 거라고요. 요전 날, 아세요? 난 벽을 뚫고 들어오는 찬란한 빛을 보았어요. 눈이 멀까 봐 눈을 감았는데…… 다시 눈을 뜨자, 그분이 지금 당신처럼 내 앞에 있었어요. 반장님처럼 말이에요. 반장님, 그분은 막달레나가 지어 준 하얀 수의를 입고 있었어요. 그분의 눈에는 불꽃이 튀고, 수염에는 별처럼 빛나는 점들이 촘촘히 박혀 있었어요. 그리고 양손에는 의심 많은 성 토마스 앞에 나타나셨을 때처럼 상처 자국도 있었어요."

"자, 네메시오, 편지 얘기나 하자고."

"아닙니다. 이 이야기가 편지 이야기보다 훨씬 더 아름답고, 훨씬 더 재미있어요, 반장님. 나는 뭘 어떻게 해야 할지 몰라서 그냥 바닥에 엎드린 채 '주여, 제 몸이 너무 누추해서 주님께서는 들어오실 수 없습니다.'라는 말만 계속 반복했답니다. 그러자 그분은 자신의 성스러운 상처 자국과 태양 같은 가시관을 나에게 보여 주었어요. 그리고 이 방 전체에서 흘러나오는 듯한 목소리로 나에게 말했어요. 진짜라고요, 반장님. 그분의 목소리는 이 방 구석구석에서 나오고, 찬란한 빛에 휘감겨 있었어요. 그분이 나에게 이렇게 말했어요. '경찰서로 바스케스 반장을 찾아가거라. 가서 네가 아는 것을 모두 말하면, 반장이 너를 여기서 구해 줄 것이다.' 그래서 내가 그분께 대답했지요. '나를 이곳에 가둬 두고 못 나가게 하는데, 무슨 수로 바스케스 반장을 만날 수 있겠습니까?' 그러자 그분이 답하셨어요. '내가 경찰서에 가서 이곳으로 오라고 말하겠다. 하지만 네가 아는 모든 것을 말해 줘야 한다.' 그러고는 나를 어둠 속에 남겨 놓고 사라지셨어요. 그때부터 나는 줄곧 이 어둠 속에 묻혀 지냈고요."

반장이 다시 문 쪽으로 물러났다.

"박사님, 날 나가게 해 주시오. 모든 게 부질없는 짓 같습니다."

"반장님, 기다리세요. 가지 마세요."

네메시오 카브라 고메스가 말했다.

"지옥으로나 꺼져 버려!"

반장이 네메시오에게 소리를 질렀다.

그러나 바로 그때, 환자가 벌떡 일어나 양손으로 반장의 어깨를 꽉 움켜쥐었고, 그 바람에 반장이 무릎을 꿇으며 바닥으로 쓰러졌다. 환자는 얼굴을 반장의 귀에 바짝 갖다 댄 채 무슨 말인가를 중얼거렸다. 쿠션이 깔린 바닥에 꼼짝도 못하고 붙잡혀 있는 반장을 구하기 위해 플로르스 박사가 뛰어 들어와 미친 환자와 실랑이를 벌였다. 뒤이어 남자 간호사 두 명이 더 달려들어, 셋이 함께 네메시오 카브라 고메스를 가까스로 붙잡았다.

"샤워실로 데려가도록 하시오."

플로르스 박사가 지시했다.

바스케스 반장은 옷매무시를 고쳤다. 그는 바닥에서 모자와 웃옷 단추 하나를 주워 들었다.

"그러기에 소용없을 거라고 말씀드리지 않았습니까?"

플로르스 박사가 말했다.

"그건 두고 봐야 알 일이오."

바스케스 반장이 대답했다.

그들은 말없이 정원을 끼고 있는 복도를 돌아 나와 요양소 문 앞에서 작별 인사를 나누었다. 형사 두 명이 차에서 기다리고 있었다.

"아휴, 다행입니다. 저희는 이대로 영영 못 나오시는 줄 알 았습니다."

"그건 자네들의 희망이겠지. 내가 그곳에 갇혔으면 하고 말 이야."

두 형사가 상관의 농담에 환한 웃음을 지었다.

"하비에르 미란다는 어디 살지?"

갑자기 바스케스 반장이 물었다.

"미란다요? 그 사람이 누구죠?"

부하 형사들이 물었다.

"보아하니 어디에 사는지조차 모르는 것 같군. 경찰서로 가 서 알아보지."

첫 총성이 울린 것은 르프랭스가 관람석에 다시 모습을 나 타낸 순간이었다. 총소리와 함께 르프랭스가 바닥으로 쓰러지 고, 위쪽 계단에 있던 토토르노 경사가 총성이 난 곳으로 얼 른 달려갔다. 출구 쪽으로 도망치던 그림자 하나가 경사와 마 주치자, 난간을 뛰어넘어 건너편 관람석에서 경사와 맞섰다. 그사이 쓰러졌던 르프랭스가 몸을 일으켰다. 양손에는 권총이 한 자루씩 쥐어져 있었는데, 그는 르프랭스가 아니라 막스였 다. 르프랭스가 레모네이드를 마시는 동안 주인 대신 그가 관 람석으로 들어선 것이다. 막스는 난간 앞에 서 있는 사내를 향 해 총 두 발을 발사했다. 사내는 앞으로 꼬꾸라지면서 아래층 관람석 쪽으로 떨어졌다. 극장 안은 온통 아수라장이 되었다.

공연은 중단되고, 배우와 관객 들이 뒤엉킨 채 서둘러 극장을 빠져나가느라 정신이 없었다. 그런데 다시 총성이 울렸다. 이번에도 아래층 관람석에서 르프랭스의 특별관람석을 향해 총알이 다시 날아들고, 막스는 총알을 피해 옆 관람석으로 넘어가 아래를 향해 쉬지 않고 대응 사격을 했다. 그 와중에 관객 한 명이 빗나간 총알을 맞고 비명을 지르기 시작했다. 아래층 관람석 쪽으로 시신이 굴러떨어져 계단을 가로막고 있었다. 테러리스트로 추정되는 자들은 다섯 명을 넘지 않는 것 같았다. 그들은 막스와 토토르노 경사에게 양쪽으로 포위되자 비상구 쪽으로 움직이기 시작했다. 그사이 레모네이드를 가져왔던 경찰이 2연발총을 들고 르프랭스의 특별관람석 쪽으로 들어와 방아쇠를 당겨 계단 쪽으로 난사했다. 그 바람에 토토르노 경사가 놀라 뒤로 넘어지자, 아직 몸을 숨기지 않고 있던 테러리스트들이 경사의 몸을 뛰어넘어 복도 쪽으로 빠져나갔다. 막스는 복도 쪽 기둥 뒤에 숨어 있다가 그들에게 권총을 발사했다. 그날 밤 테러리스트 세 명이 사망했는데, 그중 한 명이 '장님' 루카스였다. 그는 목에 총을 맞고서 초반부에 목숨을 잃었다. 다른 한 명은 좌측 견갑골과 머리에 각각 권총 한 발과 기관총 한 발을 맞았으며, 또 다른 한 명은 심장을 맞고 즉사했다. 나머지 둘은 각각 경상과 중상을 입은 채 체포되었다. 용맹을 떨쳤던 토토르노 경사는 기관총에 맞아 우측 손가락 두 개가 절단되어 장기간 요양이 필요했다. 빗나간 총알을 우측 둔부에 맞고 병원에 입원한 관객은 르프랭스의 후한 보상을 받고서 며칠 후에 퇴원했다.

5

그날 밤 나는 영화관에 갔다가 돌아오는 길에 샌드위치에 맥주 한 잔을 곁들여 식사를 한 다음, 굼뜬 발걸음을 옮기며 천천히 집으로 돌아왔다. 날씨도 좋았고, 나를 기다려 주는 사람도 없고, 할 일도 없고, 서둘러 어딘가로 가야 한다는 생각도 없었기 때문에 천천히 걸음을 뗐다. 나는 헤로나 거리에 위치한 아파트의 꼭대기 층에 살고 있었다. 바르셀로나에 자리를 잡은 지 얼마 되지 않아 세라마드릴레스의 친구가 구해 준 집이었는데, 가구라고는 높이가 맞지 않아 흔들거리는 탁자와 의자들, 대나무 소파, 햇볕에 바랜 커튼이 전부였고, 하나같이 싸구려 수제품들이었다. 방은 두 개였다. 하나는 돗자리보다 약간 넓을 정도로 폭이 좁은 침대와 네 토막 난 거울이 달린, 다리도 없는 옷장이 덩그러니 자리를 차지하고 있는 침실이었으며, 본래 주방인 다른 하나는 근처 싸구려 식당에서 끼니를 해결하는 탓에 책을 읽는 공간으로 활용하는 방이었다. 찾아오는 손님도 거의 없었기 때문에, 거실이라고 해 봤자 별 소용이 없었다. 그리고 마지막으로 창문도 달리지 않은 빈 창고가 하나 있었다. 침실에 세면대가 있어 세수는 거기서 해결했다. 화장실은 계단 쪽에 따로 있었는데, 그곳은 점성술사와 노처녀가 공동으로 사용했다. 하지만 한 가지 좋은 점도 있었다. 두 방 모두 창문들이 꽃을 기르는 작은 과수원 쪽으로 나 있었던 것이다. 1919년 중반에는 그 과수원마저 사라지고 건물이 들어섰다.

앞에서 말했듯이 나는 거의 자정이 다 돼서 늦게 귀가했다. 열쇠 구멍에 열쇠를 꽂는 순간, 나는 문이 잠겨 있지 않다는 것을 알았다. 내 부주의였거니 생각했지만 깜짝 놀랐다. 천천히 문을 열었는데 식당에 불이 켜져 있었던 것이다. 나는 있는 힘을 다해 문을 닫고는 층계를 뛰어 내려가기 시작했다. 그런데 그때 낯익은 목소리가 등 뒤에서 나의 이름을 불렀다.

"거시 서시오, 미란다 씨. 놀랄 이유 없소."

나는 돌아섰다. 바스케스 반장이었다.

"두어 시간 전쯤에 와서 기다리는데, 당신이 돌아오지 않아 우리 마음대로 집 문을 따고 들어가 편하게 기다리기로 했소. 기분이 상했소?"

"아니요, 당연히 아닙니다. 단지 깜짝 놀랐을 뿐입니다."

"응, 그랬을 거요. 당신이 스스로 알기 전에 우리가 여기 있다는 걸 알렸어야 했는데. 하지만 이젠 어쩔 수 없지. 우리는 거의 당신을 잊고 있었소."

나는 뛰어 내려갔던 계단 몇 개를 되돌아 올라가서 집으로 들어갔다. 주방에는 바스케스 반장 외에 사복 차림의 형사 두 명이 더 있었다. 한 번만 둘러보아도 그들이 집 안을 수색했다는 걸 알 수 있었다. 반장이 영장도 없이 제멋대로 집 안을 뒤졌으니 불평이나 항의를 할 수도 있었지만, 그래 봤자 골치 아픈 일 외에 아무런 소득이 없다는 것을 잘 알고 있었다. 게다가 그들이 집 안을 발칵 뒤집어 놨어도 나는 별로 언짢은 기분조차 들지 않았다.

"그 사진에 나온 사람은 누구요?"

바스케스 반장이 액자에 담긴 아버지 사진을 가리키며 물었다.

"부친입니다."

내가 대답했다.

"흠, 경찰이 당신을 찾아온 걸 알면 부친께서 뭐라 하실까?"

반장이 괜히 너스레를 떨고 있다는 것을 알 수 있었다. 하지만 그의 의도는 나의 말 한마디에 실패로 끝났다.

"그런 일은 없을 겁니다. 삼 년 전에 돌아가셨으니까요."

"이런, 나를 용서하시오. 난 당신이 홀아비인 걸 몰랐소."

"정확히 말하자면, 고아입니다."

"그 말을 하려던 참인데, 이거 다시 미안하게 되었소."

반장이 부하들의 면전에서 연거푸 망신을 당한 바람에 칼자루는 이제 나에게로 넘어온 셈이었다.

"반장님, 대접할 게 없어 죄송하군요."

내가 침착하게 말했다.

"죄송하게 생각할 것까진 없소. 본래 우리는 호사를 모르는 사람들이오."

"반장님, 내 앞에서 시치미를 떼지 마십시오. 반장님과 나의 공동의 친구라 할 수 있는 르프랭스 씨의 집에서 반장님의 수준 높은 미각을 알아봤는데."

반장의 얼굴에 당혹스러운 빛이 감도는 것 같았다. 지나쳤다 싶은 염려도 없지 않았지만, 한편으로는 그럴 만한 필요도 있다고 생각했다. 그가 우연한 기회에 얻은 친분을 미끼로 나를 심문하려 든다면, 나 역시 그것을 역이용할 수 있는 것이다. 보아하니 반장은 단순히 조사를 하려는 게 아니라 나에게 혐의를 두고 있는 게 분명했다. 그래서 전혀 불필요한 부하들을 두 명이나 데리고 갑자기 들이닥쳐 나를 주눅 들게 하려는 게 분명했다.

"우리는 친구로서 방문한 거요." 바스케스 반장이 기분을 추스르며 말했다. "물론 당신이 반드시 우리를 받아들일 이유는 없소. 우리에게는 영장도 없으니 당신의 자비에 호소할 수밖에 없고. 자, 이 정도 설명이면 변호사인 당신도 만족하시겠소?"

"나는 변호사가 아닙니다."

"아니라고요? 이런, 오늘 밤에는 맞힌 게 하나도 없군. 내가 왜 이러지⋯⋯ 그렇다면 학생이오?"

"아닙니다."

"그렇다면 날 좀 도와주시오. 당신의 직업은 뭐라고 정의를 내릴 수 있는 거요?"

날카로운 반격이었다.

"행정 보조원입니다."

"르프랭스 씨의 행정 보조원?"

"아닙니다. 코르타바네스 씨를 모시고 있습니다."

"아, 그랬군⋯⋯. 르프랭스 씨의 댁에서 당신을 자주 만나서 내가 그렇게 생각했던 거요. 이해하지요? ……하지만 이제 보니 나도 착각했군. 뭐라고 말할까? 친구 관계가 아니라면, 일개 행정 보조원이 르프랭스 씨의 집에서 식사하지는 않을 거요."

"반장님이 말씀하신 그대로입니다. 나는 아무 말도 하지 않았습니다."

"그럴 필요는 없소, 미란다 씨. 그럴 필요 없소. 입을 열지 않은 것은 잘한 거요. 물고기란 놈은 본래 입 때문에 일을 그르치니까."

"내가 물고기라는 거 이해합니다. 하지만 반장님을 낚시꾼으로 이해해야 하는 겁니까?"

"자, 자, 미란다 씨. 우리 스페인 사람들은 왜 이렇게 공격적이지? 오늘은 친구끼리 만난 자리요."

"그렇다면 여기 두 분도 소개해 주시지요. 친구분들의 이름을 알고 싶으니까요."

"이 두 사람은 나와 동행한 것뿐이오. 이제 당신이 왔으니 곧 나갈 거요."

반장을 따라온 두 사람은 작별 인사를 한 후, 내가 배웅 나가는 것도 기다리지 않고 문밖으로 나갔다. 우리 단둘만 남게 되자, 반장은 좀 더 용의주도하면서도 친근하게 굴었다.

"미란다 씨, 내가 갑자기 당신한테 관심을 보여 놀랐을 거요. 하지만 사볼타 사건과 관련된 모든 사람들에게 관심을 두는 것은 당연한 일이 아니겠소?"

"내가 사볼타 사건과 어떤 관련이 있다는 겁니까?"

"상황을 거슬러 올라가 본다면, 내 생각에 그 질문은 어리석은 질문이오. 지난해 12월에 도밍고 파하리토 데 소토라는 무명의 신문기자가 죽었는데, 피상적인 조사 결과만 놓고 보더라도 확실한 진실 하나가 밝혀지지. 바로 당신이 그자와 가장 절친한 친구였다는 사실이오. 그러고 나서 몇 주 후 사볼타가 암살당했는데, 이상하게도 그때도 당신은 그 파티에 초대된 손님들 중 하나였소."

"그 두 사람을 내가 죽였다고 의심하는 겁니까?"

"진정하시오. 아직까지는 그 방향으로 몰고 가지 않았으니까. 있는 그대로의 정황만 따져 봅시다. 두 사람의 죽음 모두 사볼타 회사와 연관이 있거나, 적어도 연관이 있는 것처럼 보인다는 거요. 먼저 파하리토 데 소토는 사볼타 회사에서 돈을 받고 진행하던 일을 마친 뒤에 죽었는데, 바로 이 대목에서 의문 하나가 생기지. 과연 누가 그 신문기자와 그 회사의 임원들을 연결해 주었을까?"

"내가 소개했습니다."

"바로 그거요, 하비에르 미란다. 다음은 파하리토 데 소토와 회사의 관계가 그 회사의 임원들 중 누군가의 개입으로 이루어졌다는 점이오. 노사 담당인 클라우데데우도 아니고, 사볼타 사장이 직접 개입한 것도 아니오. 불확실한 역할을 담당하는 누군가의 개입으로 이루어졌는데, 그자가 바로 폴 앙드레 르프랑스였소. 그래서 나는 르프랑스를 만나러 갔고, 그의 옆에서 누구를 봤을까?"

"나를 보셨습니다."

"지나친 우연일까요?"

"아닙니다. 나는 파하리토 데 소토를 찾아 고용하라는 르프랑스 씨의 지시를 따랐을 뿐입니다. 그 와중에 두 사람과의 우

정이 싹튼 거고요. 파하리토 데 소토와의 우정은 비극으로 끝
났지만, 르프랭스의 경우는 지속되었습니다. 아무튼 더 이상은
간단하게 설명드릴 수가 없군요."

"미심쩍은 점들이 그렇게 많지 않다면 간단할 수도 있소."

"예를 들어서?"

"예를 들어, 당신은 파하리토 데 소토와 '우정'을 유지하면서
동시에 그자의 아내인 테레사와도 '우정'을 나누었던데……."

순간 나는 치밀어 오르는 분노를 참지 못하고 의자에서 벌
떡 일어났다.

"잠깐, 형사 양반. 이런 식의 취조는 더 이상 참고 견딜 수가
없군요. 당신은 지금 내 집에 있다는 사실을 명심하십시오. 그
러니만큼 이런 식으로 취조하시면 안 됩니다."

"나는 형사고, 영장이 없어도 당신을 체포해 수갑을 채워
경찰서로 끌고 갈 수 있다는 사실을 명심하시오. 법적 절차를
따지고 싶다면 그렇게 하시오. 하지만 결과에 대해서는 후회하
지 마시오."

잠시 침묵이 흘렀다. 반장이 담배에 불을 붙인 후, 나도 담
배를 피우고 싶으면 피우라는 듯이 담뱃갑을 탁자 위로 던졌
다. 나도 다시 의자에 앉아 담배 한 개비를 입에 물었다. 그사
이 두 사람 사이에 팽팽했던 긴장이 다소 완화되었다.

"나는 남의 일에 참견하길 좋아하는 동네 아주머니가 아니
란 말이오."

바스케스 반장이 천천히 입을 열었다.

"누가 바람을 피우는지, 호모인지, 뚜쟁이인지, 남의 사생활
이나 들춰내는 그런 인간이 아니란 말이오. 지금 나는 살인 사

건 세 건과 살인 미수 사건 한 건을 수사하는 중이며, 수사를 위해 모든 사람의 협조를 구하고 있소. 나는 최대한 부드러운 말과 예의를 지키고자 노력하고, 필요 이상으로 사람들을 귀찮게 하지 않기 위해 형식적인 절차나 요식행위를 일절 생략하는 사람이오. 그러니 부탁하건대, 나를 업신여기거나 화나게 만들어서 공권력을 사용하게 하지 않도록 주의하시오! 그래 봤자 당신 손해니까. 사실 나도 이 짓이 지겹소, 알겠소? 나도 바르셀로나의, 빌어먹을, 높으신 분들의 허수아비 노릇에 넌덜머리가 날 지경이요. 웃기지도 않는 르프랭스가 거들먹거리면서 내놓는 비스킷 쪼가리와 입맛에 맞지 않는 포도주 몇 잔에 질릴 대로 질렸다 이거요. 그리고 이제는 아무짝에도 쓸모없는 당신 차례가 되었소. 당신은 꼬리를 살랑살랑 흔들며 상류층의 살롱에서 던져 주는 빵 조각에 만족하는 인간이오. 그런 당신이 당신 주인들을 따라 내 앞에서 거드름을 피우는 것도 부족해서 나에게 망신을 주고자 기를 쓰다니. 당신은 내가 동네북인 줄 아시오? 천만에. 나는 당신의 안전을 위해 애쓰는 사람이오. 당신들은 하나같이 바보들이오, 알겠소? 우리 고향에 있는 소들보다 더 멍청한 바보들이란 말이오. 적어도 소들은 어디로 가는지, 어디서 멈춰야 하는지는 알고 있으니까. 미란다 씨, 충고 하나 해 드릴까? 르프랭스의 식당이 되었든 어디가 되었든, 내가 들어오는 걸 보면서 개 새끼를 대하듯 빤히 쳐다보며 식사하는 일은 없도록 하시오. 입가에 묻은 음식을 닦고 자리에서 일어나라 이 말이오, 알겠소?"

"알겠습니다."

"그렇게 대답하니 다행이오. 이제 좀 정신을 차리셨군. 이제 우리가 친한 친구 사이가 되어 서로 잘 통하게 되었으니 내 질문에 답해 주시오. 편지는 어디에 있소?"

"무슨 편지요?"

"무슨 편지라니? 파하리토 데 소토의 편지지."

"나는 아무것도 모릅니다……."

"파하리토 데 소토가 암살을 당한 날에 편지를 써서 부쳤다는 사실을 모른단 말이오?"

"방금 암살당했다고 했습니까?"

"당신은 묻는 말에 대답이나 하시오."

"편지에 대해서 들어 본 적은 있지만 보지는 못했습니다."

"당신이 갖고 있지 않은 것은 확실한 거요?"

"절대 확실합니다."

"누가 가지고 있는지 모르시오?"

"모릅니다."

"편지 내용도?"

"맹세컨대 모릅니다."

"당신이 진실을 말하고 있는지도 모르겠지만, 만일 거짓말을 한 거라면 잊지 마시오. 나 혼자만 그 편지를 찾고 있는 게 아니라는 것을. 다른 사람들은 나처럼 말이 많지 않을 거요. 일단은 죽일 것이고, 그러고 나서 묻지도 않고 뒤지기만 할 거요, 알겠소?"

"알겠습니다."

"그 편지와 관련해 사소한 것이라도 알거나, 의심이 들거나, 기억이 난다면 시간을 허비하지 말고 즉시 나에게 알려 주시오. 얼마나 빨리 나에게 알려 줬느냐에 당신의 목숨이 달려 있으니."

"알겠습니다."

바스케스 반장이 자리에서 일어나 모자를 들고 문 쪽으로 걸어갔다. 그를 따라 배웅 나가 악수를 건네자, 그가 차갑게 내 손을 잡았다.

"내 행동을 사과드립니다." 내가 말했다. "지난 몇 달 동안 너무나도 끔찍한 일들이 벌어지다 보니 우리 모두가 신경이 날카로워졌던 것 같군요. 사실 나는 반장님의 일을 방해하는 사람이 아닙니다. 잘 아시겠지만."

"잘 주무시오."

바스케스 반장이 내 말을 잘랐다.

나는 반장이 계단으로 내려가는 모습을 지켜본 후 집 안으로 들어와 문을 잠갔다. 새벽녘까지 반장이 챙기지 못한 담배를 피우며 깊은 생각에 잠겨 있다가, 동이 틀 무렵에 깜박 잠이 들었다. 자명종을 맞춰 놓지 않아, 눈을 떴을 때는 11시가 넘은 시각이었다. 나는 즉시 내려가서 사무실에 전화를 걸어 갑자기 급한 일이 생겼다고 핑계를 댔다. 사실도 그리 다르지는 않았다. 나는 커피를 한 잔 마시고, 신문을 읽고, 구두를 닦았다. 그러면서 계속 뭐라고 혼자 중얼거렸다. 사람들이 이상한 듯 흘낏흘낏 쳐다본 걸로 봐서 그런 내 행동이 꽤나 이상하게 보였던 것 같다. 나는 돈을 내고 밖으로 나와, 르프랭스의 집까지 걸어갔다. 수위는 르프랭스가 삼십 분 전쯤에 외출했다고 말했다. 내가 어디 갔는지 아느냐고 묻자, 수위는 중요한 비밀이라도 얘기하듯 목소리를 낮춰 사리아에 갔다면서 마리아 로사에게 청혼을 할 거라는 사실까지 덧붙였다. 우리는 마치 모의를 꾸미는 사람들처럼 은밀하게 작별 인사를 했다. 나는 카탈루냐 광장까지 걸어갔고, 그곳에서 전차를 타고 사리아에서 내린 다음, 몇 달 전 사볼타 사장의 장례식 날 그랬던 것처럼 언덕길을 올라갔다.

거대한 저택 앞에는 경비원들이 입초 근무를 서고 있었다. 고인을 기려 당국이 베푼 특혜였다. 하지만 보초를 서 봤자 소용없는 일이었다. 테러리스트들은 이제 다른 과녁을 겨냥하고 있었다. 내가 신분을 밝히자 경비원들은 들어가는 것을 허용했다. 하지만 집사가 르프랭스를 만날 수 없다며 곤혹스러운 표정을 지었다.

"죄송하지만, 가족끼리 만나는 사적인 모임이라 들어가실 수 없습니다."

나는 계속 고집을 부렸다. 마침내 집사는 장담할 수는 없어도 르프랭스에게 연락은 취해 보겠다고 말했다. 나는 기다렸다. 채 일 분도 지나지 않아 르프랭스가 모습을 드러냈다.

"이렇게…… 사적인 자리까지 찾아온 것으로 봐선, 아주 대단한 일이겠지?"

"내가 말씀드리려는 게 그렇게 중요한 내용인지는 잘 모르겠습니다. 그저 혼자 고민하느니 차라리 결례를 무릅쓰는 게 나을 거라고 생각했습니다."

르프랭스가 나를 서재로 안내했다. 나는 바스케스 반장의 방문과 그의 예사롭지 않은 심문에 대해 말했다. 하지만 르프랭스의 기분이 상할까 봐 반장이 거칠게 대했다는 말은 하지 않았다.

"잘 왔네."

내 이야기가 끝나자 르프랭스가 그렇게 말했다.

"혹시 만나지 못하면, 너무 늦어지지 않을까 걱정이 되었습니다."

"잘 왔네. 방금 전에도 잘 왔다고 하지 않았나. 아무튼 걱정할 필요는 없네. 바스케스는 의욕만 앞서는 사람이라 혼자서 이상한 상상을 한 걸세. 우리 프랑스에선 그런 경우를 '직업병'이라고 하지."

"우리 스페인에서도 그렇게 말합니다."

우리 등 뒤에서 사람 목소리가 들렸다.

고개를 돌려 보니 바스케스 반장이 그곳에 와 있었다. 집사가 그 뒤에서 그가 들어가는 걸 막을 도리가 없었다는 듯 조용히 손을 흔들어 보였다. 르프랭스가 집사에게 눈짓으로 물러나라고 지시했다. 우리 세 사람만 남게 되었다. 르프랭스는 장식장에서 쿠바의 아바나산 시가 상자를 꺼내 반장에게 권했다. 그러자 반장이 저의가 담긴 싸늘한 눈초리를 나에게 보낸 다음, 얼굴에 웃음을 띠며 거절했다.

"고맙습니다만, 미란다 씨와 나는 싸구려 취향이라 담배를 더 좋아합니다. 안 그렇소?"

"어젯밤에 반장님이 두고 간 담배는 내가 다 피웠습니다."

내가 말했다.

"많이 남았을 텐데. 건강에 주의하셔야지……. 너무 신경을 쓰면 안 되는데……."

나는 반장이 건네는 담배를 받았다. 르프랭스가 시가 상자를 장식장에 놓아둔 다음, 우리에게 불을 붙여 줬다. 반장이 서재 안을 획 둘러보며 창문 앞으로 다가갔다.

"지난 1월보다는 지금처럼 봄에 더 근사하게 보이는군요……."

그는 뒤로 돌아, 반쯤 열려 있던 문 앞에 서서 살롱을 바라보았다.

"이곳에서 계단을 향해 총을 쏠 수 있는지 확인하고 싶으시면 블라인드를 걷으라고 할까요?"

르프랭스가 북부 사람답게 부드러운 음성으로 물었다.

"르프랭스 씨, 잘 아시겠지만, 그건 지난번 방문 때 확인했습니다."

반장이 서재 한복판으로 걸어와서 눈으로 재떨이를 찾아 재를 털었다.

"갑자기 찾아오신 이유를 물어도 되겠습니까?"

르프랭스가 물었다.

"이유요? 아닙니다. 하나가 아니라 여러 이유들이라면 몰라도 말입니다. 우선, 돌아가신 사볼타 사장의 따님과 조만간 결혼하신다니 내가 처음으로 축하드리고 싶었습니다. 어쩌면 내가 처음이 아니라 두 번째일 수도 있겠군요."

나를 두고 하는 말이었다. 르프랭스가 가볍게 고개를 숙였다.

"그리고 둘째로, 극장 테러에서 무사하셨다니 운 좋은 걸 축하드립니다. 그때의 상황에 대해 상세하게 들었습니다. 당신의 총잡이가 그렇게 유능한 것을 미처 몰라봤던 점 죄송합니다."

"경호원입니다."

르프랭스가 교정했다.

"마음대로 부르십시오. 이제 나와는 상관없는 일이니까요. 왜냐하면 당신에게 작별 인사를 하러 온 게 셋째 이유이기 때문입니다."

"작별 인사요?"

"네, 작별 인사요. 잘 계시라고 인사하러 왔습니다."

"무슨 일로?"

"전출 명령을 받았습니다. 오늘 오후에 바로 테투안으로 떠납니다."

바스케스 반장의 미소에는 쓸쓸한 체념이 짙게 묻어 있었는데, 그 미소에 나는 마음이 아팠다. 그 순간, 내가 반장을 많이 존경하고 있었음을 깨달았다.

"테투안요?"

내가 소리를 질렀다.

"그렇소, 테투안이오. 놀라셨소?"

반장이 처음으로 내 존재를 의식한 듯 대답했다.

"사실 무척 놀랐습니다."

나는 솔직하게 대답했다.

"르프랭스 씨, 당신도 놀라셨나요?"

"나는 경찰의 관례에 대해서는 전혀 모릅니다. 어찌 됐든 반장님의 새로운 근무지가 좋은 곳이길 바랍니다."

"그곳에서 뭘 보느냐에 따라 좋은 곳도 나쁜 곳도 될 수 있지요."

반장이 말했다.

그는 뒤를 돌아 밖으로 나갔다. 르프랭스는 코믹하게 눈썹을 찡그린 채 문 쪽을 바라보며 가만히 있었다.

"저자를 다시 보게 될까?"

르프랭스가 나에게 물었다.

"살다 보면 별의별 일이 다 생기는데, 그걸 누가 알겠습니까?"

"그렇겠지."

르프랭스가 대답했다.

1918년 5월 2일 토토르노 경사가 바스케스 반장에게 보낸 바르셀로나의 상황이 담긴 편지.

증빙서류 7a

(법정 통역사 구스만 에르난데스 데 펜윅의 영문 번역 첨부)

존경하는 반장님께

편지가 너무 늦어 죄송합니다. 한 달 반 전에 극장에서 당한 사고 때문에 글씨를 제대로 쓰지 못한 데다가, 이 편지의 내용을 다른 사람에게 받아쓰게 하는 것도 신중하지 못한 일 같아 이렇게 늦어진 것입니다. 반장님도 요즘 사람들이 어떤지는 잘 아시지 않습니까? 드디어 저는 왼손으로 글을 쓰게 되었습니다. 그러니 글씨가 엉망인 점 양해 바랍니다.

반장님이 떠난 이후로 별다른 일은 없습니다. 저는 수사 현장에서 물러나 여권과에서 근무하고 있습니다. 반장님의 후임이 르프랭스를 더 이상 감시하지 말라는 지시를 내렸습니다. 그래서 반장님께서 떠나기 전에 저한테 당부하신 말씀도 있고 해서 계속 관심을 두고 그를 주시하기는 했지만, 결국 이런저런 상황에 떠밀리다 보니 그에 대해 알아낸 건 별로 없습니다. 르프랭스와 사볼타의 딸이 어제 결혼했다는 사실도 신문을 통해 알았습니다. 그들은 사볼타의 장례식을 치른 지 얼마 되지 않았다는 신부 측 뜻에 따라 하객도 거의 초대하지 않았으며, 마찬가지 이유로 신혼여행도 떠나지 않았습니다. 르프랭스와 부인은 이사했습니다. 내 생각에는 사리아 구역 어딘가에 살 테지만 아직 그들이 어디에 사는지는 모릅니다.

불쌍한 네메시오 카브라 고메스는 아직도 갇혀 지냅니다. 하비에르 미란다는 여전히 코르타바녜스 변호사 사무실에서 일하는 중이며, 요새는 르프랭스와도 거의 만나지 않습니다. 그 외에 바르셀로나는 아주 조용한 편입니다.

오늘은 이만 줄이겠습니다. 아랍인들은 질이 좋지 않고 뒤통수치는 일을 즐기는 편이라고들 하니 조심하십시오. 동료들과 저는 반장님을 많이 그리워하고 있습니다. 안녕히 계십시오.

1918년 5월 2일, 바르셀로나
토토르노 경사

돌로레타스가 양손을 비비며 투덜거렸다.

"우리 생각 좀 해 보자고요."

나는 하품을 하면서 창문 너머로 일찌감치 석양이 드리운 카스페 거리를 바라보았다. 앞 건물의 창문들에는 벌써 불이 켜져 있었다.

"무슨 일이에요, 돌로레타스?"

"코르타바녜스 씨에게 난로를 켜야 할 때라고 얘기해야 해요."

"돌로레타스, 이제 겨우 10월인걸요."

나는 생각난 김에 뒤늦게나마 달력 두 장을 떼어 내면서, 그동안 허망한 시간들이 순식간에 흘러갔다는 생각을 했다. 돌로레타스는 잔뜩 오타가 난 문서를 다시 타이핑하기 시작했다.

"나중에 괜히 날 원망 마요……."

돌로레타스가 중얼거렸다.

돌로레타스는 아주 오랜 세월 동안 코르타바녜스와 함께 일했다. 변호사였던 그녀의 남편은 일전 한 푼 남기지 않은 채 세상을 떠났다. 죽은 남편의 동료들이 그녀가 어느 정도 생계를 유지할 수 있도록 일자리를 제공하자는 데 합의했지만, 차츰 젊은 변호사들이 유명해지고 중요해지면서 그녀는 자리를 잃고 말았다. 그녀보다 훨씬 유능하고 전문적인 정규직 비서들이 그녀의 시간제 근무 자리마저 차지하게 된 것이다. 그런 그녀를 돌본 사람이 변호사 중에서도 가장 부실하고 무능력한 코르타바녜스였다. 그는 그녀에게 조금씩 극히 제한된 액수의 봉급을 올려 주면서 일을 시켰지만, 결국 그녀는 코르타바녜스 사무실에서 늘 일정한 몫을 가져갔다. 코르타바녜스는 돌로레타스가 그다지 만족스럽지는 않았지만 늘 변함없이 일거리와 돈을 주었다. 돌로레타스는 쓸모가 있다거나, 일을 신속하게 처리한다거나, 숱한 세월 동안 똑같은 일만 해서 경험이 풍부한 것도 아니었다. 그녀에게는 소송 하나하나가, 서류 하나하나가, 보고서 하나하나가 영원히 풀리지 않는 수수께끼와도 같았다. 하지만 코르타바녜스 사무실 역시 그녀에게 더 많은 것을 요구하지 않았다. 한편, 돌로레타스는 일을 특출하게 잘한다거나 형편없이 못하는 것은 아니었지만 자존심만큼은 끝끝내 지켰다. 그녀는 사무실 정식 직원이 되고 싶은 속마음을 절대 내비친 적이 없었다. '내일 봐요.'라는 말이나 '나중에 다시 들를게요.'라는 말은 한 번도 하지 않았다. 일이 끝나면, "안녕히 계세요, 고마웠어요."라고 작별 인사를 하는 것이 전부였다. '일거리가 있으면 저를 불러 주세요.'라는 간접적인 표현도 하지 않았다. 그러니 한술 더 떠서 '내가 있다는 거 잊지 마세요.'라는 표현이나 '내가 어디 사는지 아시죠?'라는 표현은 더더욱 하지 않았다. 사무실로 나오라는 연락을 받지 않고는, '이 근처를 지나다가 인사차 들렀어요.'라는 말을 하면서 나타나는 적이 한 번도 없었다. 그저 "안녕히 계세요, 고마웠어요."라는 말이 전부였다. 코르타바네스는 손을 봐야 할 긴 문장이 생기면 기계적으로 "돌로레타스를 불러", "돌로레타스는 오늘 대체 어디 가 있는 거야."라고 말했다. 그런 코르타바네스도, 세라마드릴레스도, 나도 돌로레타스가 사무실의 일을 받지 않으면 도대체 무엇으로 먹고사는지, 무엇을 하고 사는지 전혀 알지 못했다. 그녀는 자신의 삶은 물론이고, 자신의 고민이나 어려움을 우리에게 얘기한 적이 한 번도 없었다.

1927년 2월 6일 뉴욕 주 법정의 F. W. 데이비드슨 판사가 주재한 하비에르 미란다 루가르테의 9차 증언 과정을 속기한 문서 복사본.

(증언 서류 143쪽부터)

(법정 통역사 구스만 에르난데스 데 펜윅의 영문 번역 첨부)

데이비드슨 판사　미란다 씨, 지난 며칠 동안 법정에 출두하
　　　　　　　지 못할 만큼 편찮으셨는데, 이제 좋아졌다니 다행
　　　　　　　입니다.

미란다　감사합니다.

판사　증언을 계속해도 무리는 없겠습니까?

미란다　네.

판사　어디가 편찮았는지 말씀해 주실 수 있습니까?

미란다　신경쇠약입니다.

판사　증언을 무기한 연기할 수 있습니다.

미란다　아닙니다.

판사　당신이 원해서 법정에 출두했기 때문에, 철회 역시
　　　언제라도 가능하다는 점을 다시 한 번 상기시켜 드립
　　　니다.

미란다　알고 있습니다.

판사　그리고 미국 헌법과 국민이 부여한 직권에 따라 본
　　　사건을 명확하게 밝히는 게 본 법정의 목적입니다.
　　　그래서 경우에 따라 본 법정이 증인을 몰아세우기
　　　도 했는데, 그것은 본 사건을 보다 신속하고 정확하
　　　게 처리하고자 하는 순수한 의도에서 나온 일임을
　　　밝히고자 합니다.

미란다　알고 있습니다.

판사　그렇다면 본 법정의 심문을 진행하도록 하겠습니다.
　　　다시 강조하지만 증인은 이미 맹세를 했으며, 그 맹

세는 계속 준수되어야 합니다.

미란다 알고 있습니다.

그야말로 불가사의한 힘을 지닌 게 우리 인간의 정신인가보다. 과거로 거슬러 올라가는 동안, 나의 육체는 당시에 겪었던 일들이 하나하나 그때와 똑같은 강도로 되살아난 듯 충격에 떨었다. 몇 년 전 나를 웃기고 울렸던, 나를 기쁘고 슬프게 만들었던 일들을 떠올릴 때마다, 그때처럼 그 순간처럼 똑같이 웃고 울었다. 그리고 그때마다 당시의 시간과 공간으로부터, 지하에 누워 영원히 잠든 그 많은 사람들(하느님 맙소사, 얼마나 많은 사람들인가!)로부터 너무나 멀리 떨어져 있다는 고통스러운 현실에 떨어야 했다. 내가 끔찍한 우울증(의사들이 내가 오랫동안 법정 증언에 시달려서 지쳤기 때문이라며 오진했던 우울증)으로 고통을 겪은 것은, 다름 아니라 1918년, 그 서글펐던 몇 달 동안에 벌어졌던 일들이 사진처럼(복사판이라 할 수 있다.) 그대로 재현되었기 때문이다.

6월의 어느 찬란한 아침, 네메시오 카브라 고메스는 철창문이 열리는 소리를 들었다. 문 앞에는 하얀 가운 차림에 검은 수염의 사내가 손에 고무호스를 쥐고 서 있었다. 남자 간호사였다. 그가 밖으로 나오라는 눈짓을 보냈다. 남자 간호사가 몇 발자국 앞서 가다가 멈춰 섰다.

"당신이 앞장서. 괜한 수작 부리지 말고. 시킨 대로 하지 않으면 어떻게 되는지 잘 알지?"

남자 간호사가 명했다.

남자 간호사가 호스 끝을 잡고 흔들자 뱀이 휘파람을 부는 듯한 소리가 났다. 두 사람은 미로 같은 복도를 따라 걸었다. 정원으로 연결된 유리문 앞에 이르렀을 때, 네메시오 카브라 고메스는 작열하는 태양 빛을 느꼈다. 눈이 시리도록 부셨지만 그는 하늘과 정원을 바라보기 위해 유리창에 딱 달라붙었다. 정원에서는 한 환자가 개미굴을 덮고 있었다. 남자 간호사가 호스로 그를 때렸다.

"가지 않고 뭘 하자는 거야?"

"저 상자 안에서 몇 달을 보냈어요."

"그러니까 어리석은 짓은 하지 말았어야지. 또 그러면 다시 돌아갈걸."

그렇게 네메시오는 자신이 풀려난다는 사실을 알았고, 그 사실은 잠시 후 플로르스 박사를 통해 확인되었다. 박사는 담당 의사들이 치료가 끝났다고 판단해서 그를 일상으로 돌려보낸다고 말했다. 가급적 술과 흥분제를 삼가고, 싸우지 말고, 몸이 원하는 대로 충분한 수면을 취하고, 몸에 이상 징후가 느껴지면 즉시 자신의 동료를 찾아가라고 했다.(명함에 그의 이름과 주소를 적어 주었다). 확실한 완치 진단이 내려질 때까지는 삼 개월마다 그 의사의 처방을 받아야 한다는 점도 거듭 당부했다.

네메시오가 정신병원에 들어올 때 입었던 옷은 다시 입기가 민망할 정도였다. 네메시오는 플로르스 박사가 가져다준 보따리를 받아 들었다. 보따리 안에는 자원봉사자들이 기증한 남방, 바지, 신발, 짧은 외투가 들어 있었다. 그는 자원봉사자들의 배웅을 받으며 병원을 나섰다.

네메시오는 일단 밖으로 나오자마자 근처 숲을 찾았고, 거기서 옷을 갈아입었다. 그가 기증받은 옷들은 누가 입던 것으로, 치수가 제각각이었다. 남방은 지나치게 헐렁했고, 바지는 너무 작아 지퍼도 제대로 올라가지 않았다. 그래서 그는 가는 끈으로 대충 바지를 동여맸다. 신발은 볼이 좁았고 양말은 없었다. 짧은 외투는 그 계절에는 필요 없었지만 꽤 근사해 보였다. 네메시오는 새 옷들의 주머니에 들어 있던 몇 가지 안 되는 소지품과 신분증을 잘 챙기고, 헌 옷은 나무 덤불 뒤로 집어 던졌다. 그는 흡족한 마음으로 길가로 나와 한참을 걷다가 협궤 기찻길이 보이자 역이 나올 때까지 그 길을 따라갔다. 역이 나오자 그는 기차가 올 때까지 기다렸다가 기차에 올라 화장실로 들어갔다. 수중에 일전 한 푼 없었기 때문에 표를 끊을 수가 없었던 것이다.

기차가 바르셀로나에 도착했다. 그는 승객들이 모두 내린 후에 플랫폼으로 몰래 내려가 수많은 인파에 뒤섞여 출구를 빠져나갔다. 그는 다시 자기 행동의 주인이 된 감격에 눈시울을 적시며 한참 동안 거리를 바라보았다.

1918년 5월 8일 바스케스 반장이 토토르노 경사에게 보낸, 항상 경계의 끈을 늦추지 말도록 독려하는 편지.

증빙서류 7b

(법정 통역사 구스만 에르난데스 데 펜윅의 영문 번역 첨부)

친애하는 토토르노 경사에게

지레 포기하지 말게. 의욕이 사라지면, 진실을 밝히는 싸움이 이 땅에서 인간의 가장 고귀한 사명이라고 생각하게. 더욱이 이 일은 우리 경찰의 임무 아닌가.

르프랭스가 막스라는 독일 출신 총잡이를 아직까지 데리고 있는지 알아보게. 우리가 함께 일하고 있다는 사실은 아무에게도 말하지 말게. 자네의 회복을 축하하네. 의지로 극복하지 못할 신체적 장애는 없는 법일세. 그런데 편지를 쓰는 것보다는 타이핑하는 게 더 편하지 않겠나?

잘 있게.

1918년 5월 8일, 테투안
경찰과 형사 A. 바스케스

코르타바네스가 부자들은 자기네 생각만 한다며 나를 타이르던 말이 옳았다. 부자들의 친절이나 애정, 관심은 말 그대로 허상에 불과하며, 그들의 우정이란 게 지속되리라고 믿는 것은 어리석은 짓이다. 잘사는 사람과 가난한 사람의 관계는 서로 주고받는 상호적인 관계가 아니다. 부자는 가난한 사람을 필요로 하지 않는다. 왜냐하면 언제든지 원하기만 하면 다른 사람으로 바꿀 수 있기 때문이다.

나는 르프랭스의 결혼식에 초대받지 못했다. 물론 이해할 수 있는 일이기도 했다. 고인에 대한 기억도 그렇거니와, 사람들이 모이다 보면 예측할 수 없는 사건이 발생할지도 모를 일이었기 때문이다. 그래서 결혼식은 가족 친지들과 측근들만 모인 가운데 조용하고 신중하게 치러졌다. 하지만 문제는 결혼식 이후였다. 나는 결혼식 이후에도 르프랭스를 계속 만날 줄 알았는데 그렇지가 않았다. 르프랭스는 성격도 특이했지만, 그 외에도 이해하기 힘든 황당한 면이 없지 않았다. 내가 마지막으로 사볼타의 집에 들른 날, 그러니까 바스케스 반장이 갑자기 바르셀로나를 떠나게 되었다는 소식을 알리고 돌아간 날, 르프랭스가 느닷없이 미래의 아내와 장모에게 나를 소개했다. 마음속에서 우러나온 것인지, 아니면 하는 수 없이 그랬던 것인지는 잘 모르겠지만. 그는 두 여자가 그가 돌아오길 기다리고 있는 이 층의 작은 응접실로 나를 데려갔고, 거기서 내가 자신의 절친한 친구나 되는 것처럼 인사를 시켰다. 그는 '유능한 변호사'라는 거창한 칭호를 몇 번씩이나 강조해서 말했다. 그러고는 내가 양심상 그렇지 않다고 얘기하는데도, 그 말은 못 들은 척하고 나에게 자신의 행복한 미래를 위해 건배를 들어 달라고 강요했다.

그때 받은 마리아 로사 사볼타에 대한 인상은 지금도 내 기억에 남아 있다. 그녀는 아주 많이 변해 있었다. 수개월 전, 그러니까 지난 연말 부친의 암살 사건 때 파티 석상에서 보았던 모습과는 전혀 달랐다. 많은 고통들이 누적돼서 그런지, 사랑에 빠진 탓인지(그녀의 눈빛과 언행에서 확실하게 드러났다.), 아니면 결혼이라는 일생일대의 엄청난 변화를 앞두고 있어서인지 그녀는 이전보다 차분하고 어른스러웠으며, 훨씬 더 성숙해 보였다. 학교를 갓 졸업한 순진한 소녀에서 귀부인 같은 분위기로, 사춘기 소녀의 수줍음에서 무엇인가를 갈망하는 여인의 신비스러운 분위기로 바뀌어 있었다.

그러나 이제부터는 장황한 이야기를 생략하고, 본론으로 넘어가고자 한다.

1918년 6월 21일 토토르노 경사가 바스케스 반장에게 주지의 인물들의 동태에 관해 보고한 편지.

증빙서류 7c
(법정 통역사 구스만 에르난데스 데 펜윅의 영문 번역 첨부)

존경하는 반장님께

답장이 늦어서 죄송합니다. 저는 반장님의 신중한 충고를 받아들이기로 결심하고 지난 몇 주 동안 타이핑하는 법을 열심히 배웠습니다. 그러나 생각보다는 어렵더군요. 제 동서가 언더우드 타자기를 빌려 줘서 밤에 연습했는데, 반장님이 보다시피 아직은 오타가 많습니다.

먼저 반장님이 궁금해하던 소식을 마침내 알아냈습니다. 르프랑스가 아직도 총잡이와 함께 있는지 알고 싶어 하셨지요? 대답은 '네.'입니다. 새로 이사한 곳으로도 함께 데려갔으며, 어딜 가든 그림자처럼 붙어 다니고 있습니다. 다음은 반장님이 관심을 보일 만한 새로운 소식입니다. 며칠 전에 네메시오 카브라 고메스가 풀려났습니다. 그런데 우연한 기회에 경찰서 동료를 통해 들은 얘기로는, 네메시오가 거리에서 주운 꽁초로 시가를 만들어 아바나 진품 시가라는 상표까지 붙여서 판매하다가 체포되었답니다. 그자가 반장님을 찾았지만 도움이 되지 못했나 봅니다. 구속된 걸로 보아선 말입니다. 그 친구가 말하기를(앞에서 말씀드린 경찰서 동료 말입니다.), 그자는 마치 죽은 사람 같았고, 쳐다보기가 민망할 정도로 측은하고 참담한 몰골이었답니다. 그 밖에 모든 것은 반장님이 떠나기 전이나 다름없습니다. 뒤통수를 잘 치는 아랍 사람들을 조심하십시오. 그리고 언제든 명령만 내리십시오.

> 1918년 6월 21일, 바르셀로나
> 토토르노 경사 드림

외로움을 참고 견디는 것은 힘든 일이다. 그것도 르프랭스와 함께한 즐거운 시간처럼 늘 지속될 것 같던 우정 어린 만남이 사라진 뒤에 밀려드는 외로움은 더더욱 힘들다. 어느 날 오후 퇴근을 한 뒤, 나는 혼자 보내는 시간이 무료하다 못해 지겨운 나머지 도시 생활의 기본 수칙도 무시한 채 르프랭스의 집을 찾아갔다. 람블라 데 카탈루냐에 위치한 그의 아파트로 간 것이다. 대로변에 짙푸른 아치를 이루고 있는 참피나무들과 거실의 벽난로 위를 장식하고 있는 그림의 풍경이 절묘한 조화를 이루는, 나에게는 정든 아파트였다.

구레나룻이 하얀 수위가 나를 알아보며 반갑게 나와 맞아 주었다. 나 역시 그를 본 순간 삶을 되찾은 듯한 기분에 젖어 들었다. 하지만 마치 동맹을 상징하는 듯한 금니가 번쩍거리는 그 입이 이내 나를 실망시키고 말았다. 르프랭스 부부가 이사를 갔다는 것이었다. 그는 내가 그 사실조차 모르고 있었느냐며, "세놓습니다."라고 발코니에 내건 광고판도 못 보았느냐며 의아해했다. 몇 년 동안 충실하게 시중을 든 자신도 그렇게 너그럽고, 친절하고, 괴짜인 르프랭스 씨가 이사한 곳을 모르기 때문에 더는 알려 줄 수 없다며 안타까워했다.

"어찌 됐든 솔직하게 털어놓자면, 르프랭스 씨가 다른 곳으로 이사를 간 게 천만다행입니다." 수위는 나를 위로하는 뜻으로 덧붙였다. "르프랭스 씨를 존경하는 것은 사실이지만, 극장에서 많은 사람들을 죽였다는, 독일 사람인지 영국 사람인지 하는 새로 온 비서가 영 마음에 들지 않았거든요. 이 건물에는 항상 점잖은 분들만 살아서 그런지, 그런 인간은 꼴도 보기 싫습니다."

수위가 내 팔짱을 끼더니 현관을 위아래로 돌아다녔다.

"그 여자가 여기서 살겠다고 왔을 때는 깜짝 놀랐다니까요. 지금 내가 무슨 말을 하는지 잘 아시지요? 아프리카인지 중남미인지에서 온, 야생 원숭이처럼 엘리베이터 줄에 매달려 올라가던 여자 말입니다. 사실 나는 되도록이면 모든 사람들을 이해하려고 노력하는 편입니다. 그래서 내 마누라한테도 '르프랭스 씨가 나이에 비해 점잖고 진지해 보이긴 하지만, 역시 젊은 사람인 것만큼은 어쩔 수 없나 봐. 가끔은 제정신이 아닌 걸 보면 말이야.'라고 말하지 않았겠습니까? 무슨 뜻인지 이해하시지요? 당신은 정신이 올바르게 박힌 분이니까…… 그러니까 우리는 서로 통하지요, 안 그렇습니까?"

"네, 그렇지요."

나는 어떻게 하면 그의 팔에서 빠져나올까 궁리를 하던 참이라 얼떨결에 대답했다.

"아무튼 금방 정신을 차렸다는 게 그 증거지요. 하지만 얼굴이 희멀건 그 남자에 대해선 뭐라고 얘기해야 좋을지 모르겠군요……. 정말이지 마음에 들지 않는 인간이었어요. 나는 내가 무슨 말을 하는지 잘 아는 사람입니다. 내가 하고 싶은 말만 딱 한다는 거, 당신도 알고 있지요? 하지만 그자는 아니었어요. 정말이지 아니었어요."

나는 자연스럽게 그를 문 쪽으로 이끌고 가서 작별 인사로 손을 내밀었다. 그는 못내 아쉽다는 표정을 지으며 땀으로 미끈거리는 두 손으로 내 손을 꽉 잡았다.

"어찌 됐든 하비에르 씨, 르프랭스 씨가 떠난 것은 참 안타까운 일입니다. 르프랭스 씨를 좋아했는데 말입니다. 부인은 성녀예요. 물론 합법적인 부인을 말씀드리는 겁니다. 내 말뜻 아시지요? 성녀예요! 그 부인은 정말 내 마음에 들었는데."

나는 페리코 세라마드릴레스에게 르프랭스를 찾아갔다가 허탕을 친 이야기를 들려주었다. 그러자 그는 마치 양손이 묶인 상태에서 안경을 벗으려고 기를 쓰는 사람처럼 머리를 흔들어 댔다.

"돈줄이 사라졌군. 젠장, 돈줄이 사라진 거야."

그가 중얼거렸다.

세라마드릴레스가 돈줄 얘기를 여러 번 반복해서, 결국에는 나도 화가 치밀고 말았다. 그래서 그에게 입 좀 다물고 나를 가만히 내버려 두라고 버럭 소리를 질렀다.

"싸우지 마요." 돌로레타스가 끼어들었다. "두 분이 얘기하는 것을 듣고 있자니 내가 다 창피해지네요. 댁들처럼 젊은 분들이 열심히 일해서 미래를 만들 생각은 하지 않고 돈 타령만하고 있으니 말예요. 아이!"

1918년 6월 31일 바스케스 반장이 토토르노 경사에게 보낸, 멀리 떨어져 있는 처지이나 바르셀로나 상황에 개입할 수 있는 방법을 알려 달라는 내용의 편지.

증빙서류 7d
(법정 통역사 구스만 에르난데스 데 펜윅의 영문 번역 첨부)

친애하는 경사에게

그간의 정황에 대한 21일자 편지는 잘 받았네. 나한테는 아주 큰 도움이 되었지. 역시 엄청난 음모가 도사리고 있음은 의심의 여지가 없군. 그리고 이번 경우에 있어 희생자는 불쌍한 네메시오라네. 그러니 공식적인 경로(관보나 신문 스크랩)를 통해 체포 당시의 상황을 알 수 있도록 해 주게. 그의 석방 여부를 합법적으로 알아볼 수 있도록 말일세. 나는 최소한의 인간적 도리로서 그자를 도와주고 싶네. 토토르노, 무슨 뜻인지는 자네도 잘 알 걸세. 나는 아직도 나의 영향력이 미칠 수 있다면(날이 갈수록 그렇지 못한 느낌이지만), 미진하나마 그 힘을 권력을 남용하거나 권위를 실추하는 일을 근절하는 쪽에 사용하고 싶네.

타이핑 실력이 많이 나아졌는데? 인생은 끊임없는 투쟁이라네. 항상 용기를 갖고 정진하게. 그럼 잘 있게.

1918년 6월 31일, 테투안
경찰과 형사 A. 바스케스

늘 그렇듯 사무실 일은 비생산적이고 단조롭기 그지없었다. 그런 와중에도 어김없이 찾아온 여름은 전혀 물러날 기색을 보이지 않았다. 내가 사는 집은 맨 꼭대기 층이었던 탓에 낮에는 하루 종일 햇볕에 노출되어 전기 오븐이나 다를 바 없었고, 밤이면 더위가 채 수그러지기도 전에 습도가 높아졌다. 물건마다 시퍼런 곰팡이가 피었고, 카스티야 지방의 건조한 기후에 익숙한 나는 노상 헐떡거리며 기진맥진 상태였다. 게다가 나는 불면증에 시달리고 있었다. 간신히 잠이 들었는가 하면, 악몽을 꾸었다. 한 침대에, 바로 내 옆자리에 곰이 나란히 누워 있는 꿈이었다. 짐승과 함께 잠들어 위험할까 봐 불안한 건 아니었다. 내 꿈에 등장하는 곰은 평화롭고 순했다. 하지만 찜통처럼 더운 그 방 안에 곰이 가까이 있다는 게 참을 수 없었다. 나는 땀에 범벅이 되어 깨어나, 세면대로 달려가 얼굴에 찬물을 끼얹었다. 등과 가슴으로 미지근한 물이 흘러내리는 느낌이 잠시나마 위안이 되었다.

곰이 등장하는 악몽과 사람을 피곤하고 지치게 만드는 불면증을 피해 나는 새벽 시간까지 책을 읽었다. 마침내 눈이 저절로 감겨도 제대로 자지 못했고, 금세 깨어났다. 아침에는 피곤에 지쳐 일어나 하루 종일 비몽사몽 상태로 지냈지만, 이상하게 밤만 되면 머리가 맑고 초롱초롱해졌다.

그즈음 나는 페리코 세라마드릴레스와 함께 자주 해변을 찾았다. 우리는 정오에 사무실을 나와 땀으로 뒤범벅인 사람들 틈에서 전차를 타고 해변으로 가서 오후 근무 시간이 시작될 때까지 점심 식사를 하며 시간을 보냈다. 어떤 때는 시내에서 사 간 샌드위치를 먹거나, 허름한 식당에서 파에야를 사 먹기도 했는데, 파에야는 가격이 비싸고 소화도 잘 안 되는 데다가 식후에는 일을 할 수 없을 정도로 졸리게 만들어 곧 점심 메뉴에서 제외되었다. 한번은 오후에 우리 두 사람 모두 사무실에서 엎드려 잠든 적도 있었다. 사실 몇 사람 되지 않는 고객들이 여름휴가를 떠나 그다지 상관은 없었다. 그리고 이따금 돌로레타스가 신문을 말아 파리를 때려잡는 소리만 들릴 뿐, 사무실은 쥐 죽은 듯 조용했다.

1918년 7월 12일 토토르노 경사가 보낸, 바스케스 반장이 부탁한 일을 어떻게 처리했는지에 대한 편지.

증빙서류 7e(부록 1)
(법정 통역사 구스만 에르난데스 데 펜윅의 영문 번역 첨부)

존경하는 반장님께

　반장님의 지시를 신속하게 이행하지 못해 죄송합니다. 현재 제 처지가 경찰서 분위기와는 어느 정도 거리를 두고 있는 탓에 그 일을 하는 게 쉽지 않다는 점을 이해하시지요? 저는 불쌍한 네메시오의 감금 소식을 어떤 공식적인 경로로 반장님께 알려 드릴 수 있을까 고심한 끝에 마침내 그 방도를 찾았습니다. 네메시오의 귀에 반장님의 전근 소식이 들어갈 수 있도록 조치를 취한 것입니다. 다시 말해, 지금쯤이면 네메시오는 반장님이 테투안에 근무한다는 사실을 알 것이고, 제 예상이 틀리지 않다면 네메시오는 이미 반장님의 도움을 받을 수 있도록 수단과 방법을 가리지 않는 조치를 취했을 것입니다. 제 생각에 대한 반장님의 판단은 어떻습니까?
　제 타이핑에 관심을 보여 주셔서 감사합니다. 우리에게 반장님은 항상 어려운 길을 밝혀 주는 등불 같은 존재입니다. 어쨌든 보시다시피 제 타이핑 실력은 아직 멀었습니다. 그 외 별다른 소식은 없고, 늘 반장님의 지시를 기다리고 있겠습니다.

1918년 7월 12일, 바르셀로나
토토르노 경사 드림

동일 날짜에 네메시오 카브라 고메스가 바스케스 반장에게 자신의 고달픈 처지에 대해 보낸 편지.

증빙서류 7e(부록 2)

(법정 통역사 구스만 에르난데스 데 펜윅의 영문 번역 첨부)

　우리 주 예수님의 이름으로, 존경하는 반장님께

　예수그리스도께서 천사를 통해 반장님이 테투안에 계시다는 소식을 전해 주었습니다. 저는 그 소식을 듣고 너무나도 슬퍼 낙담했지만, 이런 말씀을 떠올렸습니다.

　너희가 옳지 않은 일을 할 때에는 너희에게 벌을 내리시어 이방인들 속에 흩으실 것이고, 또 너희 모두에게 자비를 베푸시어 그들 속에서 너희를 건져 내실 것이다.(구약 외경 「토비드서」 13장 5절)

　저는 영혼을 달래고 마음을 진정한 다음, 이 편지를 쓰기로 결심했습니다. 제가 지은 죄 탓에 일어나고 있는 이 엄청난 재난 앞에서 우리 주 하느님이 그러했듯 반장님이 손을 써 주셨으면 하는 바람과 함께 이 글을 쓰게 되었습니다. 성령의 도움으로 제 병을 치료한 박사들은 돈과 불화의 씨앗이 뒤엉켜 있는 길로 저를 다시 돌려보냈습니다. 반장님도 알다시피 저는 구역질 나는 방에 갇혀 있다가 하느님의 도움으로 간신히 벗어났지만, 반복된 어리석음과 잘못으로 이렇게 다시 감옥에 갇히게 되었습니다. 사실대로 말하자면, 그래도 지금이 그때보다는 훨씬 낫습니다. 여기서는 저를 기독교인으로 대해 주고, 구타도 없고, 차가운 물세례도 없고, 고문도 없고, 협박도 없으니까요. 여기 경찰들은 자애롭고 우리 하느님의 자비를 받을 만한 분들이라 불평할 게 없습니다. 그러나 저는 우리 하느님이 구름이나 불꽃, 아니면 다른 수많은 형태로(신의 은총으로) 계시를 내린다는 엄청난 진실을 잘 알고 있으며, 제가 그러한 진실을 전할 수 있는 단 한 분은 반장님입니다. 그러므로 제가 그러한 진실을 밝히기 위해서는 저를 억압하고 있는 이러한 물리적 족쇄에서 벗어나 자유로워져야 합니다. 반장님, 제발 저를 위해 손 좀 써 주십시오. 저는 사람들이 말하는 것처럼 범죄자도, 미친 사람도 아닙니다. 단지 악의 그물에 걸려든 피해자일 뿐입니다. 저를 도와주십시오. 그러면 이생에서는 성령들이, 저승에서는 영원하신 하느님이 반장님에게 상을 내리실 겁니다.

저는 날마다 예수그리스도와 이야기를 나눕니다. 그리고 예수그리스도에게 아랍인들로부터 반장님을 구원해 주시길 부탁드립니다. 건강하십시오.

1918년 7월 12일, 바르셀로나
네메시오 카브라 고메스 드림

(추신: 반장님은 성령이 보낸 사신을 통해 이 편지를 받을 겁니다. 그에게 아무런 질문도 하시지 말고, 그의 눈을 뚫어지게 쳐다보지도 마십시오. 혹시나 끔찍한 고통을 받으실 수도 있으니까요. 안녕히 계십시오.)

데이비드슨 판사 르프랭스에 대한 테러가 있었던 기간에 다시 그를 암살하려던 시도는 없었습니까?

미란다 없었습니다.

판사 테러리스트들이 그렇게 쉽게 포기했다고 생각합니까?

미란다 모르겠습니다.

판사 내가 얻은 정보에 따르면, 그건 그들의 방식이 아닙니다.

미란다 모른다고 말씀드렸습니다.

판사 내 수중에 들어온 정보에 따르면, 1918년 한 해 동안 바르셀로나에서는 '사회적 테러'로 분류될 수 있는 테러가 87건 발생했습니다. 테러로 인한 희생자 수는 사망한 사업주 4명, 부상당한 사업주 9명, 사망한 노동자와 관계자 11명, 부상당한 노동자와 관계자 43명이며, 이것은 무수한 화재와 다이너마이트 폭발에 의한 물질적 피해를 제외한 수치입니다. 특히 5월에는 일반 대중이 식료품 가게들을 약탈해서 당국은 비상 계엄령을 발동하고서야 그 사태를 진압할 수 있었습니다.

미란다 당시가 위기 상황이었음은 의심할 여지가 없습니다.

판사 그런 상황에서 르프랭스를 표적으로 삼은 테러가 재발하지 않았다는 게 이상하지 않습니까?

미란다 모르겠습니다. 그 문제에 대해서는 내 의견이 그렇게 중요하지 않을 텐데요.

판사 테마를 바꿔 봅시다. 바스케스 반장이 갑자기 추방당한 이유가 뭐라고 생각합니까?

미란다 추방이 아닙니다.

판사 표현을 수정하겠습니다. 바스케스 반장이 왜 갑자

기 근무지를 옮겼는지 설명할 수 있습니까?

미란다 그러니까…… 그는 공무원이잖습니까?

판사 그건 나도 압니다. 나는 사볼타 사건에서 반장을 격리한 진짜 이유가 무엇인지를 묻고 있습니다.

미란다 모르겠습니다.

판사 테러가 갑자기 중단된 것과 바스케스 반장이 근무지를 옮긴 것과는 아무 관계가 없을까요?

미란다 모르겠습니다.

판사 마지막으로 묻겠는데, 르프랭스를 겨냥한 테러가 혹시 다른 사건들을 은폐하기 위한 자작극 같은 것은 아니었을까요?

미란다 모르겠습니다.

판사 그렇다는 뜻입니까, 아니라는 뜻입니까?

미란다 모르겠습니다. 모르겠어요.

하루하루가 다르게, 한 시간, 일 분, 아니, 일 초가 다르게 외로움이 깊어지면서 나의 우울증도 심해졌다. 고통에 시달리는 영혼을 달래고자 산보를 나가면, 눈앞이 흐려지면서 발걸음이 내 의지와는 상관없이 무작정 나를 데려가는 이상한 증상이 나타났다. 이따금 변두리 같은 낯선 장소에 있는 나를 발견하기도 했다. 어떻게 해서 그곳까지 오게 되었는지조차 알 수 없었다. 집으로 돌아가기 위해서는 지나가는 사람들에게 길을 물어야 했다. 어떤 때는 산책을 시작한 지 얼마 되지 않아 사거리가 나오면 어디로 가야 할지 몰라 동상이나 거지처럼 그곳에 우두커니 서 있다가, 배가 고프거나 지치면 그때에야 돌아왔다. 낯익고 익숙한 장소를 벗어나면 치명적인 슬픔이 엄습해 왔다. 죄지은 사람처럼 온몸이 부들부들 떨리면서 눈에 눈물이 그렁그렁 맺혔다. 그러면 나는 집으로 돌아와 네 벽으로 둘러싸인 방 안에 들어가, 버림받은 그 느낌을 떨쳐 내기 위해 엉엉 소리 내어 울었다. 때로는 밤새 울다가 잠이 들기도 했으며, 잠에서 깨어나면 양쪽 볼이 축축하고 베개가 흥건히 젖어 있었다. 한때 자살도 진지하게 생각했지만, 삶에 대한 집착보다는 비겁함 때문에 곧 포기했다. 이제는 책 읽는 것조차 싫었고, 극장에 가더라도 쇼나 공연이 시작하기도 전에 그곳을 뛰쳐나왔다. 한곳에 가만히 있을 수가 없었다. 나중에는 세라마 드릴레스와 함께 외출하는 것도 그만둬, 우리의 관계도 형식적이고 단순한 동료 관계로 소원해졌다.

1918년 7월 17일 바스케스 반장이 네메시오 카브라 고메스의 석방을 위해 내무부 장관에게 보낸 탄원서.

증빙서류 7f
(법정 통역사 구스만 에르난데스 데 펜윅의 영문 번역 첨부)

마드리드의 내무부 장관께

선처를 호소합니다. 본인은 1918년 7월 12일 네메시오 카브라 고메스가 보낸 편지를 받았습니다. 현재 그자는 바르셀로나 경찰서에 구속 중이며, 몇 달 전에 본인이 바르셀로나에서 근무하던 중 알게 되었습니다. 당시 그자는 약간 정신착란 증세를 보였으며, 나중에는 그것 때문에 정신병원에 감금되기도 했습니다. 하지만 그곳에서 부분적으로나마 점차 회복의 기미가 보이면서 별다른 위험 증상이 없자 퇴원 조치를 받아 다시 사회로 복귀했습니다. 노동과 사람들과의 접촉을 통해 이성과 평형을 되찾을 수 있는 기회를 제공한다는 사유였습니다. 하지만 그자는 몇 주 전에 시가 위조 범죄를 저질러 다시 구속된 상태입니다. 본인이 서면으로 장관님께 선처를 구하는 것은 그자가 법적책임을 감당할 수 없을 만큼 정신력이 해이한 자이고, 구속이 그자의 병을 더욱 악화시키고 불치로 만들 것이라는 판단 때문입니다. 존경하는 내무부 장관님, 그자를 다시 사회에 복귀시켜 올바른 치료를 받을 수 있도록 조치해 주십시오. 장관님의 선처를 간곡하게 탄원합니다.

하느님의 가호가 함께하기를 기원합니다.

1918년 7월 17일, 테투안
경찰과 형사 알레한드로 바스케스 리오스

스크랩: 1918년 7월 25일 자 바르셀로나 일간지(신문 이름은 나와 있지 않음).

증빙서류 9a
(법정 통역사 구스만 에르난데스 데 펜윅의 영문 번역 첨부)

인사 동정

바르셀로나 경찰과 형사로 재직했고, 테투안에서 동일 임무를 수행했던 알레한드로 바스케스 리오스가 바타(기니) 경찰과 형사로 임명되었다.

우리 바르셀로나 시민은 그의 각별한 호의와 애정을 기억할 뿐만 아니라, 그가 업무에서 보여 주었던 지혜와 열의와 인간성에 경의를 보낸다. 우리는 금번의 인사 발령을 진심으로 축하하며, 그가 새로 부임하게 된 아름다운 도시에서 잘 지내기를 기원하는 바이다.

나는 하염없이 술을 퍼마시기 시작했다. 알코올의 힘을 빌리면 신경이 무뎌져 시간을 좀 더 수월하게 보낼 수 있을 거라는 헛된 희망으로, 퇴근하면서부터 술을 마셨다. 하지만 신경은 더욱 날카로워지고, 시간은 흐르지 않고, 고통스러운 생각만 들었기 때문에 정반대의 효과만 얻었을 뿐이다. 술에서 깨어나면 온몸에 경련이 일면서 허공에 둥둥 떠다니는 기분이었다. 속이 쓰리고, 목구멍과 입에 솜덩어리가 틀어 막힌 기분이었다. 날이 갈수록 몸이 둔해져 생각한 대로 움직여지지 않았고, 손으로 물건을 찾지 못해 더듬거렸다. 나는 그대로 눈이 멀어 버릴까 두려웠으며, 전구가 켜져 있지 않으면 불안해서 숨도 쉬지 못했다. 어떤 때는 귀가 먹었다는 착각에 빠진 채 잠에서 깨어났고, 그럴 때면 물건들을 바닥에 내던지며 소리를 확인하고서야 마음이 놓였다. 어떤 때는 말을 할 수 없을 것 같아서 일부러 소리를 내어 내 목소리를 듣고자 기를 쓰기도 했다. 술을 끊어도 이상한 증세는 사라지지 않았다. 어느 날 밤엔 온몸에 전율을 느끼며 깜짝 놀라서 깨어났다. 머리가 지끈거리고 눈이 빠질 것처럼 아팠는데, 이마에 손을 얹어 보니 펄펄 끓고 있었다. 나는 그 어느 때보다 혼자라는 기분이 들어 가족이 있는 집으로 돌아가기로 결심했다. 코르타바네스는 무기한 휴가를 허락했다. 그는 내가 다시 돌아오거나 확실하게 사표를 낼 때까지 자리를 비워 두겠다고 약속했지만, 휴직 기간 동안에는 급여를 지불할 수 없다며 안타까워했다. 그해 사무실에 일이 많지 않은 탓이었다. 나는 서운하지 않았다. 코르타바네스는 장단점을 골고루 지닌, 하나를 얻으면 하나를 잃는 그런 사람이었다. 나는 집주인과도 똑같은 방식으로 합의점을 찾았다. 집주인은 내가 월세를 계속 내는 한 다른 사람에게 세를 놓지 않겠다고 약속했다. 그래서 월세 내는 건 세라마드 릴레스에게 부탁했다.

나는 기차에 몸을 싣고 이틀 후 바야돌리드에 도착했다. 어머니가 냉랭한 시선으로 나를 맞아 준 반면, 여동생들은 날뛸 정도로 반가워했다. 마치 왕이 방문한 것 같은 반응이었다. 동생들은 하루 종일 맛있는 음식들을 내놓으면서 나를 극진하게 보살펴 주었다. 내 안색이 좋지 않으니, 화색이 제대로 돌아오려면 살도 찌우고, 잘 자고 잘 먹어야 한다고 했다. 나 역시 다시 집으로 돌아오니 마음이 안정되고 평화로웠다. 한편 내가 왔다는 소식이 작은 도시에 곧 퍼졌다. 우리 집은 연일 옛 친구들이나 얼굴도 모르는 사람들로 북적거렸다. 그들의 관심은 바르셀로나의 생활과 그 지역 신문의 화두였던 무정부주의자들의 테러 사건이었다. 나는 직접 테러에 가담한 인물처럼 그들에게 상세한 이야기를 들려주었으며, 그때마다 마치 내가 그 사건의 주인공이나 되는 것처럼 묘사했다.

그렇지만 나의 주변을 에워싼 그들의 열기는 공허함 그 자체였다. 나는 어릴 적 친구들에게서 예전의 끈끈한 정을 느끼지 못했다. 세월이 흐르면서 친구들도 많이 변했다. 친구들은 나와 비슷한 나이였지만, 나이가 더 들어 보였다. 그중에서 어떤 친구들은 젖비린내 나는 어린 여자들과 결혼해서 마치 아버지처럼 행세했다. 처음에는 그들이 재미있었지만, 나중에는 짜증이 날 정도로 고루하게 느껴졌다. 대부분이 나름대로 사회적 위치에 오른 탓인지 새로운 변화나 시도에는 관심조차 없어 보였다. 새로 알게 된 친구들은 더 끔찍했다. 그들은 카탈루냐와 그곳에 관련된 모든 것을 끔찍하게 혐오했다. 독하고 잘난 척하고 배타적인 카탈루냐 상인들과 상대하면서 편견에 사로잡혔던 것이다. 그들은 카탈루냐 지방의 악센트를 흉내내거나 카탈루냐의 지역성을 비웃는 데 열을 올렸고, 흥분하며 지역주의를 비난했다. 그들은 내가 카탈루냐의 모든 결점을 안고 있는 사람이나 되는 것처럼 갖가지 논리로 나를 넌덜머리 나게 만들었다. 보아하니 그들은 자신들의 적개심을 불러일으키기 위해 내가 국가 체제에 반항적이고 반애국적인 논리를 펼치기를 은근히 기대하고 있었다. 내가 그들의 기대에 부응하지 않고 그들과 똑같은 입장을 취하기라도 하면, 실망한 나머지 나의 동의나 침묵을 숫제 무시했다. 혹시 내가 차분하게 그들의 견해를 지적하거나 논의의 초점을 바꾸기라도 하면, 마치 흥분한 설교사가 열띤 설교를 하듯 입에 게거품을 물면서 이

전보다 훨씬 더 강한 공격을 퍼부어 대기 일쑤였다.

　여자들은 하나같이 못생기고 옷도 촌스럽게 입었으며, 그녀
들과의 대화는 싱겁기 짝이 없었다. 그녀들과 함께 있다 보면
불쾌해지면서 테레사와 함께하던 시절이 그리워졌다. 그녀들은
독신인 나에게 많은 농담을 건넸으며, 딸자식을 둔 어머니들은
뚜쟁이처럼 내 주위를 서성이며 요모조모 뜯어보는 눈치였다.

　우리 가족은 가난했다. 물질적으로 부족하기도 했지만, 우
리 가족을 에워싸고 있는 수녀원 분위기 때문이기도 했다. 수
녀원 분위기 탓인지 우리 가족은 사치는 고사하고 단순한 쾌
락에도 인색했다. 집은 마치 햇빛이 '양탄자를 상하게 하는' 죄
를 짓기라도 하는 것처럼 늘 어두웠고, 음식은 양념을 아끼다
보니 싱거웠다. 우리 집에서 모든 사물의 척도는 소위 '눈곱만
큼'이었다. 여동생들도 수녀 분위기를 풍겼으며, 연옥을 떠도
는 영혼들처럼 벽에 딱 달라붙어 가급적 사람들의 눈에 띄지
않게 미끄러지듯 조용히 걸어 다녔다. 집 밖에 나가는 것조차
끔찍이 싫어했고, 사람들을 만나면 우스꽝스러운 꼭두각시 인
형처럼 행동했다. 여동생들은 내성적인 면을 숨기고자 했으며,
자신들을 에워싼 이 세상과 당당하게 맞서지 못하는 무능력
때문에 고통받았다.

　나는 사람들이 잘 대해 줘 기분은 한결 나아졌지만 그 도시
가 점점 지겨워지기 시작했다. 그곳에서 오랜 세월 살게 되면
내 인생이 어떻게 될지 생각해 보았다. 새로운 일자리를 찾고,
친구들을 다시 사귀고, 식구들과 함께 살고, 여자를 포기하고,
고향의 관습에 쉬 적응하지 못해 실수를 저지르며 살아야 할
것이다. 나는 득실을 꼼꼼하게 저울질한 후 바르셀로나로 돌아

가기로 결심했다. 여동생들은 크리스마스 때까지는 떠나지 말라고 애원하며 매달렸다. 여동생들의 청을 들어주기는 했지만 더 지체하지는 않았다. 나는 '댄디'로 행세하는 나 자신과 고향에 적응하지 못하는 내 처지를 뒤로한 채 질릴 대로 질려 다시 기차에 올랐다. 새해 들어 둘째 날이었다.

1918년 10월 30일 토토르노 경사가 바스케스 반장에게 보낸, 소식 겸 충고를 전하는 편지.

증빙서류 7g
(법정 통역사 구스만 에르난데스 데 펜윅의 영문 번역 첨부)

존경하는 반장님께

답장이 늦어 죄송합니다. 반장님이 관심을 보일 만한 소식은 거의 없지만, 며칠 전에 일어난 일이 중요한 것 같아 서둘러 글을 드립니다. 네메시오 카브라 고메스가 홀딱 벌거벗은 몸으로 대성당 앞에서 구걸을 하다가 연행되어, 그를 다시 가두게 되었습니다. 이번에는 육 개월 실형을 받았는데, 그 어느 때보다 더 횡설수설합니다. 그런데 그자의 소지품에서 재미있는 물건이 발견되었습니다. 경찰서의 동료에 따르면, 법에 따라 개인 소지품을 몰수했는데 그중에 '하찮은' 종잇조각과 여러 물건들이 있었다는 겁니다. 아무튼 제 생각에는 '하찮은' 종잇조각이 하찮은 것 같지 않은, 꽤나 중요할 것 같은 예감이 드는데, 문제는 그것을 어떻게 손에 넣어야 할지 모르겠다는 것입니다. 어떻게 할까요? 저는 항상 반장님의 지시만 기다리고 있습니다.

깜둥이들이 인육을 좋아하고 야만적인 행동을 일삼으니 조심하십시오. 몸조심하고 건강히 계십시오.

1918년 10월 30일, 바르셀로나
토토르노 경사

1918년 11월 10일 바스케스 반장이 토토르노 경사에게 답장으로 보낸 편지.

친애하는 경사에게

나는 지금 이상한 병에 걸린 채 침대에 드러누워 하루하루 죽어 가고 있네. 의사들은 열대성 열병으로 진단하면서 척박한 이곳을 떠나면 바로 나을 거라고 하지만, 내가 보기에는 나을 것 같지가 않네. 나는 눈에 띄게 여위었다네. 안색이 시푸르고 눈자위가 푹 꺼진 데다 얼굴에 온통 기미까지 낀 게, 내가 보기에도 측은할 정도라네. 거울을 들여다볼 때마다 하루가 다르게 악화되는 것 같아 몹시 두렵네. 잠을 자지 못하고, 위가 음식을 받아들이지 못해 소화조차 힘들며, 신경조직도 정상이 아니네. 참을 수 없는 더위에다, 사방에서 시도 때도 없이 둥둥거리는 소리가 골수까지 차 있는 기분이네. 우리가 다시는 만나지 못할 것 같은 생각이 드는군.

이제 네메시오 카브라 고메스에 대해선 관심조차 없네.
잘 있게.

1918년 11월 10일, 바타

바스케스

2부

1

12월의 어느 날 밤 9시 30분, 지저분한 비가 추적추적 내린 탓인지 기분이 썩 유쾌하지 않은 밤이었다. '이상주의자' 로시타로 더 잘 알려진 로사 로페스 페레르가 포도주를 한 모금 들이켰다가 입 밖으로 거칠게 내뱉었다. 그 바람에 아까부터 한쪽 구석에서 아무 말 없이 그녀를 지켜보고 있던 한 사내에게 포도주가 튀었다. 로시타는 창녀를 업으로 하여 살아가는 여자로, 두 번이나 구속되어 감옥에 다녀온 경력이 있었다.(첫번째는 장물을 처분한 죄로, 두 번째는 테러리스트 용의자를 은닉한 죄로 체포되었다.)

"젠장, 포도주에 물이나 잡다한 걸 섞어서 뭘 어쩌자는 거야! 하루 이틀도 아니고 날이 갈수록 더 심해지잖아!"

로시타가 술집 주인에게 고래고래 소리를 질렀다.

술집 주인은 안색 하나 변하지 않고 주위를 두리번거렸다. 그는 말없이 가만히 앉아 있는 사내 이외에 다른 증인이 없다는 걸 확인한 후 로시타에게 말했다.

"후작 부인, 괜한 일로 힘 빼지 마시지."

"주인, 말조심하시오."

말 없던 사내가 끼어들었다.

사내는 두 시간이 넘도록 로시타로부터 눈길도 떼지 않은 채 나무 의자에 쭈그리고 앉아 있었다. 그러나 '이상주의자' 로시타는 그의 존재조차 몰랐다는 듯 멀뚱히 그를 바라보았다.

"여기 있어 봤자 당신은 국물조차 구경 못 할걸!"

로시타가 남자에게 쏘아붙였다.

"나는 단지 정의를 지키고 싶었을 뿐이오."

사내가 사과했다.

"저 빌어먹을 거리로 나가서 네놈 마음대로 지키든지 지랄하든지 해!" 술집 주인이 바 스탠드 위로 몸을 쭉 빼며 소리를 질렀다. "벌레 같은 놈이 버티고 있으면 장사만 망치니까. 네놈은 오후 내내 여기서 죽치고 있는 동안 일전 한 푼 쓰지 않았어. 네놈은 내장이 늑대보다 더 시커멓고 냄새까지 지독해서 내가 미칠 지경이라고!"

사내는 심한 욕을 얻어먹었으면서도, 원래의 서글픈 표정 이외에는 별다른 표정을 짓지 않았다.

"알았소. 너무 그러지 마시오. 이제 곧 나갈 테니."

'이상주의자' 로시타는 그런 남자가 측은해 보였다.

"밖에 비가 오고 있어요. 우산은 있나요?"

"없소. 하지만 걱정하지 마시오."

로시타가 독기 어린 눈으로 사내를 노려보고 있던 술집 주인을 향해 고개를 돌렸다.

"우산 없어요?"

"나한테 원하는 게 뭐야? 저런 놈은 비를 맞아도 상관없어."

'이상주의자' 로시타가 고집을 피웠다.

"비가 잦아들 때까지 여기 있게 해 줘요."

술집 주인이 관심조차 없다는 듯이 어깨를 으쓱한 후 하던 일을 계속하자, 사내는 다시 나무 의자에 털썩 주저앉아 아무 말 없이 로시타를 바라보았다.

"저녁 먹었어요?"

로시타가 물었다.

"아직."

"언제부터 안 먹은 거예요?"

"어제 아침부터요."

마음씨 좋은 창녀는 술집 주인이 잠깐 한눈을 파는 사이, 바 스탠드 위에 놓여 있던 빵 한 조각을 슬쩍 집어 남자에게 주었다. 그러고는 초리소가 담긴 접시도 얼른 건네주었다.

"주인이 안 볼 때 얼른 몇 개 집어요."

로시타가 사내에게 소곤거렸다.

사내가 접시에 손을 쑥 집어넣었다. 두 사람은 의심쩍은 행동을 하다가 술집 주인에게 정통으로 걸렸다.

"이런 나쁜 놈을 봤나! 이 도둑놈아!"

술집 주인이 고래고래 소리를 내지르는 것과 동시에 식칼을 휘두르며 바 스탠드 뒤에서 쫓아 나왔다. 사내는 초리소 조각을 얼른 입안에 밀어 넣으며 '이상주의자' 로시타 뒤에 재빠르게 숨었다.

"저리 비켜, 로시타. 저 자식을 당장 요절낼 테니!"

술집 주인이 버럭 소리를 질렀다.

그때 마침 그곳 분위기와는 전혀 어울리지 않는 노신사가 안으로 들어오지 않았더라면 주인은 그 협박을 실행하고도 남았을 것이다. 노신사는 중간 키에 나이가 지긋하고 마른 편이었으며, 머리가 하얗고 진지한 표정이었다. 비싼 옷을 입었으며, 외모나 입고 있는 옷으로 볼 때 돈푼깨나 있는 것 같았다. 노신사는 다른 일행 없이 혼자 들어와 문 입구에 선 채, 술집 내부와 그곳에 있는 사람들을 신기한 듯 쳐다보았다. 노신사는 그런 지저분한 곳에는 절대 오지 않을 것 같은 분위기였다. 술집 주인과 로시타, 사내는 노신사의 외투와 모자가 비에 흠뻑 젖어 있는 것을 보고 그가 비를 피해 들어왔다고 생각했다.

"뭘 도와드릴까요? 손님?" 술집 주인이 식칼을 앞치마 뒤로 얼른 숨긴 후 몸을 90도 각도로 숙인 채 입구 쪽으로 걸어가며 사근사근하게 물었다. "어서 안으로 들어오시지요. 영 지랄 맞은 밤이네요."

막 술집 안으로 들어선 노신사는 술집 주인과 그의 앞치마를 미심쩍은 듯 바라보았다. 앞치마 옆으로 고기용 식칼의 뾰족한 날이 튀어나와 있었다. 노신사는 안쪽으로 몇 걸음을 옮기더니 외투와 모자를 벗어 기름때에 전 옷걸이에 건 다음, 그때까지 아무 말 없이 겁에 질려 있던 사내를 향해 성큼성큼 걸어갔다. 노신사가 기적적으로 나타나 사내는 간신히 목숨을 건졌다.

"이름이 뭔가?"

노신사가 물었다.

"네메시오 카브라 고메스입니다, 어르신."

"다른 손님에게 방해가 되지 않도록 저쪽 탁자로 가지. 사업상 할 얘기가 있네."

이미 기세가 꺾인 술집 주인이 방금 들어온 노신사에게 다가갔다.

"죄송합니다만, 이 사람이 초리소를 훔쳤습니다. 제가 보기에는 두 분이……."

노신사는 근엄한 표정으로 술집 주인을 한번 쓱 쳐다보더니 호주머니에서 동전 몇 개를 꺼냈다.

"이걸로 계산하시오."

"감사합니다, 손님."

"그리고 이 사람 저녁 식사도 가져오게. 나는 아무것도 필요 없네."

하나도 빼놓지 않고 사건 추이를 지켜보고 있던 네메시오는 양손을 비비며 자신의 꺼칠한 얼굴을 '이상주의자' 로시타에게 가까이 가져갔다.

"로시타, 나는 조만간 부자가 될 거요." 네메시오가 아주 나지막하게 소곤거렸다. "성모마리아에게 맹세컨대, 그날이 오면 당신을 이 시궁창에서 구해 내 편히 살게 해 줄 거요."

마음씨 좋은 창녀는 자기 눈앞에서 벌어지고 있는 일이 믿어지지 않았다. 물과 기름처럼 서로 겉도는 두 사람이 전부터 아는 사이란 말인가?

세라마드릴레스가 내 눈앞에서 개혁공화당 당원증을 흔들어 보였다. 그가 다섯 번째로 가입한 정당이었다.

"우리가 낸 당비로 무엇을 하는지 알아봐야 한다고."

세라마드릴레스가 나에게 말했다.

세라마드릴레스는 얘기하고 싶어 했지만 나는 별로 얘기하고 싶은 마음이 없었다. 나는 바야돌리드에서 돌아온 후 코르타바녜스의 묵언의 동의하에 다시 사무실로 복귀했다. 내가 바야돌리드에서도 적응하지 못하고 돌아왔다는 것은 부끄럽게도 한눈에 드러났다. 코르타바녜스는 그것에 대해 아무것도 묻지 않는 배려를 베풀어 주었다. 나를 다시 사무실로 받아준 것은 다정한 무관심이었지만, 어쩌면 그런 무관심이 나에게는 애정보다 편했다.

"이봐, 절차는 아주 간단해. 자네가 어떤 정당이든 일단 한 정당에 가입하면 그때부터 시작되는 거야. '여기다 돈 내고, 저기다 돈 내고, 여기서 투표하고, 저기서 투표하고.' 그러고 나면 이렇게 얘기하지. '우리가 보수주의자들을 엿 먹였습니다.' '우리가 개혁주의자들을 엿 먹였습니다.' 도대체 그게 다 무슨 필요가 있냐고."

하루하루가 흘러가도 바뀌는 것은 아무것도 없었다. 물가는 올라가고, 쥐꼬리만 한 봉급은 제자리였다.

세라마드릴레스는 돌아가는 상황에 따라 이번에는 개혁파가 되어 수도원과 궁전들을 약탈해야 한다며 침을 튀겼다. 하지만 불과 이 년 전만 해도 그는 파업과 난동을 단호하게 뿌리 뽑기 위해서는 무장 군인이 투입되어야 한다고 주장했다.

사실 1919년의 국내 사정은 여태껏 우리가 겪었던 것 중에서도 최악이었다. 시골에서 무작정 상경하는 사람들이 시커멓게 무리를 지어 도시로 밀려들었고, 공장이 문을 닫으면서 실업자가 대량으로 속출했다. 도시에서는 어린아이들조차 제대로 먹이지 못했다. 무작정 도시로 밀려든 사람들은 유령처럼 휑한 얼굴로 굶주린 배를 움켜쥐고 거리를 배회했다. 그나마 몇몇 사람들만이 단출한 보따리에 최소한의 생필품을 챙겨 질질 끌고 다닐 뿐, 대부분의 사람들은 호주머니에 양손을 찔러 넣은 채 일자리와 잠자리, 음식, 담배, 돈을 구걸하며 돌아다녔다. 비쩍 마른 아이들은 거의 벌거벗다시피 한 채 돌아다니며 길 가는 행인들을 소매치기했다. 각 연령층의 창녀들도 보기에 안타까울 정도로 사방에 널려 있었다. 그래서 노조원과 저항 단체들은 이러한 비극의 물결을 파업과 테러로 자연스럽게 연결시킬 수 있었다. 영화관이나 연극 공연장, 광장, 거리에서는 대중 집회가 열리고, 빵을 만드는 공장은 군중의 주요 습격 대상이 되었다. 유럽에서부터 들려오는 러시아에 대한 뒤숭숭한 소문들이 무산자들의 사기를 북돋우고 그들의 상상력에 불을 지폈다. 벽에 새로운 포스터들이 붙으면서 사람들의 입에서는 레닌의 이름이 강박관념처럼 자주 오르내렸다.

반면에 위정자들은 내심 불안해하면서도 겉으로는 내색조차 하지 않았다. 그들은 말만 부풀려 장황하게 떠들어 대며 불쌍한 사람들을 자기네 쪽으로 끌어들이는 데만 혈안이 되어 있었다. 그들의 공약은 잔인하고도 한없이 너그러웠다. 먹을 것이 부족하다 보니 말만 난무하고, 달리 뾰족한 수가 없는 불쌍한 사람들은 헛된 희망만을 먹고살았다. 야망에 눈이 멀어 악다구니만 쓰며 힘들게 살아가는 대중 안에서는 증오가 싹트고 폭력이 들끓었다.

어둠침침했던 2월의 어느 날 오후, 세라마드릴레스의 모습이 이러한 서글픈 상황을 더욱 극명하게 보여 주었다.

"자네, 지금 내가 무슨 말을 하고 있는지 알아? 정치하는 놈들은 우리의 피와 땀으로 자기네들 살 궁리만 하는 놈들이라고."

세라마드릴레스는 자기가 대단한 사실이라도 알아낸 듯 근엄하게 고개를 끄덕이며 말했다.

"잘 알면서 왜 탈당하지 않지?"

내가 물었다.

"공화당에서?"

"그래."

"아! 그럼 내가 어느 정당에 가입해야 하지? 다 똑같은데."

세라마드릴레스가 당황한 듯 소리를 질렀다.

나로서는 할 말이 없었다. 내 일이 아닌 한 상관조차 없었다. 아무리 혼란스러운 혁명이라도 나의 잿빛 인생에, 불투명한 나의 미래에, 힘겨운 나의 고독에, 무겁게 짓누르는 나의 권태에 일말의 변화라도 가져다줄 수 있는 것이라면, 나는 그것을 부활의 의미로 받아들일 마음의 준비가 되어 있었다. 혁명을 일으킨 쪽이 어느 쪽이든 개의할 바가 아니었다. 나의 근무 시간과 휴식 시간은 지겨움으로 잔뜩 녹이 슬었고, 나의 일상은 더러운 하수도 물처럼 의미 없이 무작정 흘러가고 있었다.

그러다가 잘된 건지 잘못된 건지는 모르겠지만, 아주 우연한 사건으로 내 인생에 커다란 변화가 일어났다.

세라마드릴레스와 내가 저녁 식사를 마친 후 거리를 돌아다닌 날 밤에 모든 것이 시작되었다. 겨울에서 초봄으로 넘어가는 계절의 길목이라, 날씨가 불안정하기는 했지만 나쁘지는 않은 편이었다. 2월 중순경으로, 맑고 온화한 날씨였다. 그날 갑작스럽게 들이닥친 손님 때문에 퇴근이 늦어진 세라마드릴레스와 나는 사무실 근처의 식당에서 저녁을 먹은 후 11시에 거리로 나와 계획도 없이 무작정 걷기 시작했다. 그러다가 의견의 일치를 보고 함께 사창가로 들어섰다. 때마침 사창가는 긴 겨울잠에서 깨어나고 있었다. 사창가 어귀는 참혹한 몰골에 누더기를 걸친 사람들로 북적거렸다. 그들은 지칠 대로 지친 일상에서 벗어나 그곳의 음탕한 싸구려 분위기에서 잠시나마 위안을 얻기 위해 나온 사람들이었다. 술 취한 사람들은 노래를 흥얼거리면서 비틀거리며 걸어갔고, 창녀들은 문기둥에 기댄 채 푸르스름한 가스등 밑에서 부끄러움도 없이 호객 행위를 하고 있었다. 으슥한 골목길에서는 건달들이 칼날을 드러내며 행인들을 노려보고 있었고, 비단 장식을 두른 가난한 중국인들은 싸구려 장신구와 고약, 매운 소스, 뱀 가죽, 세밀하게 조각된 작은 수공예품들을 찬송가 부르듯 흥얼거리며 팔고 있었다. 바에서는 사람들 떠드는 소리와 음악 소리, 담배 연기, 튀김 냄새가 묘하게 뒤섞여 흘러나왔다. 이따금 밤을 찢어 놓는 듯한 섬뜩한 비명 소리도 들려왔다.

세라마드릴레스와 나는 아무 말 없이 쓰레기 더미로 지저분한 골목길들이 뒤엉켜 있는 미로 안으로 점점 더 깊숙이 들어갔다. 세라마드릴레스는 호기심에 사로잡혀 사방을 두리번거리며 걸어갔지만, 나는 주변의 서글픈 광경에는 관심조차 없었다. 우연인지 신비스러운 힘에 이끌렸는지는 모르겠지만, 그렇게 우리는 어느 한 장소에 다다랐다. 나에게는 이상할 정도로 익숙한 곳이었다. 그곳의 건물들과 울퉁불퉁한 보도블록, 상점들, 냄새와 빛이 잠들어 있던 나의 추억을 일깨우고 있었다. 그곳은 지금까지 우리가 지나친 거리들과는 달리 조용하고 황량했다. 항구 근처인 탓인지 눅눅한 소금기와 타르 냄새를 잔뜩 머금은 자욱한 안개가 깔려 숨을 쉬는 것조차 거북했다. 사이렌 소리가 울려 퍼질 때는 신음하는 듯한 기나긴 파장이 땅바닥 위로 질질 끌려가는 것 같았다. 나는 놀라서 겁에 질린 세라마드릴레스를 데리고, 차츰 가벼워지는 발걸음을 느끼며 성큼성큼 앞으로 걸어갔다. 세라마드릴레스는 내 뒤에서 바짝 쫓아왔다. 나는 억누를 수 없는 본능적 힘에 끌려가고 있었다. 그 순간에는 불확실한 운명이(어쩌면 죽음이) 나를 기다리고 있다고 해도, 나 혼자였다고 해도 끝까지 갔을 것이다. 세라마드릴레스는 무작정 내 결정을 따르는 것을 곤혹스러워했지만, 그렇다고 혼자 돌아갈 수도 없는 노릇이었다. 내가 발걸음을 멈추자, 그가 숨을 헐떡거리며 내 옆으로 바짝 다가섰다.

"어디를 가는지 알고서 가는 거야? 꽤 섬뜩한데."

"이제 다 왔어. 봐!"

나는 음침한 카바레 입구를 가리켰다. 깨지고 지저분한 간판에는 '다양하고 우아한 쇼'라는 문구와 가격이 적혀 있었다. 조율이 되지 않은, 다 죽어 가는 듯한 피아노 선율이 안에서부터 흘러나오고 있었다.

"설마 저기 들어가자는 건 아니겠지?"

세라마드릴레스가 두려움에 사로잡힌 표정을 지으며 물었다.

"당연히 들어가지. 그러려고 온 건데. 자네는 틀림없이 이런 곳에 와 보지 못했을 거야."

"나를 어떻게 보고 하는 말이야? 나야 당연히 안 와 봤지. 그러는 자네는?"

나는 대답 대신, 카바레의 문을 밀고 안으로 들어갔다.

"마틸데! 도대체 어디 있는 거야?"

"부르셨어요?"

부인이 깜짝 놀라 뒤를 돌아보았다.

"깜짝 놀랐잖아!" 부인이 환하게 웃었다. 그녀는 하녀가 복도로 연결된 살롱 문에서 나타날 줄 알았다. "거기서 멍하니 뭘 하고 있어? 꼭 허수아비처럼."

"그야 사모님의 분부를 기다리고 있었죠."

부인이 고개를 뒤로 젖히는 순간, 돌돌 말린 긴 금발이 등 뒤에서 마치 황금 빛살처럼 흐트러졌다. 완연한 봄이었다. 봄 기운이 실내에 가득한 가운데 정점에 오른 찬연한 봄 햇살이 살롱의 거울에 반사되면서 사방에서 반짝이고 있었다. 그녀는 자신의 모습을 유심히 살피며 거울을 바라보았다. 거울 속에 비친 살롱의 모습이 자기와는 아무 상관 없는 완벽한 예술품처럼 느껴졌다. 그녀는 넓은 베란다 쪽으로 열린 유리문을 바라보았다. 베란다 끝에는 돌계단이 있고, 그 밑으로 푸른 잔디밭이 물결처럼 펼쳐져 있었다. 본래 그곳은 잔디밭이 아니라, 우뚝 솟은 버드나무와 흐느적거리는 수양버들, 위풍당당한 삼나무, 앙증맞은 목련, 아버지 같은 참피나무, 생글거리는 레몬 나무들이 숲을 이루며 빽빽이 들어서 있던 곳이었다. 그러나 그녀의 남편은 무슨 이유인지 그 많은 나무들은 물론이고, 힘든 고초를 겪으면서도 묵묵히 충성을 지키는 제라늄과 수선화, 아네모네, 앵초, 재스민, 네덜란드에서 직수입한 튤립, 장미, 작약과 같은 꽃나무들까지 다 쳐 냈으며, 장밋빛 대리석으로 만든 천사상 네 개에서 동서남북 방향으로 쉼 없이 물줄기를 쏟아 내던 연못까지 없애 버렸다. 그녀는 유리문을 내다보며 잠시 어릴 적의 추억에, 나른했던 사춘기 시절의 추억에 잠겨 들었다. 그녀의 손을 잡고 정원을 거닐던 아버지의 모습이 눈앞에 선했다. 그때 아버지는 날아다니는 나비를 가리키기도 했고, 느닷없이 뛰어올라 그녀를 깜짝 놀라게 한 메뚜기를 붙잡아 "이런 고얀 놈, 어서 썩 꺼지지 못해! 감히 우리 예쁜 딸을 놀라게 하다니."라고 말하기도 했다. 모두 흘러가 버린 시간이었다. 이제는 집과 정원도 예전 모습이 아니고, 아버지는 돌아가셨다……

"마틸데! 대체 어디 있는 거야?"

"부르셨어요?"

마리아 로사는 하녀의 상반된 모습을 찬찬히 뜯어보았다. 시골 출신답게 촌스러웠다. 고인돌 같은 몸집에 납작한 코, 딱 달라붙은 일자 눈썹, 툭 튀어나온 앞니와 보송보송한 콧수염. 그런데 이런 촌스러운 아이가 값비싼 고급 장식품들이 가득 찬 살롱에서 뭘 하고 있었던 거지? 흰 장갑에 하늘거리는 레이스가 달린 앞치마와 풀 먹인 헤어네트는 누가 입힌 걸까? 불쌍한 마틸데는 주인의 생각을 꿰뚫기라도 한 듯 시선을 내리깔고 뼈만 앙상한 손가락을 만지작거렸다. 마틸데는 꾸중을 들을까 봐 서둘러 용서를 빌 생각이었다. 그러나 마리아 로사는 기분이 좋았는지, 가볍게 웃음을 터트리며 까르르 웃었다.

"착한 마틸데!" 마리아 로사는 탄성을 지른 후 곧 위엄을 되찾았다. "미용사가 올 시간은 확인했니?"

"네, 사모님. 사모님 말씀대로 5시에 잡았습니다."

"시간이 넉넉해야 할 텐데……." 그녀는 거울에 비친 쌍둥이 살롱 속에서 자신의 모습을 찾고 있었다. "내가 살이 찐 것 같니, 마틸데?"

"아니에요, 사모님. 무슨 말씀이세요? 사실 사모님은 더 많이 드셔야 해요."

마리아 로사는 빙그레 미소를 지었다. 임신을 한 몸이지만 여전히 날씬한 편이었다. 스페인에서는 아직도 통통한 여자가 인기가 좋았다. 그렇지만 영화나 사진이 실린 잡지들에서는 하늘거리는 팔다리와 가느다란 허리, 쫙 빠진 엉덩이, 작은 가슴의 여자 모델들이 새로이 선보이기 시작했다.

우리가 카바레에 들어선 것과 때를 같이해 피아노 연주가 그치면서, 여자 피아니스트가 자리에서 일어나 째지는 목소리로 만담가의 공연을 알렸다. 그 만담가의 이름은 기억나지 않는다. 그날 몇 명 안 되던 손님들은 피아니스트에게 신경도 쓰지 않았고, 우리에게는 더더욱 신경을 쓰지 않았다. 세라마드 릴레스와 나는 발꿈치를 들고 빈 탁자들 사이를 조심스럽게 걸어가, 무대 근처에 있는 비좁은 좌석에 자리를 잡았다. 곧 나이가 들어 보이는 여자 두 명이 우리를 에워쌌다. 여자들이 우리 목에 팔을 두른 후 억지웃음을 지었다.

"아저씨들, 함께 있어 드릴까?"

"아주머니들, 괜히 시간 낭비하지 마세요. 우리는 돈이 없어요."

내가 여자들에게 대답했다.

"빌어먹을! 다들 똑같은 말만 한다니까!"

한 여자가 으르렁거렸다.

"그게 진짜 진실입니다."

세라마드릴레스가 약간 주눅이 든 표정으로 거들었다.

"돈이 없으면 집에나 처박혀 있어야지." 다른 여자가 나무라듯 말하며 자기 동료를 돌아보았다. "가자고. 이런 인간들에게 우리의 매력을 낭비할 필요는 없잖아."

그러자 세라마드릴레스에게 매달렸던 여자가 동료의 충고를 무시하며 치마를 걷어 올렸다.

"쫙 뻗은 다리를 보라니까!"

불쌍한 세라마드릴레스는 거의 기절하기 일보 직전이었다.

"우리한테서는 돈 한 푼 나오지 않을 거라고 미리 말씀드리지 않았습니까."

내가 거듭 양해를 구했다.

여자들은 알아듣기 힘든 욕설을 내뱉고는 불그스름한 엉덩이를 우스꽝스럽게 흔들며 물러났다. 세라마드릴레스가 안경을 벗고 이마에 흐른 땀을 닦아 냈다.

"우와, 엄청난데! 난 저 여자들에게 잡아먹히는 줄 알았어."

세라마드릴레스가 나지막하게 말했다.

"먹고살기 위해 그러는 것뿐이야."

"한 번이라도 성공했을까?"

"이곳은 허세를 부리는 사람들이 오는 곳이 아니야. 다들 거친 사람들이라고."

"취하지 않고 맨 정신으로는…… 저런 괴물들하고 도무지 못 할 것 같아. 그 여자 봤지? 세상에! 치마를 걷어 올리다니……."

그때 조용히 하라는 '쉬' 소리가 들려왔다. 무대에는 피아니스트가 거창하게 소개한 만담가가 이미 나와 있었다. 어릿광대라기보다는 수용소 포로를 연상하게 하는 처량한 몰골이었다. 그는 서글프고 기계적인 음성으로 우스갯소리나 농담거리를 쭉 읊어 대기 시작했는데, 정치적 색깔을 가미한 것도 있었지만 대부분이 노골적인 음담패설에 불과했다. 이중적 의미와 숨겨진 속뜻에 익숙하지 않은 관객들의 상상력으로는 도무지 알아들을 수 없는 이야기들이었다. 어찌 됐든 사람들이 야한 음담패설을 들으며 좋다고 낄낄거리며 웃었기 때문에, 수용소 포로의 연기는 작은 성공이나마 거둔 셈이었다. 만담가는 짧지만 뜨거운 박수갈채를 받으며 무대에서 물러났다. 만담가가 들어가자, 조명이 밝아지면서 피아니스트가 왈츠를 연주했다. 무대에서는 음악에 맞추어 남녀 두 쌍이 스텝을 밟았다. 남자들은 각각 선원과 인상이 험악한 불량배였고, 그들의 짝은 그곳의 접대부들이었다.

"무슨 이유로 이런 곳을 찾았는지 설명해 주겠나?"

세라마드릴레스가 물었다. 나는 친구의 그런 반응이 아주 재미있었다. 몇 년 전 르프랭스가 아무 얘기도 없이 무작정 이곳으로 나를 데리고 왔을 때처럼 세라마드릴레스는 경악을 금치 못하는 반면 나는 침착했다. 이제는 내가 상황을 주도하고, 세라마드릴레스는 그때 내가 맡았던 역할을 하고 있었다.

"가고 싶으면 가게."

내가 말했다.

"이런 곳을 나 혼자 돌아다니라고? 집어치워! 난 살아서 나가지 못할걸!"

"그렇다면 가만히 있어. 미리 말하지만 나는 이 공연을 끝까지 볼 거야."

새로운 공연이 시작되었다. 피아노 연주가 멈추고 불빛이 어두워지면서 무대 위로 조명이 내리비쳤다. 조명 한가운데로 걸어 나온 피아니스트가 조용히 해 달라고 여러 번 당부하자, 의자 끄는 소리와 웅성거리던 소리가 잦아들었다.

"존경하는 손님 여러분! 스페인은 물론, 국제적 명성을 떨치고 있는 연기자를 소개할까 합니다. 이번에 등장하는 연기자는 파리, 빈, 베를린 등 유럽 주요 도시의 최고급 카바레에서 신기에 가까운 묘기로 열렬한 박수갈채를 받았고, 몇 년 전 이곳에서도 대성황 속에 순회공연을 연 적이 있습니다. 존경하는 손님 여러분! 마리아 코랄입니다!"

이어 피아노로 돌아간 피아니스트가 섬뜩한 선율의 음악을 연주했지만, 몇 초 동안은 아무도 등장하지 않았다. 그런데 땅에서 솟구쳤을까, 아니면 허공에서 떨어졌을까, 마치 꿈속의 어두운 골목길에서 튀어나온 듯 집시 여자 마리아 코랄이 갑자기 무대에 모습을 드러냈다. 그녀는 이 년 전 르프랭스와 처음 만났던 날 밤에 입었던 가짜 보석이 달린 검은색 망토 차림이었다……

"르프랭스를 알고 있나?"

"르프랭스…… 아뇨. 그런 이름은 들어 본 적이 없는데요."

네메시오가 방금 나온 스튜 요리에서 눈길도 떼지 못한 채 대답했다.

"자네가 거짓말을 하고 있는지, 진실을 얘기하고 있는지, 그건 모르겠군." 신비에 싸인 노신사가 대답했다. "하지만 상관없네." 노신사는 그들의 얘기를 엿듣기 위해서 기를 쓰고 있는 '이상주의자' 로시타와 술집 주인을 힐끔 곁눈질로 쳐다본 후 더욱 목소리를 낮춰 말했다. "자네는 내가 시키는 대로만 하게. 더는 필요 없네. 알겠나?"

"여부가 있겠습니까? 말씀만 하십시오."

네메시오가 한입 가득 음식을 밀어 넣으며 대답했다.

신비에 쌓인 노신사가 계속 나지막하게 속삭였다. 한눈에 봐도 노신사는 신경이 날카롭게 곤두서 있었다. 네메시오와 얘기를 나누는 중간에도 몇 번이나 시계를 들여다보고, 입구 쪽도 자주 쳐다보았다. 그곳에 있는 사람들의 탐욕에 가득 찬 시선을 끌어모으고도 남을 두툼한 금시계였다. 노신사는 할 말을 마치자 벌떡 일어나 네메시오에게 돈 몇 푼을 쥐여 준 다음 주위 사람들에게 수인사를 건네며 서둘러 그곳을 빠져나갔다. 그 순간 도시 위로 소낙비가 무섭게 쏟아져 내리고 있었지만 전혀 개의치 않았다. 노신사가 나가자마자 '이상주의자' 로시타가 살랑거리며 재빨리 네메시오의 곁으로 달려왔다.

"네메시오! 아휴, 왜 아무 말도 하지 않았던 거예요?"

로시타가 감미롭게 말했다. 한편 술집 주인은 바 스탠드 뒤에서 사람 좋은 넉넉한 미소를 지으며 고개를 끄덕이고 있었다. 마치 그곳을 찾는 손님들은 하나같이 격이 있다고 생각하는 듯한 표정이었다.

네메시오는 말 한마디 없이 저녁 식사를 마쳤다. 그는 국물 한 방울까지 말끔하게 해치운 후 몸을 일으켰다.

"네메시오, 벌써 갈 거예요? 소낙비가 저렇게 쏟아지는 것도 안 보여요?"

로시타가 네메시오에게 말했다.

"그러게. 이렇게 척척한 밤에는."

술집 주인이 거들었다.

"따뜻한 담요 속에 누군가와 함께 있으면 딱 좋을 텐데……."

로시타가 그 말을 받았다.

네메시오가 호주머니를 뒤져 동전 몇 개를 꺼내 로시타에게 건네주었다.

"당신을 만나러 다시 올게."

그러고는 이가 거의 없는 입을 크게 벌려 히죽 웃으며 밖으로 뛰쳐나갔다.

마리아 로사는 그림자처럼 늘 따라다니는 충직한 하녀 마틸데를 데리고 주방으로 들어섰다. 주방은 자신의 예술적 재능을 발휘하기 위해 왔다는 요리사와 그날을 위해 특별히 부른 여자 보조 요리사 다섯 명이 각자 맡은 일로 동분서주하는 가운데, 지옥을 방불케 할 만한 찜통더위와 수만 가지 향이 뒤섞인 기름 냄새로 숨이 탁탁 막힐 지경이었다. 젊은 여자의 시중을 받는 요리사는 얼굴이 시뻘겋게 달아올라 정신없이 지시를 내리고 야단을 쳤으며, 오븐 위에 놓인 백포도주를 병째 들고 한 모금 길게 들이켤 때를 제외하고는 계속 분주히 오갔다. 하마처럼 몸집이 큰 여자는 밀대로 하얀 밀가루 반죽을 밀고 있었고, 어떤 여자는 접시들을 높이 쌓아 뒤뚱거리면서도 기적처럼 균형을 유지하며 사람들 사이를 지나다녔다. 포크와 나이프 부딪치는 소리가 중세의 칼싸움이나 전쟁을 방불케 했다. 아무도 안주인이 들어온 걸 몰랐으며, 그래서 어수선한 난장판도 중단되지 않았다. 숨 막히는 더위 때문에 여자들은 소매를 걷어붙이고 제복의 단추를 풀어 젖혔다. 닭 털을 뽑고 있는 우악스럽고 억센 하녀의 커다란 젖가슴이 골짜기를 이루어 새 둥지처럼 보였다. 다른 하녀의 가슴에는 밀가루가 허옇게 묻어 있었다. 그리고 저쪽에서는 젊은 여자가 농촌 처녀의 단단한 가슴 위로 신선한 상추를 한 바구니 들고 지나갔다. 모두 고함을 질러 대 귀가 먹을 정도였다. 하녀들은 자지러지게 웃다가도 음탕한 탄성을 질러 댔다. 서로 짤막한 말을 주고받으며 다투기도 하고 빈정대기도 했다. 왁자지껄 난장판 속에서 요리사는 마녀들의 집회에 바쳐진 숫양 같았다. 요리사는 땀범벅이 되어 술에 취한 채 기분이 한껏 고조되어 혼자 뛰어다니다가 춤을 추기도 하고, 지시를 내리다가 욕설을 퍼붓기도 했다.

마리아 로사는 쓰러질 것 같았다. 그녀가 숨을 가쁘게 몰아쉬며 마틸데에게 말했다.

"여기서 나가자. 목욕물을 준비해 줘."

마리아 로사는 방에 혼자 조용히 남게 되자 마음을 차분하게 가라앉혔다. 그녀는 잔디 위로 부드러운 산들바람이 불어오는 정원을 바라보며 섬세한 꽃봉오리를 살짝 꺾었다. 정자 옆에 떡하니 버티고 있는 동상들은, 태양과 티비다보 언덕에서 불어오는 향긋한 바람의 주문에 걸려 살아 있는 것처럼 보였다. 마리아 로사는 이마를 유리창에 살짝 갖다 댔다. 그녀는 파티와 그에 따른 정신없는 준비 절차는 새까맣게 잊은 채 따스하고 강렬한 햇살의 애무를 받으며 밖만 내다보았다. 그런 기분은 처음이었다. 기숙학교에 다니던 행복한 시절에도 느끼지 못한 기분이었다. 마리아 로사는 한숨을 내쉬었다. 그녀에게는 시간이 얼마 없었다. 그녀는 뜨거운 물이 보글거리는 욕조 쪽으로 발걸음을 옮겼다. 방에는 김이 가득 서려 있었고 소금 냄새가 진동했다.

"됐다, 마틸데. 더 이상 지체할 시간이 없어. 미용사가 왔는지 확인해 봐. 그리고 먹을 것을 준비해 줘. 아주 조금만…… 가벼운 것으로. 파스타와 과일에 레모네이드…… 아니, 코코아가 낫겠어. 아이! 모르겠어. 다 마찬가지야. 그냥 네 마음대로 가져와. 하지만 부담 가는 음식은 싫어. 속이 더부룩해지거든. 내 취향을 잘 알잖아? 자, 어서 가 봐. 거기 서서 뭐 하고 있어? 내가 지금 욕조에 들어가는 게 안 보여?"

마리아 로사는 하녀가 나갈 때까지 기다렸다가 문을 안으로 걸어 잠그고 옷을 벗었다. 욕조 물은 아주 뜨거웠고, 김 때문에 숨 쉬기도 힘들 정도였다. 어깨에 물이 찰 때까지 조심스럽게 천천히 욕조 속으로 몸을 담그는 동안, 살갗이 따갑고 허벅지와 복부에 강한 전율과 같은 느낌이 전해졌다.

"틀림없어. 모두 엄마가 된다는 확실한 증거야."

마리아 로사는 생각했다.

미용사가 마리아 로사의 머리 손질을 마무리할 때는 커튼 너머로 오후가 저물어 갈 무렵이었다. 미용사는 남편을 일찍 여의고 혼자 사는 마흔 살의 과부였는데, 마른 체구에 얼굴이 길쭉하고 눈이 소처럼 컸으며, 갈퀴처럼 뾰족하게 튀어나온 치아 탓인지 말을 할 때마다 바람 빠지는 소리가 새어 나왔다. 본래 미용사로 일하던 그녀는 결혼과 함께 일을 그만두었으나, 남편이 죽은 후에 다시 그 일을 시작했다. 그녀는 게으르고 이기적이고 씀씀이가 헤픈 남자와 오 년 동안 불행한 결혼 생활을 했다. 남편이 살아 있는 동안에는 용케 잘 참고 살았고, 이제는 그를 추억 속에서 좋게 떠올리는 걸로 마음을 달래며 살았다. 어쩔 수 없이 그녀는 듣고 있는 사람 앞에서는 남편을 가벼운 낭만주의자로 몰며 온종일 남편에 대한 미련을 얘기했다. 마음씨는 착했지만 엄청나게 말을 빨리하는 수다쟁이인 그녀는 손님이 꼼짝 못하고 앉아 있어야 한다는 점을 십분 이용했다.

"그런 식의 유행은 우리 여자들을 조롱거리로 만들고, 남자들에게는 돈을 쓰게밖에 더 하겠어요?" 미용사는 리빙스턴 박사가 아프리카 밀림으로 들어갔을 때 못지않은 무모함으로 다양한 주제를 들먹이며 한참 동안 이야기를 한 다음, 다시 마리아 로사에게 향했다. "하느님 맙소사! 프랑스 사람들이 만들어 내는 걸 보면! 그나마 우리 스페인 여자들이 우아하고 고상한 멋에 대해 확실한 이성과 판단력을 지녔으니 망정이지 그렇지 않다면…… 사모님, 그렇지 않다면 우리가 쓸데없는 돈을 얼마나 많이 썼겠어요? 지금은 세상을 떠나고 없는 우리 남편이 (그녀는 집게로 성호를 그었다.) 말했듯이 말이에요. 우리 남편은 정치가 같은 이성이 머리에 박힌 양반이었어요. 아마 우리 남편처럼 기품 있고, 신중하고, 옷 잘 입고, 정신 똑바로 박히고, 말끔하고, 멋진 머리 모양을 갖춘 남자도 없을걸요. 그 양반은 행사 때마다 잊지 않고 산뜻한 보석이나 꽃으로 멋을 내곤 했지요."

충직한 마틸데는 시골 출신답게 고지식한 표정으로 고개를 끄덕이며 미용사의 장광설에 거의 넋을 잃은 모습이었다. 마틸데는 곁에서 머리핀, 빗, 손거울, 집게, 고데기, 장식 빗, 핀을 챙겨 주면서 "에밀리아 여사, 당신이 그렇게 말씀하신다면, 당신이 그렇게 말씀하신다면."이라고 나지막한 소리로 맞장구를 치고 있었다. 한편 마리아 로사는 미용사의 수다를 듣는 동안 재미있으면서도 측은한 생각이 들었다. 미용사의 얘기를 듣다 보면, 뻔뻔한 페르난도라는 작자가 못생긴 아내에게 옷 한 벌조차 사 입지 못하도록 뻔한 거짓말을 늘어놓았다는 것을 알 수 있었지만, 단순한 미용사는 그 사실을 전혀 눈치채지 못했던 것이다.

갑자기 마리아 로사가 '쉬' 소리를 내며 미용사에게 조용히 하라고 했다. 방금 복도 쪽에서 낯익은 발자국 소리가 들렸던 것이다. 남편 르프랭스가 돌아온 것이다. 남편은 말한 대로 파티 준비를 점검하기 위해 퇴근 시간 전에 귀가했다. 마리아 로사는 미용사에게 서두르라고 재촉했다. 미용사는 잘 손질된 머리를 앞에 두고 괜한 불만을 살까 봐 깜짝 놀라서 자신의 작품을 마무리 지었다. 마리아 로사는 미용사가 자신의 작품을 감상할 시간이나 여유도 주지 않은 채 얼른 경대를 제자리에 올려놓고 복도로 나갔다. 그녀는 발꿈치를 들고 남편의 서재까지 걸어가서 살며시 문을 열었다. 르프랭스는 문을 등진 채 탁자 앞에 앉아 있어 그녀를 보지 못했다. 그는 정장 윗도리를 벗고 편안한 실크 가운을 걸치고 있었다. 마리아 로사가 남편을 불렀다.

"여보, 바쁘세요?"

르프랭스가 약간 못마땅한 표정을 지으며 주름이 넓은 가운 사이로 뭔가를 숨겼다. 언짢은 기운이 목소리에 잔뜩 묻어 있었다.

"들어오기 전에 왜 노크를 하지 않는 거야?"

잠시 후 르프랭스는 자신의 아내라는 것을 알고는 얼른 표정을 바꿔 얼굴을 펴며 미소를 머금었다.

"미안해, 여보. 내 정신이 완전히 다른 데 가 있었나 봐."

"내가 방해했나요?"

"아냐. 그건 그렇고, 아직 옷도 갈아입지 않고 뭐 하는 거야? 지금 몇 시인 줄 알아?"

"손님들이 도착하려면 아직도 두 시간은 더 남았어요."

"내가 막판에 허둥대는 걸 얼마나 싫어하는지 잘 알지? 오늘은 모든 게 완벽해야 돼."

마리아 로사는 부당하게 자존심이 상했다는 억울한 표정을 지었다.

"남 말 하지 마세요. 당신은 아직 면도도 하지 않았잖아요. 거울을 보세요. 야만인 같아요."

르프랭스가 손으로 턱을 매만졌다. 그때 가운 사이가 벌어지면서 반들거리는 권총 손잡이가 언뜻 삐져나왔다. 순간 그녀는 가슴이 철렁 내려앉는 기분이었지만 못 본 척했다.

"조금만 있으면 돼, 여보." 르프랭스가 그 사실을 눈치채지 못한 채 말했다. "괜찮다면 잠시 혼자 있고 싶어. 파티가 시작되기 전에 몇 가지 마무리 지을 일이 있어서 비서를 기다리는 중이거든. 기다릴 수 없는 일들이 있다는 거 당신도 잘 알잖아. 혹시 나한테 볼일이 있는 거야?"

"아뇨…… 아무 일도 아니에요. 괜히 방해하지 않을게요."

마리아 로사가 문을 닫으면서 대답했다.

마리아 로사는 자신의 침실로 돌아가다가 르프랭스의 서재로 향하는 막스와 마주쳤다. 그녀가 쌀쌀한 웃음을 지어 보였고, 막스는 광택이 번쩍이는 군화 뒤꿈치를 모아 딱 소리를 내면서 깍듯하게 고개 숙여 인사했다.

피아노에서 선율이 흘러나오기 시작했지만, 이상하게도 벽 너머에서 나는 소리나 꿈속에서 나는 소리처럼 아득하게 들려왔다. 다들 마리아 코랄의 엄청난 미모 때문에 마법에 걸린 듯, 카바레는 몽롱한 분위기에 잠겨 있었다. 세라마드릴레스는 의자에서 고쳐 앉은 다음 등을 빳빳하게 곧추세운 채, 우리를 에워싸고 있는 주변의 특이한 세계와는 아예 선을 긋기로 작정한 사람 같았다. 뜻하지 않은 침묵이 실내를 압도했다. 금지된 것을 목격한 순간의 긴장된 침묵 바로 그 자체였다. 우리 몸이 깨지기 쉬운 유리 조각이라도 되는 것처럼 조그만 소리에도 산산조각이 날 것 같았다. 적어도 나에게는 그렇게 느껴졌다. 마리아 코랄은 착시 현상처럼, 불확실한 환영처럼 무대 위에서 움직였다. 얼굴은 촌스럽게 화장했지만, 역설적이게도 순수함이 묻어 있었다. 비웃는 듯한 미소를 머금은 완벽한 치아는 멀리서도 상대방의 살을 깨물 것만 같았다. 그녀가 묘기를 부리며 회전을 할 때마다 검은 망토 사이로 신체의 일부가 언뜻 비쳤다. 항아리처럼 동그스름하고 까무잡잡한 가슴과 연약하면서도 어린애 같은 가녀린 어깨, 가느다란 다리, 사춘기 소녀 같은 허리와 엉덩이가 살짝살짝 비쳤다. 불안감 비슷한 기분이 관객들을 휘감았다. 가장 밑바닥 인생까지도, 결코 닿을 수 없는 초인간적인 아름다움의 쓰디쓴 고통에 떨고 있는 듯한 모습이었다.

쇼를 마치자 집시 여자는 인사를 건네고 망토를 집어 들어 어깨에 걸치고는 관객들에게 키스를 보낸 후 사라졌다. 힘 빠진 박수 소리가 들려왔고, 잠시 후 다시 침묵이 감돌았다. 조명이 밝아지자 얼빠진 사람들의 모습이 그대로 드러났다. 다들 영혼의 심판을 받으러 온 죽은 자의 몰골이었으며, 그들의 죄목은 그곳에서 좌초된 슬픔과 고독이었다. 세라마드릴레스는 구겨진 손수건으로 이마와 목에 흐르는 땀을 열 번도 넘게 연신 훔쳐 냈다.

"세상에! 우와! ……엄청난데! ……."

세라마드릴레스가 탄성을 질렀다.

"여기 오면 시간 낭비는 하지 않을 거라고 말했잖아."

나도 내심 많이 당황하기는 했지만, 겉으로는 아무렇지도 않은 듯 말했다. 한편 나는 그 여자가 르프랭스의 여자였고, 어쩌면 지금은 다른 남자의 여자가 되어 있을 거라고 생각하며 그런 그녀와 함께 쾌락의 문조차 열어 보지 못하고 사느니, 차라리 죽는 게 낫다는 말만 계속 속으로 되뇌고 있었다.

집으로 돌아가는 길은 서글펐다. 세라마드릴레스와 나는 거의 아무 말도 하지 않았다. 나는 혼란스러운 감정의 늪에 빠져 허우적거렸고, 세라마드릴레스는 그런 내 마음을 아는지 침묵으로 일관했다. 그날 밤 나는 거의 뜬눈으로 지새웠으며, 피곤에 지친 내 육신이 깜빡 잠이 들거나 선잠이 들었다가도 끔찍한 악몽에 놀라 벌떡 일어나야 했다는 말은 굳이 언급할 필요도 없을 것이다.

다음 날, 나는 세상이라는 거친 바다에 홀로 떠다니는 난파선과 같은 기분이었다. 그 세상은 정확히 뭐라고 정의할 수 없는 속된 세상이었지만, 그 세상에 발을 들여놓은 나는 아무리 노력해도 단조로운 일상으로 절대 돌아갈 수 없었다. 세라마드릴레스가 그런 나를 위안했지만 아무 소용이 없었으며, 내가 감기에 걸린 것으로 생각한 돌로레타스는 내 건강을 걱정해 주었다. 하지만 그들은 나에게 관심을 보인 대가로 몇 마디 으르렁거리는 대답만 들었을 뿐이다. 날이 저물자, 나는 싸구려 식당에서 맛없는 샌드위치 한 조각을 간신히 집어삼킨 후 다시 카바레로 향했다. 그날 나는 나의 인생을 새롭게 바꾸거나, 새롭게 바꾸려고 시도하다가 안 되면 과감하게 내팽개치리라 마음먹고 있었다.

네메시오가 술집에 들어섰을 때는 날이 밝기 직전이었다. 그는 쏩쓸한 싸구려 담배 연기와 사람 냄새, 바닥에 흘린 포도주 냄새가 코를 찌르는 텁터름한 술집 안으로 들어서면서 비틀거렸다. 그는 너무나도 피곤했다. 겉으로 보기에는 술집에 아무도 없는 것 같았다. 하지만 그는 잠시 발걸음을 멈추고 호흡을 가다듬은 다음, 기름때가 잔뜩 낀 굵은 삼베 커튼 뒤를 향해 성큼성큼 걸어갔다. 그제야 잔뜩 졸린 눈으로 그를 지켜보고 있던 술집 주인이 그에게 소리를 질렀다.

"어딜 가는 거야?"

"만날 사람이 있거든요. 정말이지 금방 돌아갈 겁니다."

네메시오가 사정하는 투로 대답했다.

"당신이 찾는 사람은 오늘 오지 않았어."

"실례합니다만, 그걸 어떻게 아시지요? 누구를 찾아왔는지 말도 꺼내지 않았는데?"

"척 보면 알지, 안 그래?"

네메시오는 술집 주인의 욕설을 들으면서 인내심을 갖고 지저분한 커튼이 드리운 곳까지 슬쩍 다가갔다. 그는 마지막으로 넙죽 인사를 한 뒤에 재빨리 커튼 끝을 들어 올린 후, 술집 주인이 어떻게 막을 사이도 없이 가게 뒷방으로 은근슬쩍 들어갔다. 뒷방에는 천장에 매달린 석유등이 탁자를 밝히고 있었고, 남자 네 명이 널찍한 원형 탁자 주변에 둘러앉아 있었다. 하나같이 시커먼 턱수염을 기른 그들은 두껍고 누런 플란넬 외투 차림에 모자를 눈 위까지 푹 눌러쓴 채 종이로 둘둘 만 싯누런 담배를 빨고 있었지만, 술은 아무도 마시지 않았다. 을씨년스러운 모임에 참석한 그들 중 한 사람은 자명종처럼 보이는 기구의 상단 부분을 태엽으로 조심스럽게 천천히 감고 있었고, 또 한 사람은 책을 보는 중이었으며, 나머지 두 사람은 나지막한 음성으로 대화를 나누고 있었다. 네메시오는 그들 중 누군가가 그가 왔다는 사실을 알아차릴 때까지 꿀 먹은 벙

어리처럼 문 옆에 서서 기다렸다.

"여보게들, 더러운 버러지보다 못한 놈이 이 방에 들어왔군."

그게 인사말이었다.

"구더기가 생각나는군."

작은 눈에 양미간으로 왼쪽 눈썹부터 윗입술까지 흉터가 난 사내가 그를 째려보며 비꼬았다.

"저 벌레 같은 놈을 잘 이용해야 하는데."

다른 남자가 용수철이 네 개나 달린 잭나이프의 칼날을 세우며 거들었다.

사람들이 그런 식으로 차례로 면박을 주었지만, 네메시오는 그때마다 이빨 빠진 입으로 환하게 웃고 고개를 숙이며 비굴하게 굽실거렸다. 그러나 그들이 차례대로 비아냥거림 같은 인사를 마치고 나자, 실내는 다시 무덤과도 같은 침묵에 잠겼다. 자명종처럼 생긴 도구에서 느릿하게 똑딱거리는 소리만 들릴 뿐이었다.

"뭘 찾으러 온 거야?"

마침내 책을 읽고 있던 젊은이가 물었다. 잿빛 안색에 홀쭉하게 마른 모습이 마치 환자 같았다.

"훌리안, 얘기 좀 하려고."

네메시오가 대답했다.

"우리는 구더기하고는 얘기 안 해."

훌리안이란 남자가 대답했다.

"이번에는 달라. 이보게, 나는 명분이 없는 일은 하지 않는다고."

"선교사 일!"

"자네들도 내가 배신했다고는 말할 수 없을걸."

네메시오가 미약하나마 항의하고 나섰다.

"그랬다면 살아 있지도 않겠지."

"훌리안, 그동안 나는 자네들을 많이 도왔어, 안 그래? 자네 집이 수색당할 거라 귀띔해 준 사람이 누구였지? 그리고 자네, 누가 자네의 증명서와 위장 취업을 알선해 주었나? 내가 그 일을 한 것은 우정 때문이었어, 안 그래?"

"네가 왜 그랬는지, 진짜 이유를 우리가 밝혀내는 날이 바로 네놈의 장례식 날이 될 거야." 흉터가 난 남자가 대답했다. "그러니 신소리 그만하고, 왜 왔는지 그 얘기나 한 뒤 얼른 꺼져."

"사람을 찾고 있어……. 맹세코 나쁜 사람은 절대 아니야."

"정보를 원하나?"

"나는 지금 그자가 위험한 상황에 처해 있다는 걸 알려 주고 싶을 뿐이야. 모르긴 해도 고마워할걸. 가족이 있거든."

"그자의 이름은?"

훌리안이 잘라 물었다.

네메시오가 탁자 가까이 다가갔다. 석유등 불빛이 쏟아지면서 빡빡 민 그의 두개골과 귓등이 보랏빛을 띠며 투명하게 드러나는 가운데, 그곳에 있던 사내들이 그를 위협적으로 노려보았다. 그사이 자명종 비슷한 기구에서 알람이 울리면서 작동이 멈추는 것과 동시에 거리로부터 종소리가 다섯 번 울려 퍼졌다.

집사가 페레 파렐스 부부의 도착을 알렸다. 마리아 로사가 얼굴이 발갛게 상기된 채 달려 나갔다. 그녀는 파렐스 부인에게 반갑게 키스한 다음, 수줍은 표정으로 페레 파렐스에게 인사했다. 늙은 재무 책임자인 페레 파렐스는 마리아 로사가 태어날 때부터 알고 있었지만 이제는 상황이 바뀌었다.

"안 오시는 줄 알았어요!"

젊은 안주인이 탄성을 질렀다.

"아내 때문이지." 파렐스가 초조함을 애써 감추며 대답했다. "아내는 우리가 맨 먼저 도착할까 봐 걱정이었거든."

"마리아 로사, 우리에게는 격 없이 대하려무나."

파렐스 부인이 말했다.

마리아 로사가 약간 얼굴을 붉혔다.

"아이, 어떻게……."

"여보, 마리아 로사는 젊지만 우리는 늙고 병든 몸이야, 몰랐어?"

파렐스가 끼어들었다.

"세상에, 그런 말씀 마세요."

마리아 로사가 항의했다.

"뭐라고요? 여보!" 파렐스 부인이 화난 척 맞받아쳤다. "그거야 당신 얘기지요. 나는 마음만은 아직 어린 소녀라고요."

"당연하죠, 파렐스 부인. 중요한 건 마음이 젊은 거예요."

파렐스 부인이 팔찌를 찰랑거리며 흔든 뒤, 자개 부채로 마리아 로사의 뺨을 살짝 건드렸다.

"그건 사람이 늙으면 어떤 병이 드는지 네가 잘 몰라서 하는 말이야."

"그런 말씀 마세요. 저도 이번 주 내내 몸이 안 좋았어요."

마리아 로사가 자신의 아랫배를 내려다보며 얼굴을 붉혔다.

"얘야! 설마! 그건 나중에 차분하게 얘기하자. 그런데 확실해? 대단한 소식이구나. 남편도 알고 있니?"

"무슨 말을 하는 거야?"

파렐스가 물었다.

"아무것도 아니니, 당신은 저쪽으로 가서 음담패설이나 즐기세요. 술은 적당히 드시고요. 의사가 뭐라고 했는지 잘 아시죠?"

파렐스 부인이 대답했다.

파렐스는 아내가 마리아 로사의 허리를 껴안고 자리를 옮기자 파티 석상으로 향했다. 오케스트라가 탱고를 연주하고, 몇 쌍의 젊은 커플이 항구의 멜로디에 맞춰 꼭 껴안은 채 스텝을 밟고 있었다. 파렐스는 손풍금인 반도네온 소리가 싫었다. 그는 자줏빛 비로드 제복을 입은 웨이터가 다가와 담배와 시가가 담긴 은쟁반을 내밀자 담배 한 개비를 집어 들었으며, 다시 웨이터가 내미는 장식 촛대로 불을 붙인 다음 담배를 피우며 사람들로 가득 찬 파티장을 바라보았다. 많은 웨이터들, 멋진 드레스, 보석, 음악, 화려한 불빛, 고급 가구, 두툼한 양탄자, 값비싼 그림들, 번쩍이는 광채를 바라보았다. 양미간을 찡그린 그의 눈에는 슬픈 빛이 담겨 있었다. 그때 르프랭스가 활짝 웃는 얼굴로 악수를 청하며 다가왔다. 실크 와이셔츠에 다이아몬드 단추가 박힌, 흠잡을 데 없이 완벽한 연미복 차림이었다. 파렐스는 본능적으로 양쪽 와이셔츠 소매 끝을 잡아당기며, 세월과 함께 구부정해진 척추를 쭉 폈다. 그러고는 얼마 전에 뺀 어금니를 감추고 애써 미소를 머금으며, 느닷없이 치미는 분노를 못 이긴 채 담배를 뚝 꺾었다.

아직 이른 시간이라 내가 도착했을 때는 카바레에 아무도 없었다. 피아노에는 덮개가 덮여 있었고, 탁자 위에는 의자들이 거꾸로 올려져 있었다. 뚱뚱한 여자가 팔을 힘차게 움직여 비질을 하는 중이었다. 곳곳에 천을 덧댄 꽃무늬 가운 차림을 한 그녀는 머리에 풀 무늬 수건을 터번처럼 둘렀으며, 입술에는 불 꺼진 담배꽁초가 매달려 있었다.

"일찍 왔군, 젊은이. 공연은 11시부터야."

여자가 나를 보고 말했다.

"압니다. 이곳을 총괄하시는 분을 만나고 싶습니다."

내가 말했다. 뚱뚱한 여자는 먼지바람을 일으키며 다시 비질을 시작했다.

"사장이 여기 어디 있을 거야. 만나려는 이유가 뭔데?"

"몇 가지 물어볼 게 있습니다."

"경찰이야?"

"아뇨, 아닙니다. 사적인 일입니다."

그제야 뚱뚱한 여자가 내 쪽으로 다가와 빗자루 끝으로 나를 가리켰다. 전날 밤 우리를 덮쳤던 여자들 중 한 명이었다.

"당신, 어젯밤 우리를 물먹인 잘생긴 손님 아니야?"

"맞습니다. 어젯밤 여기 있었습니다."

내가 대답했다.

뚱뚱한 여자가 호탕하게 웃으며 담배꽁초를 내던졌다.

"사장을 만나려는 이유가 뭔데?"

"미안하지만 개인적인 일입니다."

"좋아, 사장은 저기 뒤쪽에서 마실 것을 준비하는 중일 거야. 담배 가진 거 있어?"

나는 그녀가 원하는 것을 주고는, 그녀가 다시 비질을 하도록 내버려 두었다. 텅 빈 채 어둠에 잠겨 있는 카바레는 말로 표현할 수 없을 정도로 황량하고 지저분했다. 여자가 일으킨 먼지바람 때문에 목구멍이 칼칼했다. 이런 경우에 흔히 그렇듯, 그때까지 나를 지탱해 주었던 힘이 한순간에 쭉 빠지는 느낌이었다. 나는 잠시 망설였다. 하지만 이미 갈 데까지 갔다는 생각과 섬뜩하고 뚱뚱한 여자에게 마음을 들켰다는 생각이 나를 계속 앞으로 나가게 만들었다.

여자가 말한 곳으로 가 보니 사장이 있었다. 사장은 다름 아닌 늙은 피아니스트였다. 그녀는 커튼 뒤에서 부리가 긴 주전자와 그곳에 놓인 병들 사이를 분주히 오가고 있었다. 그녀가 하는 일은 아주 간단했다. 녹슨 깔때기로 주전자에 있는 내용물을 유명 상표가 붙은 병에 들이붓는 일이었다. 카바레에서 내놓는 술이 가짜라는 것을 단번에 알 수 있었는데, 손님들은 전혀 개의치 않았다. 그러므로 그렇게 숨어서 일하는 게 별 의미가 없었고, 오히려 측은해 보이기까지 했다.

내가 옆으로 다가가자 그녀가 나의 존재를 알아차렸다. 그녀는 양 무릎 사이에 놓인 병을 가득 채운 후 주전자를 내려놓았다. 힘이 들어 헉헉거리는 표정이 그렇게 친근해 보일 수가 없었다.

"무슨 일이에요?"

"죄송합니다. 방해가 된 건 아닌지 모르겠군요."

내가 서론 조로 얘기를 꺼냈다.

"이미 방해했어요. 그래, 원하는 게 뭐죠?"

"그러니까…… 마리아 코랄이라는 젊은 발레리나인지 곡예사인지 하는 여자가 이곳에서 일하는 것으로 알고 있습니다."

"그런데?"

"가능하다면, 그 여자를 만나고 싶습니다."

"왜요?"

내가 부자였다면, 그런 무시와 면박을 받지 않았을지도 모른다는 생각이 들었다. 원하는 것만 말하고 지폐 두어 장만 손에 쥐여 주면, 모든 게 기름칠한 기계처럼 척척 돌아갔을 것이다. 하지만 나의 상황은 전혀 그렇지 못했고, 이제 지옥으로 떨어지는 일만 남아 있었다. 당시 나의 그런 예감은 세월이 흐르면서 차차 확연하게 드러날 것이다.

"주전자 좀 들어 주시겠어요?"

피아니스트가 말했다.

"무슨 일이든 말씀만 하십시오."

나는 그녀의 환심을 사기 위해 재빨리 대답했다. 나는 무표정한 그녀의 시선을 받으며 빈 병을 채워 넣었다.

"무겁죠? 응?"

"그러네요. 족히 일 톤은 나가겠어요."

내가 숨을 몰아쉬며 대답했다.

"나는 이 일을 매일 해요. 이 나이에 말이에요."

"도와줄 사람이 있어야겠어요."

"두말하면 잔소리지, 젊은이. 하지만 돈이 어디 있어요?"

나는 대답 대신, 액체가 거품을 내며 깔때기 밖으로 쏟아져 땅바닥으로 흘러내릴 때까지 병을 가득 채웠다.

"미안합니다."

"괜찮아. 아직 훈련이 안 돼서 그러니까. 여기 있는 병을 마저 채우지 그래요."

나는 그녀가 시킨 대로 했다. 그녀는 의자에 앉아 내가 일하는 모습을 지켜보고 있었다.

"그 애를 왜 만나려는지, 이유를 모르겠군." 그녀가 자기 자신과 얘기하듯 무덤덤하게 말했다. "고집불통에 게을러터졌고, 좀 멍한 데다가 가슴은 얼음장처럼 차가운데."

"마리아 코랄이 그렇다는 말인가요?"

"그래요."

"그 여자에 대해서 왜 그렇게 안 좋게 말씀하시는 겁니까?"

"그 아이를 알고, 그 아이와 같은 부류를 잘 알기 때문이에요. 그 애한텐 기대할 게 없어요. 독사 같은 년이거든요. 물론 나한테는 그렇지 않지만."

"지금 어디 있는지 얘기해 주실 거죠?"

"알았어요, 젊은이. 알았으니까 너무 애태우지 마요. 다른 남자한테도 얘기해 줬는데 당신한테 못 해 줄 것도 없지. 인심이야 그 남자가 훨씬 더 후했다는 사실은 부정하지 않겠지만, 내가 당신을 좋게 봤으니 걱정 마요. 젊은이는 친절하고 좋은 청년 같아. 내 나이에는 돈보다 예의 바른 사람을 더 높이 치지. 그거 알아요?"

그래도 나는 그토록 알아내고 싶어 하는 주소를 얻어 낼 때까지 세 병을 더 채워야 했다. 나는 주소를 받자마자 고맙다는 인사를 건넨 후 두 여자와 헤어져 마리아 코랄을 찾아 나섰다.

차갑고 습한 바람이 거리를 휩쓸며 가로등까지 뒤흔들어 보행자들은 서둘러 발걸음을 재촉했다. 밤거리를 헤매고 돌아다니는 사람들은 거리에서 도망쳐 따뜻한 난로와 포도주를 찾아 술집으로 피신했다. 사람들은 말이 없었고, 늑대 울음소리를 내며 휘몰아치는 바람 소리만이 늦은 시간을 알렸다. 네메시오가 술집 문을 열자, 그와 함께 차가운 바람도 따라 들어왔다. 술집 손님들이 인상을 찡그리며 방금 들어온 노숙자를 쳐다보았다.

"내 이럴 줄 알았어, 이런 쥐새끼 같은 놈! 이제 막 바닥을 닦았는데 네가 어떻게 해 놨는지 똑똑히 보란 말이야!"

술집 주인이 그에게 침을 뱉었다.

"조금만 자비를 베푸세요. 정말이지 추운 밤이에요. 온몸이 꽁꽁 얼어붙어서 왔어요."

네메시오가 말했다.

그때 구석진 곳에서 술 취한 목소리가 들렸다.

"이리 오시오. 내가 한잔 사겠소."

네메시오가 낯선 사내 쪽으로 다가갔다.

"이렇게 호의를 베풀어 주시다니, 정말 감사합니다, 선생님. 당신은 정말 훌륭한 기독교인이군요."

"기독교인? 내가?" 낯선 남자가 맞받았다. "차라리 어쩔 수 없는 무신론자라고 부르시오. 어쨌든 밤은 얘기를 하라고 있는 게 아니라 술을 마시라고 있는 거요. 자, 주인장! 여기 이 친구에게도 한잔 주시오!"

"손님, 제가 괜히 끼어들 일은 아닙니다만 이놈이 워낙 철면피라서요. 제 충고를 원하신다면, 이놈이 못된 짓거리를 하기 전에 손님이 그놈의 한쪽 팔을 붙잡고 제가 다른 쪽 팔을 붙잡아 길거리로 내던지자고 하겠습니다."

낯선 사내가 빙그레 웃었다.

"쓸데없는 소리 집어치우고, 이 사람에게도 술 한잔 주도록 하시오."

"알아서 하십시오. 하지만 저는 경고했습니다. 이놈이 당신에게 불행만 가져다줄 겁니다."

"당신이 그렇게도 위험한 사람이오?"

낯선 사내가 네메시오에게 물었다.

"사람들 얘기는 듣지 마세요, 선생님. 저 사람들은 내가 높은 사람들하고 친하니까, 자기들의 잘못을 찌를까 봐 그러는 겁니다."

"정부 관료들하고 친합니까?"

"아뇨, 더 높은 사람들하고요, 선생님. 훨씬 더 높은 사람들하고요. 그 사람들도 죄를 짓고 살지요. 빛과 어둠의 싸움입니다. 물론 나는 빛이고요."

"헛소리를 용납하면 안 됩니다."

술집 주인이 네메시오의 코밑에 포도주 잔을 내려놓으며 끼어들었다.

"머리가 약간 이상하긴 하지만, 말씀처럼 위험한 사람으로 보이지는 않는군요."

낯선 사내가 대답했다.

"글쎄, 저놈 말을 들어서는 안 된다니까요, 손님. 듣지 마세요."

술집 주인이 거듭 말했다.

나에게는 그곳이 또 다른 낯선 도시였다. 그 지역을 모르는 나로서는 피아니스트가 가르쳐 준 주소가 수수께끼나 다름없었다. 나는 이 사람 저 사람을 붙잡고 길을 물어 간신히 그곳을 찾아냈다. 다행히 카바레에서 그다지 멀지 않았다. 나는 집시 여자를 찾아가는 동안 마음속으로 줄곧 세 가지 질문을 떠올리고 있었다. 첫째, 그 주소로 마리아 코랄을 찾을 수 있을 것인가? 둘째, 그녀를 만나면 무슨 핑계를 댈 것인가? 셋째, 얼마 전에 그녀의 행방을 알고 싶어 했다는 작자는 누구일까? 첫째와 셋째 질문에는 대답할 수 없었다. 시간이 흘러 운이 좋으면 자연스럽게 알 수 있는 것이었다. 그러나 둘째 질문은 아무리 생각해도 뾰족한 방도가 없었다. 그때 내가 용기를 내고자 가판대에서 럼주 한 잔을 들이켰던 것으로 기억한다. 나는 독한 술에 울렁거리는 속을 달래며 길을 헤매고 있었다.

마침내 그곳을 찾았다. 싸구려 여관 비슷한 곳이었다. 처음에 막연하게나마 싸구려 러브호텔이 아닐까 생각했는데, 내 짐작이 틀리지 않았다. 비좁고 어두운 입구 쪽에 몸이 불편한 사내가 앉아 있었다.

"어딜 가시오?"

내가 방문 이유를 설명하자 그는 더 이상 캐묻지 않고 방 번호를 가르쳐 주었다. 어쩌면 팁을 바랐을지도 모르지만, 나는 팁도 주지 못할 정도로 마음을 졸이고 있었다. 나는 성냥에 불을 붙인 뒤, 지저분한 계단을 더듬거리며 올라갔다. 음산한 분위기에 주눅이 들기보다 오히려 힘이 솟았다. 그런 곳에 있는 마리아 코랄이 나를 무시할 만한 상황이 아니라는 생각이 들었기 때문이다. 나는 마음속 깊은 곳에서 그 불쌍한 여인에게 동정을 느끼는 게 아니라, 그녀의 슬픈 운명을 반기고 있었다. 그런 생각을 하다가 내가 너무 이기적인 것 같아 얼굴을 붉히고 말았다.

나는 문 앞에 다다랐다. 문 앞에는 이렇게 적혀 있었다.

훌리아 여관

그리고 더 아래쪽, 손잡이 옆에 '미시오.'라고 적혀 있었다. 내가 문을 밀자 문이 끽 소리를 내며 열렸다. 성상 아래에 놓인 기름 램프가 현관을 희미하게 밝히고 있었다. 현관에는 자기로 만든 우산꽂이 외에는 아무것도 놓여 있지 않았다. 어둠침침한 복도 양쪽으로 방문들이 늘어서 있었고, 각각의 문에는 분필로 갈겨쓴 호수가 적혀 있었다. 나는 마지막 남은 성냥에 불을 밝혀 복도 좌우를 살펴보다가, 마침내 11이라고 적힌 문 앞에 멈춰 서서 문을 노크했다. 처음에는 살며시, 나중에는 세차게 두드렸다. 대답이 없었다. 수도꼭지에서 똑똑 떨어지는 물소리만이 침묵을 깨고 들려왔으며, 전혀 뜻밖으로 오색방울새 지저귀는 소리가 들려왔다. 성냥이 꺼지면서, 나는 영원처럼 느껴진 기나긴 몇 초를 기다려야 했다. 그때 내 머릿속에 두 가지 가능성이 교차했다. 방에 아무도 없든지, 아니면 마리아 코랄이 누군가(틀림없이 나보다 먼저 카바레를 찾아간 남자일 것이다.)와 단둘이 있다가 깜짝 놀라 침묵을 지키고 있든지. 논리적으로 생각하면 어떤 경우이든 조용히 물러나는 게 당연한 일이었지만, 나는 논리적으로 행동할 수가 없었다. 사실 나는 살면서 늘 이런 식이었다. 어느 정도까지는 소심하게 행동하다가, 일단 한도를 넘으면 스스로를 제어하지 못한 채 엉뚱한 짓을 저지르고 말았다. 중도에서 한참 벗어난 그런 극단적인 성격은 권장할 만한 것이 아니었고, 그것이 내 모든 불행의 원인이었다. 그즈음 나는 자주 생각에 잠겼는데, 타고난 성격은 어쩔 수 없으며, 나는 모든 싸움에서 지기 위해 태어난 것이 아닐까 하는 생각이 들었다. 나이가 들면서 좀 철이 들긴 했지만 젊은 시절의 잘못을 고치기에는 너무 늦었고, 그런 아픈 과거를 떠올릴 때마다 단점을 고치지 못해 받아들일 수밖에 없었던 쓰라린 고통만 떠올랐다.

그때 과감히 돌아섰다면, 말도 안 되는 충동을 억제했다면, 열병 같은 불순한 생각을 떨쳐 버렸다면, 내 인생은 어떻게 되었을까? 그랬다면, 결코 알 수 없는 일이지만, 어쩌면 많은 죽음들이 비켜 갔을 수도 있고, 어쩌면 지금 이곳에 있지 않을 수도 있다. 아무튼 그때 그 문을 여는 순간, 내가 내 주변을 에워싸고 있는 그들 모두에게 새로운 인생의 문을 열어 주었다는 것만 알 수 있었다.

"그렇게 해서 나는 이 세상에서 나에게 주어진 유일한 임무가 무엇인지 알게 되었습니다." 네메시오가 말했다. "천사가 사라진 후 석유램프에 불이 켜져 있었지만, 나는 천사의 몸에서 나오는 광채 때문에 한참을 깜깜한 어둠 속에 머물러 있어야 했습니다. 그리고 그 일이 있고 난 뒤, 나는 집과 고향을 등진 채 표도 끊지 않고 기차에 올랐습니다. 나는 이동할 때는 주로 숨어서 다니지요. 그렇게 나는 바르셀로나에 오게 되었습니다."

"그런데 왜 바르셀로나에 온 겁니까?"

낯선 사내가 물었다. 그는 상대방의 이야기에 꽤 흥미를 느끼고 있는 것 같았다.

"날마다 엄청난 죄를 짓는 곳이 이 도시 아닙니까. 거리를 보셨지요? 이곳은 그야말로 지옥의 통로입니다. 여자들은 정숙이 뭔지도 모르는 채 얼굴도 붉히지 않고 고이 간직해야 할 것을 헐값에 넘깁니다. 남자들은 죄를 짓습니다. 행동으로 죄를 짓지 않는다 해도 생각으로 죄를 짓지요. 법은 존중되지 않고, 공권력은 사방에서 무너지고, 자식들은 부모를 저버리고, 성전은 텅 비어 가고, 하느님의 최고 작품인 인간의 삶은 위협받고 있습니다."

낯선 사내는 서둘러 포도주 잔을 비운 후 바닥을 드러내고 있는 술병을 들어 잔을 채웠다. 그러고는 피우고 있던 담배 꽁초로 새 담배에 불을 붙였다. 그의 눈은 시뻘겋게 충혈되고, 입술은 시커멓고, 얼굴은 잔뜩 부어 있었다.

"악의 원인이 가난이라고는 생각하지 않습니까?"

낯선 사내가 들릴락 말락 한 목소리로 물었다.

"뭐라고요?"

"그놈의 빌어먹을 가난 때문에 여자들이 어쩔 수 없이……."

낯선 사내는 간신히 버티다가 말을 중단했다. 그는 나무 탁자 위에 이마를 부딪치며 꼬꾸라졌다. 그 바람에 술병과 술잔들이 바닥으로 떨어지며 산산조각이 났다.

두 사람의 대화가 중단되면서 술집에는 잠시 무덤 속 같은 침묵이 흘렀다. 네메시오와 술 취한 사내로 이뤄진 특이한 짝에게로 모든 사람의 시선이 일제히 쏠렸다. 네메시오는 자신들이 불편한 상황에 처해 있다는 것을 의식하며 낯선 사내의 어깨를 가만히 흔들었다.

"선생님, 좀 걸읍시다. 찬바람을 쐬면 괜찮아질 겁니다."

낯선 사내가 고개를 들어 무슨 말인지 이해하려는 듯 네메시오를 뚫어져라 쳐다보았다.

"선생님, 갑시다. 우리가 여기서 너무 오래 있었어요. 건강에도 안 좋아요. 담배 냄새와 튀김 냄새 때문에 공기가 안 좋아요."

"푸우!" 낯선 사내가 손을 휘두르다가 네메시오의 가슴을 세게 쳤다. "낙타 구멍을 통과하려는 선교사님, 아니, 성자님, 나 좀 가만히 내버려 둬요."

대화는 다시 나지막한 소리로 이어졌다. 술집에 있던 다른 손님들은 너무나도 특이한 대화가 오가는 그쪽 테이블을 흘낏흘낏 훔쳐보았다. 사람들은 네메시오가 한 대 얻어맞은 것을 보고 깔깔거리며 웃었다. 네메시오는 거칠게 숨을 몰아쉬며 간신히 아픔을 참았다. 웃음소리를 들은 술 취한 사내가 양손으로 몸을 지탱하며 간신히 일어나더니, 불똥이 튀는 눈빛으로 주변을 둘러본 다음 입을 열었다.

"뭐 때문에 웃는 거야? 멍청한 것들! 머리가 달렸으면, 웃지 말고 울어야지! 굶주리고 서글픈 영혼들! 서로의 얼굴을 한번 쳐다봐! 당신들은 지금 나를 비웃고 있지만, 그런 내가 바로 당신들의 모습을 비추는 거울이라는 것은 모르고 있어!"

손님들이 다시 웃음을 터트렸다.

"네메시오, 좋은 친구 만났군!"

술집 구석에서 사람들이 소리를 질렀다.

"미친놈과 주정뱅이라! 그것 참 잘 어울리는군!"

다른 사람이 말했다.

"그래, 멋대로 비웃어 봐!" 술 취한 사내가 손가락을 길게 뻗고 팔로 90도 각도로 원을 그리며 말했다. 그러다가 몸의 균형을 잃어, 네메시오가 붙잡아 주지 않았더라면 다시 바닥에 나동그라질 뻔했다. "웃어서 더 남자답다고 생각한다면 마음껏 웃어! 하지만 당신들도 언젠가는 지금 내 꼴처럼 될 거야. 나도 항상 이러지는 않았어. 나는 공부도 많이 하고, 책도 많이 읽었어. 하지만 결국 따지고 보면 아무짝에도 쓸모가 없었던 거야. 한때는 나도 즐겁게 살았지. 그래. 남을 믿고 실패한 사람들을 비웃고 농담도 했지. 하지만 결국 내 눈을 덮고 있던 눈가리개가 풀렸다고."

"저놈의 바지를 벗겨 버려!"

손님 중 한 사람이 소리 질렀다.

덩치 큰 남자 두 명이 그의 바지를 벗기려고 일어났다. 네메시오가 그들을 가로막았다.

"놔두세요." 네메시오가 사뭇 진지한 목소리로 애원했다. "이분은 착하고 많이 배운 사람입니다. 우리도 이분을 통해 많은 것을 배울 수 있을 겁니다."

"입 닥쳐! 괜히 우리 기분까지 망치지 마!"

"그래, 꺼져 버려!"

"싫어! 나는 가지 않을 거야!" 술에 취해 흥분한 사내가 말했다. "이대로 나가기 전에 당신들한테 두어 가지 할 얘기가 있으니까. 이 사람은 (그가 네메시오를 가리켰다.) 당신들의 방종이 당신들을 갉아먹고 당신들의 처자식을 병들게 하는 가난의 원인이라고 말했어. 하지만 그 말은 사실이 아니야. 당신들은 모두 저들의 잘못으로 가난과 굶주림, 문맹, 고통을 겪는 거야." 술 취한 사내가 손가락을 뻗어 벽 쪽에 앉아 있던 한 일행을 가리켰다. "당신들은 저들 때문에 고통받고, 착취당하고, 배신당하는 거야. 그리고 경우에 따라서는 죽음도 당하지. 나는 당신들의 머리털이 쭈뼛 곤두설 만한 이야기들을 알고 있어. 노동자의 피로 손을 붉게 물들인 유명한 사람들의 이름을 알고 있다고. 아! 그들은 하얀 양피 장갑을 끼고 있기 때문에 당신들은 그들의 손을 볼 수 없어! 당신들이 번 돈으로 파리에서 수입한 장갑 말이야! 당신들은 공장에서 일한 만큼의 월급을 받는다고 생각하지! 하지만 그것은 다 거짓말이야. 그자들은 당신들이 굶어 죽지 않고 일할 수 있을 만큼만 주는 거야. 당신들이 이글거리는 뜨거운 햇볕 아래에서 터져 죽을 때까지 일하라고 말이야! 하지만 그렇게 번 돈은, 그 이익금은 절대 당신들에게 돌아가지 않아! 그건 어디까지나 그자들의 몫이니까. 그자들은 저택은 물론이고 자동차, 보석, 모피, 여자들을 사들이지. 자기들의 돈으로? 가당치도 않은 소리! 바로 당신들의 돈으로 사는 거야! 그런데 당신들은 뭐 하고 있지? 서로를 쳐다보며 말해 봐. 당신들은 여기서 뭐 하고 있느냐고!"

"그러는 당신은 뭘 했는데?"

누군가가 물었다. 이제는 아무도 웃지 않았다. 다들 무관심한 척 듣고만 있었다. 겉으로는 비웃고 있었지만, 내심 가시방석에 앉은 듯 초조해 보였다.

"나는 잊어. 나는 완전히 망가진 인간이니까. 나는 내 방식대로 싸우려다가 실패했어. 왜 그랬는지 알아? 당신들에게

만 말해 주지. 나는 환상적인 미사여구와 거짓말쟁이 친구들을 믿었다가 실패했어. 이론적으로 그들의 추한 영혼을 순화시킬 수 있다는 희망을 품었다가 실패했어. 그야말로 헛된 희망이었지! 나는 그들을 진실에 눈뜨게 하고 싶었지만 미친 짓이었어. 그들은 태어날 때부터 두 눈을 부릅뜨고 있었거든. 그들은 처음부터 모든 것을 보고, 알고 있었어. 나만 눈이 멀고 멍청했던 거라고……. 하지만 나는 이제 장님도 아니고, 멍청이도 아니야. 그래서 이렇게 말하는 것이니, 이제 친구들, 내 충고를 잘 들어야 해. 이건 내가 말하는 게 아니라, 쓰디쓴 경험이 말하는 거니까 내 충고를 잘 들어야 해. 내 충고는 고통을 술로 달래지 말라는 거야." 그의 목소리가 갑자기 단호해지면서 열에 들뜨기 시작했다. "피로 달래야 하는 거야! 당신들이 버리고 떠나온 들판의 황량한 고랑을 그들의 피로 가득 채워야 해! 당신네 자식들의 손에 묻은 기름때는 그들 자식들의 피로 씻어야 해. 그들의 어깨 위에 머리통마저 남지 않도록 몽땅쓸어 버려야 해! 그리고 그들과 말을 섞어서는 안 돼. 그들에게 설득당할 테니 말이야. 그들과는 눈길조차 부딪치지 말아야 해. 그들이 당신들을 돈으로 휘감아 당신들의 의지를 돈으로 매수할 테니까. 그들을 쳐다볼 생각도 하지 마. 당신들은 그들의 우아한 매너를 따라 하고 싶을 테고, 그러면 당신들은 엉망이 될 테니까. 그들은 당신들한테 아무 동정도 느끼지 않으니 당신들도 그들을 동정해선 안 돼! 그들은 당신들이 어떤 고통을 받는지를, 당신네 자식들이 영양실조로 마르다가 결국은 치료다운 치료 한번 받지 못한 채 죽어 간다는 것을 너무나 잘 알고 있어. 하지만 그들은 비웃기만 할 뿐이지. 그들은 호화

찬란한 살롱의 따뜻한 벽난로 옆에 앉아 당신네 부모들이 만든 포도주를 마시면서, 당신네 농장에서 키운 닭고기에 당신네 들판에서 경작해 짠 기름을 발라 먹으면서 비웃기만 할 뿐이라고. 그리고 그들은 당신네 옷을 입고 당신네 집에서 살면서, 다 쓰러져 가는 당신네 움막 위로 비가 쏟아지는 걸 보지. 그리고 그들은 당신들이 자기네처럼 세련되게 말할 줄도 모르고, 극장에도 가지 않고, 오페라도 보지 않고, 은식기로 먹을 줄도 모른다고 무시하지. 죽여야 해. 그래, 죽여야 해! 한 놈도 살려 둬서는 안 돼! 그들의 처자식까지 모조리 죽여야 해! 끝장을 내야 한다고……. 그들을 영원히 없애라고……."

술 취한 사내는 입을 다문 뒤 가슴이 찢어질 듯 서럽게 울다가, 제 풀에 지쳤는지 탁자 위에 털썩 주저앉았다. 서러운 울음소리가 그의 연설 뒤에 드리운 짙은 침묵을 깨고 있었다. 그곳에 있던 사람들은 모두 돌처럼 굳은 모습이었다. 마치 투명 인간이 되거나, 이름도 없는 익명이 되고 싶어 하는 사람들처럼 보였다.

잠시 후, 술집 주인이 술 취한 사내의 탁자로 다가와 잠긴 목소리로 가까스로 힘을 줘서 말했다. 네메시오가 술 취한 사내를 돌보고 있었다.

"손님, 이곳에서 나가 주십시오. 우리 가게에서 골치 아픈 일이 일어나는 것은 원치 않습니다."

"선생님, 나가요. 많이 피곤해 보이세요."

네메시오가 술 취한 사내에게 말했다.

"나가! 어서 나가!"

그제야 손님들이 모두 한목소리로 말했다. 어떤 사람들은 두려운 눈길로 문 쪽을 쳐다보기도 했고, 어떤 사람들은 술 취한 사내에게 금세라도 덤벼들 기세였다. 네메시오는 상황을 원만하게 마무리 짓고 싶었다.

"진정하세요. 제발 진정하십시오. 이제 우리는 나갈 겁니다. 그렇지요, 선생님?"

"그래요, 나갑시다. 아이…… 나 좀 도와주시오."

마침내 술 취한 사내가 중얼거렸다.

술집 주인과 네메시오가 술 취한 사내를 부축해 일으켜 세웠다. 술 취한 사내는 힘과 균형을 천천히 되찾아 갔다. 손님들은 그들에게 관심이 없는 척 행동했다. 그렇게 술 취한 사내와 네메시오는 별 탈 없이 술집을 나올 수 있었다. 달이 뜨지 않아 차갑고 황량한 밤이었다. 술 취한 사내는 온몸에 소름이 돋았다.

"선생님, 좀 걸어요. 가만히 있으면 얼어 죽어요."

네메시오가 말했다.

"상관없으니 어서 가시오. 나 혼자 내버려 두시오."

"그럴 수야 없지요. 선생님을 이렇게 내버려 둘 수는 없습니다. 댁까지 모셔다 드릴 테니 어디 사는지 말씀하세요."

술 취한 사내가 고개를 가로저었다. 그러나 네메시오가 그를 부축하며 억지로 걷게 만들었다. 그는 비틀거리기는 했지만 넘어지지는 않았다.

"선생님, 근처에 사십니까? 마차를 부를까요?"

"집에 가고 싶지 않소. 절대 돌아가고 싶지 않아요. 내 아내가……"

"사모님도 이해하실 겁니다. 술에 취해 보지 않은 사람이 어디 있나요?"

"아니오, 집에는 안 갑니다."

술 취한 사내는 서글픈 표정을 지은 채 끝내 고집을 꺾지 않았다.

"그러면 좀 걷도록 하지요. 멈추지 마세요. 제 외투를 벗어 드릴까요?"

"왜 나를 걱정해 주는 거요?"

"저한테는 선생님이 하나밖에 없는 친구이기 때문입니다. 자, 걷자고요, 선생님."

파렐스는 셰리 잔과 담배를 들고, 아직 수염도 나지 않은 젊은이 두 사람과 늙은 시인, 남자처럼 생긴 여자가 둥그렇게 모여 있는 그룹으로 향했다. 나중에 보니, 여자는 스페인 주재 네덜란드 대사관의 문화 공보관이었다. 시인과 여자가 문화를 비교하고 있었다.

"유감이지만 유럽의 다른 나라들과는 달리, 스페인 상류층은 자국의 문화를 자랑스럽게 생각하지 않고, 마치 부스럼 딱지처럼 여기는 것 같아요." 여자는 외국인 악센트가 거의 느껴지지 않을 정도로 유창한 스페인어로 말했다. "오히려 예술에 무지하고 무관심한 것을 자랑스럽게 여기고, 세련된 것과 소녀 취향을 혼동하는 것 같아요. 어느 사교 모임을 가든 문학은 고사하고 그림이나 음악에 대해서 거의 얘기하지 않고, 박물관이나 도서관도 텅 비어 있어요. 그리고 시와 문학에 열정을 느끼는 사람들은 창피해서 그런지 감추려고만 하더군요."

"맞습니다, 반 펫츠 여사."

"반 펠츠입니다."

여자가 고쳐 주었다.

"여사 말씀이 백번 옳습니다. 근래, 그러니까 지난 10월에 내가 레리다에서 자작시 낭송회를 열었는데, 낭송회가 열린 살롱이 절반이나 비었다면 믿겠습니까?"

"바로 제가 말씀드리고 싶은 부분이에요. 이곳에는 남자답다는 것도 잘못 이해되어 남자들이 문화를 경시하는 방향으로 흐른다는 거예요. 실례가 아니라면, 위생 관념도 마찬가지고요."

"우리 스페인의 가장 큰 자랑인 세르반테스와 케베도는 일생을 감옥에서 고통으로 보냈습니다."

젊은이들 중 하나가 끼어들었다.

"스페인 귀족은 세계적으로 명성을 떨칠 수 있는 기회를 잃고 말았어요. 반면에 교회는 그 부분에서 훨씬 현명했지요. 로페 데 베가와 칼데론, 티르소 데 몰리나, 공고라, 그라시안 같은 성직자들은 문학에서도 비교적 높은 명성을 누렸으니까요."

반 펠츠 여사가 대답했다.

"그것은 신흥 부자들이 배워야 할 역사적 교훈입니다."

파렐스가 억지웃음을 지으며 끼어들었다.

"흥!" 늙은 시인이 탄성을 질렀다. "신흥 부자들을 믿어선 안 됩니다. 그들은 자신의 보석을 자랑하고자 오페라극장을 문턱이 닳도록 드나들고, 오직 과시하기 위한 목적으로 값비싼 그림들을 사들이지만, 《파라렐로》 잡지에 실린 바그너의 오페라조차 제대로 구별하지 못할 겁니다."

"좋아요, 그렇다고 지나치게 과장해서도 안 됩니다." 파렐스는 자신이 자주 보는 잡지들의 이름을 머릿속으로 떠올리며 대답했다. "모든 것은 때가 있으니까요."

"그건 그래요." 반 펠츠 여사가 말을 이었다. 그녀는 화제가 자칫 엉뚱하게 흘러가는 것을 경계하는 말투로 말했다. "예술가들은 귀족에게 반기를 들어 지금 우리가 알고 있는 자연주의라는 새로운 사조를 만들어 냈지만, 그것 역시 민중의 취향에 영합하거나 매달리려는 노력으로밖에 보이지 않아요."

파렐스는 그런 대화에는 그다지 흥미가 없었다. 그래서 문화인 그룹에서 물러나 평소 인사 정도나 하고 지내는 기업가들 옆으로 다가갔다. 그들은 실실 웃고 있는 뚱뚱한 금융인을 에워싸고 그를 상대로 분통을 터트리는 중이었다.

"은행이 치사하지 않다고는 볼 수 없지 않소!"

한 기업가가 담배 끝으로 금융인을 가리키며 말했다.

"사장님, 보다 신중하게 처신할 때입니다. 아주 신중하게." 금융인이 미소를 잃지 않은 채 대답했다. "돈은 은행이 소유하는 것이 아니라, 예금주들이 맡긴 것이라는 사실도 아셔야 하고요. 우리에게는 여러분의 적극적인 투자가 엄청난 사기로 보일 수도 있습니다."

"젠장!" 다른 기업가가 소리 질렀다. 그의 얼굴이 무서운 속도로 붉으락푸르락 변했다. "우리 사업이 잘 돌아갈 때는 이득을 챙겨 배를 불리고선……."

"숫제 쥐어짠다니까!"

다른 기업가가 거들었다.

"……그리고 조금만 잘못되면 가차 없이 등을 돌리지……."

"비열한 작자들 같으니! 아주 비겁하다고!"

"……그러고는 갑자기 귀머거리가 된 것처럼 못 들은 척하지. 결국은 금융인들이 나라를 말아먹고 말 거야. 그러고도 자기들이 훌륭한 사업가인 것처럼 거들먹거리는 꼴이란……."

"여러분, 나는 월급을 받는 사람입니다. 매달 월급이 달라지지 않습니다." 금융인이 대답했다. "우리가 개인적인 이익을 위해 일하는 게 아니라는 사실을 여러분도 잘 알고 계시지 않습니까. 우리는 사람들이 우리를 믿고 맡긴 돈을 운용하는 것뿐입니다."

"제기랄! 남의 약점을 이용해서 투기하는 거지."

"우리도 실패할 때가 있습니다. 그 점 잊지 말아 주세요. 그리고 부탁건대, 안 좋은 결과에 대해선 더 이상 생각하고 싶지 않군요."

"아! 파렐스 씨!" 한 기업가가 그를 불렀다. "이리 와서 한 말씀 해 보시죠. 이 나라 금융계에 대해 어떻게 생각하십니까?"

"고귀한 기관이지요. 물론 어떤 때는, 숱한 제약이 뒤따르기 때문인지, 우리가 원하는 만큼 과감하고 결단력 있게 행동하지 못하지만 말입니다."

파렐스가 대답했다.

"그런 그들이 비겁하다고는 생각하지 않습니까?"

"글쎄요, 비겁하다…… 그건 잘 모르겠군요. 어쩌면 그런 인상을 줄 수도 있겠네요."

"파렐스 씨, 당신은 위험을 피하시려는군요."

"사실 그렇습니다."

파렐스는 극도로 피곤해 그렇다고 수긍했다. 그는 그 모든 다툼에서 벗어나고 싶었다.

"그렇게 어중간하게 굴지 마요. 사볼타 회사가 위태하다는 게 사실입니까?"

맨 먼저 입을 열었던 기업가가 누가 봐도 흥미로운 대화에 불을 붙이고 나섰다.

"누가 그따위 얘기를 합니까?"

파렐스는 단번에 그의 말을 자르며 반문했다.

"잘 아시지 않습니까? 사방에서 얘기하던데요."

"그래요? 무슨 내막인지 내가 알아도 되겠습니까?"

"순진한 척하지 마세요."

"주식을 매각했다던데, 그게 사실입니까?"

"매각이라니? 내가 아는 한 그런 일은 없소."

"르프랭스 씨가, 아내가 유산으로 받은 주식을 처분하고 싶어 한다던데, 그게 사실입니까? 심지어 빌바오에 있는 한 회사가 그 주식의 매입에 관심을 보인다는 말도 있던데……."

"여러분, 여러분이 환청을 들은 겁니다."

"그리고 마드리드의 한 은행에선 당신네 환어음을 거절했다는 말도 있습니다."

"그건 그 은행에 가서 직접 물어보십시오. 나는 무슨 말을 하는지 도통 모르겠으니 말이오."

"쳇, 그 엉큼한 놈들은 입도 뻥긋하지 않을 거요."

"하긴 그렇겠군요." 파렐스가 금융인에게 윙크를 보내며 말했다. "나는 그 사람들이 여러분에게 비겁하게 군다는 사실을 깜빡했습니다."

파렐스는 기업가들의 등을 다독거리면서 자기를 바라보며

미소를 띠고 있는 금융인에게 공범의 미소로 답한 다음, 그 자리를 물러났다. 그는 다시 살롱을 거닐고 있었지만, 당장 집으로 돌아가 가운을 입고 슬리퍼로 갈아 신은 뒤 안락의자에 푹 파묻혀 편히 쉬고 싶었다. 그때 살롱 끝 서재 옆에서 웨이터에게 무엇인가를 지시하고 있는 르프랭스가 눈에 띄었다. 그는 곧장 빠른 걸음으로 다가가 웨이터가 물러날 때까지 기다렸다.

"르프랭스, 자네와 급히 할 말이 있네."

파렐스가 말했다.

"선생님, 제가 모셔다 드릴 테니 댁 주소를 알려 주세요." 네메시오가 계속 채근했다. "내일은 기분이 훨씬 좋아질 테니 두고 보세요."

술 취한 사내는 가로등을 껴안은 채 잠이 들었다. 네메시오가 기력을 다해 술 취한 사내를 흔들어 깨웠다. 그러자 술 취한 사내가 눈을 가늘게 뜨고 흘겨보았다.

"몇 시입니까?"

네메시오는 거리에서 시계를 찾아보았지만 어디에도 보이지 않았다.

"아주 늦은 시간인 데다 날씨가 얼어 죽을 정도로 춥습니다."

"천만에, 아직은 일러요. 자, 갑시다. 난 갈 데가 있소."

"이 시간에요? 선생님, 다 닫았어요."

"내가 가는 곳은 닫지 않아요. 우체통이니까. 우체국으로 갑시다."

"댁으로 가는 길에 있습니까?"

"그렇소."

"그렇다면 가요."

네메시오는 술 취한 사내의 팔을 자신의 어깨 위로 둘러 부축했다. 그러나 원체 부실한 네메시오 역시 비척거리기는 마찬가지였다. 두 사람이 번갈아 가며 발을 헛디디는 바람에, 그 상태로 걷는 게 기적처럼 보였다. 그때, 종소리가 울려 퍼졌다.

"5시야!" 술 취한 사내가 소리를 질렀다. "하지만 아직은 일러……. 가만, 내가 뭐라고 말했더라?"

"그 일은 내일 하면 안 될까요?"

"내일이면 너무 늦을 수도 있습니다. 내가 하려는 일은 간단해요. 아시겠습니까? 편지 한 통을 우체통에 집어넣으면 돼요. 여기 편지가 있소. 이건 글이 적힌 단순한 종잇조각에 불과하지만, 아! 친애하는 친구! 그래도 이게 도착하면 엄청 많은 사람들의 모가지가 달아나고 말 거요. 그렇지 않다면 다 때가 있겠지요. 몇 시지요?"

"모르겠습니다, 선생님. 거기 끝을 조심하세요."

그들은 우체국에 도착할 때까지 계속 걸었다. 우체국은 채 200미터도 떨어지지 않은 가까운 거리에 있었지만, 삼십 분 넘게 걸려서야 간신히 그곳에 도착할 수 있었다. 그사이, 네메시오는 여러 번 멈춰 서서 숨을 고르거나 남의 집 현관 계단에 걸터앉아 쉬어야 했으며, 술 취한 사내는 그 막간을 이용해 목청껏 노래를 부르고, 길 한복판에서 오줌도 누었다. 그들은 우체국에 도착해 우체통을 찾았다. 술 취한 사내가 벽을 더듬거리며 돌 틈 사이로 편지를 집어넣으려고 했다. 마침내 네메시오가 그들이 찾고 있던 우체통을 발견했다.

"편지 주세요, 선생님. 제가 집어넣을게요."

"절대 안 돼! 누구한테 가는 것인지, 그걸 보면 안 된다고!"

"안 봅니다."

"아무도 믿을 수 없소. 이건 아주 중요한 편지거든. 우체통은 어디 있는 거요?"

"여기요. 하지만 뚜껑을 위로 들어 올려야 합니다."

네메시오는 술 취한 사내가 편지를 우체통에 집어넣도록 도와주면서 수취인의 이름을 보려고 했지만, 봉투가 잔뜩 구겨진 데다 기름까지 묻어 있는 탓에 바르셀로나라는 주소 외엔 알아볼 수가 없었다. 술 취한 사내는 그 일을 마친 후에야 비로소 마음을 놓는 것 같았다.

"이제야 내 의무를 마친 것 같군."

술 취한 사내가 비장하게 말했다.

"그럼, 이제 집에 가시죠."

네메시오가 다시 채근했다.

"그래요, 갑시다. 그런데 지금 몇 시입니까?"

그들은 람블라스 거리까지 좀 더 가벼운 발걸음으로 걸어갔다. 가랑비가 내리기 시작했지만 잠시 후에 곧 그쳤다. 추위도 훨씬 누그러들었고 바람도 잦아들었다. 람블라스 거리의 벤치에서는 취객과 노숙자들이 자고 있었다. 페르슈 말들이 끄는 보르네행 마차들이 야채를 잔뜩 싣고 지나갔다. 네메시오의 가랑이 사이에서 개 한 마리가 짖어 대는 바람에, 네메시오는 개한테 물리지 않기 위해 벤치 위로 올라가야 했다. 요약해서 말하자면 별다른 사건 없이 걸어갔다고 할 수 있었다. 술 취한 사내와 네메시오는 람블라스 거리와 우니온 거리가 맞닿은 곳에 이르러 헤어졌다.

"더는 따라오지 마시오. 이제 술도 깼고, 혼자 걷고 싶군요. 나는 바로 여기서 살아요. 저기 저 문 있는 데요." 술 취한 사내가 막연하게 거리 끝을 가리키며 말했다. "편안하게 주무시오. 오늘 밤 당신에게 신세를 많이 졌습니다. 정말 어떻게 고마움을 표해야 할지 모르겠군요."

"선생님, 저한테 고마워하실 것 없습니다. 어찌 됐든 나쁘지는 않았잖습니까?"

술 취한 사내는 상당히 우울해 보였다.

"그래요, 당신 말이 옳습니다. 잠시 잠깐 재미있었던 적도 있지요. 하지만 이제는 모두 변해야 합니다. 그들의 거래에서 목숨은 아무것도 아니거든요."

"무슨 말씀이시죠?"

"부탁 하나 해도 되겠소? 당신을 믿어도 되겠소?"

"확실하게 믿어도 됩니다."

"그렇다면 잘 들으시오. 예감이 듭니다. 아주 불길한 예감이. 만에 하나 내게 무슨 일이 생긴다면, 잘 들어요, 내게 무슨 일이 생긴다면…… 무슨 말인지 알겠어요?"

"물론이지요. 만일 선생님께 무슨 일이 생긴다면……."

"내가 지금 말하는 친구를 찾아가시오. 내게 무슨 일이 생겼다는 소식을 듣는 즉시 그 사람을 찾아가서, 그자들이 나를 죽였다고 알려 주시오."

"죽였다고요?"

"그렇소, 그 사람이 알고 있는 자들이 나를 죽였다고 말이오. 그 사람에게 내 아내와 아들을 잘 보살펴 달라고, 제발 내 처자식을 버리지 말라고, 불쌍하게 여겨 달라고 전해 주시오. 그 사람 이름은, 그 친구 이름은, 잘 들으시오, 하비에르 미란 다요. 기억할 수 있겠소?"

"하비에르 미란다. 네, 선생님. 절대 잊지 않겠습니다."

"그 친구를 찾아가서 오늘 밤 나한테서 들은 얘기를 모두 전해 주시오. 하지만 명심하시오. 나한테 안 좋은 일이 생겼을 때에만 한해서요. 이제 지체하지 말고 어서 가시오."

"선생님, 저를 믿으셔도 좋습니다. 선생님을 실망시키지 않 겠다고 하늘에 대고 맹세하겠습니다."

"친구여, 안녕."

술 취한 사내가 네메시오의 손을 꼭 잡으며 말했다.

"선생님, 안녕히 가세요. 조심하시고요."

그들은 더 이상 지체하지 않고 헤어졌다. 네메시오는 느리지 만 당당하게 발걸음을 옮기는 술 취한 사내의 뒷모습을 지켜 보았다. 술 취한 사내의 뒤를 쫓는 것은 옳지 않았다. 그래서 잠시 후 뒤돌아서 그 자리를 떠났다. 람블라스 거리 골목에 들 어선 순간, 네메시오는 우니온 거리로 꺾어지는 자동차의 라이 트 탓에 잠시 눈이 부셨다. 그리고 그때, 불길한 생각이 네메시 오의 뇌리를 스치고 지나갔다. 뭐라 정확히 말할 수는 없었지 만 왠지 불길한 느낌이었다. 그는 그 느낌이 확실해질 때까지 계속 곰곰이 생각하며 걸어갔다. 그렇다! 그 자동차는 그들의 뒤를 밟고 있었던 것이다! 분명히 그 자동차는 술집 문 앞에 주차되어 있었고, 나중에는 우체국 건물 앞에 있었다. 그리고 그 차가 람블라스 거리 위쪽으로 향하던 야채를 잔뜩 실은 마 차를 피해 가던 게 떠올랐다. 그때는 그 차에 별 신경을 쓰지 않았다. 그렇지만 술 취한 사내의 마지막 말을 듣고 난 지금에는 그 이상야릇했던 일들이, 우연의 일치들이 비극적 의미를 띠기 시작했다. 네메시오는 얼른 뒤돌아서 걸어왔던 길을 다시 거슬러 뛰어가기 시작했다. 그는 우니온 거리를 돌아 끔찍한 비명 소리가 들릴 때까지 계속 뛰어갔다. 100미터쯤 떨어진 곳에, 가스등에서 흘러나오는 희미한 불빛 아래로 가운을 걸치고 나온 사람들이 빙 둘러서 있었다. 가운을 찾지 못한 사람들은 잠옷 차림으로 베란다에 나와 있었다. 경비원 두 명이 구경꾼들 사이를 헤집고 들어갔다. 조금 전만 해도 황량했던 거리가 순식간에 북적거렸다. 네메시오가 조심스럽게 다가갔다.

"실례합니다. 무슨 일입니까?"

"웬 남자가 자동차에 치여 죽었대요."

"누군데요?"

"바로 여기 22번지에 사는 기자 양반이래요. 집에서 불과 두 걸음밖에 떨어지지 않은 곳에서 아내와 어린 아들을 남겨두고 세상을 떠나다니! 세상에, 이런 끔찍한 일이 어디 있겠어요!"

"그 시간에 밖으로 나도는 대신, 하느님의 뜻대로 집에 있었으면 아무 일도 없었을 거예요."

나지막한 창문 앞에 서 있던 옆집 여자가 끼어들었다.

"죽은 사람에게 그렇게 말하는 거 아닙니다, 아주머니."

네메시오가 쏘아붙였다.

"당신은 입 다물어요. 보아하니 당신 몰골도 비슷하구먼!"

창문 앞에서 얘기하던 여자가 맞받아쳤다.

경비원들이 사람들을 뒤로 물러나게 한 후 의사와 구급차를 불렀다. 네메시오는 자기 질문에 대답해 준 여자 뒤에 숨어

있다가, 경비원들이 잠시 한눈을 파는 사이에 재빨리 모습을
감추었다.

2

마리아 코랄의 방문을 열자, 시큼한 냄새가 확 풍기면서 복도만큼이나 시커먼 어두움이 안겨 들었다. 방 안에 아무도 없다는 생각이 맨 먼저 들었다. 하지만 찬찬히 살피다 보니, 어디선가 희미하면서도 가쁘게 헐떡거리는 거친 신음 소리가 들려오고 있었다. 나는 그녀의 이름을 부르기 시작했다. 마리아 코랄! 마리아 코랄! 그러나 거친 숨소리와 신음 소리만 들릴 뿐 대답은 없었다. 나는 방 호수를 찾기 위해 마지막 성냥개비까지 다 써 버린 탓에 결단을 내려야 했다. 그래서 더듬거리며 다시 현관 쪽으로 돌아가, 성상 밑에 있던 기름 램프를 들고 돌아왔다. 나는 램프를 가지고 다시 돌아와 방 안을 비췄다. 내 눈은 이미 어둠에 익숙해 있었기 때문에 한쪽 구석에 놓인 철제 침대와 그 위에 누워 있는 여자의 실루엣을 쉽게 알아볼 수 있었다. 마리아 코랄이었고, 다행히 그녀 혼자였다. 나는 그녀가 잠을 자고 있으며 꿈자리가 사나운 악몽을 꾸는 거라고 생각하고, 가까이 다가가 그녀의 손을 잡았다. 그녀의 손은 축축하고 얼음장같이 차가웠다. 기름 램프를 마리아 코랄의 얼굴 가까이 댄 순간, 나는 온몸에 소름이 쫙 돋았다. 그녀가 죽은 사람처럼 창백했던 것이다. 가늘게 떨리는 턱과 살짝 벌어진 입술 사이로 흘러나오는 신음 소리만이 아직 그녀가 살아 있음을 알려 줄 뿐이었다. 다급하게 그녀의 어깨를 흔들어 깨워 보았지만 반응이 없었다. 뺨도 몇 대 때려 보았지만, 신음 소리만 더욱 커지고 안색만 창백해질 뿐 아무 소용이 없었다. 마리아 코랄은 죽어 가고 있었다. 나는 소리를 질러 도움을 청해 보았지만, 마치 사람이 살지 않는 곳처럼 아무도 나타나지 않았다. 나는 혼란스럽고 당혹스러워 어떻게 해야 할지 몰랐다. 그녀를 둘러업고 치료받을 수 있는 곳으로 달려가야 한다는 생각이 들었지만 곧바로 포기했다. 한밤중에 다 죽어 가는 여자를 둘러업고 길거리로 뛰쳐나가서 문마다 두드리며 다닐 수는 없는 일이었다. 그렇다고 아는 의사도 없었다. 그 와중에도 한 사람의 이름이 내 머릿속에서 계속 맴돌고 있었다. 르프랑스였다. 나는 일단 마음을 정하자마자 방에서 나와 문을 닫은 다음 기름 램프를 제 위치에 꽂아 두고서, 한 번에 몇 계단씩 날다시피 내려갔다. 수위가 호기심이 어린 얼굴로 자신의 은신처에서 나를 바라보았다. 여관을 찾아온 사람이 그런 식으로 뛰쳐나가는 것을 보는 게 그리 흔한 일은 아니었을 것이다. 나는 수위에게 전화가 어디 있느냐고 물었다. 그는 옆에 있는 식당에 전화가 있다며, 무슨 일이냐고 되물었다. 나는 문밖으로 나서면서 아무 일도 아니라고 대답한 후, 단걸음에 식당으로 달려갔다. 사실 그곳은 식당이 아니라, 스무 명가량 되는 사람들이 커다란 솥을 가운데 놓고서 같이 죽을 떠먹는 지저분한 싸구려 밥집이었다. 사람들이 전화 있는 곳을 가르쳐 주고 나서야 나는 비로소 르프랭스의 전화번호를 모른다는 사실을 깨달았다. 뭔가 조치를 취해야 했고, 나는 코르타바녜스의 사무실로 전화를 걸었다. 늙은 변호사가 반기는 사람도 없는 집으로 돌아가기 싫어서 아직 그곳에 남아 있을 거라 믿으며 전화를 걸었다. 전화번호를 누른 후 마음을 졸이며 신호음을 듣고 있다가, 누군가 수화기를 드는 순간 안도의 한숨이 절로 나왔다.

"여보세요."

절대 혼동할 수 없는 코르타바녜스의 목소리였다.

"코르타바녜스 씨, 저 하비에르입니다."

"오, 하비에르! 웬일인가?"

"이런 시각에 번거롭게 해 드려서 죄송합니다."

"괜찮네. 저녁 식사 하러 가기 전에 시간을 때우고 있었는데, 무슨 일인가?"

"제발 부탁인데, 르프랭스 씨의 전화번호 좀 알려 주세요."

"르프랭스 씨의 전화번호? 그건 왜? 무슨 일이 있나?"

"중요한 일입니다, 코르타바녜스 씨."

변호사는 한참을 미적거렸다. 자기가 르프랭스의 전화번호와 집 주소를 알고 있다는 사실을 나한테 알려도 좋을지 생각할 시간을 벌려는 게 틀림없었다.

"내일 아침까지 기다릴 수 없겠나? 어쩐지 이 시간에 전화를 건다는 것도 그렇고…… 게다가 그 양반의 전화번호가 어디 있는지도 확실치 않아서 말이야. 자네도 알잖나. 결혼하면서 이사를 갔거든……."

"코르타바녜스 씨, 생사가 걸린 문제입니다. 자세한 내용은 나중에 설명해 드릴 테니, 일단 전화번호를 알려 주시지요."

"모르겠군. 그 전화번호가 어디 있는지 생각 좀 해 봐야겠어. 나이가 드니까 자꾸 기억력이 감퇴해서 말이야. 하비에르, 자꾸 나를 몰아세우지 말게."

내가 아는 코르타바녜스는 그런 일로 밤새도록 망설이고도 남을 위인이었다.(실제로 그는 쥐도 새도 모르게 조용히 일을 처리하는 편이었다.) 차라리 그에게 모든 사실을 털어놓는 게 나을 것 같았다. 사실 코르타바녜스도 거의 모든 것을 알고 있었기 때문에 내가 별다른 비밀을 털어놓는 것도 아니라는 생각이 들었다.

"그러니까 코르타바녜스 씨, 르프랭스 씨가 카바레에서 일하던 젊은 여자와 잠깐 사귄 적이 있었습니다. 이 년 전에 합법적이지 못한 일로 르프랭스 씨가 고용한 해결사들과 연관된 그 여자 말입니다. 그런데 지금 그 여자가 돌아왔습니다. 해결사들은 흔적도 보이지 않고요. 제가 아주 우연히 그녀가 어디에 있는지 알아냈습니다. 그런데 그 여자가 중병에 걸린 것 같아요. 그 여자가 죽으면 경찰이 수사에 나설 테고, 그러면 르프랭스 씨와 사볼타 회사에 치명적인 결과를 가져다줄지도 모릅니다. 이해하시겠어요?"

"물론 이해하고말고. 확실하게 이해했네. 그런데 자네가 지금 그 여자와 함께 있나?"

"아닙니다. 제가 전화를 걸고 있는 곳은 지금 그 여자가 있는 여관 근처 식당입니다."

"그럼 그 여자는 혼자 있고?"

"예, 방금 전까지는 혼자 있었습니다."

"자네가 여관에 드나드는 것을 본 사람이 있나?"

"수위만 보았습니다. 하지만 호기심이 많은 사람 같아 보이지는 않았습니다."

"하비에르, 잘 듣게. 나는 자네가 골치 아픈 일에 휘말리는 것을 원치 않으니, 그 여관의 주소를 알려 주게. 그러면 내가 르프랭스를 찾아볼 테니. 자네는 다시 그곳으로 돌아가지 말게. 그 근처에 숨어 있다가 누가 드나드는지 잘 살펴보게. 금방 도착하겠네, 알겠나?"

"네, 변호사님."

"내가 시킨 대로 하고, 침착하게 행동하게."

코르타바네스는 여관 주소를 받아 적은 후에 전화를 끊었다. 나는 밥집을 나와, 그의 지시대로 여관 앞에 서 있었다. 그곳에서 연거푸 줄담배를 피우며 초조한 심경으로 일분일초를 세고 있었다. 거의 한 시간쯤 지났을 무렵, 누군가가 골목에서 나를 부르는 소리가 들려왔다. 그러나 내 이름을 부른 것은 아니었다. 나는 나를 부른 사람이 누군지도 모른 채 얼른 그곳을 향해 달려갔다. 골목 뒤에 흑색 리무진이 숨어 있었다. 나를 부른 사람이 차 가까이 오라고 손짓했다. 리무진에 커튼이 쳐져 있어서, 그 안에 누가 있는지는 보이지 않았다. 내가 리무진 옆에 이르자 차 문이 열려 나는 차 안으로 들어갔다. 차 안에는 르프랭스와 코르타바네스가 있었다. 운전석이 비어 있어서, 나를 그곳으로 부른 사람이 바로 바깥에서 기다리고 있는 운전기사일 거라 추측했다. 나는 조수석에 앉아 있는 막스를 알아보았다. 르프랭스가 나에게 앉으라고 권했다.

"마리아 코랄이 확실한가?"

르프랭스는 안부 인사도 하지 않은 채 그 말부터 물었다.

"전적으로 확실합니다. 바로 어제 그 여자의 공연을 보았습니다."

"해결사들은?"

"흔적도 없었습니다. 함께 공연도 하지 않았고요. 그들은 아무 데서도 보이지 않았습니다."

"좋아. 막스와 기사를 데리고 가게. 우리는 여기서 기다리고 있겠네. 자, 서둘러."

르프랭스가 빠른 어조로 결론 내렸다.

"손전등을 가지고 가는 게 좋을 것 같습니다. 여관에 불이 들어오지 않더군요."

내가 말했다.

"막스, 손전등을 가지고 가게. 너무 지체하지 말게."

르프랭스가 자신의 경호원에게 지시를 내렸다.

막스가 리무진에서 내려 트렁크에서 손전등을 꺼낸 다음, 기사에게 신호를 보냈다. 그렇게 우리 세 사람은 행동을 개시했다. 내가 앞장서 여관 앞에 도착한 후 그들에게 멈춰 서라고 지시했다.

"놀러 온 것처럼 행동하시오. 수위가 물어보면 내가 알아서 대답할 테니."

그들이 고개를 끄덕여 대답한 후 우리는 곧장 안으로 들어갔다. 수위는 그냥 우리를 흘낏 쳐다만 볼 뿐 아무것도 묻지 않았다. 우리는 여관으로 올라가 현관에 들어섰다. 막스가 기사에게 손전등을 건네준 후 외투 주름 사이에 숨겨 둔 권총을 쥐었다. 현관에는 아무도 없었다. 누군가 있었다면 오히려 그 사람이 우리를 보고 놀라서 까무러쳤을 것이다. 성상 앞 램프에서 흘러나오는 희미한 불빛에 비친 우리의 모습 또한 심상치 않았을 게 분명했다. 운전기사가 손전등을 켜서 나에게 건네주었다. 나는 아무 말 없이 르프랭스의 두 부하들을 마리아 코랄의 방으로 안내했다. 짧은 시간 동안 변한 것은 없었다. 집시 여자는 여전히 거친 숨을 몰아쉬며 침대에 누워 있었다. 손전등의 불빛으로 보니 그녀가 더 왜소하게 보이고, 지저분하기 짝이 없는 실내도 더욱 비참해 보였다. 사방의 벽은 크고 작은 얼룩이 번져 있어 원래의 벽지 색깔이나 모양이 제대로 구분되지 않을 정도였다. 모서리 사이사이에는 거미줄이 길게 늘어져 있었으며, 가구라고는 조그만 탁자와 의자 두 개가 전부였다. 한쪽 구석에는 뚜껑이 열린 트렁크가 놓여 있었는데, 그 속에는 그녀의 옷가지들(카바레에서 공연할 때 입었던 망토와 깃털은 보이지 않았다.)이 제멋대로 쑤셔 박혀 있었다. 침대 위쪽에 나 있는 채광창은 실내만큼이나 비좁고 어두운 안뜰로 연결되어 있었다.

나는 손전등으로 조심스럽게 마리아 코랄의 얼굴을 비춰 보았다. 가녀린 얼굴선과 살짝 감긴 두 눈, 보랏빛 입술이 아까보다 훨씬 섬뜩해 보여서 나도 모르게 수은중독자처럼 벌벌 떨고 말았다. 내 상태를 눈치챈 막스가 나의 팔꿈치를 치며 서두르라고 재촉했다. 내가 물러서자, 막스와 운전기사가 마리아 코랄을 일으켜 세웠다. 그녀의 몸은 땀범벅이 된 채 다 떨어진 캐미솔로 가려져 있었다. 그 몰골로는 그녀를 데리고 거리로 나갈 수가 없었다. 나는 외투를 벗어 그녀의 어깨에 걸쳐 주었다. 불쌍한 집시 여자는 자기 주변에서 어떤 일이 벌어지고 있는지조차 몰랐다. 밖으로 나가기 전에 막스가 탁자 위에 놓인 허름하고 자그마한 비로드 핸드백을 가리켰다. 나는 얼른 핸드백을 집어 외투 주머니에 넣었다. 막스가 마리아 코랄의 다리 쪽을 붙잡고, 기사가 그녀의 양어깨를 안고서 복도로 나가 현관을 지나갔다. 그러고 나서 내가 난간 쪽을 내다보았다. 나는 아무도 없는 것을 확인한 후 동료들을 불렀다. 우리 네 사람은 아무하고도 마주치지 않고 비좁은 계단을 내려갈 수 있었다. 이 층에서 내가 막스에게 다가가 속삭였다.

"이 상태로는 수위 앞을 지나갈 수 없소. 이 여자 몸을 일으켜 세워 술에 취한 사람처럼 행동합시다."

그들은 내 말에 따랐고, 나는 손전등을 껐다. 내가 그들보다 먼저 계단을 내려가 비틀거리는 몸짓에 실실 웃으며 수위가 몇 시간째 앉아 있었을 작은 프런트로 다가갔다. 나는 몸으로 수위와 문 입구 사이를 가리며 인사를 건넨 후, 팁으로 동전 몇 개를 프런트에 올려놓았다. 수위는 남자 두 명이 축 늘어진 여자를 부축한 채 지나가는 이상한 광경을 보기 위해 목을 쭉 내밀었다가, 멍한 눈으로 나를 한 번 쳐다보고는 본래의 비몽사몽 상태로 돌아갔다. 내가 문 쪽으로 나온 후, 우리 네 사람은 다시 리무진으로 향했다. 나는 길을 가면서 수위가 그렇게 이상한 광경을 보고도 그다지 놀라지 않는 걸 보면, 그곳이 확실히 이상한 여관인 것은 분명하다고 생각했다.

리무진에 도착해 막스와 기사가 마리아 코랄을 뒷좌석에 눕히고, 르프랭스와 코르타바네스가 건너편 의자에 앉았다. 르프랭스의 두 부하도 차에 오르자 부드럽게 시동이 걸렸다. 차 문이 닫히기 전에 르프랭스가 안에서 말했다.

"자네는 집으로 돌아가고, 이 일은 비밀에 부치게. 내가 곧 연락하겠네."

르프랭스가 문을 닫았다.

나는 저만치 미끄러지듯 멀어지는 리무진을 묵묵히 바라보다가, 미처 외투를 챙기지 못했다는 사실을 깨달았다. 추운 밤이었다. 나는 웃옷 깃을 세우고 양손을 호주머니에 찔러 넣은 채 발걸음을 재촉했다.

네메시오는 시간을 때우며 발걸음을 옮기고 있었다. 그는 몇 걸음을 내딛다가 대형 시계를 쳐다보았고, 그러기를 반복하다가 '엘 시글로' 백화점에 이르러 쇼윈도를 들여다보았다. 백화점의 쇼윈도는 최고급 상품들로 가득 차 있었다. 그러고도 부족하다는 듯이 색색의 리본과 번들거리는 포장지로 꾸며져 있었으며, 한쪽은 나뭇가지와 크리스마스트리가 멋지게 장식되어 있었다. 출입구에 수많은 사람들이 드나들었다. 빈손으로 들어간 사람들은 쇼핑백을 한 보따리씩 들고 나왔고, 들어갈 때부터 쇼핑백을 들고 있던 사람들은 거대한 피라미드 밑에 깔릴 듯 즐거운 비명을 지르며 나왔다. 사람들은 기꺼이 지게꾼처럼 짐을 잔뜩 이고 지고 다녔지만, 그 짐을 버거워하는 사람은 아무도 없었다. 머리를 높이 틀어 올린 귀부인들은 기사나 하녀들을 데리고 다녔지만, 대부분의 사람들은 조만간 찾아올 기쁨의 무게를 몸소 들고 다녔다. 네메시오는 부러움과 서글픔이 뒤섞인 표정으로 그들을 바라보았다. 백화점 정문 앞에 커다란 현수막이 걸려 있었다.

축 성탄. 밝아오는 새해 1918년.

네메시오는 다시 시계를 보았다. 6시 40분이었다. 약속 시간
은 6시 30분이었지만, 그는 기다리는 데 이골이 나 조급해하지
않았다. 게다가 사람들을 구경하는 것도 재미있었다. 아이의
손을 잡고 가던 젊은 엄마가 네메시오에게 다가와 빙그레 미소
를 띠며 동전을 던져 주었다. 네메시오는 돈을 센 다음 고맙다
고 인사하며 "하느님의 축복이 깃들길."이라고 중얼거렸다. 그
러고는 해 질 녘의 추위를 떨쳐 내기 위해 다시 몇 걸음을 내
디뎠다. 그렇게 십 분이 더 흘러갔다. 백화점 앞에 손님들을 내
리고 태우는 택시들이 분주히 멈춰 섰다. 그러다가 6시 50분
에 그 차들 중 하나에서 그를 부르는 소리가 들려왔다. 네메시
오가 다가가자 손이 나오더니 타라는 신호를 보냈다. 그는 고
분고분 따랐고, 차에 시동이 걸렸다. 커튼이 쳐져 있어서 어느
방향으로 가는지 알 수 없었다.

"새로운 소식이 있었나?"

네메시오 앞에 앉은 남자가 물었다.

차 안에는 어둠이 짙게 깔려 있었지만, 네메시오는 며칠 전
자신과 사업상의 대화를 나눴던 품위 있는 노신사를 알아보
았다.

"그 사람을 찾았습니다. 워낙 사람들하고 어울리질 않아
서 생각보다 힘들었습니다. 하지만 인내심을 갖고 왼손도 모르
게……"

"서론은 집어치우고 본론으로 들어가지."

네메시오는 침을 꿀꺽 삼키면서 사실대로 얘기해야 할지 잠시 망설였다. 돈푼깨나 있어 보이는 노신사가 새로운 소식을 들은 뒤에 그 일에서 손을 떼라고 하면, 한동안은 걱정 없이 지낼 수 있을 만큼 돈을 챙기려고 했던 기대가 물 건너갈 판이었다. 그렇다고 거짓말을 할 수도 없는 노릇이었다. 노신사가 언젠가는 모든 사실을 알게 될 테고, 네메시오는 경험상 힘 있는 자들의 보복이 이 세상에서 가장 두렵고 치사하다는 것을 잘 알고 있었다.

"그러니까요, 지금부터 제가 하는 얘기가 마음에 들지 않으실지도 모릅니다. 어쩌면 눈곱만큼도 마음에 안 드실지도……."

"이런 빌어먹을, 어서 속 시원히 말해 봐!"

노신사가 조급하게 물었다.

"죽었습니다."

노신사는 길게 한숨을 내쉬더니 한동안 벌린 입을 다물지 못했다. 말을 하기까지 몇 초가 걸렸다.

"방금 뭐라고 했나?"

"어떤 자들이 그 사람을 죽였습니다. 불쌍한 소토를 죽였다고요."

"확실한가?"

"제가 이 두 눈으로 똑똑히 보았습니다."

"그가 어떻게 죽는지 봤단 말이지?"

"네…… 하지만 정확히 본 것은 아닙니다. 그러니까 저는 그 사람을 집까지 바래다주려고 했지만 그 사람이 원하지 않더군요. 그래서 그냥 헤어져서 돌아가다가 자동차 한 대가 지나가는 걸 보았습니다. 처음에는 무심코 지나쳤지요. 그런데 가만히 생각해 보니 그 차가 내내 우리 뒤를 따라다닌 것 같았어요. 그래서 얼른 죽어라 쫓아갔지요. 하지만 그 사람은 이미 죽어서 길 한복판에 쓰러져 있었습니다."

"거리에 누가 더 있었지?"

"그 일이 일어났을 때는 아무도 없었습니다. 요즘 사람들의 인심이 어떤지 잘 아시지 않습니까? 하지만 현장에 도착해 보니 꽤 많은 사람들이 지켜보고 있더군요. 물론 사고가 난 뒤였지만 말입니다."

"이미 죽어 있었나?"

"북어처럼 바짝 말라 있었어요. 숨도 쉬지 않았고요."

노신사는 다시 긴 침묵에 빠졌다. 그사이 네메시오는 거리에서 들려오는 소음으로 자신이 있는 위치를 추측해 보았다. 전차 지나가는 소리와 엔진 소리가 들렸고, 차는 천천히 움직이고 있었다. 네메시오 생각에는 아직 쇼핑센터가 있는 파세오 데 그라시아를 어렵사리 통과하고 있는 것 같았다.

"그가 죽기 전에 무슨 말을 했나?"

마침내 노신사가 물었다.

"네, 우리는 밤새도록 얘기를 나누었습니다. 처음에는 소토가 포도주 때문에 무지하게 흥분했어요."

"술에 취했나?"

"네, 약간 취했습니다. 아무튼 내가 그를 찾아낸 술집에서 한바탕 난리를 쳤지요."

"한바탕 난리를 치다니, 그게 무슨 뜻인가?"

"그는 모든 사람들을 원망하며 횡설수설하기 시작했어요.

그러더니 사람들을 다 죽여야 한다고 큰 소리로 외치더군요."

"이름을 언급했나?"

"아니요. 그냥 사람들을 죽여야 한다고만 했을 뿐, 이름은 부르지 않았어요."

"그 이유도 얘기하던가?"

"그들이 자기를 속였고, 그런 그들을 하루빨리 죽이지 않으면 그들이 세상 사람 모두를 속일 거라고 했어요. 사실 조금은 과장된 것처럼 보이더군요. 내가 보기에는 벌레 한 마리도 죽이지 못할 위인 같았거든요."

"다른 얘기는 없었나?"

"별다른 얘기는 없었습니다. 술집 손님들이 조용히 하라고 나서는 바람에 우리는 그곳을 나왔습니다. 거리에서는 더 이상 누구를 죽이겠다는 말은 하지 않았어요. 그냥 길거리에서 노래를 부르고 오줌을 싼 것 이외에는."

"집 근처에서 헤어질 때까지 계속 그 모양이었나?"

"아뇨. 헤어지기 전에 정신을 차렸는데, 아주 슬퍼 보였어요. 어쩌면 사람들이 자기를 죽일지도 모른다고 했는데, 아무래도 어떤 예감 같은 게 들었나 봐요, 안 그래요?"

"틀림없이 그랬겠지."

노신사가 맞장구를 쳤다.

"이 말씀을 드려야 할지 모르지만, 나한테 한 가지 부탁을 하더군요."

"이런 어리석은 사람을 봤나. 당연히 말해야지. 그런 이유로 자네에게 돈을 주는 게 아닌가."

"그게 그러니까…… 자기에게 안 좋은 일이 생기면, 자기 친구한테 알려 주라고 부탁하더군요."

노신사는 잃어버린 생기를 되찾은 듯했다.

"그 친구의 이름을 얘기하던가?"

"네, 하지만 말씀을 드려야 할지 모르겠습니다……."

"바보 같은 소리는 집어치우게, 네메시오. 그 친구의 이름이 뭐지?"

"하비에르 미란다입니다."

네메시오가 목소리를 낮추었다.

"미란다?"

"예, 그 사람을 아십니까?"

"그게 자네와 무슨 상관이야?" 노신사가 말을 잘랐다. 그러고는 장갑 낀 손으로 자신의 턱을 쓰다듬었다. "그러니까 미란다란 말이지. 그래, 그를 알지. 확실하게. 그자는 르프랭스가 데리고 다니는 개야."

"뭐라고요?"

"자네하고는 상관없는 일이네." 노신사가 지팡이로 자동차 천장을 치자 자동차가 즉시 멈춰 섰다. "아무튼 수고했네, 네메시오. 자네는 임무를 잘 수행했어. 이 차에서 내리거든 우리가 만났다는 것조차 깨끗이 잊어버리게."

노신사는 네메시오에게 지폐 몇 장을 쥐여 준 후 차 문을 열려고 했다. 네메시오는 이미 그런 결말이 올 거라 예상하고 있었으면서도 얼굴 위에 실망감을 그대로 드러냈다. 노신사는 그런 네메시오의 표정을 잘못 해석했다.

"왜? 돈이 부족한가?"

"아, 아닙니다. 뭘 좀 생각하느라……."

"무슨 생각?"

"이것으로 끝입니까? 이 사건을 끝까지 함께하지 않을 건 가요? 불쌍한 남자가 살해당했습니다. 이건 엄청난 범죄 사건 이라고요."

"네메시오, 나는 정의를 실행하는 사람이 아니네. 그 사건은 경찰이 알아서 할 일이고, 범인은 그에 응당한 벌을 받겠지. 나 는 그저 몇 가지 정보에만 관심이 있네. 그런데 불행하게도 더 이상은 그 정보를 알아낼 수 없게 되었지."

"그럼 그 미란다란 사람은요? 그 사람이 어디에 있는지 찾 고 싶지 않습니까? 제가 찾아낼 수 있습니다. 사방에 친구들 이 많이 있거든요."

"네메시오, 거짓말하지 말게. 자네한테는 지나가는 개도 침 을 뱉을 거야. 게다가 지시를 내리는 사람은 나이니, 이제 그만 차에서 내려 주게."

네메시오는 마지막 카드를 빼 들기로 결심했다.

"지금까지 한 얘기가 전부는 아닙니다. 그날 밤 사건이 하나 더 있었거든요."

"아, 그래? 그러니까 나를 상대로 한판 벌이자는 속셈인가 보군. 그런가?"

"언짢게 생각하지는 마십시오. 가난한 사람들은 살아남기 위해 싸워야 하니까요."

"이봐, 네메시오. 자네 아주 영악하군. 하지만 나는 그 더러 운 사건에는 더 이상 관심이 없다네. 설사 뭔가 더 있다 해도 다 끝났어."

"아주 흥미로운 건데요? 엄청나게 흥미로운 거라고요!"

"차에서 내리라고 했지! 나에게 장난칠 생각은 접어 두게, 알 겠나? 자네는 나를 본 적도 없고, 내가 누군지도 모르네. 내가 너그러워 보일지도 모르지만, 그렇다고 너무 방심하지는 말게. 자네도 소토처럼 되고 싶지 않으면 조심하는 게 좋을 걸세."

노신사가 자동차 문을 열고 네메시오를 가차 없이 밖으로 밀어내는 바람에, 네메시오는 균형을 잃지 않기 위해 몇 걸음 발버둥 치며 꼬꾸라질 뻔한 몸을 겨우 수습했다. 그때 엘 시 글로 백화점은 문을 닫고 있었고, 차는 블록을 끼고 돌아가 고 있었다. 네메시오는 자동차를 뒤쫓았지만 사람들이 많아 금세 포기하고 말았다. 네메시오는 노신사에게 받은 돈을 세 어 본 후 바지 안에 깊숙이 집어넣고, 팔꿈치로 인파를 헤치 며 걸어갔다.

코르타바네스 변호사는 닭고기 크로켓 두 개를 한꺼번에 입안에 집어넣고는 양 볼의 근육을 힘차게 움직이며 열심히 오 물거렸다. 그는 손가락을 닦기 위해 두리번거리며 냅킨을 찾다 가, 기다란 탁자 끝에서 자기가 찾던 물건을 발견했다. 다른 사 람들의 옷에 닿지 않도록 신경 쓰면서 손을 길게 뻗어 보았지 만, 하얀 머리에 코가 나무뿌리처럼 생긴 비쩍 마른 신사가 가 운데에서 거치적거렸다. 낯선 단체의 휘장을 가슴에 두른 신 사는 변호사가 자기에게 악수를 청하는 줄 알고 손을 내밀었 지만, 변호사는 당황해서 얼른 손을 거둬들였다. 휘장을 두른 신사 역시 당황하기는 마찬가지였다. 변호사는 무슨 변명이라 도 하기 위해 입안에 있던 크로켓 덩어리를 뱉었는데, 하필 그게 신사의 휘장에 가서 들러붙고 말았다.

"죄송합니다."

코르타바네스가 중얼거렸다.

"네?"

코르타바네스가 음식이 가득 들어 있는 자신의 아래턱을 가리켰다.

"천천히 드시지요, 코르타바네스 씨!" 휘장을 두른 신사가 상황을 눈치채고 탄성을 내뱉었다. "천천히 드세요. 성급한 게 요즘 시대에는 제일 안 좋습니다."

코르타바네스는 냅킨들이 쌓여 있는 쪽으로 걸어가, 맨 위에 있는 냅킨 한 장을 집어 들었다. 그는 냅킨을 펴서 손가락과 입술을 닦고, 입안에 남아 있던 크로켓을 꿀꺽 삼켰다. 휘장을 두른 신사가 손바닥으로 코르타바네스의 등을 쳤다.

"맛있게 드십시오!"

"감사합니다. 아주 감사합니다. 죄송합니다만 성함이 잘 기억나질 않는데."

코르타바네스는 많은 사람들이 참석하는 파티를 즐기는 편이었다. 노골적인 질문이나 직업적인 대화에는 자신이 없었지만, 깍듯한 예의를 갖추는 자리에서 가벼운 대화를 나누는 것은 좋아했다. 그는 한두 마디의 농담을 주고받는 동안 상대방의 생각을 추측하거나, 새로운 얼굴을 찾아내거나, 뜨는 인물과 지는 인물을 골라내거나, 그들 간에 이뤄지는 묵언의 계약을 지켜보거나, 사교계의 배신과 음모를 그려 보거나 하는 것을 좋아했다.

"카사보나입니다. 아우구스토 카사보나."

휘장을 두른 신사가 엄지로 자신을 가리키며 대답했다.

코르타바녜스가 그에게 악수를 청한 후, 두 사람은 무슨 얘기를 해야 할지 몰라 잠시 머쓱해했다.

"최근의 소문에 대해 어떻게 생각하십니까, 코르타바녜스 씨?"

마침내 휘장을 두른 신사가 입을 열었다.

"최근의 소문이라는 말은 절대 하지 마십시오. 그게 최근이 아닐 수도 있으니까요."

"하하, 유머 감각이 풍부하시군요, 코르타바녜스 씨." 휘장을 두른 신사가 웃으며 말했지만, 이내 형이라도 선고받을 사람처럼 심각한 표정을 지었다. "우리 친구 르프랭스 씨가 차기 바르셀로나 시장이 될 거라는 소문이 있던데요."

코르타바녜스가 뚱뚱한 몸집을 흔들며 조용히 웃었다.

"카사보나 씨, 세상에 떠도는 것은 죄다 헛소문이랍니다!"

"하지만 맞는 것도 있지 않을까요?"

"나 역시 복권을 살 때마다 같은 말을 되풀이합니다. 한 번은 맞겠지 하고 말입니다. 하지만 지금까지 한 번도 맞은 적이 없었습니다."

"코르타바녜스 씨, 당신이 그렇게 너스레를 떠는 걸 보니 뭔가 있기는 있는 것 같습니다. 하지만 나한테는 안 통합니다. 안 통하고 말고요."

"카사보나씨, 내가 아는 게 있으면 다 말씀드리겠지만, 솔직히 난 아무것도 모릅니다. 물론 소문이야 들었지요. 당신한테는 거짓말을 하고 싶지 않습니다. 하지만 다른 소문과 마찬가지로 그 소문에도 그다지 관심을 두지 않았습니다."

"하지만 코르타바녜스 씨, 만일 그 소문이 사실이라면 모르긴 해도 엄청난 파장을 일으킬 폭탄이 될 겁니다."

코르타바녜스는 파티에서 다른 사람에게 그다지 신경 쓰지 않는 편이었다. 그냥 대답하지 않고 침묵으로 일관할 수도 있었지만, 미련해 보이는 카사보나에게 면박을 주고 싶었다.

"방금 폭탄이라고 하셨나요? 당신을 믿고 말씀드리는 건데, 그건 좀 적절치 못한 비유 같습니다."

카사보나가 얼굴을 붉혔다.

"그런 뜻은 아니었습니다……. 코르타바녜스 씨, 당신은 아량이 넘치지 않습니까? 나는 그저 우리 친구 르프랭스 씨를 많이 좋아해서 그렇게 말씀드린 겁니다. 사실, 사실…… 르프랭스 씨에게 자그마한 부탁 하나 하려고 그 얘기를 꺼낸 건데. 그렇게 중요한 부탁은 아닙니다. 르프랭스 씨가 잘되면……."

코르타바녜스는 당황한 남자를 한번 떠보았다.

"카사보나 씨, 실례지만 어떤 일을 하고 계십니까?"

"아, 페르난도 거리에서 우표 수집 가게를 하고 있습니다. 당신도 그 앞을 수없이 지나다녔을 겁니다. 우표에 관심이 있으면 제 가게를 아실 텐데. 겸손해야 하지만, 가장 귀한 우표들이 제 수중에 있다고 감히 자랑할 수 있습니다. 사실 제 손님들 중에는 바르셀로나뿐만 아니라, 유럽을 통틀어 최고의 자리에 계신 분들이 많답니다."

"우표에 관심이 없어 죄송하군요, 카사보나 씨. 돈이 별로 없다 보니, 움직이는 우표 외에 다른 우표에는 관심을 둘 수 없었습니다."

"움직이는 우표요?" 휘장을 두른 신사는 얼굴이 하얗게 되어 변호사와 친해지기 위해서라도 억지웃음을 지었다. "하! 하! 정말 재미있는 분이시군요, 코르타바네스 씨. 정말이지 나는 그런 생각은 단 한 번도 해 보지 못했습니다. 단 한 번도 해 보지 못했어요. 움직이는 우표라! 그 말을 집사람에게도 해 줘야겠네요. 실례하겠습니다." 휘장을 두른 신사는 인사를 건넨 후 낄낄거리고 웃으면서 자리를 떠났다.

코르타바네스는 오케스트라가 잠시 쉬는 사이 얘기를 나누고 있는 사람들 사이로 그가 사라지는 모습을 지켜보았다. 악사들이 샴페인을 마시며 르프랭스나 마리아 로사에게 고맙다는 인사로 잔을 치켜들었다. 마리아 로사가 환한 미소를 지으며 고개를 살짝 숙여 그들의 인사에 답례했다. 그녀 옆에서 파렐스 부인도 환하게 웃으며 고개를 숙여 인사했다. 파렐스 부인은 안주인에게 향하는 경의를 옆에서 함께 즐기고 있었다. 코르타바네스는 두리번거리며 크로켓을 찾았다. 저녁이 깊어 갔다. 그는 크로켓과 마주치는 대신, 르프랭스의 시선과 마주쳤다. 르프랭스가 서재 문 앞에서 그에게 오라는 신호를 보내고 있었다. 거리가 꽤나 먼 데다 눈이 침침한 탓인지, 르프랭스의 표정이 만족스러운 건지 불만족스러운 건지 알 수 없었다.

리무진은 '산 후안 살롱' 근처에 있는 프린세사 거리의 삼 층짜리 새 건물 앞에 멈춰 섰다. 그 건물에는 위아래로 여닫는 긴 창문들이 달려 있었다. 거리 쪽의 캐러멜색 유리문으로 건물 내부의 불빛이 흘러나왔다. 문 위, 벽 쪽에 세로로 걸린 간판에 '메리다 호텔, 안락함.'이라고 적혀 있었다.

르프랭스와 막스가 리무진에서 내려섰다. 르프랭스가 문에 달린 손잡이를 잡아당기자 안에서 찰랑거리는 종소리가 들렸다. 잠시 후, 실내화를 질질 끄는 소리에 이어 "나가요, 나가."라고 말하는 그렁그렁한 목소리가 들려왔고, 쇠고리가 젖혀지더니 줄이 닿는 데까지 유리문이 빼꼼히 열렸다. 르프랭스와 막스가 서로 아이러니한 시선을 주고받았다. 잠자다 깬 사내의 얼굴이 문틈 사이로 그들을 내다보았다.

"무슨 일입니까?"

사내가 얼굴을 반만 내밀며 물었다.

"나 무슈 르프랭스요. 기억하시오?"

그 말에 얼굴을 내민 사내의 반쯤 감긴 졸린 눈이 번쩍 뜨였다.

"아! 무슈 르프랭스! 몰라 봬서 죄송합니다. 자고 있었어요. 제가 워낙 깊이 잠들어서요. 얼른 열어 드리겠습니다."

다시 문이 닫히는가 싶더니, 안쪽에서 요란하게 문고리를 여는 소리가 들리고, 잠시 후 문이 활짝 열렸다. 호텔 주인은 구겨진 잠옷 위로 회색 털 가운을 걸치고 있었다.

"들어오세요. 이렇게 가운을 입고 맞아서 죄송합니다. 이 시간에 누가 오리라고는 생각도 못 해서 난로도 꺼 놨습니다. 하지만 얼른 다시 켜겠습니다. 날씨가 무척 변덕을 부리는 밤이군요, 안 그렇습니까?"

"카를로스, 손님이 한 분 계시오. 당신도 아는 여자요."

카를로스가 잠시 양손을 모으고 천장을 향해 눈을 치켜떴다.

"아! 그 아가씨가 돌아왔군요. 몹시 반갑습니다."

"빈방이 있겠지?"

"저희 호텔에는 무슈 르프랭스를 위해서라면 늘 빈방이 있습니다. 옛날 그 방은 아닙니다. 미리 연락을 주셨으면……. 하지만 괜찮아요. 안쪽에 다른 방이 있습니다. 조금 작긴 해도 아주 조용하고, 사람들 눈에 잘 띄지 않는 방이에요. 3번, 3번 방입니다."

르프랭스와 막스는 다시 리무진으로 돌아갔다.

"여기서 잠깐 기다리세요. 오래 걸리지는 않을 겁니다."

르프랭스가 코르타바네스에게 말했다.

"그건 싫다. 이렇게 캄캄한 거리에 혼자 남고 싶지 않아. 게다가 날씨도 무지하게 춥고."

르프랭스와 기사가 리무진에서 마리아 코랄을 부축해 내리고, 그 뒤로 코르타바네스가 따라 내렸다. 그들이 짐과 함께 호텔로 들어서자, 호텔 주인이 문을 닫고 걸쇠를 채웠다.

"아가씨가 몸이 좋지 않네. 우리는 아가씨를 방에 데려다 놓고 의사를 부르러 갈 거네. 내가 그녀와 함께 있을 걸세. 물론, 내가 모두 책임지겠네."

르프랭스가 설명했다.

잠시 여자의 축 처진 몸을 보고 인상을 찡그리던 호텔 주인이 다시 미소를 머금었다.

"이쪽으로 저를 따라오십시오. 제가 앞장서 안내하겠습니다. 계단을 조심하십시오."

호텔 주인은 석유램프로 먼저 계단 쪽을 비추고 나중에 복도를 비췄다. 마지막 문 앞에 이르자 그는 조끼 주머니에서 열쇠를 꺼내 문을 열었다. 호텔의 다른 곳과 마찬가지로 방은 깨끗했다. 하지만 습한 냄새가 났다.

"좀 춥습니다. 죄송합니다만, 지금 불을 때겠습니다. 방이 아주 큰 편이 아니기 때문에 금세 따뜻해질 겁니다."

호텔 주인이 말했다.

르프랭스와 기사가 마리아 코랄을 침대에 눕히는 동안, 호텔 주인이 나무껍질로 난로에 불을 지폈다. 일이 끝난 후 르프랭스가 지폐 한 장을 건네자, 호텔 주인은 좋아서 웃으며 밖으로 나갔다.

"감사합니다, 무슈. 필요하시면 주저하지 말고 언제든지 부르세요. 저는 아래층에 있겠습니다."

르프랭스는 마리아 코랄이 그때까지 걸치고 있던 외투를 벗기고 이불을 덮어 주었다. 그사이 막스는 위아래로 여닫는 창문을 살피고 바깥쪽을 살펴보았다. 코르타바녜스는 난로 옆에서 양손을 비비고 있었다.

"라미레스 박사를 불러오게." 르프랭스가 기사에게 지시했다. "주소는 살메론 거리 6번지이네. 그리고 그 전에 코르타바녜스 씨를 댁까지 모셔다 드리고. 막스가 의사를 잘 아니 함께 다녀오게. 막스, 의사에게 아주 급하고 중요한 일이라고 말하고 아무것도 묻지 말아 달라고 해. 그런데도 질문하면 어떻게 대답해야 하는지 잘 알지? 의사의 아내에게는 비밀에 부치라고 하고. 만일 의사가 왕진 중이면, 그 집 주소를 물어 무슨 수를 써서라도 꼭 데려오게. 그리고 우리 얘기는 내일 하기로 하지요." 르프랭스가 코르타바녜스를 돌아보며 말을 맺었다.

세 남자는 인사를 나누고 밖으로 나갔다. 르프랭스는 혼자 남아 침대 끝에 걸터앉았다. 그는 생각에 잠긴 채 마리아 코랄의 얼굴을 들여다보았다.

시커먼 먹구름이 가랑비를 뿌리는 아침이었다. 창가에서 내려다보는 거리에는 마차들이 포장도로 위의 시커먼 물웅덩이를 첨벙첨벙 말발굽 소리를 내며 지나갔고, 길옆에는 우산들이 길게 두 줄로 꼬리를 물고 지나갔다. 즐거운 생각을 하기에는 적당한 날씨가 아니었으며, 지난밤에 느꼈던 안도감(마리아 코랄을 믿을 만한 사람에게 맡겼다는 안도감)도 어느덧 사라지고 없었다. 나는 면도를 하면서 차분하게 지난밤의 일을 떠올려 보았지만, 그 결과는 그다지 만족스럽지 못했다. 무엇보다 르프랭스가 이상할 정도로 나를 차갑게 대한 게 마음에 걸렸다. 지난 몇 개월 동안 만나지 못했던 점을 고려하면 더더욱 이상한 일이었다. 그는 나를 보고도 리무진에서 나오지 않았고, 대신 총잡이와 기사를 내보냈다. 그가 운전기사를 채용한 것도 나에게는 새로운 사실이었다. 평소 그는 그 누구보다 운전을 잘한다고 자랑했으며, 운전대를 잡으면 엄청난 쾌락을 느낀다고 떠들어 댔다. 원숭이처럼 생긴 그 기분 나쁜 작자는 대체 누굴까? 르프랭스는 왜 리무진의 커튼 뒤에 숨어 있었을까? 아무 쓸모가 없는, 그런 상황에서는 오히려 거치적거리는 코르타바네스와 함께 온 이유는 무엇일까? 그리고 마지막으로, 리무진에는 내가 타고도 남을 충분한 공간이 있었는데 왜 나를 태우지 않았을까? 마리아 코랄은 어떻게 되었을까?

나는 서둘러 아침 식사를 마치고 사무실로 출근했다. 코르타바네스가 나타나자마자 모든 것을 털어놓으라고 할 작정이었다. 하지만 그럴 기회는 오지 않았다. 평소보다 일찍 사무실에 출근했는데도, 코르타바네스가 나보다 먼저 출근해 자신의 방에서 손님과 면담 중이었다. 그것도 목록에 보태질 또 다른 수수께끼였다. 평소 코르타바네스는 10시 30분 전에는 절대 아무도 만나지 않았는데, 내 시계는 8시 45분을 가리키고 있었다.

나는 줄담배를 피우며 서재 겸 사무실에서 서성거렸다. 9시 10분에 돌로레타스가 출근해 비 때문에 불편하고 번거로운 점들을 나열했다. 내가 평소와 달리 간단하게 대답하자, 돌로레타스는 얘기를 그만두고 타자기 덮개를 벗겨 타자하기 시작했다. 9시 45분에 세라마드릴레스가 도착했다. 그는 신문 한 부를 들고 와 선동적이고 풍자적인 기사 몇 개를 보여 주려고 했지만, 내가 싫다고 거절하자 자기 동굴로 들어갔다. 10시에 나에게 방으로 들어오라고 하는 코르타바네스의 목소리가 들려왔다. 나는 즉시 대령했다. 뜻밖에도 그곳에는 르프랭스가 앉아 있었다.

"들어오게, 하비에르. 앉게나."

코르타바네스가 나에게 의자를 가리켰다.

"앉지 말게. 그럴 필요 없어. 자네는 지금 당장 나하고 나가지."

르프랭스가 말했다.

"마리아 코랄은 어떻습니까?"

내가 물었다.

"괜찮네."

르프랭스가 대답했다.

"정말입니까?"

르프랭스가 용서한다는 듯 미소를 머금었다. 남이 자기 말을 의심하는 데 익숙하지 않은 사람에게는 내 말투가 다소 거슬릴 수도 있었다.

"그건 의사가 한 말이네, 하비에르. 그리고 나는 그의 의술을 믿네. 어찌 됐든 오늘 아침에 그녀를 만나러 갈 생각이니, 자네가 직접 확인해 보게."

"지금 어디 있습니까?"

"호텔에 있네. 거긴 부족한 게 없고, 건강 역시 그렇게 걱정할 정도는 아니네. 의사 말이 심각한 병은 아니라더군."

르프랭스는 내 어깨를 다독거린 후 내 눈을 똑바로 응시하며 빙그레 웃었다.

그의 말을 듣는 순간, 아침에 했던 우려들이 봄눈 녹듯 사라지는 느낌이었다. 나는 르프랭스가 가져와 사무실 의자에 놔둔 외투를 집어 들고 함께 거리로 나섰다. 리무진이 미끄러지듯이 다가와, 비를 피해 차를 기다리고 있던 우리 앞에 멈춰섰다. 기사가 르프랭스에게 우산을 씌워 자동차까지 호위한 다음 운전대를 잡았다. 차 안에는 막스가 앉아 있었다. 리무진이 프린세사 거리에 위치한 작은 호텔 앞에서 멈추자, 우리는 차에서 내렸다. 나는 풀이 죽어 있었다.

"내가 불청객이 아니었으면 합니다."

좁은 현관에 들어서면서 내가 르프랭스의 귓가에 조심스럽게 속삭였다.

"바보같이 왜 그러나? 마리아 코랄은 의식이 돌아오자마자 자기가 어디에 있는지, 무슨 일이 있었는지 알고 싶어 했네. 우리가 모두 설명해 주었네. 당연히 어젯밤 자네의 활약상도 얘기했지. 그랬더니 자네를 당장 데려오라며 얼마나 보챘는데."

"정말입니까? 그녀가 나를 보고 싶어 한다는 게 사실입니까?"

내가 너무 신나서 물어본 바람에 르프랭스가 껄껄거리며 웃었다. 나는 얼굴이 뜨겁게 달아올랐다. 그때의 혼란스러웠던 감정들이 서서히 두려워지기 시작했다.

방문 앞에 도착하자 르프랭스가 노크했다. 들어오라는 여자의 목소리가 들려 우리는 안으로 들어갔다. 노크에 답한 여자는 간호사였다. 마리아 코랄은 두 눈을 감고 침대에 누워 휴식을 취하고 있었다. 하지만 우리가 들어오는 소리를 듣고 눈을 뜬 것을 보면 잠이 들었던 것은 아니었다. 그녀의 얼굴에는 다시 화색이 돌았고, 눈도 예전의 생기발랄함을 되찾았다. 나는 침대 가까이 다가갔다. 하지만 막상 무슨 말을 꺼내야 할지 몰라 망설이고 있는데, 그녀가 하얀 손을 내밀었다. 내가 그녀의 손을 꼭 잡아 주자, 그녀도 내 손을 꼭 쥐었다.

"이렇게 회복한 모습을 보니 다행입니다."

내가 용기를 내서 말했다.

"당신이 내 목숨을 구해 주셨어요."

마리아 코랄이 살포시 미소를 띠며 대답했다.

르프랭스와 간호사는 복도에 나가 있었다. 그래도 나는 쑥스러워서 마리아 코랄과 눈길을 마주치지 않기 위해 고개를 숙이고 있었다.

"르프랭스 씨가…… 급하게 달려와서 당신을 도와주었습니다. 그래서 목숨을 구한 거고요."

내가 덧붙였다.

"가까이 오세요. 당신 말이 잘 들리지 않아요."

내 얼굴이 그녀의 얼굴 가까이 다가갔다. 그녀는 계속 내 손을 꼭 잡고 있었다.

"알고 싶은 게 있어요."

그녀가 나지막하게 중얼거렸다.

"말씀하세요."

나는 그녀가 어떤 질문을 할지 알 것 같아 두렵기까지 했다.

"어제 왜 나를 찾아왔어요?"

역시 내 추측은 빗나가지 않았다. 나는 다시 얼굴이 후끈 달아오르는 느낌을 억제하며 그녀의 눈이나 목소리에서 무슨 표정이라도 찾아보려고 했지만, 호기심 이외에는 아무것도 읽을 수 없었다.

"혹시라도 언짢게 생각하지는 마세요." 내가 얘기를 시작했다. "사실 그제 밤에 친구와 우연히 카바레에 들렀다가 당신의 공연을 봤습니다. 당신이라는 걸 알고는 어제 인사를 하러 카바레에 찾아갔더니 당신의 주소를 알려 주더군요. 그래서 당신의 숙소를 찾아갔던 겁니다. 혹시나 하는 마음에 노크를 했는데 아무 응답이 없어서, 외출을 했거나 아니면 남의 방문을 거절하는 것 같아 그냥 돌아설까 했지요. 그런데 그때 갑자기 끙끙 앓는 소리가 들려서(나는 적절하게 상황을 바꿔서 말했다.) 문을 열어 보니, 당신이 심각한 모습으로 침대에 누워 있더군요. 그래서 르프랭스 씨에게 전화를 걸었고, 나머지는 당신이 들은 대로입니다."

"그건 일어난 상황을 설명하는 말일 뿐, 내가 듣고 싶은 이유가 아니잖아요."

"이유요?"

"왜 나를 만나려고 했는데요?"

순간이나마 그녀의 눈빛에서 악동 같은 장난기가 반짝인

것 같아, 나는 다시 땅바닥을 내려다보았다.

"그 지저분한 싸구려 여인숙에서 당신을 봤을 때, 나는 최악의 상황을 걱정했습니다."

나는 문제를 회피하기 위해 돌려서 대답했다.

마리아 코랄은 내 손을 가만히 내려놓으며 긴 한숨을 내쉰 뒤에 두 눈을 꼭 감았다. 그 모습이 마치 나오려는 눈물을 참는 것처럼 보였다.

"무슨 일입니까? 기분이 안 좋아요? 간호사한테 알릴까요?"

나는 놀라면서도 한편으로는 다행이다 싶어 얼른 소리를 질렀다.

"아니에요, 아무것도 아니에요. 그 여관과 그간의 일들이 떠올라서요. 지금은 모두 까마득하게만 느껴져요. 불과 몇 시간 전에 있었던 일들인데 말이에요. 그냥 생각했어요……. 당신이 무슨 상관이에요?"

"아니에요, 무슨 생각을 했는지 말씀해 보세요."

마리아 코랄은 눈물을 보이지 않기 위해 벽 쪽으로 고개를 돌렸지만 애처로운 흐느낌만큼은 감출 수 없었다.

"다시 그곳으로 돌아가야 한다고 생각하니…… 죽고 싶어요. 그렇다고 나를 비웃지는 마세요!…… 나는 여기서, 깨끗한 호텔에서 당신같이 좋은 사람들이 지켜보는 가운데 눈을 감고 싶어요."

계속 들을 수가 없었다. 나는 침대 옆에 무릎을 꿇고 앉아 양손으로 그녀의 손을 다시 꼭 감쌌다.

"그런 말은 하지 마요. 그런 말은 내가 금지하겠어요. 당신은 지저분한 여인숙이나 카바레, 지금까지 살아온 그 비참한 삶으로 돌아가지 않을 거예요. 내가 어떻게 할 수 있을지는 모르겠어요. 하지만 당신한테 어울리듯 점잖게 살아갈 수 있도록 뭔가 방법을 찾아낼 수 있을 거예요. 필요하다면…… 필요하다면…… 마리아 코랄, 나는 당신을 위해 무엇이든 할 수 있어요."

마리아 코랄이 고개를 돌려 다정하게 나를 바라보았다. 그 바람에 나는 금방이라도 눈물을 글썽거릴 것만 같았다. 그녀가 다른 손으로 내 머리카락과 뺨을 쓰다듬으며 말했다.

"그런 말씀 마세요. 당신이 나 때문에 고통받는 건 원치 않아요. 당신은 이미 나를 위해 너무 많은 일을 하셨어요."

그때 방문이 열렸고, 나는 자리에서 벌떡 일어났다. 르프랭스와 간호사가 안으로 들어왔고, 그들과 함께 나이가 지긋하고 몸집이 뚱뚱하고 머리가 벗어진 남자가 들어왔다. 면도 크림 냄새가 날 정도로 면도를 깔끔히 한 남자였다. 르프랭스가 라미레스 박사라며 소개했다.

"마리아 코랄을 보러 오셨네."

라미레스 박사가 나에게 환한 미소를 지었다.

"이 아가씨는 걱정하지 마십시오. 튼튼하고 아무 병도 없으니까요. 몸이 좀 약해졌을 뿐입니다. 곧 회복될 겁니다. 이제, 실례가 되지 않는다면 다들 방에서 나가 주십시오. 편안하게 잘 수 있도록 진정제를 놓을 겁니다. 지금 이 아가씨에게 필요한 것은 충분한 휴식과 좋은 음식입니다. 세상에 그것보다 더 좋은 약은 없습니다."

르프랭스와 나는 호텔에서 나왔다. 비는 그쳤지만, 하늘이 거대한 망토를 드리운 듯 어두운 데다 거리에는 눅눅한 공기가 감돌고 있었다.

"이 비가 그치면 곧 봄이 오겠지. 나무들을 봤나? 곧 새순이 돋아나겠군."

르프랭스가 말했다.

코르타바녜스는 르프랭스와 함께 서재로 들어갔다. 코르타바녜스는 기분이 아주 좋아 보였지만, 르프랭스는 그렇지 못했다.

"지금 막 어떤 유권자와 얘기했다." 코르타바녜스가 말했다. "우표 수집상으로 제법 영향력이 있는 남자지. 이름이 카사보나라더구나."

"누군지 잘 모르겠는데요."

"그자를 초대한 사람은 바로 너야."

"오늘 초대한 사람들의 구십 퍼센트는 얼굴조차 모르는 사람들입니다. 물론 그들 역시 나를 모르고요."

르프랭스가 대답했다.

"그렇지만 그자는 너를 알고 있었다. 그것도 아주 많이……. 너에게 부탁할 게 있다면서, 네가 언제 시장이 되느냐고 묻더구나."

"시장이라…… 정말 소문이 돌기는 하는가 보군요. 그래서 뭐라고 말했는데요?"

"확실한 얘기는 나눈 게 없지만, 네가 우표 몇 장쯤 사 주는 게 좋을 것 같더구나. 유권자들은 살살 달래야 하거든."

코르타바녜스가 웃었다.

르프랭스가 성질 급한 표정으로 변호사의 말을 가로막았다.

"요즘 파렐스하고 얘기를 나눈 적이 있나요?"

"아니. 그건 왜 묻는 거냐?"

"주식 문제를 물고 늘어지더군요."

르프랭스가 투덜거렸다.

웨이터가 서재 문을 열었다가 그 자리에 얼어붙어 버렸다. 르프랭스가 그를 사납게 노려보았던 것이다.

"죄송합니다, 사장님. 사모님께서 저녁 식사를 차려야 할지 여쭤라고 하셨습니다."

"그러라고 해! 귀찮게 굴지 말고."

르프랭스는 웨이터를 급히 몰아냈다. 그러고는 변호사에게 고개를 돌렸다.

"누가 그런 얘기를 했을까요?"

"파렐스에게? 당연히 나는 아니지."

"나도 아니에요." 르프랭스가 바보처럼 말했다. "하지만 문제는 그가 무슨 말을 들었고, 그건 정보가 새 나가고 있다는 뜻입니다."

코르타바네스는 넥타이를 고쳐 매고 허름한 와이셔츠 소매 끝을 잡아당겼다.

"그렇다면 어떻게 해야 하나?"

코르타바네스가 아주 침착하게 물었다.

"그런 식으로 말씀하지 마세요."

르프랭스가 화를 냈다.

코르타바네스가 미소를 머금었다.

"애야, 지금 무슨 소리를 하는 거냐?"

"제발 바보처럼 굴지 마요. 지금 우리는 둘 다 목까지 물이 차오른 상태라고요. 이제 와서 나를 저버릴 수는 없어요."

"누가 저버린다고 했니? 자, 자, 진정해. 여기서는 아무 일도 일어나지 않았다. 생각해 봐. 무슨 일이 있었니? 파렐스는 소문을 들었고, 우표 수집상인 카사보나 역시 다른 소문을 들었다. 그래서? 너는 시장도 아니고, 사볼타 회사의 주식이 매각된 것도 아니다. 단지 두 가지 유언비어만 돌아다녔을 뿐이야. 그 이상 아무것도 아니다."

"하지만 파렐스는 그 소문을 믿고 있었습니다. 길길이 날뛰었다니까요."

"곧 괜찮아질 거다. 달리 수도 없잖니?"

"그 양반이 마음만 먹으면 우리에게 큰 피해를 입힐 수도 있습니다."

"마음을 먹으면 그렇게 되겠지. 하지만 그러지 못할 거야. 그 양반은 늙고 혼자 아니냐. 사볼타와 클라우데데우가 죽고 난 뒤부터는 힘이 없어. 겉으로만 그렇게 보이는 것이니, 내 말을 들어. 게다가 그 양반은 우리 편에 두는 게 좋다. 그 양반의 권위만큼은 모두가 인정하지 않더냐. 그러니까…… 뭐라고 말할까? 배신, 오페라, 몬세라트 언덕의 성모마리아라고나 할까?"

르프랭스는 연신 다리를 꼬았다 풀었다 하면서, 변호사를 뚫어져라 쳐다보면서 손가락을 비비 꼬았다. 르프랭스가 크게 한 번 숨을 내쉰 다음 말했다.

"이제야 한결 차분해지는군요. 많이 진정되었어요. 이제 어떻게 하지요?"

"파렐스가 그렇게 말했을 때, 너는 뭐라고 했니?"

"바보처럼 어리석다고 쏘아붙여 주었어요. 그래요! 나도 알아요! 정치적이지 못했어요. 하지만 이미 엎질러진 물이잖습니까."

"얘야, 너야말로 정말 바보 같구나." 코르타바네스가 부드럽게 르프랭스를 꾸짖었다. "네가 누리고 있는 것들이 아깝구나. 지금 너는 네가 부자이고 공인이라고 생각하기 때문에 누군가가 네 뜻을 거스르면 그 꼴을 못 보는 거다. 하지만 냉정해야 한다. 너는 부자야. 그 사실을 잊지 마라. 너는 무엇보다도 보수적이어야 한다. 절제가 중요해. 너는 공격해서는 안 돼. 공격을 하려면 그들이 해야 한다. 너는 그냥 방어만 하면 돼. 그것도 조금만. 그들이 자신들의 공격으로 너를 해칠 수 있다고 생각하게 해서는 안 된다."

르프랭스는 고개를 축 늘어뜨린 채 꼼짝도 하지 않았다. 코르타바네스가 그의 어깨를 다독거렸다.

"아! 젊은이들은 너무 욱해! 자, 기운을 내라. 저녁 식사를 해야지. 저녁을 먹고 나면 기운이 날 거다. 파렐스를 상석에 앉히고 깍듯하게 대하도록 해라. 그리고 나서 그를 따로 불러서 코냑이랑 시가를 대접하면서 화해를 청해. 그리고 필요하다면 사과도 해라. 파렐스가 이 집을 나설 때 불쾌한 기분이 들게 해서는 안 된다, 알았니?"

르프랭스가 고개를 끄덕이며 알았다고 대답했다.

"그럼 일어나서 얼굴을 씻고 식당으로 가자. 만찬에 늦으면 안 된다. 네가 주최한 파티잖니. 그리고 다시는 자제력을 잃지 않겠다고 약속해라."

"약속할게요."

르프랭스가 실낱같은 목소리로 대답했다.

네메시오는 배가 고팠다. 한 시간 동안 정적에 휩싸인 거리를 돌아다니다 보니 추위도 뼛속까지 깊숙이 스며들고 있었다. 그는 술집 앞을 지나면서 뿌옇게 습기가 찬 유리창을 통해 안을 기웃거렸다. 기름때와 수증기 때문에 술집 안의 풍경을 구별하기 힘들었지만, 떠들썩한 축제 분위기는 느낄 수 있었다. 그날은 새해 전날 밤인 '성 실베스트레의 밤'이었다. 그는 수중에 남은 돈을 세어 본 후 웬만한 저녁 식사 한 끼는 해결할 수 있겠다고 생각했다. 그런데 그때 술집 문이 열리면서 올챙이배처럼 튀어나온 배에 고급 옷을 입은 사내가 젊은 여자를 끼고 밖으로 나왔다. 살이 통통하게 오르고 피부가 싱싱한 여자에게서 짙은 향수 냄새가 진동했다. 네메시오는 재빨리 한쪽 어둠 속으로 몸을 숨겼다. 사내는 웃음을 잃지 않으면서 손님의 거친 손버릇을 피해 몸을 요리조리 빼는 여자를 더듬거리느라 정신이 없었다. 네메시오가 뛰어나와 그의 발밑에 엎드린다 해도 전혀 모를 정도라, 사실 숨을 필요도 없었다. 하지만 여자의 모습이 눈 안으로 가득 들어오면서, 자극적인 향수 냄새와 술집에서 흘러나오는 생선 튀김 냄새 때문에 네메시오는 코끝이 아찔해졌다.

유혹은 참으려는 마음보다 훨씬 강했다. 결국 네메시오는 술집 문을 밀고 안으로 들어섰다. 실내는 무수한 귀뚜라미들이 버글거리는 것 같았다. 다들 한꺼번에 떠들어 대고, 술 취한 사람들은 목청껏 노래를 부르고 있었다. 취객 특유의 똥고집 때문에 모든 사람들에게 자기 노래를 들려줘야 직성이 풀리는 듯, 각기 제 스타일로 목청껏 노래를 부르고 있었다. 네메시오는 입구서부터 그 광경을 지켜보았다. 아무도 그가 들어온 것을 눈치채지 못해 다행이었다. 하지만 곧 상황이 바뀌면서 낙관할 수만은 없었다. 목소리가 점차 잦아들었고, 술 취한 사람들은 노래를 멈췄다. 술집 안에는 순식간에 얼음장같이 차가운 침묵이 내려앉았다. 거기다 한 술 더 떠, 바 스탠드 앞에 몰려 있던 손님들이 하나둘 옆으로 물러나면서 길이 났다. 한쪽 끝에는 네메시오가 서 있었고, 다른 쪽 끝에는 수염이 덥수룩한 근육질의 사내가 서 있었다. 그리고 사람들은 기대에 가득 찬 표정으로 양옆에 늘어섰다. 사내는 지저분한 가죽점퍼에 바스크풍의 베레모를 쓰고 있었다.

그 순간 네메시오는 자신이 곤란한 상황에 처했음을 깨닫는 동시에, 재빨리 몸을 돌려 문을 밀치고 냅다 뛰기 시작했다. 가죽점퍼를 입고 베레모를 쓴 남자가 네메시오의 뒤를 따라왔다.

"네메시오!" 그가 대포 소리처럼 엄청난 목청으로 소리를 질렀다. "네메시오, 도망치지 마!"

네메시오는 길 가던 행인들을 피하고 장애물들을 뛰어넘으며 뒤도 돌아보지 않고 죽자 살자 내달렸다. 네메시오는 가죽점퍼를 입은 남자가 자기를 쫓아오고 있고, 자기를 잡을 때까지 쫓아올 거라고 확신했다. 네메시오는 더욱 속도를 냈지만, 창문에서 누군가 쏟아 버린 오물을 한 양동이 뒤집어쓴 데다 신발 한 짝까지 벗겨졌다. 결국 힘에 부치고 숨도 찼다. 그때 우레와 같은 목소리가 다시 들려왔다.

"네메시오! 너는 뛰어 봤자 벼룩이다! 내가 너를 붙잡고 말 테니까!"

그래도 네메시오는 대여섯 걸음을 더 떼어 보았지만 눈앞이 흐려졌다. 결국 그는 벤치를 붙잡고 천천히 미끄러지듯 땅바닥에 주저앉고 말았다. 가죽 점퍼를 입은 덩치 큰 사내가 헉헉거리며 네메시오의 옆에 도착해 그의 양어깨를 붙잡고 일으켜 세웠다.

"도망치겠다고? 응?"

사내가 네메시오에게서 손을 뗄 때마다, 네메시오는 다리를 비틀거리며 몸을 가누지 못했다. 베레모를 쓴 덩치 큰 사내는 벤치에 앉아 네메시오가 숨을 돌릴 때까지 기다렸다. 그사이 그는 점퍼에서 풀 무늬가 그려진 손수건을 꺼내 땀을 닦았는데, 점퍼 사이로 시커먼 권총 손잡이가 언뜻 보였다.

"나는 아무 짓도 하지 않았어. 삼위일체를 걸고 맹세할게. 나는 절대 부끄러운 짓은 하지 않았어."

네메시오가 벤치를 껴안은 채 헉헉거리며 말했다.

"아, 그래? 그런데 왜 도망쳤어?"

베레모를 쓴 사내가 따져 물었다.

네메시오는 크게 심호흡을 한 다음, 양어깨를 으쓱했다.

"요즘은 사람이 사람을 믿기 힘든 시절이잖아."

"그런 얘기는 나중에 하고, 지금은 일어나서 나와 함께 가. 자, 괜히 어리석은 짓 하지 말고. 다시 도망치려고 했다가는 총을 발사할 테니까. 알았지?"

3

르프랭스는 봄에는 사람의 마음을 설레고 들뜨게 하는 향긋한 냄새가 공기 중에 둥둥 떠다닌다고 믿었다. 나는 마리아 코랄을 병문안하러 이틀 연속 프린세사 거리에 있는 호텔을 찾아갔다.(지금 생각하면, 내 인생에서 가장 아름다운 시절이었다.) 첫날은 그녀에게 꽃을 갖다 주었다. 그때 내가 얼마나 망설이고 주저했던가! 소박한 꽃 한 다발을 사기 위해 얼마나 용기를 내야 했던가! 마리아 코랄이 나를 유치하다고 생각할까 봐서, 그녀가 꽃을 좋아하지 않을까 봐서 얼마나 얼굴을 붉히며 꽃다발을 건네주었는지, 지금 생각하면 웃음밖에 안 나온다. 하지만 그때는 마리아 코랄이 꽃을 받고 안 좋은 추억을 떠올릴까 봐, 더 비싸고 커다란 꽃다발을 선물 받았을까 봐(당연히 르프랭스에게서), 내 초라한 선물이 가난한 부하 직원이라는 나의 처지만 더욱 극명하게 드러낼까 봐 마음을 조였다. 그때 그녀에게 꽃을 주던 장면을 떠올리면 지금도 목이 울컥 막

히는 기분이다. 그녀는 비웃거나 화를 내지 않고 성심껏 꽃다
발을 받아 주었다. 커다랗게 반짝이던 그녀의 눈빛이나 진심
어린 말투에서 소박한 고마움이 느껴졌다. 그녀는 고운 손으
로 꽃다발을 받아 얼굴 가까이 갖다 대었다. 그러고는 꽃다발
을 침대 위에 내려놓더니 내 손을 잡고는 잠깐이지만 의미심장
하게 힘을 꼭 주었다. 우리는 아무 말도 하지 않았다. 그녀에게
말을 하려면, 아무 말도 하지 않거나 아니면 너무나도 많은 말
을 해야 할 것 같았다. 나는 호텔을 나온 뒤에도 늦은 시간까
지 혼자서 거리를 걸었다. 그때 상념에 젖어 내 신세를 한탄하
기는 했지만 행복했던 기억이 난다.

다음 날도 나는 마리아 코랄을 보러 갔다. 내가 선물한 꽃
은 크리스털 화병에 담겨 선반 위에 놓여 있었다. 마리아 코랄
은 원기를 회복했고 기분도 좋아 보였다. 그녀는 어두워지면
꽃이 산소를 빼앗아 가기 때문에 저녁부터 새벽까지는 침실
밖에 내놓는다며 아쉬움을 토로했다. 나도 그런 상식은 알고
있었지만, 그녀가 참새처럼 종알거리며 설명하도록 내버려 두
었다. 그날, 나는 그녀에게 초콜릿을 선물했다. 그녀는 자기 때
문에 돈을 너무 많이 쓰지 말라며 초콜릿 상자를 열더니, 나
에게도 한 개 주었다. 그래서 나도 초콜릿 한 개를 입에 넣었
다. 마침 라미레스 박사까지 와서 초콜릿을 우리 세 사람이 순
식간에 먹어 치웠다. 박사가 한 입 가득 초콜릿을 물고 환자의
맥을 짚더니 씩 웃었다.

"이제는 아가씨가 나보다 더 건강해지셨네요."

박사가 진찰할 테니 일어나서 옷섶을 열라고 마리아 코랄에
게 말했다. 나는 복도로 나가 의사를 기다렸다. 박사는 마리아

코랄이 건강하다며, 언제든 침대를 털고 일어나 일상으로 복귀할 수 있고, 원하면 일도 다시 시작할 수 있다고 말했다. 그 말을 듣는 순간, 나는 기쁘다기보다는 차가운 비수가 가슴에 꽂히는 기분이었다. 나는 서둘러 그곳을 나와 집으로 돌아갔다. 생각을 하고 싶었지만, 머릿속에서는 거센 소용돌이만 요동칠 뿐이었다. 문제의 핵심은 그대로 놔둔 채, 수천 가지 황당한 계획들을 세워 보았다. 잠도 조금밖에 자지 못했다. 그것도 잠깐 선잠이 들었을 뿐이다. 제대로 자지 못하고 밤새 뒤척이면 늘 그렇듯, 아침이 되자 머릿속이 비관주의로 시커멓게 물들어 있었다. 사무실에서는 하루 종일 바보처럼 굴었다. 사람들의 얘기를 정반대로 이해했고, 서류들을 빠트리거나 가구에 걸려 넘어지기 일쑤였다. 코르타바네스만이 유일하게 내가 이상하다는 걸 눈치채지 못했을 뿐, 다른 두 사람은 호기심 가득한 표정으로 나를 쳐다보았다. 하지만 그들은 무서워서 말도 못 붙이고 내가 그르쳐 놓은 일들을 바로잡느라 진땀을 뺐다. 나는 업무 시간이 끝나기 무섭게 곧장 호텔로 달려갔다. 늙은 호텔 주인이 현관에서 나를 불러 세웠다.

"아픈 아가씨를 만나러 온 거라면 올라갈 필요 없소. 오늘 정오에 떠났으니까."

"떠났다고요? 정말입니까?"

"물론이지. 내가 거짓말을 할 리는 없잖소?"

호텔 주인은 내가 자기 말을 믿지 않아 기분이 언짢은 듯 소리를 높였다.

"혹시 나한테 메모 한 장 남기지 않았나요? 내 이름은 미란다입니다. 하비에르 미란다."

"아가씨는 메모 같은 것은 남기지 않았소."

"하지만 혼자 떠났습니까? 누가 데리러 왔나요? 혹시, 어디로 간다고 말하지 않았습니까?"

호텔 주인이 미안한 표정을 지었다.

"미안하오. 하지만 고객의 신상 정보에 대해선 말할 수 없소."

"하지만…… 이 경우는 다릅니다. 아주 중요한 일이라고요. 제발 부탁입니다."

"미안하오. 아가씨가 아무 메모도 남기지 않았다고 이미 말했잖소?"

호텔 주인이 경직된 표정으로 말해 약간은 의심스러웠다.

나는 무슨 생각을 하는지도 모르는 채 서둘러 생각을 정리해 보았다.

마침내 내가 입을 열었다.

"전화 한 통화 할 수 있을까요?"

"물론이오, 여기 있소."

늙은 호텔 주인은 큰 청은 들어줄 수 없어도, 사소한 청은 흔쾌히 들어줄 수 있다는 듯 너그럽게 대답했다.

호텔 주인은 몇 발자국 떨어져 있었고, 나는 르프랭스의 전화번호나 주소를 알아내기 위해 코르타바녜스에게 전화를 걸었다. 그가 나에게 알려 줄지 확신할 수는 없었지만, 나는 무슨 일이 있어도 알아낼 작정이었다. 그렇지만 내가 코르타바녜스에게 무슨 압력을 가할 수 있을지는 나 자신도 알지 못했다. 아무도 전화를 받지 않았기 때문에 어찌 됐든 내 의도는 모두 물거품이 되었다. 나는 수화기를 내려놓은 후 고맙다고 인사하고 거리로 나왔다. 카바레로 곧장 가 볼까 하는 생각이 맨 먼저 들었다. 그래서? 마리아 코랄을 찾아내서 어떡할 건데? 생각해 보기는 했지만, 해답도 없는 답을 찾기 위해 시간을 낭비하지는 않았다. 나는 몇 걸음을 떼었다. 자동차 한 대가 내 옆으로 와 멈춰 서더니, 낯익은 목소리가 나를 불러 세웠다.

"선생님. 여보세요, 선생님."

돌아보니 르프랭스의 운전기사였다. 그가 차창 사이로 손짓을 하고 있었다. 리무진의 커튼이 내려진 것으로 보아 차 주인이 그 안에 타고 있을 거라 짐작했다. 나는 걸음을 멈추었다.

"타시죠."

운전기사가 말했다.

나는 차에 올라타 화려한 암홍색 가죽 시트를 씌운 의자에 앉았다. 천장에 달린 조그마한 램프에서 흘러내리는 불빛 사이로 미소를 머금은 르프랭스의 우아한 얼굴이 드러났다. 리무진이 다시 서서히 움직이기 시작했다.

"마리아 코랄은 어떻게 되었습니까?"

내가 물었다.

"안녕, 하비에르. 그건 친구끼리 대화를 시작하는 방법이 아니지. 안 그런가?"

르프랭스가 전형적인 프랑스 사람답게 너그러운 미소를 띠며 가볍게 나무랐다.

네메시오는 자기에게서 눈길도 떼지 않는, 베레모를 쓴 덩치 큰 사내를 따라 걷기 시작했다. 그들은 곧 어두운 골목길로 접어들었다. 어두운 밑바닥 생활로 잔뼈가 굵은 네메시오는 어렵지 않게 그 길을 알아보았다. 그래서 더욱 불안했다. 후환이 두려워서라도 자기가 잘 모르는 곳이나 다른 곳으로 데려갈 텐데, 베레모를 쓴 사내가 그런 것에 별로 개의치 않는다는 것은 그 길로 들어서면 다시 살아 나올 가능성이 없다는 것을 의미했다.

네메시오는 좌우를 두리번거리며 시계를 찾았다. 그들이 지나는 거리에는 사람들의 모습이 하나도 보이지 않았지만, 골목을 따라 늘어선 집들의 부엌과 안뜰에서 들려오는 소리로 파티가 한창임을 알 수 있었다. 12시가 되면 사람들이 술을 마시며 새해를 축하하고 환영하기 위해 인산인해를 이루며 길거리로 쏟아져 나올 것이다. 그러면 도망칠 수도 있었다. 대체 빌어먹을 시계는 어디에 있는 거야? 네메시오는 성당 옆을 지나칠 때 위를 올려다보았다. 종탑 위로 로마 숫자가 새겨진 하얀 원이 도드라져 나와 있었고, 바늘은 11시를 가리키고 있었다. 이것을 나중에 참고할 수도 있었다. 베레모를 쓴 덩치 큰 사내가 네메시오를 툭 치며 앞으로 밀었다.

"때가 되면 기도할 시간은 줄게."

네메시오는 시간을 벌기 위해 더 맞을 각오를 하고 계속 머뭇거렸지만, 그의 그런 노력도 모두 허사가 되었다. 바로 문이 닫힌 가게 앞에 이르렀고, 덩치 큰 사내가 네메시오에게 지시를 내렸던 것이다.

"두드려. 두 번 두드린 다음 한 번 쉬고, 세 번 두드려."

"훌리안, 자네가 잘못 생각하고 있어. 이건 뭔가 착오라고. 나는 자네들이 생각하는 그런 사람이 아니란 말이야."

"두드려."

"지금 내 말을 듣지 않으면, 나중에 양심의 가책을 받게 될 거야. 자네도 대제사장 가야바 꼴이 되고 싶은가?"

"얼른 두드리지 않으면 네 대갈통으로 두드릴 테니 알아서 해. 내 말 안 들려?"

"알았어."

네메시오는 자기를 끌고 온 사람이 시키는 대로 문을 두드렸다. 잠시 후, 생고무 커튼이 젖혀지면서 험악한 얼굴의 남자가 나와, 도착한 사람들의 신분을 확인한 후 문을 열어 주었다. 문이 열리면서 문 위에 매달린 방울들이 딸랑거렸다. 네메시오는 사진 작업실 비슷한 곳에 와 있었다. 한쪽 구석의 삼각대 위에 카메라 주름상자가 놓여 있었다. 그 상자에는 까만 손잡이와 줄이 달린 배 모양의 고무 장치가 달려 있었다. 다른쪽 구석에는 호화스러운 의자 한 개와 금색 기둥, 비둘기 박제 몇 개, 조화 몇 다발이 있었다. 벽에는 인물 사진들이 걸려 있었다. 어두워서 잘 보이지는 않았지만 신혼부부와 세례식을 한 아이들의 사진 같았다. 세 남자는 아무 말도 하지 않았다. 문두드리는 소리를 듣고 나온 남자가 다시 커튼을 내린 후 성냥에 불을 붙였다. 남자는 방금 도착한 사람들을 계산대 뒤로 안내했다. 그곳에는 아래로 내려가는 비좁고 가파른 계단이 숨어 있었다. 성냥불이 꺼져 그들은 더듬거리며 계단을 내려갔다. 이상한 액체가 가득 담긴 용기들과 사진 인화 작업에 필요한 도구들이 널려 있는 것으로 보아 그곳은 암실로 사용하는 방 같았다. 석유등이 환한 빛을 내뿜고 있는 탁자에 두 남자가 앉아 있었다. 열흘 전 술집 골방에서 네메시오와 수수께끼 같은 대화를 나눈 남자들이었다. 네메시오는 그들을 알고 있었고, 그들 역시 네메시오를 잘 알고 있었다. 홀리안이라는 이름의 베레모를 쓴 덩치 큰 남자가 네메시오를 탁자 앞으로 거칠게 밀친 다음, 동료들 옆에 있는 의자에 가서 앉았다. 문을 열어 준 남자도 의자에 가서 앉았다. 네 남자는 인질만 쳐다볼 뿐 아무 말도 건네지 않았다. 네메시오는 이성을 잃었다.

"그렇게들 쳐다보지 마. 나는 자네들이 무슨 생각을 하는지 잘 알고 있어. 하지만 겉으로 보이는 게 다는 아니잖아."

그중 한 남자가 말했다.

"아니 땐 굴뚝에서 연기 나는 법은 없지."

"나를 잘 봐. 자네들은 몇 년째 나를 지켜봐 왔잖아."네메시오는 계단과 떨어진 거리를 눈대중으로 재어 보며 계속 말했다.(총을 맞지 않고 피하기에는 지나치게 먼 거리였다.) "나는 굶주림에 지친 선량하고 불쌍한 사람이야. 자, 내 갈비뼈 좀 보라고."

네메시오는 누더기 옷을 들어 올려 축 처진 피부와 툭 튀어나온 갈비뼈를 보여 주었다.

"성경 말씀에도 나와 있듯, 내 갈비뼈는 그 숫자까지 셀 수 있을 정도라네. 자, 이제 말해 보게. 내가 그 회사 사주의 끄나풀이라면 이렇게 배곯으며 살고 있겠어? 내가 친구들을 배신해서 복수를 불러일으키고 자네들의 원성을 사서 뭘 얻겠나? 사주들이 나를 위해 뭘 해 줬는데? 내가 경찰한테 무슨 빚을 졌는데?"

"쥐새끼 같은 놈, 입 닥쳐. 너는 연설하러 온 게 아니라 질문에 답하러 온 거야."

홀리안이 네메시오에게 말했다.

"그리고 네 행동에 대한 대가를 치르러 온 거고."

분위기로 보아 우두머리처럼 보이는 남자가 덧붙였다.

축 처진 네메시오의 살갗은 식은땀으로 뒤범벅이 되었다. 그는 다시 계단까지의 거리와 달아날 때 거치적거릴 수 있는 작업실의 집기들을 머릿속으로 그려 보았다. 네메시오는 그곳에 들어올 때 가게 문을 열쇠로 잠갔는지 기억해 보려고 노력했다. 지나치게 위험을 무릅써야 하는 일이었다. 하지만 그렇게까지 위험을 무릅쓸 필요는 없을 것 같았다.

"무슨 일이 있었는지 얘기해 봐. 하지만 거짓말을 하거나 숨기는 게 있으면 안 돼……. 왜 그런지는 너도 잘 알겠지?"

그들이 네메시오에게 말했다.

"내가 한 말은 모두 사실이라고 하느님께 맹세하네. 자네들이 알고 있는 사실 이외에는 하나도 덧붙일 게 없어. 소토가 살해당했다는 거 말이야."

흉터가 얼굴을 가로지른 남자가 탁자를 꽝 하고 내리치는 바람에 컵과 그릇들이 흔들렸다.

"하지만 누가 소토를 죽였지?"

흉터가 난 남자가 물었다.

네메시오가 미안한 표정을 지었다.

"그건 나도 모르지."

"왜 소토에 대해서 물으러 왔지?"

"대충 이 주 전쯤에 지체가 높아 보이는 노신사가 나를 찾아왔네. 나는 그 사람을 몰랐지만, 그 사람은 나를 알고 있었지. 노신사는 자기가 누군지는 밝히지 않았네. 그는 나한테 아무것도 두려워할 것이 없으며, 자기는 경찰도 아니고 사주와 관련된 사람도 아니라고 했네. 단지 폭력을 싫어하며, 끔찍한 일을 막고 나쁜 자들의 실체를 파헤친다고 했어."

"그 말을 믿었나?"

"자네들은 내 말을 믿지 않았나?"

"그건 그랬지. 계속해 봐."

얼굴에 흉터가 난 남자가 말했다. 어찌 됐든 그가 가장 이성적으로 보였다.

"지체 높은 신사가 나한테 파하리토 데 소토를 아느냐고 묻더군. 나는 모른다고 대답했지. 하지만 그가 어디에 있는지 알아내는 건 문제도 아니라고 대답했네. 그러자 지체 높은 신사는 '그럴 거라 믿소.'라고 말했고, 나는 '왜 파하리토 데 소토를 찾는데요?'라고 물었지. '그가 위험에 처해 있다고 믿을 만한 심증이 있네.' '그가 무슨 짓을 했는데요?' 노신사는 '그건 나도 모르네. 그래서 그걸 바로 자네가 조사해 줬으면 하네.'라고 말했네. 그래서 내가 '왜 경찰이 아니고 하필 나입니까?' 하고 물었지. 그랬더니 노신사가 '질문을 하는 사람은 나이네. 아무튼 경찰까지 찾아가야 할 정도로 충분한 근거가 아직 없는 데다가…….'라고 말했네. 그래서 내가 '그게 뭐데요?'라고 묻자, 노신사는 '아무것도 아니네.'라고 대답했지. 그러고 나서 노신사는 근심에 가득 찬 얼굴로 한참 동안 침묵을 지켰네. 노신사가 아무 말도 하지 않아서 내가 물었지. '그 파하리토 데 소토라는 사람을 찾으면 어떻게 해야 합니까?' 그랬더니 노신사는 '아무것도 하지 말게. 그냥 계속 쫓아다니면서 그 사람이 무슨 일을 하고 다니는지 알려 주면 되네.'라고 말했네. '그럼 나는 어르신하고 어떻게 연락을 취하지요?' '크리스마스이브 6시

30분에 엘 시글로 백화점 문 앞에서 기다리고 있게. 그때쯤이면 그 사람을 찾을 수 있겠지?' '걱정 마세요, 어르신.' 그런 뒤 우리는 가격을 합의 보았네. 사실, 그리 높은 가격은 아니었네. 그리고 우리는 곧바로 헤어졌지."

"그 지체 높은 신사가 누군데?"

흉터가 난 남자가 물었다.

"그건 그때도 몰랐고, 지금도 모르네. 내가 거짓말을 한다면 지금 당장 내 눈이 멀고 말 거야."

네메시오가 맹세했다.

"이 도시를 손바닥처럼 훤하게 아는 네놈이 여태 그것도 알아내지 못했다고?"

훌리안이 빈정거리며 말했다.

"자네들도 내가 어느 반경에서 움직이는지 잘 알지 않나. 그 신사는 내가 죽었다 깨도 근접할 수 없는 계층에 속해 있어. 나도 자리에 앉으면 안 되겠나? 사실 아직 저녁도 못 먹었네."

"계속 서 있어. 이제 곧 푹 쉬게 해 줄 테니까."

그 말에 네메시오는 등줄기를 타고 소름이 쫙 끼치는 느낌을 받았다. 하지만 놀란 와중에도 조금씩 마음이 차분해졌다. 남자들은 행동보다 대화에 더 관심이 많아 보였다.

"계속 얘기할까?"

"해 봐."

"나는 살면서 파하리토 데 소토라는 사람에 대해서는 단 한 번도 들어 본 적이 없었네. 그래서 이 구역에서는 새 인물이라고 생각했지. 나는 사방을 수소문하고 다닌 끝에 자네들을 찾게 되었고, 자네들이 나에게 정보를 주었던 거야."

"왜 그에게 나쁜 일이 일어나는 걸 막고 싶다고 했지?"

"사실이 그랬네."

"하지만 그는 네놈이 찾아내자마자 죽었어."

"그건 내가 너무 늦게 도착해서 그런 거야."

"사기꾼."

훌리안이 말을 잘랐다.

"조용히 해!" 흉터가 난 남자가 명했다. 그러고 나서 네메시오에게 향했다. "너도 잘 들어. 소토는 우리에게 많은 골칫거리를 안겨 준 어리석은 작자였어. 하지만 굳건한 의지와 대의명분을 위해 일하던 사람이었지. 우리는 그의 죽음을 복수하지 않고 그대로 있을 수가 없어. 네놈의 명줄을 끊는 것은 누워서 떡 먹기야. 하지만 그래 봐야 소토를 죽인 놈들에게 웃음거리밖에 되지 않을 테니, 아무 소용도 없는 짓이지. 우리는 보다 높은 곳을 겨냥해야 해. 알아들겠어? 발치가 아니라 머리를 겨냥해야 한다고. 그러기 위해선 누가 소토를 죽였는지 알아내야 하고, 그건 바로 네놈이 알아내야 해."

"내가?"

"그래." 흉터가 난 남자가 섬뜩할 정도로 차분하게 말했다. "네가. 내 말 끊지 말고 잘 들어. 지금까지는 네놈이 돈을 받고 부자들한테 우리를 팔아넘겼지. 하지만 이제부터는 상황이 바뀌었어. 앞으로는 부자들을 우리에게 팔아넘기도록 해. 그 대가는 돈이 아니라 네 목숨이야. 네놈에게 일주일을 주겠다. 잘 들어, 딱 일주일이야. 실패해선 안 돼. 혹시나 해서 말인데, 우리를 속이려고 하지 마. 네놈이 보기보다 영악해 창녀나 행랑자들을 은근슬쩍 속여 넘길 수 있을지 몰라도, 우리는 다르니까 자만하지 마. 우리는 질이 달라. 반드시 칠 일 후에 돌아와 누가, 무슨 까닭으로 소토를 죽였는지, 사볼타 회사와는 무슨 일이 있었는지, 무슨 꿍꿍이가 진행되고 있는지 남김없이 털어 놓아야 해. 우리가 시킨 대로 하면 아무 일도 없겠지만, 시킨 대로 하지 않거나 속이려 들면 그 결과가 어떨지는 네놈이 더 잘 알 거야."

얼굴에 흉터가 난 남자의 말을 말끔하게 마무리 짓듯, 도시의 시계들이 일제히 열두 번 울렸다. 오랫동안 네메시오의 머릿속에 두고두고 남을 타종 소리였다. 거리마다 타종 소리와 함께 사람들이 내지르는 환호성과 트럼펫 소리, 호루라기 소리, 타악기 소리들이 가득 찼고, 멀리 고급 주택가 부근에서는 불꽃놀이가 한창이었다.

"이제 가 봐."

흉터가 난 남자가 말했다.

네메시오는 그곳에 있는 사람들에게 인사를 건네고 밖으로 나왔다.

"그러니까 르프랭스 주니어가 태어난다는 거지?"

파렐스 부인이 호들갑을 떨었다.

춤보다는 수다 떠는 걸 좋아하는 여자들이 음악 살롱에 모여 레모네이드와 달콤한 셰리를 홀짝거리고 있었다. 눈처럼 새하얀 마리아 로사의 뺨이 연분홍빛으로 물들기 시작했다. 여자들이 서로 앞다투어 축하 인사와 충고를 건넸다.

"부모가 멋지고 아름다운 분들이라 정말 예쁜 아기가 태어날 거예요!"

"무엇보다 잘 먹어야 해요. 너무 말랐잖아요."

"쌍둥이면……."

"누가 뭐라고 하든, 이 아이는 확실한 카탈루냐 사람이 될 거예요."

마리아 로사는 여자들의 환호성과 키스 세례에 얼이 빠졌고, 웃음을 그치지 않은 채 조용히 해 달라고 청했다.

"제발 목소리 좀 낮춰 주세요! 남편이 들을지도 몰라요."

"네? 아니, 아직 남편한테도 얘기하지 않았어요?"

"깜짝 놀래 주려고요. 부탁이에요, 남편이 다른 사람을 통해 알지 않았으면 좋겠어요."

"걱정 마세요. 여기서 한 얘기는 절대 밖으로 새 나가지 않을 테니."

모두 한목소리로 대답했다.

바로 그때, 남자 한 명이 여자들만 모여 있는 곳으로 갑자기 끼어 들어와, 여자들은 일제히 미소를 머금은 채 입을 다물었다. 끝까지 인내하다 보면 많은 정보들을 알아낼 수 있기 때문에 코르타바녜스는 습관적으로 여자들의 모임을 자주 엿보는 편이었다. 그리고 그날 밤에도 그의 이론이 옳다는 게 입증되었다. 변호사는 크로켓을 되새김질하며 방금 알아낸 사실의 여파를 따져 보았다. 타조 깃털을 뒤집어쓴 부인이 부채로 그를 가볍게 때렸다.

"흥, 우리를 감시하고 있었군요."

"천만에요, 부인! 나는 여러분에게 인사를 드리러 왔을 뿐입니다."

"그럼 신사답게 방금 들은 얘기를 절대 발설하지 않겠다고 맹세하세요."

"직업상의 비밀로 여기고 함구하겠습니다." 코르타바네스가 말했다. 그러고는 마리아 로사에게 향했다. "르프랭스 부인, 나에게 남자로서는 첫 번째로 축하할 수 있는 영광을 주십시오."

코르타바네스는 장차 엄마가 될 여인의 손등에 입을 맞추기 위해 몸을 숙였다. 그런데 그때 코르타바네스의 거대한 몸집이 한쪽으로 쏠리면서 본의 아니게 마리아 로사를 덮치듯 소파에 거꾸러지고 말았다. 그 바람에 마리아 로사가 놀라기도 하고 재미있기도 해 애교에 가까운 비명을 질렀고, 그 모습을 본 귀부인들이 한꺼번에 몰려들었다. 몇몇은 코르타바네스의 양팔을 잡아끌고, 몇몇은 그의 다리를 붙잡고, 몇몇은 싸구려 연미복의 꼬리를 잡아당겨 그를 소파에서 떼어 내 피아노 옆으로 밀쳐 냈다. 그가 미처 몸을 가누기도 전에 양손으로 피아노 건반을 짚다가 얼굴이 건반 위에 부딪히는 바람에 피아노가 요란하게 쿵쾅거렸다. 그러자 여자들이 다시 달려들어 그를 잡아당기며 장난을 쳤다. 공처럼 둥그렇고 고분고분한 변호사는 부인들을 즐겁게 해 주기 위해 부인들이 하는 대로 가만히 있었다.

리무진이 거리를 질주했다. 커튼이 쳐져 있어서 어디로 가는지는 알 수 없었다. 르프랭스가 나에게 담배 한 대를 권해, 우리는 길 가는 내내 거의 한마디도 하지 않고 담배만 피웠다. 시간이 어느 정도 흐르자 엔진이 그렁그렁하면서 차가 뒤로 쏠려, 우리가 가파른 언덕길을 오르기 시작했다는 걸 알 수 있었다.

"어디로 가는 겁니까?"

내가 물었다.

"이제 얼마 안 남았네. 하지만 납치는 아니니까 너무 불안해 하지 말게."

자동차가 갑자기 급커브를 도는 바람에 내가 르프랭스 쪽으로 쓰러졌다. 원래의 위치로 돌아가려는 관성의 힘에 따라, 나는 곧바로 좌석 반대쪽으로 힘을 주었다. 커튼을 들어 보았지만 깜깜한 밤과 수풀, 소나무 외에는 아무것도 보이지 않았다.

"이제 마음이 놓이나? 커튼을 내리게. 사람들 눈에 띄고 싶지 않네."

르프랭스가 말했다.

"들판에 와 있네요."

내가 말했다.

"그건 한눈에 봐도 알 수 있지."

르프랭스가 대답했다.

한참 후, 리무진은 여러 번 커브를 돌고 급정거를 한 끝에 멈춰 섰다. 르프랭스가 나에게 도착했다는 신호를 보냈다. 기사가 문을 열자, 왈츠 음악을 연주하는 경쾌한 바이올린 선율이 들려왔다. 들판 한복판에서.

"여기가 어딥니까?"

내가 물었다.

"카지노네. 내리게."

르프랭스가 대답했다.

카지노는 생각도 해 보지 못했으니 내가 어리석었다. 사실 나는 티비다보 카지노에는 와 본 적도 없었고, 언젠가 오리라고 꿈을 꿔 본 적도 없었다. 물론 그곳을 알기는 했다. 가끔 먼 언덕 위에서 황홀경에 빠져 카지노의 웅장한 원형 지붕과 불빛을 바라보곤 했다. 그러나 그곳의 분위기를 상상하면서 룰렛과 포커, 바카라에 건 판돈의 양을 계산해 본 게 고작이었다.

"들어가기 싫은가?"

르프랭스가 물었다.

"오, 아닙니다. 그럴 리가 있나요."

내가 서둘러 대답했다.

우리는 카지노 안으로 들어섰다. 카지노 직원들은 르프랭스를 잘 아는 것처럼 보였고, 르프랭스도 그들의 이름을 부르며 인사를 건넸다. 우리는 직원들에게 구름처럼 둘러싸여 식당으로 안내되었다. 한쪽 조용한 자리에 예약된 탁자가 우리를 기다리고 있었다. 르프랭스는 평소와 다름없이 나에게 묻지도 않고 식사와 포도주를 일방적으로 주문했다. 식사가 나오기를 기다리는 동안 르프랭스는 나와 내가 하는 일, 나의 미래에 관심을 보였다.

"자네가 고향인 바야돌리드로 돌아갔다는 얘기를 들었네. 그러지 않았나? 그래서 다시는 자네를 만나지 못할까 봐 걱정했는데, 다행히도 생각을 바꾼 것 같군. 이거 아나? 내가 보기에 바르셀로나는 마법에 걸린 도시 같아. 뭔가 있어. 자네에게 어떻게 설명해야 좋을까? 뭔가 끌어당기는 힘이 있어. 물론 가끔은 불편하고, 언짢고, 적대적이고, 심지어 위험하기도 하지만 어떡하겠나? 바르셀로나를 떠날 수가 없으니. 자네는 그런 느낌을 받지 못했나?"

"어쩌면 사장님 말씀이 맞을지도 모르겠군요. 사실 이곳으로 다시 돌아온 것은 고향에서는 할 일이 없다는 것을 깨달았기 때문입니다. 그렇다고 여기서 할 일이 많다는 건 아닙니다. 그래요, 인정합니다. 그래도 이곳에서는 어느 정도나마 행동의 자유를 누릴 수는 있지요."

"썩 기분 좋게 들리지 않는 것으로 보아, 일이 잘 안 풀리나 보군."

그때까지만 해도 나는 르프랭스가 나에게 관심을 보이는 것은 단순한 인사치레이고, 그 자리를 마련한 데는 다른 이유가 있을 거라고 생각하고 있었다. 그러나 그는 의외로 무척 진지해 보였으며, 나는 나대로 힘들고 어려운 사정을 들어 줄 친구가 필요하던 참이라서 마음을 열기로 했다. 나는 그의 결혼식이 있기 전부터, 그러니까 내가 마지막으로 그를 만났을 때부터 얘기하기 시작했다. 내가 생각했던 것, 바랐던 것, 기다렸던 것, 괜히 마음을 다쳐 아파했던 것을 하나도 빠트리지 않고 솔직하게 털어놓았다. 나의 이야기는 저녁 식사 내내 계속되었고, 탁자 위에 계산서가 놓일 때에야 끝났다. 르프랭스가 계산서를 보지도 않은 채 사인한 후, 우리는 곧 옆의 홀로 자리를 옮겨 커피와 코냑을 마셨다.

"하비에르, 자네의 이야기를 들으니 가슴이 아프군." 르프랭스가 끊겼던 이야기의 흐름을 다시 이어 나갔다. "나는 자네가 그렇게 어렵고 힘들 줄은 꿈에도 생각하지 못했거든. 왜 진작 나를 찾아오지 않았나? 친구는 뒀다가 뭐하려고?"

"찾아갔습니다. 사장님을 만나러 댁에 갔는데, 수위가 이사를 가셨다고 하더군요. 수위는 진짜 모르는지, 아니면 알려 주고 싶지 않았는지, 새 주소를 가르쳐 주지 않았습니다. 코르타바녜스 씨를 통해 알아볼까, 아니면 공장으로 편지를 쓸까 하다가 사장님을 귀찮게 해 드릴 것 같아서 그만두었습니다. 그런 후에도 사장님은 살았는지 죽었는지 안부조차 전하지 않았고, 그래서 나는 사장님이 우리 관계를 끊고 싶어 한다고 생각했습니다…….”

“하비에르, 어떻게 그런 식으로 말할 수 있나? 자네가 기분이 나빠서 그렇게 얘기하는 거라면 나도 무지하게 기분이 나쁠 거야.”

르프랭스는 잠시 말을 멈춘 후, 코냑을 음미하면서 안락의자 뒤로 몸을 젖히고 지그시 두 눈을 감았다.

“그렇지만 자네 말이 아주 틀린 것은 아니지. 내가 못되게 굴었다는 것은 인정하네. 사람들은 가끔 자기도 모르는 사이에 사소한 실수들을 저지르잖아.” 그의 목소리가 속삭임처럼 들려왔다. “아무튼 미안하네.”

“제발…….”

“그래. 내가 무슨 말을 하고 있는지 잘 아네. 나도 모르게 자네를 궁지로 몰아넣었군. 의리를 저버린 거야. 의리를 저버린다는 것은 좋은 게 아니지. 그건 확실해. 하지만 자네도 나에게 변명할 기회는 주게. 아니, 내 말을 끊지 말게. 자네에게 변명이라도 하고 싶네.”

르프랭스는 잠시 말을 멈추고 담배에 불을 붙인 후 나지막하게 얘기를 이어 나갔다.

“내가 마리아 로사와 결혼하면서 법적으로는 아니지만 사실상 사볼타 사장이 딸에게 남긴 회사 지분의 주인이 되었다는 사실은 자네도 알겠지? 이 지분이 내 소유 지분과 합쳐지면서 나는 회사의 실제 주인이 되었네. 거기다가 클라우데데우가 죽으면서 그의 아내에게 남긴 지분까지 합쳐져 내가 실제 사장이 되었지. 클라우데데우의 아내는 반귀머거리에 나이가 많아 사업에는 참여할 수 없거든. 아무튼 이런 상황들은 자네도 상상할 수 있는 많은 이점들은 물론이고, 한편으로는 막중한 책임감과 더불어 무수하게 산적한 업무를 가져다주더군. 그리고 그것만이 아니야. 다른 이유도 하나 더 있네. 설득력은 덜하지만 적어도 사실이 그렇네. 마리아 로사와 결혼하면서 나의 사회적 지위도 바뀌더군. 나는 바르셀로나 최고 명문가에 입성했고, 외지에서 흘러 들어온 외국인에서 졸지에 모든 사회적 약속을 지켜야 하는 공인이 되었네. 그런데 공인이라는 게, 자네에게 솔직하게 말하는데, 아까 자네에게 말한 회사에 대한 책임감보다 훨씬 더 무거운 짐이 되고 말았지."

르프랭스는 미소를 띠며 담배를 길게 한 모금 빨았다가 천천히 연기를 내뿜었다.

"하비에르, 정말이지 힘들었네. 지난 몇 달은 정말 참기 힘든 시간이었어. 그러나 이제 모두 제 위치로 돌아갈 거야. 너무 지쳐서 이제 숨 좀 돌려야겠어. 나는 다시 내 삶을 찾고 싶어. 예전의 친구들을 만나 얘기도 하고, 저녁도 먹고 말이야. 기억나나?"

나는 갑자기 목구멍이 울컥 막히는 기분이 들어 아무 말도 할 수 없었다. 그냥 고개만 끄덕이며 그렇다고 대답했다.

"맨 먼저 자네부터 책임지겠네. 그러니 이제 아무 걱정 말게. 하지만 그 전에⋯⋯."

르프랭스가 나의 눈을 응시했다. 나는 그가 나를 만난 진짜 목적을 말할 순간이라고 생각하며 숨을 죽였다. 심장이 쿵쾅거리고 두근거렸으며, 양손이 식은땀에 젖어 차갑고 축축해졌다. 나는 가슴을 진정하기 위해 코냑을 한 모금 들이켰다.

"그 전에 자네에게 한 가지 조언을 듣고 싶네. 내가 무슨 말을 하려는지 알겠지, 안 그런가?"

"마리아 코랄에 대한 얘기군요."

내가 말했다.

"그렇다네."

르프랭스가 대답했다. 그는 잠시 아무 말도 하지 않았다. 그가 다시 입을 열었을 때는 그의 말에서 왠지 께름칙한 느낌을 받았다. 그의 음성에는 오페라의 막이 올라갈 때 들려오는 배우들의 장황하면서도 긴장된 떨림이 묻어 있었다.

"처음부터 시작하지." 르프랭스가 덧붙였다. "마리아 코랄이 자네에게 자신의 사연을 얘기했나? 아니라고? 당연히 그랬겠지. 적어도 자존심 때문에라도 그럴 수는 없었겠지. 불쌍하고 가련한 여자 같으니! 그 여자는 나한테도 말하지 않으려고 했지만, 나는 조심스럽게 하나하나, 마침내는 모든 것을 알아냈다네. 사실 내가 그 여자를 버렸을 때만 해도⋯⋯.(그는 자신의 기억을 떨쳐 내기라도 하듯 양손을 쫙 벌렸다.) 내가 그때 비겁하게 굴었다는 것, 지금은 알고 있네. 하지만 어떻게 하겠나? 나는 이미 어른이라고 생각했지만 너무 어렸네.(그는 긴 한숨을 내쉰 후 변화 없이 계속 말을 이어 갔다.) 마리아 코랄은 다시 자신의 파트너들과 합류했네. 자네도 알잖나? 그 해결사 두 명. 그들은 여러 도시를 떠돌며 싸구려 축제판에서 공연도 하고 일도 했네. 그러다가 해결사들이 무슨 잘못인가를 저질러 교도소에 들어갔다더군. 사소한 시비나 좀도둑질에 얽혔겠지. 마리아 코랄은 그 도시를 떠나 혼자 공연을 계속했네. 해결사들은 출감한 후에 이 나라를 뜨기로 마음먹었고. 예전에 놈들이 사회적 성격이 강하고 복잡한 일에 많이 관여했던 거 자네도 기억하지? 다시 체포되면 그들의 경력이 불거질 테고, 추문에 휘말릴지도 모른다는 두려움이나, 어쩌면 경찰의 권유에 따라 이 나라를 뜨는 게 좋을 거라 생각했던 거지. 그들은 마리아 코랄에게 아무 말도 하지 않았네. 어찌 됐든 마리아 코랄은 미성년자라서 그들을 따라갈 수 없었지. 그래서 불쌍한 마리아 코랄은 아무 도움도 보호도 없이 혼자 구차하게 생계를 유지해야 했네. 그녀는 순회공연을 하며 바르셀로나에 왔고, 자네가 굶주리고 병들어 거의 죽어 가는 그녀를 발견했지. 여기서 간단하면서도 슬픈 이야기가 끝이 나네."

"끝이라고요?"

나는 르프랭스가 내 질문의 의도를 알아차릴 거라고 확신하며 힘주어 되물었다.

"그것 때문에 자네와 얘기하려는 걸세." 르프랭스가 슬픈 서론에서 본론으로 들어가면서 말했다. "내가 그 여자에게 일정 부분 빚을 지고 있다는 사실은 자네도 잘 알 거야. 물론 의무적인 빚은 아니지. 하지만 아까도 말했듯이, 나는 사람과 사람 사이의 의리를 저버리는 사람이 아니네. 그 여자를 진심으로 돕고 싶어. 그런데 어떻게 도와줘야 할지, 그걸 모르겠어."

"사장님의 지위와 재산으로는 그리 어렵지 않은 일이지요."

"자네가 생각하는 것 이상으로 어렵네. 물론 돈 몇 푼 쥐여 주고 보내도 뭐라 할 수는 없겠지. 하지만 그거 가지고 얼마나 버틸 수 있겠나? 요즘 같은 세상에서 돈은 금방 바닥이 날 걸세. 몇 달, 길어야 일 년쯤 지나면 상황은 다시 예전과 똑같아질 테고, 우리는 아무것도 얻은 게 없게 되지. 게다가 마리아 코랄은 아직 어린애나 다름없네. 그녀에게 정작 필요한 것은 돈만이 아니네. 누군가의 보호가 필요해, 안 그런가?"

"그렇습니다."

그것이 내가 할 수 있는 유일한 대답이었다.

"그렇다면 어떻게 하지? 마리아 코랄에게 아파트나 작은 가게를 구해 줘서 먹고살게 해 줄까? 아니야, 그건 불가능해. 나는 그럴 수 없어. 시간이 흐르면 모든 게 알려질 테고, 내가 아무것도 바라지 않고 순수한 마음으로 도와주었다고 해도, 누가 그걸 믿겠나? 나는 유부남이자 공인이네. 나는 사람들의 입에 오르내릴 수 없어. 사랑하는 내 아내를 생각해 보게. 만에 하나, 내가 총각이었을 때 사귀던 미성년자를 거두었다는 사실을 아내가 알면 어떻게 생각하겠나? 말도 안 돼."

"일자리를 찾아 주면 어떨까요? 그러면 성실하게 살 수 있을 겁니다."

나는 나름대로 성의껏 제안했다.

"일자리? 마리아 코랄한테?" 르프랭스가 씩 웃었다. "하비에르, 생각해 보게. 그 여자에게 어떤 일자리를 주지? 재주넘는 것 말고는 뭘 할 줄 아는데? 아무것도 할 줄 모르네. 그리고 어디에다 일자리를 마련해 줘? 부엌에? 공장에? 작업실에? 그런 곳의 근무 조건이 어떤지는 자네도 잘 알지 않나. 그럴 바엔 차라리 카바레에서 일하는 게 훨씬 나을걸."

그 말은 사실이었다. 빡빡한 시간표와 엄격한 규율에다 공장장의 횡포에 시달리는 마리아 코랄은 상상조차 할 수 없었다. 나는 한 가지 생각이 자꾸 고개를 내밀어 르프랭스에게 얘기했다. 그는 빙그레 웃는 표정으로 아무 말 없이 담배를 피우며 애정과 아이러니가 뒤섞인 눈빛으로 나를 바라보았다. 내가 아무 말도 하지 않자, 그는 내가 당혹해하고 있다는 것을 눈치채고 한참 만에 입을 열었다.

"어때, 모든 출구가 꽉 막힌 기분이 들지 않나?"

르프랭스의 어조로 미뤄 짐작건대, 그가 원하는 방향으로 얘기가 흘러간다는 것을 알 수 있었다.

"왜 그렇게 빙빙 돌려 말씀하시는 겁니까? 사장님이 이미 모든 해결 방안을 마련해 두었다는 확신이 드는데요."

르프랭스가 다시 씩 웃었다.

"하비에르, 사실은 빙빙 돌린 게 아니라, 자네가 내 의도를 눈치채길 기다리고 있었네. 그래. 나는 이미 해결 방안을 생각해 두었네. 돌려 말하지 않고 직접적으로 말하겠네. 그 해결책은 바로 자네일세."

나는 코냑을 꿀꺽 삼켰다.

"나요? 내가 무엇을 할 수 있다는 겁니까?"

르프랭스는 상체를 앞으로 숙이고 내 눈을 똑바로 쳐다보더니, 내 팔을 꽉 움켜쥐었다.

"그 여자와 결혼하게."

보통 사람들과 범죄자들 사이에는 단 하나의 연결 고리가 존재하는데, 그것이 경찰이라는 사실을 모르는 사람은 세상에 아무도 없다. 네메시오는 영악했다. 그는 사회의 상층에 있는 사람들이 경찰을 이용해서 밑바닥 인생들에게 손을 뻗칠 수 있다면, 밑바닥 사람들도 같은 경로를 거꾸로 통할 수 있다고 판단했다. 물론 후자가 훨씬 더 힘들고 까다로운 것은 틀림없었다. 그래서 네메시오는 수없이 망설이다가 경찰만이 자신의 목숨이 걸린 중요한 정보를 줄 수 있다는 결론에 이르렀다. 사실 그것은 상당히 위험한 발상이었지만, 목숨이 경각에 달린 만큼 더 이상 망설일 이유가 없었다. 그래서 네메시오는 다음 날인 1월 1일 이른 아침부터 경찰서를 찾아가 반장을 만나게 해 달라고 했던 것이다. 네메시오는 경찰서에 아는 사람이 몇 있었다. 평소 그는 돈이 필요하거나 건달들에게 협박을 받을 경우를 대비해 경찰들에게 사소한 것들을 제공했다. 물론 네메시오는 골치 아플 일이 없는 뒷골목에서만 신중하게 활동했고, 그때까지 정치적인 복잡한 사안에는 한 번도 휘말리지 않았다. 그때까지는 모든 일이 순조롭게 잘 돌아갔다. 그를 존중하는 사람은 아무도 없었지만, 그래도 경찰이나 건달들이 그를 가만히 내버려 두도록 하는 데는 성공했다.

"안녕하십니까. 새해 복 많이 받으십시오."

네메시오가 경찰서로 들어가면서 인사를 건넸다.

경찰관이 못 미더운 듯 그를 쳐다보았다.

"네메시오입니다. 제가 여기에 온 게 처음은 아닐 텐데요."

"그런 것 같군."

경찰관이 빈정대며 말했다.

"너무 언짢게 생각하지는 마십시오. 저도 가끔은 이 나라에 필요한 봉사를 한다는 말을 하고 싶었을 뿐이니까요."

"그래? 이번에는 뭘 원하는데? 다른 봉사라도 하시려고?"

네메시오가 고개를 끄덕이며 그렇다고 대답했다.

"좋아, 무슨 일인데?"

"아주 중요한 사안입니다, 경관님. 그래서 좀 더 높은 분을 만나야 하는데요."

경찰관은 한쪽으로 고개를 기울이고 반쯤 눈을 감더니, 눈썹을 추켜올리며 콧수염을 만지작거렸다.

"내무부는 마드리드에 있네."

그게 대답이었다.

"하지만 제가 만나고 싶은 분은 강력계 반장님입니다."

"바스케스 반장님을?"

"예."

경찰은 쓸데없는 잡담이 피곤하다는 듯이 어깨를 으쓱했다.

"삼 층이야. 무기는 없겠지?"

"원하시면 뒤져 보십시오. 저는 평화주의자입니다."

경찰은 네메시오의 몸을 수색한 후 엄지를 들어 뒤를 가리켰다. 네메시오는 삼 층으로 올라갔다. 그곳에서 다시 바스케스 반장이 어디 있느냐고 물었다. 사환이 반장은 아직 오지 않았지만 이름을 적고 복도에서 기다리라고 했다. 한참 후 반장이 도착했다. 반장은 잔뜩 지치고 피곤한 모습이었다. 다시 한참이 지나고 나서야 비로소 사환이 나와 반장의 사무실로 안내했다. 넓지만 어수선한 방으로, 관공서 분위기 탓인지 창문을 통해 들어오는 밝은 겨울 햇살이 탁하게 느껴졌다. 바스케스 반장과 네메시오가 나눈 대화 내용은 이 이야기의 다른 부분에 상세하게 적혀 있다.

"결혼하라고요? 마리아 코랄하고요?"

내가 물었다.

"제발 목소리 좀 낮추게. 모든 사람이 알아야 할 필요는 없네."

르프랭스가 미소를 잃지 않은 채 속삭였다.

다행히 오케스트라 연주가 계속되면서 음악 소리에 뒤섞이는 바람에 내 말은 잘 들리지 않았다. 게다가 우리의 얘기에 신경 쓰는 사람은 아무도 없었다.

나는 갑작스러운 반응을 보인 후에도 한동안 침묵을 지켰다. 말도 안 되는 황당한 제안이었다. 르프랭스의 입에서 나오지 않았다면 다시 생각하고 말 것도 없었다. 하지만 르프랭스는 가볍게 말하는 사람이 아니었다. 나한테 그렇게 얘기한 걸 보면 그 전에 이미 꼼꼼하게 검토하고 냉정하게 심사숙고한 게 분명했다. 그런 확신이 들었기 때문에 나는 단번에 그 제안을 거절하지 않고, 침착하게 르프랭스의 얘기를 들어 보기로 마음먹었다.

"내가 왜 마리아 코랄하고 결혼해야 하는 겁니까?"

내가 그에게 물었다.

"자네가 그 여자를 좋아하기 때문이지."

그게 대답이었다.

카지노의 원형 천장이 내 머리 위로 무너져 내렸다 해도 그것보다 더 놀라거나 얼얼하지는 않았을 것이다. 그가 다른 이유를 대거나 다른 제안을 해 올 거라고 짐작했는데, 그것은…… 전혀 생각지 못한 뜻밖의 얘기였다. 이미 말했듯이 깜짝 놀란 것이 나의 첫 반응이었다. 잠시 후에는 느닷없는 분노가 치밀어 올랐고, 마지막에는 심리적 공황 상태에 빠져들었다. 하지만 그것은 르프랭스가 느닷없이 엉뚱한 말을 내뱉었기 때문이 아니라, 그 말 속에 뭔가가 들어 있기 때문이었다. 정말일까? 내가 마리아 코랄을 찾아간 게 사랑 때문이었을까? 카바레로, 여관으로, 어둠침침한 침실로 나를 잡아끈 뿌리칠 수 없는 충동이, 이성적인 논리에 어긋나고 자연의 힘에서도 벗어나는 그 충동이 사랑이었을까? 지난 며칠 동안 고민하고, 걱정하고, 우스울 정도로 부끄러워하면서도 냉혹한 운명을 절대 받아들이지 않겠다며 몸부림쳤던 나의 눈먼 집착이……? 아니다. 생각하고 싶지도 않았다. 나는 발밑에 펼쳐진 천 길 낭떠러지 끝에 겁에 질린 채 서 있는 기분이었다. 나는 그럴 수도 있다는 놀라운 가능성에 맞서 싸울 용기가 부족했다. 반면에 르프랭스는 삶의 부조리에 맞서 싸울 용기가 있는 것처럼 보였다. 그런 그가 얼마나 부러웠던지! 이런 상황에서도 눈썹조차 까딱하지 않는 르프랭스가 나는 너무 부러웠다!

"하비에르, 잠들었나?"

르프랭스의 조용하면서도 다정한 목소리가 나를 현실로 되돌려 주었다.

"죄송합니다. 사장님이 나를 너무나…… 너무나 당혹스럽게 만든 바람에……."

나의 심리적 동요가 유치하게 느껴진 듯 르프랭스가 드러내 놓고 웃었다.

"내가 착각했다는 말은 하지 말게."

"나는…… 마리아 코랄을 제대로 알지도 못합니다. 도대체 어떻게 그런 생각을 하셨습니까? ……."

"하비에르, 우린 어린애가 아니야. 한눈에 보이는 것들이 있어. 자네가 주저하는 것도 이해하네. 하지만 사실은 사실이네. 여기 이 기둥처럼 확실하게 보이는 거야. 그런 사실을 부정한다고 해서 해결되는 것은 아무것도 없네."

"아닙니다, 아니에요. 이건 미친 짓입니다. 그러니 나를 그냥 내버려 두십시오."

"좋아, 자네 마음대로 하게." 르프랭스가 자리에서 일어나며 말했다. "잠깐 실례하겠네. 전화 한 통화 해야 하는데 지금 막 떠올랐네. 도망가지 말게, 알았나?"

"걱정하지 마십시오."

르프랭스는 내 머릿속에 어지럽게 널린 거미줄을 말끔하게 거둬 낼 수 있도록 일부러 나를 혼자 남겨 두었다. 그때 내가 어떤 생각을 했는지 확실하게 기억나지는 않는다. 하지만 르프랭스가 돌아왔을 때, 나는 처음보다 많이 진정되기는 했지만 여전히 혼란스러운 상태였다.

"늦어서 미안하군. 우리가 무슨 얘기를 하고 있었지?"

르프랭스가 애정이 담긴 아이러니한 표정으로 물었다.

"사장님, 머릿속이 온통 뒤엉켜 복잡합니다. 제발 재촉하지 마십시오."

"그 얘기는 잊어버리자고 하지 않았나?"

"아닙니다. 이제는 너무 늦었습니다. 그래요, 사장님 말씀이 옳아요. 사실을 부정한다고 해서 해결되는 건 아무것도 없으니까요."

"아, 그러니까 자네가 마리아 코랄을 좋아한다는 것은 인정한단 말이지."

"그게 아닙니다……. 아니에요. 그러니까 그게 혼란스럽습니다. 도무지 내 감정을 알 수가 없어요. 이해하시겠습니까? 내가그 여자에게 무엇인가를 느낀다는 것은 부정하지 않겠습니다. 강렬한 감정인 것만큼은 확실해요. 하지만 나는 그 여자를 잘알지도 못하는데, 그게 사랑일까요? 아니면 잠시 스쳐 지나가는 일순간의 감정일까요? 게다가 사랑과 결혼은 완전히 다른문제입니다. 사랑은 입김 같은, 뭔가 투명한 공기 같은 것입니다……. 하지만 결혼은 그렇게 가벼운 문제가 아니에요. 간단하게 결정할 수 있는 문제가 아니라는 겁니다."

"쉽게 결정하지는 말게. 충분한 시간을 두고 생각한 후에 가장 현명한 판단을 내려야겠지. 따지고 보면 자네가 나하고 결혼하는 건 아니잖나?(그가 농담했다.) 나에게 장황하게 설명할것까지는 없네."

"나는 사장님을 친구이자 조언자로 의지하고 있습니다." 나는 농담할 기분이 아니었기 때문에 확실하게 내 의견을 밝혔다. "우선, 마리아 코랄이 누구입니까? 우리는 그 여자에 대해아는 바가 거의 없습니다. 그리고 우리가 아는 몇 가지 정보도정확하게 그녀가 누구인지를 뒷받침해 주지는 않습니다."

"그건 맞는 말이네. 마리아 코랄은 아주 어두운 과거를 보냈지. 그렇지만 그 여자의 유일한 소원이 그런 어두운 과거를 잊고 새롭게 살아가는 거라는 것은 나도 자네도 잘 알고 있네. 마리아 코랄은 착하고 순수한 여자야. 어찌 됐든, 그건 자네가 알아서 결정해야 할 문제야. 나중에 자네가 나를 원망할 수도 있으니, 나는 자네에게 다른 충고는 하지 않겠네."

"좋습니다. 그럼 그 이야기는 그만하고 다른 얘기로 넘어가지요. 만일 그 여자와 결혼한다고 해도, 내가 그 여자에게 무엇을 해 줄 수 있겠습니까?"

"남편이라는 울타리와 존중받는 삶을 줄 수 있겠지. 하지만 무엇보다도 자네를 줄 수 있네. 성실하고, 섬세하고, 똑똑하고, 교양 있는 자네를 말일세."

"말씀은 고맙습니다. 하지만 나는 돈 문제에 대해 얘기하고 있습니다."

"아, 돈…… 그 빌어먹을 돈……."

코르타바네스가 나타나면서 우리의 대화는 잠시 중단되었다. 슬리퍼를 신은 사람처럼 신발을 질질 끌며 살롱을 가로질러오고 있는 코르타바네스는 기름얼룩을 뒤집어쓴 듯이 번들거리는 구겨진 정장을 입고 세상만사 포기한 모습이었기 때문에 그곳에서도 한눈에 띄었다. 게다가 그것도 모자라 불 꺼진 시가 꽁초를 질근질근 씹고 있었다.

"좋은 밤입니다, 르프랭스 씨. 좋은 밤이네. 하비에르."

코르타바네스가 우리를 지나치면서 재빨리 인사를 건넸다. 르프랭스가 일어나 악수를 청했다. 르프랭스가 그를 각별히 대한다는 게 좀 이상했는데, 그것은 훨씬 나중에 가서 기억해 둬야 할 사항이었다.

"폭탄 공장은 어떻게 되어 갑니까?"

"하늘을 찌르고 있습니다. 늘 하늘을 찌르고 있지요, 코르타바네스 씨."

르프랭스가 대답했다.

"그럼 폭탄이 아니라, 폭죽 공장이겠네요."

나는 썰렁한 농담을 듣는 순간 얼굴이 달아올랐지만, 르프랭스나 그 말을 들은 다른 사람들은 껄껄 웃으며 재미있어했다. 나는 그들의 웃음이 나이 든 변호사에 대한 인간적인 배려라고 생각했다.

"코르타바네스 씨, 사무실은 어떻습니까?"

"아주 축 늘어졌지요, 르프랭스 씨. 하지만 당신들을 방해하고 싶지는 않습니다. 당신들같이 젊은 분들은 당연히 여자 애기를 하고 싶을 테니까 말입니다."

"자리를 함께하겠습니까?"

르프랭스가 청했다.

"고맙지만 사양하겠습니다. 저쪽에서 카드 게임이나 한판 하자고 나를 기다리고 있거든요. 물론 판돈은 걸지 않습니다만."

"그냥 콩만 건다는 말씀입니까, 코르타바네스 씨?"

"네, 그렇습니다. 생콩을 걸지요. 보세요, 여기 한 움큼 가지고 왔습니다."

코르타바네스는 그 말을 하면서 불룩 튀어나온 정장 호주머니에서 콩 한 움큼을 꺼냈다. 콩이 몇 개 바닥으로 굴러떨어지는 바람에 황급히 다가온 웨이터가 엎드린 채 콩을 쫓아다녀야 했다.

"자! 말씀들 나누십시오. 나는 할 얘기가 없으니, 카드나 돌리러 가겠습니다."

코르타바네스는 양탄자 위로 발을 질질 끌다시피 하며 걸어갔다. 그는 좌우에 있던 손님들에게 인사를 건넸고, 그사이 콩을 다 주운 웨이터가 그의 뒤를 졸졸 따라가고 있었다.

"코르타바네스 씨가 카지노에 드나드는 줄은 몰랐습니다."

내가 르프랭스에게 말했다.

대저택의 드넓은 연회장에는 한꺼번에 백여 명을 수용할 수 있는 말발굽 형태의 거대한 식탁이 놓여 있었다. 그 위로 은제 식기와 도자기, 조각된 크리스털 잔들이 촛불 빛에 반짝였고, 한 줄로 길게 늘어선 꽃들이 식탁을 화사하게 밝히며 생기를 불어넣었다. 손님들은 자기 이름이 적힌 이름표를 열심히 찾아다녔다. 뛰어가는 사람들도 있었고, 당혹스러워하는 사람들도 있었고, 소리를 지르고 얼굴을 찡그리는 사람들도 있었고, 자존심 상해하는 사람들도 있었다.

르프랭스가 연회장으로 향하려는 순간, 마리아 로사가 남편의 앞을 가로막았다.

"르프랭스, 잠깐 당신에게 할 얘기가 있어요."

"여보, 모두 식탁에 앉아 있어. 기다릴 수 없겠어?"

마리아 로사의 얼굴이 석류처럼 빨갛게 달아올랐다.

"안 돼요, 지금 얘기해야 해요. 자, 어서요."

마리아 로사가 남편의 손을 잡고 살롱을 가로질러 갔다. 그때 살롱에는 악사들 외에는 아무도 없었다. 악사들은 악기를 케이스에 집어넣고 악보를 정리한 후, 땀을 닦고 나서 주방으로 가 하인들과 음료수를 마시려던 참이었다.

"얼른 들어와서 문을 닫아요."

마리아 로사가 서재로 들어가면서 말했다. 르프랭스는 급한 마음에 찡그린 얼굴도 펴지 못한 채 아내가 시키는 대로 했다.

"좋아, 무슨 일이야?"

"우선 앉으세요."

"제발! 아휴, 짜증 나! 무슨 일인지 어서 말하지 않을 거요?"
르프랭스가 소리를 질렀다.

마리아 로사가 울상을 지었다.

"당신이 나를 지금처럼 대한 적은 한 번도 없었어요."

그녀가 흐느꼈다.

"제발 울지 마. 미안해. 하지만 당신이 나를 신경질 나게 만
들었잖아. 이제 나는 수수께끼에 질릴 대로 질렸어. 나는 모든
게 잘되었으면 하고 바라는데 이렇게 시간을 끌면 어떻게 해?
지금 몇 시인지 봐. 늦었잖아. 귀한 손님들이 곧 도착할 텐데,
그때까지 식사나 하고 있으면 어떻게 되겠어?"

"당신 말이 옳아요, 르프랭스. 당신은 생각이 깊어요. 나는
바보예요."

"자, 이제 울지 마. 손수건 받아. 나한테 무슨 말을 하고 싶
었어?"

마리아 로사는 눈물을 닦고 손수건을 돌려준 다음, 남편의
손을 꼭 잡았다.

"아이가 태어날 거예요."

깜짝 놀란 표정이 르프랭스의 얼굴 위에 그대로 드러났다.

"뭐라고?"

"아이요, 르프랭스. 우리 아이 말이에요."

"확실해?"

"일주일 전에 엄마하고 병원에 갔는데, 오늘 아침 결과가 나

왔어요. 확실해요."

르프랭스는 아내의 손을 놓고 의자에 앉았다. 한동안 그는 손가락을 비비며 양탄자 무늬를 멍하니 바라보았다.

"무슨 말을 해야 할지 모르겠어…… 너무 뜻밖이라……. 그저 놀라울 뿐이야."

"하지만 기쁘지 않아요?"

르프랭스가 고개를 들었다.

"기뻐, 몹시 기뻐. 아주아주. 늘 아이를 갖고 싶었는데 이제야 생기다니. 이제는(그가 그렁그렁한 목소리로 덧붙였다.) 그 무엇도 나를 막을 수 없어." 르프랭스가 고개를 좌우로 흔들며 일어났다. "자, 어서 이 기쁜 소식을 전해야지."

르프랭스는 아내의 이마에 키스한 뒤, 아내의 허리를 가볍게 감싸 안고서 연회장으로 향했다. 주인 부부가 보이지 않아 이상하게 여긴 손님들이 수군거리기 시작하자, 이미 그 비밀을 알고 있던 여자들이 젊은 부부가 안 보이는 이유를 나름대로 해석해 일찌감치 소문을 퍼트렸다. 침묵이 감돌았고, 모든 시선이 일제히 문 쪽으로 쏠리면서 모두 기분 좋은 함박웃음을 머금었다. 르프랭스 부부가 들어서자 모두 열렬한 박수와 뜨거운 환호로 그들을 맞이했다.

바스케스 반장은 누가 소토를 죽였는지에 별로 관심이 없었다. 반장의 모든 관심과 정력은 사볼타를 살해한 끔찍한 테러 사건에 집중되어 있었다. 그가 맡은 사건은 단순한 살인 사건이 아니라, 사회 질서와 나라의 안전이 달린 중요한 사건이었다. 바스케스 반장은 치밀하고 집요한 경찰로, 공연히 상상력에 의존하지 않는 인물이었다. 반장은 소토 사건을 맡은 담당 경찰이 이미 모든 수사를 종결했을 거라고 생각했다. 지금 그의 걱정거리는 다른 데 있었다. 게다가 네메시오는 믿을 만한 인물 같지도 않았다. 바스케스 반장은 예의상 네메시오를 응대할 뿐, 그가 하는 말은 한 귀로 듣고 한 귀로 흘려버렸다.

네메시오는 완전히 푸대접을 받았다. 그는 그런 대접을 받으리라고는 상상도 하지 못했다. 그래서 다리 사이로 꼬리를 감추고 슬그머니 경찰서를 빠져나왔다. 사볼타 사건 때문에 일이 제대로 꼬인 것이다. "사볼타, 사볼타." 네메시오는 혼자 속으로 중얼거리며 걸었다. "그 이름을 어디서 들었더라?" 쌀쌀한 아침 공기를 쐬자 정신이 번쩍 들었다. 얼굴에 흉터가 난 남자가 내뱉은 마지막 말이 떠올랐던 것이다. "반드시 칠일 후에 돌아와 누가, 무슨 까닭으로 소토를 죽였는지, 사볼타 회사와는 무슨 일이 있었는지, 무슨 꿍꿍이가 진행되고 있는지 남김없이 털어놓아야 해." 사볼타와 소토는 무슨 관계일까? 사볼타의 죽음이 소토의 암살과 관련된 것일까? 네메시오는 그 생각에만 온통 정신이 팔린 채 그의 동네에 도착했다. 마차들이 돌아다니며 이제 막 문을 연 가게들 앞에 물건을 내려놓았고, 여자들은 광주리를 들고 시장을 오가고 있었다. 술집에는 아무도 없었다. 네메시오가 손바닥으로 계산대를 내리쳤다.

"안녕하시오? 여기 아무도 없소?"

네메시오는 앞치마를 뒤집어쓴 사내아이가 모습을 드러낼 때까지 한참을 기다려야 했다. 사내아이는 무거운 통을 질질 끌고 나타났다.

"무슨 일이세요?"

"주인을 만나고 싶은데."

"주인요? 돼지처럼 늘어져 자고 있는데."

앞치마를 두른 사내아이가 대답했다.

"중요한 일이야. 깨워 봐."

"살고 싶은 마음이 없다면, 아저씨가 직접 깨워 보시지 그 래요."

사내아이가 거만한 표정을 지으며 살림채와 연결된 좁고 우중충한 계단을 가리켰다.

"요새는 애들 교육을 이렇게 시키나 보지?"

네메시오는 투덜거리며 계단을 올라갔다.

네메시오는 절대 착각할 수 없는, 요란하게 코 고는 소리를 들으며 좁은 복도를 따라 낮은 방문이 있는 데까지 왔다. 경첩도 제대로 달리지 않은 문이었다. 가만히 노크를 했지만 코 고는 소리는 그치지 않았다. 네메시오는 문을 슬그머니 밀고 안으로 들어갔다.

술집 주인이 잠든 방은 환기조차 제대로 되지 않는 어두컴컴한 다락방이었다. 가구라고는 의자와 옷걸이, 침대가 전부였다. 침대에는 술집 주인과 여자가 자고 있었다. 여자는 쌕쌕거리며 잠들어 있었다. 어둠에 익숙해지자, 수염이 덥수룩하고 양 눈썹이 일자로 달라붙은 얼굴에 털이 숭숭 난 헤라클레스 같은 근육질 남자와 발그스름한 피부에 브래지어 밖으로 풍만한 가슴이 삐져나온 작고 통통한 여자가 눈에 들어왔다. 서로 껴안은 채 잠든 모습이 사내아이 말처럼 장난기 많은 새끼 돼지 두 마리가 자고 있는 것 같았다.

불청객인 네메시오가 더듬거리며 앞으로 나갔다. 그는 침대를 한 바퀴 돌아 술집 주인 옆으로 가서 어깨를 흔들었다. 한참을 흔들어도 반응이 없자, 네메시오는 그의 이름을 부르며 뺨을 몇 차례 때렸다. 그러다가 결국에는 바닥에 놓인 컵을 집어서 잠자고 있는 남자에게 쏟아부었다.(네메시오는 컵에 물이 가득 담긴 줄 알았지만 나중에 보니 와인이 들어 있었다.)

깊이 잠들면 흔히 그렇듯, 술집 주인은 자지러지게 놀라 벌떡 일어나더니 네메시오를 벽 쪽으로 날려 보낼 정도로 세차게 주먹을 휘둘렀다.

"무슨 일이야? 왜 여기 있는 거야?"

술집 주인이 소리 질렀다.

"나요. 놀라지 마시오."

네메시오가 말했다.

그제야 놀라서 눈이 휘둥그레진 술집 주인은 자신을 깨운 불청객이 누군지 알아보았다.

"너는!"

여자도 깨어나 다급하게 벌거벗은 몸을 가렸다.

"실례해서 미안하오. 하지만 일이 워낙 급해서 다른 방법으로는 도저히⋯⋯."

"어서 꺼지지 못해!"

술집 주인이 입에 게거품을 물었다.

여자는 놀랐는지, 꿈을 꿨는지, 아니면 부끄러웠는지 울기 시작했다.

"세군디노, 제발 나가라고 해요!"

여자가 애원했다.

술집 주인이 베개 밑을 더듬거리더니 권총을 꺼내 들었다. 네메시오는 서둘러 문까지 물러섰다.

"세군디노, 흥분하지 마시오. 생사가 달린 문제라 그랬소."

술집 주인이 허공에 대고 총을 한 방 쏘았다. 네메시오는 그들의 바지와 속치마가 아무렇게나 뒤엉켜 있는 의자에 털썩 주저앉았다가 벌떡 일어난 다음, 복도로 나가 계단을 뛰어 내려갔다.

"거봐요……."

앞치마를 두르고 통을 나르던 사내아이가 중얼거렸다. 하지만 네메시오는 벌써 거리 밖으로 나가 여자들 사이를 달려가고 있었다. 네메시오가 쏜살같이 지나가는 바람에 여자들은 얼른 바구니를 들어 몸을 피해야 했다.

나는 코냑이 담긴 셋째 잔을 마저 들이켜고 다시 담배에 불을 붙였다.(나는 시가는 절대 좋아하지 않았다.) 그러고는 한숨을 내쉬며 르프랭스를 바라보았다. 한꺼번에 밀려드는 피곤 탓인지 정신을 바짝 차리지 않으면 카지노의 푹신한 소파에서 그냥 잠이 들 것 같았다.

"문제가 돈이라고 했나?"

르프랭스가 물었다.

"돈요? ……네, 그렇습니다. 나 혼자서도 먹고살기 빠듯한데 어떻게 결혼 생각까지 할 수 있겠습니까?"

"이보게, 친구. 돈이야 문제 될 게 없지. 코냑 한 잔 더 하겠나?"

"아닙니다. 벌써 제 주량을 초과했습니다."

"속이 안 좋나?"

"아뇨. 조금 피곤할 뿐입니다. 계속 말씀하시지요."

"자네도 곧 알겠지만, 사실 나는 자네의 경제적인 면까지 염두에 두었네. 아까는 말하지 않았지만, 자네에게 한 가지 제안을 할 생각이었네. 자네가 오해하지 않기를 바라네. 이것은 결혼 얘기와는 아무 상관도 없네. 내 제안이 마리아 코랄과의 결혼을 전제로 하는 것도 아니고, 자네에게 마리아 코랄과 결혼하라고 강요하려는 것도 아니네. 내가 자네에게 강요한다고는 절대, 눈곱만큼도 생각하지 말게."

나는 어떤 말이든 상관없다는 표정을 지었다. 르프랭스가 담배에 불을 붙이자 웨이터가 재떨이를 새것으로 바꿔 주었다. 르프랭스는 주위 사람이 자신의 얘기를 듣지 못하도록 내 쪽으로 상체를 숙였다.

"지금 자네에게 하려는 얘기는 일급비밀이네. 그러니 아무한테도 얘기하면 안 되네. 물론 자네가 믿을 만한 사람이라는 것은 내가 잘 알지만." 내가 항의하려고 하자 그는 얼른 내 말을 가로막았다. "지금 나는 그럴 수도 있다는 가능성과 나중에 실망하지 않도록 미리 단단히 일러두자는 것이니 그렇게 이해하게. 자, 간단히 말하지. 사실 나는 이 자리에서 밝힐 수는 없지만 몇몇 명망가들로부터 정계에 진출하라는 진지한 제의를 받았네. 처음에 그들은 나를 자신들이 속한 정당으로 끌어들이려고 했지. 물론 나는 싫다고 거절했네. 그러자 그들은 전략을 바꿔 나를 차기 바르셀로나 시장으로 추천하더군. 그래,

너무 놀라지 말게. 시장 말이네. 그 직책이 얼마나 중요한지는 두말할 필요도 없겠지? 자네도 잘 알고 있을 테니까 말이야. 물론 사람들은 아직 아무것도 모르네. 하지만 자네에게 미리 말하는 건데 나는 장차 그 제의를 받아들여 후보로 나설 생각이네. 내가 건방져서가 아니라, 이 도시를 위해, 그리고 간접적으로나마 이 나라를 위해 열심히 일하고 싶거든. 나는 외국인인 데다 갓 정착한 신분이네. 그게 단점이 될 수도 있겠지만, 사실 어떻게 보면 장점이 될 수도 있네. 사람들은 기존 정당들과 정치판에 질릴 대로 질려 있거든. 하지만 나는 어느 편도 아니네. 어느 누구하고도 손을 잡지 않았고, 잡을 생각도 없네, 알겠나? 그게 내가 가진 힘이라고 할 수 있지."

르프랭스는 자신의 말이 나에게 어떤 효과를 미쳤는지 알아보기 위해 잠시 말을 멈췄다. 사실, 내 이해를 훨씬 넘어서는 상황이었기 때문에 나는 아무 표정도 내비치지 않았다. 나는 르프랭스가 그렇게 얘기했으면 그렇게 될 거라고 생각했다. 하지만 아무 말도 하지 않았다.

"이 모든 얘기는 내가 지금 자네에게 하려는 얘기의 서론을 위한 것이네. 그 가능성은, 그래, 내가 지금 가능성을 얘기하고 있다는 사실을 명심하게. 그 가능성은 내 철저한 준비를 필요로 하네. 그래서 나는 짬짬이 준비 작업에 매달리고 있는데, 문제는 내 사업과 시장 후보 업무를 병행하는 게 만만찮다는 거야. 그래서 따로 사무실 비슷한 걸 마련할 생각이네……. 단독적으로 내 정치 활동에만 전념하는 비서실이라고나 할까. 그 비서실을 조직하고 지휘하려면 믿을 만한 사람이 필요하네. 그리고 당연히 자네보다 나은 사람은 아무도 없지."

"잠깐만요." 내가 여전히 밀려드는 피곤함을 저만치 밀쳐 내며 말했다. "혹시 내가 잘못 이해한 게 아니라면, 지금 나더러 정치를 하라는 겁니까?"

"정치? 아니네. 적어도 자네가 나한테 말하는 그런 의미로는 아니야. 나는 자네가 코르타바녜스를 위해 일하는 것처럼 나를 위해 일해 달라는 거네. 뒤에서 능률적으로 일을 처리해 달라는 거야."

"그럼 사무실을 그만둬야겠네요."

"당연하지. 그게 싫은가?"

"그게 아니라…… 코르타바녜스 씨 때문에요. 그분께 폐를 끼치고 싶지는 않습니다. 어찌 됐든 신세를 많이 졌거든요."

"자네가 그렇게 말하니 기분이 좋군. 그건 자네가 양심이 있다는 증거니까. 자네가 내 제안을 긍정적으로 생각한다는 증거도 되고."

"그런 의미는 아닙니다."

"좋아, 좋아. 코르타바녜스 씨는 걱정 말게. 내가 직접 그와 얘기해 보겠네." 르프랭스가 갑자기 일어나 얼굴 근육을 문지르며 다리를 길게 뻗었다. 그리고 나 못지않게 피곤한 듯 하품을 했다. "자네한테서 졸음이 옮았나 보군. 가지. 오늘 밤은 충분하게 얘기한 것 같으니 나중에 계속하자고. 잘 생각해 보게. 서두르지는 말고. 아, 깜빡했군."

르프랭스가 호주머니에서 손지갑을 꺼내 명함 한 장을 내밀었다.

"이건 내 주소라네. 낮이든 밤이든 언제든지 연락할 수 있도록 내 사무실 전화번호도 적어 주지."

우리는 리무진을 타고 시내로 돌아왔다. 얘기는 많이 나눴지만 구체적으로 결정된 것은 아무것도 없었다.

4

그해 4월 초 어느 봄날 아침에 나는 마리아 코랄과 결혼했다. 왜? 도대체 무엇 때문에 그런 말도 안 되는 결정을 내렸던 것인가? 그건 나도 모르겠다. 몇 년이란 세월을 곰곰이 생각해 본 지금에도 그건 잘 모르겠다. 그 당시의 내 행동은 여전히 풀리지 않는 수수께끼로 남아 있다. 나는 정말 마리아 코랄을 사랑했는가? 그건 아니었던 것 같다. 어쩌면 보기 드물게 매력적인 데다 미묘한 비밀을 간직하고 있는 가련한 여자 앞에서 사랑과 열정을 혼동했는지도 모른다.(나의 삶은 끊임없이 반복되는 감정의 혼란 그 자체였다.) 어쩌면 지독한 외로움이, 무미건조한 일상에 대한 지겨움이, 젊음을 상실한 것 같은 안타까움이 나의 결정에 적잖은 영향을 끼쳤는지도 모른다. 분명한 것은 당시 나는 절망에 몸부림치면서 수없이 죽음을 떠올렸고, 그것이 좌절에 빠진 젊은이의 특권이라고 생각했다는 것이다. 그리고 그런 상황에서 르프랭스를 다시 만났고, 그가 말하는 이유들이 반론의 여지가 없을 만큼 명백하고 그가 제시한 약속들이 설득력 있어서 나의 판단에 결정적인 영향을 끼쳤다는 사실이다.

르프랭스는 바보가 아니었다. 그는 자기를 따르는 주변 사람의 불행을 보고 자신이 할 수 있는 한도 내에서 도와주고 싶어 했다. 그렇다고 과장할 것까지는 없다. 르프랭스는 세상을 바꾸고자 하는 몽상가도 아니고, 남의 불행에 대해 자책감을 느낄 만한 인물도 아니었다. 단지 자책감만이 아니라, 얼마간의 책임감을 느끼고 마리아 코랄과 나를 도와주기로 마음먹었던 것 같다. 그리고 그것은 르프랭스가 최상이라고 생각해 낸 해결책이었다. 마리아 코랄과 내가 결혼하면(물론 우리의 동의하에) 르프랭스의 이름이 남들의 입에 오르내리지 않고도 마리아 코랄의 문제를 가장 완벽하게 해결할 수 있었다. 그리고 나는 나대로 코르타바네스를 떠나 르프랭스를 위해 일할 수 있었다. 그리고 장차 나의 필요에 따라 수입도 늘어날 수 있었다. 르프랭스는 이런 방식으로 우리에게 자비를 베풀면서도 우리의 자존심을 상하지 않게 했다. 한편, 나는 나 자신과 마리아 코랄을 위해 열심히 일하고 돈을 벌었다. 자비는 르프랭스가 베풀지만 돈은 내가 벌었다. 그것이 모두를 위한 최상의 방법이고, 가장 존엄한 방법이었다. 이 해결책으로 마리아 코랄이 얻을 수 있는 이득은 일일이 열거할 수도 없을 정도였다. 나는 뭐라 말할 수 있을까? 르프랭스의 개입이 없었으면 나 혼자서는 절대 그런 결정을 내리지 못했을 게 분명하다. 하지만 아무리 생각해도 손해 볼 건 없었다. 나같이 암담한 처지의 남자가 무엇을 꿈꿀 수 있단 말인가? 쥐꼬리만 한 월급을 받으며 테레사 같은 여자(불쌍한 소토가 그랬던 것처럼 나도 아내를 불행하게 만들었을 것이다.)나, 세라마드릴레스와 함께 길거리나 댄스장에서 쫓아다니는 머리 빈 싸구려 여자들을 만나, 잔소리만 늘어놓으며 죽지 못해 사는 따분한 결혼 생활에 몸서리치면서, 나 자신을 학대하면서 살았을 것이다. 내 월급은 한마디로 비참했다. 나 혼자 먹고살기도 빠듯한 판에 가족을 부양한다는 것은 엄두조차 낼 수 없었다. 그렇다고 계속 독신으로 살자니, 그것처럼 끔찍한 일도 없었다.(이 글을 쓰는 지금도 그 생각을 하면 끔찍할 정도다…….)

"사실, 자네한테 뭐라고 말해야 할지 모르겠네. 자네가 그렇게 딱 잘라서 말하니…….'

"세라마드릴레스, 나에게 세상의 위대한 진리까지 가르칠 필요는 없네. 단지 자네의 의견을 듣고 싶을 뿐이야."

세라마드릴레스는 맥주를 한 모금 마신 다음, 이제 막 기르기 시작한 콧수염 끝에 묻은 거품을 손등으로 닦아 냈다.

"그런 뜻밖의 경우에는…… 뭐라 말하기가 어렵군. 아무튼 나는 결혼은 갑자기 결정 내릴 수 없는 아주 진지한 것이라는 생각이네. 더욱이 자네는 그 여자를 사랑하는지조차 확실하지 않다고 하지 않았나."

"세라마드릴레스, 사랑이 뭐지? 자네는 진정한 사랑을 알고 있나? 나는 시간이 흐를수록 사랑이란 단순한 이론에 불과하다는 생각이 들어. 단지 소설이나 영화 속에서나 존재하는 것처럼 말이야."

"우리가 사랑을 찾지 못했다고 해서, 사랑이 존재하지 않는 건 아니지."

"나는 그런 말은 하지 않았네. 내 말은, 사랑은 추상적인 것이고 한가한 사람들이 지어낸 이야기라는 거야. 사랑은 육체적으로, 즉 물질화하지 않으면 존재하지 않아. 물론 여자를 두고 하는 말이네."

"그건 그래."

세라마드릴레스가 인정했다.

"사랑은 존재하지 않아. 일정한 상황에서 일정 기간 좋다고 느껴지는 여자만 존재할 뿐이지."

"아이고, 그런 식으로 말하면……."

"대답해 봐, 자네는 우리가 사는 동안에 사랑에 빠질 수 있는 여자가 몇 명이나 될 것 같아? 단언하건대, 단 한 명도 없네. 대부분은 바가지를 긁거나 돈만 축내겠지. 그리고 자네나 나 같은 가난한 봉급쟁이의 딸자식일 걸세. 그야말로 미래의 돌로레타스라고 보면 되겠지."

"꼭 그렇지만은 않네. 그렇지 않은 여자들도 있다고."

"그렇겠지, 나도 알아. 공주 같은 여자도 있고, 미인 대회 우승자도 있고, 영화배우도 있고, 세련되고 교양 있고 쾌활한 여자도 있지……. 하지만 세라마드릴레스, 그 여자들은 자네나 내 차지가 아닐세."

"그렇다면 자네도 나처럼 해. 결혼하지 마."

말만 번지르르한 세라마드릴레스가 말했다.

"세라마드릴레스, 자네는 허풍쟁이야! 지금은 그렇게 말하면서 영웅이 된 것 같은 우쭐한 기분이 들겠지. 하지만 세월이 덧없이 흐르다 보면, 어느 날 갑자기 외롭고 지친 자신을 발견할 걸세. 그러면 오다가다 만난 아무 여자나 붙잡게 될걸? 그렇게 자식 대여섯 명을 낳아 기를 테고, 아내는 아내대로 눈 깜짝할 사이에 살이 오르고 늙고 말겠지. 그리고 자네는 자식들을 먹이고, 입히고, 병원에 데리고 가고, 제대로 된 교육을 시키고, 우리처럼 정직하고 가난한 사무원을 만들기 위해 죽어라 일만 하겠지. 가난의 대물림이 영원히 지속될 수 있도록 말이야."

"여보게, 모르겠네……. 모든 것을 하나같이 어둡게만 생각하고 있으니. 자네는 세상 여자들이 모두 똑같다고 생각하나?"

나는 대답을 하지 않았다. 어느새 이미 잊었다고 생각했던 테레사의 모습이 뇌리에 스치고 있었다. 그녀에 대한 추억이 나의 생각을 바꾸지는 못했지만, 그래도 나는 테레사를 떠올렸다. 그리고 그때 처음으로 테레사가 내 인생에서 어떤 의미일까 나 자신에게 물어보았다. 온실 속의 축 늘어진 꽃처럼 내 마음에 순수한 정감을 불러일으켰던, 겁에 질려 오갈 데 없었던 작은 짐승처럼 느껴졌다. 테레사는 소토와 불행했고, 나와도 불행했다. 그녀는 인생에서 고통과 환멸만 얻었을 뿐이다. 사랑을 꿈꿨지만, 결국 배신만 거둬들였다. 그것은 그녀의 잘못도, 소토의 잘못도, 내 잘못도 아니었다. 테레사, 어쩌다 우리가 이렇게 되고 말았을까? 어느 빌어먹을 마녀들이 우리의 운명을 이렇게 뒤흔들고 있는 걸까?

전채에 이어 샐러드, 생선 요리, 새 요리, 과일, 그리고 후식까지 끝나자, 손님들이 하나둘씩 자리를 뜨기 시작했다. 남자들은 헉헉 숨을 쉬며 기분 좋게 배를 두들겼고, 여자들은 간신히 거절한 맛난 음식들을 머릿속으로 그리며 자리를 떴다. 얼굴은 역겨운 듯 인상을 썼지만 마음속으로는 간절하게 먹고 싶었던 음식들이었다. 오케스트라가 다시 단상으로 올라가 마주르카를 연주했지만 춤추는 사람은 아무도 없었다. 한참 동안 중단되었던 대화가 다시 활기를 띠기 시작했다.

르프랭스는 사람들 중에서 파렐스를 찾았다. 르프랭스는 저녁 식사 내내 그를 주의 깊게 살펴보았다. 잔뜩 화가 난 늙고 고집불통인 재무 책임자는 요리에는 입도 대지 않고, 탁자 옆에 앉은 사람들의 질문에도 짧막하고 무뚝뚝하게 대답할 뿐이었다. 르프랭스는 신경이 쓰여 코르타바네스에게 눈짓으로 물었다. 식탁 건너편 끝에 앉은 변호사는 대수롭지 않다는 듯이 무덤덤한 표정을 지었다. 저녁 식사가 끝난 후에 코르타바네스와 르프랭스가 만났다.

"어서 가 봐, 지금 가라니까."

변호사가 말했다.

"좀 더 두고 보는 게 낫지 않을까요? 단둘만 있을 때."

르프랭스가 대답했다.

"아냐, 당장 가 보도록 해. 네 집인 데다 사람들이 보는 앞에서 소란을 피우지는 못할 테니까. 더욱이 음식은 입도 대지 않고 자기 주량을 넘게 마셨으니, 이 기회에 우리가 궁금한 것을 알아낼 수도 있을 거야. 그게 우리한테 이득이야. 얼른 가 봐."

르프랭스는 오케스트라 근처에서 혼자 생각에 잠겨 있는 파렐스를 찾았다. 늙은 재무 책임자는 창백한 안색에 입술까지 가늘게 떨고 있었다. 화가 난 탓인지, 술에 취한 탓인지, 나이 때문에 소화가 안 돼서 그런지 종잡을 수 없는 모습이었다.

"파렐스 씨, 잠시 시간을 내 주시겠습니까?"

르프랭스가 겸손하게 청했다.

자신의 화를 감출 생각이 없는 늙은 재무 책임자는 계속 묵묵부답이었다.

"파렐스 씨, 제가 무례하게 굴었던 점 사과드립니다. 워낙 신경이 곤두선 바람에 그랬습니다. 요즘 상황이 어떤지는 잘 아시지 않습니까?"

파렐스는 상대방을 보기 위해 몸을 돌리지도 않은 채 대답했다.

"내가 뭘 안다는 거지? 말해 보게, 자네가 말하는 상황이란 게 대체 뭔데?"

"괜히 그러지 마세요, 파렐스 씨. 그건 나보다 더 잘 알고 계시지 않습니까."

"아, 그래?"

늙은 재무 책임자는 계속 빈정대며 응수했다.

"전쟁이 끝난 뒤로 우리가 수렁에 빠졌다는 사실에는 동의합니다. 우리가 그 문제를 어떻게 해결할지는 모르겠습니다. 하지만 해결할 수 있으리라 믿습니다. 전쟁이란 어느 때나 존재했고, 존재할 테니까요. 우리 모두가 단결해 회사의 재건을 위해 협력한다면 크게 걱정할 것까지는 없다고 봅니다."

"물론 자네와 협력해야 한다는 뜻이겠지?"

"파렐스 씨." 르프랭스는 인내심을 갖고 계속 말을 이어 갔다. "그 어느 때보다 당신의 도움과 경험이 필요한 것은 사실이지만…… 그렇다고 해서 앞으로 일어날 일까지 모든 책임을 나에게 전가하는 것은 부당합니다. 사실 미국인들이 전쟁에서 이긴 게 내 잘못입니까? 당신은 연합군 편이었고……."

"여보게, 르프랭스." 파렐스가 여전히 자세를 바꾸지 않은 채 젊은 동업자의 말을 가로막았다. 그는 여전히 르프랭스의 얼굴도 쳐다보지 않았다. "나는 이 회사를 밑바닥에서부터 일으켜 세운 사람이네. 사볼타와 클라우데데우, 그리고 나는 숨도 제대로 쉬지 못하고, 잠도 설쳐 가면서 죽자 살자 일했네. 피곤도 모르는 채 얼마 전까지의 회사로 일으켜 세웠어. 나에게는 이 회사가 아주 중요하네. 내 인생 자체야. 나는 회사가 성장해 첫 결실을 맺는 것을 보았네. 자네야 모든 게 이뤄진 다음에 들어왔으니, 그게 어떤 의미인지 알고 있는지 모르겠군. 하지만 상관없네. 나도 상황이 안 좋다는 것은 안다네. 우리의 노력이 한순간에 모두 물거품이 될 수 있다는 것도 알고. 사볼타와 클라우데데우는 죽었고, 나는 늙고 지쳤네. 그렇지만 나는 바보가 아니네. (그가 목소리 톤을 바꾸었다.) 무슨 일이 벌어지고 있는지 모를 정도로 바보는 아니란 말이네. 나는 살면서 많은 실패들을 보았기 때문에 나의 실패를 생각하면 두려워지네. 우리 회사가 머지않아 파산할 거라는 소문도 돌고 말이야. 너무 지치고 힘들기는 하지만 절대 주저앉지 않고 다시 시작할 걸세. 나는 우리 회사를 위해 나의 모든 시간과 정력을 쏟아부을 생각이네."

파렐스가 잠시 말을 중단했다. 르프랭스는 그가 계속 말을 잇도록 기다렸다.

"그러나 내가 하는 말을 잘 명심하게." 늙은 재무 책임자가 차분하게 계속 말을 이었다. "몇 가지 일이 일어나기 전에, 나한테 많은 의미를 지녔던 그것을 내 손으로 직접 없애겠네."

르프랭스가 거의 속삭임에 가깝게 목소리를 낮췄다.

"무슨 말씀입니까?"

"그거야 자네가 나보다 더 잘 알겠지."

르프랭스가 주위를 둘러보았다. 몇몇 사람들은 뻔뻔스러울 정도로 아예 호기심을 드러내 놓고 그들을 주시하고 있었다. 르프랭스는 사람들이 있는 곳에서 얘기하라는 코르타바녜스의 충고를 무시한 채, 늙은 재무 책임자에게 서재로 가서 단둘이 얘기하자고 제의했다. 파렐스는 처음에는 싫은 표정을 지었지만 이내 생각이 바뀌었는지 제의를 받아들였다. 그리고 그것은 전술적인 착각이 빚어낸 비극의 단초가 되었다.

"설명해 보십시오."

호기심 많은 사람들의 눈을 피하자마자 르프랭스가 말했다.

"설명은 자네가 해야지!" 그때까지는 점잖게 있던 파렐스가 단둘이 남자 언성을 높였다. "지금 무슨 일이 벌어지고 있고, 지난 몇 년 동안 무슨 일이 벌어졌는지 설명해 보라고! 지금까지 나한테 숨기고 있던 게 뭔지 털어놓으라고! 그렇게 해야 우리 이야기도 다시 시작할 수 있을 테니 말이야."

르프랭스도 화가 치밀어 얼굴이 시뻘겋게 달아올랐다. 눈에서 불똥이 튀었고, 턱에는 힘이 잔뜩 들어갔다.

"파렐스 씨, 내가 회계장부를 조작했다고 생각한다면, 지금 당장 사무실로 가서 확인해 보면 될 거 아닙니까."

파렐스는 그날 밤 처음으로 르프랭스를 똑바로 쳐다보았다. 두 동업자는 도전적인 눈길로 서로를 노려보았다.

"르프랭스, 지금 회계만 두고 얘기하는 게 아니네."

파렐스는 자신이 필요 이상의 말을 하고 있다는 것을 깨달았지만 더 이상 주체할 수 없었다. 과음한 데다 오랫동안 참았던 분노가 한꺼번에 치밀어 올라 마음속에 두었던 말이 봇물 터진 듯 쏟아져 나왔다. 자신의 말이 마치 제삼자가 하는 말처럼 들려왔다. 하지만 그 얘기가 틀리지만은 않은 것 같았다.

"나는 회계만을 말하는 게 아니야." 파렐스가 다시 한 번 강조했다. "우리 사업 안팎에 심각한 변칙이 있다는 것을 오래전부터 눈치채고 있었어. 그래서 내 쪽에서도 조사를 했지."

"그래서 어쨌다는 겁니까?"

"내가 알아낸 사실에 대해서는 입을 다무는 게 낫겠군. 때가 되면 자네도 알게 되겠지."

르프랭스가 폭발했다.

"이보세요, 파렐스 씨! 나는 단순한 오해라 믿고 해명하려고 했습니다. 하지만 도무지 용납할 수 없을 정도로 일이 이상하게 꼬였군요. 당신이 암시하는 내용은 엄청난 모욕이며, 지금 당장 해명을 요구하는 바입니다. 회사의 미래가 걱정된다면 언제든지 떠나도 좋습니다. 내가 당신의 주식을 가치를 따지지 않고 모두 떠안겠습니다. 하지만 당신의 얼굴은 더 이상 회사에서 보고 싶지 않군요. 아시겠습니까? 당신을 더는 보고 싶지 않다고요. 당신은 늙고 노망이 들어 머리도 제대로 돌아가지 않습니다. 당신은 아무짝에도 쓸모없는 퇴물이란 말입니다. 지금까지 당신의 말도 안 되는 참견을 참고 지낸 이유는 옛날의 당신 모습과 장인어른에 대한 기억 때문이었습니다. 하지만 나도 이제는 질렸습니다, 아시겠어요?"

파렐스는 얼굴이 새하얗게 질렸다가 흙빛으로 변했다. 그는 숨이 막히는 듯 손을 들어 심장 부위에 갖다 대었다. 르프랭스의 두 눈이 무섭게 이글거렸다. 늙은 재무 책임자는 천천히 기운을 차렸다.

"너를 끝장내고 말겠다, 르프랭스." 파렐스는 숨이 막히는 듯한 목소리로 중얼거렸다. "맹세코 너를 끝장내고 말겠다. 나한테 결정적인 증거가 있어."

마음씨 좋은 창녀인 '이상주의자' 로시타가 투덜거리며 시장에서 돌아오는 길이었다. 그녀는 생필품 가격이 많이 올라 큰 소리로 투덜거리며 오고 있었다. 그녀의 바구니 위로 양배추 몇 개와 바게트 빵 한 개가 눈에 띄었다. 그녀는 웅덩이 몇 개를 피하며 길을 걸었다. 로시타는 '가난한 사람들이 다니는 길은 늘 흙탕길이야.'라고 생각하며 걸었다. 시커멓게 번들거리는 썩은 물이 보도블록을 따라 침울하게 부글거리며 하수구로 흘러 내려갔다. 로시타는 침을 뱉으며 불만을 터트렸다. 장님이 조그만 벤치에 앉아서 애달픈 음조로 기타 연주를 하고 있었다. 그의 발치에는 놋그릇이 놓여 있었다.

"로시타, 당신의 멋진 걸음걸이를 냄새 맡았지."

장님이 까마귀 울음소리로 말했다.

"나인 줄 어떻게 알았어요?"

로시타가 장님에게 다가가며 물었다.

"그야 목소리로 알았지."

"그런데 내 걸음걸이에 대해 당신이 뭘 안다는 거예요?"

로시타가 바구니를 들지 않은 손으로 허리를 받치며 물었다.

"사람들이 하는 얘기로." 장님이 한쪽 손을 뻗어 허공을 더듬거리며 말했다. "나한테 적선할 거지?"

"오늘은 안 해요, 바실리오 아저씨. 그럴 기분이 아니거든요."

"로시타, 조금만 줘. 하느님이 갚아 주실 거야."

로시타가 한 걸음 뒤로 물러나며 장님의 손에서 비켜섰다.

"오늘은 안 된다고 했으니까, 그리 아세요."

"훌리안 때문에 걱정돼서 그러지, 안 그래?"

장님이 넋이 나간 미소를 지으며 물었다.

"아저씨가 무슨 상관이에요?"

로시타가 투덜거렸다.

"조심하라고 그래. 바스케스 반장이 찾아다니니까."

"사볼타 사건 때문이죠? 하지만 그 사람 짓이 아니에요."

"바스케스가 믿고 안 믿고는 중요하지 않아."

장님이 단호하게 말했다.

"훌리안은 절대 못 찾아요. 꼭꼭 숨어 있으니까."

장님이 다시 기타를 뜯기 시작했다. '이상주의자' 로시타는 다시 길을 가다가 멈춰 서더니, 가던 길을 되돌아가 장님에게 치즈 한 조각을 주었다.

"여기 있어요, 받으세요. 신선한 치즈인데, 지금 막 샀어요."

장님은 로시타의 손에서 치즈를 받아 입을 맞춘 후 외투 주머니에 집어넣었다.

"고마워, 로시타."

장님과 창녀는 잠시 침묵을 지켰다. 잠시 후 장님이 지나가는 투로 말했다.

"손님이 왔어, 로시타."

"경찰이에요?"

창녀가 깜짝 놀라서 물었다.

"아니, 그 짭새 끄나풀……. 너도 잘 알잖아. 너한테 푹 빠진 놈."

"네메시오?"

"로시타, 나는 이름은 몰라. 이름 같은 것은 몰라."

"바실리오 아저씨, 치즈를 주지 않았으면 그 얘기 하지 않았을 거죠?"

장님이 곤혹스러운 표정을 지었다.

"지금 막 생각난 거야, 로시타. 괜히 오해하지 마."

'이상주의자' 로시타는 어둠침침한 현관으로 들어서자마자 구석구석을 살펴보았다. 그렇지만 아무도 보이지 않자 가파른 계단을 힘겹게 올라갔다. 그녀가 헉헉거리며 사 층에 도착했을 때, 계단 난간에 쭈그리고 앉아 있는 그림자가 눈에 띄었다.

"네메시오, 거기서 나와. 숨을 필요 없어."

"혼자 오는 거야, 로시타?"

네메시오가 조심스럽게 물었다.

"당연하지. 안 보여?"

"내가 도와줄게."

"바구니에서 손 치워! 더러운 자식!"

창녀는 바구니를 바닥에 내려놓고 속치마 주름 사이를 뒤져 열쇠를 꺼낸 다음, 다시 바구니를 집어 들고 안으로 들어갔다. 네메시오도 따라서 안으로 들어가 등 뒤로 문을 닫았다. 방은 커튼으로 나뉘었고, 커튼 뒤쪽으로 철제 침대가 보였다. 입구 쪽에는 원형 탁자와 의자 네 개, 궤짝, 석유곤로가 놓여 있었다. 로시타가 불을 밝혔다.

"네메시오, 원하는 게 뭐야?"

"로시타, 훌리안하고 얘기해야 해. 그가 어디에 있는지 말해 줘."

로시타가 불량스러운 표정을 지었다.

"나도 훌리안을 못 본 지가 몇 달째야. 지금은 다른 년하고 다녀."

네메시오가 땅바닥에서 눈을 떼지 않은 채 서글픈 표정으로 고개를 가로저었다.

"나한테 거짓말하지 마. 지난 일요일에 너희 둘이 같이 이 집으로 들어오는 거 봤어."

"세상에! 이제는 우리를 감시하고 있다 이거지? 누가 시킨 건데? 말해 봐."

로시타는 바구니를 비우며 무관심과 경멸감이 뒤섞인 목소리로 물었다.

"아무도 시키지 않았어, 로시타. 맹세해. 나한테는 네가……."

"좋아, 이젠 꺼져."

창녀가 그의 말을 잘랐다.

"훌리안이 어디에 있는지 말해 줘. 중요한 일이야."

"몰라."

"제발, 그를 위해서니까 말해 줘, 로시타. 사볼타라는 사람이 죽었어. 나는 그 사람이 누군지는 몰라. 하지만 거물급인가 봐. 훌리안이 그 사건에 연루되었을까 봐 걱정이야. 그가 그랬다는 게 아니야. 하지만 훌리안이 사볼타와 어느 정도 관계가 있다는 것은 알아. 바스케스 반장이 그 사건을 맡고 있어. 훌리안한테 알려 줘야 해. 내 말 알겠어? 훌리안을 위해서야, 로시타. 나는 밑질 것도, 남는 것도 없어."

"네가 그렇게까지 물고 늘어지는 것을 보니, 뭔가 남는 게 있겠지. 하지만 나도 몰라. 그러니까 어서 나가. 나 좀 가만히 내버려 두란 말이야. 피곤하니까. 그리고 할 일도 많아."

네메시오가 감탄과 동정심이 뒤섞인 표정으로 로시타의 얼굴을 꼼꼼히 뜯어보았다.

"그래, 안색이 안 좋아 보여. 아침부터 일을 많이 해서 피곤할 거야. 피곤하면 안 좋지. 이런 삶은 너한테는 안 어울려, 로시타."

"그럼 내가 어떻게 살았으면 좋겠는데? 빌어먹을 놈, 경찰에게 나를 팔아서 너처럼 나불대란 말이야!"

네메시오는 형체를 알 수 없는 불길한 그림자가 다가오고 있다는 섬뜩한 예감을 느끼며 그 집을 나섰다.

마리아 코랄과 얘기하는 건 르프랭스가 맡아서 해 주기로 했다. 내가 직접 얘기할 처지가 아니라, 르프랭스가 나서 준 게 고마웠다. 르프랭스는 사흘이 지난 후에 그녀의 답을 가져왔는데, 마리아 코랄이 나와 결혼하는 걸 행복해한다고 전해 줄 때는 그의 목소리가 경쾌하기까지 했다. 나는 결혼 준비와 동시에 일을 시작했다. 그 전에 변호사 사무실을 찾아가 작별 인사를 나눴는데, 돌로레타스는 눈물을 글썽이며 아쉬워했고, 세라마드릴레스는 동료애로 내 등을 두드려 주었다. 모두 나의 행운을 빌었다. 하지만 코르타바네스는 나를 냉랭하게 대했다. 어쩌면 자신을 두고 다른 사람에게 떠나는 나에게 질투를 느겼을지도 모른다.(소위 윗사람들은 아랫사람들에게, 특히 자신의 소유물로 여기는 부하 직원들에게 그런 감정을 느낀다.) 처음에는 르프랭스가 지시하는 일들을 하다 보니 현기증이 날 정도였다. 하지만 시간이 흐르면 모든 일이 그렇듯이, 그 일도 차츰 익숙해지면서 지루한 일상이 되었다. 서류의 내용보다는, 서류의 숫자와 외관이 더욱 중요해진 것이다. 한편, 르프랭스의 정치 야심이 구체화하기 전까지 내가 할 일은 신문 사설이나 편지, 소책자, 정보 등 여러 종류의 글들을 선별해 구분하는 단순 작업에 불과했다. 그렇지만 나는 다른 일 때문에 더 정신없이 바빴다. 르프랭스와 나는 마리아 코랄이 결혼 승낙을 하기도 전부터 그녀를 미래가 창창한 젊은 시장 비서에 걸맞은 아내로 만들기 위한 작업에 들어갔다. 우리는 바르셀로나의 최고급 상점들을 돌아다니며 파리와 빈, 뉴욕 등지에서 수입한 최신 유행의 의상과 신발들을 구입했다. 나는 나대로 르프랭스의 지시에 따라 그녀를 세련되게 변신시키는 일에 착수했다. 사실 집시 출신인 그녀는 매너에 문제가 많았다. 어휘는 천박했고 행동은 거칠었다. 나는 우아하게 행동하고, 교양 있게 식사하고, 세련되게 대화하는 법을 그녀에게 가르쳤다. 피상적이지만 충분한 교양을 가르쳐 주었다. 이 모든 과정에서 집시 여자는 나를 감동시킬 정도로 열심히 따라 주었다. 그녀는 신바람이 나서 동화 속에서 살았다. 지독히 처참한 환경에서도 가장 밑바닥 생활을 한 사람답게 마리아 코랄은 머리가 비상하고 의지가 강했기 때문에 괄목할 만한 발전을 이루었다. 빈민층의 삶이 훌륭한 학교가 되어 주었다.

나는 결혼을 앞둔 몇 달 동안 회오리에 휘말린 듯 그야말로 정신없이 분주하고 바쁜 시간을 보냈다. 마리아 코랄을 교육시키는 일 외에도, 우리의 새 보금자리를 꾸미는 일에 많은 시간을 할애했다. 나는 미래의 우리 집을 최신 실내장식으로 탈바꿈시켰다. 없는 게 없었다. 모자라는 것도, 남는 것도 없었다. 전화까지 갖추었으며, 물건들은 내가 일일이 골라서 구입했다. 정신없이 준비하느라 생각할 겨를조차 없었기 때문에 나는 행복하기까지 했다. 옷들을 새로 구입하고, 이전의 아파트에서 미래의 보금자리로 책과 물건들을 옮겨 왔다. 나는 미장이, 지물포 직원, 목수, 상인, 실내장식 업자, 재봉사들과 싸웠다. 그렇게 정신없이 하루하루를 보내다가 어느 날 정신을 차려 보니 결혼식 전날이었다. 사실 그 격정적인 시간 동안 우리는 잇따라 자주 만났다. 그러나 왠지 무의식적이면서도 막연한 이유로 형식적인 관계만을 유지했다. 스승과 제자처럼 거의 형식적인 관계만을 유지했을 뿐이다. 물론 우리가 곧 결합할 사이라는 것은 명백한 사실이었지만, 우리는 그 사실을 애써 모른 척했다. 교육이 끝나면 서로 헤어져 다시는 보지 않을 사람처럼 굴었다. 나는 확실하고 예의 바르게 행동했고, 그녀는 고분고분히 나를 존중했다. 결혼을 앞두고서 그렇게 밋밋하고 예의 바르게 처신하는 사람들은 아마 없을 것이다. 우리는 가족이나 보호자, 혹은 도덕적이거나 사회적인 제약과는 거리가 먼 출신(나는 뿌리가 없는 사람이었고, 그녀는 천박한 카바레 출신이었다.)인데도, 역설적일 정도로 지나치게 조심스럽게 행동했다. 체통을 중요시하는 어머니나 비겁한 유모, 소심한 감시자들에게 둘러싸여 있는 것처럼 지나칠 정도로 조심스럽게 행동했다.

4월의 어느 날 아침, 우리는 성당에서 결혼식을 올렸다. 하객이라고는 세라마드릴레스와 얼굴도 모르는 르프랭스의 직원 몇 명이 전부였는데, 그들이 증인으로 우리의 결혼에 서명했다. 르프랭스는 성당에는 들어오지 않았지만 문 앞에서 우리를 기다리고 있었다. 그는 나에게 악수를 건네고, 마리아 코랄에게도 똑같이 악수를 건넸다. 르프랭스는 나를 한쪽으로 데리고 가서 모든 일이 잘되었느냐고 물었다. 나는 그렇다고 대답했다. 르프랭스는 집시 여자가 마지막 순간에 마음을 바꿀까 봐 걱정했다고 털어놓았다. 사실, 마리아 코랄은 신부 앞에서 확실하게 "네."라고 대답하기 전에 잠시 망설였다. 하지만 그녀가 거의 들릴락 말락 할 정도로 떨리는 목소리로 "네."라고 대답한 후, 수문이 닫히듯 신부의 축복과 함께 결혼식도 막을 내렸다.

우리는 신혼여행을 떠났다. 신혼여행은 르프랭스가 나도 모르게 준비한 깜짝 선물이었다. 그가 기차표와 호텔 예약권을 건네주었을 때 나는 너무 엄청난 선물인 것 같아 거절하려 했다. 하지만 르프랭스가 끝내 고집을 피워 차마 거절하지 못했다. 우리는 힘든 여행 끝에 목적지에 도착할 때까지 기차 안에서 한마디도 주고받지 않았다. 오죽했으면 기차에서 승객들이 우리가 신혼부부라는 사실을 눈치채고서 다른 칸으로 자리를 옮기면서도 어딘가 이상하다는 눈빛으로 우리 두 사람을 쳐다보았을까.

르프랭스가 고른 장소는 헤로나 지방에 있는 온천이었다. 우리는 비쩍 말라 골골한 말 네 필이 끄는 지저분한 마차를 타고 온천에 도착했다. 그곳에는 웅장한 호텔이 있고 그 주변으로 집 몇 채가 있었다. 호텔에는 동상들과 삼나무로 잘 가꾸어진 프랑스풍의 넓은 정원이 있었다. 정원은 작은 오솔길이 난 숲으로 이어졌고, 그 오솔길을 쭉 따라가다 보면 약수터가 나왔다. 경치는 매우 아름답고 목가적이었으며, 공기는 더할 나위 없이 맑았다.

우리는 엄청난 환대를 받았다. 차 마시는 시간이라 정원에는 색색의 파라솔이 쳐진 철제와 대리석 탁자들이 놓여 있었고, 몇몇 그룹과 가족들이 그곳에서 간식을 들고 있었다. 그들은 영혼까지 느긋할 정도로 안락하고 편해 보였다.

우리 방은 호텔 이 층에 있었다. 보아하니 우리 방이 제일 호화스럽고 비싼 스위트룸으로, 방과 욕실, 거실이 딸려 있었다. 거실과 방에는 테라스로 이어지는 문들이 있었고, 테라스에는 파란 도자기 화분에 장미꽃들이 한 아름 피어 있었다. 가구는 왕실풍이고, 침대는 길이보다 폭이 더 넓은 데다 모기장과 화사한 무늬의 커튼이 달려 있었다. 방마다 선풍기가 한 대씩 놓여 있어 시원한 공기가 통했고, 선풍기에 매달린 종이 리본들이 나풀거리면서 정원에서 들어오는 벌레들을 쫓아냈다.

마리아 코랄이 짐을 푸는 동안, 나는 밖으로 나가 한 바퀴 둘러보았다. 탁자 옆을 지나치자 신사들이 몸을 일으켜 인사를 건넸다. 부인들은 고개를 숙였고, 젊은 여인들은 차 앙금에 로맨틱한 미래가 녹아 있는 듯 김이 모락모락 나는 찻잔을 수줍게 내려다보았다. 나는 파나마모자를 살짝 치켜들며 그들의 거창한 인사에 기분 좋게 응대했다.

파렐스 부인과 여자들은 자기네 눈에 띄는 손님들을 가리키며 수군거리고 있었다. 여자들은 대화 내용의 성격에 따라 악의가 가득 찬 웃음이나 혐오스러운 표정을 지으며 수다를 떨었다. 그러다가 늙은 재무 책임자가 들어오자 모두 조용해졌다.

"갑시다."

파렐스가 부인에게 말했다.

"어머, 벌써 가시려고요?"

여자들이 놀란 음성으로 물었다.

"그래요." 파렐스 부인이 몸을 일으키며 대답했다. 그녀는 오랜 세월을 함께 살면서 남편에게 대꾸하거나 반문해서는 안 된다는 철칙을 지켰고, 그것이 곧 자신들의 행복한 생활을 보장한다는 것을 익히 알고 있었다. 그녀가 현관에서 남편에게 무슨 일이 있었느냐고 조심스럽게 물었다.

"나중에 얘기할 테니, 일단 여길 나갑시다. 당신 외투는 어디에 있지?"

하녀가 몇 번이나 외투를 잘못 갖다 줘서, 파렐스 부부는 한참 후에야 외투를 되찾았다. 하녀는 서툴러서 미안하다고 사과하면서도 새로 와서 그렇다고 애써 변명했다. 파렐스는 서툰 변명을 받아들인 후 마차 한 대를 불러 달라고 청했다. 하녀는 어쩔 줄을 몰라 했다. 파렐스가 집사를 찾아보라고 얘기했지만, 집사 역시 어쩔 줄 몰라 했다. 그 근처로는 마차가 지나다니지 않았던 것이다. 혹 광장에 나가면 마차 정거장이 있을 수도 있었다.

"마차를 찾으러 사람을 보내면 되지 않나?"

"죄송합니다. 하지만 다들 파티 때문에 정신이 없어서요. 제가 직접 가면 좋겠지만, 절대 집 밖으로 나가지 말라는 엄명이 있었습니다. 죄송합니다, 어르신."

파렐스는 문을 박차고 정원으로 나갔다. 별이 총총한 밤하늘 아래 간간이 불어오던 산들바람도 잠들어 있었다.

"산보나 해야겠군. 잘 있으시오."

파렐스 부부는 정원을 가로질러 나갔다. 대문 옆에서 한 사내가 경비를 서고 있었다. 늙은 재무 책임자와 아내는 사내가 철책 문을 열 때까지 기다렸지만 사내는 꿈쩍도 하지 않았다. 파렐스가 혼자서 열어 보려고 했지만 열리지 않았다.

"열쇠로 잠겨 있습니다."

사내가 말했다. 옷은 하인처럼 입고 있었지만 태도로 봐서는 하인 같지 않았다.

"그런 것 같군. 어서 문을 열게."

"열 수 없습니다. 명령입니다."

"대체 누구 명령인데? 다들 미쳤나?"

늙은 재무 책임자가 소리 질렀다.

사내가 줄무늬 조끼 주머니에서 신분증을 꺼내 보여 주며 말했다.

"경찰입니다."

"그래서 어쨌다고? 우리가 체포되었다는 건가?"

"아닙니다. 하지만 저택을 감시하고 있습니다. 허락 없이는 아무도 들어오지도, 나가지도 못합니다."

경찰이 신분증을 조끼 안으로 집어넣으며 대답했다.

"대체 누구의 허락을 받아야 하지?"

"반장님의 허락입니다."

"그럼 그 반장이란 자는 어디에 있는데?"

파렐스가 거의 울부짖다시피 하며 물었다.

"저택 안 파티장에 계시지만, 잠복근무 중이라 찾으러 갈 수 없습니다. 기다리셔야 합니다. 명령은 명령입니다. 혹 담배 가지신 거 있습니까?"

"없소. 지금 당장 이 문을 열지 않으면 내가 누군지 본때를 보여 주겠소. 나는 페레 파렐스야! 이건 말도 안 돼! 알겠어? 말도 안 된다고! 뭐 때문에 이렇게 경계가 삼엄한 건데? 우리가 은숟가락이라도 가지고 나갈까 봐 걱정이야?"

"여보, 저택으로 돌아가요."

부인이 차분하게 말했다.

"싫어, 죽어도 싫어! 문이 열릴 때까지 그냥 여기에 있겠어!"

"여기 잠깐 계실 거면 화장실에 좀 다녀오겠습니다. 소변이 마려워서 더 이상 견딜 수가 없군요."

하인으로 변장한 경찰이 말했다.

늙은 재무 책임자와 아내가 다시 현관으로 돌아가 집사에게 얘기하자, 집사가 르프랭스에게 보고했다. 결국, 혼자 심각한 표정으로 방마다 돌아다니던 손님 한 명이 그들과 합류했다.

"아내가 몸이 안 좋아서 집에 가려고 하오. 그게 죄는 아니라고 생각하오. 나는 페레 파렐스요." 파렐스가 단호한 어조로 말했다. "제발 문을 열라고 말해 주시오."

"그러지요." 반장이 대답했다. "제가 모시겠습니다. 번거롭게 해 드렸다면 죄송합니다. 몇 분이 도착하실 예정인데, 그분들 때문에 이런 번거로운 조치가 취해진 겁니다. 어르신들 못지않게 우리도 힘들다는 거 이해해 주십시오."

파렐스 부부가 반장과 함께 도착하니 문을 지키고 있던 경찰이 나무 뒤에서 오줌을 싸고 있었다.

"멍청하긴! 어서 문 열어!"

반장이 명했다. 멍청한 경찰은 바지를 주섬주섬 올린 후 얼른 뛰어나와 지시를 따랐다. 거리에 나오자 파렐스는 분노로 치를 떨었다.

"젠장, 왜 이렇게 후텁지근한 거야!"

그가 말했다.

인도에는 경찰들이 잠복해 있었고, 교차로에는 망토를 두르고 칼을 차고 삼각 모자를 쓴 기마병들이 눈에 띄었다. 파렐스 부부가 지나가자 경찰들이 의심의 눈길을 보냈다. 그런데 그때 광장 근처에서 심상치 않은 소음이 들리는가 싶더니, 지축이 흔들리기 시작했다. 노부부는 한 저택의 담벼락 쪽으로 몸을 기댔다. 언덕길을 향해 말과 마차들이 올라오고 있었다. 인도에 있던 경찰들은 혹시 모를 사태를 대비해 손을 허리춤에 갖다 댔고, 골목길에서 보초를 서고 있던 기마병들도 칼을 빼들었다. 행렬이 다가오자 길바닥 위로 울려 퍼지던 말발굽 소리가 천지를 뒤흔들었다. 나팔 소리도 울려 퍼졌다. 뜻밖의 소동에 놀란 몇몇 이웃 사람들이 밖으로 나오기도 했지만, 경찰들의 제지를 받고 다시 집 안으로 들어갔다. 무장한 사람들이 나무 꼭대기까지 올라가 있었다. 짙은 안개 때문에 행렬은 섬뜩해 보이기까지 했다.

파렐스와 그의 아내는 깜짝 놀라서 벽에 몸을 바짝 붙인 채, 갑옷을 두른 일개 부대와 경비원들의 엄호를 받으며 쏜살같이 지나가는 마차 몇 대의 행렬을 지켜보았다. 경비원들의 창끝이 제일 낮은 나뭇가지의 이파리에 닿을 정도로 드높았다. 몇몇 마차에는 커튼이 쳐져 있었고, 몇몇 마차에는 쳐져 있지 않았다. 파렐스는 뒤쪽에서 지나가던 마차 한 대에서 아는 얼굴을 언뜻 보았다. 행렬은 먼지구름에 뒤덮인 채 깜짝 놀란 부부를 뒤로 남기고 유유히 사라졌다. 파렐스가 간신히 정신을 차리고 나지막한 목소리로 말했다.

"이건 해도 너무하는군!"

"누구예요?"

아내의 목소리에서 가벼운 떨림이 느껴졌다.

"국왕이었소. 어서 갑시다."

"바스케스 반장님, 제발 내 말에 귀를 기울여 주십시오. 내 말을 들으면, 절대 후회하지 않을 겁니다. 어떤 범죄든 범죄는 범죄입니다."

바스케스 반장은 읽고 있던 서류들을 책상 위로 내던지며 누더기를 걸친 첩자를 노려보았다. 그는 반장의 관심을 끌기 위해 절망적인 몸짓으로 발을 동동거리며 양손을 비비 꼬았다.

"대체 누가 이 작자를 내 방에 들여보낸 거야?"

반장이 가장자리가 부서져 나간 사무실 천장을 노려보며 소리 질렀다.

"아무도 없어서 제 마음대로……."

네메시오가 신문과 서류철, 사진들이 어지럽게 펼쳐져 있는 책상 쪽으로 다가오며 설명했다.

"제발, 하느님 맙소사! 나의 영원한 구원을 위해……."

반장은 얘기를 시작하다가, 자신이 상대방과 똑같은 말투로 얘기하고 있다는 것을 깨닫고는 얼른 말을 멈췄다.

"나를 좀 가만히 내버려 두지 못해? 어서 꺼지란 말이야!"

"반장님, 저는 벌써 닷새째 반장님께 사정하고 있습니다."

테러리스트들이 준 기한까지는 이제 이틀밖에 남지 않았는데, 그가 소토의 죽음에 대해 알아낸 건 아무것도 없었다. 사볼타 암살 사건이 끼어든 바람에, 경찰은 다른 일은 모두 제쳐 두고 그 사건에만 매달려 있었다. 한편, 네메시오는 테러리스트들을 찾아가 바스케스 반장이 사볼타 사건과 관련해 그들을 찾는 중이라고 귀띔해 주려고 갖은 노력을 기울였다. 하지만 불길하기만 했던 지난 닷새 동안 접촉한 사람들에게서는 한결같이 부정적인 대답만 얻었을 뿐이었다.

"닷새라고?" 반장이 말했다. "나한테는 오 년 같았어! 이봐, 마지막으로 경고하는데, 얼른 내 눈앞에서 사라져 다시는 돌아오지 말란 말이야. 오늘 이후로 경찰서 근처에서 다시 서성거리는 꼴을 보면, 그때는 인정사정 볼 것 없이 잡아넣을 테니 알아서 해. 경고했어. 이젠 얼른 꺼져 버려!"

네메시오는 사무실을 나와 불길한 예감에 휩싸인 채 아래층으로 내려왔다. 하지만 뜻밖의 상황이 벌어져 순식간에 모든 잡념들이 달아났다. 그가 계단을 거의 다 내려왔을 무렵, 평소와 달리 왁자지껄한 분위기가 느껴졌던 것이다. 사방에서 고함 소리가 들리고 경찰들이 분주히 뛰어다녔다. 네메시오는 '무슨 일이 있군. 얼른 이 자리를 뜨는 게 좋겠어.'라고 혼자 속으로 생각했다. 그래서 그곳을 떠나려는데, 경찰복을 입은 경찰이 그의 팔을 붙잡더니 한쪽 끝으로 밀어붙였다.

"비켜."

경찰이 명령했다.

"무슨 일입니까?"

네메시오가 물었다.

"위험한 놈들을 체포해서 끌고 오는 중이야."

다른 경찰관이 그에게 대답해 주었다.

네메시오는 한쪽 구석에서 입구 쪽을 바라보며 숨을 죽인 채 기다렸다. 창문이 없는 장갑 마차 한 대가 입구 앞에 와서 멈추자, 무장 경찰들이 마차에서 건물 안쪽까지 두 줄로 늘어섰다. 경찰들이 범인 수송 차량에서 용의자들을 끌어냈다. 네메시오는 도망치고 싶었지만 경찰이 그의 팔을 꽉 붙잡고 있었다. 찰랑거리는 쇠고랑 소리 이외에는 절대적인 침묵만 감돌았다. 체포된 네 사람이 건물 안으로 들어섰다. 가장 나이 어린 사내는 울고 있었다. 훌리안은 베레모를 잃어버린 채 한쪽 눈은 시퍼렇게 멍들고 가죽점퍼에는 선명한 핏자국이 묻어 있었다. 훌리안은 수갑이 채워진 손으로 가슴을 누르고 있었는데, 걸을 때 다리가 휘청거렸다. 얼굴에 흉터가 난 남자는 눈두덩이 깊이 파이기는 했지만 의외로 담담한 표정이었다. 네메시오는 죽을 것만 같았다.

"저들이 무슨 짓을 저질렀습니까?"

네메시오가 자신의 팔을 붙잡고 있는 경찰에게 귓속말로 속삭였다.

"사볼타를 살해했나 봐."

"하지만 사볼타는 12월 31일 자정에 죽었습니다!"

"입 다물어!"

네메시오는 그 시간에 자신이 훌리안에게 붙잡혀서 사진 작업실로 끌려가 그들과 함께 있었다는 사실을 얘기하고 싶었지만, 자신도 사건에 휘말릴 수 있다는 생각에 입을 다물었다. 그런데 그때 얼굴에 흉터가 난 사내가 네메시오를 보았기 때문에 그것도 소용없는 짓이 되었다. 흉터 난 남자가 팔꿈치로 훌리안을 치자, 훌리안이 땅바닥에서 고개를 들어 네메시오를 바라보았다.

"개새끼! 결국은 우리를 팔아먹었어!"

훌리안이 배 속에서 나오는 괴성 같은 소리를 질렀다.

훌리안을 지키고 있던 경찰이 개머리판을 휘둘러 훌리안은 바닥으로 쓰러졌다.

"끌고 가!"

동료 경찰이 명령을 내렸다.

서글픈 행렬이 네메시오의 옆을 지나갔다. 경찰 두 명이 훌리안의 양쪽 겨드랑이를 붙잡고 끌고 갔고, 그가 지나간 자리에는 선명한 핏자국이 남았다. 얼굴에 흉터가 난 사내가 네메시오 옆에서 멈춰 서더니, 차갑고 경멸에 찬 미소를 지었다.

"네메시오, 네놈을 죽였어야 했는데. 네가 이런 짓을 하리라고는 꿈에서도 생각하지 못했다."

경찰들이 흉터가 난 사내를 재촉했다. 네메시오는 시간이 좀 지난 다음에야 정신이 들었다. 그는 자기를 붙잡고 있는 경찰의 손길을 거칠게 뿌리친 후 계단을 뛰어올라 갔다.

"반장님, 그 사람들은 아니에요! 내가 확신할 수 있습니다. 그 사람들은 사볼타를 죽이지 않았다고요."

반장은 침대 위를 기어 다니는 바퀴벌레를 보듯 네메시오를 쳐다보았다.

"이런…… 아직도 안 갔어?"

반장은 얼굴이 시뻘겋게 달아올랐다.

"반장님, 이번에는 좋든 싫든 제 말을 들어야 합니다. 그 사람들은 아니에요. 그 사람들은……."

"이놈을 당장 여기서 끌어내!"

반장이 네메시오를 밀쳐 내고 가던 길을 가면서 소리 질렀다.

"반장님!" 네메시오는 건장한 경찰 두 명에게 대롱대롱 매달린 채 문밖으로 끌려 나가며 외쳤다. "반장님! 저는 저 사람들과 함께 있었습니다. 사볼타가 죽은 시각에 함께 있었다고요, 반장님!"

코르타바네스는 서재에서 르프랭스와 함께 있었다. 르프랭스는 신경이 곤두선 채 심각한 얼굴과 우락부락한 표정으로 서재 안을 서성거렸다. 코르타바네스는 속이 더부룩한 채 안락의자에 푹 파묻혀 르프랭스의 얘기를 듣고 있었다. 눈을 가늘게 뜨고 르프랭스의 입술만을 바라보며 그가 하는 얘기를 경청하고 있었다. 르프랭스가 얘기를 마치자 코르타바네스는 주먹으로 양 눈을 문지른 후 한참 있다가 입을 열었다.

"파렐스가 자신이 말한 것보다 더 많이 알고 있는 거냐? 아니면 자신이 아는 것보다 더 많이 말을 한 거냐?"

르프랭스는 서재 한복판에서 걸음을 멈추고 코르타바네스를 흘낏 쳐다보았다.

"모르겠어요. 하지만 지금은 괜한 말장난을 할 때가 아닙니다. 그가 뭘 알고 있든 위험합니다."

"정확한 증거만 손에 쥐고 있지 않다면 꼭 그렇지는 않다. 그 양반은 늙었고 혼자야. 그건 벌써 얘기하지 않았니? 지금에 와서 그 양반이 아무 득도 없는 무모한 행동을 하리라고는 보지 않는다. 심증만 있다면 입을 다물고 있을 거다. 오늘은 흥분했지만 내일이면 상황을 달리 볼 거다. 괜한 소동을 일으켜 봤자 남는 게 없다는 점을 잘 알고 있거든. 다음에 만나거든 은퇴해서 쿠폰 자르는 일이나 하라고 설득해 보아라."

"그의 머릿속에 들어 있는 생각이 단순한 의심이 아니면 어떡합니까?"

코르타바네스는 울퉁불퉁한 뒤통수에 몇 가닥 남지 않은 머리카락을 쥐어뜯었다.

"그가 뭘 알 수 있을까?"

르프랭스가 다시 서성거렸다. 변호사의 차분함이 신뢰를 주기는 했지만 르프랭스는 이성을 잃었다.

"나한테 물어보면 어떡합니까! 그 양반이 그걸 우리에게 얘기할 거라고 믿어요?"

르프랭스는 입을 벌린 채 한쪽 손을 높이 치켜들고 코르타바네스를 노려보며 가만히 있었다.

"잠깐! 생각나요? ……소토의 그 유명한 편지 말입니다."

"그래. 파렐스가 그 편지를 가졌을 거라고 생각하는 거냐?"

"그냥 추측입니다. 누군가가 그 편지를 받았을 겁니다."

"아니다, 그건 불가능해. 그게 벌써 언제 일인데. 파렐스가 삼 년 동안 입을 다물고 있다가 왜 지금에 와서? ……그 양반은 단지 사업이 잘되지 않아서 그런 것뿐이다." 코르타바네스는 평소 버릇대로 혼자 묻고 혼자 대답했다. "그건 추측일 뿐이야. 물론 의심은 가지만. 그리고 무엇보다도 그 문제에 대해서는 이미 수천 번도 넘게 얘기하지 않았느냐. 게다가 그런 편지가 있다는 것 자체도 확실치 않아. 그건 어떤 미친놈이 바스케스한테 한 얘기에 불과하다."

"그렇지만 바스케스는 그 얘기를 믿었습니다."

"그래, 하지만 바스케스는 아주 멀리 있다."

르프랭스는 더는 아무 말도 하지 않았다. 코르타바네스가 입을 열 때까지 서재에는 한동안 침묵이 흘렀다.

"어떻게 할 생각이니?"

"아직 결정하지 못했습니다."

"아무튼 충고 하나 하는데……."

"알고 있으니까 안심하십시오."

"앞으로는 절대 그런 일이……."

옆 살롱에서 사람들이 갑자기 웅성거리는 소리가 들려왔다. 오케스트라 연주가 멈추고, 정원에서 트럼펫 소리와 말 울음소리가 들려왔다.

"도착했나 보군." 르프랭스가 말했다. "지금은 빨리 나가지요. 얘기는 나중에 계속하기로 하고."

르프랭스가 서재 문에 이르기 전에 변호사가 말했다.

"얘야."

"왜요?"

르프랭스가 다급하게 물었다.

"막스를 계속 옆에 달고 다닐 거냐?"

르프랭스는 빙그레 웃으며 문을 열고는 다른 손님들과 합류했다. 조용히 해 달라는 집사의 말에 섬뜩한 침묵이 흐르는가 싶더니, 준엄하고 쩌렁쩌렁한 누군가의 음성이 실내에 울려 퍼졌다.

"전하께서 왕림하셨습니다!"

우리는 호텔 식당에서 저녁 식사를 했다. 그리고 저녁 식사를 마친 후에는 살롱들을 구경하며 돌아다녔다. 한 살롱에서는 왈츠를 연주하는 오케스트라의 선율에 맞춰 몇몇 사람들이 춤을 추고 있었다. 하지만 투숙객 대부분이 즐기기보다는 치료나 휴양을 목적으로 온천에 들른 탓인지 춤추는 사람들은 거의 보이지 않았고, 있어도 어설프게 추었다. 벽난로에서 장작이 이글거리며 타오르는 다른 살롱에서는 복잡한 머리 모양에 심하게 주름이 잡힌 옷을 입은 부인들이 수다를 떨고 있었다. 셋째 살롱은 게임 룸이었다. 우리는 다시 방으로 돌아왔고, 그때부터는 어색하고 억지스러운 상황을 더욱 견디기 힘들었다. 우리는 아무 할 일도 없이 괜히 방 안을 왔다 갔다 하면서 머쓱하게 굴었다. 마침내 마리아 코랄이 단순하면서도 논리적인 말로 침묵을 깼다. 하지만 그 상황에서 들으니 무슨 대단한 원칙이라도 공포한 듯 대단하게 들렸다.

"졸려요. 자야겠어요."

그녀가 먼저 손을 내밀었지만 나는 애써 모른 척하며 옷장에서 파자마와 가운을 꺼내 욕실로 들어갔다. 그리고 마리아 코랄에게도 옷 갈아입을 시간을 주기 위해 천천히 옷을 갈아입었다. 그러고는 담배에 불을 붙였다. 생각을 정리하는 데 도움이 될 것 같아 담배를 피웠지만 그렇지 못했다. 담배가 타들어 가면서 내 머릿속은 지난 몇 주 동안 그랬듯이 텅 빈 느낌뿐이었다. 욕실 안이 제법 쌀쌀했다. 사지가 굳고 등골이 오싹해지는 기분이 들었다. 그렇게 아무 생각 없이 무작정 욕조 끝에 걸터앉아 있는 것도 경솔한 짓이었다. 나는 한참을 고민하다가 닥치는 대로 부딪히기로 마음먹고 욕실을 나갔다. 침실은 욕실에서 흘러나오는 불빛에 침대 실루엣만 간신히 구분될 정도로 어두웠다. 나는 불을 끄고 더듬거리며 침대로 향했다. 마리아 코랄이 침대 옆자리에 누워 있어 그 위를 넘어갈 수는 없는 일이라, 나는 침대 끝을 더듬거리며 침대를 한 바퀴 빙 돌아갔다. 마리아 코랄의 숨소리가 고르고 깊었기 때문에 나는 그녀가 잠든 줄 알았다. 나는 마음속으로 차라리 잘된 일이라고 생각하며 가운과 슬리퍼를 벗고 담요 속으로 들어가 눈을 감았다. 나는 간신히 잠들었다. 잠들기 전에 이 생각 저 생각, 쓸데없는 생각에 빠졌다. 시계를 맞춰 놨던가? 르프랑스가 호텔 비용을 선불로 지불했을까? 갈아입은 옷을 아직 세탁하러 보내지도 않아 웨이터들에게 어떻게 팁을 줘야 할지 전혀 모르는데……. 얼마나 잠들어 있었을까. 신경이 곤두서고 머리가 띵한 채 깨어난 것으로 미루어 잠깐 선잠이 든 게 분명했다. 그런데 내 옆에서 따스한 기운이 느껴졌다. 내 손이 그녀의 실크 잠옷 주름을 잡고 있었던 것이다. 뭔가 행동을 해야 했지만, 하느님과 악마 모두가 전쟁터에서 탈영해 버린 기분이었다. 살다 보면 모든 게 순간적인 직관과 판단에 달려 있다는 걸 깨닫는 순간이 있는데, 그때가 바로 그런 순간이었다. 내 머릿속은 아무 생각도 들지 않고 뿌옇게 흐려 있었다. 멀리서 시계 소리가 들려왔다. 새벽 2시였다. 깊디깊은 숲 속에서 길을 잃고 헤매던 사람이 기운이 모두 떨어진 상태에서 어두움이 깔리는 걸 보면서 전에도 그곳에 와 본 적이 있다고 느끼며 혼자 버려진 것 같다고 여길 때 같은 기분이었다. 결국, 나는 간신히 잠이 들었다.

예상과 달리, 나는 상쾌한 기분으로 아침을 맞았다. 화창한 날씨였다. 아침 햇살이 난쟁이 나라에나 있을 법한 작은 원을 방바닥에 그리며 커튼 틈새로 들어오고 있었다. 나는 침대에서 껑충 뛰어내려 욕실로 들어가 면도하고, 세수하고, 옷을 갈아입었다. 아름다운 봄날 아침에 가장 잘 어울릴 옷을 정성껏 골라 입은 후 침실로 돌아왔다. 마리아 코랄은 여전히 잠들어 있었는데, 담요를 턱까지 끌어 올리고 두 팔을 담요 위에 내놓고 자는 모습이 꽤 특이했다. 주인에게 만져 달라고 다리를 번쩍 치켜들고 배를 벌러덩 드러내 놓고 누워 있는 강아지가 연상되었다. 어쩌면 이 순간이 기회가 아닐까? 나는 망설였다. 그리고 잘 알다시피 이런 경우에는 망설인다는 것 자체가 포기를 의미했다. 아니면 패배를 의미했다. 내가 커튼을 열어젖히자 강렬한 햇살이 침실 구석구석까지 흘러들어 왔다. 마리아 코랄이 눈을 가늘게 뜨더니 불평을 쏟아 냈다. 투덜거리는 소리와 앙증맞은 콧소리가 반씩 섞여 있었다.

"일어나요. 날씨가 얼마나 화창한지 어서 일어나서 봐요."

내가 탄성을 질렀다.

"누가 깨우라고 했어요?"

그게 그녀의 대답이었다.

"당신이 햇살을 마음껏 즐기고 싶어 할 거라고 생각했는데."

"그렇다면 잘못 생각했어요. 아침은 가져다 달라고 하고, 그 커튼 좀 닫아요."

"커튼은 닫을게요. 하지만 아침은 주문하지 않을 거예요. 나는 지금 정원으로 아침 식사를 하러 내려갈 거예요. 원한다면 나랑 같이 가요. 싫으면 당신 마음대로 해요."

나는 다시 커튼을 닫은 다음, 지팡이와 모자를 챙겨 들고 식당으로 내려갔다. 식당은 유리문이 활짝 열려 있고, 테라스의 탁자에는 몇몇 투숙객들이 자리를 잡고 앉아 있었다. 공기가 쌀쌀하고 믿을 수 없을 정도로 투명해 시리기까지 했기 때문에, 노인들만이 그런 공기를 피해 실내에서 햇볕을 쬐고 있었다. 간간이 부는 산들바람에 정원의 나뭇가지들이 가볍게 흔들렸다.

"아침 식사를 하시겠습니까?"

웨이터가 물었다.

"네, 그러지요."

"핫 초콜릿, 커피, 티가 있습니다. 어느 것으로 드시겠습니까?"

"커피 맛이 좋으면, 밀크 커피로 주십시오."

"아주 맛있습니다. 그리고 크루아상, 토스트, 모닝 빵 중 어느 것으로 하시겠습니까?"

"골고루 섞어 주십시오."

"손님 혼자 식사하시겠습니까? 아니면 사모님 것도 함께 준비할까요?"

"나 혼자만…… 아니, 잠깐. 아내 것도 주세요."

나는 아침 식사를 주문하다가 식당으로 내려오는 마리아 코랄을 보았다. 그녀는 잠이 덜 깬 데다 기분도 썩 좋아 보이지 않았다. 하지만 나를 속일 수는 없었다. 그녀는 나와 함께 아침 식사를 하기 위해 내려온 것이다. 나는 얼른 일어나 그녀가 앉을 수 있도록 의자를 가까이 밀어 주고는 방금 주문한 메뉴를 얘기해 준 다음 신문을 읽었다. 어젯밤의 일은 무사히 넘어간 것 같았다. 하지만 어색한 분위기는 여전히 계속되었다. 나는 선수를 치기로 마음먹었다. 그래서 아침 식사를 마치면 침실로 올라가 '낮잠'을 자자고 얘기했다. 그녀가 나를 뚫어져라 바라보았다.

"당신이 뭘 원하는지 잘 알아요. 그 이야기는 산보를 다녀온 후에 해요."

그녀가 대답했다.

우리는 식사를 마친 후 말없이 정원을 거닐었다. 정원 끝에 다다라 차가운 돌 벤치에 앉았다. 우리 주위에는 나무 이파리들이 살랑거렸고, 새 한 마리가 지저귀고 있었다. 나는 그 장면을 절대 잊지 못할 것이다. 마리아 코랄은 그 점에 대해 생각해 보았다며 서로 합일점에 도달해야 한다고 말했다. 그녀는 자신은 아무런 감정도 없고 단지 조건 때문에 결혼한 거라고 전제하면서, 나 역시 속아서 결혼한 게 아니고 어느 정도는 이익을 구하고자 결혼했기 때문에 양심의 가책을 느끼지 않는다고 말했다. 그리고 그런 식의 결혼이 비난을 받을 수도 있지만, 그나마 결혼해서 후회스러운 짓을 하지 않게 되어 다행이라고 말했다.

"우리는 거꾸로 시작했어요. 사람들은 먼저 서로를 파악한 다음 결혼하지만, 우리는 서로를 잘 알지도 못하는 상태에서 결혼부터 한 거라고요."

마리아 코랄이 덧붙였다.

마리아 코랄은 그렇게 시작한 결혼이기 때문에 결혼이라는 형식적 틀을 배제하고 각자가 신중하게 처신해야 한다고 말했다. 그러지 않고서 갑자기 스스럼없는 사이가 되고자 하면, 두 사람 사이에 긴장이 고조되거나 불편만 가중될 것이고, 그러다 보면 애정이 아니라 분노와 증오만 커질 수 있다는 것이었다. 한편 그녀는 자신이 정숙한 여자라고 생각하며(이 대목에서 그녀는 눈을 가볍게 내리깔고 탄력 있는 뺨을 살짝 붉히며 겸손하게 말했다.), 그렇기 때문에 자신을 나에게 허락하는 것은 곧 몸을 파는 행위나 다름없다고 단정했다.

"내가 살아온 삶이 그렇게 존중받을 수 없다는 것은 잘 알아요. 나는 세상에서 가장 지저분한 곳에서 곡예사로 일했어요. 하지만 그 일 외에 나는 늘 깨끗했어요."

그녀의 두 눈이 자신을 믿어 달라는 간절함으로 반짝거리더니, 눈가에 마치 느닷없이 찾아온 손님처럼, 봄을 알리는 첫 산들바람처럼, 첫눈처럼, 땅에서 이제 막 싹을 틔운 첫 꽃망울처럼 눈물방울이 살짝 맺혔다.

"한때 내가 르프랭스와 함께 살았던 것은 사랑 때문이었어요. 나는 어렸고, 그 사람의 인격과 부가 나를 황홀하게 만들었어요. 하지만 나는 그 사람의 수준에 맞출 수 없었어요. 그 사람을 기쁘게 해 주려고 안간힘을 썼지만 그 사람의 말투와 표정, 시선에서 곤혹스러운 느낌만 받았어요. 르프랭스가 나를 거리로 쫓아냈을 때는 당연하게 받아들였어요. 그 사람이 내 삶에서 첫 남자였어요…… 그리고 지금까지 마지막 남자예요. 당신이 나를 존중하면 나도 항상 당신을 존중하겠어요. 당신이 내 몸을 원한다면 거절은 하지 않을 거예요. 그러나 당신이 나를 취한다면 그것은 나를 더럽히는 일이라는 걸 확실히 알아 두세요. 그러면 내가 당신을 떠날 가능성이 아주 높아져요. 그렇게 된다면 그 후 일어날 일들은 당신이 책임져야 해요. 당신이 결정하세요. 당신이 남자니까 나는 당신 말을 따르겠어요. 하지만 지금 당신이 결정한 것은 반드시 지켜야 한다는 점을 명심하세요."

"당신의 조건을 받아들이겠소."

나는 탄식을 토해 내며 대답했다.

그녀는 몸을 숙여 나의 손등에 입을 맞추었다. 온천지에서의 시간은 그렇게 흘러갔다. 그때는 시간이 더디고 답답하게 흘러간다고 생각했는데, 지금 생각해 보면 행복한 순간이었고, 그런 결정을 내린 것이 차라리 나았다. 살다 보면 당시에는 행복했어도 아픈 추억으로 남는 기억이 있는가 하면, 당시에는 무미건조했어도 시간이 흐르면서 그리움으로 물드는 행복한 기억도 있다. 전자의 기억은 일시적이지만, 후자의 기억은 밋밋한 삶을 가득 채울 뿐만 아니라 불행에 처했을 때 큰 위안거리가 된다. 물론 나는 개인적으로 후자의 기억을 선호한다. 마리아 코랄과 내가 맺은 계약은 철저하게 지켜졌다. 우리의 관계는 기하학적 균형을 이룬 것 같았다. 물론 내 쪽에서도 그 계약을 위반하거나 개선해 보고자 하는 최소한의 시도도 하지 않았다. 마리아 코랄은 조용하고 얌전한 룸메이트 같았다. 우리는 실내에서 종일 스치기만 할 뿐, 지나가는 말로도 몇 마디 나누지 않았다. 제각기 산보를 나갔고, 정원의 미로에서 우연히 부딪치더라도 잠깐 멈춰서 한두 마디 정도 이야기를 나눈 후 각기 자기가 가던 길을 갔다. 물론 우리가 주고받은 말도 지극히 예의를 차린 것이었다. 단지 점심과 저녁 식사만큼은 사람들의 시선 때문에 함께 먹었는데, 그녀는 메뉴 선택을 나에게 맡겼다. 프랑스어로 적힌 메뉴 앞에서 적잖이 당혹스러웠던 것이다.

한 번은 내가 그녀에게 물었다.

"당신은 초리소를 넣은 바게트 빵 말고는 달리 먹어 본 것도 없을 것 같은데?"

"그럴 수도 있겠지요. 하지만 나는 적어도 캐비아와 바닷가재만 먹는 것처럼 보이려고 애쓰지는 않아요."

그녀가 대답했다.

나는 그녀의 톡 쏘는 대답을 들으면 기분이 좋아져 껄껄 웃었다. 그럴 때면 가난하고 겁에 질린 어린 소녀의 모습이 그대로 드러났다. 그때 그녀는 열아홉 살이었다. 그녀는 깨닫지 못했겠지만, 나만큼 그녀를 이해해 주는 사람은 그때까지 아무도 없었다. 한편 나는 솔직하게 털어놓지는 않았지만, 그녀에게 느끼는 애매한 감정이 머지않아 보상받을 것이라는 희망을 키워 나갔다. 그리고 너무나도 조용하기만 한 온천의 분위기는 그런 꿈을 키우기에는 제격이었다. 어디를 가도 침묵 그 자체였다. 그 병약한 집단에서는 마리아 코랄과 내가 유일하게 젊고 건강한 사람들이었다. 웨이터를 통해 알게 된 바에 따르면, 많은 손님들이 절대 방에서 나오지 않았다. 또 그중 몇몇 사람들은 영원히 잠들 날만을 기다리며 침대 밖으로도 나오지 않았다. 우리 두 사람을 제외하고는, 휠체어를 타거나 간병인의 부축을 받지 않고 정원 끝까지 거니는 사람이 아무도 없었다. 나는 그 병약한 사람들 중에서 늙은 수학자와 친해졌다. 그는 획기적인 물건들을 발명해 냈지만 연유도 모른 채 정부의 외면을 받았다고 불평했다. 그는 연속 운동과 지하수 자체의 압력을 지하수를 끌어 올리는 데 응용할 수 있다느니 하면서 알아듣지도 못할 소리를 늘어놓았다. 나는 그의 설명을 제대로 이해하지 못한 데다, 그의 목소리가 그렁그렁해 동화책을 읽을 때처럼 시적이고도 아득한 느낌을 받았다. 나는 또 고리타분한 과격주의 정치가도 알게 되었다. 그는 자신이 여자들과 엄청난 추문을 일으켰다는 이야기로 깊은 인상을 남기고 싶어 했지만, 그것은 조금만 들어 보면 오랜 세월 온천에만 틀어박혀 외롭게 지낸 사람이 만들어 낸 상상이 분명했다. 아무도 살지 않는 방의 균열 사이로 곰팡이가 번져 가듯 혼자 지어낸 이야기인 게 분명했다. 어느 날 오후, 해 지기 조금 전에 늙은 정치가와 나는 테라스에서 살짝 선잠이 들었다. 언뜻 보기에는 정원에 아무도 없었다. 그런데 아치형으로 다듬어진 삼나무 숲에서 마리아 코랄이 갑자기 모습을 드러냈다. 그녀는 어딘지 결연한 표정으로 혼자 거닐고 있었다. 정치가가 코안경을 추켜올린 후 수염을 만지작거리며 나를 팔꿈치로 쿡 찔렀다.

"여보게, 세상에 저렇게 귀여운 여자를 본 적이 있나?"

"어르신, 저 여자는 제 아내입니다."

내가 대답했다.

5

동이 트고 있었다. 황량한 거리 위로 구름 한 점 없이 맑은 하늘이 부드럽고 깨끗한 햇살을 내리는 가운데, 골목길 어귀에 자동차가 멈춰 섰다. 그리고 쌀쌀한 아침 공기 때문에 외투 깃을 바짝 추켜올린 남자 두 명이 차에서 내려 각기 자기 시계를 들여다보았다. 두 남자는 아무 말도 없이, 건물 앞에서 보초를 서고 있는 정복 차림의 경찰이 있는 곳으로 향했다. 경찰이 방금 도착한 사람들을 보고는 부동자세를 취했다. 두 사람 중 한 명이 담뱃갑에서 담배와 종이를 꺼내 권하자 경찰이 담배를 받아 들었고, 그들은 잠시 동안 담배를 말아서 피웠다.

"그자를 보았소?"

담배를 권한 남자가 경찰에게 물었다.

"못 봤습니다, 형사님. 쾅 하는 소리를 듣고서 급히 달려왔습니다만……."

"증인은 있소?"

"아직은 없습니다, 형사님."

그사이 이웃 사람들은 호기심 가득한 표정으로 창문 블라인드나 커튼 뒤에 숨어서 내려다보고 있었다. 잠시 후, 야간 경비원이 뒤뚱거리는 걸음걸이로 모습을 드러냈다. 뚱뚱한 몸집에 제법 나이가 들어 보이는 남자는 우락부락한 자기 몸집의 일부라도 되는 듯 긴 꼬챙이를 질질 끌고 나타났다. 서글퍼 보이는 축 처진 콧수염에는 누런 니코틴이 묻어 있었다. 푹 꺼진 눈자위는 푸석푸석했으며, 코는 숫제 주홍색으로 물들어 있었다.

"아주 제때 나타나셨군."

담배를 권한 남자가 야간 경비원에게 말했다.

야간 경비원은 입을 굳게 다문 채 모자챙 아래로 얼굴을 감췄다.

"이름과 소속을 대시오. 이번에는 그냥 넘어가기 힘들 것 같은데."

"잠깐 잠이 들었던 모양입디다. 이 나이에는…… 잘 아시잖습니까?"

야간 경비원이 변명을 늘어놓았다.

"잠이 들었다고? 술에 취했겠지! 술 냄새가 이렇게 진동하는데! 냄새가 진동한단 말이오!"

형사가 궁지에 몰린 경비원을 취조하는 동안, 구급차 한 대가 요란한 사이렌 소리를 울리며 나타나더니, 남자 간호사 두 명이 졸음 가득한 얼굴로 내렸다. 그들은 뒷문을 열어 들것을 내리고 재빠른 동작으로 인도 위에 펼쳐 놓은 다음, 들것의 양쪽 끝을 잡고 발을 질질 끌며 형사들 쪽으로 다가왔다.

"여기입니까?"

"그렇소. 그런데 누구에게 연락을 받은 거요?"

형사가 궁금해했다.

"급사가 알렸습니다."

경찰이 말했다.

"부상자가 있습니까?"

간호사가 면도도 하지 않은 꺼칠한 턱을 문지르며 물었다.

"없소."

"그럼 무엇 때문에 우리를 여기까지 오라고 한 겁니까?"

"사망자가 있소. 우리를 따라오시오."

형사가 현관문으로 들어서면서 말했다.

우리는 바르셀로나로 돌아오자마자 잠시 잊고 지냈던 현실
에 부닥쳤다. 나는 기차에서 내리는 순간부터 긴 불황이 불러
온 현실적 긴장감을 분위기로 느낄 수 있었다. 며칠 떠나 있
다가 와서 그런지 그 느낌이 더욱 선명하게 다가왔다. 기차역
은 여행객들의 시중을 들어 주겠다고 쫓아다니는 실업자와 거
지들로 발 디딜 틈이 없었다. 누더기를 걸친 아이들은 손을 내
밀며 플랫폼을 뛰어다녔고, 노점상들은 물건을 사라며 소리를
높여 외쳤으며, 경찰들은 객차 수송을 통제하며 시골에서 올
라온 사람들을 한쪽으로 밀어붙였다. 자선단체에서 나온 부인
들은 하인들이 들고 있는 바구니에서 빵을 꺼내 가난한 사람
들에게 나눠 주고 있었다. 벽과 담벼락에는 온갖 낙서들이 어
지럽게 씌어 있었는데, 대부분이 폭력과 파괴를 선동하는 내

용이었다. 집으로 돌아가는 길 역시 어수선하기는 마찬가지였다. 여기저기 봉급 인상을 요구하는 노동자들의 시위가 이어지고, 그 와중에 자동차를 타고 가다가 시위자들이 던진 돌에 맞은 한 중년 부인이 피범벅이 된 채 히스테릭하게 소리를 지르며 차 밖으로 나와 어느 집 현관으로 피신하기도 했다.

온천에 있었던 기간은 삶의 간주곡과도 같았다. 바르셀로나로 돌아오니, 비극이 다시 시작되었다. 세상은 이전과 다름없는 폭력과 증오로 얼룩져 있었고, 기쁨도 목적도 없는 일상이 되풀이되었다. 여러 해 동안 지속된 잔인하고 끈질긴 싸움을 통해, 그 싸움에 임했던 모든 사람들은(노동자와 사주, 정치가, 반란자, 테러리스트 들) 평정심은 물론이고 자신들의 동기와 목적까지 상실하거나 포기한 상태였다. 우리 스페인 사람들은 서로 다른 이념으로 분열된 것이 아니라, 오히려 서로에 대한 적대심과 반목으로 더욱 단결되어 있었다. 그렇게 우리 스페인 사람들은 혼란스럽게 떼를 지어 거꾸로 뒤집힌 야고보의 계단을 따라 끝없이 추락하고 있었다. 추락하는 계단의 층계 하나하나가 복수의 연속이었고, 그 과정은 동맹과 밀고, 보복과 배신이 실타래처럼 뒤엉켜 있었으며, 그 혼란스러운 실타래의 끝은 절망에 몸부림치며 저지른 범죄와 두려움에 뿌리를 내린 비타협이란 지옥으로 이어져 있었다.

마리아 코랄은 새 집에 도착하자마자 우리의 동거가 자신의 뜻대로 자유롭고 안전할 수 있도록 필요한 수순을 밟아 갔다. 그녀는 내가 정성껏 배치한 가구들을 재배치하며 그 수순을 시작했다. 그녀는 안방에 있던 내 침대를 어두운 골방으로 옮겨 놓았다. 물론 나로서는 화가 나지 않을 수 없었다. 그녀는 너그럽게도 두 짝짜리 옷장의 절반을 비롯해서 안락의자 한 개, 의자 두 개, 받침대가 있는 램프를 마치 선심 쓰듯 양보했다. 나는 그녀가 집 안의 조화에는 신경도 쓰지 않는 게 화가 났다. 하지만 깊이 생각해 본 후 그렇게 하는 게 낫겠다는 결론에 이르렀다. 그 후 우리의 관계는 기름 웅덩이처럼 잔잔했다. 이제는 덜 마주쳤다. 사실 거의 부딪치는 일이 없었다. 그래도 그녀가 집 안에 있으면 그녀가 아무리 조심한다고 해도 단번에 알 수 있었다. 소리가 들리기도 했고, 향수 냄새가 나기도 했고, 문틈 사이로 빛이 새어 나오기도 했고, 칸막이 뒤에서 노랫소리나 한숨 소리, 기침 소리가 들리기도 했던 것이다.

나는 르프랭스가 엔산체 구역에 마련해 준 조그만 사무실에서 일을 하기 시작했다. 그곳은 코르타바네스의 사무실과 가까운 편이었다. 내가 하는 일은 대부분 단조롭고 반복적이고 지루했다. 직원이라고는 내가 손으로 써서 넘긴 자료들을 눈치 보며 조용히 타이핑하는 노처녀 한 명과 하루 종일 도시 전체를 헤매고 돌아다니다가 해 질 녘에 신문, 잡지, 소책자, 전단 등을 가져오는 나이 어린 사내아이가 전부였다.

근무 시간은 그렇게 흘러갔다. 그 이외의 시간은 전과 마찬가지로 별다른 변화가 없었다. 어느 날 오후 집에 도착해 보니 마리아 코랄이 자기 방에서 나를 불렀다. 내가 방으로 들어가기 위해 허락을 구하자 그녀가 힘없는 목소리로 "들어와요." 하고 대답했다.

그녀는 땀범벅이 되어 오한에 시달리며 침대에 누워 있었다. 그녀는 병이 들었고, 그 모습이 거의 죽어 가던 그녀를 발견했던 날 밤의 모습을 연상시켰다.

"무슨 일이에요?"

"모르겠어요. 너무 아파요. 더워서 이불을 덮지 않고 잤더니 감기에 걸렸나 봐요."

"의사를 부를게요."

"아니요, 부르지 마세요. 약초를 사다가 차를 끓여 주세요."

"약초라니?"

"아무거나 구해 보세요. 모두 몸에 좋아요. 하지만 의사는 절대 부르지 마요. 의사는 보고 싶지도 않아요."

"무식하게 그러지 마요. 약초나 고약은 아무짝에도 쓸모없어요."

마리아 코랄이 눈을 감은 채 두 주먹을 불끈 쥐었다.

"내 부탁을 들어주고 싶으면 들어주세요. 하지만 나를 모욕하고 가르칠 거면 그냥 나가 보세요."

그녀가 중얼거리듯 말했다.

"좋아요, 흥분하지 마요. 당신 말대로 약초를 갖다 주리다."

나는 약초 가게를 찾아가, 여주인에게 감기에 확실한 효과가 있는 약초를 달라고 했다. 그녀가 잘게 썰어서 말린 약초 한 봉지를 건네주었다. 냄새는 좋았지만 솔직히 썩 믿음이 가지는 않았다. 나는 집으로 돌아와 냄비에 약초를 넣어 끓인 다음, 그 물을 마리아 코랄에게 갖다 주었다. 그녀는 약초 물을 모두 들이켠 후 신음을 토해 내며 혼수상태로 빠져들었다. 땀을 얼마나 많이 흘렸는지 탈수를 일으킬까 봐 걱정될 정도였다. 나는 담요 두어 장을 꺼내 덮어 준 다음, 그녀의 숨소리가 정상으로 돌아와 편안히 잠들 때까지 그녀의 옆에서 책을 읽었다. 자정 무렵 마리아 코랄이 몸부림을 치며 깨어났는데,

그 바람에 내 손에 들려 있던 책이 떨어지면서 나도 거의 같이 바닥으로 나뒹굴 뻔했다. 그녀는 신음을 토해 내며 허공에 대고 헛손질을 했다. 내가 확장된 그녀의 동공 앞에 손을 흔들었지만, 그녀는 두 눈을 크게 뜨고 있으면서도 아무것도 알아보지 못했다. 내가 침대 끝에 앉아 그녀의 양어깨를 움켜쥐자, 그녀는 내 어깨에 머리를 파묻으며 흐느껴 울기 시작했다. 그녀는 한참 동안 원 없이 울더니 곧 평정을 되찾아 다시 잠들었다. 나는 새벽까지 그녀의 곁을 지키다가, 그 옆에서 잠이 들었다. 깨어나 보니 그녀가 침대에 없었다. 나는 그녀를 찾아 집 안 전체를 돌아다니다가 부엌에서 그녀를 찾아냈다. 그녀는 길쭉한 의자에 앉아 빵 한 조각과 치즈 한 조각을 먹고 있었다.

"여기서 뭐 하는 거예요?"

내가 깜짝 놀라서 물었다.

"배가 고파서 일어났어요. 그래서 뭐 좀 먹으려고 들어온 거예요. 당신이 안락의자에 곤히 잠들어 있어서. 그런데 밤새 거기 있었던 거예요?"

나는 그렇다고 대답했다.

"나한테 아주 친절하게 대해 주셨어요. 고마워요. 이제는 괜찮아요."

"혹 모르니까 침대로 돌아가는 게 좋겠어요. 몸이 차가우면 안 좋아요. 정말 의사를 안 불러도 괜찮겠어요?"

"부르지 마요. 당신은 출근하세요. 나 혼자 있어도 괜찮아요."

나는 사무실로 출근했다. 그러나 퇴근해서 돌아오니 마리아 코랄이 집에 없었다. 그날 그녀는 늦게 돌아와서 쌀쌀하게 인사를 한 다음에 아무 설명도 없이 자기 방으로 쏙 들어갔다.

나도 그녀에게 아무것도 묻고 싶지 않았다. 그리고 내가 궁금해하는 것, 즉 왜 울었는지를 물어 봤자 아무런 대답도 해 주지 않을 것 같았다. 악몽을 꾸었던 것일까? 아니면 약초의 효과로 자연스럽게 분출된 울음일까? 나는 그 일을 잊어버리기로 했다. 그러나 그 뒤에도 마리아 코랄의 모습을 떠올릴 때마다, 나의 어깨에 기대 흐느끼던 그녀의 모습이 오랫동안 떠올랐다.

네메시오는 오솔길을 벗어나서 나뭇가지와 가시덤불이 무성한 숲으로 깊숙이 들어갔다. 특별히 전원적인 풍경은 아니었지만 밤이 되어 어둠이 깔리자 더 위험하고 한결 스산해졌다. 나뭇가지와 덤불을 헤치고 걷다 보니 자꾸 앞으로 꼬꾸라져, 누더기를 덧댄 천들이 나뭇가지와 길섶에 걸려 찢어졌다. 꽤 가파른 오솔길이 시작되자, 아무 준비도 없이 산을 타게 된 네메시오는 숨을 헐떡이고 쿨럭거리면서도 걸음을 멈추지 않았다. 매우 추우면서도 습한 밤이라 달이 비집고 나올 틈도 없었다. 네메시오는 엎드린 채 네 발로 산등성이를 기어올라 갔고, 마침내 평평한 곳에 이르자 그 앞에서 멈춰 섰다. 그는 몸을 실타래처럼 웅크리고 길섶에 쭈그리고 앉은 채, 엄습하는 추위와 두려움에 벌벌 떨면서 시뻘겋게 충혈된 눈이 지평선 너머 희미한 빛에 익숙해질 때까지 기다렸다. 그러고는 몸을 일으켜 평지를 지난 다음, 보초들의 눈에 띄지 않도록 주의하면서 붉은색 벽돌을 쌓아 올린 성벽에 착 달라붙었다. 성 안쪽은 잠들어 있었고, 날은 차츰 밝아 왔다. 그는 바깥쪽 성벽에 착 달라붙은 채 굳게 닫혀 있는 뒷문에 이르렀다. 성 위의 흉벽에 깃을 바짝 추켜올리고 외투를 꽁꽁 동여맨 보초 두 명의 윤곽이 어슴푸레 밝아 오는 아침 햇살에 반사되어 서서히 드러나기 시작했다. 네메시오는 노출된 공간을 기어서 통과한 후 성벽에 이르자 얼른 몸을 일으켰다. 몇 미터 앞에서 몬주익 성의 무시무시한 지하 감옥들이 시작되었다. 성 뒷문으로 이어지는 오솔길로 성직자가 여자처럼 다리를 모으고 나귀 등에 올라탄 채 오고 있었다. 성직자가 신분을 밝히자 보초들이 문을 열어 주었다. 네메시오는 숨어 있던 곳에서 마차 두 대가 다가오는 모습을 지켜보았다. 한 대에는 일반인들이 타고 있었고, 다른 한 대에는 군인들이 타고 있었다. 이제 아침이 시작되었고, 숨어 있던 네메시오에게도 도시가 한눈에 들어왔다. 정면으로 항구의 선창가가 보였고, 우측으로는 굴뚝 연기 때문에 제대로 보이지는 않았지만 오스피탈레트 구역이 멋들어지게 펼쳐졌다. 좌측으로는 람블라스 거리와 사창가가 있는 구시가가 펼쳐졌고, 그 위쪽, 정확히 그의 뒤쪽으로는 장엄한 부르주아풍의 엔산체 구역이 내려다보였다. 성안에서도 사람들의 소리가 들려오는가 싶더니, 명령을 내리는 소리, 나팔 소리, 북소리, 서둘러 뛰어다니는 소리, 군홧발 소리, 철커덕거리는 걸쇠 소리, 자물쇠 따는 소리, 쇠사슬 소리, 창살 소리가 들려왔다. 잠시 후, 성벽에 붙은 작은 문이 열리면서 사람들이 나타나기 시작했다. 맨 앞에는 군인들이 열을 맞춰 나오고, 그 뒤로 한 무리의 죄수들이, 맨 뒤에는 성직자와 당국 관계자들이 걸어 나왔다. 얼굴에 흉터가 있는 사내는 땅바닥만 내려다보며 생각에 잠긴 채 비장한 분위기로 걸어 나왔고, 훌리안은 얼굴이 새하얗게 질려 그 뒤를 따라 나왔다. 간수들이 곧 비참하게 끝날 그의 운명을 알고 상처를 치료해 주지 않았는지, 그는 두 눈이 푹 꺼진 채 비틀거리며 걸어 나왔다. 네메시오가 경찰서에서 우는 모습을 보았던 젊은 사내는 이제 울지 않았다. 그는 벌써 이 세상 사람이 아닌 것 같았다. 그는 로봇처럼 걸었으며, 겁에 질려 휘둥그레진 두 눈은 푸른 아침 공기를 모두 빨아들일 것 같았다. 네메시오는 참을 수가 없었다. 그는 벌떡 일어나 숨어 있던 곳에서 뛰쳐나와 소리를 질렀다. 그러나 아무도 그에게 눈길을 주지 않았고, 그의 외침 소리는 장엄하게 울려 퍼지는 북소리에 파묻혀 들리지도 않았다. 그사이 처형자들의 눈이 천으로 가려지자, 신부가 기도문을 중얼거리며 그들 옆을 지나갔다. 사형 집행대도 이미 정렬되어 있었다. 이어 장교의 명령과 동시에 귀가 먹을 정도로 큰 총성이 울려 퍼지면서 네메시오는 정신을 잃고 쓰러졌다.

네메시오가 정신을 차렸을 때는 해가 이미 중천에 떠 있었다. 그는 찔리는 것도 모르는 채 가시덤불이 무성한 오솔길을 따라 내려오다가 벤치를 보자 털썩 주저앉았다. 밤이 되어 몬주익 성의 보초들에게 음식을 가지고 올라가던 마부가 네메시오를 보았을 때도 그는 그곳에 그대로 앉아 있었다. 마부는 네메시오가 거의 벌거벗은 옷차림에 피투성이가 되어 멍한 시선으로 앞만 바라보며 입을 헤벌리고 있는 것을 보고는 어디가 아픈가 보다고 생각했다. 마부가 보초들에게 알려, 소대가 그를 찾으러 나왔다. 의사의 정신이상 진단과 함께, 네메시오는 말 한마디 제대로 하지 못한 채 곧바로 성 바우딜리오 정신병원으로 이송되었다. 그곳에서 그는 자기가 목격한 장면과 회한 때문에 충격을 견디지 못한 채 일 년여 세월을 보냈다. 나중에 바스케스 반장이 사볼타 사건 관련 파일들을 재검토하고 자신을 먼 곳으로 이임시킨 복잡한 연관 관계를 추적하면서 이 이상한 인물을 떠올려 찾아왔을 때는 일 년이란 세월이 훌쩍 지난 뒤였다.

마리아 로사가 비명을 지르며 양탄자 위로 커피 잔을 떨어뜨렸다. 르프랭스는 안색 하나 변하지 않은 채 몇 번이나 버튼을 눌렀다. 잠시 후, 집사가 가운을 입은 채 양쪽 귀에 걸린 콧수염받이를 떼어 내며 황급히 달려왔다.

"부르셨습니까?"

"바닥을 치우게."

르프랭스는 콧수염받이는 못 본 척하며 대답했다.

집사는 바닥에 떨어진 커피 잔과 티스푼, 잔 받침을 치우고는 양탄자에 묻은 시커멓고 축축한 얼룩을 냅킨으로 닦았다. 그리고 밖으로 나갔다가, 다시 준비한 커피를 갖고 돌아와 꾸벅 인사를 하고 나갔다.

"미안해요. 내가 얼이 빠졌나 봐요! 요즘은 무슨 일인지 잘 모르겠어요. 가끔 멍해지고 슬픈 생각이 들어요."

"여보, 그렇게 미안해할 것까지는 없어. 흔히 일어날 수 있는 일이야."

르프랭스가 활기차게 말하며 아내의 말을 잘랐다.

르프랭스는 그 말을 마치면서 나를 흘낏 쳐다보았다. 나는 르프랭스가 한 말을 떠올리며 아무 말도 하지 않았다. 우리는 르프랭스가 티비다보 언덕에 구입한 화려한 저택에 와 있었다. 어느 날 오후, 우편으로 초대장 한 장이 느닷없이 날아와 마리아 코랄과 나는 깜짝 놀랐다. 하지만 혼란스러울 것은 없었다. 르프랭스 부부가 미란다 부부를 수요일 저녁 식사에 초대하고 싶다는 내용이었다. 마리아 코랄은 가지 않겠다며 자신의 의견을 확실하게 밝혔다.

"나는 그런 코미디 연기는 하지 않을래요. '아름다운 밤이에요, 사모님. 저녁 식사가 너무 근사해요, 사모님.'" 마리아 코랄은 거실을 돌아다니며 엉덩이를 과장되게 흔들어 흉내를 냈다. "빌어먹을!"

"그러지 마요. 그럴 필요까지는 없어요. 르프랭스는 우리를 보고 싶어 초대한 거예요. 만난 지도 한참 되었고, 잘 생각해보면 우리가 잘못했어요. 결국 따지고 보면 우리가 그분한테 신세를 많이 진 것은 사실이잖아요, 안 그래요?"

"괜히 먼저 알아서 길 필요는 없어요. 당신은 성실하게 일하고 그 대가로 월급을 받는 거예요."

"꼭 그런 것만도 아니지." 나는 가급적 설득력 있게 얘기하기 위해 목소리를 높이지 않았다. "나의 능력으로는 절대 지금의 위치에 오를 수 없어요. 게다가 지금과 같은 경우에는 그렇게 극단적으로 생각할 필요도 없어요. 초대는 초대일 뿐, 그냥 기분 좋게 시간을 보내고 돌아오면 되는 거예요."

"아무튼 나는 안 가요."

마리아 코랄이 결론 내렸다.

물론 우리는 약속 시간에 맞춰 도착했다. 내가 완강하게 버틴 바람에 마리아 코랄이 격렬하게 반발할까 봐 내심 걱정되었지만 쓸데없는 기우에 불과했다. 그런 일은 일어나지 않았다. 르프랭스는 기분 좋게 우리를 맞이했고, 마리아 로사도 예의 바르고 소탈하게 대해 주었다. 그녀는 마리아 코랄의 양 볼에 입을 맞춘 뒤에 모든 사람들이 보는 앞에서 나에게 '아주 매력 있고, 아름답고, 기품 있는' 아내를 골랐다고 말했다. 나는 마리아 코랄이 싸구려 술집 여자의 말투로 대답할까 봐 잔뜩 겁에 질려 바라보았지만 다행히 그러지는 않았다. 잠시 여자는 얼굴을 붉히더니 겸손하게 살짝 눈을 내리깔고 수줍은 듯 가만히 있었다. 르프랭스가 나를 한쪽으로 끌고 가 드라이 셰리를 따라 주었다.

"얘기 좀 해 보게……. 자네가 어떻게 사는지 몹시 궁금했다네."

우리는 르프랭스가 자기 방으로 꾸민 작은 서재에 와 있었다. 한쪽 벽에는 그림이 걸려 있었는데, 나는 그 그림을 단번에 알아보았다. 예전에 람블라 데 카탈루냐 저택의 벽난로 위에 걸려 있던 마치 진짜와 같았던 모사품으로, 그 그림에는 여전히 똑같은 강 위로 똑같은 다리가 보이고 똑같은 평화가 드리워져 있었다.

"지금은 자네가 나를 위해 일하는데도, 자네가 코르타바네스를 위해 일하던 때보다 더 자주 못 보는군."

르프랭스가 계속 말을 이었다.

"이 강물처럼 모두 제 갈 길로 흘러가는 겁니다. 우리의 삶도 조용히 물 흐르는 대로 흘러가지요."

내가 그림을 가리켰다.

"어째 신나는 것 같지 않군."

"아뇨, 신납니다. 사장님 덕분에 불평할 게 없습니다."

"괜한 소리 하지 말게."

"괜한 소리가 아닙니다. 마리아 코랄과 나는 우리가 진 신세를 절대 잊지 못할 겁니다."

"그런 소리는 듣고 싶지 않네. 게다가 자네가 신세를 진 게 있다면, 이자까지 쳐서 갚을 기회가 곧 오겠지."

"우리가 사장님을 위해 무엇을 할 수 있을까요? 말씀만 하십시오."

르프랭스는 뜻밖의 말을 꺼냈는데, 마리아 로사에 대한 내용이었다. 마리아 로사는 결혼 생활에 만족하지만 예전에 목격한 사건의 충격을 잊지 못했다. 부친의 극적인 죽음과 르프랭스에게 닥친 위험이 아직 어리기만 한 그녀의 영혼에 지우기 힘든 상처로 남았던 것이다. 그런 탓에 그녀는 때때로 기운이 처지면서 무기력한 상태로 빠져들었다. 잠잘 때마다 악몽에 시달리고, 실체가 없는 근심으로 마음을 졸였다. 아직 심각한 정도는 아니지만, 항상 아내의 건강을 걱정하는 르프랭스는 최악의 상태를 우려하고 있었다.

"정말 큰 걱정이군요."

나는 나도 모르게 한숨을 내쉬었다.

"그렇게까지 심각한 것은 아니네. 힘든 상황들이 겹치면서 일어나는 일시적 현상일 수도 있고."

"물론 그러셔야지요. 의사는 뭐라고 합니까?"

"아직 의사한테까지 보이고 싶지는 않네. 딱딱하고 차가운 치료가 집사람에게는 오히려 견디기 힘든 고통이 될까 봐서 지켜보는 중이네. 아무튼 말이지, 나는 현대적인 치료법이 영

미덥지 않아. 환자가 안 좋다는 걸 깨달을 때까지 몰아세우는 치료법은 영…… 너무 잔인해! 환자는 애정 어린 관심을 받으며 좋은 효과가 나타날 때까지 차분하게 기다리는 게 좋을 걸세. 그런 환자에게 자신의 병을 모르는 채 지내게 해 주는 것도 훨씬 인간적일 테고. 그렇지 않나?"

나는 그의 의견에 수긍했다.

"우리 부부가 어떤 역할을 할 수 있을까요?"

내가 물었다.

"아주 중요한 역할이지. 자네 부부는 이제 막 결혼한 신혼부부 아닌가. 생동감과 즐거움으로 충만한 커플이란 말이네. 더욱이 자네 부부는 내 아내에게는 고통의 무대나 다름없는 사볼타 회사와 사볼타 집안은 물론이고 바르셀로나 상류층과도 전혀 상관이 없는, 이른바 깨끗하게 정화된 신선한 공기 같은 존재라네. 그래서 나는 자네 부부가 내 아내에게는 최고의 명약이라고 확신하고 있어. 어때, 내가 자네 부부를 믿어도 되겠나?"

"무슨 일이든지 믿어 주십시오."

"고맙네. 난 자네가 그렇게 대답할 줄 알았어. 아, 그런데 부탁이 하나 더 있네. 집사람은 아무것도 눈치채서는 안 되네. 지금 이 이야기를 자네가 알고 있다는 것을 아내가 의심해서는 안 돼. 마리아 코랄한테도 아무 얘기 하지 말게. 여자들이 어떤지 자네도 잘 알잖나? 비밀을 지킬 위인들이 못 된다는 것. 늘 다정하게 대해 줘야 하지만, 그렇다고 동정을 보여서는 안 되네."

그때 집사가 나타나 저녁 준비가 되었다고 알렸다. 우리는 식당으로 자리를 옮겼는데, 한참이 지나서야 마리아 로사와 마리아 코랄이 식당 안으로 들어왔다. 마리아 로사가 미안하다며 사과했다.

"손님한테 집 구경을 시켜 드리느라 늦었어요. 여자들 일이지요."

"저택이 너무 멋있어요." 마리아 코랄이 말했다. "실내장식 하나하나가 훌륭한 취향에 잘 어울리고요."

나는 '세상에, 어디서 저런 매너가 나왔지?'라고 생각했다. 그리고 만일 마리아 로사가 초대장을 받아 든 마리아 코랄의 반응을 보았다면 어떤 표정을 지었을까 하고 생각하며 마음속으로 웃었다. 하지만 이건 사족에 불과했다.

르프랭스는 평소처럼 쾌활한 모습을 보여 주었다. 그는 가벼운 유머와 농담을 섞어 가며 대화를 적절하게 이끌었다. 저녁 식사가 끝나자 우리는 하인들을 모두 내보낸 후, 옆 살롱으로 자리를 옮겼다. 그곳에서도 르프랭스는 직접 커피를 대접하며 자신의 호방함과 유머를 마음껏 과시했다. 마리아 로사가 그를 도와주려고 했지만, 르프랭스는 전문가답게 자긍심을 갖고 하는 거라고 농담하며 그녀의 도움을 거절했다. 그는 나에게 윙크를 보내고 혼자 킥킥대며 웃었다. 르프랭스는 평소 책임감 때문에 감춰 둬야 했던 호탕한 성격을 마음껏 발산했다. 그는 주인으로서의 역할을 마치고 담배에 불을 붙인 후 너무 기분이 좋다며 탄성을 질렀다. 그리고 내가 하고 있는 일의 세부 사항에 관심을 보였다. 내가 르프랭스에게 세부 사항들을 보고하자 그가 말했다.

"하비에르, 자네가 괜한 일을 하고 있다고 생각하지 말게.

자네도 알다시피 11월에 시장 선거가 있는데, 내가 출마할 확률이 아주 높으니 말이야."

"아! 그러면 정말 좋겠네요!"

내가 탄성을 질렀다.

"내 호적등본과 관련 서류들을 떼기 위해 자네와 내가 함께 파리에 다녀올 수도 있어."

나는 그 말에 기절 일보 직전까지 갔다. 파리라! 여자들이 성차별을 한다며 항의하자, 르프랭스는 이러지도 저러지도 못해 껄껄거리고 웃으며 선처를 구했다. 그러나 여자들은 넷이 함께 여행 가는 것을 생각해 보겠다는 약속을 받아 낼 때까지 르프랭스를 가만히 두지 않았다. 결국 두 여자는 신이 나서 박수 치며 좋아했다.

시간이 늦어지면서 마리아 로사가 피곤한 기색을 보였다. 그녀는 찻잔을 떨어뜨리고는 어쩔 줄 몰라 하며 자기를 용서해 달라고 거의 애원하다시피 말했다. 그녀는 나에게 다정하게 작별 인사를 건네고, 마리아 코랄에게는 한 번 더 입맞춤을 한 후 다정한 남편과 함께 침실로 향했다. 단둘만 남게 되자 내가 마리아 코랄에게 말했다.

"정말 다정한 부부예요, 안 그래요?"

"치."

마리아 코랄의 대답이었다.

"왜 그래요? 나는 당신이 재미있게 얘기하는 줄 알았는데."

"나는 저 남자만 보면 소름이 끼쳐요. 자기가 무슨 대단한 인물이라도 되는 줄 안다니까. 모르는 게 없이 혼자 다 대담한 다니까. 촌뜨기인 주제에. 확실해요. 괜히 멋있어 보이고 싶어

하는 돈 많은 촌뜨기라고요. 그리고 그 마누라 역시 역겹다는 것을 부정할 생각은 마요. 유치하다 못해⋯⋯."

"마리아 코랄! 함부로 그런 말을 하는 거 아니에요⋯⋯."

그러나 우리의 대화는 르프랭스가 돌아오면서 중단되었다. 그는 씩 웃고는 분위기를 깨뜨려 미안하다며 아내를 대신해서 사과했다.

"마리아 로사가 몸이 약해서 쉬어야 해. 제발 부탁이니 내 아내를 용서해 주게. 아내가 자기를 대신해서 작별 인사를 해 달라고 부탁했네."

우리는 상투적인 인사말을 주고받은 후 현관 앞까지 르프랭스의 배웅을 받으며 나왔다. 정원에는 검은색 리무진이 우리를 기다리고 있었고, 기사는 운전석에서 잠들어 있었다. 집에 돌아오는 길에 내가 마리아 코랄에게 말했다.

"이상한 일이군. 오늘 밤 내내 막스가 보이지 않았어. 혹시 해고했나?"

어쩌면 착각일 수도 있었지만, 기사가 나의 말에 심상치 않은 관심을 보인 것 같기도 했다.

그들이 들어간 건물의 계단에는 길가와 마찬가지로 제복 차림의 경찰이 부동자세로 서 있었다. 난간 양쪽으로 문이 두 개 있었는데, 하나는 굳게 닫혀 있고 다른 하나는 활짝 열려 있었다. 형사는 열린 문 쪽으로 다가가 코를 벌름거리며 금세 매캐한 냄새를 감지했다. 형사는 다시 난간 쪽으로 돌아와 시계를 들여다보았다.

"몇 시였지?"

형사가 경찰에게 물었다.

"정확한 시각은 모릅니다. 미처 시계 볼 생각을 하지 못했어요. 폭발물 비슷한 소리가 들렸을 때 우리는 순찰 중이었습니다. 얼른 이곳으로 달려와 보니, 창문에서 연기가 나고 비명 소리가 들렸습니다. 아주 끔찍한 비명 소리였지요. 야간 경비원을 불러 문을 열게 하려고 했지만, 야간 경비원은 보이지 않았습니다. 그래서 개머리판으로 자물쇠를 비틀어 문을 따고 올라와 보니 이랬습니다. 사망자가 있어서 곧바로 형사님에게 알리고 구급차를 불렀습니다. 얼마나 오랜 시간이 흘렀는지는 모르겠습니다. 하지만 그때부터 지금까지 이삼십 분을 넘기지는 않았을 겁니다."

"비명 소리는 어디서 났지?"

"집 안입니다, 형사님. 이 집에서 났습니다. 이 집에는 나이가 지긋한 노부부와 하녀가 살고 있는데, 하녀는 없습니다. 부인은 다친 곳은 없는데 비명을 질렀습니다."

"그 부인이 계속 이곳에 있나?"

"아닙니다. 옆집으로 피신시켰습니다." 경찰이 닫힌 문을 가리켰다. "부인이 많이 놀란 것 같아 그곳에 가 있는 게 나을 것 같았습니다. 데려올까요?"

"아니, 지금은 괜찮아. 하녀는 돌아왔나?"

"아닙니다, 형사님. 이틀 후에나 돌아온답니다. 토요일에 행사가 있다면서 고향에 간 모양입니다. 돼지를 잡으러 간 것 같습니다."

"좋아, 계속 지키고 있게. 우리는 안으로 들어가겠네."

집 안에는 화약 냄새 외에는 아무런 폭력의 흔적도 보이지 않았다. 현관과 내부 복도에 있는 장식물과 꽃병들은 제자리를 지키고 있었다.

"위력이 약한 폭발물이 분명합니다." 형사와 함께 온 사내가 말했다. "그렇지 않았으면 도자기들이 깨졌을 겁니다."

형사가 고개를 끄덕이며 수긍하는 표정을 지었다. 그들은 집 안의 복도 끝에 있는 어두운 색깔의 두툼한 방문 앞에 이르렀다.

"여기입니까?"

"응, 그런 것 같아."

"재질이 떡갈나무라서 견뎌 낸 것으로 보이는군요." 형사를 따라온 사내가 조심스럽게 경첩 부분을 만지며 말했다. "아주 잘 만든 문이네요. 요즘은 이런 문을 안 만들거든요."

형사가 문을 열었고, 두 남자는 안으로 들어섰다. 들것을 들고 온 사람들은 복도에 남아 있었다. 개인용 서재가 확실한데, 깨진 가구와 집기들, 바닥에 떨어진 그림들, 시커멓게 그을린 양탄자, 하얀 석회를 드러낸 벽지가 처참한 몰골을 보여 주고 있었다. 마호가니 책상 아래로, 축 늘어진 남자의 시신이 종이에 덮여 있었다. 형사가 그 위로 몸을 숙였다.

"얼굴과 옷에 핏자국은 보이지 않는군." 형사를 따라온 사내는 폭발물 전문가가 틀림없었다. 그가 줄자로 거리를 측정했다. "이 사람은 폭발물을 보고서 몸을 뒤로 젖힌 게 분명합니다. 폭발물은 원래의 형태가 거의 사라진 양탄자 위, 여기에서 폭발했습니다. 그 파장으로 책상이 쓰러지면서 피해자의 몸을 덮친 겁니다."

"이런 상황이면 목숨은 구할 수 있었을 텐데?"

"나도 그렇다고 봅니다. 내 추측으로 피해자는 폭발물 때문에 죽은 것 같지는 않습니다. 심장마비가 훨씬 설득력이 있습니다. 폭발물의 위력이 그리 크지 않았습니다. 천장을 보십시오. 격자나 전등은 거의 깨끗합니다."

그때 복도 쪽에서 누군가의 음성이 들려왔다.

"들어가도 되겠습니까?"

남자 두 명이 대답도 기다리지 않은 채 안으로 들어섰다. 한 남자는 중년이었고, 다른 남자는 꽤 나이가 들어 보였다. 중년 남자는 검은 옷을 입고 있었고, 하얗게 뒤엉킨 턱수염에 두꺼운 뿔테 안경을 쓴 노인은 왕진 가방을 들고 있었다. 그들은 각기 검사와 부검의였다.

"안녕하시오. 무슨 일이오?"

검사가 물었다. 바르셀로나에 새로 부임해 온 검사가 틀림없었다.

부검의가 시신 옆에 무릎을 꿇고 앉아 시신을 여기저기 살핀 다음, 세면대가 어디에 있는지 물었다.

"수사관을 만나려고 해도 방법이 없었소." 검사가 말했다. "두 시간 전에 커피를 마시러 나갔다는데, 내가 여기 올 때까지도 돌아오지 않았소. 도대체 이 나라가 어떻게 되려는지 알 수가 없군!"

부검의가 손수건으로 손을 닦으면서 돌아오자 형사가 물었다.

"의사 선생, 사인이 뭡니까?"

"그걸 내가 어떻게 알겠소? 폭발물 때문에 죽었겠지."

"하지만 시신에는 폭발물에 의한 외상이 없지 않습니까."

"그랬나?"

"사진사는 오지 않았소? 영국에서는 사건 현장에 늘 사진사가 있던데."

검사가 말했다.

"아뇨, 우리는 사진사가 없습니다. 결혼식이 아니거든요."

"이봐요, 여기서는 내가 명령을 내려요. 내가 검사란 말이오."

그때 들것을 들고 있던 남자들 중 한 명이 고개를 삐죽 들이밀었다.

"시신을 싣고 가도 되겠습니까? 아니면 썩을 때까지 기다려야 합니까?"

"이봐요, 예의를 지키시오!"

검사가 대답했다.

"내 일은 끝났소."

부검의가 말했다.

"적어도 그림이라도, 아니, 크로키라도 그리시오."

검사가 말했다.

"나는 그림은 그릴 줄 모릅니다. 갈대로도 그리지 못해요."
형사가 말했다. "자네는 그릴 줄 아나?" 형사가 폭발물 전문가에게 물었다.

"아뇨, 나도 못 그립니다."

폭발물 전문가가 건성으로 대답했다. 그는 호주머니에서 통 몇 개를 꺼내, 주걱 모양의 도구로 먼지와 부스러기들을 조심스럽게 주워 담기 시작했다.

"수사관이 오기 전까지는 아무것도 건드리지 마시오."

들것을 들고 온 남자들이 시신의 양팔을 잡아끄는 것을 보고 검사가 거칠게 말했다.

"우리는 이곳에서 오전 내내 기다릴 수가 없습니다."

들것을 들고 온 남자들이 항의했다.

"내 지시를 따르시오. 공문서를 작성하는 사람은 바로 나요."

검사가 단호하게 말했다.

오케스트라가 「왕실 행진곡」을 연주하는 가운데, 알폰소 13세가 빅토리아 에우헤니아 왕비와 함께 살롱 안으로 들어서고, 수행원과 경호원들이 뒤를 따랐다. 왕은 대례복을 입고 있었다. 대례복의 금실, 은실 장식이 빛에 반사되어 번쩍거렸다. 손님들이 일제히 일어나 뜨겁고도 긴 박수갈채로 왕가 일행을 맞이했다. 르프랭스가 무리에서 나와 얼른 달려가 왕을 맞이했다. 왕은 잔잔한 미소를 머금고 그에게 악수를 청한 후 등을 다독였다.

"전하……."

"아주 아름다운 집이로군."

알폰소 13세가 말했다. 르프랭스는 빅토리아 에우헤니아 왕비의 손등에 입을 맞추었다. 마리아 로사는 갑작스러운 수줍음에 온몸이 얼어붙어, 남편이 강압적인 눈길을 보낼 때까지 무리 속에 파묻힌 채 꼼짝도 하지 않았다. 겁에 질린 어린 아내가 앞으로 나와 왕과 왕비에게 공손하게 인사를 건넸다. 그러자 곧이어 행렬이 흐트러지면서 왕과 왕비와 수행원들이 그곳에 온 손님들과 뒤섞였다.

"누추한 소신의 집에 왕림해 주시다니, 이보다 큰 영광은 없사옵니다."

르프랭스가 공손하면서도 다정하게 국왕에게 말을 건넸다.

"친애하는 르프랭스!" 국왕이 그의 팔짱을 끼며 말했다. "짐이 이곳에 들름으로써 11월 시장 선거에서 그대가 이길 수도 있다는 것을 짐이 모른다고는 생각하지 마시오. 짐은 카탈루냐 사람들을 끌어모으기 위해 그대의 중재를 필요로 하고 있소. 물론 이곳에서 짐의 인기가 어떤지, 그건 잘 모르지만."

두 사람은 곧 기분 좋은 웃음을 터트렸다.

"결혼한 지는 얼마나 되었나요? 자제는 없고요?"

빅토리아 에우헤니아 왕비가 마리아 로사에게 물었다.

"사실은 기다리는 중이랍니다." 마리아 로사가 수줍음을 감추지 못한 채 말했다. "국왕 전하와 왕비마마께서 저희 아이의 대부모가 되어 주신다면 더없는 영광으로 삼겠습니다."

"당연히 해 드려야지요!" 왕비가 탄성을 질렀다. "나중에 전하께 말씀드릴 테니 걱정하지 마요. 나도 자식이 둘이나 된답니다."

"알고 있습니다, 마마. 저도 잡지책에서 읽었답니다."

"아, 그렇겠네요."

그 무렵 우리는 르프랭스 부부의 저택에 자주 드나들었다. 아직 여름의 혹독한 더위가 느껴지지는 않았지만 어느덧 봄기운이 완연한 날씨였다. 나는 르프랭스는 물론이고 서로 느낌이 판이한 미녀 두 명과 함께 지내면서 더없이 행복했다. 내가 모든 것을 마음대로 결정할 수 있는 존재라고 해도 그들만큼은 절대 다른 사람들과 바꾸지 않을 생각이었다. 그때의 기억들은 행복한 순간이었다는 하나의 느낌으로 남아 있다. 그 당시의 즐거웠던 기억들 중 하나가 지금도 또렷하게 내 기억에 남아 있다. 르프랭스는 가만히 있지를 못했으며, 늘 새로운 흥분과 볼거리를 찾았다. 일요일에 가까운 근교로 나가자는 것이었다. 시쳇말로 소풍을 가자는 제안이었다.

"우리는 지나치게 많은 시간을 집 안에서만 갇혀 지내고 있어." 르프랭스가 아내의 반대를 물리치기 위해 논리를 펼쳤다. "우리는 맑은 공기가 필요해. 자연과 접하면서 약간의 운동을 해야 해."

그렇게 약속이 정해졌다. 르프랭스 부부가 음식을 준비해서 오전 10시에 우리 집으로 데리러 오기로 했다.

정해진 시간이 되자 리무진이 우리 집 앞에 도착했고, 차 안에는 르프랭스 부부가 타고 있었다. 우리가 차에 오르자 시동이 걸리면서 차가 출발했다. 차는 도시를 벗어나자마자 가파른 언덕을 오르고 또 올랐다. 엔진에서 그렁그렁 소리가 났지만 속도는 늦추지 않았다. 나는 역방향으로 앉아 있었기 때문에 아까부터 줄곧 우리 뒤를 따라오는 자동차가 있다는 것을 알았다. 처음에는 별다르게 생각하지 않아 아무에게도 얘기하지 않았다. 하지만 복잡하고 구불텅한 길을 몇 번이나 돌고 돌아 한 시간째 달리는데 뒤차가 여전히 따라오고 있었다. 르프랭스가 내 걱정을 눈치챘다.

"그래, 차 한대가 우리 뒤를 쫓아오고 있다는 것 알고 있네. 놀랄 필요 없네. 하지만 왜 따라오는지 이유는 밝히고 싶지 않네. 자네를 위한 깜짝쇼가 준비되어 있으니까."

나는 더 묻지 않고 들판을 바라보았다. 우리는 소나무 숲과 떡갈나무 숲을 지나갔다. 나무들이 아주 빽빽하게 들어차 있어, 나뭇잎 사이로 햇살이 스며들었다. 눈앞이 확 트이면서 울창한 숲과 광활한 계곡이 산 너머로 펼쳐져 있었다. 그때부터 차는 계속 내려가기 시작했고, 계곡에 이르러서도 여러 굽이를 돈 다음 평지에 도착했다. 나는 클로버와 이름 모를 풀들, 작은 덤불로 뒤덮인 그곳의 경치에 흠뻑 젖어 들었다. 평평하고 널찍한 곳이었으며, 한쪽 가장자리에는 차갑고 맑고 맛 좋은 샘물이 솟아오르고 있었다. 우리는 너나 할 것 없이 그곳으로 달려가 준비한 철제 컵으로 물을 받은 뒤 약효가 좋을 것 같은 그 물을 단숨에 벌컥벌컥 들이켰다. 잠시 후, 우리 뒤에서 따라오던 차가 도착했다. 그제야 나는 르프랭스가 말하던 깜짝쇼가 뭔지 이해했다. 그 수수께끼의 차는 다름 아닌 르프랭스가 예전에 타고 다니던 적색 컨버터블이었다.

"아! 바로 이거였군요?" 나는 옛 친구를 만난 듯 자동차에게 인사를 건네며 반갑게 소리 질렀다. "그런데 누가 타고 있습니까?"

"모르겠나?"

르프랭스가 반문했다.

막스였다.

자동차 두 대가 평지의 끝자락에 정차되어 있었다. 그곳에서 몇 미터쯤 떨어진 곳에서는 기사가 하얀 마 식탁보를 펼치

고, 그 위에 접시와 식사 도구, 컵, 술병, 찻주전자를 올려놓았
다. 그동안 막스는 소나무 밑에 앉아 실크해트로 얼굴을 가린
채 꾸벅꾸벅 졸고 있었다. 우리는 네 잎 클로버를 찾아 평원을
거닐며 돌아다녔다. 또 배추벌레나 풍뎅이 같은 신기한 벌레들
도 찾아다녔다. 귀뚜라미 한 마리가 나뭇가지 아래에서 울고
있었고, 샘물이 솟구쳐 올라왔다. 부드러운 바람에 살랑거리는
풍성한 나뭇잎에서는 아련하면서도 성스러운 교향곡이 잔잔
하게 울려 퍼졌다. 마리아 로사는 피곤하다며 풀 위에 앉았다.
물론 그 전에 남편이 손수건을 깔아 더러움이나 축축함, 벌레
로부터 아내를 보호했다.

"정말 평화롭기 그지없군!"

르프랭스가 아내의 곁에 서서 소리를 질렀다. 마치 눈앞에
펼쳐진 전경을 자기 가슴 안으로 모두 끌어안으려는 듯 양팔
을 활짝 벌렸다. 마리아 로사는 양산으로 햇빛을 가린 채 고
개를 들어 남편을 바라보았다. 맑은 빛이 풀빛에 반사되어 그
녀의 얼굴이 신비스러우면서 황홀한 색채를 띠었다.

"정말입니다. 우리 같은 도시 사람들은 자연이 주는 혜택을
잊고 삽니다."

내가 말했다.

그러나 르프랭스는 변덕스러웠다. 그는 오랜 시간 가만히 있
지를 못했다. 그가 갑자기 고개를 흔들더니 혀를 끌끌 차며 소
리를 질렀다.

"어이, 하비에르. 이제 그만 황홀해하게. 내가 자네를 위한
깜짝쇼가 있다고 했지?"

르프랭스가 신호를 보내자, 점심 준비를 끝내 가고 있던 기사

가 적색 자동차에 시동을 걸고 우리 쪽으로 천천히 다가왔다.

기사가 차를 세우고 내려오자 르프랭스가 말했다.

"올라타게."

"어디를 가려고요?"

내가 르프랭스에게 물었다.

"가기는 어딜 가? 깜짝쇼란 바로 자네가 직접 운전하는 거네."

나는 그의 눈에서 애정과 무모한 도전 의식이 뒤섞인 짓궂은 표정을 보았다. 르프랭스 특유의 표정이었다.

"농담하시는 겁니까?"

내가 물었다.

"소심하게 굴지 말게. 살면서 모두 경험해 봐야 하는 거야. 특히 짜릿한 느낌은 직접 느껴 봐야 한다고."

나에게 있어 르프랭스의 요구는 절대 거절할 수 없는 것이었다. 나는 운전석에 올라 그의 지시를 기다렸다. 호인처럼 느긋한 표정을 지으며 우리를 지켜보던 마리아 로사가 그제야 우리의 의도를 눈치챘다.

"아니! 뭘 하려는 거예요?"

"놀라지 마, 여보. 이 친구한테 이 기계가 어떻게 작동하는지를 가르치려는 것뿐이니까."

그녀의 남편이 소리 질렀다.

"하지만 하비에르는 운전해 본 적도 없잖아요!"

나는 억지로 체념의 미소를 지으며 어깨를 으쓱해 보였다. 절대 내 뜻은 아니니 이해해 달라는 의미였다.

"자, 한바탕 웃어 보자고! 자, 기대하시라!"

르프랭스가 말했다.

"그러다가 죽어요! 목숨만 잃을 거예요!" 마리아 로사는 마리아 코랄에게 도움을 청하려고 돌아보았다. "뭐라고 얘기 좀 해 줘요. 당신 말은 들을지 모르잖아요. 둘 다 고집불통이에요."

"놔두세요. 자기네가 뭘 하는지 잘 아는 어른들이잖아요."

마리아 코랄이 대답했다. 그녀는 즉석 서커스 공연을 보는 것처럼 흥분해 있었다.

그사이 르프랭스와 기사는 나에게 몇 가지 주의 사항을 알려 주었다. 그들은 내가 무슨 이상한 특수 용어라도 아는 듯 말했고, 서로 상반된 이야기를 했다. 마리아 로사는 자신이 남편을 설득하지 못할 것 같자 태도를 바꾸기로 마음먹었다.

"마리아 코랄, 우리 저 미친 두 사람을 위해 하느님께 기도나 드려요."

마리아 로사가 마리아 코랄에게 말했다.

"기도하고 싶으면 하세요. 나는 내 남편하고 같이 있을래요."

그게 마리아 코랄의 대답이었다.

마리아 코랄은 두 걸음에 차 옆으로 달려와 뒷좌석으로 기어올라 간 다음, 실타래처럼 웅크리고 앉았다. 그곳은 사람보다는 짐을 싣기에 적당한 곳이었다. 르프랭스가 아주 유쾌한 표정으로 시동을 걸자, 나는 양손으로 핸들을 꽉 붙잡았다. 우리는 웃옷을 벗어젖혔다. 차가 덜커덕거리며 움직이는 바람에 나의 밀짚모자가 땅바닥으로 굴러떨어졌다. 르프랭스는 "야호!" 하고 소리를 지른 후 영국 모자를 허공으로 집어 던졌다. 그러고는 자동차가 움직이기 시작하자 차 옆에 달린 발판에 올라탔다. 기사가 차에 타지 않은 채 나에게 뭐라고 소리를 질렀지만, 나는 한마디도 알아들을 수 없었다. 르프랭스는 차 안

에 머리를 거꾸로 곤두박고 양다리를 허우적거리며 깔깔거리
고 웃으면서 살려 달라고 외치기 시작했다. 나는 방향을 고정
하기 위해 갖은 애를 썼지만, 차는 계속 제자리에서 빙글빙글
맴돌기만 했다. 곧 마리아 로사는 두 눈을 아래로 내리깔고 양
손을 깍지 낀 채 손수건 위에 무릎을 꿇고 앉았고, 기사는 손
짓, 발짓으로 차와 관련된 신호를 보내며 고래고래 소리를 질
렀다. 이윽고 자세를 고쳐 잡은 르프랭스가 핸들을 붙잡았다.
그렇게 나와 르프랭스는 양쪽에서 핸들을 한쪽씩 붙잡았고,
그때부터 차는 지그재그로 달리기 시작했다. 자동차는 두뇌가
달린 듯 기사만 쫓아다녔다. 급커브를 틀었더니 내 밀짚모자
가 고스란히 뭉개졌다. 한참 만에 자동차가 쿨럭 소리를 내며
스스로 멈춰 섰다. 그러나 곧바로 차에서 뛰어내린 르프랭스
가 다시 시동을 걸어, 내가 그에게 말했다.

"오! 아니에요! 아니에요! 오늘은 이걸로 충분합니다!"

"아냐, 아니야. 조금만 더 하자고."

차가 르프랭스 쪽으로 확 쏠렸다가 움직이기 시작했을 때
그가 이렇게 말했다. 차는 마리아 코랄과 나 단둘만을 태운 채
처음에는 천천히 움직이다가 점차 속도를 내기 시작했다.

"어떻게 좀 해 봐요, 하비에르! 이 고철 더미를 세우란 말이
야!"

마리아 코랄이 뒷좌석에 웅크리고 앉아 소리를 질렀다.

"나도 그러고 싶어!"

나는 자동차가 스스로 멈춰 서기를 바라며, 나무들이 있는
쪽으로만 가지 않으려고 노력했다. 르프랭스와 기사는 차 뒤를
쫓아 달려오다가 차를 앞질러 달려가기도 했다. 그들은 서로

부딪치고 동시에 고래고래 소리를 지르며 우왕좌왕했다. 막스만이 소나무 아래 시원한 풀밭 위에 앉아 평원 위에서 일어나는 비극과는 아무 상관 없이 자고 있었다.

마침내 나 스스로도 놀랍게, 내가 가고자 하는 방향으로 대충 자동차를 움직이는 데 성공했다. 차가 멈춰 서자, 나는 기쁨에 겨운 채 땅바닥에 내린 다음, 마리아 코랄을 차에서 내려주었다. 르프랭스가 헐떡거리며 다가왔다.

"드디어 해냈어요!"

내가 말했다. 긴장해서 속으로는 많이 떨었지만 안 그런 척했다. 르프랭스가 웃었다.

"시작이 좋군. 나도 처음에는 자네보다 못했을걸. 앞으로 더 많이 연습하고 두려움만 없애면 되겠어."

나는 그날 일을 계기로 훗날 중요한 일을 맡게 되었다. 그래서 이 일화를 비교적 자세히 묘사한 것이다. 그 일은 나중에 때가 되면 알게 될 것이다.

우리는 점심을 먹으면서, 그리고 돌아오는 내내 나의 무훈담을 화제로 떠들었다. 르프랭스는 아주 기분이 좋았고, 마리아 로사는 가까스로 놀란 가슴을 진정했다. 나는 곁눈질로 마리아 코랄의 눈치를 살폈는데, 그녀는 그런 나를 존경하는 것처럼 보였다. 아무튼 그해 봄에 우리는 자주 들판으로 나갔으며, 나는 자동차를 능숙하게 몰 때까지 계속 운전 연습을 했다. 좀 잘난 척을 해도 된다면, 그때 나는 이미 초보 운전 딱지를 뗐다고 할 수 있었다.

"시한폭탄인가요?"

검사가 물었다.

폭발물 전문가가 휘파람을 불며 양손을 문질렀다.

"아뇨, 그건 아닙니다. 아직 결론을 내리기는 이르지만 '오르시니 폭탄'으로 판단되는군요. 단단한 물체에 닿으면 곧바로 폭발하는 구 형태의 폭발물인데, 도화선이나 기계장치 없이 쉽게 작동하기 때문에 웬만한 비전문가도 사용할 수 있습니다. 가장 흔한 데다 실패하는 경우도 없고요."

폭발물 전문가가 광고하듯 장황하게 설명했다.

형사는 발코니로 나갔다. 문 앞에는 경찰이 경계를 서고 있었는데, 멀리 고물 장수가 딸랑거리는 종소리 외에 사람이라곤 코빼기도 보이지 않았다.

"길거리에서 폭발물을 던졌을 가능성도 없지 않습니다. 피해자가 발코니를 열어 둔 걸로 봐서 말입니다."

"왜 발코니를 열어 두었을까요? 아직도 새벽에는 추운데."

검사가 물었다.

형사는 양어깨를 으쓱하고는 검사에게 자리를 비켜 주었다. 검사는 발코니에서 인도까지의 거리를 눈대중으로 재 보았다.

"거리가 꽤 되는군요, 안 그렇소?"

"그래요, 그건 그렇습니다." 형사가 인정했다. "사다리를 사용하지 않았으면 꽤 되지요. 하지만 그랬을 가능성은 희박합니다."

"아니면 마차 지붕 위로 올라가 폭발물을 던졌을 수도 있지요. 마차나, 아니, 그것보다는 자동차가 더 낫겠군요."

폭발물 전문가가 말했다.

"왜 자동차가 더 낫다는 거요?"

검사가 물었다.

"마차는 불안정합니다. 말이 움직이면 위로 올라간 사람이 균형을 잃을 수도 있고, 그러다가 양손에 폭발물을 든 채 땅바닥으로 떨어지면 아주 위험하지요."

"그렇군. 좋은 지적이오. 사건의 흐름을 다시 맞춰 봅시다. 형사 양반, 이번 사건의 동기는 뭐라고 생각하시오?"

검사가 신이 나서 물었다.

형사가 곁눈질로 흘낏 검사를 쳐다보았다.

"누가 압니까? 피해자의 적일 수도 있고, 상속자일 수도 있고, 무정부주의자들일 수도 있고. 가능성이 수천 가지나 되니, 젠장!"

그사이 수사관이 도착해 크로키를 그렸다. 폭발물 전문가는 그것도 그림이냐고 빈정대는 듯한 웃음을 지으며 수사관의 크로키를 바라보았다. 들것을 든 구급대가 피해자의 시신을 싣고 나갔고, 부검의는 가능한 한 빨리 결과를 알려 주겠다고 약속하며 그 자리를 떠났다. 크로키가 끝나자 검사와 수사관도 물러났다. 형사와 폭발물 전문가 단둘만 남았다.

"커피 한잔 어때?"

형사가 제의했다.

"좋죠."

거리에서는 보초 중인 경찰이 두 남자와 실랑이를 벌이고 있었다.

"무슨 일인가?"

형사가 물었다.

"이분들이 집으로 올라가겠다고 고집을 피워서요, 형사님. 사망자의 친구들이랍니다."

형사가 방금 도착한 사람들을 살펴보았다. 한 사람은 젊고 멋있으며 자신감에 차 있었다. 나이가 들고 뚱뚱하고 지저분해 보이는 남자는 계속 다리를 떨며 호들갑을 피웠다.

"나는 코르타바네스 변호사입니다. 이분은 폴 앙드레 르프랭스 씨고요. 우리는 파렐스 씨와 잘 아는 사이입니다."

"이 일을 어떻게 알았습니까?"

"미망인이 전화를 걸어서 만사를 제치고 온 겁니다. 경우도 없이 이렇게 불쑥 나타나 죄송하지만, 너무나 뜻밖의 소식이라서 저희도 경황이 없어 그런 거니 이해해 주십시오. 불쌍한 페레! 사실 우리는 불과 몇 시간 전에 고인을 만났답니다."

"몇 시간 전요?"

"파렐스 씨가 우리 집 파티에 오셨거든요."

이번에는 르프랭스가 대답했다.

"피해자가 무슨 말을 했거나, 행동에서 의심이 갈 만한 것을 못 느끼셨습니까?"

"모르겠습니다." 코르타바네스가 탄식을 토해 내며 말했다. "너무 큰 충격을 받아 무슨 말씀을 드려야 할지 모르겠습니다."

"미망인을 만나러 올라가도 되겠습니까?"

르프랭스가 물었다. 그는 전혀 충격을 받은 것 같지 않았다.

형사가 잠시 생각했다.

"좋습니다. 미망인을 뵈러 올라가십시오. 하지만 피해자의 집에는 들어가지 마십시오. 미망인은 앞집에 있습니다. 그곳에 있는 경찰이 알려 줄 겁니다. 나는 잠깐 자리를 비우겠습니다.

돌아온 뒤 얘기하지요. 기다려 주십시오."

난간에서 보초를 서고 있던 경찰은 르프랭스와 코르타바네스가 나타나는 걸 보고는 얼굴을 찡그렸다. 경찰은 상관의 명령 없이는 절대 아무도 출입시키지 말라는 지시를 받았으며, 방금 도착한 사람들에게도 그렇게 말했다. 하지만 그들은 형사의 심문을 받기로 약속되어 있다며, 자기네는 사망자가 생존시 마지막으로 만난 사람들이라고 얘기했다. 경찰이 망설이는 사이 그들은 정중하면서도 강력하게 경찰을 밀치고 희생자의 아파트로 은근슬쩍 들어갔다. 일단 늙은 재무 책임자의 서재 안으로 들어가자 코르타바네스는 부들부들 떨기 시작했다.

"못 하겠군. 정말 못 하겠어. 나도 어쩔 수 없어."

코르타바네스가 흐느꼈다.

"자, 내가 알아서 할게요. 이 기회를 그냥 놓칠 수는 없어요. 책상을 제대로 놓게 도와줘요. 봐요, 핏자국도 없고, 그 비슷한 것도 없어요. 자, 얼른 밀어요. 나 혼자서는 못 해요."

그들은 책상을 바로 세워 원래 모습대로 해 놓았다. 서랍이 열쇠로 잠겨 있지 않아 르프랭스가 서랍들을 뒤졌다. 그사이 얼굴에 핏기가 하나도 없는 변호사는 입을 헤벌린 채 꼼짝도 하지 못하고 르프랭스만을 쳐다보았다.

가엾은 파렐스! 그날 밤 작별 인사를 하면서 그게 마지막 인사가 될지 누가 알았을까! 나는 그때까지 그를 한 번도 좋게 본 적이 없었지만, 그렇다고 해서 그를 높이 사지 않은 것은 아니었다. 그는 품성이 남다른 데다 머리가 비상하고 교양이 있었으며 누구에게나 예의를 지킬 줄 아는 사람이었다…….
이제는 그런 사람도 거의 없었다.

나와 파렐스는 르프랭스가 주최한 파티에서 마지막으로 마주쳤다. 국왕까지 참석한 기억에 남을 파티였다. 물론 마리아 코랄과 나도 초대받았다. 우리는 두려우면서도 기대에 가득 차 주눅이 잔뜩 든 채 파티에 참석했다. 그렇지만 그 사교 파티가 우리의 인생에서 한 단계를 마무리 지으리라고는 전혀 생각하지 못했다. 그 파티 이후로는 모든 게 예전 같지 않았다. 하지만 그곳에서는, 대저택의 화려한 살롱에서는 향수와 실크 드레스, 보석, 재계와 금융계의 유명 인사들과 뒤섞여 비참한 현실과는 아주 멀리 있고, 현실의 위험도 멀리 내쫓긴 것 같았다.

"도빌 씨? 매우 친절하시군요. 하지만 남편한테 물어봐야 해요."

"세상에, 마리아 코랄." 나는 치근덕거리는 남자들에게서 마리아 코랄이 간신히 빠져나올 때마다 그녀를 나무랐다. "그만 살랑거려!"

"살랑거린다고요?" 마리아 코랄은 무식했지만 눈치 하나는 기가 막히게 빨랐다. "그러니까 내가 창녀라는 거죠?"

나는 표정을 흐트리지 않고 묵언으로 수긍했다.

"하지만 하비에르, 나는 고급 창녀예요!"

그녀는 호색기가 흐르는 늙은 장군의 윙크에 미소로 답하면서 쾌활하게 대답했다.

우리가 저택에 들어서기도 전부터 내 아내의 이국적인 미모는 큰 반향을 불러일으켰다. 노련하고 느물느물한 신사들이 뻔뻔한 의도를 드러내며 아내에게 추파를 던졌다. 나는 묘하게 우쭐하면서도, 동시에 머리가 확 돌아 버릴 만큼 강한 질투심을 느꼈다.

"어떻게 사나, 하비에르? 아주 바쁜 것 같던데."

코르타바네스가 남자 한 명을 뒤에 달고서 나를 찾으러 왔다.

"보시다시피." 나는 한 사제와 얘기 중인 마리아 코랄을 가리키며 대답했다. "시간과 명예를 잃으면서 보내고 있습니다."

"아! 잃을 게 있다는 것은 그만큼 가진 게 많다는 뜻이네!" 코르타바네스가 속삭였다 "일은? 어떻게 돼 가나?"

"느릿느릿하지만 가차 없이 진행되는 중입니다."

내가 농담조로 대답했다.

"그렇다면 속도를 내야겠군, 하비에르. 오늘 밤 엄청난 일들이 벌어질 걸세."

"어떤 일인데요?"

"곧 알게 될 걸세."

코르타바네스가 목소리를 낮추며 다시 입술에 손가락을 갖다 댔다.

"당신은 모로코 전쟁을 어떻게 보십니까?"

자신의 대화를 중단하고 싶은 마음이 없었던 남자가 끼어들었다.

코르타바네스가 눈짓을 보내, 나는 하는 수 없이 그가 짊어져야 할 짐을 떠안았다.

"확실히 안 좋아 보이지요."

"그런 말씀 마십시오." 남자는 마치 널빤지를 만난 조난자처럼 새로운 대화 상대를 물고 늘어졌다. "도저히 묵과할 수 없는 일입니다! 빌어먹을 깜둥이 몇 놈이 수백 년 동안 아메리카

대륙을 다스렸던 이 나라를 욕보이려 들다니!"

"세월이 변했습니다."

"세월이 변한 게 아니라 사람이 변한 겁니다." 멍해 보이는 남자가 괜히 혼자 열을 내며 말했다. "지금은 예전과 같은 정치가들이 없습니다. 사가스타와 카노바스 델 카스티요 시대는 어땠습니까?"

국왕이 도착하면서 우리의 대화도 중단되었다. 사람들이 얼른 달려 나가 왕과 왕비 앞에 무릎을 꿇었다. 코르타바네스가 그 기회를 틈타 우리에게 다가왔다.

"봤나? 주인이 닭들에게 모이를 주는 것 같지 않나?" 코르타바네스가 서글픈 표정을 지으며 고개를 흔들었다. "이래서는 아무것도 안 돼. 캄보에게 린치를 가하던 일이 떠오르지 않나?"

나는 생각난다고 대답했다. 확실하게 기억났다. 그런 캄보가 이제 마우라 정부에서 재무부 장관을 맡고 있었다.

국왕은 위엄 있게 살롱을 돌아다니면서 친절하게 인사를 건네고, 사람들의 칭송과 청을 무료하게 듣고 있었다. 그러나 한창 나이에도 불구하고 어깨가 축 처진 모습은 일찍 노쇠한 인상을 주었고, 잔잔한 미소에는 우울한 그림자가 살짝 서려 있었다.

"바닥에 종이들이 떨어져 있습니다. 어서 읽어 보세요. 시간을 낭비하지 마세요. 우는 건 장례식에 가서 해도 되니까요."

코르타바네스가 무릎을 꿇고서 여기저기 흩어진 종이들을 내려다보기 시작했다.

"불쌍한 파렐스! 삼십 년을 넘게 알고 지낸 좋은 양반이었는데……. 배신을 모르는 제대로 된 사람이었는데. 난 아직도 그 양반의 아들이 죽던 날을 잊을 수가 없어. 아들의 이름이 마테오였지……. 세상에, 가족 모두의 운명이 참 기구하기도 하지! 파렐스는 자기 아들이 완벽한 신사가 되길 바랐지. 그래서 옥스퍼드로 유학 보낸 후에는 학비를 대기 위해 한 푼이라도 아끼고 절약했지. 그런데 그런 아들이 옥스퍼드에서 폐병을 앓다가 유명을 달리하고 말았다니. 여기, 바로 이 집에 돌아와서 죽은 거야."

"왜 그렇게 질질 짜는 소리를 하는 겁니까?"

르프랭스가 으르렁거렸다.

"이것 봐." 코르타바네스가 바닥에 흩어진 종이들을 가리키며 설명조로 말했다. "불쌍한 파렐스는 죽을 때 이걸 읽고 있었어."

르프랭스는 변호사가 건네준 종이를 받아서 읽기 시작했다. 오랜 세월 손때가 묻어 누렇게 바랜 종이였다.

"사랑하는 부모님께, 건강하게 잘 계시다니 몹시 반갑고 기쁩니다. 저는 끝도 보이지 않는 혹독한 겨울 날씨 탓인지 감기가 떨어지지 않지만, 그런대로 잘 지내는 편입니다. 감기가 사람을 많이 힘들게 하는군요. 네, 이곳은 소설에서처럼 늘 비가 내립니다……."

편지를 쓴 날짜는 1889년 3월 15일이었다. 르프랭스는 편지를 바닥에 내던지고, 다음 편지의 첫 부분을 읽었다.

"사랑하는 아버지, 어머니가 이 편지를 보지 않도록 해 주십시오. 저는 건강이 점점 악화하면서 일주일 전부터는 열도 심한 편입니다. 의사들은 혹독한 날씨 때문이니 걱정하지 말라고 합니다. 다행히 이제 시험을 치르고 나면 곧 방학이라서 집으로 돌아갈 수 있습니다. 제가 얼마나 집을 그리워하는지 모르실 겁니다. 이곳은 감탄이 절로 나오는 곳이지만, 낯선 데다 혼자 병을 앓아서 그런지 바르셀로나 생각만 계속 납니다……."

"젠장!" 르프랭스가 소리를 질렀다. "책상을 원래 위치로 돌려놓으려고 하니까 나 좀 도와줘요."

그들은 가급적 시끄러운 소리를 내지 않으려고 노력하면서 책상을 뒤집어 놓았다. 코르타바네스가 엉엉 소리를 내서 울었다.

"가요." 르프랭스가 말했다. "여기에는 없는 게 분명해요. 그 빌어먹을 편지는 처음부터 없지 않았을까 하는 의심까지 든다고요."

6

봄이 지나자 끈끈하고 후텁지근하고 혹독한 여름이 도시는 물론이고 도시민들의 영혼까지 무겁게 짓눌렀다. 마리아 로사는 몸이 약해 날씨에 더욱 민감했다. 임신으로 몸이 많이 불어난 상태라 힘든 여름 날씨에 고생이 더 많았고, 건강이 좋지 않으니 신경도 점점 예민해졌다. 우리는 차츰 그녀의 저택에 가지 않고, 일요일에 소풍을 갈 때만 만났다. 그러다가 소풍 가는 것도 곧 그만두면서 아예 르프랭스와 접촉이 끊어졌다. 마리아 로사는 집 밖은 고사하고 침실에서조차 거의 나오지 않았다. 그녀는 마치 유령처럼 스르르 나타나서 하인들을 놀라게 만들거나, 아파서 무표정한 얼굴과 넋을 잃은 듯한 시선으로 멍하니 나타나기도 했다. 어떤 때는 헝클어진 머리에 발끝까지 내려오는 긴 가운을 질질 끌고서 집 안을 돌아다녔는데, 그럴 때는 마치 물고기가 어항 속에 갇혀 사는 운명을 받아들이는 것처럼 모든 것을 체념한 사람 같았다. 르프랭스 부부와의 만남이 끊어지자 우리 부부는 사교계와도 멀어졌고, 형식적이고 인습적인 관계만 존재하는 비좁은 세계에 틀어박혔다. 그때 나는 내 주변을 에워싸고 있는 상황이 끔찍이도 싫었다. 세월이 흐르고 나이가 든 지금은 확실하게 알 수 있지만, 당시만 해도 나는 정의하기 힘든 반감을 품기 시작했다. 오랜 세월 속으로만 삭이며 꾹꾹 눌러 두었던 해묵은 감정이 차곡차곡 쌓인 데다, 미래에 대한 환상이 너무 일찌감치 깨진 결과인 셈이었다. 나는 날이 갈수록 짜증이 늘어났다. 마리아 코랄에게 못되게 굴면서 가슴을 후벼 파는 말도 안 되는 소리를 빈정대며 쏟아 냈다. 그녀는 처음에는 못 들은 척했지만 나중에는 욱하는 성격을 참지 못하고 폭발했다. 우리는 아무것도 아닌 일로 다투었으며 서로가 지쳐 쓰러질 때까지 싸우고 헐뜯었다. 그러던 6월의 어느 날 밤, 그러니까 성 요한 축일 전날 밤에 우리의 다툼은 급물살을 타게 되었다.

싸우다가 벌어진 일이었다. 나는 그녀에게 떠오르는 대로 온갖 비난을 퍼부었다. 나는 상당히 흥분했고, 말싸움은 내 승리로 기울고 있었다. 마리아 코랄은 양어깨를 축 늘어뜨린 채 헉헉거리며 눈물을 글썽였다. 마치 패배를 눈앞에 둔 권투 선수와 같은 모습이었다. 그녀는 마침내 갈라지는 목소리로 조용히 해 달라고, 더 이상은 자신에게 마음의 상처를 안기지 말라고 애원했다. 그러나 나는 그런 그녀에게 새로운 화제를 들춰 내며 더욱 맹공을 가했으니, 내 머리가 돌아도 한참 돌아 버린 게 분명했다. 마리아 코랄은 의자에서 벌떡 일어나 응접실을 박차고 나갔다. 나도 그녀를 따라 복도로 나갔다. 그녀는 침실로 들어가 문을 닫고는 문고리를 걸어 잠갔다. 악마가 씌었는지, 내가 있는 힘을 다해 어깨로 문을 밀치자 나무 부스러기가 떨어지면서 경첩이 빠지고 문짝이 떨어져 나갔다. 그녀는 확연하게 두려움에 질린 표정으로 침대 앞에 서 있었다. 나는 그녀를 부둥켜안고 입을 맞췄다. 그녀를 굴복시키겠다는 마음이었는지, 그건 알 수 없었다! 그녀는 거부하지 않았다. 마치 그곳에 없는 사람이나 죽은 사람처럼 저항조차 하지 않았다. 나는 그런 그녀의 발밑에 무릎을 꿇고 그녀의 허리를 잡았다. 그러자 그녀가 갑자기 무릎으로 걷어차는 바람에 나는 바닥으로 나뒹굴었다. 내가 다시 벌떡 일어나 보니, 마리아 코랄은 침대에 누워 있었다. 사지를 쫙 펼치고 눈동자를 한곳에 고정한 채 가쁜 숨을 몰아쉬고 있었다. 내가 모든 패를 쥐고 있었기 때문에, 그때 내가 조금이라도 눈치가 있었다면 촛불을 들고 조용히 그 방을 나갔어야 했다. 하지만 나는 이성적으로 행동하지 않았다. 나는 침대로 다가가 몸을 숙이고는 그토록 원하던 그녀의 몸에 손을 얹었다. 마리아 코랄은 꼼짝도 하지 않았다.

"당신이 원하면 거부하지 않겠다고 이미 말했어요." 마리아 코랄이 중얼거리듯 말했다. "하지만 그 결과는 당신도 잘 알고 있을 거예요."

나는 손을 치우며 그녀를 노려보았다.

"어떻게 그렇게 말할 수 있지? 그날 이후로 바뀐 게 아무것도 없다는 거야? 몇 달 동안 함께 살았으면서도 당신의 결정은 단 일 밀리미터조차 움직이지 않은 거야?"

"나는 변하지 않았어요. 하지만 보아하니 당신은 변한 것 같군요. 그럼 결정하세요."

"어떻게 그렇게 이기적일 수 있지? 나한테는 빚진 게 없다는 거야?"

"나에게 계산서를 청구하려는 거예요?"

"천만에, 당신이 나를 얼마나 부당하게 대하는지, 그걸 알려 주고 싶을 뿐이야. 나는 당신과 결혼했어. 당신의 조건을 받아들여 존중해 주었고, 당신이 아팠을 때는 여느 남편처럼 당신을 돌봤어. 당신은 내 월급으로 먹고사는데, 그걸로 충분하지 않아?"

마리아 코랄이 상체를 일으켜, 양팔로 다리를 껴안은 자세로 고쳐 앉았다.

"그렇게 생각해요? 어떻게 그렇게 바보 같아요? 아직도 당신이 일을 해서 르프랭스가 월급을 주고, 우정 때문에 도움도 주는 줄 알아요? 아직도 무엇이 진실인지 모르겠어요?"

"무슨 진실? 지금 무슨 말을 하는 거야?"

마리아 코랄은 양 무릎에 얼굴을 파묻고 엉엉 울기 시작했다. 그녀가 아팠을 때 이후로는 그렇게 많이 우는 모습을 한 번도 본 적이 없었다.

"바보 같기는! 눈뜬장님이나 다름없어! 세상에, 어쩌면 이렇게 속수무책일까!" 그러고는 그간의 이야기를 털어놓기 시작했다. "모든 것은 프린세사 거리에 있는 호텔에서 시작되었어요. 당신 덕분에 무사히 목숨을 건지고 치료를 받았던 그 호텔에서요. 의사가 침대를 털고 일어나도 좋다고 한 뒤, 내가 다시 그 호텔을 나가 카바레로 일하러 가는 것은 시간문제였어요. 그런데 르프랭스가 평소와 달리 혼자서 호텔 방에 나타났어요. 그 사람은 한참을 빙빙 돌려 말하고는 아내 때문에 외롭다느니, 이해가 안 된다느니, 실패했다느니 하면서 듣고 싶지도 않은 얘기를 꺼내더군요. 르프랭스는 아내를 증오했어요. 돈과 회사에 대한 영향력 때문에 아내와 결혼한 거예요. 당신은 어떤 줄 알았어요? 아무튼 그러고는 옛날로 다시 돌아가자느니, 아파트를 하나 얻어 주겠다느니, 생활비를 대 주겠다느니 하면서 이런저런 제의를 하더군요. 나는 선뜻 허락하지 않았어요. 지난 몇 년 동안 너무 힘들게 살아오면서 협상하는 법을 배웠거든요. 너그러운 제안이기는 했지만 확실치도 않았어요. 르프랭스는 변덕이 심한 데다 상황도 좋지 않아 한 달이나, 길면일 년을 그렇게 보내다가 나를 버릴 수도 있었어요. 그래서 나는 조건을 달았어요. 나는 돈도, 아파트도, 가게도, 주식도 원하지 않았어요. 나는 제대로 된 직장을 다니는 성실하고 근면한 남편을 원했어요. 르프랭스가 한참을 웃더니 이렇게 말하더군요. '그게 전부라면 그 친구한테 부탁하지.' 르프랭스는 당신을 염두에 두었던 거예요. 협상은 나쁘지 않았어요. 당신이 그 사람을 위해 일하고 나를 거둬들이면, 그 사람은 나를 공짜로 취하는 거나 마찬가지니까요. 나는 당신이 미래의 내 남편으로 나타났을 때 호기심을 느꼈어요. 대체 어떤 남자이기에 그런 수치스러운 계약에 응한 걸까? 세 가지 가능성이 내 머릿속을 스치고 지나가더군요. 냉소적인 작자이거나, 지지리도 멍청한 작자이거나, 아니면 빚에 쪼들려 자포자기한 작자이거나 셋 중 하나일 거라고요. 하지만 사랑을 믿는 이상주의자일 거라고는 전혀 생각하지 못했어요. 진실을 알게 되자 나는 당신이 측은해졌어요. 심지어 오늘까지만 해도 어느 정도는 존경심까지 생겼어요. 하지만 당신도 알다시피 이런 상황에서 나는 절대 당신 여자가 될 수 없어요. 나는 요 몇 달 동안 진실을 숨기면서 당신의 삶이 힘들어지지 않도록 노력했어요. 하지만 이제 당신도 내가 어떤 여자인지 알게 되었으니, 다 털어놓을게요. 어쩔 수 없잖아요? 그래요, 내 삶을 스쳐 지나간 남자들은 셀 수도 없이 많았어요. 나는 돌에 맞아 죽고 싶지 않아서 고향을 떠났고, 서커스 공연을 하는 해결사들을 만났어요. 나는 나를 먹여 살려 주는 두 사람을 위해 일을 하고 그들의 욕정을 풀어 줘야 했어요. 나는 하룻밤에도 번갈아 가며 침대로 들어갔어요. 하지만 그들은 가끔 술에 취해 돌아오는 날이면 순서를 지키지 않았고, 툭하면 손찌검을 했어요. 그 후에도 르프랭스와 많은 남자들이 나를 거쳐 갔어요. 그들 중 딱한 남자, 그 남자와의 관계만은 저속하지 않았어요. 바로 당신이에요. 그래서 나는 온천 정원에서 당신도 알고 있는 그 조건을 내걸고 울었던 거예요. 그래요, 내 인생은 지옥이에요. 당신이 출근하면 당신과 함께 나의 평화도 사라져요. 곧이어 르프랭스가 막스를 데리고 도착하거든요. 어떨 때는 한 시간 정도 머물다 돌아가지만, 대부분은 자기 자신에 대한 이야기에서부터 사업과 정치적 야망, 그리고 마지막으로 자기 아들 얘기를 늘어놓아요. 르프랭스는 아이 때문에 무척 들떠 있어요. 그런 날이면 여기서 점심도 먹고, 낮잠도 자고, 책도 보고, 오후에는 편지도 써요. 심지어 비서도 불러들여요. 시간이 늦어져 당신이 퇴근할까 봐 걱정되면 당신에게 일을 더 시키도록 아랫사람들에게 지시를 내려요. 이제 아셨어요? 돈 있고 힘 있으면 모든 게 얼마나 간단한지 이제 알았냐고요! 그런 상황에서 만일 당신이 나타났다면, 설사 그 사람이 철저하게 조치를 취했다 해도, 막스가 권총으로 쏴 죽이고 말았을 거예요. 막스는 냉혈

한이에요."

"그럼 당신은? 당신은 냉혈한이 아니고 뭐지?"

"모르겠어요. 모든 게 혼란스러워요."

나는 말없이 일어나 방을 나왔다. 그리고 현관문을 열고 도
망치듯 거리로 나왔다. 집 앞, 인도 한가운데에서는 축일 전야
제를 알리는 모닥불이 타오르고 있었다. 군악대 소리가 울려
퍼지는 가운데 폭죽이 터지고 불꽃놀이가 한창이었다. 멋지게
차려입은 사람들이 거리를 돌아다니고 있었는데, 그들 중에는
가면이나 반(半)복면을 쓴 사람들도 많았다. 나는 얼이 빠진
채 북적거리는 사람들 사이를 비집고 미친 듯이 헤매다가 람
블라스 거리로 들어섰다. 거리는 마치 댄스파티와 서커스 공연
과 정신병원이 하나로 어우러진 것처럼 보였다. 바르셀로나 시
민들은 갖가지 시끄러운 악기들을 가지고 와자지껄 몰려나와
있었다. 군인들은 둥그렇게 원을 그리며 춤을 추었고, 수많은
인파가 종이 모자를 쓰고 돌아다녔다. 경비를 서고 있던 경찰
들도 지나가는 창녀들에게 노래를 부르며 추파를 던졌다. 나는
축제 열기에 휘감긴 도시의 흥겨운 광경을 바라보며 정신을 잃
은 채 멍하니 걷고 있었다. 그런데 그때 누군가 무릎이 휘청할
정도로 세차게 나의 어깨를 내리쳤다.

"하비에르! 자네가 여기 웬일이야!"

요란하게 떠드는 소리로 귀가 먹을 정도인 가운데 누군가가
나에게 소리를 지르는 게 들렸다.

코 부위를 지나칠 정도로 크게 강조한 가면을 쓰고 있었기
때문에 나는 내 어깨를 때린 사람을 얼른 알아보지 못했다. 하
지만 곧 누구인지 알아보았다.

"세라마드릴레스!"

"축제에 온 거야?"

유리처럼 반들거리는 그의 눈은 시뻘겋게 충혈되고, 입에서는 술 냄새가 확 풍겼다.

"여보게, 자네가 이 이야기를 들으면……."

"무슨 일이야? 초상 치른 사람 같은 얼굴을 하고 있네? 얘기해 봐."

"자네의 축제를 망치고 싶지 않네. 일행이 있나?"

"응, 좋은 친구들하고 양장점에서 일하는 아가씨들이 있어. 사실은 어떻게 해 보려고……."

세라마드릴레스가 깡충깡충 뛰며 소리 지르는 사람들 한 무리를 가리켰다. 건강해 보이는 젊은 여자들로, 혈색이 좋고 통통했다. 여자들은 무릎까지 치마를 들어 올려 코믹하게 캉캉 춤을 추며 속되면서도 야하게 입술을 내밀었다.

"자네 친구들한테 가게나, 세라마드릴레스. 자네의 축제를 망치고 싶지 않아."

"푸후, 저 친구들은 괜찮아. 나중에 합류하면 돼. 친구들하고 약속하고 올 테니 잠깐만 기다려."

세라마드릴레스는 춤추며 까부는 사람들 중에서 그나마 제일 얌전해 보이는 사람과 얘기한 후 여자들 모두에게 키스를 보내고 내 곁으로 돌아왔다.

"자, 이제 모두 얘기해 보게, 하비에르. 비록 요즘에는 자네가 나를 거의 내팽개쳐 두었지만 우리는 늘 친구였잖아."

"그렇지. 하지만 길거리에서 이러지 말고, 좀 더 조용한 데로 갈까? 어때? 내가 한잔 살게."

우리는 소음이 덜한 곳을 찾다가 텅 비다시피 한 서글픈 술집을 찾아냈다. 손님이라고는 쿠바 전쟁에 참전한 낡은 용병 군복 차림의 취객 두 명이 전부였다. 그들은 쓰러지지 않기 위해 서로를 얼싸안은 채 앞뒤로 흔들며 나지막하게 노래를 흥얼거리고 있었다. 우리는 한쪽 구석에 자리 잡고 앉아, 포도주 한 병과 잔 두 개를 청했다. 나는 정오부터 먹은 게 없어서 첫 모금을 들이켜는 순간 속이 메스꺼웠지만, 알코올이 들어가면서 차츰 들뜨는 기분이 들었고, 나중에는 어떤 상황에도 맞설 수 있을 것 같은 용기와 자신감이 생기기 시작했다.

"어이, 세라마드릴레스. 오늘 나는 죽고 싶을 만큼 엄청난 충격을 받았다네."

내가 얘기를 시작했다.

"그건 왜?"

"내 아내가 다른 놈하고 간통을 했거든."

"아내라니? 마리아 코랄 말이야?"

"물론이지."

"세상에, 그래서 그렇게 슬퍼하는 거야?"

"자네한테는 그게 별문제가 아닌가 보지?"

세라마드릴레스가 유령을 쳐다보듯 나를 빤히 쳐다보았다.

"아니, 그게, 그러니까…… 사실 나는 자네가 이미 알고 있는 줄 알았네."

"내가 뭘 안다는 거야?"

"그게 그러니까…… 자네 아내와 르프랭스의 관계 말이야."

"빌어먹을! 자네도 알고 있었나?"

"하비에르, 바르셀로나 전체가 알고 있네."

"바르셀로나 전체가? 그런데 왜 나한테는 얘기하지 않았지?"

"우리는 자네가 결혼할 때부터 알고 있다고 생각했지. 그런데 오늘까지 몰랐단 말이야? 정말이야?"

"우리 어머니를 두고 맹세하겠네, 세라마드릴레스."

"세상에! 이거야말로 엄청나군! 웨이터, 포도주 좀 갖다 줘."

우리는 웨이터가 가져온 포도주를 병째로 들고 마시기 시작했다.

"그렇다면 카지노 사건도 몰랐나? 신문에도 실렸는데. 실명은 밝히지 않았지만 아주 구체적으로 언급했던데. 물론 좌파 신문이었지만."

"카지노 사건?"

"자네는 다른 세상에 사는 사람 같군. 르프랭스가 티비다보 카지노에서 자네…… 자네 아내의 따귀를 때렸다더군. 사람들 앞에서 말이야. 자네 아내가 핸드백에 숨겨서 가지고 온 칼로 르프랭스를 찌르려고 했거든. 아무튼 코르타바네스가 제때 손을 쓰지 않았으면 자네 아내는 구속되고 말았을걸."

"그런 일이 있었어? 세상에! 그런데 르프랭스가 왜 그녀를 때렸나? 그녀가 무슨 짓을 했기에?"

"모르지. 질투 때문에 그랬던 것 같아."

"그러니까 또 다른 남자가 있었다는 거야?"

"내가 보기에는…… 미안하지만 자네를 질투해서 그랬던 것은 아닌 것 같아."

"상관없어. 무슨 얘기든 다 하게. 이미 모든 사람들의 입방아에 오르내렸을 텐데 자네가 뭐라고 하든 그게 무슨 상관이야?"

"하비에르, 그 정도는 아니네. 사실 대부분의 사람들이 자네를 뻔뻔스럽다고 생각하지, 자네가 진실을 모른다고는 생각하지 않네."

"그나마 다행이군."

노래를 흥얼거리던 취객들이 아예 바닥에 드러누워 코를 곤지도 한참 되었다. 거리에는 와자지껄한 소음이 끊이지 않고 계속되었다. 세라마드릴레스가 나의 팔에 손을 얹었다.

"하비에르, 난 그동안 자네를 오해하고 있었네. 미안해."

"사과할 것까지는 없네. 결국 따지고 보면, 차라리 그게 더 낫겠지. 아내한테 속은 멍청한 남편보다는 자존심 없는 뻔뻔한 놈이 차라리 낫지 않겠나."

"너무 좌절하지 말게. 모든 문제에는 해결 방법이 있지 않은가."

"있겠지. 하지만 뭐가 내 문제의 해결 방법인지는 모르겠네."

"그건 내일 생각하고, 오늘 밤은 뭘 하면 되는지 아나? 신나게 노는 거야. 어때?"

"그래, 아주 현명한 방법 같아."

"그럼 우리 얘기는 그만두고, 술값을 낸 다음 놀러 나가자고. 내 친구들하고 합류하지. 얼마나 좋은 친구들인지 자네도 알게 될 거야……. 그리고 얼마나 화끈한 여자들하고 어울리는지도 말이야."

내가 돈을 낸 후 우리는 밖으로 나갔다. 우리는 팔꿈치로 밀쳐 가며 사람들 무리를 헤집고 나갔다. 나는 세라마드릴레스를 따라 산타 에우랄리아 아치가 있는 음침한 건물 앞에 다다랐다. 세라마드릴레스는 가끔씩 뒤돌아보며 로봇 같은 동작으로 좀 더 빨리 걸으라고 재촉했다. 현관문이 활짝 열려 있었는데, 그가 먼저 들어가고 내가 뒤따라 들어갔다. 우리는 성냥개비에 불을 붙여 비좁고 가파르고 허름한 계단을 올라갔다. 희미한 일본풍 등들이 밝혀진 옥상에 올라갈 때까지 몇 바퀴를 돌았는지, 얼마나 걸었는지, 성냥개비를 몇 개나 썼는지는 모르겠다. 종이 화환들이 장식된 그곳에는 세라마드릴레스의 친구들이 모여 있었다. 남자 일곱 명과 여자 네 명에 우리 둘까지 합쳐 모두 열세 명이 되었다. 남자들이 술에 취해서 꾸벅꾸벅 졸고 있는 반면, 여자들은 한창 절정에 올라 신이 나 있었다. 그래서 우리가 옥상으로 올라서자마자 여자들이 달려들어 같이 춤을 추자면서 팔과 웃옷을 마구 잡아당겼다.

"아가씨들, 어이, 아가씨들." 세라마드릴레스가 껄껄 웃으며 말했다. "음악이 없는데 어떻게 춤을 추자는 거야?"

"노래는 우리가 할게요."

여자들은 그렇게 말하고는 목청껏 노래를 부르기 시작했고, 세라마드릴레스를 바퀴처럼 굴리고 뛰어다니면서 즐거워했다. 그들 중 한 아가씨가 양팔로 내 허리를 힘껏 감싸 안더니 내 옆에 딱 달라붙었다. 그녀는 입을 내 턱에 붙인 채 정신병자처럼 멍하니 내 눈을 바라보았다.

"당신은 누구야?"

그녀가 나에게 물었다.

"바르셀로나에서 가장 멍청한 남편이지."

"아이, 농담도 잘하시지. 이름이 뭐예요?"

"하비에르. 당신은?"

"그라시엘라."

그라시엘라는 모성애가 강한 여자였다. 그녀는 갓난애에게 젖병을 물리듯 마실 것을 입에 넣어 주고, 한 모금 마실 때마다 축 늘어진 자신의 가슴에 내 머리를 파묻고서 다정하게 속삭였다. 술에 취해 쓰러져 있던 한 남자가 우리가 있는 곳까지 기어 와 그녀의 치마 밑으로 손을 쑥 집어넣자, 그녀는 꼬리로 파리들을 쫓듯 엉덩이를 살살 흔들었다. 그녀는 단 한순간도 웃음을 멈추지 않았는데, 그런 그녀의 쾌활한 성격이 나한테도 전염되었다. 나는 술에 취한 사내에게 다가가 그의 얼굴을 덮고 있던 가면을 벗겨 냈다. 병색이 짙은 사십 대 남자가 모습을 드러냈다. 이가 없는 입으로 억지 미소를 지어 보이는 불쌍한 남자였다.

"다리 하나는 죽여주지, 안 그래?"

나는 무슨 말이라도 하기 위해 말을 건넸다.

"그렇군. 경치가 아주 끝내줘. 이리 와 봐. 와 보라고."

그는 자신의 손이 머물러 있는 곳을 가리키며 대답했다. 나는 거칠고 단단한 종아리가 갈고리에 걸려 있다고 상상했다.

나는 술에 취한 사내 옆에 드러누워, 함께 그녀의 치마 밑을 들여다보았다. 풍성한 그림자를 드리운 시커먼 추 외에는 아무것도 보이지 않았다.

"나는 안드레스 푸이그요."

술 취한 남자가 말했다.

"나는 하비에르요. 바르셀로나 최고의 멍청한 남편이지."

내가 대답했다.

"그거 아주 재미있군."

"거기서 밤새울 거예요?"

우리가 너무 오랫동안 있자 그라시엘라가 지쳐서 물었다.

"그거 알아요? 내 아내는 정말 이상해. 나하고는 아무것도 안 해……. 알아? 아무것도."

"아무것도."

술 취한 남자가 따라 했다.

"하지만 다른 사람들하고는…… 다른 사람들하고는 뭐 하는지 알아?"

"아무것도."

"모두."

"와! 끝내주는군! 나도 좀 소개해 주지그래."

"그러지 뭐. 지금 당장 소개해 주겠소."

"안 돼. 지금은 너무 취해서 안 된단 말이야."

"괜찮아, 이 양반아. 괜찮다니까. 내 아내는 죽은 남자도 벌떡 일으킬 수 있는 여자거든."

"정말? 도대체 어떤 여자인지 얘기 좀 해 봐요."

"좋소. 내가 아내를 어떻게 만났는지 얘기해 주지. 그녀는 카바레에서 일했소. 이 세상을 통틀어 가장 더러운 카바레였지. 그 여자가 총천연색 커다란 깃털에 뒤덮여 벌거벗은 채 등장하면 두 남자가 그녀를 허공에 던졌다가 다시 받았소. 그녀가 한 번 재주를 넘을 때마다 깃털이 한 개씩 떨어지고, 공연이 끝날 때면 그 여자의 몸은 거의 홀딱 벗겨졌지."

"홀딱?"

"방금 얘기했잖소. '홀딱'이라고."

"세상에! 정말이지 엄청난 새로군."

"두말하면 잔소리지."

그날 밤, 나는 그라시엘라를 독차지하기 위해 술에 취한 안

드레스 푸이그와 싸움을 벌여서 이겼던 걸로 기억된다. 내가 저돌적으로 달려들자 그녀는 의외로 망설였다.("안 돼요, 여기선 안 돼요.") 그런데도 내가 끈질기게 달라붙자 마지못해 결정을 내렸다.("우리 집으로 가요. 부모님은 주무시고 계실 거예요.") 그러나 나는 무의식적으로 그녀의 말을 무시했다. 나는 술병이란 술병은 죄다 바닥까지 비운 후 횡설수설 헛소리를 지껄이면서 마음이 편해졌던 걸로 기억된다.

나는 동이 트는 시간에 집으로 돌아왔다. 집을 나설 때만해도 다시 돌아갈 생각은 없었는데, 무작정 걷다 보니 나도 모르게 집으로 향하고 있었다. 나는 휘파람을 불며 아주 만족스러운 기분으로 들어갔다. 그런데 문을 연 순간, 집 안 가득히 섬뜩한 안개가 드리워져 있어서 얼떨결에 복도 끝까지 물러났다. 내가 그때까지 코 가면을 쓰고 있어서 가스중독으로 죽지 않았다는 걸 나중에야 깨달았다. 나는 미친 사람처럼 계단을 뛰어 내려갔다. 하지만 순간적으로 퍼뜩 정신이 들면서 다시 위로 올라가 숨을 크게 들이쉰 후 집 안으로 들어갔다. 정신을 잃고 쓰러질 것만 같았다. 뿌연 안개 사이로 가구들이 간신히 보였다. 숨이 차올랐다. 간신히 창문으로 다가가 주먹으로 유리창을 깼지만, 그걸로는 충분치 않았다. 나는 건너편 복도 끝으로 달려가, 공기가 통하도록 그곳 유리창까지 박살을 냈다. 그리고 곧장 가스 밸브를 잠근 뒤에 마리아 코랄의 방으로 서둘러 달려갔다. 그녀는 베개 위로 긴 머리카락을 늘어뜨린 채 침대에 누워 있었다. 그녀는 신혼여행 첫날밤에 입었던 캐미솔을 입고 있었다. 이제는 그 기억도 아득하고 아프게만 느껴진다.

하지만 생각할 겨를이 없었다. 나는 그녀를 담요로 감싸고,

술에 취해 힘이 빠진 팔로 그녀를 둘러업었다. 그러고는 거의 초인적인 힘으로 계단을 뛰어 내려갔다. 거리로 나서자 신선한 새벽 공기에 다시 정신이 드는 것 같았다. 마차를 찾아봤지만 아무 소용이 없었다. 거리는 텅 비어 있었다. 사거리에는 불 꺼진 모닥불 연기가 피어올랐다. 항구에서 산기슭 쪽으로 가물가물 피어오르는 새벽안개를 뚫고, 골목 쪽에서 하얀 말 두 필이 끄는 사륜 포장마차가 모습을 드러냈다. 나는 마차를 가로막아 멈춰 세웠다. 나는 마부에게 지체하지 말고 병원으로 데려가 달라고 부탁했다. 생사가 걸린 문제였고, 나는 마리아 코랄이 아직 숨을 거두지 않았을 거라는 희망을 품고 있었다. 마부가 얼른 오르라고 대답했다. 포장마차 안에는 실크해트에 망토 차림을 한 사내가 큰대(大) 자로 뻗은 채 잠들어 있었다.

"걱정하지 말고 올라와요. 눈치채지 못할 거예요."

마부가 채찍으로 잠이 든 주인을 가리키며 말했다.

나는 마차에 올라 마리아 코랄을 앞좌석에 눕혔다. 그러고는 자고 있는 남자를 사정없이 밀쳐 내고 그의 자리를 차지했다. 과감한 결단력이 필요했다. 내가 채 앉기도 전에 마부가 말에 채찍을 휘둘러 포장마차는 전속력으로 달리기 시작했다. 주인이 눈을 뜨고 내 코 가면을 뚫어져라 쳐다보았다.

"웬 곡마단이야, 응?"

나는 담요에 감싼 마리아 코랄을 가리켰다. 망토를 두르고 실크해트를 쓴 사내는 마리아 코랄을 한참 쳐다보더니, 뭔가 알았다는 듯 얼굴을 찡그리며 나를 팔꿈치로 툭 쳤다.

"마약을 엄청 했군!"

사내는 그렇게 소리 지른 후 다시 잠들었다.

7

세라마드릴레스와 헤어진 지 채 두 시간도 지나지 않아, 나는 첫 번째 만남처럼 아주 우연히 그를 다시 보게 되었다. 물론 더 충격적인 만남이었지만. 의사는 마리아 코랄의 상태가 좋지 않다고 얘기했지만, 나는 그래도 의사의 진단을 기다리며 병원 복도에 앉아 있었다. 그런데 그때 세라마드릴레스가 만취 상태에서 층계를 굴러 머리가 깨져서 병원에 왔다. 머리에 붕대를 감고 얼굴 전체에 멍이 든 몰골이라서 알아보기도 힘들 정도였다. 그나마 그가 곁에 있어 마음이 놓였다. 우리는 벤치에 앉아 세라마드릴레스가 가지고 있던 마지막 담배를 피우며, 유리창 너머로 모습을 드러내는 해를 바라보며 시간을 보냈다. 그리고 복도를 왔다 갔다 하면서 인간이 지닌 모든 고통의 형태를 지켜보았다.

"하비에르, 그래도 나는 어느 정도는 자네가 부럽네. 최소한 자네는 인생이 단조롭고 메스껍지 않도록 강렬한 감정도 경험해 보지 않았나."

"자네가 말하는 강렬한 감정이라는 게 불쾌감만 안겨 주더군. 사실 누가 나를 부러워할 만한 처지가 아니네."

"나는 자네에 대해서 모든 것을 알지만, 그래도 자네하고 나를 바꾸라면 주저 않고 바꾸겠네. 물론 상황이 상황이니만큼, 더욱이 자신의 삶을 좋아하는 사람은 아무도 없기 때문에 어리석은 짓이기는 하지만……."

"그래. 다들 그렇게 어쩔 수 없이 사는 거지."

그때 선명한 핏자국이 사방에 묻어 있는 하얀 가운을 걸친 젊은 의사가 지나갔다.

"여기서 뭣들 하시는 겁니까?"

의사가 우리에게 물었다.

"머리가 깨졌습니다."

세라마드릴레스가 대답했다.

"치료는 받았지요, 안 그렇습니까?"

"예, 보시다시피."

"그러면 얼른 집으로 돌아가세요. 이곳은 카지노가 아닙니다."

"알겠습니다. 금방 돌아가죠."

머리가 깨진 세라마드릴레스가 대답했다.

"당신은 어디가 깨졌습니까?"

"깨진 데는 없습니다. 아내가 사고를 당해 결과를 기다리는 중입니다."

"좋아요, 그럼 계십시오. 하지만 들것이 지나다녀야 하니 방해는 하지 마세요. 하여간 엄청난 밤이야! 이런 것을 축일 전야를 즐기는 거라고들 하니."

의사가 호들갑을 떨며 투덜거리더니 사라져 갔다.

"이제 가 보겠네." 세라마드릴레스가 말했다. "나중에 자네 집으로 전화하지. 기운 내게."

"자네가 함께 있어 줘서 얼마나 고마운지 모르겠네."

"괜한 인사치레는 집어치우게. 그리고 하루 날 잡아서 사무실로 놀러 나오게."

"그러지. 코르타바녜스는 어떻게 지내나?"

"여전해."

"돌로레타스는?"

"아, 아직 모르나? 많이 아프다네."

"어디가 아픈데?"

"모르겠어. 수백 명도 넘는 의사들이 진찰했다는데, 병명이라도 알아맞히면 대단한 기적이라는 거야."

"쥐꼬리만 한 봉급도 못 받게 생겼으니, 어떻게 될지 걱정이군."

"코르타바녜스가 가끔 몇 푼씩 쥐여 주나 봐. 자네도 한번 찾아가 보지그래? 무지하게 좋아할 거야. 자네를 아들처럼 좋아하지 않았나."

"걱정 말게. 한번 가 볼 테니."

"잘 있게, 하비에르. 행운이 따르길 빌겠네. 내가 어디에 있는지 잘 알지? 언제든지 부르게."

"고마워, 세라마드릴레스. 자네가 나를 위해서 해 준 일은 절대 잊지 않겠네."

세라마드릴레스가 떠난 후 시간은 더욱 더디게 흘러갔다. 마침내 의사가 나타나 지저분한 방으로 나를 불렀다.

"어떻습니까, 의사 선생님?"

"기적적으로 목숨은 구했지만 상태가 아주 좋지 않습니다. 환자는 무엇보다 애정과 보살핌이 필요합니다. 의학적인 방법보다 환자의 의지에 더 많이 좌우되는 병들이 있다는 거 잘 아시지요? 이 경우가 바로 그런 경우입니다."

"예, 알겠습니다."

"사실대로 말씀해 주십시오. 정말 우연한 사고였나요?"

"그렇습니다."

"애정 문제는…… 모두 정상입니까? 두 분 사이에 의견 차이는 없고요?"

"오! 없습니다, 의사 선생님. 우리는 결혼한 지 채 일 년도 되지 않았습니다."

"하지만 아내가 집에 있는 동안 당신 혼자서 축일 전야를 밖에서 보내신 것 같던데. 안 그렇습니까?"

"아내가 머리가 아프다고 해서 선약된 파티에 혼자 참석해야 했습니다. 우리는 안타까워하며 헤어졌지만 서로 다투지도 않았고…… 거듭 말씀드리지만 그건 사고였습니다. 물론, 잘 이해가 되시지는 않겠지만 사고란 게 모두 그렇지요."

전야제로 질펀하게 놀다가 다친 사람들이 물밀듯이 몰려들며 의사를 호출하는 바람에 의사와의 대화는 거기서 일단락되었다. 정오 무렵에 막스가 나타났다.

"사모님이 어떤지 여쭤 보라고 해서 왔소."

"내 아내는 잘 있다고 전하시오."

나는 르프랭스가 직접 병원에 나타나지 않아 고마웠다. 하지만 다른 사람을 보내는 게 더 낫지 않았을까 하는 생각이 들었다.

"르프랭스 씨가 병원비 일체를 부담하시겠다고 했소."

"지금은 아무 얘기도 하고 싶지 않다고 전해 주시오. 더 할 말이 있소?"

"없소."

"그럼 제발 부탁이니 가 보시오. 르프랭스 씨한테 가서, 새로운 소식이 있으면 내가 전하겠다고 하시오."

"알겠소."

그 뒤로 며칠 동안, 나는 사무실에서 함께 일하는 포야테르의 간단한 병문안을 제외하고는 르프랭스나 그의 측근들을 보지 못했다. 포야테르는 초콜릿을 내놓고 몇 년 전에 자기 아내가 앓았던 얘기를 하며 사무실 전체가 마리아 코랄의 빠른 쾌유를 빈다고 전했다. 하지만 그 모든 건 나중 일이었다. 그날 아침, 해가 이미 중천에 떴을 때 담당 의사가 다시 나를 불러, 마리아 코랄을 만나고 싶으냐고 물었다. 내가 그렇다고 대답하자, 의사는 그녀에게 말을 걸거나 그녀를 만지지 말라고 지시하며 창문으로 햇빛이 쏟아지는 방으로 안내했다. 천장이 아주 높은 데다 마치 기차간처럼 좁고 긴 병실에는 침대가 두 줄로 늘어서 있었다. 침대마다 남자 간호사가 한 명씩 붙어 있었다. 언뜻 보면 아주 조용한 것 같았지만 환자들의 신음 소리와 끙끙거리는 소리, 흐느끼는 소리가 점점 더 크게 들려왔다. 우리는 침대 사이를 지나갔다. 의사가 나에게 침대 하나를 가리켰다. 나는 가까이 다가가 마리아 코랄을 보았다. 그녀의 안색이 누렸다. 아니 거의 시퍼렜다. 담요 밖으로 나온, 연약한 새의 다리를 연상하게 만드는 가느다란 손목, 느리고 불규칙한 숨소리…… 나는 무엇인가를 목구멍으로 울컥 쏟아 낼 것 같은 느낌에 사로잡힌 채 의사에게 밖으로 나가고 싶다는 의사 표시를 했다. 병실을 나오자 의사가 말했다.

"집으로 가서 쉬도록 하세요. 환자의 회복이 더디고 힘들 겁니다."

"이곳에 있고 싶습니다. 방해하지 않겠습니다."

"그 마음은 이해하지만 지시를 따르십시오. 아내를 위해서라도 그렇게 해야 합니다."

"좋습니다. 제 전화번호를 남길 테니, 무슨 일이 생기면 바로 전화 주십시오."

"걱정하지 마십시오."

"정말 고맙습니다, 의사 선생님."

"내 의무를 다할 뿐입니다."

거짓과 배신으로 점철된 나의 인생에서, 그런 고귀한 인품을 지닌 사람은 마치 험난한 바다에서 만난 등대처럼 여겨졌다.

텅 빈 집을 보니 마음이 저며 왔다. 나는 방마다 돌아다니며 가구들을 어루만졌다. 우리가 함께 살면서 정들었던 그 집의 소품 하나하나를 추억과 연결시키며 머릿속에 새겨 넣었다. 이제 어떻게 될 것인가? 우리의 삶은 어떻게 뒤바뀔 것인가? 혼자 속으로 생각해 보았다. 그러고는 마리아 코랄을 자살로 몰고 간 이유들을 고통스러운 마음으로 헤아려 보았다. 수수께끼만큼은 꼭 밝혀야 한다고 생각했다. 나는 잠시 눈을 붙인 뒤 세수와 면도를 하고 나서 오후에 다시 병원으로 향했다. 병원 분위기가 오전과는 달랐다. 복도는 텅 비었고, 의사들은 한가로이 대화를 나누고 있었다. 수녀 한 명이 플라스크와 도구들이 담긴 쟁반을 가지고 어두운 복도를 미끄러지듯 빠져나갔다. 이제 병원은 도떼기시장처럼 왁자지껄한 분위기가 사라지고, 평소의 학구적이고 진지한 분위기로 돌아와 있었다. 나는 담당 의사의 방으로 찾아갔다. 의사는 그녀의 상태가 호전되었다면서 환자 앞에서 신중하게 처신하고, 무슨 일이 있어도 희망만을 안겨 주라고 거듭 당부했다. 나는 혼자 중환자실로 들어가, 두려운 마음으로 아내의 침대로 다가갔다. 마리아 코랄은 눈을 감았지만 잠이 들지는 않았다. 내가 이름을 부르자 그녀가 나를 쳐다보며 미소를 지었다.

"어때?"

나는 속삭이듯 물었다.

"아직 피곤하고 속이 안 좋아요."

마리아 코랄이 대답했다.

"의사가 곧 예전처럼 나아질 거라고 그랬어."

"알아요. 당신은 어때요?"

"좋아. 조금 놀라기는 했지만."

"충격이 컸죠, 안 그래요?"

나는 주체할 수 없이 쏟아져 나오려는 눈물을 감추기 위해 시선을 바닥에 고정했다. 그러고는 환자에게 희망을 안겨 주라는 의사의 말을 떠올리며 실없는 농담을 건넸다.

"이번 달에는 가스 사용료가 엄청 나올 거야."

"제발 가스 얘기는 그만해요. 어떻게 그렇게 잔인할 수가 있죠?"

"미안해. 농담을 한다는 게……."

"지금 농담할 기분이에요?"

"의사가 그러는데……."

"뭐라고 떠들든지 내버려 둬요. 의사들이 뭘 안다고! 우리는 지금 더 중요한 얘기를 해야 해요."

"아, 그런가?"

갑자기 그녀가 맥을 놓는 바람에 나는 깜짝 놀랐다. 그러나 몇 초만 맥을 놓았을 뿐이었다. 그녀는 죽어 가는 사람처럼 다시 나를 뚫어져라 바라보았다.

"하비에르, 나를 사랑해요?"

세라마드릴레스에게 결혼 얘기를 꺼냈을 때 내가 그것을 잘 모르겠다고 대답해서 그가 깜짝 놀란 적이 있었다. 지금도 그랬다. 나는 아직 확신이 서지 않았다. 그러나 나도 모르게 내 입에서 말이 술술 흘러나왔다.

"물론이지. 나는 늘 당신을 사랑했어. 당신을 처음 봤을 때부터 사랑했고, 지금도 그 어느 때보다 당신을 사랑하고, 당신이 어떻든 죽는 날까지 늘 당신만을 사랑할 거야."

마리아 코랄이 한숨을 내쉬고는 두 눈을 감은 채 중얼거렸다.

"하비에르, 나도 당신을 사랑해요."

그때 중환자실 문이 열리면서 의사가 다가왔다. 나를 내보내겠다는 의도가 확실하게 엿보였다. 나는 서둘러 마리아 코랄에게 작별 인사를 했다.

"잘 있어. 내일 일찍 다시 올게. 뭐 필요한 거 없어?"

"아니요, 다 있는걸요. 벌써 가는 거예요?"

"가야 해. 저기 의사가 오잖아."

의사가 우리 곁으로 와서 작별 인사는 중단되었다. 몸 전체로 개미가 스멀스멀 기어 다니는 것 같아 의사가 온 게 내심 반가웠다.

"미란다 씨, 환자는 이제 그만 휴식을 취해야 합니다. 내일 또 만나세요. 자, 어서요."

"의사 선생님, 저는 괜찮아요." 우리가 나가자 마리아 코랄이 소리 높여 말했다. "이제 완치된 것 같아요."

나는 거리로 나오자마자 크게 심호흡을 했다. 드디어 나의 진실을 고백했던 것이다. 그러나 그렇게 위안을 하면서도 왠지 불안하고 불편한 마음은 떨칠 수가 없었다.

악몽 같았던 축일 전야 이후 며칠이 지났다. 그사이 마리아 코랄은 몸 상태가 호전되면서 컨디션이 아주 좋아졌으며, 곧 일어나 병원 주변의 정원을 산책해도 좋다는 허락이 떨어졌다. 날씨가 후텁지근했고, 하늘은 구름 한 점 없이 쾌청했다. 우리는 기분 좋게 산보를 하면서 이런저런 일상적인 얘기들을 나누었다. 하지만 가급적 민감한 문제를 건드리거나, 과거나 현재의 상황을 언급하지는 않으려고 노력했다. 막스가 돌아간 이후 우리는 르프랭스에 대해서는 아무 소식도 듣지 못했다. 세라 마드릴레스가 가끔 집으로 전화해 우리의 안부를 물었을 뿐이다. 그러던 어느 날, 산책을 나가려는데 의사가 와서 마리아 코랄의 상태가 만족스럽다며 다음 날 퇴원해도 좋다고 얘기했다.

"기운 차리세요, 사모님. 내일이면 집으로 가 예전 생활로 돌아가실 수 있습니다."

의사가 좋은 의도로 말했다.

우리 둘만 남자, 마리아 코랄은 상태가 안 좋아지면서 안색이 어두워졌다.

"하비에르, 이제 어떡하죠?"

마리아 코랄이 물었다.

"나도 모르겠어. 무슨 수가 생기겠지. 나만 믿어."

나도 그녀 못지않게 두려웠지만 일단 그녀부터 안심시켰다. 나는 축일 전야 이후로 사무실에 나가지 않은 데다 월급날이 다가와 돈도 떨어진 상태였다. 어떡한다? 우리는 꽃들이 아름답게 피어 있는 울타리를 따라 말없이 걸었다. 환자들이 휠체어에 앉아 우리에게 다정하게 인사를 건넸다. 마리아 코랄이 갑자기 내 앞에 멈춰 섰다.

"좋은 생각이 떠올랐어요."

"어떤 생각?"

"미국으로 이민 가요."

"이민?"

"예, 바로 그거예요. 짐을 싸서 미국으로 가는 거예요."

"왜 미국이지?"

"미국에 대해 좋게 얘기하는 걸 들었어요. 나는 항상 그곳에 가는 꿈을 꾸었어요. 젊은이들에게는 무궁무진한 가능성이 열린 곳이라고들 하데요. 돈도 많이 벌고, 자유롭고, 하고 싶은 대로 할 수 있고, 당신이 누군지, 무슨 생각을 하는지, 어디서 왔는지 아무도 묻지 않는대요."

"하지만 여보, 거긴 영어로 말하는데, 우리는 한마디도 할 줄 모르잖아……."

"상관없어요! 그 나라는 세계 각국에서 온 이민자들로 가득하대요. 우리가 거기서 회의를 열 것도 아니고, 게다가 말이야 배우면 되는 거 아닌가요?"

"그건 그렇지. 하지만 말도 할 줄 모르는데 무슨 일을 하지?"

"닥치는 대로 하는 거예요. 가축을 돌볼 수도 있고요."

"미친 짓이야! 가축이라니!"

"괜찮아요. 가축 돌보는 일 말고도 일은 얼마든지 있으니까요. 자, 내 얘기를 잘 들어 봐요. 당신은 자리가 잡힐 때까지 처음에는 영어만 배워요. 그동안 내가 두 사람 몫으로 일을 할게요. 옛날처럼 서커스에서 공연하면 돼요."

"그건 안 돼!"

"치, 우습게 그러지 마요. 얼마나 좋은 생각인데요! 할리우드에 가면 전쟁 영화나 서부 영화 현장에서 곡예사로 일할 수있어요. 당신도 영화 쪽에서 일하면 돼요. 그건 말을 할 줄 몰라도 상관없잖아요."

내가 영화배우로 변신해, 챙 넓은 모자를 쓰고 말 위에 올라타 사방으로 총을 쏴 대며 사막을 달릴 생각을 하니 웃지 않을 수가 없었다.

"나는 너무 못생겼어."

내가 말했다.

"톰 믹스도 못 생겼어요."

마리아 코랄이 제법 진지하게 대답했다.

마리아 코랄이 그 생각으로 너무 들떠 있었기 때문에 나는 그녀를 실망시키고 싶지 않았다. 그날 밤, 나 혼자 집에서 곰곰이 생각해 보고, 계산해 보고, 이 궁리 저 궁리를 하며 밤을 새웠지만 아무런 해결책을 얻지 못한 채 다음 날을 맞이했다. 오후에 나는 마차를 빌려 마리아 코랄을 집으로 데려왔다. 방은 꽃으로 가득 장식되어 있었지만, 또렷하기만 한 지난날의 무게가 그녀를 아프게 짓눌렀다. 그녀는 침대로 들어가 의사가 처방한 진정제의 도움으로 간신히 잠들어 늦은 시각까지 깨어나지 않았다.

다음 날 오후에 세라마드릴레스가 병문안을 왔다. 그는 카네이션 한 다발을 들고 왔는데, 우리는 될 수 있는 한 자연스럽고 기분 좋게 행동하려 했지만 대화가 자꾸 삐거덕거렸다. 나는 그 순간 그 친구의 머릿속에 어떤 생각이 스치고 지나가는지 잘 알았다. 그래서 내가 무슨 노력을 해도 소용이 없다는 걸 잘 알고 있었기 때문에, 나 역시 그 상황을 무마하기 위한 노력은 아무것도 하지 않았다. 카바레에서 마리아 코랄을 처음 봤을 때 그녀에게서 받았던 인상이 떠올랐다. 그녀를 휘감은 부도덕하면서도 수수께끼 같은 분위기가 가뜩이나 불행한 그녀를 더욱 불행하게 만들었다. 그녀의 몸은 부자나 용감한 남자들만의 쾌락을 위해 존재하는 것 같았고, 지극히 단순한 세라마드릴레스는 경험에서 배울 수 있는 뻔뻔함이 부족했다. 그래서 그런 감정을 절대 겉으로 내색하지 말아야 했지만 그러질 못했다. 그는 소심한 성격 탓에 전설과도 같은 마리아 코랄을 앞에 두자 이내 풀이 죽었던 것이다. 병문안은 짧았지만 긴장감이 팽팽하게 감돌았다. 우리가 작별 인사를 나눌 때, 나는 다시 그를 만날 일이 없을 거라고 생각했다. 그새 세라마드릴레스에게 감염된 것 같았다. 나는 가난한 변호사 견습생에게는 금지된 과일을 보듯, 르프랭스의 식탁에만 오를 수 있는 푸짐한 음식을 보듯, 그렇게 마리아 코랄을 바라보았다.

"당신 친구 뭐예요? 왜 나를 이상한 벌레 보듯이 보는 거예요?"

마리아 코랄이 물었다.

"수줍음이 많아서 그래."

나는 그녀가 다치는 걸 원치 않아 그렇게 대답했다.

"다른 이유 때문이라는 거 당신도 잘 알잖아요. 내가 무서운가 봐."

마리아 코랄이 말했다.

"나도 그래." 하고 대답하고 싶었지만 그러지 못했다. 그 순간 나는 사자 우리 안으로 들어가는 조련사와 같은 기분이었다. 아무도 그 안으로 들어가고 싶어 하지 않는다는 걸 알면서도, 언젠가 느닷없이 사자들이 달려들면 고스란히 물어뜯겨 죽을 거라는 걸 알면서도 우리 안으로 들어서는 기분이었다. 코르타바녜스가 말했듯이 주사위는 이미 던져졌다. 하지만 그 비밀이 얼마나 오랫동안 지속될 수 있을 것인가?

세라마드릴레스가 찾아온 지 며칠 뒤, 나는 집에만 갇혀 지내는 게 지겨워서 돌로레타스를 찾아가기로 마음먹었다. 마리아 코랄에게 그 이야기를 하자 그녀도 굳이 반대하지 않았다.

"괜찮다면 나는 집에 있을게요. 아직은 몸이 힘들어요. 너무 오래 있지는 마세요."

돌로레타스는 캄비오스 누에보스 거리에 있는 우중충하고 어두운 집에서 살고 있었다. 계단은 비좁고 음침하고, 벽은 칠이 다 벗겨지고, 난간은 부서졌고, 건물 전체에서는 음식 냄새, 야채와 콩을 삶는 비위에 거슬리는 냄새가 진동하고 있었다. 문을 두드리자, 문 건너편에서 문밖을 내다보는 구멍을 여는 소리가 들리면서 날카로운 목소리가 들려왔다.

"누구세요?"

"돌로레타스 여사의 친구 됩니다. 하비에르 미란다라고 합니다."

"오! 금방 열어 드릴게요."

문이 열린 후, 나는 가구라고는 일체 없는 을씨년스러운 현관을 지났다. 문을 열어 준 사람은 젊고 뚱뚱한 여자였다. 그녀는 앞치마 끝자락을 주머니처럼 모아서 들고 있었다. 앞치마에는 완두콩이 한 주먹 들어 있었다.

"이렇게 맞아 죄송해요. 완두콩을 까고 있었거든요."

"미안해하실 거 없습니다. 다 이해합니다."

"나는 돌로레타스 아주머니 옆집에 사는 사람이에요. 가끔씩 와서 같이 있어 드리지요. 나는 음식을 준비해야 해서……."

옆집 여자는 얘기를 하면서 좁은 복도 쪽으로 나를 안내했다. 복도 끝에 네모반듯한 응접실이 나왔다. 응접실 한복판에 탁자와 소파가 놓여 있었다. 탁자 위에는 완두콩이 한가득 든 대야와 신문지 한 장이 펼쳐져 있었고, 그 위로 콩 껍질이 산더미처럼 쌓여 있었다. 돌로레타스는 방 안이 전체적으로 후텁지근한데도 담요를 덮고서 소파에 누워 있었다. 나를 본 순간 힘이 하나도 없던 그녀의 두 눈에 생기가 감돌았다.

"아, 하비에르, 나를 이렇게 기억해 줘서 아주 고마워요."

돌로레타스는 마비된 오른쪽 얼굴 때문에 말을 하는 것조차 쉽지 않았다.

"돌로레타스, 어떻게 지내세요?"

"보다시피 안 좋아요. 자꾸 짜증만 나고."

"실망하지 마요. 이제 곧 사무실을 다시 떠들썩하게 만들

수 있을 테니까요."

"아, 하비에르, 나를 위로하려고 하지 마요. 이제 다시는 사무실로 돌아갈 수 없을 거예요. 내 상태가 얼마나 나쁜지 봤잖아요."

솔직히 말해 돌로레타스의 상태는 더 나쁠 수 없을 정도였기 때문에 나는 어떻게 대답해야 좋을지 몰랐다.

"내가 하느님께 부탁하는 것은 딱 하나였어요. '하느님, 제발 건강하게 해 주세요…… 다른 것은 다 뺏어 갔으니, 제발 건강만이라도 돌려주세요.'라고 말이에요. 하지만 보아하니 하느님은 그 마지막 부탁마저 들어주지 않으려나 봐요."

"아닙니다, 돌로레타스. 곧 건강을 회복할 거예요. 믿음을 가지세요."

"아니에요, 아니야. 나는 팔자가 기구한 여자예요. 당신도 알다시피 나는 어렸을 때부터 고아로 어렵게 살았어요……."

옆집 여자는 거대한 몸을 뒤뚱거리며 기계적으로 완두콩을 까고 있었다. 거리에는 어둠이 깔리기 시작했고, 여름 해변 도시에서 흔히 그렇듯 해가 지면서 기압이 올라가 성가신 무더위가 더욱 요란하게 기승을 부렸다. 완두콩 껍질 까는 소리가 벌레 소리처럼 아련하면서도 살포시 들려왔다.

"나중에는 모두 잘 풀릴 것 같았어요. 안드레우를 만났거든요. 안드레우는 남자들 중에서도 최고의 남자였어요. 또 얼마나 성실했는데! 지금은 하늘에서 잘 살고 있을 거예요. 우리는 결혼했어요. 젊고 외모가 준수한 우리 두 사람은 아주 행복했어요. 세상 사람 모두가 우리를 부러워했지요…… 이렇게 얘기해서 미안해요. 당신은 내가 늙어서 노망이 들었다고 생각할 거예요……. 알아요? 안드레우는 여기 바르셀로나 사람이 아니에요. 남편은 공부를 하러 왔다가 나를 만나 결혼한 다음 줄곧 바르셀로나에서 살았어요. 안드레우는 일을 두려워하지 않고 추진력도 아주 강했지만 인맥이 별로 없었어요. 그 무렵에 안드레우는 펩 푼트세트라는 사람과 친해졌어요. 안드레우는 그 친구를 너무 좋아했고, 두 사람이 함께 짐승처럼 열심히 일했어요. 펩 푼트세트는 발도 넓고, 여러 가지 사업으로 돈도 많이 벌었어요. 그러나 나는 그 사람이 별로 마음에 들지 않았어요. 그래서 남편에게 '안드레우, 조심해요. 나는 그 펩이라는 사람이 별로 마음에 들지 않으니까 조심해요.'라고 말했지요. 하지만 불쌍한 안드레우는 나한테 부족한 게 아무것도 없도록 열심히 일해서 돈 벌 생각뿐이었어요. 문제는 펩 푼트세트라는 작자가 뻔뻔한 철면피라는 거였어요. 그는 중국 사람을 속이듯 남편을 속여 지저분한 일에 끌어들였어요. 그러고는 일이 잘 안 풀리자 돈을 몽땅 챙겨 도망쳤어요. 그 바람에 안드레우는 혼자 남아서 빚쟁이들에게 에워싸였고요. '조심하라고 했잖아요, 안드레우. 조심하라고 했잖아요.' '여보, 너무 숨 막히게 그러지 마. 빚을 갚고 다시 시작하면 돼.' 안드레우는 지나치게 사람이 좋았어요. 악의라고는 전혀 없었지요. 그러던 어느 날 밤…… 그날 밤 나는 안드레우가 배고파하며 올 거라 생각하고 스튜를 끓여 놨어요. 하지만 몇 시간이 흘러 스튜는 차갑게 식고 말았지요. 그러고는 경찰에서 왔다는 사람들이 우리 집으로 들이닥쳤어요. 그들은 나한테 질문을 퍼부은 후 말했어요. '우리랑 같이 가야겠습니다. 남편이 병원에 있습니다.' 우리가 병원에 도착했을 때 남편은, 불쌍한 안드레우는 이미 죽어 있었어요. 사고가 났다고 했지만 펩 푼트세트의 적들이 그를 죽였다는 걸 잘 알아요."

돌로레타스가 흐느끼기 시작했다. 옆집 여자가 돌로레타스의 눈물을 닦아 주었다.

"그렇게 생각하지 마요, 돌로레타스. 모든 게 다 옛날 일이잖아요."

돌로레타스는 울음을 멈추지 않았다.

"아이, 세상에! 삶이란 게 하나같이 고통뿐이지 낙이라고는 없어요. 기쁨은 일순간이지만 고통은 영원히 지속되니……."

옆집 여자가 말했다.

"알아요." 돌로레타스가 말했다. "하비에르, 당신이 착하고 기품 있는 여자와 결혼했다는 거 잘 알아요. 아내에게 잘해 주고 아내를 존중하세요. 그리고 아내가 건강하게 오래 살 수 있도록 하느님께 기도 많이 하세요. 당신 아내가 나처럼 고생하지 않게 해 달라고 하느님께 기도 많이 하세요."

나는 그녀의 집을 나서는 순간 기운이 쭉 빠졌다. 그림자까지 버겁게 느껴졌다. 나는 맥줏집에 들러 돌로레타스의 말을 떠올리며 코냑 한 잔을 마셨다. 그녀의 사연은 바르셀로나에 사는 모든 사람들의 사연이었다.

내가 집으로 들어서자, 마리아 코랄은 내가 기어서 들어오기라도 한 듯 놀라서 바라보았다.

"하비에르, 무슨 일이에요? 귀신이라도 본 거예요?"

"그래."

"말해 봐요."

"아주 특별한 귀신이었어. 미래에서 온 귀신이자, 바로 우리 자신의 귀신이었거든."

"치, 그만해요! 잘난 변호사들처럼 횡설수설하지 말고 알아듣게 얘기해 보라고요."

"변호사 얘기가 아니야, 마리아 코랄. 지금은 너무 혼란스러워서 더 생각해 봐야겠어."

나는 무슨 말인가 하려는 그녀를 놔두고 내 방으로 들어가 저녁 먹을 시간까지 나오지 않았다.(그녀가 요양 중이라 우리는 계속 각방을 쓰고 있었다.) 마리아 코랄은 자신을 배려하지 않은 나의 행동에 언짢아했다. 나는 마리아 코랄에게 분명하게 말했다. 우리는 야수들이 득실거리는 세상에서 느슨하게 살고 있다는 것을, 우리 힘으로 살아남을 수 있을 거라고 생각하지 않는다는 것을, 불황은 확실하고 상황은 비관적이고 일자리는 부족하다는 것을, 우리는 모험을 할 수 없다는 것을, 의도가 좋더라도 미끄러지기 쉬운 통나무에 의지한 채 험한 바다에 뛰어들 수는 없다는 것을, 머리로 생각하고 낭만적인 충동은 자제해야 하며 아무렇게나 행동해서는 안 된다는 것을 말했다. 그리고 그녀의 안전이 전부라는 것을, 나 자신보다는 그녀를 위해 그런 얘기를 하고 있다는 것을, 무엇보다 나를 믿어야 한다는 것을 강조했다. 나는 그녀가 아직 어려서 상상할 수도 없는 삶을 잘 알고 있다는 것을…….

마리아 코랄은 나의 생각과 당부가 장황하게 이어지도록 허락하지 않았다. 그녀는 접시와 식사 도구를 닥치는 대로 집어 던지더니 의자를 넘어뜨리며 벌떡 일어났다. 얼굴은 분노로 보랏빛이 되었고 몸은 부들부들 떨리고 있었다. 우리가 싸웠던 축일 전날 밤에도 그렇지는 않았다.

"그만해! 당신이 무슨 말을 하려는지 잘 아니까 계속할 필요 없어. 내가 왜 당신이라는 사람을 믿었을까? 내 인생에서 딱 한 번 남자 말을 믿었는데, 내가 미쳤지."

나는 울음을 터트리며 주방 밖으로 나가려는 그녀의 팔을 붙잡았다.

"여보, 이러지 말고 내 말 끝까지 들어 줘."

"필요 없어. 다 필요 없어……. 당신이 입 밖으로 꺼내지 못한 말까지 다 알아들었다고." 그녀가 중얼거리면서 증오에 가득 찬 눈으로 나를 쳐다보았다. "당신이나 르프랭스나 다 똑같아……. 차이라면 그 사람은 돈이 있고, 당신은 비참한 가난뱅이라는 거야. 당신이나 르프랭스나 다 똑같아."

마리아 코랄은 단번에 나를 뿌리치고 방으로 들어갔다. 폭탄이 터지듯 쾅 하고 문 닫히는 소리가 들려왔고(그녀의 방문은 여전히 망가져 있었다.), 내가 아무리 애원해도 그녀는 밖으로 나오지 않았다.

다음 날, 나는 사무실에 출근했다. 마리아 코랄이 화를 버럭 내며 폭발하기는 했지만, 시간이 흐르면 차츰 괜찮아질 거라 믿었다. 그래서 나는 우리 문제의 근본적인 해결책을 생각하며 걷고 있었다. 그런데 그때 르프랭스의 리무진이 반대편에서 오는 게 보였다. 나는 발걸음을 멈추고 차가 멀어지는 방향을 바라보았다. 리무진이 우리 집 앞에 멈춰 서고 두 사람이 차에서 내렸다. 멀리 떨어져 있었지만 그들이 누군지 단번에 알 수 있었다. 르프랭스와 막스였다. 기사가 운전하는 리무진이 돌아 나오더니 내 옆을 지나갔다. 해결 방법이 없으면 문제 자체도 존재하지 않기 때문에, 나는 우리 문제는 더 이상 존재하지 않는다고 생각했다. 지금 상황에서는 문제가 아니라 뒤집을 수 없는 무기력한 현실만이 존재할 뿐이었다. 나는 갈기갈기 찢어지는 마음을 억지로 추스르고 사무실로 향했다.

퇴근해서 돌아와 보니 마리아 코랄이 없었다. 나는 저녁도 먹지 않은 채 줄담배만 피우며 현관 쪽에서 소리가 들릴 때까지 침대에 드러누워 있었다. 마리아 코랄이 가구에 부딪히며, 이따금 큰 소리로 딸꾹질하고 비틀거리며 들어왔다. 과음한 게 틀림없었다. 나는 잃어버린 행복의 일부분이라도 건지고 싶은 막연한 기대감에 부풀어 그녀의 방으로 향했다. 그런데 누군가 문을 고쳐 놓았는지, 내가 아무리 열려고 해도 문이 열리지 않았다. 나는 다정한 음성으로 그녀를 불렀다.

"마리아 코랄, 거기 있어? 나야, 하비에르."

"내 방에 들어올 생각은 하지 마요." 그녀의 음성은 경쾌했고 간간이 웃느라 말이 끊겼다. "나 혼자 있는 게 아니에요."

순간 나는 안색이 창백해졌다. 사실일까? 아니면 유치하게 허세를 부리는 걸까? 나는 몸을 숙여 열쇠 구멍을 들여다보았다. 그러나 나는 목적을 이루기는커녕, 누군가가 내 등을 쳐서 그 자리에서 꼬꾸라지고 말았다. 뒤돌아보니 막스가 복도 한가운데 떡하니 버틴 채 웃고 있었다. 그는 권총으로 나를 겨누고 있었다.

"남을 엿보는 애들은 싫은데."

막스가 빈정대는 말투로 내 가슴을 후벼 파는 말을 했다.

나는 내 방으로 돌아가 기다렸다. 끝나지 않을 것 같은 기나긴 시간 동안, 복도를 지나다니는 막스의 발자국 소리와 마리아 코랄의 방에서 나는 웃음소리와 장난치는 소리, 점잖은 옆집 사람들의 항의 소리가 들려왔다. 잠시 후 사람들이 나가는 소리가 들렸다. 나는 벌거벗은 몸으로 난간까지 나가 정부를 배웅하고 있을 아내의 모습을 상상해 보았다……. 그러다가 마침내 잠이 들어 꿈을 꾸었다. 바야돌리드에서 아버지가 처음으로 나를 학교에 바래다주는 꿈이었다.

다음 날부터 우리의 생활은 영원히 잊히지 않을 축일 전야 이전의 상태로 돌아갔다. 단지 차이가 있다면, 이제는 상대방을 속이며 연극하지 않고, 관중 없는 무대의 배우처럼 행동한다는 것뿐이었다. 우리의 역할은 상대방을 이해하거나 배려하는 역할이 아니라 상대방을 무시하거나 경멸하는 역할뿐이었다. 그리고 그런 우리 자신이 우스꽝스러울 뿐이었다. 다시 막스와 마주치지는 않았지만 처음 몇 주 동안은 낯 뜨거운 장면들이 자주 반복되었다. 그들은 물론 나 역시 그 일에서는 최대한 신중하게 처신하려고 했다. 난장판으로 노는 일도 차츰 빈도가 줄어들었고, 시간이나 강도도 줄어들었다. 이제는 거의 일주일에 한 번만 그럴 뿐이었다. 이제 르프랭스도 늙은 것이다. 그사이 나는 거의 날마다 돌로레타스를 찾아가 제법 늦은 시간까지 그녀의 집에서 머물렀다. 한편으로는 우스꽝스러운 비극으로 변해 버린 내 가정에서 도망치고 싶은 마음 때문이었고, 다른 한편으로는 끝도 없이 반복되는 돌로레타스의 불행이 오히려 내 불행에 큰 위안이 되어 주기 때문이었다. 그런 상황은 여름 내내 지속되었다. 그리고 9월 중순경 어느 날에 모든 것이 바뀌었다.

　나는 새로운 소식이 기다리고 있을 것 같은 예감에 밤이 되어 집으로 돌아왔다. 그리고 내 예감은 정확히 적중했다. 문이 잠겨 있지 않았다. 나는 마리아 코랄이 평소보다 일찍 돌아왔다고 생각하고 문지방서부터 그녀를 불렀다. 아무 대답도 없었다. 주방에 불이 켜져 있어 나는 그곳으로 향했다. 그런데 그곳에 있는 사람이 그녀가 아니라 르프랭스였기 때문에 나는 자지러지게 놀랐다. 르프랭스는 몹시 지친 모습이었고 심지어 병이 든 것 같았다. 눈자위가 검게 꺼지고 주름살이 깊게 파여 있었다.

　"들어오게."

　르프랭스가 말했다.

　"마리아 코랄을 기다리는 겁니까?"

　르프랭스는 우울한 미소를 지은 후 아이러니와 애정이 가득 담긴 그윽한 눈길로 나를 바라보았다. 삼 년 전 아직 그를 제대로 알지 못했을 때, 그때까지만 해도 애송이였던 내가 느닷없이 "르프랭스 씨, 누가 도밍고 파하리토 데 소토를 죽였습니까?"라고 물었을 때 나를 쳐다보던 그 눈길이었다.

　"하비에르, 나를 그렇게까지 무례한 사람으로 생각하지는 않겠지?"

　그게 르프랭스의 대답이었다.

　"그럼 지금 이 집에서 뭘 하고 있는 겁니까?"

　"심각한 일이 아니었으면, 이렇게 찾아오지 않았을 걸세."

　나는 최악의 상황을 두려워하며 안색을 바꾸었다. 르프랭스가 눈치채고 맥 풀린 표정을 지었다.

"자네가 생각하는 그런 일은 아니네. 안심하게."

"무슨 일입니까?"

"마리아 코랄이 도망쳤네."

나는 어지러운 혼란 속에서도 현실을 받아들이려고 노력하며 겨우 물었다.

"왜 나를 찾아와 이런 얘기를 하는 겁니까?"

내가 말했다. 하지만 그 말은 솔직하게 들리지 않았다. 목소리가 떨려 내 마음이 그대로 드러난 것이다.

르프랭스가 과녁을 한 번 더 정확하게 고른 것이다. 그리고 그의 사격은 빗나가지 않았다.

"내게 원하는 게 뭡니까?"

결국 나는 이렇게 묻고 말았다.

르프랭스는 은제 담뱃갑을 꺼내, 알지도 못하는 상표의 담배를 권했다. 그가 다시 말을 꺼낼 때까지 우리는 아무 말 없이 담배만 피우고 있었다.

"자네가 마리아 코랄을 찾아서 데리고 돌아오게."

르프랭스는 이제 막 불을 붙인 담배를 끈 후 손가락 끝을 모으고 바닥에 시선을 고정했다.

"어디로 갔는지도 모르는데, 무슨 수로 데려온다는 겁니까?"

"나는 알고 있네."

"그럼 왜 나를 찾아왔습니까?"

"나는 그녀를 잡으러 갈 수가 없네."

"왜죠?"

"막스와 함께 도망쳤네."

나는 할 말을 잃었다.

"믿을 수 없군요."

"설명할 시간이 없네. 내가 하는 말을 잘 듣게. 더 이상 시간을 낭비하지 말자고."

르프랭스는 바닥에서 가방을 들어 올리고 그 안에서 권총 한 자루와 탄피 상자, 접힌 지도를 꺼냈다. 그는 권총과 상자는 식탁 가장자리에 밀어 놓고, 지도를 활짝 펼쳐 손 가장자리로 지도 표면을 평평하게 골랐다.

"램프와 종이, 연필을 가져오게."

나는 내 방으로 건너가, 밤에 책 읽을 때 쓰는 스탠드 램프를 가지고 주방으로 돌아왔다. 주방 안이 후텁지근했다. 르프랭스가 정장 윗도리를 벗어서 나도 따라 벗었고, 우리는 램프 아래로 머리를 맞대었다. 르프랭스가 지도에 있는 점 하나를 가리켰다.

"여기가 바르셀로나라네, 보이지? 여기 발렌시아가 있고, 여기 건너편에 프랑스가 있네. 이쪽으로 가면 마드리드고. 알겠나? 아니야, 지도를 뒤집는 게 낫겠군. 아니, 차라리 자네가 내 옆으로 오게. 우리 서로 뒤엉키지 말자고."

8

그렁그렁한 자동차 엔진 소리가 갑자기 꺼지면서 나의 머릿속도 텅 비어 버린 것 같았다. 나는 도망자들을 쫓아 번개처럼 바르셀로나를 나설 때부터 밤새도록 자동차 엔진 소리를 듣고 있었다. 르프랭스의 계산에 따르면 아침이면 그들을 따라잡을 수 있었다. 마리아 코랄과 막스는 변변한 교통수단 없이 기차나 전차, 포장마차를 탔을 테고, 그러므로 아무리 빨리 갔다고 해도 세르베라보다 더 갔을 리는 없었다. 반면에 나는 봄날 일요일에 소풍을 갈 때마다 운전을 익혀 둔 컨버터블로 그들을 뒤쫓았다.

"세르베라에 들어서면, 이름은 잘 기억나지 않지만 빨간 벽돌로 지은 여인숙이 있을 걸세. 막스가 그곳에 들를 테니, 먼저 도착하거든 그곳에서 그들을 기다리게."

르프랭스는 그들의 여행 경로를 어떻게 그렇게 확실하게 꿰뚫고 있을까? 내가 몇 번이나 물어보았지만 그는 그때마다 이렇게 대답했다.

"지금은 그런 것을 설명할 때가 아니니, 입 다물고 적기나 하게."

나는 열 번도 넘게 수첩을 들여다보았다. 여인숙에서 기다릴 것, 절대 신중할 것……

나는 르프랭스가 건네준, 나에게는 끔찍한 물건으로만 여겨지는 권총을 웃옷으로 가리며 허리춤에 집어넣은 다음, 빨간 벽돌로 지은 여인숙을 향해 걸어갔다. 첫 햇살이 비치면서 아지랑이가 피어오르는 절벽 위로 우뚝 솟은 도시의 모습이 큼지막하게 드러나고 있었다. 들판은 조용한데, 맑게 갠 하늘이 무더운 하루를 예고하는 것 같았다. 나는 건물 옆에서 걸음을 멈추고 벽에 딱 달라붙은 채 김이 서린 창문을 통해 실내를 엿보았다. 기다란 바 스탠드가 있는 제법 커다란 규모의 식당으로, 의자들이 다리를 거꾸로 한 채 탁자 위에 얹혀 있었고, 스탠드 뒤에는 절대 막스라 볼 수 없는 몸집과 움직임을 지닌 사내가 분주하게 오가고 있었다. 나는 문을 열고 안으로 들어섰다.

"좋은 아침입니다. 아주 일찍 일어나셨군요."

스탠드에 있던 사내가 말했다.

"일찍 일어난 게 아니라 밤을 꼬박 새웠습니다."

내가 대답했다.

사내는 하던 일을 계속하며 스탠드 위에 작은 접시들을 두 줄로 늘어놓았는데, 접시마다 잔과 스푼이 놓여 있었다.

"저녁을 드릴까요, 아니면 아침을 드릴까요?"

"있는 걸로 아무 샌드위치나 하나 만들어 주십시오. 그리고 밀크 커피도 한 잔 주시오."

"기다리셔야 합니다. 아직 커피를 내리지 않았거든요. 앉아서 쉬고 계세요. 피곤해 보이시네요."

스탠드에 있던 사내가 대답했다.

나는 창문 옆에 자리를 잡았다. 식당 전체가 한눈에 들어오는 그곳에서는 유리창을 통해 몬세라트 지맥의 과실수 사이에 지그재그로 뻗은 도로를 한눈에 볼 수 있었다. 한밤중에 가파른 길을 운전해 피곤한 탓인지 신경이 느슨하게 풀리기 시작했다. 한숨을 돌리고 나니 주변의 사물들이 두루뭉술하게 춤을 추는 것 같았다.

"손님…… 손님…… 샌드위치하고 커피 나왔는데요."

나는 깜짝 놀라 깨어나면서 권총에 손을 댔다. 스탠드에 있던 사내가 접시와 김이 모락모락 나는 커피 잔을 내 앞으로 내밀고 있었다. 나도 모르게 탁자 위에 엎드려 잠이 들었던 것이다.

"놀라게 해서 죄송합니다."

"잠이 들었나 봅니다."

"그렇군요."

"내가 얼마나 잤습니까?"

"채 십오 분도 안 되었습니다. 위층에 객실이 있는데, 올라가서 잠시 주무시겠어요? 제대로 일어서지도 못할 것 같네요."

"그럴 수는 없습니다. 갈 길이 바빠서……."

"손님 일에 간섭하는 것 같아 죄송하지만, 그건 무모한 짓입니다. 지금 자동차로 여행하시는 중이죠, 그렇죠?"

"예."

"그런 상태로 운전하면 안 됩니다."

나는 밀크 커피를 몇 모금 마셨다. 뜨거운 액체가 들어가니 조금 정신이 드는 기분이었다.

"아니요, 계속 가야 합니다."

스탠드에 있던 사내가 아이러니한 표정으로 나를 바라보았다.

"손님께 말씀드리는데, 막스와 그 여자는 세 시간 전에 이곳을 떠났습니다."

"뭐라고요?"

"막스와 여자는 벌써 멀리 갔을 겁니다. 손님도 긴 여행을 준비하셔야 합니다. 한숨 자고 나서, 내일 따라잡으면 됩니다."

사내가 뒤로 돌아 나지막하게 뭐라 중얼거리며 스탠드 쪽으로 향했다.

"내가 왜 이렇게 관심을 보이는 거야?"

그가 중얼거렸다.

"여보세요, 내가 막스와 여자를 찾는다는 것을 어떻게 알았습니까?"

"손님은 르프랭스 씨가 보냈지요, 안 그렇습니까?"

"당신은 누구요?"

"르프랭스 씨의 친구입니다. 권총을 꺼낼 필요까진 없습니다. 손님한테 해코지하려고 했다면 진작 했을 겁니다."

그의 말이 옳았다. 더욱이 지금은 수수께끼를 풀 여유조차 없었다.

"그들이 어디로 향했습니까?"

"어디로 향하다니요? 경로를 적은 수첩을 가져오셨지요?"

"예."

"그러면서 왜 나한테 물어보는 겁니까? 자, 아침을 마저 드시지요. 나는 잠자리를 준비할 테니 말입니다."

나는 눈이 저절로 감겼다.

"자동차도……."

내가 중얼거렸다.

"출발할 수 있도록 내가 준비해 놓겠습니다. 기름도 채워 놓을 테니, 눈을 뜨면 곧바로 사냥을 떠날 수 있을 겁니다. 됐습니까?"

"좋습니다…… 고마워요."

"나한테 고마워할 필요까지는 없습니다. 우리 두 사람은 같은 주인을 위해 일하는 거니까요. 나중에 돌아가거든 말씀이나 잘해 주십시오."

"걱정하지 마십시오."

나는 거의 기다시피 해서 이 층으로 올라갔다. 그곳에는 여행자를 위한 방들이 있었다. 나는 그중 한 곳으로 들어가 몇 달 잠을 못 잔 사람처럼 쭉 뻗었고, 스탠드에 있던 사내가 깨울 때까지 늘어지게 잤다. 내가 몸을 씻고 계산을 한 다음 거리로 나섰을 때는 이미 해가 저물고 있었다. 자동차는 여인숙 앞에서 광채를 내고 있었다. 나는 차에 올라 스탠드에 있던 사내에게 작별 인사를 건네며 시동을 걸었다. 그리고 밤새 자동차를 달린 끝에 새벽녘이 되어서야 발라게르에 도착했다.

"발라게르에 도착하거든 포장마차 정거장에 가서 부리야스 아저씨란 사람을 찾게."

포장마차 정거장에는 숫제 말똥이 양탄자처럼 넓게 깔려 있었다. 그리고 그 양탄자 끝에 커다란 벽돌집이 우뚝 솟아 있었다. 나는 그곳을 향해 걸어갔다. 광장으로 해가 한가득 내리비치고 있었고, 나는 웬만한 저격수의 손쉬운 표적이 될 수 있다는 불안감에 사로잡힌 채 발걸음을 서둘러 얼른 그곳에 도착했다. 커다란 벽돌집은 사무실, 마구간, 여행자 대기실을 겸하고 있었는데, 사무실 문에는 '금일 휴업'이라는 안내판이 붙어 있었다. 그때 어디선가 말 우는 소리가 들렸다. 나는 건물을 빙 돌아 말 우는 소리가 들리는 쪽으로 걸음을 옮겼다. 누군가 마구간에서 페르슈 말에 발굽을 박고 있었다. 밖에는 말이 매이지 않은 포장마차가 벽의 고리에 사슬로 묶여 있었다. 나는 대장장이에게 다가갔다. 그는 건장하고 무뚝뚝한 노인이었는데, 나에게 눈길 한 번 주지 않았다. 나는 그의 일이 끝날 때까지 기다렸다.

"부리야스 아저씨입니까?"

노인은 말을 마구간에 집어넣은 후 문을 닫았다. 그는 발굽을 박을 때 사용한 망치를 계속 들고 있었다.

"누구를 찾으시오?"

"부리야스 아저씨요. 어르신입니까?"

"아니오."

"어딜 가면 뵐 수 있을까요?"

"젠장, 내가 그걸 어떻게 알아."

노인이 사무실 쪽으로 걷기 시작했다. 나는 그가 망치를 휘둘러도 닿지 않을 정도로 신중하게 거리를 두며 따라갔다.

"세르베라에서 오는 포장마차를 보셨습니까?"

내가 집요하게 물었다.

"포장마차는 없소. 늦었소." 노인이 표지판을 가리켰다. "글 읽을 줄 몰라? '금일 휴업.'"

"네, 포장마차가 없다는 거 압니다. 나는 세르베라에서 온 포장마차를 보셨느냐고 물었어요."

"포장마차도 없고, 말도 없고, 짐승도 없소. 나는 모른다니까!"

노인이 사무실 안으로 들어가 세차게 문을 닫았다. 그 바람에 문에 달려 있던 안내판이 눈앞에서 흔들흔들 춤을 추었다. 나는 그곳을 떠나, 막스가 어떻게 나올지 모른다는 두려움에 떨며 발라게르 거리를 돌아다녔다. 별 소득도 없이 한참을 돌아다닌 끝에 어느 선생 뒤로 아이들이 줄지어 오는 모습을 보았다. 선생이 예의 바르게 보여 그에게 달려갔다.

"죄송합니다만, 혹시 부리야스 씨를 아십니까?"

선생이 못마땅한 표정을 드러내며 나를 바라보았다.

"그런 이름은 들어 본 적도 없습니다."

선생이 대답했다.

선생이 지나가고, 그 뒤로 아이들이 따라갔다. 아이 한 명이 갑자기 대열에서 빠져나와 나에게 말했다.

"호르디 술집에 가서 물어보세요."

나는 그 술집을 찾아 주인에게 물었다. 술집 주인이 목소리를 높였다.

"호안, 누가 자네를 찾네."

자주색 두건을 두른 작고 단단한 체구의 사내가 탁자 한쪽에서 일어났다. 그는 다른 세 사람과 왁자지껄 떠들며 하고 있던 도미노 게임을 그만두고 내 쪽으로 다가왔다.

"무슨 일이오?"

"르프랭스 씨가 보냈습니다."

두건을 두른 사내가 턱을 만지작거리며 나를 흘낏흘낏 쳐다보았다. 그는 바닥을 내려다보다가 다시 나를 바라보며 물었다.

"누가 보냈다고요?"

"르프랭스 씨요."

"르프랭스?"

"예, 르프랭스 씨요. 당신이 부리야스 아저씨지요, 그렇죠?"

"그렇소. 내가 아니면 누구겠소?"

"르프랭스 씨를 아시죠, 그렇죠?"

"그렇소, 그 양반을 위해 일하는 사람이오."

"그런데 왜 그렇게 물어보는 겁니까?"

그가 다시 눈으로 장난을 치다가 실눈을 뜨고 껄껄거리며 웃었다.

"오시오, 르프랭스 씨. 거리로 나갑시다."

나는 그의 뒤를 따라나섰다. 거리로 나가자 그가 다시 나를 흘낏흘낏 쳐다보았다.

"내 처남의 일은 어떻게 되어 가고 있소?"

마침내 그가 물었다.

"잘되어 갑니다."

나는 더 이상 대화를 복잡하게 만들지 않기 위해 일단은 그렇게 대답했다.

"육 년 전만 해도 잘나갔지." 그가 다시 웃었다. "빌어먹을, 안 좋았다면 지금은 어떻게 되었을지 나도 장담을 못 하지만 말이야."

"원래 이런 일들이 더딥니다. 하지만 돌아가는 대로 빨리 추진해 보겠습니다. 나한테 줄 정보 같은 것은 없습니까?"

갑자기 그의 얼굴이 진지해졌다. 그리고 다시 정색을 할 때까지 한참 동안 껄껄거리며 웃었다.

"막스와 여자가 여기 있었소. 교통편을 찾으면서 몇 시간 전에 지나갔소. 포장마차 한 대를 빌리려고 했지만 방법이 없었소."

"그렇다면 아직 여기 있다는 말입니까?"

"아니오, 떠났소."

그는 웃다가 멈추고 다시 웃기를 반복했다. 그가 정상일 때만 말을 하거나 얘기를 하는 바람에 그런 식으로 하다가는 몇 시간이고 걸릴 것 같아 나는 답답해서 미칠 지경이었다.

"어떻게 떠났습니까?"

"차를 타고 갔소."

"자동차요?"

"그렇소."

"누구 자동차요?"

"회사 차."

"누구요?"

"누구의 차도 아니오. 사람이 아니라니까." 그는 다시 재미있다는 듯이 낄낄거리며 웃었다. "회사 차였소. 전기회사 차. 엔지니어들의 차를 타고 갔소. 아마 발전소 쪽으로 갔을 거요."

"트렘프 쪽인가요?"

나는 르프랭스가 일러 준 말을 떠올리며 물었다.

"거기서 더. 어쩌면 비에야 쪽일지도 몰라요. 그들이 타고 간 차는 큰 검은색 차요. 르프랭스 씨, 거기까지 따라갈 생각이라면 조심하시오. 길이 아주 험하니까. 낭떠러지로 떨어지면 그걸로 끝이오."

"고맙습니다. 조심하겠습니다."

"그건 당신 마음대로 하지만 내 처남 일은 꼭 기억하시오."

"몇 시에 떠났습니까?"

"일찍 떠났소. 아주 일찍."

"밤에 떠났습니까, 아침에 떠났습니까?"

"나도 몰라."

나는 그가 화를 버럭 내며 덤벼들기 전에 얼른 그곳을 떠났다. 몇 분 후, 나는 다시 차를 운전하고 있었다. 부리야스 아저씨라는 사내가 일러 준 대로 길이 곧 좁아지면서 험준한 암벽 사이로 강물이 흐르는 골짜기가 드러났다. 도로는 상당히 가팔랐다. 한참 밑으로는 시커먼 급물살이 흐르고 있었고, 섬뜩하게 경사진 굽잇길들이 시작되었다. 트렘프 호수가 나타난 것은 정오가 지날 무렵이었다. 날씨가 무더운 데다가 피곤하고 배도 고프고 손발이 저린 상태였다. 나는 나무 그늘을 찾아 차를 세웠다. 그리고 옷을 벗고서 얼음장같이 차가운 물속에서 몸을 식혔다. 차가 열을 받아 뜨끈뜨끈했기 때문에 몇 시간 정도 차도 쉬고, 그 틈에 나도 쉬기로 했다. 나는 버드나무 그늘 밑에 누워 눈을 붙였다. 잠에서 깨어났을 때는 이미 해가 저물어 가고 있었다. 나는 전기 발전소 쪽으로 향했다. 그곳 근로자들이 회사 차 한 대가 정차하지 않고 곧바로 지나갔다고 알려 줘서 나는 그들의 목적지가 세구르나 소르트, 아니면 비에야일 거라고 추측했다.

나는 그곳에서 저녁을 먹고 출발했다. 어두운 밤길에 달이 모습을 드러내면서 산꼭대기 위로 하얀 눈이 시퍼렇게 반짝거

리고 있었다. 기온이 급격하게 떨어져 온몸이 떨릴 정도로 추
웠지만, 차를 세우면 시동이 다시 걸릴 것 같지 않아서 계속
달릴 수밖에 없었다. 자동차도 지칠 대로 지쳐 있었다. 앞 펜더
는 떨어져 나갔고, 스페어타이어는 미처 손쓸 사이도 없이 절
벽 아래로 굴러떨어졌고, 나사 하나에만 매달린 클랙슨은 차
가 움직일 때마다 앞 유리창에 부딪히는가 하면 브레이크조차
제대로 작동하지 않았다. 그리고 자동차가 지나가면 그 뒤로
시커멓고 흥건한 자국이 남았다.

　나는 아침이 되어서야 낯선 마을에 도착했다. 마을 어귀에
는 울타리에 에워싸인, 회색 돌로 지은 상당히 큰 건물 한 채
가 서 있었다. 울타리에 달린 문패에 P. F. M.이라고 적혀 있었
다. 부리야스 아저씨라는 사내가 언급한 엔지니어들이 일하는
전기회사의 약자였다. 나는 건물 앞에 차를 세우고 내려가, 울
타리를 밀고 안으로 들어갔다. 정원에서 한 남자가 화초에 물
을 주고 있었다. 나는 그에게 검은색 회사 차가 그곳을 지나갔
느냐고 물었다. 그는 아니라고 대답한 후, 차는 그곳에, 그 건
물에 주차되어 있고, 엔지니어들은 안에서 쉬고 있다고 말했
다. 내가 그들을 만나게 해 달라고 부탁하자, 엔지니어 한 사람
을 깨워 밖으로 내보냈다. 나는 소개를 마친 후 르프랑스를 언
급하고는 자세히 물어보았다.

　"예, 우리가 독일 남자와 그의 아내를 이 마을까지 데리고
왔습니다. 아주 친절한 부부예요. 네? 아니요, 우리는 도착한
지 얼마 안 됩니다. 기껏해야 두 시간 정도 되었어요. 아마 아
직은 이 근처에 있을 겁니다. 그래요, 그들은 비에야나, 아니면
조금 더 멀리 갈 생각이었습니다. 얘기를 많이 하지 않아 나도

잘 모르겠습니다. 예의는 바르지만 워낙 말이 없는 사람들이었어요. 아니요, 곧바로 떠나지는 못했을 겁니다. 여기는 파스쿠아스에서 라모스로 가는 포장마차 외에는 다른 교통편이 없거든요. 아니면 나귀 두어 마리를 빌리든가요. 게다가 독일 남자의 아내가 아픈 것 같았어요. 그래서 그들을 태워 준 겁니다. 그렇기 때문에 그들이 당장 길을 떠나지는 않았을 거라고 생각하는 거고요. 네, 이게 당신에게 말해 줄 수 있는 전부입니다. 우리는 거의 얘기를 나누지 않았다는 걸 한 번 더 말씀드리지요. 아니요, 절대 그렇지 않습니다. 절대 귀찮지 않습니다. 궁금한 게 있으면 언제든지 물어보십시오."

나는 막스의 눈에 띄지 않는 곳을 찾아 자동차를 숨긴 다음, 사람들의 눈에 띄지 않도록 조심스럽게 마을로 향했다. 계곡에 위치한 조그만 마을은 마치 한 폭의 그림 같았는데, 주변에는 바위와 나무로 이뤄진 높은 산들이 에워싸고 있고, 산꼭대기는 만년설로 덮여 있었다.

도시로 끊임없이 이주하기 때문에 정확한 통계를 내기는 어렵지만, 마을의 인구는 많아야 100명도 되지 않을 것 같았다. 마을의 집들은 전체적으로 황색이 감도는 가운데, 집집마다 두꺼운 벽에 창문은 좁고 들쭉날쭉했으며 굴뚝에는 연기가 피어오르고 있었다.

마을로 들어서면서 사람들의 눈에 띄지 않고 돌아다니려던 원래 계획은 곧 틀어졌다. 한가롭게 햇볕을 쬐고 있던 호기심 많은 사람들에게 순식간에 둘러싸이고 말았던 것이다. 나는 그들에게 정보를 구했다. 그들은 외국인 부부가 비롤레트 아저씨 집에 머물고 있다고 말했다. 자식들이 모두 바르셀로나로 떠나고 없기 때문에 그 집에 빈방이 많다는 거였다.

"다들 회사로 일하러 가지. 우리 늙은이들만 남았다오. 회사가 월급을 많이 주니, 젊은이들에게는 마을이 작게만 느껴질 테고."

나는 방금 도착한 부부에 대해 꼬치꼬치 캐물었다.

"부인이 몹시 아픈 것 같았어." 그 점에서는 그들 모두 의견의 일치를 보았다. "그래서 머문 거고. 금발 머리 남편은 무슨 일이 있어도 계속 길을 가고 싶어 했지만, 여자가 싫다며 완강하게 버텼지. 여자를 본 사람들은 모두 여자의 말이 옳다고 했어. 적어도 이틀은 쉬었다 가야 한다고 충고했지. 이곳 기후가 건강에 아주 좋거든."

나는 마을의 다른 집에 방을 구할 수 있겠느냐고 물었다. 그러자 사람들이 클라라 아주머니의 집으로 나를 안내했다. 그녀는 부엌에 암탉들을 풀어놓고 키우는 노파였는데, 싼 숙박비에 천장이 기울어진 방 하나를 내준 후 소파 한 개를 들여와 주었다. 내가 씻고 싶다고 하자, 그녀는 세숫대야와 물 항아리, 네모난 거울을 갖다 주었다. 거울에 비친 내 모습을 보니 양 볼은 푹 꺼지고, 턱은 축 늘어지고, 수염은 삐쭉삐쭉 나고, 눈자위는 보랏빛을 띠고 있었다. 갑자기 열이 오르면서 온몸이 떨려 오기 시작했다. 나는 그녀가 준비한 수프와 신선한 계란, 카스텔라, 포도주 등 간단한 음식으로 요기를 하자마자, 여러 장 겹친 담요를 얼굴까지 푹 둘러쓴 채 잠을 청했다. 그날 오후와 밤 동안 내리 잤다. 다시 깨어났을 때는 몸이 한결 가벼워져 있었지만, 자는 내내 꾼 악몽 탓인지 기분은 우울했다. 꿈속에서 인정사정없이 나를 쫓아다니며 잔인하게 죽게 될거라고 말하는 환영들의 예언을 들은 것 같기도 했다.

나는 계속된 여행과 그에 따른 피로 누적으로 즉시 행동에들어갈 수 없었다. 심지어 그들을 만나면 어떤 표정을 지어야할지, 그것조차 생각해 보지 못했다. 나는 그 자리에서 즉흥적으로 대응하고 싶지 않았기 때문에, 아침 내내 말도 안 되는 엉뚱한 계획들을 잔뜩 세워 보았다. 물론 부정하고 싶지만, 막상진실의 순간이 다가오면 내가 신경 써서 세워 둔 계획들이 모두수포로 돌아갈 거라는 것도 잘 알고 있었다. 그 순간이 되면 그들 앞에서 무엇을 해야 할지, 무슨 말을 해야 할지 어쩔 줄 몰라 하며 안절부절못할 게 뻔했다. 그런데 정오가 조금 지난 시간에 헐벗은 한 아이가 와서 나를 찾더니, 외국인 부인이 나를만나고 싶어 한다는 말을 전해 주었다. 그제야 나는 내가 막스뿐만 아니라 마리아 코랄과의 만남도 두려워하고 있었다는 사실을 깨달았다. 나는 옷을 입은 다음 권총이 아직 내 수중에있고 총알이 장전되어 있다는 사실을 확인한 후, 무기 사용법에 대한 기억을 더듬으며 아이를 따라 비롤레트 아저씨란 사람의 집으로 향했다. 그사이 내 뒤로 마을 사람들 전체가 따르고있었다. 그들은 이미 사건의 전말을 눈치챈 뒤였고, 그런 그들은기대에 가득 차 잔인하고도 섬뜩한 결말을 기다리고 있었다.
비롤레트 아저씨의 집은 성당과 종교 재판소, 군경대가 위치한 마을 광장 근처에 있는 비좁고 어둠침침한 거리에 있었다.

구경꾼들은 자그마한 마을 광장에서 멈춰 섰고, 나 혼자서 삭막한 거리 안으로 들어섰다. 나는 벽에 바짝 몸을 붙인 채 창문이 나오면 몸을 수그리면서 재빨리 걸어, 마을의 평화가 깨질 수도 있는 특별한 사건 없이 목적지에 도착했다. 나는 도움을 청할까, 아니면 도망쳐 버릴까 하는 유혹을 느끼며 마지막 순간에 한 번 더 뒤를 돌아보았다. 하지만 그것은 말도 안 되는 생각이었다. 그 일을 해결해야 했다. 그것도 내가, 내 식으로, 내 방법으로 해결해야 했다. 한편 구경꾼들도 적극적으로 나설 것 같지는 않았다. 오히려 그들은 광장 기둥 밑에 자리를 잡고서 담배를 피우거나 커다란 술 항아리에 담긴 술을 홀짝홀짝 마시며 느긋하게 관망하고 있었다.

비롤레트 아저씨의 집 대문이 살짝 열려 있었다. 문을 밀고 들어가자 어둠 속에 잠긴 긴 복도가 보였다. 나는 한쪽으로 비켜나 숨을 죽인 채 몇 초간 기다렸다. 아무 일도 일어나지 않았다. 고개를 들어 살짝 안을 들여다보았다. 복도에는 여전히 아무도 없었고, 복도 끝에 보이는 문틈 사이로 가느다란 빛이 흘러나오고 있었다. 집 안으로 들어가 빛이 흘러나오는 쪽으로 아주 조심스럽게 걸어가 보니, 다른 문이 열려 있었다. 나는 다시 그 문을 열고 한쪽으로 비켜섰다. 잠시 절대적인 침묵만 흘렀다. 주변을 둘러보았지만 텅 비어 있는 듯한 환한 방 이외에는 아무것도 보이지 않았다.

"누구 계십니까?"

내가 물었다.

"하비에르, 당신이에요?"

마리아 코랄의 목소리였다.

"응, 나야. 막스도 같이 있어?"

"아니요, 나갔어요. 한참 있어야 돌아올 거예요. 두려워하지 말고 들어와요."

나는 안으로 들어갔다. 그러나 방 안으로 들어선 순간, 내 머리를 겨냥한 총구가 가장 먼저 느껴졌다. 그리고 내 권총을 빼앗는 손길이 느껴졌다. 마리아 코랄은 한쪽 구석에서 양팔로 감싼 무릎 사이에 얼굴을 파묻은 채 흐느끼고 있었다.

"불쌍한 하비에르…… 오, 불쌍한 하비에르……."

그녀가 흐느끼며 말하는 소리가 들려왔다.

마리아 코랄은 우리 두 사람만 남겨 두고 밖으로 나갔다. 막스가 탁자 옆에 앉은 다음, 나에게 다른 의자를 권했다. 나는 그가 시킨 대로 했다. 총잡이는 자기 무기들은 허리춤에 넣고, 내 권총은 탁자 위에 올려놓았다. 물론 내 손이 닿을 수 없는 곳에 놓았다. 그는 베레모를 벗고 넥타이를 느슨하게 풀면서 와이셔츠 차림으로 있겠다고 양해를 구했다. 그는 "무지하게 덥군, 안 그런가?" 하고 프랑스어로 물었다. 나는 그렇다고, 날씨가 아주 덥다고 대답했다. 그가 정장 상의를 벗는 동안 나는 그를 찬찬히 살펴보았다. 수염 하나 없이 발그스름한 화색이 도는 그의 얼굴은 나와는 달리 피곤한 기색을 전혀 찾아볼 수 없을 정도로 말끔했다. 마치 방금 소금욕을 마치고 나온 사람처럼 깨끗하고 상큼해 보였다.

"피곤한가, 무슈 미란다?"

내가 그렇다고 사실대로 고백하자, 막스는 다시 빙그레 웃으면서 창문 너머로 일부만 보이는 산을 가리켰다.

"기후가 아주 좋아! 공기가 깨끗하단 말이야!" 그러고는 긴장이 감도는 침묵을 지키다가, 마침내 입을 열어 말하기 시작했다. "무슈 미란다. 이렇게 비신사적인 방법을 사용해 미안하지만 다 그럴 만한 이유가 있으니 한번 들어 보시오. 맨 먼저, 내가 이렇게 치사한 방법으로 당신을 붙잡을 때 마리아 코랄이 나를 도와주었다고 해서 그녀를 너무 원망하지는 마시오. 그 여자는 더 큰 불행을 막기 위해 그랬던 거니까. 당신도 알겠지만 나는 이런 치사한 방법을 사용할 이유가 없소. 내가 마음만 먹었다면 뒤에서 쏘건 앞에서 쏘건, 언제든지 당신을 쏠 수 있었소. 세르베라에서 당신이…… 어떻게 얘기할까? ……우리를 쫓아서 떠났다는 얘기를 들었을 때, 그때 이미 당신을 죽일 수도 있었소. 그렇다면 왜 당신을 죽이지 않았을까? 그 이유는 곧 알게 될 거요. 우선, 나는 당신이 상상하는 그런 인간이 아니라는 점부터 밝히고 싶소. 예를 들어 나의 완벽한 스페인어 실력을 잘 생각해 보시오. 나는 지금까지 나의 스페인어 실력을 숨겨 왔소. 나는 전형적인 총잡이가 아니오. 어느 정도 교육도 받았고, 나름대로 신중하게 생각할 줄도 알고, 알고 보면 심성도 착한 사람이오. 나는 내 의지와는 상관없이 어쩔 수 없는 상황에 떠밀려서 이 서글픈 직업을 택하게 되었소. 물론 실력이 나쁘지는 않지만, 그 점을 상당히 안타깝게 생각하고 있소. 하지만 나는 단한 순간도 이 일을 사람 죽이는 일이라고는 생각하지 않았소. 무슈 미란다, 사실 나는 당신에게 적개심을 품은 적이 없소. 오히려 정이 들었다고나 할까. 자, 그러면 내 신상 문제는 이쯤에서 접고 마리아 코랄에 대해 얘기합시다. 무엇보다 당신은 그 여자가 피해자라는 내 말을 믿어야 하오. 그 여자는 죄가 없소. 당신은 그 여자를 제대로 대우할 줄 몰랐소. 내가 당신의 사생활에 끼어들었다면 용서하시오. 나는 남의 일에 간섭하지 않는 사람이오. 대화 중에 다시는 이런 얘기를 꺼내지 않겠다고 약속하겠소. 다시 하던 얘기로 돌아와서, 틀림없이 당신은 그렇게 생각하고 있을 테지만, 우리의 도주는 단순한 애정 행각이 아니오. 훨씬 더 냉철하면서도 설득력 있는 이유가 있소.”

막스는 잠시 말을 멈추고 손가락으로 자신의 부드러운 금발 머리를 쓸어내렸다. 그리고 자기 생각의 보이지 않는 흐름을 찾는 듯이 두 눈을 지그시 감았다.

“우선, 르프랭스가 사실대로 얘기하지 않았다는 점을 명심하시오. 적어도 사실 전부를 당신에게 이야기하지는 않았소. 그 양반이 당신에게 숨긴 게 있었는데, 이제부터는 내가 그것을 털어놓을 테니 잘 들으시오. 르프랭스는…… 스페인어로 뭐라고 하지? 파산? 그래, 바로 그거요. 그 양반은 파산했소. 물론 아직은 대외적으로 발표되지 않았지만 금융계에는 공공연한 사실로 알려져 있소. 실제로 공장이 생산을 멈췄고, 상품은 창고에서 녹슬고, 채권자들은 사방에서 목을 조여 오고, 은행들은 회사에 등을 돌렸소. 머잖아 모든 게 밝혀질 것이오. 그러면 르프랭스는 끝난 거요. 돈도 없고, 영향력도 없고, 나까지 사라졌으니 결국 그 양반은 산목숨이 아니란 말이오. 오랜 세월 말없이 르프랭스를 증오하던 사람들이 기회는 이때다 싶어서 파리 떼처럼 몰려들 거요. 더욱이 그 양반은 많은 사람들의 표적이 되어 있소. 그건 확실하오. 그런 자들을 존경한다고 말하지는 않겠소. 하지만 어느 정도는 이해할 수 있소. 르프랭스는 힘없는 자들을 마음대로 가지고 놀았는가 하면, 몹쓸 짓도 많이 저질렀소. 당연히 이제는 그 빚을 갚아야 하오. 하지만 주제를 벗어나지는 맙시다."

막스가 다시 말을 멈추었다. 그때 바깥쪽 마을 광장에서 성당의 종소리가 들려오고, 어디선가 개 짖는 소리가 들렸다. 하늘이 붉게 물들면서 높은 산이 성큼 다가서는 것 같았다.

"그런 상황에서는, 무슈, 마리아 코랄과 내가 무사하게 몸을 피하려고 하는 게 당연한 일이오. 우리 두 사람은 예전이나 지금이나 르프랭스와 가장 긴밀하게 연결되어 있는 사람들이오. 물론 객관적으로 말해도 이런 태도는 비열하다고 할 수 있소. 하지만 우리 관계의 본질을 따져 보면 그렇지가 않소. 바로 돈이오. 내 입장에서 말하자면, 돈이 없으면 르프랭스는 당연히 스스로 자기 자신을 지켜야 하오. 그리고 마리아 코랄의 입장에서 보면…… 이제 위안은 자신의 합법적인 부인한테서 찾아야 할 것이오. 마리아 코랄은, 내 말에 대한 가치판단은 하지 말고 있는 그대로의 현실만을 보도록 하시오, 마리아 코랄은 당신에게 기댈 수 없었소. 당신 역시 르프랭스가 없거나 회사가 문을 닫고 나면 허공에 뜬 거나 다름없소. 상황이 그렇소. 그래서 우리는 도망치기로 마음먹었소. 마리아 코랄이 갑자기 배탈만 나지 않았으면 지금쯤 국경을 넘었을 테고, 당신은 절대 우리를 따라잡지 못했을 거요. 하지만 이제는 상황이 바뀌었소. 마리아 코랄이 말을 타고 여행을 계속할 수 없으니 말이오. 그래서 당신을 끌어들여 대화로 푸는 쪽을 택한 것이오. 피만 흘릴 게 뻔한 충돌은 피하고 싶소. 지금 서로 적대감을 보여 봤자 절대 이성적이라 할 수 없으니, 서로 협조하는 방법을 찾는 게 낫다 싶었지."

막스가 말을 멈추었고, 한참 동안 침묵만이 감돌았다. 나는 총잡이가 설명한 이유들을 곰곰이 생각하며 상황을 주도해 보려고 안간힘을 썼다. 지저분한 애정 행각에서 시작된 일이 이른바 탁자 협상이라는 냉정한 거래로 바뀌었다.

"나한테서 원하는 게 뭐요?"

내가 물었다.

"우리에게 당신 자동차를 주시오."

"차라리 빼앗는 게 더 편하지 않겠소?"

"물론 당신이 저항할 거라고 생각하오. 어쩌면…… 좋지 않게 끝날 수도 있을 것이오."

"이제 와서 양심의 가책을 느낀다고는 말하지 마시오."

"오, 아니오. 내 말을 오해하지 마시오. 나는 타협을 하자는 얘기였소. 어떤 일이 있어도 당신을 죽이지 않을 테니 그건 염려하지 마시오. 하지만 내가 당신을 죽일 거라고 확신했기 때문에 르프랭스가 당신을 보냈다는 사실만큼은 당신도 분명히 알아야 할 거요. 하지만 지금은 그런 얘기를 할 시간이 없소. 우리한테 자동차를 양보하겠소, 아니면 거절하겠소?"

"내가 왜 군이 양보를 해야 하는 거요?"

"그녀를 위해서." 막스가 대답했다. "아직도 그녀를 사랑하고 있다면."

자동차 소리가 먼발치에서 사라지고 다시 마을 위로 침묵이 내려앉고 나서야, 나는 비로소 몸을 일으켜 비롤레트 아저씨의 집을 나섰다. 거의 한밤중이었다. 작은 마을 광장에는 몇 몇 구경꾼들만 남아 있었다. 웬만한 사람들은 지겨워서 이미 자리를 뜬 뒤였고, 그때까지 고집스럽게 자리를 지키고 있던 사람들은 소처럼 눈만 끔뻑이며 나를 가만히 바라보았다. 그 눈길에는 기대했던 구경거리를 보지 못한 원망과 내가 실연을 당했을 거라는 동정심이 섞여 있었다.

나는 숙소인 클라라 아주머니 집에 들어서자마자 소파에 한참 동안 몸을 맡긴 채 담배를 피우며 나의 삶에 대해 생각했다. 나이만 먹었지 아무리 생각해도 나의 삶은 결국 원점으로 돌아와 있었다. 아무런 희망도, 미래도 없는 원점이었다. 코르타바네스의 말이 떠올랐다. '인생이란 빙글빙글 돌아가는…… 회전목마라네. 현기증이 날 때까지 쉬지 않고 돌기만 하는……. 자네를 높이 들어 올렸다가 제자리에 그대로 내려놓는 회전목마 말이야…….'

이런저런 생각을 하고 있는데, 마을 밖이 갑자기 왁자지껄 시끄러워졌다. 몇 시간 전에 마리아 코랄의 심부름을 왔던 누더기 옷을 걸친 아이가 잠시 후에 들어왔다. 아이는 상당히 호들갑을 떨며 들어왔고, 그 뒤로 마을 사람들이 몰려들었다.

"아저씨, 아저씨, 빨리 나와 보세요!"

"무슨 일인데?"

"군경대*가 아저씨의 자동차를 끌고 오고 있어요! 어서 나

---

* Guardia Civil, 1844년에 창설된 스페인 치안 조직으로, 도시가 아닌 지방의 치안을 담당한다. 지방에서는 도시와 달리 지역 수비대와 경찰 업무를 겸하는 형태로 치안을 담당했지만, 스페인 내전 이후 프랑코 통치 때는 절대 권력의 상징으로 시민들에게 공포의 대상이 되기도 했다.

오세요!"

나는 서둘러 집 밖으로 나갔다. 마을 주민 전체가 가스등을 들고 길가에 모여 있었다. 그리고 정확히 형체를 구분할 수 없는 그림자 하나가 가까이 다가오고 있었다. 그것은 사람들이 들고 있는 가스등 근처에 와서야 제 모습을 드러냈다. 삼각 모자를 쓰고 망토를 두른 채 어깨에 장총을 비스듬하게 멘 군경대원 두 명이 길의 경사도에 따라 르프랭스의 차를 밀기도 하고 세우기도 하면서 그곳까지 온 것이다. 나는 자동차 앞으로 다가갔다. 막스가 핏기 없는 얼굴로 핸들 앞에 앉아 있었다. 얼굴은 다 뭉개지고, 팔은 축 늘어지고, 와이셔츠는 피범벅이었다. 죽은 것이 틀림없었다.

"군경대가 외국인을 죽였어."

나는 사람들이 얘기하는 소리를 들었다.

나는 행렬을 따라 군경대까지 동행했다. 그곳에서 잠시 기다리자 마른 체구에 콧수염이 곱실거리는, 나이 들어 보이는 대장이 나에게 사건 경위를 들려주었다.

"군경대원들이 산속에서 정찰을 돌다가 저쪽에서 자동차가 다가오는 것을 보았습니다." 대장이 늑대 입처럼 시커먼 거리 쪽으로 살짝 열려 있는 문을 가리켰다. 그때는 거리에 아무도 없었다. "그래서 차를 세우라고 지시하자 자동차가 정차했습니다. 가까이 가서 보니 두 사람이 타고 있었습니다. 여기 있는 죽은 남자와 여자가 있었습니다."

"여자는 어떻게 되었습니까?"

내가 대장의 말을 자르고 물었다.

"우선 내 이야기부터 하겠습니다. 이건 군경대원이 증언한 내용입니다. 말씀드렸듯이, 군경대원들은 법적 절차상 그들에게 신분증을 요구했습니다. 그러자 죽은 남자가, 이해하기 쉽도록 이렇게 부르는 것이니 이해하십시오, 군경대원들에게 발포하려는 의도로 허리춤에서 권총을 꺼냈습니다. 그걸 보고 우리 군경대원들이 얼마나 놀랐겠습니까? 당연히 장총으로 공격에 응했지요. 그렇게 해서 총격전이 벌어졌던 겁니다."

대장이 삼각 모자를 벗고 손수건으로 땀을 닦아 내는 동안, 대원 한 명이 나타나 경례를 했다.

"대장님께서 말씀하신 형법입니다."

대장이 삼각 모자를 책상 위에 내려놓고, 호주머니에서 금속 테 안경을 꺼내 들었다.

"여기 두게, 히메네스. 이분이 자동차 주인이네. 절차에 따른 진술을 받는 중이니 나중에 부르겠네."

대원은 삼각 모자 위로 손을 가져가 경례한 후 뒤돌아서 나갔다. 대장이 안경을 쓰고 법전을 뒤적였다.

"미란다 씨, 보시다시피 여기에 확실하게 나와 있습니다. '공권력에 대한 대항이나 공격을 해 올 경우.' 당신도 이제 나 못지않게 확실하게 보았습니다. 그렇지요? 사실 나는 이런 일로 나중에 골치를 썩고 싶지 않습니다."

"예, 알겠습니다. 하지만 군경대원들이 어떻게 그 총격전에서 무사할 수 있었는지, 그게 납득이 되질 않는군요."

대장이 법전을 덮고는, 그때부터 법전을 자신의 무언극 도구로 사용했다.

"보십시오, 외국인은 총신이 짧은 소구경 권총들을 소지하고 있었기 때문에 '자동차 창문 위로' 쏘기 위해서는 양팔을 높이 치켜들어야 했어요." 대장이 법전 위로 손가락 하나를 추켜올렸다. "반면에 군경대원들은 '자동차를 관통할 수 있는' 장총으로 무장하고 있었기 때문에 더 빠르고 정확하게 발사할 수 있었습니다." 대장이 법전을 삼각 모자 옆에 내려놓은 후 결론을 내렸다. "보아하니 외국인은 도시에서 활동하는 전문 총잡이였던 것 같습니다."

"함께 있던 여자는 어떻게 되었습니까?"

내가 집요하게 물었다.

"사실 그 부분이 이 이야기에서 가장 납득이 가질 않는 부분입니다. 보십시오, 길 한쪽은 산이고, 다른 한쪽은 절벽입니다. 보세요." 이제는 법전이 도로가 되었다. "그런데 군경대원들이 총을 발사하자 여자가 자동차 밖으로 뛰어내려 허공에 몸을 날린 겁니다."

"그럴 수가!"

"기다려요. 본격적인 이야기는 지금부터니까. 군경대원들은 여자가 절벽에 떨어져 죽었나 보기 위해 가까이 다가갔습니다. 그런데 여자는 흔적도 보이지 않았습니다. 증발해 버렸어요."

"하느님 덕분입니다." 내가 소리를 질렀다. 나는 대장에게 정보를 주기 위해 한마디 덧붙였다. "그 여자는 본래 서커스단 곡예사였습니다."

"바로 그겁니다. 절벽에 풀어놓고 방목하는 염소들처럼 말입니다, 맞아요. 어찌 됐든 다 부질없는 짓입니다. 살아 있다면 곧 돌아올 겁니다."

"어떻게 아십니까?"

"여자는 얇은 옷을 입고 있었습니다. 해가 떠 있는 동안에는 날씨가 무덥지만 밤에는 아주 쌀쌀해요. 더욱이 그 여자는 뛰어내리다가 신발도 벗겨졌습니다. 군경대원이 자동차 뒷좌석에서 여자의 신발을 찾아냈거든요. 당신이 직접 보십시오. 기온이 얼마나 떨어졌는지."

나는 쇠창살로 막아 놓은 군경대 창문 너머로 바깥을 내다보았다. 얼음장같이 차가운 바람이 윙윙 소리를 내며 불고 있었고, 산 쪽에서는 늑대들이 울부짖는 소리가 들리는 것 같기도 했다.

"이 일대에 늑대들이 있습니까?"

"마을 사람들은 그렇다고 하는데, 내 눈으로 직접 본 적은 없습니다." 대장이 무관심하게 대답했다. "이제 괜찮다면 당신의 진술을 받겠습니다."

나는 가능한 한 진술을 피하고 싶었다. 그럴 수밖에 없는 게, 나는 막스의 성도, 나이도, 출생지도 몰랐으니 말이다. 그 바람에 대장은 금방 당황하기 시작했다. 나는 마리아 코랄에 대한 부분은 거짓말로 둘러댔다. 정확한 자료 때문에 혹시나 살아 있을 그녀를 신원 확인이 가능한 용의자로 만들고 싶지 않았다. 그래서 그녀가 누구인지 모르는 척했다. 대장 역시 깐깐하게 굴지는 않았다. 보아하니 자신의 관할 구역에서 그런 사건이 벌어진 것 자체를 탐탁지 않게 여기는 것 같았다. 나는 작별 인사를 나누면서 한마디 덧붙였다.

"여자를 찾아내면 잘 대해 주십시오. 미성년자입니다."

대장이 내 어깨를 다독거리며 말했다.

"당신들 바르셀로나 사람들은 진짜 부족한 게 없군요."

나는 현관 앞에 앉아서 밤새도록 마리아 코랄을 기다렸다. 그러나 아침이 되어도 그녀는 돌아오지 않았다. 날이 어느 정도 밝았을 때, 나는 바르셀로나에 전화를 걸어 르프랭스와 상의하기로 결심했다. 걱정했던 대로 마을에는 전화기가 있는 집이 한 군데도 없었다. 그래서 엔지니어들의 확실한 도움을 받을 수 있는 회사 사무실로 향했다.

그렇지만 내 기대는 완전히 빗나갔다. 노동자들이 도로에서 회사 건물로 이어지는 오솔길을 가로막고 서 있었다.

"어디 가는 거요?"

노동자 한 명이 물었다.

"사무실에요. 전화를 걸러 가는 길입니다."

"전화는 사용할 수 없습니다. 사무실이 폐쇄되었소."

"폐쇄라뇨? 왜요?"

"파업 중이오."

"하지만 생사가 걸린 문제입니다."

"미안하지만 파업은 파업이오."

"최소한 시도라도 할 수 있게 해 주십시오."

"좋소, 일단 들어가 보시오."

그들이 길을 터 주기는 했지만 소용없는 일이었다. 철책 앞에는 쇠파이프와 연장, 강력한 무기들로 무장한 사람들이 떼를 지어 몰려 있었는데, 의외로 차분한 분위기였다. 나는 나를 주목하는 사람이 없을 때까지 기다리기로 했다. 잠시 후, 남자들 대여섯 명이 건물 밖으로 나왔다. 그들은 빨간 손수건을 목에 감고 있었는데, 그중 두 사람은 엽총을 휴대하고 있었다. 이어 엔지니어들의 검은색 자동차가 모습을 드러냈다. 자동차는 전차처럼 사람들로 만원이었다. 자동차는 철책을 지나 바르셀로나로 향하는 도로 쪽으로 모습을 감추었다. 그러자 노동자들은 건물 안으로 다시 들어가 문을 걸어 잠갔다. 나는 손을 흔들며 한참을 쫓아갔지만 그들은 신경조차 쓰지 않았다.

나는 다시 마을로 돌아와 군경대를 찾아갔다. 대장은 외출하고 없었다. 나는 전보를 치게 해 달라고 부탁했다.

"전신기가 작동하지 않습니다. 파업자들이 전선도 끊어 버렸거든요."

군경대원이 나에게 말했다.

"실종된 여자에 대해서는 알아낸 게 있습니까?"

"없습니다."

"수색 작업은 하겠지요, 안 그렇습니까?"

"꿈도 꾸지 마십시오. 빌어먹을 파업 때문에 가뜩이나 골치가 지끈거리고 아픕니다. 지금은 잠잠해 보이지만, 시간이 흐르면 무슨 일이 어떻게 벌어질지 아무도 모릅니다. 이 난리가 진정되면 그때 산으로 가서 찾아보겠습니다."

"파업이 얼마 동안이나 지속될 것 같습니까?"

군경대원이 어깨를 으쓱했다.

"아무도 모르지요. 이번에는 혁명 전야나 다름없거든요."

그날 정오에 우리는 막스를 땅에 묻었다. 나는 사람들이 파업과 관련된 것 외에는 관심조차 두지 않는 틈을 이용해서 무기들도 함께 묻어 주었다. 사람이 죽어서 어딘든 가게 된다면, 막스가 자기 권총들을 가지고 가야 한다는 생각이 들었던 것이다. 웅덩이를 흙으로 덮기 시작했을 때, 파업자 몇 명이 빨간 깃발과 무정부주의 휘장을 휘두르며 나타나 막스에게 경의

를 표했다. 내가 왜 죽은 사람에게 경의를 표하느냐고 묻자, 그
들은 죽은 사람이 누군지는 모르지만 군경대원의 손에 죽었기
때문에 그걸로 충분하다고 대답했다.

9

막스가 죽고 마리아 코랄이 사라진 지 닷새가 흘렀다. 나는
군경대의 협조를 구하려다가 절망한 나머지(군경대는 당시의 사
회적 상황으로 정신이 없었다.), 고집이 세고 우악스럽게 생긴
마을 사람의 도움을 얻어 함께 산을 뒤지고 다녔다. 그가 안
내를 맡은 대가로 '약간의 금'을 요구해 시계를 풀어 주었지만,
사실은 서로 속고 속인 셈이었다. 내 시계는 금도금을 한 가짜
였고, 그 사람은 내가 길을 잘 모른다는 점을 이용해 험하고
힘든 곳은 피해서 마을 주변만 빙빙 맴돌았다. 그사이 마을의
대장장이가 자동차를 수리해 놓았다. 대장장이 말마따나 '파
업 때문에 밤에만 일할 수 있고, 그것도 목숨을 걸고 해야 했
기 때문에' 일은 엉망진창이었지만, 돈은 한밑천 톡톡히 들었
다. 나는 이미 망가진 자동차를 완전히 망가뜨린 꼴이 되었으
며, 돈은 어음으로 지불했다.

파업은 사소한 부분에서만 티가 났을 뿐이었다. 실제로 전

기회사를 제외하고는 마을의 어떤 업종도 마비되지 않았다. 회사 건물에는 무정부주의자와 노조의 깃발들이 휘날리고, 마을 광장에는 레닌의 얼굴이 담긴 포스터들이 붙었다. 동네 꼬마들은 금세 레닌의 얼굴에 안경이나 담배, 음탕한 그림을 낙서하면서 즐거워했다.

노동자들은 날마다 술집 문 앞에 모여들었다. 그들은 햇볕도 쬐고, 토론도 하고, 이념 공부도 하고, 다른 지역에서 일어난 혁명운동에 대한 소문이나 유언비어를 쑥덕거리기도 하며 하루 일과를 보냈다. 해가 지면 집회가 열려 사회주의자들과 무정부주의자들이 서로 언성을 높여 가며 다퉜다. 집회가 끝나면 연설가들과 관객들이 성당 앞으로 몰려가, 신부가 고리대 금업자이고 미성년자들을 타락시키는 첩자라며 욕설을 퍼부어 댔다. 그럴 때면 군경대는 꼬리를 감추고 보이지도 않았다. 내가 확인한 바에 따르면, 군경대는 군경대 건물 창문 안에서 사태의 추이를 지켜보고 있었다. 그들은 누가 집회에 참석했는지, 무슨 말을 했는지, 어떤 행동을 했는지 일일이 기록을 하고, 그때마다 대장이 불러 주는 대로 두툼한 증언록을 작성했다. 말단 대원들이 철자법을 잘 모르고, 틀릴 때마다 줄을 긋다 보니 지저분한 공문서가 되고 말았지만 말이다.

산속을 헤매고 돌아다니다가 해 질 녘이 되어 돌아오면, 마을을 후끈 달아오르게 한 이런 새로운 소식들을 모두 전해 들을 수 있었다. 나는 걷는 데 이력이 났으며, 추워서 온몸이 굳어서 돌아왔다. 옷과 살갗은 엉겅퀴에 찢겨 나갔고, 토끼들을 놀래며 마리아 코랄의 이름을 목청껏 부르다 보니 목이 잠겼다. 나는 지푸라기 속에서 바늘을 찾는 일에 지친 나머지, 대장장이가 자동차를 고치다가 지친 틈을 타서 바르셀로나로 돌아가기로 결심했다. 나중에 상황이 정상으로 돌아와 능률적이고 효과적으로 일을 처리할 수 있게 되면 그때 다시 마을을 찾을 생각이었다.

　나는 마흔여덟 시간 이내에 목적지에 도착할 거라는 확신을 품고 아침에 마을을 출발했다. 하지만 일주일이나 걸린 여행이 되고 말았다.

　첫날은 그럭저럭 수 킬로미터를 달릴 수 있었다. 그런데 가파른 언덕을 오를 때 차체가 심하게 떨리면서 멈춰 서더니 이상한 소리가 나며 보랏빛 연기가 피어오르기 시작했다. 그래도 차가 폭발하기 전에 얼른 빠져나와 바위 뒤에 숨을 시간은 있었다. 나는 불에 그슬린 컨버터블의 잔해를 버리고 걸어서 어떤 마을에 이르렀지만, 그 마을의 이름조차 알려고 하지 않았다.

　나는 그 마을에서 성대한 축제가 열린 줄 알았지만, 나중에 보니 파업이었다. 아주 먼 옛날부터 세상과 격리된 곳이나 다름없는 두메산골 마을이 어떻게 파업을 조직해 실행할 수 있었는지는 수수께끼였다. 하지만 나중에 신문을 통해 알게 된 사실이나 내가 직접 돌아다니며 확인한 바에 따르면, 당시는 카탈루냐 지방 전체가 총파업의 열기에 휩싸여 있었다. 가뜩이나 얼마 되지 않는 교통편의 운행이 모두 정지되었기 때문에, 파업은 나의 계획에 방해만 될 뿐이었다. 게다가 전화나 전신기를 포함한 어떤 통신 수단도 일체 사용할 수 없었다. 나는 바르셀로나를 떠난 지 십육 일 만에 돌아왔으며, 그동안 세상과 완벽하게 격리되어 지냈다.

다시 얘기로 돌아와, 나는 축제가 한창인 마을에 도착해 그 누구의 호기심도 불러일으키지 않고 마을로 들어섰다. 이제 사람들은 외지인에게 신경조차 쓰지 않았다. 마을 사람들은 모두 마을 광장에 있는 악대 주변으로 모여들어 「인터내셔널 가」를 합창으로 연습하고 있었다. 연습이 끝나자 모두 흩어졌다. 나는 사람들이 무리를 지어 몰려 있는 곳을 쫓아다니며 바르셀로나로 갈 수 있는 방도를 물었는데, 그들 대부분은 국도를 가리키며 걸어가라고 충고했다. 그 와중에 나는 '단 하루라도 일을 하지 않으면 결핵에 걸리기 때문에' 파업에 찬성하지 않는다는 조그만 체구의 남자로부터 자전거를 빌릴 수 있었다. 나는 두 주치 임대료를 선불로 지불한 뒤 '신사의 명예를 걸고' 자전거를 돌려주겠다는 각서에 사인했다.

나는 어릴 때 이후로 자전거를 타 본 적이 없었기 때문에 지그재그로 비틀거리며 마을을 출발했지만, 곧 옛 실력을 되찾았다. 그 덕에 새로운 기운이 솟는 것을 느끼며 기나긴 방랑에도 종지부를 찍을 거라는 실낱같은 희망을 품게 되었다. 그러나 그것은 크나큰 오산이었다. 자전거를 빌린 마을이 고원지대에 푹 파묻혀 있다 보니, 처음에는 잔잔한 내리막길이었지만 곧 길이 험해지면서, 몇 킬로미터 가서는 바위산을 향한 오르막길이 시작된 것이다. 그때부터는 아무리 페달을 밟아도 자전거가 헛바퀴만 돌았다. 다리가 마비되면서 숨이 헉헉 차오르고 땀구멍에서는 땀이 비 오듯 쏟아져 나오기 시작했다. 마침내 나는 아무 해결책이 없다는 것을 깨닫고는 자전거를 버리고 걸어가는 쪽을 택한 뒤, 산꼭대기에 오를 때까지 쉬지 않고 걸었다. 산꼭대기에서 바라보니 발아래는 시커멓고 황량한 계곡이고, 그 너머 역시 첩첩산중이었다.

나는 기운을 차릴 때까지 푹 쉬었다. 하지만 최악은 그때부터였다. 그때부터는 꼼짝도 할 수가 없었던 것이다. 온몸 구석구석이 쑤시고 서 있는 것 자체가 혹독한 고문 같았다. 나는 몇백 미터 정도 간신히 걷다가 쓰러졌다. 지나가는 사람조차 보이지 않고(파업 때문에 길에는 사람들의 통행이 거의 없었다.), 그러다가 추위와 굶주림에 영영 일어나지 못할까 봐 덜컥 겁이 났다. 해도 저물었으며 근처 숲에서는 무시무시한 소리도 들려왔다. 나는 모든 것을 포기한 채 실타래처럼 몸을 웅크리고 앉아 마리아 코랄과 같은 운명을 맞이해야 한다고 생각했다.

그새 마비의 첫 증상들이(어쩌면 환상일 수도 있었다.) 느껴지기 시작했다. 그런데 그때, 절대 혼동할 수 없는 자동차 엔진 소리가 멀리서 들려왔다. 나는 벌떡 일어나 도로 한가운데로 나가서 우뚝 섰다. 악마이든 누구든, 자동차를 가진 사람이 가까이 다가오면 무작정 세울 작정이었다.

길이 지그재그로 나 있어서 보이지 않았지만 차가 가까이 오고 있다는 것은 느낄 수 있었다. 나는 숨을 멈추었다. 그때 심장이 멎는 느낌이 들었다. 마침내 작은 언덕길이 환하게 밝아지면서, 너덜너덜한 고물 차가 짙은 매연을 내뿜고 크렁크렁 소리를 내며 오는 것이 보였다. 석양에 비친 모습으로는 꽤 커 보였지만, 그 차는 당시 근거리로 소량의 물품들을 실어 나르는 소형 트럭에 불과했다. 자리는 운전석과 조수석 두 개만 있었고, 뒤쪽에 쇠 받침대가 있어서 날씨가 안 좋을 때는 화물들을 보호하기 위해 천막이나 고무를 칠 수 있었다.

트럭이 충분히 다가왔을 때, 트럭 옆에 매달린 '자유연애 만세!'라고 적힌 큼지막한 현수막이 눈에 띄었다. 트럭에는 여자 일곱 명이 타고 있었다. 그들 중 한 명은 나이가 많고 또 한 명은 어렸으며, 나머지 다섯 명은 스물다섯 살에서 서른다섯 살 사이였다. 운전대를 잡고 있는 여자를 제외하고는 모두 트럭 뒤칸에서 카드도 치고, 음식도 먹고, 술도 마시고, 싸구려 시가도 피웠다. 여자들은 가슴이 심하게 파인 촌스러운 옷을 입고 있었다. 물론 종아리를 드러내는 데도 절대 인색하지 않았다. 여자들은 모두 짙게 화장하고 향수도 잔뜩 뿌렸으며, 하나같이 구겨진 빨간 손수건으로 머리나 목, 허리를 감고 있었다. 제일 어린 여자의 이름이 '별'이라는 뜻의 에스트레야였고, 제일 나이가 많은 여자의 이름은 '민주주의'라는 뜻의 데모크라시아였던 걸로 기억된다.

트럭이 멈춰 서더니 여자들이 나를 트럭 뒤칸에 태웠다. 공간이 충분하지 않아 내가 간신히 자리를 잡고 앉자 트럭이 다시 쿨럭거리며 길을 떠났다. 내가 여자들에게 태워 줘서 고맙다고 하자, 제일 나이 많은 여자가 모든 사람들을 대신해 대답했다. 그녀는 고맙다고 얘기할 필요도, 누구 앞에서 머리를 조아릴 필요도 없다면서 이제 해방의 순간이 다가왔으니 우리 모두 함께 공유해야 하고, 우리 모두는 한 형제이며, 우리 모두가 왕이라고 말했다.

"배가 고프거나 갈증이 나면 말만 하세요. 우리가 가능한 범위 내에서 모든 것을 제공할 수 있으니까요. 그리고 마음이 내키면 우리 중에서 마음에 드는 상대를 골라 마음껏 즐기세요."

사실 나는 약간 당혹스러웠다. 어찌 됐든 초리소를 넣은 바 게트 빵과 포도주 한 모금은 받아들였지만, 둘째 제안은 내가 탈진 상태라고 변명하며 거절했다. 또 사실이 그랬다.

"제발 부탁이니 언짢게 생각하지는 마십시오. 얼마 전에 사 랑하는 사람을 잃었거든요."

내가 덧붙였다.

그러자 모두가 나를 동정했고, 그중에서 데모크라시아는 그 들이 모두 힘을 합치면 나를 위로할 수도 있을 거라고 적극적 으로 나서기도 했다. 하지만 내가 강력하게 거절하자 데모크라 시아도 더는 권하지 않았고, 여자들도 나를 가만히 내버려 두 었다.

그동안 트럭은 헐벗은 들판과 붉게 물든 황무지를 쉬지 않 고 달려갔다. 밤이 되자 카드를 치던 여자들이 카드를 접고 노 래를 부르기 시작했다. 제일 나이 많은 여자와 제일 어린 여자 (내가 보기에 채 열다섯 살이 넘지 않은 얼굴이었다.)가 나에게 그들의 일을 대충 설명해 주었다. 그들의 설명을 확실하게 이 해한 것은 아니지만, 총파업이 시작되자마자 그들이 말과 행동 으로 자유연애를 전파하겠다는 목적으로 길을 나섰다는 것은 알 수 있었다. 그들은 그 지역 일대를 돌아다니며 이미 많은 추종자들을 확보하고 있었다. 그들은 나에게 조잡하게 인쇄된 유인물 한 장을 건네주었다. 유인물에는 그리스 여신의 자세를 흉내 낸 벌거벗은 여자가 그려져 있고, 뒷면에는 이런 내용이 적혀 있었다.

죽자 살자 일만 하는 가난한 사람은 일하지 않는 부자에게 억압받고 있다. 그런데 그것보다 더 안타까운 일은 가난한 남자는 아내를 억압함으로써 자신의 처지를 위안받을 수 있지만, 불행하게도 그 아내는 스트레스조차 풀지 못하고 모든 것을 체념한 채 부르주아 착취가 유발한 기아와 추위, 가난을 묵묵히 견뎌 내야 할 뿐이라는 사실이다. 그리고 그 고통이 작기라도 하듯, 남자들의 난폭하고, 무지하고, 공격적인 지배도 참아 내야 한다. 하지만 이런 여자들은 그나마 행복하고 축복받고 자연의 은혜를 입은 부류라고 볼 수 있는데, 그 이유는 우리 여성의 삼사십 퍼센트가 그 여자들보다 훨씬 더 참담한 상황에 처해 있기 때문이다. 우리의 사회 구조가 여자들에게 섹스를 누릴 권리를, 자신의 여성성을 드러낼 수 있는 권리를, 즉 자기 자신을 있는 그대로 내보일 수 있는 권리를 금지하기 때문이다.

오! 여자여! 그대는 사회 불의의 진정한 희생자이다! 너그러운 우리 전도사들의 임무와 목적은 작금의 현실을 낱낱이 폭로하는 것이다!

"이건 무정부주의자인 어떤 선생님이 쓰신 아름답고 고귀한 글이에요."

달콤한 에스트레야가 그윽하고 맑은 눈으로 내 눈을 쳐다보며 말했다.

"우리는 여자들도 이해할 수 있고 이해받을 가치가 있으며 똑같이 자유를 누릴 수 있다는 것을 남자들에게 행동으로 보여 주고 싶은 거랍니다."

데모크라시아가 덧붙였다.

사실 나는 그들을 어떻게 받아들여야 할지 몰랐다. 처음에는 그들을 시대의 흐름에 편승해서 몸을 파는 싸구려 창녀들이라고 생각했다. 그러나 시간이 흐르면서 그들이 자신들의 주장을 실천하고 음식과 포도주, 담배, 값싼 선물들(손수건, 스타킹, 야생화 다발, 러시아 무정부주의 작가인 바쿠닌의 초상화 등)은 받아도 돈만큼은 절대 받지 않는다는 것을 알게 되었다. 나는 그들과 함께 여행하면서 처음에는 그들을 미친 여자들이라고 생각했지만, 점차 그들을 광대로, 재미있는 여자로, 자신들의 신념을 나름대로 전도하는 성녀로 여기게 되었다.

바르셀로나까지 계속된 엿새 동안의 여정은 말 그대로 목가적인 색채를 띤 여행이었다고 감히 말할 수 있다. 우리는 낮에는 길을 가고, 밤에는 농장의 마구간에서 잠을 청했다. 농장 사람들은 우리를 식구처럼 다정하게 맞아 주었다. 우리는 지푸라기 사이에서 그들이 빌려 준 담요를 덮고 잠을 청했는데, 그렇다고 늘 평온한 것은 아니었다. 어떤 때는 농장에서 일하는 청년들이 자기네 농장을 찾아온 손님들의 도덕관을 알고서, 그들이 함께 모여 자고 있는 곳으로 요란스럽게 몰려든 적도 있었다. 한번은 내 몸을 마구 더듬거리는 기척에 잠을 깼다가 이런 말을 들은 적도 있었다.

"젠장, 남자잖아!"

어찌 됐든 자유연애에 대한 포교 활동은 지칠 줄 모르고 전개되었다. 그런 날이면 햄과 갖가지 초리소, 방금 짠 신선한 우유, 야들야들한 빵으로 푸짐한 아침 식사를 하고 길을 떠났다. 운전은 보통 내가 했다. 나는 당연히 그들의 포교 활동에 참여하지 못했기 때문에 밥만 축내고 잠자리만 얻어 자는 형편이었다. 그래서 그 대가로 운전은 주로 내가 했다. 여자들은 길을 가다가 무정부주의 휘장을 두른 파업자들을 만나면 차를 세웠다. 트럭을 타고 가던 여자들은 차에서 내려 남자들과 얘기를 나누거나 프롤레타리아 여성에 대한 글을 나눠 주기도 했다. 또 어떤 때는 나를 혼자 남겨 두거나 아니면 노인들과 함께 남겨 둔 채 남자들을 데리고 숲 속으로 사라지기도 했다. 그동안 나는 많은 사람들을 만나고 다양한 이념에 대한 학습까지 받을 수 있었다. 처음에 의심했던 것과는 달리, 그 여자들이 남자들(유부남과 총각들 모두)에게서 얻은 추종은 진실했다. 그리고 자유연애의 교리를 전파하는 여자 전도사들 여섯 명 역시 지극히 존중받고 남다른 대우를 받고 있었다.

그렇게 우리는 바르셀로나에 도착했다. 그때 내가 받은 인상은 실로 엄청난 충격이었다. 들판에는 자유와 즐거움만 있었다면, 도시에는 폭력과 두려움만 있었다. 전기가 끊겨 수많은 도시민들이 암흑과도 같은 미로에서 살고 있었다. 그 속에서 음모란 음모는 모두 은폐되었고, 분노란 분노는 제대로 된 대가조차 치르지 못한 채 삭여지고 있었다. 낮에 빛이 있을 때는 거리에 평등과 박애가 전파되었지만, 밤이면 깡패와 조직폭력배, 불량배들이 판을 쳤다. 가게들은 속속 문을 닫고, 지방에서 올라오는 식량이 부족해지면서 생필품이 바닥이 나고, 빵을 하나 사려고 해도 암시장의 부당한 횡포를 감수해야 하는 처참한 현실이었다.

나는 그런 아수라장을 보고는 자유연애의 전도사들에게 포교 활동을 중지하고 시골로 돌아가라고 충고했다.

"우리는 민중과 함께 있어야 해요."

여자들이 말했다.

"이건 민중이 아닙니다. 속된 무리란 말이에요. 짐승 같은 놈들이 무슨 짓을 할지 몰라요."

내가 대답했다.

그들은 나의 끈질긴 설득을 받아들여 그날 밤은 우리 집에서 하루 묵고 떠나기로 결정했다. 그러나 여자들은 현관 앞에 이르러 위풍당당한 건물 분위기를 보고는 부르주아 집에서 머물 수 없다며 완강하게 나왔다. 나는 (이웃 사람들이 뭐라 얘기할지 뻔히 알면서도) 그렇다면 가장 나이가 어린 에스트레야라도 내일 데려가라고 사정했지만, 도무지 그들을 설득할 방법이 없었다. 그들은 나를 인도에 내려놓고, 트럭에 현수막과 꿈을 싣고 빛도 없는 깜깜한 거리로 떠났다. 그날 이후로 나는 그들의 소식을 다시는 듣지 못했다.

나는 고맙게도 이웃 사람들이 주는 음식으로 끼니를 때우며 이틀 동안 집 안에만 처박혀 지냈다. 마침내 도착한 지 삼일 만에, 그리고 떠난 지 십구 일 만에 전기가 들어오면서 도시는 새로운 일상을 되찾기 시작했다. 그러나 여전히 거리의 담벼락에는 초가을 폭우로도 씻기지 않는 벽보들이 너덜거리고, 길바닥에는 찢긴 전단지와 헐벗은 바나나 나무의 누런 이파리들이 뒤섞인 채 바람에 나뒹굴고 있었다. 하늘이 금방이라도 천둥소리를 내며 소낙비를 쏟아부을 듯이 우중충한데, 거리에는 마차들이 에나멜 광채를 내며 달리는가 하면, 돌을 간 포장도로에 반사되는 가스등 불빛 아래로 망토에 얼굴을 파묻은 채 굼뜨고 지친 발걸음을 재촉하는 행인들의 모습도 보였다. 아이들은 묵묵히 학교로 돌아왔다. 마우라가 대통령이 되었고, 캄보가 재무부 장관이 되었다.

나는 신문을 통해 르프랭스의 죽음을 알게 되었다.

사볼타 공장은 화재로 완전히 파괴되었지만, 파업으로 공장이 텅 비어 다행히 르프랭스 외에 희생자는 없었다. 그래서 르프랭스의 죽음에 대한 다분히 추측성의 다양한 기사들이 쏟아져 나왔다. 화재가 났을 때 공장에 있다가 변을 당했다, 소수 자원자들의 도움을 받으면서 불길을 잡으려다가 무너지는 기둥과 벽 더미에 깔렸다, 저장되어 있던 폭약이 폭발해서 사망했다……. 사실 어떤 신문도 정확하게 사실을 설명하지는 않았다. 모두 그때그때 떠오르는 질문들로 대충 얼버무리는 식이었다. 예를 들어, 르프랭스가 공장에서 '혼자' 뭘 하고 있었는가? 자살인가? 아니면 '교묘하게' 사고를 위장한 살인인가? 그럴 경우, 르프랭스는 강제로 공장에 끌려가 감금된 것인가? 화재가 일어나기 전에 이미 살해된 것은 아닌가? '왜' 경찰 수사는 시작되지 않는 것인가? 절대 해답을 얻을 수 없는 질문들만 무성했다.

반면에 르프랭스 자체에 대한 평가는 '재계의 거물'이라는 미사여구로 일치했다. 주요 일간지들은 회사가 파산했다는 사실에는 침묵하는 대신, 고인의 명복을 기리는 데만 열을 올렸다. "바르셀로나 사람들이 바르셀로나를 세웠다면, 한 외국인이 바르셀로나를 위대하게 했다."《라 방과르디아》 "그는 프랑스인이었지만 카탈루냐인으로 살다가 죽었다."《엘 브루시》 "그는 위대한 카탈루냐 산업을 이룬 산업 일꾼으로 한 시대의 상징이고, 현 시대의 등불이자 나침반이었다."《엘 문도》 한마디로 판에 박은 칭찬 일색의 단순하고 전형적인 글이 신문을 도배했다.《정의의 목소리》하나만이 옛날의 앙금을 들춰내며 '개는 죽었지만 광견병은 계속되고 있다.'라는 제목의 격렬한 기사를 1면에 실었다.

그날 오후, 나는 르프랭스 부부의 저택으로 향했다. 춥고 비가 내리는 우중충한 가을 오후였다. 저택은 깊은 무기력증에 빠져 있었다. 창문들은 하나같이 닫혀 있고, 물웅덩이를 이룬 정원에는 작은 나무들이 세찬 바람에 쓰러질 듯이 서 있었다. 벨을 누르자 문이 몇 센티미터쯤 열리더니, 그 사이로 늙은 하녀의 뾰족한 얼굴이 나타났다.

"무슨 일이에요?"

"안녕하세요? 나는 하비에르 미란다입니다. 사모님이 집에 계시다면 사모님을 뵙고 싶은데요."

"집에 계시지만 아무도 만나고 싶어 하지 않습니다."

"나는 집안끼리 잘 아는 오랜 친구입니다. 전에는 당신을 못 보았는데 언제 오셨습니까?"

"아니에요, 나는 사볼타 사모님을 모신 지 삼십 년이 넘었습니다. 마리아 로사 아가씨의 유모였어요."

"그렇군요." 나는 그녀의 마음을 사려고 이렇게 말했다. "사모님의 친정댁에서 일했군요. 사리아 저택이에요, 맞지요?"

늙은 하녀가 여전히 미덥지 않다는 표정을 지으며 나를 바라보았다.

"기자예요?"

"아닙니다. 내가 누군지 벌써 말했잖습니까. 나는 집안끼리 잘 아는 친구입니다. 집사를 불러 주시겠습니까? 집사는 나를 알고 있어요."

"집사는 없어요. 르프랭스 사장님이 돌아가신 뒤 다들 떠났어요."

갑자기 바람이 휘몰아치면서 얼굴이 빗물로 범벅이 되었다. 발도 축축하게 젖어서 하녀와는 빨리 얘기를 끝내고 싶었다.

"사모님께 가서 하비에르 미란다가 여기 와 있다고 전해 주십시오. 제발 부탁입니다."

늙은 하녀는 잠시 망설이다가 문을 닫았다. 그녀의 발걸음 소리가 점점 멀어지더니 현관 안쪽부터는 아예 들리지 않았다. 나는 비를 맞으며 잠시 기다렸다. 하지만 그 잠깐이 나에게는 영원처럼 느껴졌다. 마침내 늙은 하녀의 부드러운 발걸음 소리가 다시 들리더니 문이 열렸다.

"마리아 로사 아가씨가 들어오셔도 좋다고 하셨습니다."

현관은 깊은 어두움에 잠겨 있었지만, 그래도 나는 사방이 먼지로 뒤덮여 있고 뒤죽박죽이라는 것을 알 수 있었다. 나는 더듬거리다시피 해서 르프랭스의 자그마한 서재에 도착했다. 책장 선반들은 텅 비어 있고, 의자 한 개는 나동그라져 있었다. 벽에는 르프랭스가 그토록 좋아하던 모네의 그림이 예전에 걸려 있던 허옇고 네모난 흔적만을 남긴 채 사라지고 없었다. 담배를 피워 물었을 때는 재떨이도 없다는 것을 알았다. 살롱으로 연결되는 작은 문이 열리면서 늙은 하녀가 다시 모습을 드러냈다.

"들어오세요."

늙은 하녀가 들릴락 말락 한 목소리로 속삭였다.

나는 예전에 마리아 코랄과 마리아 로사, 르프랭스, 나, 이렇게 넷이서 몇 번 커피를 마셨던 살롱으로 들어갔다. 그곳 역시 난장판이었다. 탁자 위로 커피 잔들이 수북이 쌓여 있고, 커피 잔 몇 개에는 끈끈하고 시커먼 흔적이 아직도 남아 있었다. 바닥에는 담배꽁초와 성냥, 재들이 수북했다. 탁한 공기가 느껴졌다. 예전에는 창문으로 빛이 쏟아져 들어왔지만, 지금은 블라인드가 굳게 내려져 희미한 조명만이 살롱 안을 비추고 있을 뿐이었다. 소파에는 마리아 로사가 담요를 덮고 누워 있었다. 그녀 옆으로 작은 요람이 흔들거렸고, 그 안에는 태어난 지 며칠 안 되는 갓난아이가 누워 있었다. 마리아 로사는 원래의 모습을 되찾은 것 같았고, 그 아이가 바로 다름 아닌 르프랭스의 아이였다.

"번거롭게 해 드려 죄송합니다, 사모님."

내가 소파로 다가가며 말했다.

"죄송할 것 없어요, 하비에르." 마리아 로사는 나를 쳐다보지도 않은 채 대답했다. "앉아요. 엉망인 거 용서해요. 많은 사람들이 장례식에 다녀갔거든요, 아시죠?"

나는 일주일도 더 지난 장례식 기사를 신문에서 읽었지만, 그것에 대해서는 일부러 입을 다물었다.

"사람들 말로는 다들 장례식에 참석했대요." 르프랭스의 미망인이 계속 말을 이었다. "나는 친정에서 아이를 낳는 바람에 장례식도 못 갔어요. 내가 충격을 받고 아이를 잃을까 봐 숨긴 건데, 이틀 전에야 그 일을 알았어요. 그의 장례식에 가지 못한 게 너무 안타까워요. 아버지의 장례식 때보다 더 많은 문상객이 참석했다더군요. 하비에르, 당신은 참석했어요?"

마리아 로사는 최면에 걸린 듯 기계적으로 말했다.

"사실 나는 바르셀로나에 없었습니다. 파업 때문에 비보조차 전해 듣지 못했고요." 내가 말했다. 이어서 나는 장례식 얘기를 피하기 위해 뜸을 들이지 않고 바로 덧붙였다. "하녀가 그러던데 그녀가 삼십 년 이상 모셨다면서요?"

"세라피나요? 그래요. 내가 태어나기 전부터 친정에서 일했어요. 어머니가 보냈는데…… 우리 집 하인들은 말 한마디 없이 다 떠났어요. 아마 귀중품들은 모조리 챙겨 갔을 거예요."

"친정댁으로 가시지 그랬습니까?"

"잠깐 다니러 온 거예요. 그런데 우리 집이 이런 상태일 줄은 몰랐어요. 사실 사리아 집은 팔려고 내놓았거든요, 아세요? 네, 그새 사려는 사람들이 몇 명 나타났어요. 하지만 사람들이 찾아와 흥정을 하는데, 당신도 상상할 수 있겠지요? 나는 그 혼란을 참을 수 없었어요. 이제 우리가 돈이 필요하다는 게 알려지자, 사람들은 그 기회를 이용해 헐값으로 우리 집을 아예 집어삼키려고 해요. 하지만 여기는 아무도 오지 않아요. 이 집은 세 군데나 저당이 잡혀 있거든요. 그렇기 때문에 서로 합의해서 경매에 부칠 때까지는 방해받을 일도 없을 거예요. 코르타바네스 씨가 그러는데, 일 년 이상 걸릴 거라더군요. 우리 집은 이젠 훔쳐 갈 것도 없어요. 얼마나 깨끗하게 싹쓸이해 갔는지 보셨지요?"

마리아 로사의 목소리에는 슬픔이 담겨 있지 않았다. 그녀는 아스라한 옛 추억을 어렴풋이, 무덤덤하게 떠올리면서 세상을 떠돌아다니는 노파 같았다.

"사람들이 장례식에 참석했다고들 하지만 다 거짓말이에요. 맙소사, 나는 그 사람들이 무엇 때문에 왔는지 다 알고 있어요. 그 사람들은 죄다 쓸어 가고 싶어서 왔던 거예요. 아, 아버지가 살아 계셨더라면 절대 이런 일은 없었을 거예요! 암요, 절대 없었을 거예요. 제아무리 야비한 인간들이라도 감히 그러지 못했을 거예요. 하지만 우리 여자 둘이서 무엇을 할 수 있겠어요? 코르타바녜스 씨는 하나라도 건져 보려고 했어요. 적어도 그렇게는 말하더군요. 하지만 보아하니 건진 것도 별로 없는 것 같아요."

마리아 로사는 잠시 말을 중단한 채 멍한 눈빛으로 천장을 바라보았다.

"사실, 르프랭스가 죽은 게 차라리 나아요. 그나마 배은망덕한 꼴은 보지 않아도 되잖아요? 하느님 맙소사, 죽은 사람의 집을 약탈하려 들다니……. 자기들이 입고 있는 옷이 누구 덕인데, 그런 사람의 집을 털다니. 아버지가 회사를 맡았을 때 그들 대부분은 굶주림에 허덕였어요. 정비 공장 물품업자나 뭐 그런 일을 했지요. 아버지와 르프랭스가 그들에게 실컷 돈을 벌게 해 주었어요……. 그런데 이제 와서 그들은 자기네가 훔쳐 갈 권리가 있다고, 고인들의 기억을 더럽힐 권리가 있다고 생각해요. 지금은 그들이 내 남편에 대해 욕하고 수군거린다는 것을 잘 알고 있어요. 내 남편이 경영을 잘못했다느니, 시대에 적응할 줄 몰랐다느니, 별의별 말을 다 하고 다닌다는 것도 잘 알아요. 불쌍한 르프랭스가 그들을 도와주지 않았더라면 어떻게 되었을까, 한번 보면 좋겠어요. 그 인간들은 줄을 서서 우리 집에 찾아왔어요. 거의 무릎을 꿇고 돈을 빌려 달라고, 도와 달라고 눈물을 글썽거리며 애원했지요. 옛날에 아버지한 테 그랬듯이 말이에요. 그런데 그랬던 사람들이 이제는 사리아 집을 헐값에 차지하려고 해요. 아버지와 르프랭스, 두 사람 모두 너무 착하기만 했어요. 베풀기만 했어요. 심지어 친구를 돕기 위해 없는 것까지 다 내줬어요. 담보는 고사하고 이자도 받지 않았고, 독촉도 하지 않았고, 서류도 없이 신사답게 그들의 말과 명예만 믿고 돕는다는 기쁨 하나로 베풀었어요. 그럴 때마다 그 인간들은 허리까지 숙여 굽실거리며 뒷걸음질로 물러났어요. 비위를 맞추기 위해 실실 웃으면서 말이에요……. 하지만 이제는 우리 주변에 우리를 지켜 줄 남자들이 없으니까 어떤지 아세요? 훔쳐 가요. 그게 맞는 말이에요. 훔쳐 가요. 아, 하느님, 너무 외로워요. 이럴 때 니콜라스 아저씨나 불쌍한 파렐스 아저씨만 살아 있어도…… 그분들이 가만있지 않았을 거예요. 우리는 가족처럼 서로 사랑했는데……. 하지만 모두 사라지고 없어요. 이제는 그분들의 명복만 빌 뿐이에요."

처음으로 그녀가 나의 눈을 응시했다. 그녀의 눈빛에는 증오나 경멸이나 고통과는 상관없는, 어떤 섬뜩함이 묻어 있었다. 순간 나는 깜짝 놀랐다. 그 섬뜩함에는 이성의 세계와 영원한 작별을 고하는 듯한 느낌이 담겨 있었다. 나는 화제를 바꾸려고 노력했다.

"어때요? 아드님이 건강해 보이는군요."

"아들이 아니라 딸이에요. 나는 이것도 운이 따라 주지 않네요. 이 아이가 아들로 태어났다면 내 삶에 목표라도 생겼을 거예요. 아버지와 외할아버지의 명예를 회복하기 위해 아들을 교육시키고 준비시켰을 거예요. 하지만 이 불쌍한 아이가 뭘 할 수 있겠어요? 어머니와 나의 고통을 물려받는 것밖에 더 하겠어요?"

아이는 엄마의 얘기를 듣고는, 엄마가 한 예언의 아픈 뜻을 이해라도 하는 듯 칭얼대기 시작했다. 늙은 하녀 세라피나가 들어와서 아이를 안고는 가만히 흔들며 단조로운 음의 자장가를 불러 주었다.

"아이한테 젖병을 물려야겠어요. 시간이 되었어요. 아닌가요, 마리아 로사 아가씨?"

"그렇게 해요, 세라피나."

마리아 로사가 무관심하게 대답했다.

"아가씨도 뭐 좀 안 드실래요? 의사가 많이 먹어야 한다고 했잖아요."

"세라피나, 알았으니 그만해요."

"아가씨한테 자기 몸을 돌봐야 한다고 말씀 좀 해 주세요."

늙은 하녀가 나에게 간곡히 부탁했다.

"그건 맞는 말이에요."

나는 별다른 효과가 없을 거라는 걸 알면서도 맞장구를 쳤다.

"아가씨, 아가씨를 위해 드시지 않겠다면 적어도 하느님께서 주신 이 아기 천사를 위해서라도 드셔야 해요. 아기는 이 세상 그 누구보다도 아가씨를 필요로 해요."

"그만해요, 세라피나. 이제 우리 좀 가만히 내버려 두고 어서 나가 봐요."

세라피나가 나가자, 마리아 로사가 애써 몸을 일으키려다가 다시 주저앉았다.

"기운이 없어서 그러니 가만 계십시오."

내가 말했다.

"부탁 하나 들어줄래요? 저기 찬장 위에 울퉁불퉁한 가죽 상자가 있을 거예요. 그 안에 담배가 있으니 가져다주세요. 당신도 한 대 피우고요."

"담배를 안 피우시는 줄 알았는데."

"안 피웠어요. 하지만 이제 피워 보려고요. 제발 담뱃불 좀 붙여 줄래요?"

나는 상자를 찾아 담배에 불을 붙여 주었다. 담배의 둥그스름한 모양이나 다양한 색상을 통해 르프랭스가 즐겨 피우던 담배라는 걸 알 수 있었다. 일반 가게에서는 구하기 힘든 상표라 한꺼번에 사다 놓고 피우던 담배였다.

"담배를 피워도 될지 모르겠군요."

"오! 당신들 모두 집어치우고, 나 좀 하고 싶은 대로 내버려 둬요. 내 몸 아껴 봤자 무슨 소용이에요?"

마리아 로사는 멜로드라마에 등장하는 팔자가 기구한 여자들과 같은 분위기로, 간절하면서도 어설프게 담배 연기를 내뿜었다.

"자, 내 몸 아껴서 무슨 소용이 있는지 말해 봐요. 르프랭스는 날마다 똑같은 잔소리만 늘어놓았어요. 당신 몸을 돌봐야 해. 그건 안 돼. 저것도 하지 마. 그런데 지금 그 양반을 보세요. 내가 담배를 안 피운다고 해서 무슨 소용이 있나요? 아, 하느님, 어떻게 이런 엄청난 불행이!"

마리아 로사에게는 담배가 진정제 효과가 있는 것 같았다.

그녀의 얼굴이 편해지면서 양 뺨 위로 굵은 눈물방울이 떨어졌다. 그녀는 쿨럭거리며 냉담한 표정으로 담배를 바닥에 던졌다.

"하비에르, 나 좀 혼자 있게 해 주세요. 이렇게 찾아와 줘서 너무 고마워요. 하지만 괜찮다면 이제 쉬고 싶네요."

"잘 알겠습니다. 필요하면 언제든지 주저하지 마시고 전화 주십시오. 내가 어디 사는지 아시죠? 전화번호도?"

"무척 고마워요. 아, 그런데 당신 아내는 어떻게 지내요? 가만 생각해 보니 함께 오지 않았네요."

"가벼운 감기에 걸려⋯⋯ 집에 있습니다⋯⋯. 하지만 곧 괜찮아질 거예요. 낫는 대로 꼭 찾아뵐 거고요. 걱정 마세요."

마리아 로사는 내 말을 듣고 있는 것처럼 보이지 않았다. 그녀는 건성으로 작별 인사를 건넸다. 나는 여기저기 흩어져 있는 물건들과 부딪치지 않으려고 노력하면서 문 쪽으로 향했다.

늙은 하녀가 아이를 품에 안고 현관까지 배웅을 나왔다. 아이는 다시 잠이 든 것 같았다. 현관 쪽으로 나왔는데, 그때 이상한 소리가 들려왔다. 위층에서 나는 사람 발자국 같은 소리였다. 나는 하녀에게 집 안에 다른 사람이 있느냐고 물었다.

"없어요. 마리아 로사 아가씨하고 아기하고 나만 있어요⋯⋯. 그리고 물론 당신도요."

"위층에서 누가 걸어 다니는 것 같아요."

"세상에!"

늙은 하녀가 나지막하게 소리를 질렀다.

우리는 침묵을 지킨 채 가만히 있었다. 우리 머리 위로 조심스러운 발자국 소리가 확실하게 들려왔다. 세라피나가 부들부들 떨며 기도문을 읊기 시작했다.

"무슨 일인지 알아보고 오겠습니다."

내가 말했다.

"올라가지 마세요! 도둑놈이나 불량배, 아니면 도피 중인 파업자일 거예요. 경찰을 부르는 게 나아요. 서재에 전화가 있어요."

일리가 있는 말이었지만 그때 나는 묘한 예감이 들었다. 그래서 내가 직접 수수께끼처럼 찾아온 손님의 신원을 확인해 보고 싶은 충동이 들었다. 누군지 모르면서도, 그 사람이 모르는 사람이거나 단순한 절도범은 아닐 거라는 확신이 들었다. 게다가 그즈음 나는 긴장감이 느껴지는 일들에 익숙해 있었다.

"여기서 움직이지 말고 가만히 있어요. 내가 십 분 내로 내려오지 않으면 그때 경찰에 전화를 거세요. 특히 사모님에게는 아무 말도 하지 마시고요."

늙은 하녀가 그렇게 하겠다고 나에게 다짐했다. 그녀가 하늘을 원망하도록 내버려 두고, 나는 위층으로 연결되는 계단으로 발꿈치를 들고 조용히 올라갔다. 창문과 발코니가 모두 꼭꼭 닫혀서 복도에는 어둠만이 깔려 있었다. 나는 더듬거리며 모험을 감행했다. 나는 방들의 위치나 가구들의 배치는 전혀 몰랐다. 그래서 물건에 부딪혀 소리가 나지 않도록 극도로 신경 쓰며 조심스럽게 걸어갔다. 복도 끝에서 희미한 불빛이 새어 나오고 있었다. 나는 손전등 불빛일 거라 생각하며 그쪽을 향해 조심스럽게 다가갔다. 소리가 잠잠해졌다. 나는 불빛이 새어 나오는 방 앞에 이르러 멈춰 섰다. 작은 손전등을 들고 책상의 서류들을 뒤지고 있는 사람의 실루엣이 보였다.

"당신 거기서 뭐 하는 거요?"

내가 책상을 뒤지고 있는 사내에게 물었다.

그 사람이 돌아보면서 손전등으로 내 얼굴을 비췄다. 그리고 거의 그와 동시에, 생각지도 못했던 제2의 인물이 나를 덮치고 마구 때리기 시작했다. 내가 양팔로 공격을 막으면서 뒤로 물러나는데, 손전등을 들고 있던 사내가 껄껄거리며 입을 열었다.

"경사, 놔두게. 우리의 옛 친구인 미란다라네."

무자비한 주먹세례가 멈췄고, 손전등을 들고 있던 사내가 램프에 불을 켰다.

"들켜 버렸으니, 이제는 몰래 숨어 있을 필요가 없겠군."

그가 손전등을 꺼서 웃옷 주머니에 집어넣으며 말했다.

정말로 그는 모르는 사람이 아니었다. 바로 바스케스 반장으로, 나는 그가 바르셀로나에 있다는 게 그저 놀라울 뿐이었다.

"당신은 내가 다른 사람인 줄 알았지, 안 그렇소?" 바스케스 반장이 계속 나지막하게 웃으면서 말했다. "미란다 씨, 희망을 버리시지. 르프랭스는 죽었어. 아주 제대로 죽은 거요."

우리는 늙은 하녀를 진정시킨 후에 집을 나섰다. 물론 여기서 우리는 바스케스 반장과 반장이 토토르노 경사라고 소개한 부관, 그리고 나, 이렇게 세 사람이었다. 토토르노 경사는 소극적이고 낯을 가리는 성격에 꼬챙이처럼 마른 체구였다. 그는 몇 해 전 극장에서 르프랭스를 저격하려던 '장님' 루카스와의 총격전에서 총상을 입고 오른손이 잘려 나간 인물이었다. 그는 '목덜미에 칼이 꽂히는 것보다는 사과를 하는 게 훨씬 낫다.'라고 투덜거리며 나에게 자신이 무례를 범했다고 사과했다. 계속 비가 내리고 있었다. 그래서 바스케스 반장은 나에게 자기 차에 타라고 권했다. 우리는 시내로 이동했다. 자동차 안에서 반장은 한 달 전쯤에 바르셀로나에 왔으며, 최근 인사이동 때 원래 부서로 다시 합류한 후, 마드리드에 얘기해 그 사건을 재수사하게 되었다고 말했다. 반장은 바르셀로나에 발을 디디자마자 문서함에 처박혀 있던 사볼타 사건을 찾아 예전 못지않은 열정으로 수사에 임했고, 르프랭스의 저택 수색은 그런 맥락에서 이뤄진 것이었다.

"물론 나는 영장도 없고, 얻어 내지도 못했을 거요. 그래서 위험하더라도 내 방식대로 밀고 나가기로 했소. 물론 명백하게 불법이지만, 그렇다고 당신이 신고하는 일은 없을 거라고 믿소."

반장이 친구처럼 다정하게 말했다.

나는 그 점에 대해서는 안심해도 좋다고 대답했다. 그러자 반장이 밀크 커피 한 잔을 사겠다며 초대했다.

"당신과 나의 사이가 안 좋았던 시절이 있었지만, 그건 다 지나간 일이오. 그러니 옛날 일은 잊고 커피나 한잔합시다."

나는 거절할 수가 없었다. 한편으로는 반장이 수사 내용을 알려주고 싶어 몸이 달아 있는 게 눈에 보였다. 그래서 나는 흔쾌히 반장의 초대에 응했고, 우리는 찻집 앞에서 멈춰 섰다. 한눈에 봐도 나를 못마땅해하는 토토르노 경사는 우리와 헤어져 경찰서로 향했다. 경사는 자신이 소신껏 한 일로 구차하게 사과까지 한 것 때문에 나를 탐탁지 않게 여기는 것 같았다. 바스케스 반장과 나는 찻집으로 들어가 밀크 커피 두 잔을 시킨 후, 유리창 밖으로 내리는 비를 바라보며 한참 동안 침묵을 지켰다.

"미란다 씨, 이거 알고 있었소?" 바스케스 반장은 밀크 커피를 한 모금 마시고 담배에 불을 붙인 후 이야기를 시작했다. "내가 한동안은 당신을 가장 유력한 용의자로 지목하고 있었다는 거? 아니, 아니, 흥분하지 마시오. 지금은 그렇지 않으니까. 그러고 보니 당신은 오히려 몰라도 한참 모르는 것 같다는 생각까지 드오. 아무튼 한동안 당신을 의심했던 점은 용서하시오. 모든 정황이 당신을 향해 있다 보니, 내가 착각을 했던 거요. 그런데 나의 착각이 사건의 실마리를 풀어 주었소. 내가 당신 집에 쳐들어갔던 날 밤을 기억하시오? 그날 당신은 굉장히 흥분했는데, 그런 자연스러운 상황이 내 눈을 똑바로 뜨게 만들었던 거요. 당신의 행동은 죄를 지은 사람의 행동이 아니었소. 나는 당신이 순순하게 자백을 하거나, 냉정하게 시치미를 떼거나, 다시 말해, 당신이 치밀하게 준비해 둔 알리바이를 댈 거라고 생각했소. 그렇게 나오면 내 추측이 맞아떨어지는 거였고. 하지만 당신은 너무나도 당당했고, 그러면서도 두려움에 떨고 있었소. 그래서 오히려 내가 당황했지. 나는 나중에 한참을 고민한 끝에, 어떤 일이 벌어졌는지 깨닫게 되었소. 당신은 당신 자신이 알리바이였기 때문에 알리바이가 없었던 거요. 르프랭스의 알리바이? 그렇소, 당연하지. 누구의 알리바이겠소? 아! 당신은 아직도 아무것도 모르는 것 같군. 좋소. 시간이 충분하다면, 그리고 나한테 담배 한 대를 준다면 처음부터 얘기해 주겠소. 담배가 떨어져서."

나는 마땅히 할 일도 없는 데다, 쉽게 상상할 수 있듯 바스케스 반장이 털어놓을 얘기들이 미치도록 궁금했다. 반장은 그런 나의 속마음을 듣자 그 특유의 우쭐한 표정을 지었다. 그래서 옛날에 르프랭스의 집에서 마주쳤던 때가 잠깐 스치듯 떠올랐다. 그때 르프랭스와 나는 반장의 방문을 받아 무정부주의와 무정부주의자에 대한 그의 장황한 연설을 반은 진지하게 반은 건성으로 들은 적이 있었다. 하지만 이미 말했듯이 그 기억은 순간 스치고 지나갔을 뿐, 나는 곧 반장의 말에 온통 신경을 곤두세웠다.

"당신, 한 번이라도 네메시오 카브라 고메스란 사람에 대해 들어 본 적이 있소? 없겠지. 당연히 없겠지. 하지만 그 인물은 이제부터 시작되는 이야기에서 아주 중요한 역할을 담당하고 있소. 이 사건에 관련된 사람들 중에서, 당연히 이 사건의 주인공들을 제외하고는, 그자가 사건의 진실을 맨 먼저 간파한 인물이자 가장 오랫동안 간파하고 있던 유일한 인물이었지." 바스케스 반장은 기억을 더듬으며 엷은 미소를 머금었다. "불쌍한 네메시오. 똑똑한 인물이었는데. 그래, 똑똑했지. 하지만 그자는 그렇게 곰곰이 생각해 놓고도 결국 사건의 본질을 제대로 파악하지 못했던 거요. 어쨌거나 이 사건은 내가 아는 한 이렇게 전개되었소."

바스케스 반장이 나에게 들려준 이야기는 삼십여 년 전으로 거슬러 올라갔다. 그러니까 엉뚱한 백만장자인 네덜란드 출신의 후고 반 데어 비흐가 카탈루냐 귀족들의 초대로 카디 산맥에서 열린 사냥 대회에 참석하기 위해 스페인에 왔을 무렵으로 거슬러 올라갔다. 그 그룹에는 코르타바녜스라는 젊은 변호사도 끼어 있었는데, 그는 쉬는 중간마다 대화를 나누며 (흔히 그럴 때면 엽총의 종류와 상표에 대한 이야기를 나눴다.), 바르셀로나에 사냥용 무기 공장을 세우도록 네덜란드인을 설득했다. 어쩌면 그 계획은 그때까지 시장에 나온 사냥용 무기들 가운데 가장 완벽한 무기를 만들려는 것일 수도 있었고, 아니면 회계상의 문제와 같은 다른 문제 때문에 반 데어 비흐가 그 황당한 아이디어에 관심을 보였을 수도 있었다. 어찌 됐든 젊은 코르타바녜스가 상당히 설득력이 있었던 것만큼은 분명했다. 그때만 해도 코르타바녜스는 가난한 집안 출신에 경험도 없고 인맥도 없는 신출내기 변호사였기 때문에, 두뇌와 정력과 타고난 설득력으로 자신의 앞길을 개척해야 했다. 또한 그는 돈과 명예 때문에만 성공하려는 것은 아니었다. 그는 바르셀로나 명문가의 한 아름다운 여인과 결혼하고 싶어 했지만, 여자 측 부모가 기우는 혼사를 결사반대했던 것이다. 어찌 됐든 반 데어 비흐가 야심 많은 변호사의 말에 혹해 그 계획은 성사되었고, 그때부터 코르타바녜스는 자신의 계획을 실행에 옮기기 시작했다. 그는 증권사의 말단 직원들 중에서 욕심 많고 고집 센 시골 출신의 엔리케 사볼타를 골라 네덜란드인에게 카탈루냐에서 잘나가는 재정가로 소개했으며, 이후에도 출신이 명확하지 않은 사람들을 같은 식으로 소개했다. 니콜라스 클라우데데우, 페레 파렐스, 그리고 이번 사건과 관련이 없는 몇몇 사람들이 바로 그들이었다. 네덜란드인은 자신이 어떤 사기극에 휘말렸는지조차 모르는 것처럼 보였다. 게다가 그는 곧 자기 나라로 돌아가서 사냥 무기 공장에 대해서는 잊어버렸고, 자기 아랫사람들이 주식을 빼돌려 벼락부자가 되는 속도에 맞춰 점차 정신까지 돌아 버리고 말았다. 그리하여 반 데어 비흐가 극적인 상황에서 죽음을 맞이했을 때는 이미 코르타바녜스와 사볼타가 회사의 거의 모든 주식을 빼돌려 회사의 실제 주인들이 되어 있었다. 그때부터 그들은 우아한 사냥총 제조를 그만두고 전쟁 무기들을 만들면서 돈을 벌어들이기 시작했다. 한편 젊은 변호사는 마침내 명문가의 아름다운 여자와 결혼하게 되었고, 그의 인생에서 예기치 않은 일이 벌어질 때까지는 모든 것이 마음먹은 대로 술술 풀려 나갔다. 그러나 그의 아내가 결혼한 해에 아이를 낳다가 그만 세상을 떠났다. 자신만만하고 행복하고 사랑에 빠진 사람에게는 실로 엄청난 충격이었다. 코르타바녜스는 심한 우울증에 걸려 자신의 지분을 사볼타에게 팔아넘겼다. 그러고는 커다란 야망은 잊고서 편안하게 지낼 마음으로 조그만 변호사 사무실을 열었다.

"그런데 여기에 미심쩍은 부분이 없지 않소." 반장이 담배에 불을 붙이기 위해 잠시 얘기를 멈추었다가 다시 말을 이었다. "그 부분에 대해 나름대로 추측을 해 보았는데, 어쩌면 내가 틀렸을지도 모르니 그것은 당신 마음대로 생각하시오. 당연히 내가 말하고 싶은 것은 바로 코르타바녜스의 자식 문제요. 과연 그 아들은 어떻게 되었을까? 그 치절한 분만 때 함께 죽었을까? 살아나긴 했지만, 사랑하는 아내의 죽음을 아들 탓으로 돌리며 아들을 멀리한 것일까? 그건 아무도 알 수 없소. 그리고 코르타바녜스 역시 그 수수께끼를 밝힐 의도는 전혀 없는 것 같고. 어찌 됐든, 아들이 살아 있다고 가정하더라도 그 아들은 자취를 감추었소."

코르타바녜스가 물러난 후에도 사볼타 회사는 수직으로 성장하면서 별다른 변화 없이 삼십 년이란 세월이 흘러갔다. 그 사이 사볼타를 비롯해서 파렐스, 클라우데데우는 늙어 갔고, 유럽 전쟁이 발발하면서 회사는 회사대로 프랑스 정부와 단독 공급 계약을 성사했다. 그런데 그 무렵 바르셀로나에 '댄디'라고 불리는 프랑스 파리 출신의 폴 앙드레 르프랭스라는 젊은 사업가가 나타났다. 그는, 본인의 얘기에 따르면, 전쟁이 싫어서 파리에서 도망친 인물이었다. 그는 바르셀로나 최고급 호텔에 머물면서 호사스러운 생활을 시작했다. 누가 보더라도 주체할 수 없을 만큼 많은 돈을 가진 인물이었다. 이 수수께끼의 인물은 과연 누구란 말인가? 바스케스 반장이 접촉한 프랑스 경찰은 그를 모른다고 했고, 더더욱 이상한 것은 그가 과시한 엄청난 재산이 실제로는 존재하지 않았다는 사실이었다. 그렇다면 르프랭스는 흔한 사기꾼이었는가? 그것도 국제적인 사기꾼일까? 노름꾼일까? 아니면 여자 집안의 돈을 노리고 사기 결혼을 하려는 사람일까? 앞에서도 말했듯이 반장은 나름대로 추측을 해 보았다. 르프랭스의 흔적들을 쫓다 밝힐 수 있었던 확실한 것은, 그가 바르셀로나에 도착하자마자 코르타바네스와 접촉했고, 그를 통해 사볼타와 만났다는 것이었다. 그리고 이것 역시 추측이지만 코르타바네스가 르프랭스의 거짓 신분을 몰랐을 리 없었고, 코르타바네스가 사볼타가 확실하게 건네준 수많은 재산을 탕진하면서까지 자신의 영향력과 옛 친분을 사용했다는 점에는 의심의 여지가 없었다. 그렇다면 늙고 지친 변호사가 대체 무슨 연유로 삼십 년 동안의 기나긴 잠에서 깨어나 황당무계하다고도 할 수 있는 그 엄청난 모험에 휘말린 것인가? 역시 수수께끼였다.

르프랭스는 영리했고, 특히 술수가 좋았다. 그는 하루가 다르게 건강이 악화해 가던 사볼타의 신임을 곧 얻게 되었다. 어쩌면 늙은 사볼타가 젊은 르프랭스의 시원시원한 용모와 우아하고 깍듯한 매너에 끌린 나머지, 이미 자신의 사업을 물려받았을 뿐만 아니라 결혼 적령기에 있던 외동딸을 둔 아버지로서 르프랭스를 자신의 가문을 이을 후계자로 점찍어 두었는지도 모를 일이었다. 그렇게 해서 르프랭스는 사볼타의 총애를 받으면서 회사의 절대 권력자로 부상했다. 사볼타의 딸과 결혼해 회사를 움켜쥐는 것은 시간문제인 것처럼 보였다. 그러나 르프랭스는 기다리지 않았다. 엄청난 야심을 품은 그에게 시간은 바로 적이었다. 만에 하나 자기가 가짜라는 사실이 밝혀져 모든 것이 수포로 돌아가기 전에 재빨리 행동해야 했던 것이다. 그런데 유럽 전쟁이 그가 찾던 기회를 제공해 주었다. 그는 빅토르 프라츠라는 독일 스파이를 통해 독일을 상대로 정기적으로 무기들을 납품하는 계약을 성사했다. 물론 무기 대금은 프라츠를 통해 르프랭스에게 직접 지불하는 조건이었다. 그 사업에 대해서는 사볼타나 회사 사람들이 절대 알아서는 안 되었다. 그는 창고에서 비밀리에 빼낸 무기들을 미리 고용한 밀수업자들의 연락망이나 고성석인 경로를 통해 독일로 보냈다. 그 일은 회사를 장악한 르프랭스의 힘에 의해 일말의 위험도 없이 순조롭게 진행되었다. 틀림없이 르프랭스는 자신의 진짜 신분과 오랫동안 공들인 사기극이 탄로 날 것에 대비해서 자신만의 비자금을 비축할 수 있을 거라 믿었을 것이다.

사업은 순풍에 돛을 단 배처럼 순조롭게 나아가는 것 같았다. 실제로 사업은 예기치 않은 일이 터지기 전까지는 문제가 없었다. 그즈음 노동자들의 문제가 불거지고 있었다. 노동자들은 르프랭스가 비밀리에 체결한 계약 때문에 엄청난 수량의 무기들을 생산하기 위해 최악의 근무 조건에서 훨씬 더 많은 시간을 일해야 했다. 그렇다고 그들의 보수가 그에 상응해 오른 것도 아니었다. 요약해서 말하자면, 노동자들은 근무 시간을 줄이거나 월급을 올려 받고 싶어 했다. 평소 같으면 노사 업무 담당인 니콜라스 클라우데데우가 '쇠꼬챙이 손'이라는 별명에 걸맞게 그들을 힘으로 통제하거나 그에 상응하는 대책을 세웠기 때문에 그다지 심각한 문제가 아닐 수도 있었다. 그러나 괜한 조사가 시작되면 자신의 비리가 탄로 날 수도 있었기 때문에 르프랭스는 클라우데데우가 개입하도록 내버려 둘 수 없었다. 그는 코르타바네스와 프라츠의 충고를 받아들여 '쇠꼬챙이 손'보다 먼저 선수를 치기로 마음먹고 해결사 두 명을 고용해 노동자들의 지도자에게 겁을 주었다.

"하지만 이러한 행동에는 늘 위험이 따르는 법인데 르프랭스는 그 위험을 감당하고 싶어 하지 않았소." 바스케스 반장이 내 눈을 똑바로 응시하며 말했다. "그래서 르프랭스와 프라츠는 자기네와는 상관없는 사람, 일이 잘못되면 모든 덤터기를 씌울 수 있고 신념이 곧은 제삼자를 찾았지. 희생양으로 말이오. 내 말 알아듣겠소? 중개인 말이오."

"나를 말하는 겁니까?"

내가 나머지 이야기를 대충 짐작하며 물었다.

"바로 그거요."

반장이 대답했다.

그러나 르프랭스는 값비싼 대가를 치를 실수를 범하고 말았다. 바로 집시 여자 마리아 코랄을 사랑하게 된 것이다. 그는 여자 때문에 자신의 계획을 그르칠 수 없었지만 마음이 약해져 유혹에 넘어가고 말았다. 르프랭스는 집시 여자가 동료들을 떠나 프린세사 거리에 있는 호텔에 묵게 했다. 삼 년 후에 그녀는 그 호텔에서 병을 회복했고, 나는 그 호텔에서 그녀를 빼내 결혼했던 것이다.

위험은 일단 막은 것 같았지만 임시방편일 뿐이었다. 결정적인 해결책을 찾아야 했는데, 르프랭스는 아주 우연한 기회에 그 해결책을 찾게 되었다. 어느 날 밤 르프랭스는 그 생각에만 몰두한 채 걸어서 집으로 돌아오다가 어린 소년한테서 신문한 부를 샀다. 그는 신문을 사서 무료함을 달래기 위해 기계적으로 읽어 내려갔다. 신문은 《정의의 목소리》였고, 거기에는 사볼타 회사와 관련된 파하리토 데 소토의 기사가 실려 있었다. 순간 그의 머릿속에는 아이디어들이 마구 떠올랐고, 한 시간도 채 지나지 않아 모든 계획이 세워지고 결정되었다. 르프랭스는 프라츠와 상의했고, 그 역시 르프랭스의 생각에 동의했다. 실수 없이 그 계획을 실천하는 일만 남았을 뿐이었다.

그 계획을 요약해서 말하자면 다음과 같았다. 소토는 어느 정당이나 정파에 소속되지 않은 순수하고 강직한 사람이었다. 그래서 든든한 지지 세력이 없었고, 따라서 그를 쉽게 움직일 수 있었다. 그들은 그런 소토가 원하는 것을 조사할 수 있도록 모든 편의를 제공했고, 실제로 소토는 보고서를 작성하는 일에 착수했다. 그들은 소토의 뒤만 쫓아 그가 얻는 결과에 따라 이용하면 그만이었다. 그렇게 착수된 조사에는 두 가지 목적이 있었다. 하나는 노동자들의 파업과 궐기에 대한 정보를 캐내는 것이고, 다른 하나는 르프랭스 자신의 비리를 지키는 것이었다. 만에 하나 소토가 뭔가를 발견한다면 그가 보고서에 그 사실을 적을 테고, 그 보고서는 곧장 르프랭스의 손에 들어오게 되어 있었다. 그러면 르프랭스는 그때를 이용해 자신의 비리를 덮을 수 있었다.

"소토는 자신에게 주어진 첫째 임무는 기막히게 잘 수행했소. 그들은 소토의 뒤를 쫓아 노조 선동가나 파업 주동자들, 지도자들을 찾아내서 적절한 조치를 취할 수 있었으니까. 그런데 둘째 임무는…… 그러니까, 소토가 보기보다는 영악했던 모양이오. 소토는 르프랭스의 비리를 찾아내기는 했지만 죽은 사람처럼 입을 딱 다물고 말았소. 나중에 르프랭스를 협박하거나, 아니면 자기를 이용한 걸 복수하려고 했을지도 모르지. 그러나 그것은 소토 자신의 목숨은 물론, 다른 사람들의 목숨까지 잃게 할 정도로 엄청난 실수였소."

바스케스 반장이 한숨을 쉬었다.

불쌍한 소토는 노사 갈등과 사회계층 간의 갈등을 해소하기 위한 중재자로서 자신의 역할이 실패로 돌아가자 깊은 절망에 빠져들었다. 그는 자신이 노동자 세력을 제거하기 위한 미끼로 이용되었다는 사실을 깨달으면서 술을 마셨고, 그러면서 말을 너무 많이 하고 말았다. 결국은 그를 가까이에서 감시하던 르프랭스의 수하의 귀에 '마음만 먹으면 높은 사람 하나쯤은 쉽게 곤경에 빠트릴 수도 있다.'라는 말이 흘러 들어가게 되었다. 르프랭스는 곧 소토에게 사형선고를 내렸고, 12월의 어느 날 밤에 귀가하던 소토는 프라츠의 손에 살해당했다.

그런데 소토를 감시한 사람은 르프랭스 혼자만이 아니었다.

르프랭스가 요란하게 등장했을 때부터 파렐스는 그에게서 의혹의 눈초리를 거두지 않았다. 파렐스는 영리하고 뛰어난 판단력을 지닌 인물이었다. 그는 벼락부자들을 불신하고 손쉽게 성공한 사람들을 경계하던 참에 르프랭스가 노사문제에 느닷없이 개입하는 것을 보고 다른 속셈이 있을 거라고 판단했다. 그래서 그는 소토를 추적해 비밀을 캐내려고 했다. 그리고 그 임무를 위해 경찰의 끄나풀이자 신분이 불분명하고 특이한 인물에게 도움을 청했다. 바로 네메시오라는, 사회의 쓰레기와 다름없는 인물이었다. 네메시오는 그의 목적을 잘 따라 주었지만 좀 늦은 감이 없잖아 있었다. 네메시오가 소토와 안면을 트자마자 소토가 프라츠의 손에 죽임을 당했던 것이다. 그렇지만 소토는 자신의 다급하고 불행한 결말을 눈치채고서 죽기 전에 편지 한 통을 남겼다. 그 편지의 내용은 사볼타 회사 내부의 비리를 담고 있는 것처럼 보였다. 네메시오는 그 편지를 보기는 했지만 누구한테 보내는지는 보지 못했다. 네메시오는 편지가 있다는 정보를 파렐스에게 주었고, 나중에는 바스케스 반장에게도 얘기했다. 네메시오가 부주의했는지, 아니면 파렐스 때문인지, 혹은 르프랭스 수하의 정보력 덕분인지는 모르지만 르프랭스도 편지가 있다는 사실을 알게 되면서 거의 미칠 지경이었다. 시간이 흘러가는데도 편지가 나타나지 않아 르프랭스에게는 괴로운 시간이었다. 르프랭스는 시시각각 자신의 목이 위협당하는 느낌을 받았다. 그는 좋은 방향이든 나쁜 방향이든, 어느 쪽으로든 결말이 날 기미가 보이지 않자 자기가 먼저 선수를 쳐야 한다고 결심하고 사볼타를 암살했다. 사볼타가 편지를 갖고 있다면 일단 위험은 제거된 셈이었다. 설사 그렇지 않더라도 그가 회사 내에서 최고 지위를 차지하게 될 테고(게다가 마리아 로사와의 결혼이 조심스럽게 진행되고 있었다.), 그러면 어느 정도 혐의를 받아도 쉽게 곤경에서 벗어날 수 있었다. 아니면 적어도 자기가 먼저 선수를 칠 수 있는 상황이 될 터였다.

프라츠와 그의 부하들이 신년 파티에서 사볼타를 제거했지만 편지는 나타나지 않았다. 사볼타 살인 사건의 용의자로는 테러리스트들이 지목되었고, 그들은 곧 처형되었다.

"그렇소. 내 잘못이었다는 것은 잘 알고 있소." 바스케스 반장이 말했다. "하지만 너무 자책할 필요도 없소. 그자들은 그 사건 말고도 총살대에 설 이유들이 많았으니 말이오."

한편 테러리스트들은 배신한 네메시오가 소토를 팔아넘겼다고 판단하고서 그에게 목숨을 담보로 진실을 밝히라고 요구했다. 다급해진 네메시오는 바스케스 반장을 찾았다. 그러나 반장은 그때까지도 소토의 죽음과 사볼타의 죽음이 보기보다 훨씬 복잡하게 연관되어 있다는 사실을 눈치채지 못했기 때문에 네메시오의 얘기에 신경조차 쓰지 않았다. 그러자 네메시오는 양심상 테러리스트들의 처형을 자신의 탓으로 돌렸고, 너무나도 많은 죽음들에 대한 중압감을 견디지 못한 채 얼마 있지도 않은 이성마저 잃어버리고 정신병원에 수용되었다. 한편 클라우데우는 테러리스트들에게 암살당하고, 파렐스는 클라우데우도 없이 막강한 르프랭스 앞에서 혼자라는 사실을 절감하고 있었다. 그래서 그는 두려웠는지, 아니면 다른 이유들이 있었는지, 뭔가를 알고 있으면서도 아무 말도 하지 않았다. 이제 두려울 게 없는 르프랭스와 프라츠는 그간의 그늘에서 벗어났다. 르프랭스는 사볼타 회사의 권좌에 오르고, 프라츠는 막스란 가명으로 르프랭스의 경호원이 되면서 모습을 드러냈다. 그리고 그의 등장과 함께 '장님' 루카스의 테러가 실패로 돌아가면서 비극의 1막은 그렇게 막을 내렸다.

"그런데 그 편지의 수취인은 누구였습니까?"

내가 물었다.

바스케스 반장은 깊은 한숨을 내쉬었다. 그의 한숨에는 나의 질문을 기다렸다는 듯한 여유와 그 질문에 답할 수 있다는 만족감이 배어 있었다. 반장은 웃옷 안주머니에서 구겨진 봉투를 꺼내 나에게 건넸다. 그것은 나에게 보내는 소토의 편지였다.

"그렇소, 당신에게 보내는 편지였소. 하지만 당신 집으로는 보내지 않았소. 주소를 보시오. 알아보겠소? 그래요, 바로 소토 자신의 집 주소요. 불쌍한 소토는 우리 모두가 생각한 것처럼 그렇게까지 멍청한 인물은 아니었소. 그는 자신이 발견한 엄청난 사실들이 당신의 손에 들어가길 원했지만, 그것은 자기가 죽었을 경우에 한해서였소. 그날 밤 소토는 자기가 곧 죽을 거라고 예감한 게 틀림없소. 그래서 편지를 썼던 거지. 자기가 죽으면 당신이 직접 그의 집에서 받을 수 있도록 말이오.(소토는 네메시오에게 당신을 찾아가라고 부탁했소. 하지만 네메시오는 파렐스를 위해 일했고, 파렐스가 찾아가지 말라고 했기 때문에 당신을 찾아가지 않았소.) 만일 그가 죽지 않았다면 그 폭로성의 편지를 되찾아 자신이 밝힌 사실들을 계속 독점할 수 있었고. 좋은 생각이오, 안 그렇소?"

바스케스 반장의 얼굴에 짓궂은 미소가 흘렀다.

"그러나 소토는 자신의 아내 테레사가 당신과 바람을 피우고 있다는 사실은 상상조차 하지 못했소. 미란다, 내가 그걸 알고 있다고 해서 그렇게까지 놀라지는 마시오. 그건 테레사가 직접 나에게 모두 털어놓은 이야기니까. 그렇소, 나는 그녀가 살고 있는 집을 찾아갔소. 그렇지만 당신에게 주소를 알려 주지는 않을 거요. 테레사가 당신에게 가르쳐 주지 말라고 신신당부했거든. 이해하시오, 내가 워낙 신사라서. 나는 테레사를 통해 그녀와 당신의 관계를 알게 되었고, 그와 동시에 편지에 대해서도 알게 되었지. 읽어 보시오. 어차피 그 편지는 당신한테 보낸 거였으니까. 물론 나도 읽어 보았지. 한 번 더 나를 용서해 주시오. 잘 알다시피, 직업상……."

나는 봉투를 열고 편지를 읽어 보았다. 편지에는 떨리는 손으로 급하게 휘갈긴, 간단한 메모 같은 내용이 담겨 있었다.

하비에르, 나를 죽인 사람은 르프랭스라네. 르프랭스는 프라츠라는 독일 스파이와 함께 사볼타 회사의 무기들을 빼돌려 독일인들에게 팔아넘기고 있네. 테레사를 보살펴 주게. 그리고 코르타바녜스를 믿지 말게.

나는 편지를 접어 다시 봉투 안에 집어넣은 후 바스케스 반장에게 돌려주었다.

"당신과 테레사는 간통했다는 죄책감에 사로잡혀 서로 만나지 않기로 결심했소. 테레사는 아들과 함께 바르셀로나를 떠나면서 편지를 가져갔소. 그 편지가 기저귀 속에 파묻혀 스페인을 떠돌아다니는 동안, 여기서는 그 편지로 인해 수많은 사람들이 서로 죽고 죽이는 참상이 벌어졌소. 친애하는 미란다 씨, 이렇게 복잡한 게 인생이란 거요."

비극의 2막은 바스케스 반장이 그 사건의 진상을 파헤치기로 결심하면서 올라갔다. 반장은 별개로 동떨어진 각각의 사건들을 연관시켜 보았다. 반장은 네메시오를 떠올린 후, 일 년 전부터 그가 수용되어 있는 정신병원으로 찾아가 그의 상태가 허락하는 한도 내에서 심문하기로 결심했다. 네메시오는 다시 소토의 편지 이야기를 꺼냈고, 나도 거명했다. 반장은 모든 것을 확신하며 우리 집을 찾아왔다. 그러나 나는 아둔함 덕에 오히려 그의 의심에서 벗어날 수 있었다. 나를 제외하면 마지막으로 남은 용의자는 르프랭스였다. 한편 반장의 동태를 줄곧 감시하고 있던 르프랭스 역시 시간을 낭비하지는 않았으며, 결국은 자신의 영향력을 발휘해서 반장을 멀리 쫓아내는 데 성공했다.

"어쩌면 나를 죽이려고 했을지도 모르지." 반장이 우쭐거리며 말했다. "하지만 강력계 형사가 그렇게 쉽게 죽지는 않지."

르프랭스는 반장에게서 벗어나면서 드디어 한숨 돌리는가 했지만 생각지도 못한 일로 그의 인생은 다시 꼬이기 시작했다. 한때 그가 사랑했던 마리아 코랄이 다시 바르셀로나에 나타난 것이다. 그러나 그녀를 먼저 본 것은 프라츠였다.(내가 마리아 코랄의 주소를 물어보러 갔을 때 카바레 주인 여자가 다른 남자가 나보다 앞서 마리아 코랄의 주소를 물었다고 얘기한 바 있다.) 프라츠는 르프랭스에게 알리지도 않은 채 그녀를 제거하려고 했다. 그녀에게 약을 먹인 게 거의 확실했다. 천우신조로 내가 경솔하게 나타나지 않았으면 마리아 코랄은 그대로 죽을 판이었다. 르프랭스와 프라츠는 불같이 화를 내며 싸운 게 분명했다. 프라츠는 위험한 증인을 제거해야 한다고 주장했고, 르프랭스는 프라츠를 설득했다. 그리고 르프랭스는 마리아 코랄을 나와 결혼시킨 후에 그녀와 내연 관계를 다시 유지했던 것이다.

"이제 이 이야기의 교훈이 등장하지." 반장이 말했다. "르프랭스는 사볼타 회사를 독차지하기 위해 살인을 하고, 도둑질을 하고, 배신을 밥 먹듯이 했지만, 모든 것을 거머쥔 순간 모든 것을 잃고 말았소. 바로 사볼타 회사가 파산을 하고 말았던 거요."

유럽 전쟁이 종식되면서 무기 산업의 미래는 잿빛으로 변하고 있었다. 르프랭스는 파렐스나 사볼타처럼 능숙한 사업가가 아닌 데다 상황에 대처해서 새로운 시장을 개척하거나 경비를 절감할 줄도 몰랐다……. 르프랭스는 신용 대부, 담보, 지불 보증, 저당, 담보 선물, 규제의 늪으로 차츰 가라앉기 시작했다. 코르타바네스가 그에게 주식을 처분하라고 충고했고, 르프랭스도 얼마간은 그 충고를 받아들였다. 하지만 이번에는 르프랭스의 움직임을 눈치챈 파렐스가 이성을 잃고 저항했다. 그즈음 르프랭스는 회사의 파산에 대비한 안전장치로 정계 진출을 꾀하는 중이었는데, 파렐스가 노발대발하며 개입한 시기로는 더 이상 나쁠 수가 없었다. 게다가 자칫 잘못하면 소토의 편지라는 해묵은 걱정까지 드러날 판이었다. 그때 르프랭스는 그 편지가 파렐스의 수중에 있다고 판단하고 부하들을 시켜 그를 제거했다. 하지만 결과는 판단 착오였다. 늙은 재무 책임자는 편지를 갖고 있지 않았고, 그의 죽음으로도 어쩔 수 없는 상황은 막지 못했다. 르프랭스와 마리아 코랄의 비정상적인 관계가 곧 세상에 알려지기 시작했고, 그녀의 자살 기도로(남의 말 하기를 좋아하는 사람들은 그 탓을 모두 르프랭스에게 돌렸다.) 그의 정치생명도 끝이 났다. 르프랭스가 빈털터리가 되자, 프라츠는 도망치기로 결심한 후 마리아 코랄도 함께 데리고 떠났다. 르프랭스는 돈도 잃고, 친구도 잃고, 프라츠와 사랑하는 여인까지 잃으면서 발밑이 꺼지는 충격을 받았다. 그러나 그는 싸워 보지도 않고서 쉽게 무너질 사람이 아니었다. 그래서 나를 찾아와 도망친 사람들의 뒤를 쫓게 한 것이다. 르프랭스는 그들의 경로를 손바닥 들여다보듯 알고 있었다. 즉, 그들의 도주 경로는 바로 예전에 무기를 밀반출하던 경로였다.(프라츠가 프랑스 경찰의 수배를 받고 있었기 때문에 다른 방법이 없었다.) 르프랭스는 내가 자기 차를 운전하고 가면 그들을 따라잡을 수 있을 거라고 생각했다. 내가 프라츠와 맞닥뜨리면 죽임을 당할 테니 증인 하나를 자연스럽게 제거할 수 있으며, 동시에 마리아 코랄이 나를 사랑하기 때문에 프라츠의 곁을 떠날 거라고 계산했던 것이다. 그리고 만에 하나, 운명의 장난으로 내가 프라츠를 죽이게 되면, 응당 내가 마리아 코랄을 데리고 바르셀로나로 돌아올 거라고 믿어 의심치 않았다. 그러나 결말은 어느 쪽도 아니었으며, 결국 그는 그런 결말조차 보지 못하고 죽었다.

"르프랭스는 어떻게 죽었습니까?"

나는 궁금했다.

바스케스 반장이 말을 얼버무렸다.

"그건 우리가 영원히 알 수 없는 수수께끼로 남을 것 같소. 자살일 수도, 타살일 수도 있소."

반장이 갑자기 말을 멈추었다. 그는 뭔가를 더 얘기하고 싶은데 망설이는 듯한 눈치였다. 잠시 후 그가 목소리를 낮추며 서둘러 얘기했다.

"이보시오, 미란다. 나는 르프랭스가 누군가의 조종을 받고 있다는 생각이 늘 들었소……." 반장이 천장을 가리켰다. "아주 높은 곳에서…… 내 말 이해하겠소? 이제 르프랭스는 사라졌고, 아무튼 그건 단지 추측일 뿐이니, 혹시라도 다른 사람에게는 내가 당신에게 이런 얘기를 했다고 말하지 마시오."

반장은 웨이터를 불러서 계산을 했다. 그 사이 반장의 얼굴이 어두워졌다. 마치 자신의 죽음을 예감하는 듯한 얼굴이었다. 그리고 반장은 실제로 얼마 전에 이상한 상황에서 죽음을 맞았다. 우리가 거리로 나섰을 때는 빗줄기가 많이 수그러들어 있었다. 우리는 다정하게 작별 인사를 나눈 후 다시는 만나지 못했다.

다음 날 아침, 나는 몇 가지 의혹들을 풀 수 있을 거라는 막연한 기대감을 안고서 코르타바네스의 사무실로 향했다. 거리에는 여전히 비가 내리고 있었고, 도시는 온통 흙탕물투성이였다. 마차를 잡지 못해 흙탕물에 흠뻑 젖은 채 잔뜩 언짢은 기분으로 코르타바네스의 사무실에 도착하니, 촌티를 벗지 못한 젊은이가 문을 열어 주었다.

"어떻게 오셨습니까?"

그가 수줍은 듯이 물었다.

"코르타바네스 변호사님을 뵙고 싶소."

"누구라고 전해 드릴까요?"

"미란다라고 하시오."

"잠시만 기다려 주시겠습니까?"

젊은이는 변호사의 방으로 들어갔다가 잠시 후에 나와서 한쪽으로 비켜섰다. 코르타바네스가 씩씩거리며 나타나 내 쪽으로 걸어오더니, 다정하면서도 점잖게 나를 끌어안았다. 젊은이가 놀란 눈으로 우리를 쳐다보았다. 우리는 코르타바네스의 방으로 들어갔고, 그는 자기 뒤로 문을 닫았다.

"하비에르, 여기는 무슨 일인가?"

"코르타바네스 씨, 우리는 할 얘기가 많습니다."

"말해 보게. 나쁜 일은 아닐 테고…… 혹시 돈이 필요해서 왔다면……."

코르타바네스는 르프랭스의 죽음에 큰 충격을 받은 사람처럼 보이지 않았다. 나는 바스케스 반장의 추측이 지나쳤다고 생각했다. 물론 코르타바네스가 심하게 충격을 받았으면서도 시치미를 떼고 있을 수도 있었다. 나는 그 문제는 직접적으로 건드리지 않기로 마음먹었다.

"세라마드릴레스가 안 보이는군요."

내가 말했다.

"응, 두 달 전에 나갔네. 자네는 모르고 있었나? 독립해서 조그만 사무실을 차렸네. 일은 많아도 크게 돈이 되지 않는 사소한 일거리들을…… 내가 넘겨주고 있네. 그렇게 미래의 손님들을 확보하고, 그러면서 위험하고 험난한 이 바닥을 조금씩 개척해 나가는 거지. 곧 결혼할 생각인 것 같아. 하지만 나에게는 아직 애인을 소개해 주지 않았네. 하긴 그게 낫지, 안 그런가? 덕분에 결혼 선물 살 일은 없을 테니 말이야. 허허허."

"돌로레타스는 어떤가요?"

"계속 똑같아. 불쌍한 여자 같으니. 회복하긴 틀렸어. 자네도 봤지? 나는 요 근래에 동료를 셋이나 잃었네. 이제 저 아이가 왔지. 쓸 만한 것 같기는 한데, 바르셀로나에 도착한 지 얼마 안 돼서 그런지 아직은 아무것도 몰라. 하지만 상관없네. 이제 곧 영리해지겠지. 곧 영리해질 거야. 다른 사람들처럼 말이야. 심지어 이 사무실에서 나를 쫓아내고 여기다가 자기 사무실을 번듯하게 차릴 수도 있을 걸세. 다른 사람들처럼 말이야. 여보게, 그런 게 인생 아닌가."

코르타바네스는 자신의 말을 마디마다 강조하면서 연신 중얼거렸다. 나는 르프랭스 얘기를 꺼낼 때가 되었다고 생각했다.

"오, 여보게. 나는 아무것도 모르네. 신문에서 말하는 것밖에는. 하루가 다르게 눈이 침침해져서 신문도 간신히 읽었다네. 물론 사람들이 하는 이야기도 들었지. 그게 빠질 리 없지. 르프랭스가 파산을 했다느니, 뭐 그런 얘기들 말일세. 나도 개인적으로 그랬다고 생각하네. 일이 잘 안 풀렸거든. 그렇지만 일반적인 그런 파산과는 조금 달랐다네. 르프랭스가 은행을 찾아다니며 구걸하다시피 했지만 문전박대를 당했거든. 그럴 만도 했지. 들리는 소문으로는 파리와 베를린, 사방에서 전쟁이 끝나 간다더군. 그 빌어먹을 국제연맹이 갈등은 모두 해결할 테고, 무기는 이제 군대 행렬이나 박물관, 아니면 사냥터에서만 쓰일 테니 말이네. 확신할 수는 없지만, 나도 제발 그렇게 되기를 바라네. 뭐라고? 아, 다시 그 얘기로 돌아와서, 르프랭스가 차압이나 경매를 막기 위해서 공장에 불을 질렀다고는 보지 않네. 요새는 일을 그런 식으로 처리하지 않거든. 물론 그럴 수는 있지. 하지만 나는 그렇게 생각하지 않네. 아니, 화재나 도난, 뭐 그런 일상적인 것 외에 다른 보험은 없었던 걸로 아네. 물론 화재보험은 받을 걸세. 하지만 그것으로는 부채의 10분의 1도 변제하지 못할 거야. 아니, 사볼타가 죽은 후로 회사의 주식 가치는 한창 떨어지는 추세였고, 사실 르프랭스가 회사를 맡았을 때는 이미 거덜이 난 상태였네. 나는 르프랭스에게 그 이야기를 해 주고 싶었지만 달리 설득할 방도가 없더군. 그래, 그 친구는 온통 망상에 사로잡혀 어느 누구의 충고도 듣지 않았네. 그게 그 친구의 단점이었지. 자살이라고? 세상에, 하느님 맙소사, 나는 자살에 대해서는 생각하고 싶지도 않네. 암살은…… 어쩌면 가능할 수도 있겠지. 동기는 모르겠네. 자네에게 솔직히 말하는 건데 동기는 진짜 모르겠어. 늙어서 그런지 이제는 사람들이 하는 짓만 봐도 깜짝깜짝 놀랄 때가 많네."

코르타바네스가 말을 마치자 나는 일어나서 고맙다고 인사한 후 나가려고 했다. 그런데 그때 그가 나를 붙잡았다.

"이제 무슨 일을 할 생각인가?"

"모르겠습니다. 아무래도 일자리를 찾아봐야겠지요."

"자네 자리는 항상 비워 두고 있네. 월급은 그다지 기대할 게 없어도……."

"감사합니다만, 다른 일을 시작해 보고 싶군요."

"그래, 이해하네. 이해하고말고. 아참, 깜빡 잊을 뻔했군! 세상에 맙소사, 원 이렇게 건망증이 심해서야! 르프랭스가 죽기 이틀 전에 나를 찾아왔다네. 자네한테 남길 게 있다면서."

"나한테요?"

코르타바녜스가 평소답지 않게 서둘러 자신의 이야기를 덧붙인 것으로 보아 방금 내가 지른 탄성을 잘못 이해한 게 분명했다.

"환상은 버리게. 손으로 쓴…… 종이만 들어 있는 봉투라네. 맹세코 난 봉투를 열어 보지 않았네. 불빛에 비춰 보기는 했지만. 그러기는 했네. 내 호기심을 용서하게. 사실 늙은이나 어린애는 어느 정도 용서를 구할 수 있는 일 아닌가, 안 그래? 혹시 자신에게 불리한 일이나 생기지 않을까 하고 말이야. 불리한……."

코르타바녜스가 서랍을 뒤져 보통 크기의 봉투를 꺼냈다. 봉투는 밀랍으로 봉해져 있었다. 코르타바녜스가 왜 봉투를 열어 보지 않았는지 그제야 납득이 갔다. 르프랭스의 필체였다. 나로서는 채 스물네 시간도 지나지 않아 죽은 사람에게서 받은 두 번째 편지였다.

"쓸 만한 내용이 있으면 나한테도 알려 줄 거지, 응?"

코르타바녜스가 궁금증을 애써 감추며 애원했다.

그는 문 앞까지 나를 배웅했다. 시골에서 올라온 젊은이가 우리를 보자마자 자리에서 벌떡 일어났다.

거리에는 여전히 비가 내리고 있었다. 나는 마차를 타고 집으로 향했다. 나는 집에 들어서자마자 봉투의 밀랍을 뜯어냈다. 편지 한 장과 서류 한 장이 들어 있었다. 편지에서 르프랭스는 막스와 마리아 코랄의 죽음을 이미 전해 들었다고 적혀 있었다. "친애하는 하비에르, 이제 나는 죽음을 기다리고 있네. 나는 모든 것을 잃었네." 르프랭스는 바스케스 반장이 돌아온 사실도 알고 있었다. "그 늙은 여우가 나를 잡아먹지 못해서 환장을 했더군. 나의 죽음을 볼 때까지는 멈추지 않을 걸세." 반장한테 은근히 혐의를 씌우는 건가? 르프랭스는 더 이상 그 얘기는 언급하지 않았다. 르프랭스는 나에게 용서를 구하고, 나를 진정으로 존중한다고 고백했다. 요약하자면, 편지는 별다른 말이 없었고 아래와 같은 내용으로 끝을 맺었다.

시시각각 나를 향해 다가오는 엄청난 불행을 예견하며, 나는 몇 달 전에 미국의 한 보험회사를 상대로 보험을 계약했다네. 물론 계약 내용에 대해서는 아무도 모르고, 모든 서류들은 뉴욕의 하인더, 맬어저스티드 앤드 맹글 회사의 변호사들이 가지고 있네. 자네는 절대 비밀을 지켜야 하며, 당분간은 보험금을 수령하지 말게. 채권자들이 벌 떼처럼 달려들어 한 푼도 남기지 않을 테니 말일세. 자네가 적당하다고 생각될 때까지 몇 년간 기다리게. 모든 게 정상으로 회복될 때까지 기다렸다가 뉴욕의 변호사들과 접촉해 보험금을 수령하게. 의혹을 피하기 위해 자네가 수령인으로 되어 있네. 보험금을 받거든 내 아내와 자식을 찾아 전해 주게. 아내와 자식에게는 힘든 세월만이 기다리고 있네. 아이가 학교 갈 나이가 되면 그 돈이 도움이 될 걸세. 그때 가서 내 아내와 자식을 만나거든, 그 아이에게는 무슨 일이 있어도 아버지에 대한 진실은 모른 척해 주게. 그리고 가능한 한 우리 아이가 변호사만은 되지 않게 해 주게.

자, 이제 하비에르, 잘 있게. 자네가 이 편지를 끝까지 읽었다면 내가 세상을 떠나면서 친구를 얻었다고 생각하겠네. 자네를 아주 많이 존중하네.

폴 앙드레 르프랭스

10

나는 보름 동안 일자리를 찾았지만 아무 수확도 얻지 못했다. 나와 르프랭스의 관계가 워낙 많이 알려져 모든 문이 닫혀버린 것이다. 모아 둔 얼마 되지 않는 저금도 바닥이 나면서 가구들을 헐값에 팔아 치웠다. 심지어 생매장될 게 뻔한 걸 알면서도 바야돌리드로 돌아가 아버지의 옛 지인들을 찾아가 볼까도 생각했다. 사실 나라는 사람은 어떤 길이든 새로이 개척할 용기가 부족했다. 하늘이 나를 불쌍히 여기지 않았으면 구걸이나 하고 살았을 것이다. 그러다가 푹 빠져 있던 무기력한 생활에서 나를 구해 준 단 하나의 사건이 일어났다.

어느 날 밤, 영락없이 저녁을 굶은 채 잠자리에 들어야겠다며 한 시간도 더 넘게 뒤척이고 있는데, 누군가 조용히 문을 두드리는 소리가 들렸다. 그 시간에 나를 찾아올 사람이 없기 때문에 별다른 기대는 하지 않았지만, 누구일까 궁금한 마음으로 문을 열고 밖으로 나갔다. 그런데 계단 끝 난간에 낡은 망토를 뒤집어쓴 작은 여자가 서 있었다. 마리아 코랄의 작은 체구를 알아본 순간 나는 기절하는 줄 알았다. 그녀는 집 안으로 들어오자마자 내 품에 고꾸라지듯 쓰러졌다. 그간의 사정을 요약하면 이랬다. 마리아 코랄은 추위와 산에 사는 늑대들을 피해 목동들이 거주하는 움막으로 피신했다. 그녀는 힘든 상황 때문에 배 속에 있던 아이를 유산해 상태가 아주 좋지 않았다. 그녀는 며칠 동안 생사를 오가는 혼절 상태에 빠져들었지만, 강한 정신력으로 마침내 극복해 내고 천천히 회복했다. 그곳에서 그녀는 바르셀로나로 돌아올 정도로 회복할 때까지 집안일을 돌보며 목동들(노인 둘과 청년)과 함께 지냈다. 길고 먼 여정이었고, 작은 사건들의 연속이었다. 그녀에게는 돈도 없었고 먹을 것도 없었다. 마리아 코랄은 도중에 만난 사람들의 자비로 여행하며 간신히 견뎌 낼 수 있었다. 그녀는 나한테 홀대를 받을까 봐 내 앞에 나타나는 것을 망설였다. 그리고 그때까지도 르프랭스의 죽음과 그의 주변에서 일어난 일에 대해서는 아무것도 모르고 있었다.

나는 마리아 코랄을 사랑했고, 여전히(지금 이 글을 쓰는 동안에도) 사랑하고 있기 때문에 그녀의 출현은 그 무엇보다 큰 힘이 되었다. 나는 동분서주하며 하찮은 액수의 돈이나마 구해서 그녀의 건강을 회복시키는 일에 매달렸다. 그녀의 얼굴에 화색이 돌고 환한 웃음이 되살아나자, 우리는 다시 미래를 설계했다.

"우리가 세웠던 계획 생각 안 나요, 하비에르? 우리 할리우드로 가기로 했잖아요. 뭘 기다려요?"

그렇게 해서 우리는 바르셀로나를 떠나 다시는 돌아오지 않왔다. 뱃삯은 코르타바네스가 빌려 주었다. 그가 갑자기 너그러워진 건지, 아니면 자신에 대해 너무 많이 알고 있는 사람들을 없애기 위해 그랬는지는 잘 모르겠다.

우리는 할리우드로 가지 않았다. 뉴욕에 남았다. 그곳의 상황은 마리아 코랄이 기대했던 것과 많이 달랐다. 우리는 가난과 언어 장벽은 물론이고, 직업 비자 연장이 취소될 수도 있는 상황에서 힘겹게 싸우며 몇 년이란 세월을 보냈다. 그동안 나는 안 해 본 일 없었으며, 막노동판을 전전하면서 서러움이란 서러움은 다 겪었다. 마리아 코랄은 브로드웨이의 추저분한 연극 바닥에서 단역배우를 했다. 그녀는 영화에서 성공하겠다는 희망을 한 번도 버리지 않았으며, 심지어는 더글러스 페어뱅크스와 면접 약속을 잡기에 이르렀다. 하지만 더글러스 페어뱅크스는 아무 변명도 없이 면접에 나타나지 않았다. 그 힘든 기간 동안 우리를 버티게 해 준 버팀목이 있었다면, 그것은 서로를 아끼는, 절대 깨질 수 없는 강한 사랑이었다.

나는 얼마간의 돈을 모으자마자 맨 먼저 코르타바네스에게 빌린 돈부터 갚았다. 그는 바르셀로나의 굵직한 변화들이 담긴 편지를 직접 써서 보내 주기도 했다. 그러나 1920년 여름에 세상을 떠난 돌로레타스의 소식 이외에는 이상하게도 모든 것이 멀게 느껴졌다.

마침내 나는 미국 시민권을 얻었고, 월급은 그리 많지 않았지만 평범한 증권사 영업 직원이 되어 월 스트리트의 금융계에 입성했다. 마리아 코랄이 연극계에서 은퇴한 후, 나는 예전에 르프랭스가 당부한 일을 결행하기로 마음먹었다. 내가 느닷없이 나타나 돈을 요구하자 보험회사는 보험액 지불을 거부했고, 르프랭스의 담당 변호사는 법정으로 갈 것을 충고했다. 그래서 그 재판과 증언 과정을 거치면서 지난날의 추억들을 떠올렸던 것이다.

나는 지금 집에 혼자 있고, 재판은 끝났다. 내일이면 결과가 나올 것이다. 변호사들은 예감이 좋다며 나의 증언이 신중하고 적절했다고 얘기했다. 마리아 코랄은 외출하고 집에 없다. 르프랭스의 아이가 유산되면서 그녀가 다시는 아이를 가질 수 없게 되었기 때문에 우리에게는 자식이 없다. 차츰 나이가 들면서 우리의 사랑은 끈끈한 정이 되었고, 이제 우리는 서로를 깊이 이해하고 교감하게 되었다. 우리의 사랑은 우리의 삶을 빛내 주고, 우리가 사는 이유를 정당화해 주고 있다.

얼마 전, 뜻밖으로 우체부가 마리아 로사의 편지를 전해 주었다. 아무래도 마리아 로사의 편지를 옮겨 적으며 이 이야기의 끝을 맺는 게 가장 적절한 방법일 것 같다.

　　친애하는 친구에게

당신이 뉴욕에서 돈을 보낼 거라는 소식을 들었어요. 그 소식을 듣고 파울리나와 내가 얼마나 기쁘고 좋아했는지 당신은 상상도 하지 못할 거예요. 우리는 변호사의 편지를 받기 전까지는 남편이 죽기 전에 그런 보험에 가입했는지조차 까마득하게 몰랐으니까요. 변호사가 보험금 수령이 늦어진 이유도 자세히 설명해 주었어요. 그래서 우리는 당신의 처지를 이해하게 되었고, 이제는 당신을 원망하지 않아요. 정말이에요.

사실 요 몇 년은 파울리나와 나에게는 견디기 힘든 시간이었어요. 어머니는 길고 힘든 병마와 싸우다 얼마 전에 돌아가셨어요. 처음에는 코르타바네스 씨가 주는 돈으로 먹고살 수 있었어요. 그분은 정말이지 완벽한 신사답게, 훌륭한 기독교인답게 행동했지요. 코르타바네스 씨의 죽음 이후에 우리는 모든 게 끝났다고 생각했어요. 다행히 세라마드릴레스라는 권위 있는 젊은 변호사가 그의 사무실을 맡았고, 그분이 우리에게 간신히 먹고살 만한 일을 주셨답니다. 평생 일이라고는 해 본 적이 없는 나에게 타이핑하는 일이 어땠을지 한번 상상해 보세요. 그래도 세라마드릴레스 씨는 항상 나에게 잘 대해 주고, 친절하고 인내심이 많은 분이지요.

지금 나의 유일한 바람은 어린 파울리나에게 부족한 게 없도록 해 주는 것뿐이에요. 불행으로 인해 아이의 교육이 형편없을까 봐 걱정이랍니다. 또 내게 있던 보석들을 팔아서 생활해야 하기 때문에, 불쌍한 파울리나는 태어날 때부터 자기가 타고난 환경과는 너무 다른 환경에서 성장해야 했어요. 하지만 태생은 못 속이나 봐요. 당신이 우리 파울리나를 본다면 얼마나 기품 있고 예의 바른지 놀랄 거예요. 이건 엄마들이 하는 과장된 표현이 아니에요. 그 아이는 자기가 존경하는 아빠를 쏙 빼닮은 데다 징말 아름다워요.

당신은 우리가 정말 필요한 때에 돈을 보내 주는 거예요. 파울리나가 결혼할 나이가 되면 멋진 결혼식을 치러 주고 싶어요. 나는 그 애의 결혼에 모든 희망을 걸고 있어요. 그러기 위해선 최소한의 뒷받침은 꼭 필요하지요. 나는 능력 있는 사내들이 그 아이를 좋게 볼 거라고 확신해요. 그들 중에는 계층 차이를 과감하게 극복할 남자도 없지 않을 거예요. 당신이 보내 주는 돈이 우리에게 얼마나 절실한지 잘 아시겠지요?

우리는 항상 당신을 생각해요. 당신도 잘 아시죠? 우리를 사심 없이 도와준 당신에게 그 고마움을 어떻게 전해야 할지 모르겠어요. 이번 일을 통해 어둡기만 했던 우리의 미래가 어느 정도 맑게 개고, 나아가 폴 앙드레 르프랭스라는 위대한 남자에 대한 기억도 새로워질 것 같아요.

정말 고마워요.

마리아 로사 사볼타

작품 해설

　1975년에 발표된 『사볼타 사건의 진실(La verdad sobre el caso Savolta)』은 스페인 현대 문학사에 한 획을 그은 작가로 평가받는 에두아르도 멘도사(Eduardo Mendoza, 1934~)의 첫 작품이자 대표작으로, 출판된 이듬해에 독창적인 소설 기법으로 1970년대 변혁기를 이끌었다는 평가를 받으며 '비평상'을 수상한 스테디셀러이다. 본래는 '카탈루냐의 군인들(Los soldados de Cataluña)'이라는 제목으로 출간되어 암울한 독재 시절에 검열 대상에 오르지만, 몇 달 후 독재자 프랑코의 사망과 함께 새로운 변화를 맞이한 스페인에서 민주 체제로 이행하는 과도기의 첨병 역할을 하는 작품으로 인식되었다. 이후 작가는 수많은 작품을 통해 자신만의 독특한 문학 세계를 구축하며 스페인의 대표적 현대 작가의 반열에 올랐다.

　법대를 졸업한 후 잠시 변호사로 활동했던 멘도사는 역사서와 서류, 법정 진술들을 바탕으로 『사볼타 사건의 진실』의 전체 구조를 그려 놓은 후 그 특유의 아이러니와 패러디를 동원해 '읽는 즐거움'을 선사하는 흥미진진한 소설을 탄생시켰다. 『사볼타 사건의 진실』은 1차 세계대전 무렵의 스페인 바르셀로나를 배경으로 펼쳐진다. 당시 스페인은 근대 사회에서 현대사회로 변화하는 단계에 있었는데, 작가의 역사의식과 현실 인식을 함께 엿볼 수 있는 이 작품은 신흥 부르주아 계급과 프롤레타리아 계급의 충돌이 빚어낸 거대한 산업도시 바르셀로나에서 속물화되어 가는 도시인의 초상을 그려 낸다. 작가는 당시 유행하던 난해한 실험주의 소설에 등을 돌리고 추리소설과 같은 대중소설을 택해 이야기의 즐거움을 회복시켜 독자에게 읽는 즐거움을 선사함으로써 1970년대 '스페인 신소설 세대 (nueva narrativa española)'의 대표 작가로 부상한다. 즉, 소설의 줄거리를 파괴하는 실험소설로 인해 뒷전으로 밀려났던 이야기의 기능을 회복시킨 것이다.

『사볼타 사건의 진실』에서 작가는 개인의 비극에서 출발해 역사적 비극으로 상승하는 과정을 거쳐 과거의 비밀을 캐내는 추리 작업을 통해 스페인이 안고 있는 역사적 의미와 인간의 삶에 대한 궁극적인 해석을 탐색한다. 일반적으로 고전적인 추리소설에서는 범행 방법에 대한 미스터리가 중심축을 이룬다. 절대 풀리지 않는 사건의 설정을 중심으로 탐정 한 명과 여러 용의자들, 사건을 푸는 추리적 방법이 소설의 근간을 이루는 것이다. 하지만 『사볼타 사건의 진실』은 전형적인 추리소설의 규칙에서 벗어난다. 소설이 풀어야 할 미스터리는 범죄 속에 내포되어 있는 것이 아니라, 범죄를 형성한 과거의 어떤 역사적 사건에 결부되어 있고, 탐정이 찾아야 하는 과제는 범행에 숨겨진 불가해한 트릭이 아니라, 그것이 맺고 있는 과거 역사의 서사적 고리에 해당한다. 즉, 작가의 관심은 미스터리를 파헤치는 과정이 아니라 미스터리가 형성된 역사적 배경에 있고, 그것이 소설의 진정한 주제가 된다. 따라서 이 작품에서는 바르셀로나라는 거대 도시가 범인이나 피해자, 탐정 못지않게 중요한 주인공으로 등장한다. 이렇게 『사볼타 사건의 진실』은 여느 추리소설처럼 사볼타 사장의 암살자를 찾는 과정에 초점을 맞추기보다는, 사볼타 회사와 노동자들 간의 갈등에 역점을 두면서 도시 노동자들의 초라한 삶을 그려 내며 그 역사적, 사회적 배경을 생생하게 묘사한다.

이와 같이 다양한 인간 군상이 등장하는 『사볼타 사건의 진실』에는 부패한 부르주아 지배 계급과 착취만 당하는 노동자 계급, 혼란스러운 도시 생활, 보수적인 스페인 사회, 폭력과 권력의 횡포에 길들여진 나라에서 아직 제대로 정착되지 못한 민주주의의 모습이 씁쓸한 아이러니와 함께 제시된다. 이 소설에는 사치와 쾌락으로 물든 상류층의 비도덕성과 미래가 없이 하루하루가 반복되며 고달프게 살아야 하는 도시 노동자들의 속물근성이 적나라하게 묘사된다. 무기 제조업자인 사볼타 사장의 살인 사건을 중심으로, 무작정 부를 좇아 대도시로 이주해 온 극빈 노동자 계급의 비인간화와 인간들의 부조리한 행동, 가난한 자들을 짓누르는 권력의 비리와 함께 가난한 변호사 보조원 하비에르 미란다와 매혹적인 집시 여인 마리아 코랄, 부유한 프랑스인 르프랭스의 애증 관계도 아프면서도 애잔하게 그려진다.

『사볼타 사건의 진실』에서 추리 형식은 현실과 과거, 인간과

역사의 인과관계를 기능적으로 드러내며 실제적이고 현실적인 기능을 담당하고 있다. 즉, 현재의 모순이 역사적 과거에 있음을 확인시키는 것이다. 소설 속에서 추리 형식은 지금 우리의 현실이 결코 독립적인 것이 될 수 없으며, 과거의 삶과 긴밀한 연관을 맺고 있음을 드러낸다. 사볼타 살인 사건을 전후로 일어난 일련의 살인 사건들은 야망에 눈이 멀고 부도덕한 르프랑스라는 인물에서 비롯된 것이지만, 그 역시 코르타바네스라는 전 세대의 삐뚤어진 인물의 희생자로, 권력과 야망의 제물이 된 가련한 인간에 불과하다. 『사볼타 사건의 진실』을 읽는 독자는 이 작품이 전개되는 1917년과 이 작품이 출판된 해인 1975년이 막연하게나마 연관되어 있음을 알 수 있다. 1917년이라는 먼 과거에 바르셀로나에서 일어난 사건이 1975년 스페인이 처한 격동기를 반영하고 있는 것이다. 멘도사는 역사를 '삶의 스승'으로 인식하며, 현재의 상황 역시 과거의 역사적 사건들이 거울에 반영되듯 반복된다고 생각하는 작가이다. 즉, 오늘을 설명하기 위해서는 어제를 정확하게 짚고 넘어가야 한다는 것인데, 이를 위해 작가는 역사적 자료를 수집하고 정리하는 작업에 많은 시간을 할애했다고 한다.

이렇듯 『사볼타 사건의 진실』은 철저한 고증과 자료들을 바탕으로 하면서도 작품이 진행되는 내내 부정확한 역사적 언급을 통해 사건의 진실성에 의심을 품게 한다. 사볼타 사건의 '진실'은 상충되는 여러 가지 다양한 기법들의 틈새에서 엿볼 수 있다. 멘도사가 처음에는 미학적인 목적으로 다양한 역사적 사건들을 선별하여 인용했을 수 있지만, 그 역사적 사건들은 다분히 허구적인 요소들을 내포하고 있다. 사건이나 등장인물,

장소 모두 픽션의 요소로, 그 어느 것도 진실을 내포하고 있지 않다. 이것은 언어나 문학이 현실을 설명하기에는 많이 부족하다는 것을 여실히 드러내기 위한 장치이다. 그렇게 해서 서술은 문학적 유희나 패러디로 변화를 꾀하게 되며, 실재와 환상, 의식과 무의식, 과거와 현재, 진실과 진실이 아닌 것 사이의 경계는 사라지게 된다.

『사볼타 사건의 진실』은 2부로 나뉘어 각기 5장과 10장으로 구성되었고, 각 장은 여러 시퀀스로 세분화되어 있다. 또한 시간과 공간이 어지럽게 산재하면서 암호 형식으로 구성되어 다소 복잡한 구조를 지니고 있다. 1부는 콜라주 기법으로 시간과 공간을 불규칙하게 넘나들며 인물들의 과거 회상과 법정 진술, 신문 기사, 경찰 명부, 법정 증거, 경찰들의 견해와 같은 여러 문서들을 퍼즐식으로 나열한다. 그리고 2부는 1부에서 야기된 혼란이 어느 정도 의미를 찾아가는 가운데 하비에르 미란다라는 인물을 중심으로 전개된다. 하지만 거의 마지막 순간까지 하비에르 미란다라는 인물이 왜 법정에서 진술하는지 그 이유는 확실하지 않다. 처음에 독자는 그를 사볼타 사장의 암살범으로 오해하지만, 작품이 끝나는 막바지에 이르러서는 그것 역시 착각이었음을 깨닫게 된다. 하비에르 미란다의 법정 진술은 사볼타 사장의 암살범에 대한 재판을 위한 것이 아니라, 르프랭스가 계약한 보험금 지급을 위한 것으로, 독자들을 착각에 빠뜨리는 장치이다. 그리고 사볼타 사건의 진실을 가장 먼저 간파했던 네메시오 카브라 고메스는 진실을 말하는데도 불구하고 그로 인해 정신병원에 갇혀 진실과 거짓의 선을 넘나든다. 그리고 파하리토 데 소토와 사볼타 사장의 암살범에 대한 열쇠가 담긴 파하리토 데 소토의 편지는 너무나도 뜻밖의 경로를 통해 전혀 예상치 못한 인물에게 도착하며, 이로 인해 그 편지를 소유하고 있을 거라 추정된 여러 인물의 죽음을 불러일으킨다. 모두 착각과 오류를 통해 진실을 전달하기 위한 장치라 할 수 있다.

이와 같이 멘도사는 과거를 복잡하고 다양하게 재구성하는 방법으로 현재를 설명해 나간다. 즉, 멘도사는 이 작품을 통해 현실이 얼마나 다양한 형태로 제시되고 해석될 수 있는지 보여 주면서 문학적 유희를 꾀한 것이다. 소설의 기반을 이루는 역사적 사건들을 보다 철저하고 객관적인 방식으로 제시함으로써 역사가, 더한 경우에는 현실이 아주 다양한 관점에서 관찰될 수 있으며, 모든 가능성을 다양하게 바라봐야만 진실을 올바르게 이해하고 진실에 다가갈 수 있다는 메시지를 전하는 것이다. 그리고 한 시대에 포커스를 맞추고 과거를 현재처럼 연구하라는 에코의 제안과 마찬가지로, 작가는 『사볼타 사건의 진실』을 통해 그 시대의 모습을 비틀고, 거스르고, 관찰하여 당시 스페인의 사회상과 그 속에서 비인간화되어 간 군상들의 모습을 그려 낸 것이다.

2010년 12월

권미선

작가 연보

1943년   1월 11일 스페인 바르셀로나에서 출생. 아버지는 검
          사, 어머니는 가정주부. 어린 시절 투우사, 탐험가,
          선장 등을 꿈꾸지만 아버지의 영향으로 문학에 관
          심을 보임.

1950년   1960년까지 마리스타 교육 수사회에서 운영하는 학
          교에서 공부.

1960년   1965년까지 법학 공부.

1965년   유럽 각국을 여행. 1966년부터 1967년까지 장학금
          을 받고 영국에서 유학. 사회학을 공부했으나 읽고
          쓰고 산책하는 데 대부분의 시간을 보냄. 귀국 후
          에 변호사로 활동.

1973년   조국의 상황에 염증을 느끼고 미국 뉴욕으로 이주.
          1982년까지 유엔 본부에서 일함.

1975년   첫 번째 소설 『사볼타 사건의 진실(La verdad sobre

el caso Savolta)』 발표.

1976년 『사볼타 사건의 진실』로 '비평 상' 수상.

1979년 『납골당의 미스터리(El misterio de la cripta embrujada)』 발표.

1982년 『올리브 열매의 미로(El laberinto de las aceitunas)』 발표.

1986년 『경이로운 도시(La ciudad de los prodigios)』 발표.

1989년 『전대미문의 섬(La isla inaudita)』 발표.

1991년 『구르브 씨, 소식 없음(Sin noticias de Gurb)』 발표.

1992년 『대홍수가 일어난 해(El año del diluvio)』 발표.

1996년 『가벼운 코미디(Una comedia ligera)』 발표.

1998년 『가벼운 코미디』로 프랑스의 '최고 외국도서 상' 수상.

1999년 마리오 카무스 감독이 영화 「경이로운 도시」 제작.

2001년 『여자 화장실에서의 모험(La aventura del tocador de señoras)』 발표.

2002년 『호라시오 도스의 마지막 여행(El último trayecto de Horacio Dos)』 발표. '올해의 작가 상' 수상.

2003년 『바르셀로나 모더니스트(Barcelona modernista)』 발표. 『내홍수가 일어난 해』 영화화.

2006년 멘도사를 다룬 르포 『멘도사의 세계(Mundo Mendoza)』 출간.

2008년 『예수를 부탁해요, 폼포니오(El asombroso viaje de Pomponio Flato)』 발표.

2010년 『고양이 싸움, 마드리드 1936(Riña de gatos Madrid 1936)』 발표.

세계문학전집 264

사볼타 사건의 진실

1판 1쇄 펴냄 2010년 12월 24일
1판 12쇄 펴냄 2023년 3월 14일

지은이 에두아르도 멘도사
옮긴이 권미선
발행인 박근섭, 박상준
펴낸곳 (주)민음사

출판등록 1966. 5. 19. (제 16-490호)
서울특별시 강남구 도산대로1길 62(신사동) 강남출판문화센터 5층 (우편번호 06027)
대표전화 02-515-2000 팩시밀리 02-515-2007
www.minumsa.com

한국어 판 © (주)민음사, 2010. Printed in Seoul, Korea

ISBN 978-89-374-6264-1 04800
ISBN 978-89-374-6000-5 (세트)

세계문학전집 목록

1·2 변신 이야기 오비디우스·이윤기 옮김 서울대 권장도서 100선

3 햄릿 셰익스피어·최종철 옮김 서울대 권장도서 100선 | 미국대학위원회 선정 SAT 추천도서

4 변신·시골의사 카프카·전영애 옮김 서울대 권장도서 100선

5 동물농장 오웰·도정일 옮김 미국대학위원회 선정 SAT 추천도서 | 《타임》 선정 현대 100대 영문소설

6 허클베리 핀의 모험 트웨인·김욱동 옮김 《뉴스위크》 선정 100대 명저

7 암흑의 핵심 콘래드·이상옥 옮김 미국대학위원회 선정 SAT 추천도서 | 《뉴스위크》 선정 10대 명저

8 토니오 크뢰거·트리스탄·베니스에서의 죽음 토마스 만·안삼환 외 옮김 노벨 문학상 수상 작가

9 문학이란 무엇인가 사르트르·정명환 옮김

10 한국단편문학선 1 김동인 외·이남호 엮음 국립중앙도서관 선정 청소년 권장도서

11·12 인간의 굴레에서 서머싯 몸·송무 옮김

13 이반 데니소비치, 수용소의 하루 솔제니친·이영의 옮김 노벨 문학상 수상 작가

14 너새니얼 호손 단편선 호손·천승걸 옮김

15 나의 미카엘 오즈·최창모 옮김

16·17 중국신화전설 위앤커·전인초, 김선자 옮김

18 고리오 영감 발자크·박영근 옮김

19 파리대왕 골딩·유종호 옮김 노벨 문학상 수상 작가 | 《타임》 선정 현대 100대 영문소설

20 한국단편문학선 2 김동리 외·이남호 엮음

21·22 파우스트 괴테·정서웅 옮김 서울대 권장도서 100선 | 미국대학위원회 선정 SAT 추천도서

23·24 빌헬름 마이스터의 수업시대 괴테·안삼환 옮김

25 젊은 베르테르의 슬픔 괴테·박찬기 옮김 논술 및 수능에 출제된 책(1998~2005)

26 이피게니에·스텔라 괴테·박찬기 외 옮김

27 다섯째 아이 레싱·정덕애 옮김 노벨 문학상 수상 작가

28 삶의 한가운데 린저·박찬일 옮김

29 농담 쿤데라·방미경 옮김

30 야성의 부름 런던·권택영 옮김

31 아메리칸 제임스·최경도 옮김

32·33 양철북 그라스·장희창 옮김 노벨 문학상 수상 작가 | 서울대 권장도서 100선

34·35 백년의 고독 마르케스·조구호 옮김 노벨 문학상 수상 작가 | 서울대 권장도서 100선

36 마담 보바리 플로베르·김화영 옮김 서울대 권장도서 100선

37 거미여인의 키스 푸익·송병선 옮김

38 달과 6펜스 서머싯 몸·송무 옮김

39 폴란드의 풍차 지오노·박인철 옮김

40·41 독일어 시간 렌츠·정서웅 옮김

42 말테의 수기 릴케·문현미 옮김

43 고도를 기다리며 베케트·오증자 옮김 노벨 문학상 수상 작가 | 서울대 권장도서 100선

44 데미안 헤세·전영애 옮김 노벨 문학상 수상 작가

45 젊은 예술가의 초상 조이스·이상옥 옮김 서울대 권장도서 100선

46 카탈로니아 찬가 오웰·정영목 옮김

47 호밀밭의 파수꾼 샐린저·정영목 옮김 《타임》 선정 현대 100대 영문소설 | 미국대학위원회 선정 SAT 추천도서 | 《뉴스위크》 선정 100대 명저 | BBC 선정 꼭 읽어야 할 책

48·49 파르마의 수도원 스탕달·원윤수, 임미경 옮김

50 수레바퀴 아래서 헤세·김이섭 옮김 노벨 문학상 수상 작가 | 국립중앙도서관 선정 청소년 권장도서

51·52 내 이름은 빨강 파묵·이난아 옮김 노벨 문학상 수상 작가

53 오셀로 셰익스피어·최종철 옮김 서울대 권장도서 100선

54 조서 르 클레지오·김윤진 옮김 노벨 문학상 수상 작가

55 모래의 여자 아베 코보·김난주 옮김

56·57 부덴브로크 가의 사람들 토마스 만·홍성광 옮김 노벨 문학상 수상 작가

58 싯다르타 헤세·박병덕 옮김 노벨 문학상 수상 작가

59·60 아들과 연인 로렌스·정상준 옮김 《뉴스위크》 선정 100대 명저

61 설국 가와바타 야스나리·유숙자 옮김 노벨 문학상 수상 작가 | 서울대 권장도서 100선

62 벨킨 이야기·스페이드 여왕 푸슈킨·최선 옮김

63·64 넙치 그라스·김재혁 옮김 노벨 문학상 수상 작가

65 소망 없는 불행 한트케·윤용호 옮김 노벨 문학상 수상 작가

66 나르치스와 골드문트 헤세·임홍배 옮김 노벨 문학상 수상 작가

67 황야의 이리 헤세·김누리 옮김 노벨 문학상 수상 작가

68 페테르부르크 이야기 고골·조주관 옮김

69 밤으로의 긴 여로 오닐·민승남 옮김 노벨 문학상 수상 작가 | 미국대학위원회 선정 SAT 추천도서

70 체호프 단편선 체호프·박현섭 옮김

71 버스 정류장 가오싱젠·오수경 옮김 노벨 문학상 수상 작가

72 구운몽 김만중·송성욱 옮김 서울대 권장도서 100선 | 국립중앙도서관 선정 청소년 권장도서

73 대머리 여가수 이오네스코·오세곤 옮김

74 이솝 우화집 이솝·유종호 옮김 논술 및 수능에 출제된 책(1998~2005)

75 위대한 개츠비 피츠제럴드·김욱동 옮김 《타임》 선정 현대 100대 영문소설

76 푸른 꽃 노발리스·김재혁 옮김

77 1984 오웰·정회성 옮김 《타임》 선정 현대 100대 영문소설 | 《뉴스위크》 선정 100대 명서

78·79 영혼의 집 아옌데·권미선 옮김

80 첫사랑 투르게네프·이항재 옮김

81 내가 죽어 누워 있을 때 포크너·김명주 옮김 노벨 문학상 수상 작가

82 런던 스케치 레싱·서숙 옮김 노벨 문학상 수상 작가

83 팡세 파스칼·이환 옮김

84 질투 로브그리예·박이문, 박희원 옮김

85·86 채털리 부인의 연인 로렌스·이인규 옮김

87 그 후 나쓰메 소세키·윤상인 옮김

88 오만과 편견 오스틴·윤지관, 전승희 옮김 미국대학위원회 선정 SAT 추천도서

89·90 부활 톨스토이·연진희 옮김 논술 및 수능에 출제된 책(1998~2005)

91 방드르디, 태평양의 끝 투르니에·김화영 옮김

92 미겔 스트리트 나이폴·이상옥 옮김 노벨 문학상 수상 작가

93 뻬드로 빠라모 룰포·정창 옮김

94 차라투스트라는 이렇게 말했다 니체·장희창 옮김 국립중앙도서관 선정 청소년 권장도서

95·96 적과 흑 스탕달·이동렬 옮김 국립중앙도서관 선정 청소년 권장도서

97·98 콜레라 시대의 사랑 마르케스·송병선 옮김 노벨 문학상 수상 작가 | BBC 선정 꼭 읽어야 할 책

99 맥베스 셰익스피어·최종철 옮김 서울대 권장도서 100선 | 미국대학위원회 선정 SAT 추천도서

100 춘향전 작자 미상·송성욱 풀어 옮김 서울대 권장도서 100선

101 페르디두르케 곰브로비치·윤진 옮김

102 포르노그라피아 곰브로비치·임미경 옮김

103 인간 실격 다자이 오사무·김춘미 옮김

104 네루다의 우편배달부 스카르메타·우석균 옮김

105·106 이탈리아 기행 괴테·박찬기 외 옮김

107 나무 위의 남작 칼비노·이현경 옮김

108 달콤 쌉싸름한 초콜릿 에스키벨·권미선 옮김

109·110 제인 에어 C. 브론테·유종호 옮김 BBC 선정 꼭 읽어야 할 책

111 크눌프 헤세·이노은 옮김 노벨 문학상 수상 작가

112 시계태엽 오렌지 버지스·박시영 옮김 《타임》 선정 현대 100대 영문소설 | 《뉴스위크》 선정 100대 명저

113·114 파리의 노트르담 위고·정기수 옮김 미국대학위원회 선정 SAT 추천도서

115 새로운 인생 단테·박우수 옮김

116·117 로드 짐 콘래드·이상옥 옮김 《뉴스위크》 선정 100대 명저

118 폭풍의 언덕 E. 브론테·김종길 옮김 미국대학위원회 선정 SAT 추천도서

119 텔크테에서의 만남 그라스·안삼환 옮김 노벨 문학상 수상 작가

120 검찰관 고골·조주관 옮김

121 안개 우나무노·조민현 옮김

122 나사의 회전 제임스·최경도 옮김 미국대학위원회 선정 SAT 추천도서

123 피츠제럴드 단편선 1 피츠제럴드·김욱동 옮김

124 목화밭의 고독 속에서 콜테스·임수현 옮김

125 돼지꿈 황석영

126 라셀라스 존슨·이인규 옮김

127 리어 왕 셰익스피어·최종철 옮김 서울대 권장도서 100선 | 《뉴스위크》 선정 100대 명저

128·129 쿠오 바디스 시엔키에비츠·최성은 옮김 노벨 문학상 수상 작가

130 자기만의 방·3기니 울프·이미애 옮김

131 시르트의 바닷가 그라크·송진석 옮김

132 이성과 감성 오스틴·윤지관 옮김

133 바덴바덴에서의 여름 치프킨·이장욱 옮김

134 새로운 인생 파묵·이난아 옮김 노벨 문학상 수상 작가

135·136 무지개 로렌스·김정매 옮김

137 인생의 베일 서머싯 몸·황소연 옮김

138 보이지 않는 도시들 칼비노·이현경 옮김

139·140·141 연초 도매상 바스·이운경 옮김 《타임》 선정 현대 100대 영문소설

142·143 플로스 강의 물방앗간 엘리엇·한애경, 이봉지 옮김 미국대학위원회 선정 SAT 추천도서

144 연인 뒤라스·김인환 옮김

145·146 이름 없는 주드 하디·정종화 옮김

147 제49호 품목의 경매 핀천·김성곤 옮김 《타임》 선정 현대 100대 영문소설

148 성역 포크너 · 이진준 옮김 　노벨 문학상 수상 작가 | 퓰리처상 수상 작가

149 무진기행 김승옥

150·151·152 신곡(지옥편·연옥편·천국편) 단테 · 박상진 옮김 　《뉴스위크》 선정 100대 명저

153 구덩이 플라토노프 · 정보라 옮김

154·155·156 카라마조프가의 형제들 도스토옙스키 · 김연경 옮김

157 지상의 양식 지드 · 김화영 옮김 　노벨 문학상 수상 작가

158 밤의 군대들 메일러 · 권택영 옮김 　퓰리처상 수상 작가

159 주홍 글자 호손 · 김욱동 옮김 　서울대 권장도서 100선 | 미국대학위원회 선정 SAT 추천도서

160 깊은 강 엔도 슈사쿠 · 유숙자 옮김

161 욕망이라는 이름의 전차 윌리엄스 · 김소임 옮김

162 마사 퀘스트 레싱 · 나영균 옮김 　노벨 문학상 수상 작가

163·164 운명의 딸 아옌데 · 권미선 옮김

165 모렐의 발명 비오이 카사레스 · 송병선 옮김

166 삼국유사 일연 · 김원중 옮김 　서울대 권장도서 100선

167 풀잎은 노래한다 레싱 · 이태동 옮김 　노벨 문학상 수상 작가

168 파리의 우울 보들레르 · 윤영애 옮김

169 포스트맨은 벨을 두 번 울린다 케인 · 이만식 옮김

170 썩은 잎 마르케스 · 송병선 옮김 　노벨 문학상 수상 작가

171 모든 것이 산산이 부서지다 아체베 · 조규형 옮김 　《타임》 선정 현대 100대 영문소설

172 한여름 밤의 꿈 셰익스피어 · 최종철 옮김 　미국대학위원회 선정 SAT 추천도서

173 로미오와 줄리엣 셰익스피어 · 최종철 옮김 　미국대학위원회 선정 SAT 추천도서

174·175 분노의 포도 스타인벡 · 김승욱 옮김 　노벨 문학상 수상 작가 | 《타임》 선정 현대 100대 영문소설

176·177 괴테와의 대화 에커만 · 장희창 옮김

178 그물을 헤치고 머독 · 유종호 옮김 　《타임》 선정 현대 100대 영문소설

179 브람스를 좋아하세요... 사강 · 김남주 옮김

180 카타리나 블룸의 잃어버린 명예 하인리히 뵐 · 김연수 옮김 　노벨 문학상 수상 작가

181·182 에덴의 동쪽 스타인벡 · 정회성 옮김 　노벨 문학상 수상 작가

183 순수의 시대 워튼 · 송은주 옮김 　《뉴스위크》 선정 100대 명저 | 퓰리처상 수상작

184 도둑 일기 주네 · 박형섭 옮김

185 나자 브르통 · 오생근 옮김

186·187 캐치-22 헬러 · 안정효 옮김 　《타임》 선정 현대 100대 영문소설 | 《뉴스위크》 선정 100대 명저 | BBC 선정 꼭 읽어야 할 책

188 솔로호프 단편선 솔로호프 · 이항재 옮김 　노벨 문학상 수상 작가

189 말 사르트르 · 정명환 옮김

190·191 보이지 않는 인간 엘리슨 · 조영환 옮김 　《타임》 선정 현대 100대 영문소설

192 왑샷 가문 연대기 치버 · 김승욱 옮김 　퓰리처상 수상 작가

193 왑샷 가문 몰락기 치버 · 김승욱 옮김 　퓰리처상 수상 작가

194 필립과 다른 사람들 노터봄 · 지명숙 옮김

195·196 하드리아누스 황제의 회상록 유르스나르 · 곽광수 옮김

197·198 소피의 선택 스타이런 · 한정아 옮김 　퓰리처상 수상 작가

199 피츠제럴드 단편선 2 피츠제럴드 · 한은경 옮김

200 홍길동전 허균 · 김탁환 옮김

201 요술 부지깽이 쿠버·양윤희 옮김

202 북호텔 다비·원윤수 옮김

203 톰 소여의 모험 트웨인·김욱동 옮김

204 금오신화 김시습·이지하 옮김

205·206 테스 하디·정종화 옮김 미국대학위원회 선정 SAT 추천도서 | BBC 선정 꼭 읽어야 할 책

207 브루스터플레이스의 여자들 네일러·이소영 옮김

208 더 이상 평안은 없다 아체베·이소영 옮김

209 그레인지 코플랜드의 세 번째 인생 워커·김시현 옮김 퓰리처상 수상 작가

210 어느 시골 신부의 일기 베르나노스·정영란 옮김

211 타라스 불바 고골·조주관 옮김

212·213 위대한 유산 디킨스·이인규 옮김 서울대 권장도서 100선 | BBC 선정 꼭 읽어야 할 책

214 면도날 서머싯 몸·안진환 옮김

215·216 성채 크로닌·이은정 옮김

217 오이디푸스 왕 소포클레스·강대진 옮김 서울대 권장도서 100선

218 세일즈맨의 죽음 밀러·강유나 옮김

219·220·221 안나 카레니나 톨스토이·연진희 옮김 서울대 권장도서 100선

222 오스카 와일드 작품선 와일드·정영목 옮김

223 벨아미 모파상·송덕호 옮김

224 파스쿠알 두아르테 가족 호세 셀라·정동섭 옮김 노벨 문학상 수상 작가

225 시칠리아에서의 대화 비토리니·김운찬 옮김

226·227 길 위에서 케루악·이만식 옮김 《타임》 선정 현대 100대 영문소설 | 《뉴스위크》 선정 100대 명저

228 우리 시대의 영웅 레르몬토프·오정미 옮김

229 아우라 푸엔테스·송상기 옮김

230 클링조어의 마지막 여름 헤세·황승환 옮김 노벨 문학상 수상 작가

231 리스본의 겨울 무뇨스 몰리나·나송주 옮김

232 뻐꾸기 둥지 위로 날아간 새 키지·정회성 옮김 《타임》 선정 현대 100대 영문소설

233 페널티킥 앞에 선 골키퍼의 불안 한트케·윤용호 옮김 노벨 문학상 수상 작가

234 참을 수 없는 존재의 가벼움 쿤데라·이재룡 옮김

235·236 바다여, 바다여 머독·최옥영 옮김

237 한 줌의 먼지 에벌린 워·안진환 옮김 《타임》 선정 현대 100대 영문소설

238 뜨거운 양철 지붕 위의 고양이·유리 동물원 윌리엄스·김소임 옮김 퓰리처상 수상작

239 지하로부터의 수기 도스토옙스키·김연경 옮김

240 키메라 바스·이운경 옮김

241 반쪼가리 자작 칼비노·이현경 옮김

242 벌집 호세 셀라·남진희 옮김 노벨 문학상 수상 작가

243 불멸 쿤데라·김병욱 옮김

244·245 파우스트 박사 토마스 만·임홍배, 박병덕 옮김 노벨 문학상 수상 작가

246 사랑할 때와 죽을 때 레마르크·장희창 옮김

247 누가 버지니아 울프를 두려워하랴? 올비·강유나 옮김

248 인형의 집 입센·안미란 옮김

249 위폐범들 지드·원윤수 옮김 노벨 문학상 수상 작가

250 무정 이광수·정영훈 책임 편집 서울대 권장도서 100선

251·252 의지와 운명 푸엔테스·김현철 옮김

253 폭력적인 삶 파솔리니·이승수 옮김

254 거장과 마르가리타 불가코프·정보라 옮김

255·256 경이로운 도시 멘도사·김현철 옮김

257 야콥을 둘러싼 추측들 욘존·손대영 옮김

258 왕자와 거지 트웨인·김욱동 옮김

259 존재하지 않는 기사 칼비노·이현경 옮김

260·261 눈먼 암살자 애트우드·차은정 옮김 《타임》 선정 현대 100대 영문소설

262 베니스의 상인 셰익스피어·최종철 옮김

263 말리나 바흐만·남정애 옮김

264 사볼타 사건의 진실 멘도사·권미선 옮김

265 뒤렌마트 희곡선 뒤렌마트·김혜숙 옮김

266 이방인 카뮈·김화영 옮김 노벨 문학상 수상 작가 | 미국대학위원회 선정 SAT 추천도서

267 페스트 카뮈·김화영 옮김 노벨 문학상 수상 작가 | 국립중앙도서관 선정 청소년 권장도서

268 검은 튤립 뒤마·송진석 옮김

269·270 베를린 알렉산더 광장 되블린·김재혁 옮김

271 하얀 성 파묵·이난아 옮김 노벨 문학상 수상 작가

272 푸슈킨 선집 푸슈킨·최선 옮김

273·274 유리알 유희 헤세·이영임 옮김 노벨 문학상 수상 작가

275 픽션들 보르헤스·송병선 옮김 서울대 권장도서 100선

276 신의 화살 아체베·이소영 옮김

277 빌헬름 텔·간계와 사랑 실러·홍성광 옮김

278 노인과 바다 헤밍웨이·김욱동 옮김 노벨 문학상 수상 작가 | 퓰리처상 수상작

279 무기여 잘 있어라 헤밍웨이·김욱동 옮김 미국대학위원회 선정 SAT 추천도서

280 태양은 다시 떠오른다 헤밍웨이·김욱동 옮김 《타임》 선정 현대 100대 영문 소설

281 알레프 보르헤스·송병선 옮김

282 일곱 박공의 집 호손·정소영 옮김

283 에마 오스틴·윤지관, 김영희 옮김

284·285 죄와 벌 도스토옙스키·김연경 옮김 미국대학위원회 신정 SAT 추천도서

286 시련 밀러·최영 옮김

287 모두가 나의 아들 밀러·최영 옮김

288·289 누구를 위하여 종은 울리나 헤밍웨이·김욱동 옮김 노벨 문학상 수상 작가

290 구르브 연락 없다 멘도사·정창 옮김

291·292·293 데카메론 보카치오·박상진 옮김

294 나누어진 하늘 볼프·전영애 옮김

295·296 제브데트 씨와 아들들 파묵·이난아 옮김 노벨 문학상 수상 작가

297·298 여인의 초상 제임스·최경도 옮김 미국대학위원회 선정 SAT 추천도서

299 압살롬, 압살롬! 포크너·이태동 옮김 노벨 문학상 수상 작가

300 이상 소설 전집 이상·권영민 책임 편집

301·302·303·304·305 레 미제라블 위고·정기수 옮김

306 관객모독 한트케·윤용호 옮김 노벨 문학상 수상 작가

307 더블린 사람들 조이스·이종일 옮김

308 에드거 앨런 포 단편선 앨런 포 · 전승희 옮김 미국대학위원회 선정 SAT 추천도서

309 보이체크 · 당통의 죽음 뷔히너 · 홍성광 옮김

310 노르웨이의 숲 무라카미 하루키 · 양억관 옮김

311 운명론자 자크와 그의 주인 디드로 · 김희영 옮김

312·313 헤밍웨이 단편선 헤밍웨이 · 김욱동 옮김 노벨 문학상 수상 작가

314 피라미드 골딩 · 안지현 옮김 노벨 문학상 수상 작가

315 닫힌 방 · 악마와 선한 신 사르트르 · 지영래 옮김

316 등대로 울프 · 이미애 옮김 《타임》 선정 현대 100대 영문소설 | 《뉴스위크》 선정 100대 명저

317·318 한국 희곡선 송영 외 · 양승국 엮음

319 여자의 일생 모파상 · 이동렬 옮김

320 의식 노터봄 · 김영중 옮김

321 육체의 악마 라디게 · 원윤수 옮김

322·323 감정 교육 플로베르 · 지영화 옮김

324 불타는 평원 룰포 · 정창 옮김

325 위대한 몬느 알랭푸르니에 · 박영근 옮김

326 라쇼몬 아쿠타가와 류노스케 · 서은혜 옮김

327 반바지 당나귀 보스코 · 정영란 옮김

328 정복자들 말로 · 최윤주 옮김

329·330 우리 동네 아이들 마흐푸즈 · 배혜경 옮김 노벨 문학상 수상 작가

331·332 개선문 레마르크 · 장희창 옮김

333 사바나의 개미 언덕 아체베 · 이소영 옮김

334 게걸음으로 그라스 · 장희창 옮김 노벨 문학상 수상 작가

335 코스모스 곰브로비치 · 최성은 옮김

336 좁은 문 · 전원교향곡 · 배덕자 지드 · 동성식 옮김 노벨 문학상 수상 작가

337·338 암 병동 솔제니친 · 이영의 옮김 노벨 문학상 수상 작가

339 피의 꽃잎들 응구기 와 시옹오 · 왕은철 옮김

340 운명 케르테스 · 유진일 옮김 노벨 문학상 수상 작가

341·342 벌거벗은 자와 죽은 자 메일러 · 이운경 옮김 퓰리처상 수상 작가

343 시지프 신화 카뮈 · 김화영 옮김 노벨 문학상 수상 작가

344 뇌우 차오위 · 오수경 옮김

345 모옌 중단편선 모옌 · 심규호, 유소영 옮김 노벨 문학상 수상 작가

346 일야서 한사오궁 · 심규호, 유소영 옮김

347 상속자들 골딩 · 안지현 옮김 노벨 문학상 수상 작가

348 설득 오스틴 · 전승희 옮김

349 히로시마 내 사랑 뒤라스 · 방미경 옮김

350 오 헨리 단편선 오 헨리 · 김희용 옮김

351·352 올리버 트위스트 디킨스 · 이인규 옮김

353·354·355·356 전쟁과 평화 톨스토이 · 연진희 옮김

357 다시 찾은 브라이즈헤드 에벌린 워 · 백지민 옮김

358 아무도 대령에게 편지하지 않다 마르케스 · 송병선 옮김

359 사양 다자이 오사무 · 유숙자 옮김

360 좌절 케르테스 · 한경민 옮김 노벨 문학상 수상 작가

361·362 닥터 지바고 파스테르나크·김연경 옮김 노벨 문학상 수상 작가

363 노생거 사원 오스틴·윤지관 옮김

364 개구리 모옌·심규호, 유소영 옮김 노벨 문학상 수상 작가

365 마왕 투르니에·이원복 옮김 공쿠르상 수상 작가

366 맨스필드 파크 오스틴·김영희 옮김

367 이선 프롬 이디스 워튼·김욱동 옮김 퓰리처상 수상 작가

368 여름 이디스 워튼·김욱동 옮김 퓰리처상 수상 작가

369·370·371 나는 고백한다 자우메 카브레·권가람 옮김

372·373·374 태엽 감는 새 연대기 무라카미 하루키·김연경 옮김

375·376 대사들 제임스·정영목 옮김

377 족장의 가을 마르케스·송병선 옮김 노벨 문학상 수상 작가

378 핏빛 자오선 매카시·김시현 옮김

379 모두 다 예쁜 말들 매카시·김시현 옮김

380 국경을 넘어 매카시·김시현 옮김

381 평원의 도시들 매카시·김시현 옮김

382 만년 다자이 오사무·유숙자 옮김

383 반항하는 인간 카뮈·김화영 옮김 노벨 문학상 수상 작가

384·385·386 악령 도스토옙스키·김연경 옮김

387 태평양을 막는 제방 뒤라스·윤진 옮김

388 남아 있는 나날 가즈오 이시구로·송은경 옮김

389 앙리 브륄라르의 생애 스탕달·원윤수 옮김

390 찻집 라오서·오수경 옮김

391 태어나지 않은 아이를 위한 기도 케르테스·이상동 옮김 노벨 문학상 수상 작가

392·393 서머싯 몸 단편선 서머싯 몸·황소연 옮김

394 케이크와 맥주 서머싯 몸·황소연 옮김

395 월든 소로·정회성 옮김

396 모래 사나이 E. T. A. 호프만·신동화 옮김

397·398 검은 책 오르한 파묵·이난아 옮김 노벨 문학상 수상 작가

399 방랑자들 올가 토카르추크·최성은 옮김 노벨 문학상 수상 작가

400 시여, 침을 뱉어라 김수영·이영준 엮음

401·402 환락의 집 이디스 워튼·전승희 옮김

403 달려라 메로스 다자이 오사무·유숙자 옮김

404 아버지와 자식 투르게네프·연진희 옮김

405 청부 살인자의 성모 바예호·송병선 옮김

406 세피아빛 초상 아옌데·조영실 옮김

407·408·409·410 사기 열전 사마천·김원중 옮김 서울대 권장도서 100선

411 이상 시 전집 이상·권영민 책임 편집

412 어둠 속의 사건 발자크·이동렬 옮김

413 태평천하 채만식·권영민 책임 편집

414·415 노스트로모 콘래드·이미애 옮김

416·417 제르미날 졸라·강충권 옮김

418 명인 가와바타 야스나리·유숙자 옮김 노벨 문학상 수상 작가

419 핀처 마틴 골딩·백지민 옮김 노벨 문학상 수상 작가

세계문학전집은 계속 간행됩니다.